HARRY SIDEBOTTOM

Krieger Roms – Feuer im Osten

Weitere Titel des Autors:

Jagd durch Rom – XXIV
Hinter feindlichen Linien

Über den Autor:

Harry Sidebottom wuchs in den Rennställen von Newmarket auf, wo sein Vater als Trainer arbeitete. Dennoch entschied er sich für eine Laufbahn als Historiker – er promovierte in Alter Geschichte in Oxford und lehrte an verschiedenen Universitäten, unter anderem in Oxford. Nach einem gefeierten Sachbuch über antike Kriegsführung und zahlreichen Fachartikeln veröffentlichte er diverse Abenteuerromane aus dem antiken Rom.

HARRY SIDEBOTTOM

KRIEGER ROMS

FEUER IM OSTEN

Historischer Roman

Aus dem Englischen von
Winfried Czech

lübbe

Dieser Titel ist auch als E-Book erschienen.

MIX
Papier aus verantwortungsvollen Quellen
FSC® C014496
www.fsc.org

Vollständige Taschenbuchausgabe

Deutsche Erstausgabe

Für die Originalausgabe:

Titel der englischen Originalausgabe:
»Warrior of Rome: Fire in the East«
Originalverlag: Penguin Books Ltd., London

Für die deutschsprachige Ausgabe:

Textredaktion: Rainer Delfs, Scheeßel
Umschlaggestaltung: Massimo Peter-Bille
unter Verwendung von Illustrationen von
© shutterstock: ZRyzner; © ArcAngel: Collaboration JS
Satz: hanseatenSatz-bremen, Bremen
Gesetzt aus der Adobe Caslon Pro / Trajan Pro
Druck und Verarbeitung: GGP Media GmbH, Pößneck
Printed in Germany
ISBN 978-3-404-18308-1

2 4 5 3 1

Sie finden uns im Internet unter
www.luebbe.de
Bitte beachten Sie auch: www.lesejury.de

Für Frances, Lisa, Tom und Jack Sidebottom

Inhalt

Und lasst sie, wenn sie eine Festung belagern, danach trachten, möglichst alle für euch Erreichbaren innerhalb der Festung zu gewinnen, um mit ihrer Hilfe zwei Ziele zu erreichen: erstens – ihnen ihre Geheimnisse zu entreißen, und zweitens – sie durch ihr eigenes Zutun einzuschüchtern und zu verängstigen. Und lasst einen Mann verdeckt unter ihnen weilen, der ihre Gedanken in Unruhe versetzt und ihnen jede Hoffnung auf Erfolg raubt und ihnen sagt, dass ihr listiges Geheimnis enthüllt wurde und Geschichten über ihre Festung verbreitet werden und Finger auf ihre befestigten und ungeschützten Bereiche und auf die Stellen zeigen, gegen die Rammböcke eingesetzt werden, und auf die Stellen, unter die Stollen getrieben werden, und auf die Stellen, an denen Leitern aufgestellt werden, und auf die Stellen, an denen die Mauern überklettert werden, und auf die Stellen, an denen Brände gelegt werden – mit dem Ziel, dass all dies ihre Herzen mit Angst und Schrecken erfüllen wird …

Fragment aus dem sassanidischen *Buch Ayin*

PROLOG

Frühsommer 238 A.D.

Krieg ist die Hölle. Bürgerkrieg ist schlimmer. Und dieser Bürgerkrieg nahm eine schlechte Entwicklung. Nichts lief wie geplant. Die Invasion Italiens war zum Stillstand gekommen.

Die Alpen zu überqueren, bevor die Frühlingssonne den Schnee auf den Pässen tauen konnte, hatte den Truppen schwer zugesetzt. Sie waren davon ausgegangen, als Befreier begrüßt zu werden. Man hatte ihnen versprochen, dass die gesamte Bevölkerung ihnen mit Olivenzweigen in den Händen entgegenlaufen, die Kinder vorschieben, um Gnade flehen und vor ihnen auf die Knie fallen würde.

Doch es war nicht wie erhofft gekommen. Die Soldaten waren aus dem Gebirge in ein verwaistes Land hinabgestiegen. Die Bevölkerung war geflohen und hatte alles mitgenommen, was sie irgendwie schleppen konnte. Selbst die Türen der Häuser und Tempel waren verschwunden. Die Ebenen, in denen normalerweise emsige Geschäftigkeit herrschte, waren menschenleer. Das einzige Lebenszeichen, das die Soldaten entdeckten, als sie Emona durchquerten, war ein Rudel Wölfe.

Mittlerweile campierte die Armee bereits seit mehr als einem Monat außerhalb der Stadtmauern der norditalienischen Stadt Aquileia. Die Legionen und ihre Auxiliartruppen waren hungrig, durstig und erschöpft. Die in aller Hast eingerichtete Nachschubkette war zerbrochen, und in der näheren Umgebung gab es nichts zu holen. Was die Bürger nicht hinter den Stadtmauern in Sicherheit hatten bringen können, war von den Soldaten bereits kurz nach ihrer Ankunft verbraucht worden. Es gab keinerlei Unterkünfte. Sämtliche Gebäude in den umliegenden Dörfern waren abgerissen worden, um die Materialien für die Belagerungsmaschinen und -geräte zu verwenden. Der Fluss war durch Leichname beider Parteien verseucht.

Die Belagerung erzielte keine Fortschritte. Die Stadtmauern konnten nicht durchbrochen werden, es gab nicht genügend Belagerungsmaschinen, und die Verteidigung der Stadt war zu effektiv. Alle Versuche, die Mauern mithilfe von Leitern und mobilen Belagerungstürmen zu überwinden, waren blutig gescheitert.

An mangelndem Mut des großen Mannes lag es nicht, dass der Erfolg ausblieb. Kaiser Maximinus Thrax ritt täglich in Bogenschussweite der Feinde um die Stadt herum, um seine Männer an vorderster Front der Belagerungsreihen zu ermutigen, versprach ihnen, dass er ihnen freie Hand mit der Stadt und allen Menschen in ihr gewähren würde. Doch während an seinem Mut keinerlei Zweifel bestand, traf das nicht auf seine Urteilskraft und seine Entscheidungen zu. Und mit jedem Rückschlag wurde er wilder und brutaler. Wie ein verwundetes Tier oder – wie viele sagten – wie der halbbarbarische Bauernsohn, der er im Herzen immer bleiben würde, schlug er rücksichtslos um sich. Die Offiziere, die für die gescheiterten Versuche, die Stadtmauern zu überwinden, verantwortlich waren, ließ er mit ständig neu erdachten Methoden exekutieren. Wobei er diejenigen, die adligen Blutes waren, mit besonderem Einfallsreichtum bedachte.

Ballista war sogar noch hungriger, durstiger und schmutziger als die meisten anderen. Er war ein hochgewachsener Jüngling, gerade einmal sechzehn Winter alt, fast zwei Meter groß, und er wuchs immer noch. Niemand spürte den Nahrungsmangel so heftig wie er. Das lange blonde Haar fiel ihm strähnig tief in den Rücken. Ein Überbleibsel alter Zimperlichkeit hielt ihn davon ab, sich regelmäßig am Fluss zu waschen. Und seit dem letzten Tag hatte sich noch der durchdringende Geruch nach verbranntem Fleisch zu den zahlreichen Ausdünstungen gesellt, die er verströmte.

Doch seiner Jungend und seinem Status als diplomatischer Geisel seines Stammes zum Trotz waren alle einhellig der Meinung gewesen, dass einem jungen Burschen, einem Abkömmling Wotans, gebührte, eine der irregulären germanischen Einheiten anzuführen. Die Römer hatten die Höhe der Mauern berechnet, etliche Leitern mit der richtigen Länge zusammengestellt und die rund fünfhundert verzichtbaren Barbaren mit Ballista als Anführer angreifen lassen. Die Männer waren inmitten eines dichten Geschosshagels geduckt losgetrabt. Die Körpergröße der Germanen und die Tatsache, dass sie keine Rüstungen trugen, hatten sie zu dankbaren Zielen für die Verteidiger Aquileias gemacht. Wieder und wieder waren Übelkeit erregende Geräusche ertönt, wenn eines der Geschosse ins Ziel getroffen hatte. Die Männer waren in Scharen gefallen, die Überlebenden tapfer über sie hinweggestürmt. Schon bald hatten sie den Fuß der fugenlosen, hoch über ihnen aufragenden Mauern erreicht. Wieder waren viele gefallen, als sie die Schilde beiseitelegen mussten, um die Leitern aufrichten zu können.

Ballista hatte zu den Ersten gehört, die die Sprossen erklommen. Er benutzte nur eine Hand beim Aufstieg, hielt den Schild mit der anderen schützend über sich, das Schwert noch in der Scheide. Ein herabstürzender Felsbrocken prallte auf den Schild und stieß ihn beinahe von der Leiter. Der Lärm war unbeschreiblich. Er sah, wie sich eine lange Stange über die Mauerkrone hinweg auf die Leiter neben ihm zuschob. Am Ende der Stange befand sich eine Amphore. Die Stange wurde langsam gedreht und mit ihr die Amphore, aus der sich eine brennende Mischung aus Pech und Öl, Schwefel und Bitumen über die Männer auf der Leiter ergoss. Sie brüllten vor Schmerzen, ihre Kleidung fing Feuer, zog sich um sie herum zusammen und schnürte sie ein. Das Fleisch verschmorte ihnen bei lebendigem Leib. Einer nach dem anderen stürzten sie in die Tiefe. Die lodernde Flüssigkeit prasselte auf die anderen Männer am Fuß der Leiter herab. Sie schlugen mit bloßen Händen verzweifelt auf ihre brennende Kleidung und wälzten sich auf dem Boden, doch es war unmöglich, die Flammen zu ersticken.

Als Ballista in die Höhe spähte, entdeckte er eine weitere Stange mit einer Amphore direkt über seinem Kopf, die sich soeben zu drehen begann. Ohne zu zögern katapultierte er sich von der Leiter zurück und schlug hart auf dem Boden auf. Einen Moment befürchtete er, sich einen Fußknöchel gebrochen oder verdreht zu haben und gleich bei lebendigem Leib verbrennen zu müssen. Doch der Überlebenswille war stärker als die Schmerzen. Er schrie seinen Männern zu, ihm zu folgen, machte kehrt und rannte davon.

Ballista war schon vor einiger Zeit zu dem Schluss gelangt, dass eine Verschwörung gegen den Kaiser unausweichlich war. Wie sehr ihn die römische Disziplin auch immer beeindruckte, kein auch noch so großes Heer konnte diese Belagerung viel länger fortführen. Weshalb es ihn auch nicht im Mindesten überraschte, als er nach dem Desaster dieses Tages von Gleichgesinnten angesprochen wurde.

Während er nun darauf wartete, seine Rolle bei dem Vorhaben zu spielen, wurde ihm plötzlich das Ausmaß seiner Angst bewusst. Er verspürte nicht das geringste Verlangen, den Helden zu spielen. Doch ihm blieb kaum eine andere Wahl. Wenn er nichts unternahm, würde er entweder auf Befehl von Maximinus Thrax exekutiert oder aber von den Verschwörern umgebracht werden.

Die Verschwörer hatten sich nicht getäuscht. Es waren nur sehr wenige Wachen um das kaiserliche Zelt herum postiert. Viele der Anwesenden schliefen. Es war die träge Zeit unmittelbar nach Mittag. Die Phase, in der die Belagerung kurzfristig ausgesetzt wurde. Die Zeit, in der der Kaiser und sein Sohn ruhten.

Auf ein Nicken eines Mitverschwörers hin steuerte Ballista das riesige purpurfarbene Zelt mit den Standarten davor an. Plötzlich wurde ihm besonders deutlich bewusst, was für ein schöner Tag es war, ein perfekter italienischer Tag im frühen Juni. Eine sanfte Brise milderte die Hitze. Eine Honigbiene summte ihm über den Weg. Schwalben zogen hoch am Himmel ihre Kreise.

Ein Wächter der Prätorianer versperrte ihm den Weg mit seinem Speer. »Was glaubst du, wohin du gehst, Barbar?«

»Ich muss den Kaiser sprechen.« Ballista sprach recht gut Lateinisch, wenn auch mit starkem Akzent.

»Wer muss das nicht?« Der Prätorianer zeigte sich unbeeindruckt. »Und jetzt verpiss dich, Junge.«

»Ich habe Informationen über eine Verschwörung gegen ihn.« Ballista senkte die Stimme. »Ein paar Offiziere, einige von den Adligen, planen ihn zu ermorden.« Er registrierte die unverkennbare Unschlüssigkeit des Wachpostens. Die potenzielle Gefahr, die ihm drohte, wenn er einem misstrauischen und rachsüchtigen Imperator Informationen über eine mögliche Verschwörung vorenthielt, wog letztendlich schwerer als die nackte Angst davor, einen zunehmend reizbaren und gewalttätigen Mann wecken zu müssen, für den die Dinge alles andere als gut liefen.

»Warte hier.« Der Prätorianer rief einen Kameraden herbei, um den Barbaren im Auge zu behalten, und verschwand in dem kaiserlichen Zelt.

Kurze Zeit später tauchte er auch schon wieder auf und befahl dem anderen Prätorianer, den jungen Barbaren zu entwaffnen und zu durchsuchen. Nachdem er sein Schwert und den Dolch abgegeben hatte, wurde Ballista in das Zelt geführt, zuerst in einen kleinen Vorraum und dann weiter ins Allerheiligste.

Zuerst konnte er kaum etwas erkennen. Nach dem hellen Sonnenschein draußen war das purpurne Halbdunkel im Inneren des Zeltes fast undurchdringlich. Als sich seine Augen nach und nach auf die neuen Lichtverhältnisse einstellten, erblickte er das heilige Feuer, das stets vor dem herrschenden Kaiser hergetragen wird, schwach in seinem tragbaren Altar flackern. Dann entdeckte er ein großes Feldbett. Aus ihm hob sich das riesige bleiche Gesicht des Kaisers Caius Julius Verus Maximinus, besser bekannt als Maximinus Thrax, Maximinus der Thraker. An seinem Hals glitzerte der berühmte goldene *Torques*, den er für seine Tapferkeit als Soldat im persönlichen Stab von Imperator Septimus Severus erhalten hatte.

»Erweise dem Kaiser deine Verehrung – küss den Ring«, grollte eine Stimme vom anderen Ende des Zeltes her. Während der Prätorianer ihn auf die Knie drückte, sah Ballista, wie sich Maximinus Thrax' attraktiver Sohn aus der Dunkelheit schälte. Ballista ließ sich widerwillig auf den Boden sinken, und als Maximinus Thrax seine Hand ausstreckte, küsste er den schweren goldenen Ring, den ein Edelstein in Form eines Adlers zierte.

Maximinus Thrax setzte sich auf den Rand des Feldbettes. Er trug nur eine schlichte weiße Tunika. Sein Sohn stand neben ihm in seinem üblichen kunstvoll verzierten Brustpanzer und dem dekorativen Silberschwert mit dem wie ein Adlerkopf gestalteten Griff. Ballista blieb auf den Knien liegen.

»Ihr Götter, wie er stinkt«, sagte der Sohn und drückte sich ein parfümiertes Tuch auf die Nase. Sein Vater brachte ihn mit einer knappen Handbewegung zum Schweigen.

»Du hast also Kenntnis von einem geplanten Anschlag auf mein Leben.« Maximinus Thrax' große graue Augen waren auf Ballistas Gesicht gerichtet. »Wer sind die Verräter?«

»Die Offiziere, die meisten Tribune und einige Centurios der Legion II Parthica, Dominus.«

»Nenn ihre Namen.«

Ballista zögerte.

»Lass meinen Vater nicht warten«, sagte der Sohn. »Nenn die Namen.«

»Es sind mächtige Männer. Sie haben viele Freunde und großen Einfluss. Wenn sie erfahren, dass ich sie denunziert habe, werden sie mir Schlimmes antun.«

Der große Mann lachte, ein furchtbares knurrendes Geräusch. »Wenn das, was du sagst, wahr ist, werden sie schon bald nicht mehr in der Lage sein, dir oder irgendwem sonst etwas anzutun. Wenn das, was du sagst, jedoch *nicht* wahr ist, wird das, was sie dir möglicherweise antun wollen, die geringste deiner Sorgen sein.«

Ballista zählte langsam eine Reihe von Namen auf. »Flavius Vopiscus, Julius Capitolinus, Aelius Lampridius.« Insgesamt waren es zwölf Namen. Bei diesem Stand der Dinge spielte es kaum noch eine Rolle, dass es sich dabei um die echten Namen der Verschwörer handelte.

»Woher weißt du, dass diese Männer mich töten wollen? Welchen Beweis hast du dafür?«

»Sie haben mich aufgefordert, mich ihnen anzuschließen.« In der Hoffnung, den zunehmenden Lärm draußen zu übertönen, sprach Ballista lauter. »Ich habe sie um schriftliche Instruktionen gebeten. Ich habe sie dabei.«

»Was ist das für ein Krach?«, bellte Maximinus Thrax. In seinem Gesicht zuckte es wie üblich vor Gereiztheit. »Prätorianer, befiehl den Männern, leise zu sein.« Er streckte eine riesige Pranke nach den Dokumenten aus, die Ballista ihm hinhielt.

»Wie du sehen kannst …«, fuhr Ballista fort.

»Ruhe!«, befahl der Kaiser.

Statt nachzulassen, schwoll der Lärm vor dem Zelt sogar noch an. Maximinus, dessen Gesicht sich mittlerweile vor Zorn verzerrt hatte, wandte sich seinem Sohn zu. »Geh raus und sag den Kerlen, sie sollen die Schnauze halten!«

Er widmete sich wieder den Dokumenten. Ein erneutes Aufbrausen des Lärms draußen ließ ihn das bleiche Gesicht heben, in dem Ballista die ersten Anzeichen von Misstrauen aufflackern sah.

Ballista sprang auf, ergriff den tragbaren Altar mit dem heiligen Feuer und schwang ihn in Richtung von Maximinus' Kopf. Der Kaiser packte sein Handgelenk mit einem unvorstellbar festen Griff und schlug ihm gleichzeitig mit der freien Hand ins Gesicht. Der Kopf des Jünglings flog zurück. Der große Mann verpasste ihm einen Fausthieb in den Magen. Ballista brach zusammen. Sofort riss der Kaiser ihn mit einem Arm wieder auf die Füße und schob sein Gesicht, das hart wie ein Fels war, dicht an das Ballistas heran. Sein Atem stank nach Knoblauch.

»Du wirst einen langsamen Tod sterben, du kleiner Wichser.«

Mit einer fast beiläufig anmutenden Bewegung schleuderte er Ballista von sich. Der junge Bursche pflügte wie ein Geschoss durch eine Reihe von Stühlen und stieß einen Kartentisch um.

Als der Kaiser sein Schwert packte und zum Zeltausgang ging, rang Ballista verzweifelt nach Luft und versuchte wieder auf die

Füße zu kommen. Er sah sich nach einer Waffe um. Da er nirgendwo eine entdecken konnte, schnappte er sich einen Schreibgriffel von einem Schreibpult und stolperte hinter dem Kaiser her.

Vom Vorzelt aus betrachtet, wirkte die Szenerie draußen wie der hell erleuchtete Ausschnitt eines Gemäldes auf der Wand eines Tempels oder Portikus. Die meisten der Prätorianer waren in heilloser Flucht begriffen. Einige jedoch hatten sich den Legionären der Legio II angeschlossen und rissen die imperialen Porträts von den Standarten. Ganz in der Nähe drängte sich ein Pulk wild kämpfender Leiber zusammen. Der mächtige Rücken von Maximinus Thrax füllte den größten Teil des Zelteinganges aus. Er hielt sein Schwert in der Hand, und sein riesiger Kopf drehte sich hin und her.

Plötzlich legte sich der Tumult, als der abgetrennte Kopf von Maximinus Thrax' Sohn auf der Spitze eines Speeres in die Höhe wuchs. Sein Gesicht, obwohl blutverschmiert und schmutzig, wirkte immer noch schön.

Der Laut, den der Kaiser bei seinem Anblick ausstieß, klang nicht menschlich. Noch bevor er sich bewegen konnte, sprang ihn Ballista, noch immer halb benommen von dem Schlag des Hünen, von hinten an, den Schreibgriffel in der Hand. Wie ein Wildjäger in der Arena beim Versuch, einen Bullen zu töten, stieß Ballista Maximinus Thrax den Griffel in den Hals. Mit einer einzigen ausholenden Armbewegung schleuderte der große Mann Ballista quer durch das Vorzelt zurück, wirbelte herum, zog sich den Griffel aus dem Hals und schleuderte das blutverschmierte Schreibgerät Ballista hinterher. Dann stapfte er mit erhobenem Schwert auf ihn zu.

Der Jüngling rappelte sich mühsam auf, ergriff einen Stuhl, hielt ihn wie einen improvisierten Schild vor sich und wich zurück.

»Du verräterischer kleiner Scheißer, du hast mir dein Wort gegeben, du hast den militärischen Eid geleistet, das Sacramentum.« Ein beträchtlicher Blutstrom rann den Hals des Kaisers hinab, schien ihn jedoch nicht zu beeinträchtigen. Mit zwei Hieben seines Schwertes hackte er den Stuhl in Ballistas Händen in Stücke.

Ballista verdrehte den Körper, um den Hieben zu entgehen, doch ein brennender Schmerz durchzuckte seine Brust, als die Klingenspitze das Fleisch über seinen Rippen aufschlitzte. Er sank zu Boden und versuchte, die Hände auf die klaffende Wunde gepresst, kriechend zurückzuweichen. Maximinus Thrax baute sich über ihm auf und schickte sich an, den tödlichen Schlag auszuführen.

Der geschleuderte Speer bohrte sich in den ungeschützten Rücken des Kaisers. Der riesige Mann stolperte unwillkürlich einen Schritt vorwärts. Ein zweiter Speer traf seinen Rücken. Maximinus machte einen weiteren Schritt, kippte vornüber und brach auf Ballista zusammen. Sein gewaltiges Gewicht zerquetschte den Jüngling beinahe. Sein Atem, heiß und faulig, strich über das Gesicht des jungen Burschen. Seine Finger näherten sich Ballistas Augen, um sie ihm aus den Höhlen zu reißen.

Irgendwie war der Schreibgriffel plötzlich wieder in Ballistas Hand zurückgekehrt. Mit aller aus seiner Verzweiflung geborenen Kraft rammte der Jüngling ihn dem Kaiser in die Kehle. Maximinus' Finger zuckten zurück. Sein Blut brannte Ballista in den Augen.

»Ich werde dich wiedersehen«, stieß der riesige Mann mit gurgelnder Stimme hervor, die zuckenden, mit blutigem Schaum bedeckten Lippen zu einem hässlichen Grinsen verzerrt.

Ballista sah reglos zu, wie die Legionäre die Leiche des Kaisers ins Freie schleiften und wie eine Meute wilder Hunde über sie herfielen. Wie zuvor seinem Sohn hackten sie auch Maximinus den Kopf ab und spießten ihn auf einen Speer. Den kopflosen Rumpf ließen sie liegen, auf das jeder, der es wollte, darauf herumtrampeln und ihn verstümmeln konnte. Die Reste sollten streunende Hunde und Aas fressende Vögel in Stücke reißen.

Etliche Zeit später wurden die Köpfe von Maximinus Thrax und seinem Sohn nach Rom geschickt, um dort öffentlich ausgestellt zu werden. Was von ihren verstümmelten Leichen übrig geblieben war, wurde in den Fluss geworfen, um ihnen ein ehrenvolles Begräbnis zu verweigern, auf dass ihre Seelen keine Ruhe finden würden.

Navigatio

Herbst 255 A.D.

I

Als das Kriegsboot das Brackwasser des Hafens von Brundisium hinter sich gelassen hatte, hatten die Spione zusammengefunden. Unerkannt hockten sie inmitten der anderen Männer des Dux Ripae. Von ihrer Position nahe der Bugspitze aus konnten sie über den schmalen Rumpf hinweg das Objekt ihrer professionellen Aufmerksamkeit in einer Entfernung von knapp fünfzig Schritten im Auge behalten.

»Ein beschissener Barbar. Die einzige Aufgabe von uns dreien besteht darin, einen beschissenen Barbaren zu beobachten.« Der Frumentarius sprach leise, seine Lippen bewegten sich kaum merklich.

Seinem Akzent nach zu urteilen stammte er aus den Slums von Subura, gelegen in einem dicht bevölkerten Tal zwischen zwei der sieben Hügel der ewigen Stadt Rom. Wenn auch von niederer Herkunft, zählte er wie auch seine beiden Kollegen als Frumentarius zu den am meisten gefürchteten Männern des römischen Imperiums. Der Name Frumentarii legte eigentlich nahe, dass ihre Träger etwas mit der öffentlichen Getreidezuteilung oder Truppenverpflegung zu tun hätten, doch diesen Denkfehler beging niemand. Genauso gut hätte man das wilde Schwarze Meer das »freundliche Meer« nennen oder die Dämonen der Vergeltung als die »Sanftmütigen« bezeichnen können. Ein jeder – vom höchsten patrizischen Konsul bis hinab zum niedrigsten Sklaven in einer abgelegenen Provinz wie Britannien – kannte und hasste die Frumentarii als das, was sie wirklich waren, Mitglieder der Geheimpolizei des Kaisers – seine Spione, Attentäter, Auftragsmörder. Wenigstens war die Geheimpolizei nicht so geheim, dass niemand von ihrer Existenz gewusst hätte. Es handelte sich um eine Spezialeinheit der Armee, deren Mitglieder aus anderen Truppenteilen rekrutiert und in das Lager auf dem caelischen Hügel überstellt worden waren. Die Identität der einzelnen Frumentarii wiederum war in der Regel unbekannt. Es hieß, dass man einen Frumentarius nur dann als solchen erkannte, wenn dieser es so wollte, weil es dann ohnehin zu spät war, sein Geheimnis zu verraten.

»Ich bin da nicht so skeptisch«, erwiderte einer der beiden anderen. »Es könnte durchaus eine gute Idee sein, ein wachsames Auge auf ihn zu haben. Barbaren sind von ihrer Natur her nicht vertrauenswürdig und häufig verschlagener, als man glauben möchte.« Seine Stimme beschwor Bilder der sonnenversengten Berge und Ebenen des fernen Westens herauf, der Provinzen des Äußeren Spaniens oder sogar Lusitanias, wo sich die Wogen des Atlantiks an der Küste brachen.

»Schwachsinn«, sagte der Dritte. »Einverstanden, die Baschtarde sind alle nicht vertrauenschwürdig. Die lügen, seit sie kriechen können. Aber die Typen aus dem Norden, wie der Baschtard da, sind träge und schwerfällig. Die Leute aus dem Norden sind immer groß, wild und dumm, während die aus dem Osten klein, verschlagen und verdammt feige sind.« Die etwas nuschelnde und undeutliche Aussprache des Mannes verriet, dass seine Muttersprache nicht Lateinisch, sondern das Punisch aus Nordafrika war, die Sprache, die auch Hannibal, der große Feind Roms, vor fast einem halben Jahrtausend gesprochen hatte.

Alle Männer auf dem Deck und die Besatzung unter den Planken verstummten, als Marcus Clodius Ballista, Vir egregius, Römischer Ritter und Dux Ripae, Kommandant der Flussufer, die Arme gen Himmel hob, um das übliche Ritual, das zu Beginn jeder Reise vollführt wurde, zu eröffnen. Hier in Küstennähe, wo sich die Gewässer des Hafens von Brundisium zur Adria hin öffneten, war die See ruhig. Mit ihren ausgefahrenen Rudern in Ruhestellung lag die Galeere wie ein riesiges Insekt auf dem Wasser. In gutem Latein, in dem immer noch die Spur eines Akzents aus den Wäldern und Marschen des fernen Nordens mitschwang, intonierte Ballista die traditionellen Worte: »Jupiter, König der Götter, halte deine schützenden Hände über dieses Schiff und all die, die auf ihm segeln. Tyche, Geist des Schiffes, halte die Hände über uns.« Ballista nahm eine große, kunstvoll gearbeitete goldene Schale von einem Adjutanten entgegen und goss den Wein aus dem Gefäß langsam und mit gebührender Gemessenheit in drei Schüben als Opfergabe ins Meer.

Irgendjemand nieste. Ballista verharrte in seiner Pose, die Arme weit ausgestreckt. Das Niesen war eindeutig gewesen und nicht mehr aus der Welt zu schaffen. Niemand regte sich oder gab einen Laut von sich. Wie jedermann wusste, war das unmissverständlichste Anzeichen für das Missfallen der Götter ein Niesen während der Rituale, die den Aufbruch eines Schiffes begleiteten. Trotzdem behielt Ballista die Pose unbeirrbar bei. Eigentlich hätte die Zeremonie jetzt vorbei sein sollen. Ungeduld und Anspannung machten sich auf der Galeere breit. Schließlich schleuderte Ballista die Schale mit einer kraftvollen Bewegung aus dem Handgelenk heraus von sich. Ein kollektives Aufseufzen ertönte, als sie klatschend in den Wellen aufschlug. Einen Moment lang schimmerte sie noch unter der Wasseroberfläche, bevor das Meer sie für immer verschluckte.

»Typisch beschissener Barbar«, knurrte der Frumentarius aus Subura. »Immer die große bescheuerte Geste. Aber sie kann das Omen nicht ungeschehen machen. Nichts kann das.«

»Für diese Schale hätte man sich zu Hause ein schönes Stück Land kaufen können«, sagte der Nordafrikaner.

»Wahrscheinlich hat er das Ding geklaut«, stellte der Spanier fest und kehrte zu ihrem ursprünglichen Thema zurück. »Sicher, die Barbaren aus dem Norden mögen dumm sein, aber Verrat geht ihnen genauso leicht von der Hand wie den Leuten aus dem Osten.«

Verrat war der Grund für die Existenz der Frumentarii. Der überlieferte Ausspruch Kaiser Domitians, dass so lange niemand an eine Verschwörung gegen einen Kaiser glaubte, bis dieser ermordet worden war, traf auf sie mit Sicherheit nicht zu. Ihre Gedanken kreisten ständig um Verrat, Verschwörungen und Gegenverschwörungen, ihre rücksichtslose Kombination aus Verschwiegenheit, Effizienz und Besessenheit war der Garant dafür, dass sie von jedermann gehasst wurden.

Nachdem er Ballistas Erlaubnis eingeholt hatte, forderte der Kapitän des Kriegsschiffs allgemeines Schweigen von der Mannschaft ein, bevor sie endgültig aufbrachen, und so hing jeder der drei Frumentarii seinen eigenen Gedanken nach. Für jeden von ihnen gab es genug nachzudenken. Wer von ihnen hatte den Auftrag erhalten, über die anderen Bericht zu erstatten? Oder gab es womöglich einen vierten Frumentarius unter den Männern des Dux Ripae, so gut getarnt, dass sie ihn bisher nicht hatten entdecken können?

Demetrius saß zu Füßen von Ballista, den er in seiner Muttersprache, dem Griechischen, stets Kyrios nannte, Gebieter. Trotz seiner Stellung als Sklave dankte er einmal mehr seinem persönlichen Dämon dafür, ihn auf seinen derzeitigen Pfad geführt zu haben. Es fiel schwer, sich einen besseren Kyrios auch nur vorzustellen. »Ein Sklave sollte nicht auf die Hand seines Gebieters warten«, lautete ein altes Sprichwort. Ballista hatte in den vier Jahren, seit seine Frau ihm Demetrius als neuen Sekretär gekauft hatte – eins von zahlreichen Hochzeitsgeschenken –, nicht einmal die Hand gegen ihn erhoben. Demetrius' frühere Besitzer hatten keine derartige Zurückhaltung darin geübt, ihre Fäuste zu gebrauchen oder ihm Schlimmeres anzutun.

Der Kyrios hatte gerade eben, als er seine Gelöbnisse sprach und die schwere goldene Schale in die See warf, einen wahrhaft prächtigen Anblick geboten. Es war eine Geste gewesen, die Alexander dem Großen würdig gewesen wäre, dem Helden des griechischen Jungen. Eine impulsive Geste der Großzügigkeit, der Pietät und Geringschätzung materieller Reichtümer. Er hatte seinen persönlichen Besitz für ihrer aller Wohl den Göttern geopfert, um das böse Omen durch das Niesen abzuwenden.

Demetrius fand, dass Ballista einiges mit Alexander gemein hatte: das glatt rasierte Gesicht, das goldene, nach hinten gekämmte Haar, voll wie eine Löwenmähne, das ihm in Locken beide Wangen hinabfiel, die breiten Schultern und die geraden, wohlgeformten Gliedmaßen. Natürlich war Ballista größer, Alexander war bemerkenswert klein gewesen. Und dann waren da noch die Augen. Alexander hatte verstörend wirkende verschiedenfarbige Augen gehabt, Ballistas Augen waren dagegen von einem tiefdunklen Blau.

Der junge Grieche ballte eine Hand zur Faust, den Daumen zwischen Zeige- und Mittelfinger geschoben, eine Schutzgeste gegen den bösen Blick, als ihn der Gedanke durchzuckte, dass Ballista in etwa zweiunddreißig Jahre alt sein musste, genau das Alter, in dem Alexander gestorben war.

Er sah verständnislos zu, wie sich das Schiff in Bewegung setzte. Offiziere der Seesoldaten brüllten Befehle, ein Flötist entlockte seinem Instrument schrille Töne, Deckarbeiter zerrten an in geheimnisvollen Mustern auf dem Deck liegenden Tauen, und aus dem Bauch des Schiffes ertönte das Keuchen der Ruderer, das Klatschen der Ruderblätter auf das Wasser und das Geräusch des Rumpfes, der immer schneller durch die Wellen pflügte. Nichts in den großen Werken über die unsterbliche griechische Geschichte – Herodot, Thukydides und Xenophon – hatte den belesenen jungen Sklaven auf den ohrenbetäubenden Lärm einer Galeere in voller Fahrt vorbereiten können.

Demetrius blickte zu seinem Kyrios auf. Ballistas Hände bewegten sich nicht, hielten scheinbar die aus Elfenbein gefertigten Armlehnen des zusammenklappbaren kurulischen Stuhls fest umklammert, ein römisches Symbol seines hohen Ranges. Wurde er etwa seekrank? War er jemals weiter gesegelt als von der Spitze des italienischen Festlandes hinüber nach Sizilien? Nach kurzer Überlegung verbannte Demetrius die Idee, sein Herr könnte das Opfer menschlicher Schwächen sein, aus seinen Gedanken. Er wusste, was oder wer seinem Kyrios wirklich zu schaffen machte. Niemand anderes als Aphrodite, die Göttin der Liebe, und ihr boshafter Sohn Eros. Mit anderen Worten: Ballista vermisste seine Frau.

Die Ehe zwischen Ballista und der Kyria hatte nicht als Liebesbeziehung begonnen. Sie war ein Arrangement gewesen, wie alle Ehen der Elite. Eine Senatorenfamilie von der Spitze der sozialen Pyramide, wenn auch ohne viel Geld und politischen Einfluss, übergab ihre Tochter einem jungen aufstrebenden Offizier. Zugegeben, einem Mann barbarischer Herkunft. Doch er war ein römischer Bürger, ein Mitglied des Reiterordens, im Rang unmittelbar unterhalb dem eines Senators stehend. Er hatte sich in Feldzügen an der Donau ausgezeichnet, auf den Inseln des fernen Ozeans und in Nordafrika, wo er als Erster die Festungsmauer einer feindlichen Stadt betreten und dafür die Mauerkrone errungen hatte. Wichtiger noch, er war am kaiserlichen Hof ausgebildet worden und ein Favorit des damaligen Kaisers Gallus gewesen. Wenn auch von Geburt her ein Barbar, dann immerhin der Sohn eines Königs, der als politische Geisel nach Rom geschickt worden war.

Durch die Ehe hatte Julias Familie politischen Einfluss am kaiserlichen Hof gewonnen, und sie würde bald, mit etwas Glück, auch wohlhabend werden. Ballista wiederum hatte an Renommee gewonnen. Demetrius hatte mitverfolgen können, wie aus diesem konventionellen Beginn einer Ehe echte Liebe erwachsen war. Eros' Pfeile hatten den Kyrios so tief getroffen, dass er mit keiner Dienstmagd geschlafen hatte, auch nicht dann, als seine Frau mit seinem Sohn schwanger war, ein Umstand, über den in den Unterkünften der Dienerschaft häufig diskutiert wurde, gerade in Hinblick auf seine barbarische Herkunft und die damit verbundene Triebhaftigkeit sowie den Mangel an Selbstbeherrschung.

Demetrius wollte sich bemühen, seinem Kyrios der Gefährte zu sein, den dieser so dringend benötigte, und ihm während der Mission beizustehen – einer Mission, bei der sich ihm der Magen umdrehte, wenn er nur daran dachte. Wie weit würden sie der aufgehenden Sonne entgegenreisen, über stürmische Meere hinweg und durch wilde Länder? Und welche furchtbaren Schrecken würden sie am Rand der bekannten Welt erwarten? Der junge Sklave dankte seinem griechischen Gott Zeus aufrichtig dafür, dass er unter dem Schutz eines römischen Soldaten wie Ballista stand.

Was für ein Schmierentheater, dachte Ballista. Ein ganz und gar hirnrissiges Schmierentheater. Irgendwo an Bord hatte also irgendwer geniest. Na und? Es war wohl kaum eine Überraschung, dass sich einer unter den rund dreihundert Männern eine Erkältung eingefangen hatte. Sollten die Götter beabsichtigt haben, ihm ein Omen zu senden, hätten sie ihm mit Sicherheit ein eindeutigeres Zeichen zukommen lassen.

Ballista hielt die Idee dieser griechischen Philosophen, von der er gehört hatte, dass es sich bei allen Göttern sämtlicher Völker im Grunde genommen um dieselben Götter handelte, die nur unterschiedliche Namen trugen, für äußerst unwahrscheinlich. So unterschied sich beispielsweise Jupiter, der Göttervater der Römer, doch sehr von Wotan, dem höchsten Gott von Ballistas eigenem Volk, den Angeln. Natürlich gab es hier und da auch Ähnlichkeiten. So traten beide gern in anderer Gestalt auf. Beide trieben es gern mit sterblichen Mädchen. Beide konnten ziemlich gemein werden, wenn man ihnen in die Quere kam. Andererseits gab es auch große Unterschiede zwischen ihnen. Jupiter hatte Spaß daran, sterbliche Jungen zu vögeln, während so etwas nun überhaupt nicht Wotans Ding war. Die Römer glaubten, dass Jupiter einem tatsächlich zu Hilfe kommen würde, wenn man sich ihm auf die angemessene Art und Weise mit den richtigen Opfergaben näherte. Auch schien Jupiter weniger böswillig als Wotan zu sein. Was Wotan betraf, konnte man nur darauf hoffen – selbst, wenn man wie Ballista einer seiner Abkömmlinge war –, dass der Allvater einen bis zu seiner letzten Schlacht in Ruhe ließ. Erst dann, sofern man zuvor heldenhaft gekämpft hatte, würde er seine Schildmaiden aussenden, um den Gefallenen nach Walhalla zu geleiten. Was Ballista darüber nachgrübeln ließ, warum er soeben diese goldene Schale geopfert hatte. Mit einem tiefen Seufzen beschloss er, seine Gedanken anderen Dingen zuzuwenden. Theologie war nichts für ihn.

Er konzentrierte sich wieder auf seine Mission. Es war eine ziemlich unkomplizierte Aufgabe. Gemessen an den Maßstäben römisch-imperialer Bürokratie sogar *ausgesprochen* unkompliziert. Er war zum neuen Dux Ripae ernannt worden, zum Kommandanten sämtlicher römischer Streitkräfte entlang der Flüsse Euphrat und Tigris und dem Land dazwischen. Der Titel nahm sich auf dem Papier großartiger aus, als er es in der Realität war. Vor drei Jahren hatten die sassanidischen Perser, das neue und aggressive Imperium des Ostens, die östlichen römischen Territorien angegriffen. Erfüllt von brennendem religiösem Eifer, waren ihre Reiterhorden entlang der Flussufer durch Mesopotamien geprescht und in Syrien eingefallen. Bevor sie zurückkehrten, reich beladen mit geplünderten Schätzen und zahllose Gefangene vor sich hertreibend, hatten sie ihre Pferde an den Gestaden des Mittelmeeres getränkt. Was der Grund war, weshalb es dort heute so gut wie keine römischen Truppen mehr gab, die der neue Dux Ripae hätte befehligen können.

Ballistas Instruktionen, seine Mandata, machte die Schwäche der römischen Streitkräfte im Osten zwangsläufig sichtbar. Er hatte Befehl, nach Arete in der Provinz »Hohles Syrien«, Coele Syria, zu marschieren, den östlichsten Bezirken des Imperiums. Dort sollte er die Stadt befestigen und gegen eine Belagerung durch die Sassaniden absichern, die im Laufe des nächsten Jahres erwartet wurde. Es standen lediglich zwei reguläre römische Einheiten unter seinem Befehl, eine Vexillatio, eine aus rund tausend schwer bewaffneten Infanteristen bestehende Abteilung der Legio IIII Scythica und eine Kohorte Auxiliartruppen, eine Kohorte, die sich sowohl aus berittenen Bogenschützen als auch solchen der Infanterie zusammensetzte. Man hatte ihm aufgetragen, so viel Abgaben wie möglich in Arete einzutreiben und die Vasallenkönige der nahe gelegenen Städte Emesa und Palmyra um die Bereitstellung zusätzlicher Truppen zu bitten, natürlich nur so viele, dass ihre eigene Verteidigungsfähigkeit nicht darunter litt. Sein Auftrag lautete, Arete bis zu seiner Ablösung durch eine imperiale Feldarmee zu halten, die Kaiser Valerian höchstpersönlich befehligen würde. Um die Ablösung durch die Feldarmee zu gewährleisten, war er des Weiteren instruiert worden, sich um die Verteidigung des Haupthafens von Syrien zu kümmern, um Seleukia und um die Provinzhauptstadt Antiochia. Während der

Abwesenheit des Statthalters von Coele Syria erhielt der Dux Ripae die volle Befehlsgewalt und sämtliche Befugnisse eines Gouverneurs. War der Statthalter zugegen, hatte sich ihm der Dux Ripae unterzuordnen.

Ballista ertappte sich dabei, wie er grimmig über die Absurditäten seiner Instruktionen lächelte, Absurditäten, wie sie typischerweise immer zustande kommen, wenn militärische Unternehmungen von Politikern geplant werden. Das Potenzial für Spannungen und Missverständnisse zwischen ihm und dem Statthalter von Syrien war gewaltig. Und wie sollte er angesichts der ihm zur Verfügung stehenden völlig unzureichenden Truppen sowie der wenigen einheimischen Bauern, die er zusätzlich rekrutieren konnte, mindestens zwei weitere Städte verteidigen können, während Arete von einer gewaltigen persischen Armee belagert wurde?

Ihm war die Ehre zuteilgeworden, persönlich zu den Kaisern Valerian und Gallienus gerufen zu werden. Der kaiserliche Vater und sein Sohn hatten äußerst freundlich mit ihm gesprochen. Ballista bewunderte beide Männer. Valerian hatte seine Mandata unterschrieben und ihm eigenhändig das Amt des Dux Ripae übertragen. Trotzdem ließ sich einfach nicht bestreiten, dass die Mission schlecht geplant und mit unzureichenden Ressourcen ausgestattet worden war. Zu wenig Zeit und zu wenige Männer für ein viel zu großes Gebiet. Oder pathetischer ausgedrückt: Der Auftrag erinnerte stark an eine Hinrichtung.

Im Verlauf der drei letzten hektischen Wochen vor seiner Abreise hatte Ballista alles über das ferne Arete in Erfahrung gebracht, was er in Erfahrung bringen konnte. Die Stadt lag am Westufer des Euphrat, etwa fünfzig Meilen unterhalb des Zusammenflusses von Euphrat und Chaboras. Wie es hieß, waren ihre Mauern äußerst solide, und die glatten Felsklippen, die Arete von drei Seiten umgaben, machten die Stadt praktisch uneinnehmbar. Von einigen unbedeutenden Wachtürmen abgesehen, bildete sie den entferntesten östlichen Außenposten des Imperium Romanum. Arete war der erste Ort auf römischem Gebiet, auf den eine sassanidische persische

Armee, die entlang des Euphrat stromaufwärts vorrückte, stoßen würde. Sie würde die volle Wucht eines Angriffs aushalten müssen.

Was Ballista über die Stadt in Erfahrung hatte bringen können, weckte wenig Zuversicht in ihm. Gegründet von einem der Nachfolger Alexanders des Großen, war sie zuerst den Parthern, dann den Römern und schließlich, vor gerade einmal zwei Jahren, den Sassaniden in die Hände gefallen, die ihrerseits die Parther gestürzt hatten. Sobald sich der größte Teil der persischen Armee in das Kernland weiter im Südosten zurückgezogen hatte, hatten sich die Einheimischen mithilfe einiger römischer Einheiten gegen ihre Besatzer erhoben und alle Männer der von den Sassaniden zurückgelassenen Garnison massakriert. Trotz der sie umgebenden steilen Felsklippen und ihrer massiven Mauern hatte die Stadt eindeutig ihre Schwachstellen. Worin diese konkret bestanden, würde Ballista herausfinden, sobald er Syrien erreichte. Der Kommandant der in Arete stationierten aus Auxiliarkräften bestehenden Kohorte hatte Befehl, Ballista im Hafen von Seleukia zu treffen.

Nichts schien jemals wirklich so zu sein, wie es bei den Römern den Anschein hatte. So gingen Ballista einige Fragen durch den Kopf. Woher wussten die Kaiser, dass die Sassaniden im nächsten Frühjahr in Syrien einfallen würden? Warum ausgerechnet entlang des Euphrat, statt eine der nördlichen Routen zu nehmen? Wenn die Erkenntnisse der militärischen Aufklärung solide waren, warum deutete dann nichts darauf hin, dass eine imperiale Feldarmee mobilisiert wurde? Und eine viel persönlichere Frage, warum war ausgerechnet er, Ballista, zum Dux Ripae ernannt worden? Zwar hatte er tatsächlich einen gewissen Ruf als Belagerungskommandant erworben – vor fünf Jahren war er mit Gallus im Norden bei der erfolgreichen Verteidigung der Stadt Novae gegen die Goten dabei gewesen, und davor hatte er diverse Siedlungen der Einheimischen sowohl im fernen Westen als auch im Atlasgebirge erobert –, aber der Osten war absolutes Neuland für ihn. Warum hatten die Kaiser keinen ihrer erfahrensten Belagerungsingenieure nach Syrien geschickt? Sowohl Bonitus als auch Celsus kannten den Osten gut.

Hätte man ihm nur gestattet, Julia mitzunehmen. Als Tochter einer alteingesessenen Senatorenfamilie war das politische Labyrinth des römischen kaiserlichen Hofes – für Ballista so undurchschaubar – für sie ihre natürliche zweite Heimat. Sie hätte zum Kern des sich ständig verändernden Gespinsts aus Begünstigungen und Intrigen vorstoßen und den Nebel der politischen Ahnungslosigkeit fortblasen können, der ihren Ehemann einhüllte.

Der Gedanke an Julia versetzte Ballista einen geradezu körperlich schmerzhaften Stich der Sehnsucht – ihr locker fallendes ebenholzfarbenes Haar, Augen so dunkel, dass sie schwarz zu sein schienen, die Rundung ihrer Brüste und ihrer Hüften. Ballista fühlte sich einsam. Er würde sie körperlich vermissen, mehr aber noch fehlten ihm ihre Gesellschaft und das herzerweichende Plappern ihres kleinen Sohnes.

Er hatte um Erlaubnis gebeten, von seiner Familie begleitet werden zu dürfen. Valerian hatte ihm die Bitte mit Hinweis auf die mit der Mission verbundenen Gefahren abgeschlagen. Doch jeder wusste, dass der wahre Grund für die Ablehnung ein anderer war. Die Kaiser benötigten Geiseln, um sich das Wohlverhalten ihrer militärischen Befehlshaber zu sichern. Zu viele Generäle der letzten Generation hatten rebelliert.

Ballista war sich bewusst, dass er trotz all der Leute, die ihn umgaben, einsam sein würde. Er hatte einen fünfzehnköpfigen Mitarbeiterstab um sich geschart, vier Schreiber, sechs Boten, zwei Ausrufer, zwei Haruspicies, die die Omen deuteten, und Mamurra, seinen Praefectus fabrum, seinen Ersten Ingenieur. Es lag in der Natur der Dinge, dass einige dieser Männer auch Frumentarii sein würden.

Zusätzlich zu seinem offiziellen Mitarbeiterstab hatte er auch einige Angehörige seines persönlichen Haushalts mitgenommen: Calgacus, seinen Leibdiener, Maximus, seinen Leibwächter und Demetrius, seinen Sekretär. Dass er den jungen Griechen, der nun zu seinen Füßen saß, dazu bestimmt hatte, die Leitung seines Hauptquartiers zu übernehmen, sein Accensus zu sein, würde zwar das Missfallen aller Mitglieder seines offiziellen Stabes erregen, aber er benötigte jemanden auf diesem Posten, dem er vertrauen konnte. Nach römischen Maßstäben waren all diese Leute zwar Teil seiner Familia, doch für Ballista stellten sie nur einen kümmerlichen Ersatz für seine echte Familie dar.

Eine Unregelmäßigkeit in der Bewegung des Bootes erregte Ballistas Aufmerksamkeit. Die gewohnten Gerüche – Kieferpech zum Abdichten des Rumpfes, Hammelfett zum Schutz der ledernen Ruderbuchsen gegen Spritzwasser und alter sowie frischer menschlicher Schweiß – erinnerten ihn an seine Jugend auf dem wilden nördlichen Ozean. Mit ihren über drei Ebenen verteilten hundertachtzig Ruderern, zwei Masten, zwei riesigen Steuerrudern, zwanzig Deckarbeitern sowie rund siebzig Seesoldaten war die Trireme *Concordia* etwas gänzlich anderes als die Langboote des Nordens. Der Unterschied entsprach in etwa dem zwischen einem Rennpferd und einem Lasttier. Aber genau wie ein Rennpferd war auch eine Trireme nur für einen speziellen Zweck gedacht, und das waren Geschwindigkeit und Manövrierfähigkeit bei ruhiger See. Bei rauer See war man in einem primitiven Langboot des Nordens sicherer, wie Ballista wusste.

Der Wind hatte auf Süden gedreht und frischte auf. Schon wühlten kurze harte Kreuzwellen die Wasseroberfläche auf, die gegen den Bug der Trireme klatschten und es den Ruderern erschwerten, die Riemen hoch genug aus dem Wasser zu heben, sodass das Boot unangenehm zu schlingern begann. Am südlichen Horizont ballten sich dunkle Sturmwolken zusammen. Ballista registrierte, dass der Kapitän und der Steuermann schon seit einiger Zeit in ein konzentriertes Gespräch vertieft waren. Während er sie noch beobachtete, gelangten sie offenbar zu einer Entscheidung. Sie wechselten noch ein paar Worte und nickten einander bekräftigend zu, dann legte der Kapitän die wenigen Schritte zu Ballista zurück.

»Das Wetter schlägt um, Dominus.«

»Was empfiehlst du?«, erkundigte sich Ballista.

»Da wir geplant hatten, direkt nach Osten zum Kap Acroceraunia und von dort aus weiter südwärts nach Korkyra zu segeln, befinden wir uns nach dem Willen der Götter nun ungefähr auf halbem Weg zwischen Italien und Griechenland. Und da wir nicht damit rechnen können, irgendwo Schutz vor dem Sturm zu finden, müssen wir ihm davonfahren.«

»Verfahre so, wie du es für richtig hältst.«

»Ja, Dominus. Dürfte ich dich bitten, deinen Männern zu befehlen, sich von den Masten zu entfernen?«

Während Demetrius über das Deck krabbelte, um die Anweisungen weiterzugeben, beriet sich der Kapitän erneut kurz mit dem Steuermann, bevor er eine Reihe von Befehlen erteilte. Nachdem die Deckarbeiter und Seesoldaten Ballistas Leute zur Steuerbord- und Backbordreling gescheucht hatten, senkten sie den Baum des Hauptmastes etwas. Die Maßnahme fand Ballistas Zustimmung. Die Trireme musste einerseits genügend Wind einfangen, um besser manövrierbar zu sein, andererseits aber nicht so viel, dass sie zu schwer kontrollierbar wurde.

Sie schwankte jetzt heftig, und der Kapitän befahl, Kurs nach Norden zu setzen. Der Steuermann gab dem Leiter der Ruderer und Bugoffizier entsprechende Anweisungen. Auf sein Zeichen hin riefen alle drei den Ruderern die Befehle zu, der Pfeifer blies in seine Pfeife, und der Steuermann legte die Ruder um. Die Galeere neigte sich beängstigend zur Seite, als sie den neuen Kurs einschlug. Auf eine weitere Reihe von Befehlen hin wurde das Hauptsegel gesetzt und so stark gerefft, dass es nur wenig Segelfläche bot, die Riemen auf den beiden unteren Ruderreihen wurden eingezogen.

Das Stampfen des Bootes ließ nach. Der Zimmermann erschien auf der Deckleiter, um dem Kapitän Bericht zu erstatten.

»Drei Riemen auf der Steuerbordseite sind gebrochen. Wir hatten einen nennenswerten Wassereinbruch, als die trockenen Steuerbordseitenplanken unter die Wasserlinie getaucht sind, aber die Pumpen arbeiten und die Planken müssten jetzt aufquellen, die Fugen sich schließen und so von selbst den Wassereinbruch stoppen.«

»Legt jede Menge Ersatzriemen in Reichweite bereit«, befahl der Kapitän. »Es könnte ein bisschen ruppig werden.«

Der Zimmermann salutierte flüchtig und verschwand wieder unter Deck.

Die letzte Stunde des Tages war gerade angebrochen, als der Sturm mit voller Wucht zuschlug. Der Himmel wurde dunkel wie der Hades, schwarz-blau mit einem unirdischen gelblichen Farbstich, der Wind heulte, die Luft war voller Gischt, und das Schiff neigte sich so weit vor, dass das Heck hoch aus dem Wasser ragte. Ballista sah, wie zwei seiner Leute über das Deck schlitterten. Einer wurde von dem Arm eines Seesoldaten gepackt und festgehalten, der andere prallte gegen die Reling. Sein Schmerzensschrei übertönte das Heulen des Sturmes.

Ballista sah zwei Hauptgefahren für die *Concordia*. Eine riesige Woge konnte sich über das Deck ergießen, die Pumpen konnten ausfallen und das Schiff so viel Wasser nehmen, dass es nicht mehr auf die Steuerruder reagierte, sich dann irgendwann quer in den Wind drehen und schließlich kentern. Oder aber eine Woge hob sein Heck so weit an, dass sein Bug unter Wasser gedrückt wurde und es sich längs überschlug, kieloben im Meer trieb oder sogar unterging. Letzteres würde wenigstens einen schnellen Tod bringen. Ballista wünschte sich, er könnte aufstehen und sich irgendwo festhalten, versuchen, das Stampfen und Rollen des Schiffes durch Bewegungen seines Körpers auszugleichen. Doch wie in einer Schlacht musste er seinen Untergebenen auch in dieser Situation ein leuchtendes Vorbild sein und auf dem Sessel des Kommandanten sitzen bleiben. Jetzt begriff er, warum der Sessel so fest mit dem Deck verankert war. Als er hinabblickte, sah er, dass der junge Demetrius seine Beine in der klassischen Pose eines Bittstellers umschlungen hielt. Er drückte dem Jungen ermutigend die Schulter.

Der Kapitän kämpfte sich nach achtern und bellte die rituellen Worte: »Alexander lebt und herrscht!« Wie als Antwort schoss ein gezackter Blitz backbords in die See, gefolgt von einem ohrenbetäubenden Donnerschlag. Das Heben und Senken des Decks unter seinen Füßen geschickt kompensierend, erreichte er Ballista halb rennend, halb schlitternd. Ohne auch nur im Geringsten den Unterschied im Rang zwischen ihnen zu beachten, eine Hand um die Rückenlehne des kurulischen Throns gekrallt, die andere um Ballistas Arm, brüllte er über das Tosen des Sturms hinweg: »Muss ihr gerade genug Fahrt lassen, um sie manövrierfähig zu halten! Die wirkliche Gefahr besteht darin, dass ein Steuerruder bricht! Es sei denn, der Sturm wird noch schlimmer! Wir sollten zu unseren Göttern beten!«

Ballista dachte an Ran, die grimmige Meeresgöttin des Nordens mit ihrem magischen Netz voller Ertrunkener, und gelangte zu dem Schluss, dass die Dinge auch so schon schlimm genug standen.

»Gibt es nördlich von uns irgendwelche Inseln, in deren Windschatten wir uns begeben könnten?«, rief er.

»Wenn uns der Sturm weit genug nach Norden treibt und wir noch nicht zu Neptun gegangen sind, wären da die Inseln des Diomedes. Aber – angesichts der Umstände – wäre es vielleicht besser für uns, uns von ihnen fernzuhalten.«

Plötzlich begann Demetrius zu schreien. Seine dunklen Augen leuchteten vor Angst, seine Worte waren kaum verständlich.

»… dumme Geschichten! Ein Grieche – ins Meer geweht – Inseln, die kein Mensch je gesehen hat, voller Satyre, denen Pferdeschweife aus dem Arsch wachsen, mit riesigen Schwänzen – hat ihnen ein Sklavenmädchen zugeworfen – haben sie furchtbar vergewaltigt – einzige Möglichkeit zu fliehen – geschworen, dass es die Wahrheit ist!«

»Wer weiß schon, was wahr ist!«, schrie der Kapitän zurück und verschwand wieder in Richtung des Bugs.

Im Morgengrauen, drei Tage nach Beginn des Sturms und mit zwei Tagen Verspätung umrundete die kaiserliche Trireme *Concordia* die Landspitze der Insel Korfu und fuhr in den winzigen halbkreisförmigen Hafen Kassiopi ein. Das Meer spiegelte das perfekte Blau eines wolkenlosen Himmels wider. Ein schwacher Hauch der vom Land her wehenden Brise, der mit der Nacht starb, strich den Männern über das Gesicht.

»Kein guter Beginn deiner Reise, Dominus«, kommentierte der Kapitän.

»Ohne deine Seemannskunst und die deiner Mannschaft hätte es sehr viel schlimmer kommen können«, erwiderte Ballista.

Der Kapitän quittierte das Kompliment mit einem Nicken. Auch wenn er ein Barbar war, dieser Dux hatte Manieren. Außerdem war er kein Feigling. Er hatte während des Sturmes nicht einen falschen Schritt gemacht. Zeitweise hatte es sogar den Anschein gehabt, als würde er die Sache regelrecht genießen, zumindest dem irren Grinsen in seinem Gesicht nach zu urteilen.

»Das Boot hat einige harte Schläge einstecken müssen. Ich fürchte, es wird mindestens vier Tage dauern, bis wir wieder in See stechen können.«

»Das lässt sich nun mal nicht ändern«, sagte Ballista. »Wenn es repariert ist, wie lange werden wir für die Fahrt nach Syrien brauchen?«

»Die Westküste Griechenlands runter, über Delos durch die Ägäis, von Rhodos nach Zypern über die offene See, dann noch einmal über die offene See von Zypern nach Syrien …« Der Kapitän runzelte nachdenklich die Stirn. »Um diese Jahreszeit …« Sein Gesicht hellte sich auf. »Bei perfektem Wetter, wenn auf dem Schiff nichts kaputtgeht, die Männer nicht krank werden und wir nirgendwo an Land länger als eine Nacht bleiben, werde ich dich in nur zwanzig Tagen nach Syrien bringen, Mitte Oktober.«

»Wie oft kommt es vor, dass eine Reise so reibungslos verläuft?«, wollte Ballista wissen.

»Ich habe Kap Tainaron mehr als fünfzigmal umrundet, und bisher ist das noch nie geschehen.«

Ballista lachte und wandte sich Mamurra zu. »Praefectus, trommle die Leute zusammen, und besorg ihnen Unterkünfte im Ausrüstungslager des Cursus publicus. Das liegt irgendwo links da drüben oben auf dem Hügel. Dafür wirst du unsere Diplomata brauchen, die offiziellen Pässe. Nimm meinen Leibdiener mit.«

»Ja, Dominus.«

»Demetrius, du kommst mit mir.«

Maximus, Ballistas Leibwächter, schloss sich ihm an, ohne einen Befehl abzuwarten. Die beiden wechselten wortlos einen reumütigen Blick. »Aber vorher statten wir den Verletzten noch einen Besuch ab«, fügte Ballista hinzu.

Glücklicherweise war niemand getötet worden oder über Bord gegangen. Die acht Verletzten lagen in der Nähe des Bugs an Deck, fünf Ruderer, zwei Deckarbeiter und ein Mann aus Ballistas Gruppe, ein Nachrichtenbote. Alle hatten Knochenbrüche erlitten. Ein Arzt war bereits bestellt worden. Es war ein reiner Höflichkeitsbesuch, den Ballista den Männern abstattete. Er wechselte mit jedem ein paar Worte, steckte ihnen ein paar kleinere Münzen zu, und damit war die Sache erledigt. Die Geste war nötig, schließlich würde Ballista mit dieser Mannschaft noch bis nach Syrien reisen müssen.

Er streckte sich und gähnte. Niemand hatte viel Schlaf abbekommen, seit der Sturm hereingebrochen war. Er blickte sich um, die Augen im hellen Licht der Morgensonne zusammengekniffen. Das schroff aufragende ockerfarbene Epirusgebirge zeichnete sich jenseits der ionischen Meerenge in einigen Meilen Entfernung klar umrissen vor dem Himmel ab. Ballista strich sich über den vier Tage alten Bart und durch sein Haar, das ihm, steif geworden durch das getrocknete Meersalz, vom Kopf abstand. Er wusste, dass sich jeder Betrachter bei seinem Anblick an irgendeine beliebige Barbarenstatue erinnert fühlen musste – auch wenn die meisten dieser Statuen nördliche Barbaren darstellten, die mit Ketten gefesselt worden waren oder im Sterben lagen. Doch bevor er sich rasieren und ein Bad nehmen konnte, gab es noch etwas anderes zu erledigen.

»Das dort oben muss der Tempel des Zeus sein«, murmelte er.

Die Priester des Zeus warteten bereits auf den Stufen des Tempels. Sie hatten gesehen, wie die beschädigte Trireme in den Hafen eingelaufen war, und begrüßten die Männer mit offenen Armen. Ballista gab ihnen einige größere Münzen, worauf die Priester das obligatorische Räucherwerk und einen Opferhammel besorgten, um das

Gelübde zu erfüllen, mit dem Ballista zum Höhepunkt des Sturmes für alle sichtbar sichere Landung von den Göttern erfleht hatte. Einer der Priester begutachtete die Leber des geschlachteten Hammels und erklärte das Ergebnis als sehr ermutigend. Die Götter sollten sich am Rauch der mit Fett umwickelten verbrannten Knochen laben, während die Priester selbst später ein viel substanzielleres Mahl aus gegrilltem Fleisch genießen würden. Dass Ballista großzügig auf seinen Anteil verzichtete, wurde als freundlicher Akt gegenüber den Menschen und Göttern begrüßt.

Nachdem sie den Tempel verlassen hatten, ergab sich eines der üblichen kleineren Probleme, wie sie jede Reise mit sich bringt. Die drei Männer waren allein, und keiner wusste, wo genau die Poststation lag.

»Ich habe nicht vor, den ganzen Morgen damit zu verbringen, kreuz und quer in den Hügeln herumzulaufen«, sagte Ballista. »Maximus, würdest du bitte zurück zur *Concordia* gehen und dich erkundigen, wo die Station liegt?«

Der Leibwächter war kaum außer Hörweite, als sich Ballista an Demetrius wandte. »Ich dachte, ich sollte lieber warten, bis wir allein sind. Was hat es mit diesem ganzen verrückten Zeugs über Mythen und Inseln voller Vergewaltiger auf sich, von dem du während des Sturmes gequatscht hast?«

»Ich – kann mich nicht erinnern, Kyrios.« Demetrius' dunkle Augen wichen denen Ballistas aus. Ballista wartete schweigend, und plötzlich sprudelte es geradezu hastig aus dem Jungen hervor. »Ich hatte Angst, habe Unfug geredet, weil ich mich so gefürchtet hatte – der Sturm. Das Wasser und so – ich dachte, wir würden sterben …«

Ballista musterte ihn unverwandt. »Der Kapitän hatte gerade von den Inseln des Diomedes gesprochen, bevor du losgelegt hast. Was hat er gesagt?«

»Ich weiß nicht, Kyrios.«

»Demetrius, als ich es das letzte Mal überprüft habe, warst du immer noch mein Sklave, mein Eigentum. War es nicht einer deiner geliebten alten Schriftsteller, der Sklaven als ›Werkzeuge mit

Stimme‹ bezeichnet hat? Sag mir, worüber hast du mit dem Kapitän gesprochen?«

»Er hatte vor, dir von dem Mythos der Insel des Diomedes zu erzählen, und ich wollte ihn davon abhalten. Deshalb bin ich ihm ins Wort gefallen und habe stattdessen die Geschichte von der Insel der Satyre erzählt. Sie stammt aus *Die Beschreibung Griechenlands* von Pausanias. Ich wollte damit zeigen, dass alle diese Geschichten wahrscheinlich nicht wahr sind, auch wenn einige davon manchmal so verführerisch klingen, dass ihnen sogar so gebildete Schriftsteller wie Pausanias auf den Leim gehen.« Der Junge verstummte verlegen.

»Also, was hat es mit dem Mythos über die Inseln des Diomedes auf sich?«, hakte Ballista nach.

Die Wangen des Jungen erröteten. »Das ist nur eine alberne Geschichte.«

»Raus damit!«, befahl Ballista.

»Man erzählt sich, dass der griechische Held Diomedes nach dem Trojanischen Krieg nicht nach Hause zurückgekehrt ist, sondern sich auf zwei fernen Inseln in der Adria niedergelassen hat«, berichtete Demetrius widerstrebend. »Es soll dort ein Heiligtum geben, das ihm gewidmet ist und um das herum große Vögel mit großen scharfen Schnäbeln hocken. Die Vögel bleiben der Legende nach ruhig, wenn ein Grieche an Land geht. Sollte es aber ein Barbar versuchen, steigen sie auf, stoßen durch die Luft herab und versuchen, ihn zu töten. Angeblich sind es die Gefährten Diomedes', die in Vögel verwandelt wurden.«

»Und da wolltest du wohl meine Gefühle nicht verletzen?« Ballista warf den Kopf in den Nacken und lachte schallend. »Es gibt da etwas, das dir offensichtlich niemand erzählt hat. In dem barbarischen Stamm, aus dem ich komme, spielen Gefühle bei niemandem eine große Rolle – es sei denn, wir sind sehr betrunken.«

II

Die Götter zeigten sich der *Concordia* gegenüber seit ihrer Abfahrt aus Kassiopi wohlgesinnt. Die überraschende Wildheit von Notus, dem Südwind, war von Boreas, dem Nordwind abgelöst worden, der sanft und freundlich blies. Die Berghänge des Epirus, Akarnaniens und des Peloponnes zur Linken, war die *Concordia* größtenteils unter Segeln die Westküste Griechenlands hinabgefahren. Dann hatte sie Kap Tainaron umrundet, war zwischen Malea und Kythira hindurchgesegelt und hatte danach, diesmal unter Einsatz der Ruderer, Kurs Nordost in die Ägäis hinein auf die Kykladen gesetzt, auf Melos, Seriphos und Syros. Nun, sieben Tage später, brauchte sie nur noch Rheina zu umrunden, um Delos in wenigen Stunden zu erreichen.

Delos, eine winzige, fast vegetationslose Felsinsel im Zentrum der Kykladen, war schon immer etwas Besonderes gewesen. Anfangs war sie unstet durch das Meer gewandert. Nachdem Leto, verführt durch den Göttervater Zeus und gejagt von dessen eifersüchtiger Frau Hera, von allen anderen Orten zurückgewiesen worden war, hatte sie Zuflucht auf Delos gefunden und dort Apollon sowie dessen Schwester Artemis geboren. Zur Belohnung dafür war Delos für alle Zeiten an Ort und Stelle fest verankert worden. Kranke und Frauen kurz vor der Niederkunft wurden nach Rheineia übergesetzt, denn niemand sollte auf Delos geboren werden oder dort sterben. Lange Jahre hatten die Insel und ihre Schreine gut floriert, unbefestigt in sicherer Obhut der Götter. Während des goldenen Zeitalters Griechenlands war Delos zum Hauptquartier des von den Athenern zum Freiheitskampf gegen die Perser gegründeten Attischen Seebunds bestimmt worden.

Mit dem Aufkommen Roms, der Gewitterfront aus dem Westen, hatte sich alles verändert. Die Römer hatten Delos zum Freihafen erklärt, nicht aus religiösen Gründen, sondern aus ganz profanem wirtschaftlichem Interesse. Ihr Wohlstand und ihre Gier hatten die Insel in den größten Sklavenmarkt der Welt verwandelt. Es hieß, auf dem Höhepunkt wären mehr als zehntausend geschundene Männer, Frauen und Kinder täglich auf Delos verkauft worden. Und doch hatten es die Römer versäumt, Delos zu schützen. Zweimal innerhalb von zwanzig Jahren war die Insel geplündert worden. Es entbehrte nicht einer bitteren Ironie, dass ausgerechnet diejenigen, die jahrelang gut an der Sklaverei verdient hatten, letztendlich selbst von Piraten in die Sklaverei verschleppt worden waren. Noch immer zogen Delos' Heiligtümer und seine günstige Position als Rastplatz auf halbem Weg zwischen Europa und Kleinasien jede Menge Seeleute, Händler und Pilger an, aber die Insel war nur noch ein Schatten ihrer früheren Größe.

Demetrius' Blick hing wie gebannt an Delos. Zu seiner Rechten zeichneten sich die grauen, zackigen Konturen des Berges Cynthus ab. Auf seinem Gipfel stand das Heiligtum von Zeus und Athene. Darunter drängten sich die Heiligtümer anderer Gottheiten, nicht nur griechischer, sondern auch ägyptischer und syrischer. Wiederum darunter befand sich die Altstadt, ein wildes Durcheinander aus weiß getünchten Häuserwänden und mit roten Ziegeln gedeckten Dächern, die im Sonnenlicht leuchteten. Die kolossale Statue Apollons erregte Demetrius' Aufmerksamkeit. Der Kopf mit dem langen geflochtenen Haar, vor etlichen Generationen erschaffen, war zur Seite gedreht. Das lächelnde Gesicht blickte nach links auf den heiligen See. Und dort neben dem heiligen See lag das, dessen Anblick Demetrius fürchtete, seit er erfahren hatte, wohin die *Concordia* unterwegs war.

Er hatte den furchtbaren Ort nur einmal gesehen, und das war vor fünf Jahren gewesen, aber er würde die Agora der Italiener nie vergessen. Man hatte ihn entkleidet und gebadet – die Ware musste schließlich gut aussehen – und dann zu dem Versteigerungspodest geführt. Dort hatte er – nach der Androhung von Schlägen oder Schlimmerem – das Musterbeispiel eines fügsamen Sklaven abgegeben. Er konnte die Ausdünstungen der dicht zusammengepferchten Menschen in der gnadenlosen mediterranen Sonne riechen. Der Versteigerer spulte seine Litanei ab: »… gebildet – würde einen guten Sekretär oder Buchhalter abgeben …« Fetzen derber Kommentare drangen an seine Ohren: »… gebildetes Arschloch, würde ich sagen – oft benutzt, wenn er aus Turpilius' Besitz stammt …« Eine kurze Versteigerung, und das Geschäft war beendet. Die Erinnerung daran ließ Demetrius' Gesicht heiß werden und seine Augen, die die Tränen der Wut mühsam zurückgehalten hatten, brennen.

Er hatte sich immer bemüht, nie an die Agora der Italiener zurückzudenken. Für ihn war sie der Tiefpunkt von drei Jahren Finsternis nach dem frühlingshaften Licht der Zeit davor gewesen. Er sprach auch nie von seinem früheren Leben, er vermittelte nach außen hin immer den Eindruck, in die Sklaverei hineingeboren worden zu sein.

Das Theaterviertel der Altstadt bestand aus einem Gewirr schmaler gewundener Gassen, über denen sich die nach außen geneigten Wände der schäbigen Häuser beinahe berührten. Das Sonnenlicht hatte Mühe, seinen Weg bis auf den Boden zu finden. Jetzt, da die Sonne sich anschickte, hinter Rheneia zu versinken, herrschte hier beinahe völlige Dunkelheit. Die Frumentarii hatten nicht daran gedacht, eine Fackel mitzubringen oder einen Fackelträger zu mieten.

»Scheiße!«, fluchte der Spanier.

»Was?«

»Scheiße. Ich bin gerade in einen großen Haufen Scheiße getreten!« Nun, nachdem er es erwähnt hatte, registrierten die beiden anderen, wie sehr es in der Gasse stank.

»Da. Ein Wegweiser für die Matrosch'n, wo's zum Hafen geht«, sagte der Nordafrikaner. In Augenhöhe befand sich eine große Phallusskulptur. Unter den Hoden prangte ein lächelndes Gesicht. Die Spione schlugen die Richtung ein, in die der Phallus zeigte. Hin und wieder blieb der Spanier kurz stehen, um die Sohle seiner Sandale am Straßenpflaster abzustreifen.

Nach einer kurzen Strecke in der zunehmenden Dunkelheit erreichten die drei Männer eine von zwei Phallusskulpturen gesäumte Tür. Ein großer, brutal aussehender Türsteher ließ sie eintreten. Man geleitete sie zu einer Bank vor einem Tisch, an dem eine unvorstellbar hässliche alte Vettel saß. Sie verlangte ohne Umschweife Geld, bevor sie ihnen ihre Getränke brachte, Wein und Wasser im Mischverhältnis zwei zu fünf. Die restliche Kundschaft bestand aus zwei Einheimischen, die völlig in ihr Gespräch vertieft waren.

»Perfekt. Absolut verfickt perfekt«, sagte der Spion aus Subura. Wenn überhaupt möglich, war der Gestank hier drinnen sogar noch schlimmer als draußen. Schaler Weindunst und alter Schweiß mischten sich in den alles überlagernden Geruch von Moder und Fäulnis, Pisse und Scheiße. »Wie kommt es eigentlich, dass ihr zwei gut bezahlte und geachtete Schreiber im persönlichen Stab des Dux seid, während ein gebürtiger Römer wie ich, einer von Romulus' Kindern, die Rolle eines einfachen Boten spielen muss?«

»Ist es etwa unsere Schuld, dass du so schlecht schreiben kannst?«, fragte der Spanier.

»Friss Scheiße, Sertorius.« Der Spitzname stammte von einem berühmten römischen Rebellen ab, der in Spanien gelebt hatte. »Für dich und unseren Hannibal hier ist Rom nicht mehr als eine Stiefmutter.«

»Ja, es musch wunderbar sein, direkt aus Romulus' Jauchegrube zu stammen«, sagte der Nordafrikaner.

Sie verstummten, als ihnen eine stark geschminkte ältere Prostituierte ihre Bestellung brachte. Die Frau trug eine äußerst kurze Tunika und einen Armreif mit einer Reihe von Amuletten: ein Phallus, die Keule von Herakles, eine Axt, ein Hammer und ein Abbild der dreigesichtigen Hekate.

»Wenn sie so viel Kram braucht, um Neid abzuwehren, dann stellt euch nur vor, wie die anderen hier aussehen müssen.«

Die drei Frumentarii tranken. »Im Hafen liegt noch eine andere imperiale Trireme«, sagte der Spanier. »Sie bringt einen kaiserlichen Prokurator aus der Provinz Lycia nach Rom. Hat der Dux es vielleicht so eingerichtet, dass sie sich hier treffen?«

»Nur hat er ihn bisher nicht aufgesucht«, erwiderte der Spion, der so stolz darauf war, in Rom geboren zu sein.

»Das könnte umso mehr Anlass zum Misstrauen geben.«

»Blödsinn. Unser barbarischer Dux ist garantiert hierhergekommen, weil er gehört hat, dass hier gerade eine Ladung persischer Sklaven angeboten wird und er sich einen frischen Arsch kaufen will. Einen Perser mit einem Hinterteil wie ein Pfirsich als Ersatz für diesen ausgeleierten griechischen Jungen.«

»Ich habe mit Demetrius gesprochen, dem Accenschusch. Er glaubt, dass das alles so was wie 'ne politische Botschaft isch. Offenbar haben die Griechen diese schäbige kleine Insel vor langer Zeit als Hauptquartier für 'nen religiösen Krieg gegen die Perser benutscht. Und was tun wir denn gerade anderes, als die Zivilisation gegen einen neuen Haufen Perser zu verteidigen? Scheint so, als gefällt sich unser barbarischer Dux in der Rolle des Standartenträgers der Zivilisation.«

Die anderen beiden quittierten die Worte des Nordafrikaners mit einem Nicken, obwohl sie ihm nicht glaubten.

Die Tür wurde geöffnet, und drei weitere Kunden traten ein. Wie es sich für jedes Mitglied aus Ballistas Stab geziemte, erhoben sich die Frumentarii um Mamurra, den Praefectus fabrum zu begrüßen. Auch den Leibwächter Maximus und Calgacus, den persönlichen Diener des Dux, ignorierten sie natürlich nicht. Die Neuankömmlinge erwiderten die Grüße und nahmen an einem anderen Tisch Platz. Die Frumentarii wechselten einen Blick, mit dem sie sich gegenseitig ihre Weitsicht bestätigten. Sie hatten offensichtlich das richtige Haus ausgewählt.

Die beiden Brüder, denen die Schenke gehörte, beäugten ihre neusten Kunden mit leichter Beklommenheit. Der hässliche alte Sklave mit dem missgestalteten Schädel, der von den anderen mit dem Namen Calgacus begrüßt worden war, würde bestimmt keinen Ärger machen – obwohl man sich da nie wirklich sicher sein konnte.

Der Praefectus, Mamurra, konnte wie alle Soldaten dagegen schwierig werden. Er trug Berufskleidung, eine weiße, mit Swastikas bestickte Tunika, eine dunkle Hose und Stiefel. Um die Hüften hatte er ein Cingulum geschlungen, einen kunstvoll gearbeiteten militärischen Gürtel, an den ein nicht minder hochwertig verziertes Wehrgehänge geknüpft war, das über seine rechte Schulter verlief. Das Cingulum war mit einer extravaganten Girlande geschmückt, die eine Schlinge rechts der Gürtelschnalle bildete. Die Schlinge baumelte von dem Gürtel herab und endete in der üblichen Ansammlung klirrender metallischer Ornamente. Beide Gürtel verrieten die Dauer seiner Dienstzeit sowie seinen Rang. Sie waren mit Tapferkeitsorden, Amuletten und den Abzeichen verschiedener Einheiten und Feldzüge bedeckt. An der linken Hüfte trug er eine Spatha, ein Langschwert, und an der rechten einen Pugio, einen militärischen Dolch. In den guten alten Zeiten hätte er lediglich den Dolch getragen, doch die aktuelle unruhige Lage hatte das geändert. Sein großer kantiger Kopf, der an einen Marmorklotz erinnerte, war grau meliert, Bart, Haupthaar und Schnurrbart sehr kurz geschnitten. Ein schmaler Mund wie eine Rattenfalle und ernste, kaum blinzelnde Augen verstärkten den Eindruck, dass ihm Gewaltausübung alles andere als unbekannt war.

Der dritte Mann, der gesprächige, den die Männer am Schanktresen mit dem Namen Maximus begrüßt hatten, war schlimmer. Er war ähnlich gekleidet wie der Offizier, jedoch kein Soldat. Maximus trug einen Gladius, ein spanisches Kurzschwert, einen verzierten Dolch und eine Unmenge billiger vergoldeter Broschen. Sein schwarzes Haar war länger als das seiner Begleiter, sein Bart kurz, aber dicht. Das Narbengewebe dort, wo sich ehemals seine Nasenspitze befunden hatte, hob sich weiß aus seinem dunkel gebräunten, vogelartigen Gesicht ab. Der Anblick erinnerte die Männer an dem Schanktresen an den Arsch einer Katze. Seine ganze Erscheinung wies auf seine Vergangenheit in der Arena und seine derzeitige Beschäftigung als gedungener Mann fürs Grobe hin. Noch beunruhigender an ihm aber waren seine Augen. Hellblau, weit geöffnet und irgendwie etwas leer, die Augen eines Mannes, der in kürzester Zeit extrem gewalttätig werden konnte.

»Diese Runde geht auf mich.« Mamurra hob den kantigen Kopf und richtete den Blick auf die Augen des Schankwirts. Der Mann nickte und gab einem der Mädchen ein Zeichen, den drei Gästen ihre Getränke zu bringen.

»Jupiter, was ist dieser Wirt doch für ein hässlicher Bastard«, sagte Calgacus mit einem grauenhaften nördlichen Akzent.

»Wie du siehst, mein lieber Praefectus«, wandte sich Maximus an Mamurra, »ist unser Calgacus ein ausgewiesener Experte in Sachen Schönheit. Der Grund dafür liegt in seiner Jugend. Du wirst es kaum glauben können, aber in seiner Jugend strahlte seine Schönheit hell wie die Sonne. Männer und Jungen – sogar Mädchen und Frauen –, sie alle waren ganz verrückt nach ihm. Nach seiner Versklavung haben ihn dann Könige, Prinzen und Satrapen mit Gold überhäuft, um sich seine Gunst zu erkaufen. Es heißt, er hätte in Athen einen regelrechten Aufruhr verursacht. Du weißt ja, was für hingebungsvolle Päderasten die Athener sind.«

Die Geschichte war nicht nur schwer zu glauben, sondern sogar absolut unvorstellbar. Mamurra betrachtete Calgacus ganz genau. Der Diener des Dux hatte ein fliehendes Kinn, kaum verdeckt von ein paar Bartstoppeln, einen mürrisch aussehenden schmallippigen Mund, eine von Falten zerfurchte Stirn, kurz geschnittenes zurückweichendes Haar, und – am auffälligsten – einen großen ballonförmigen Schädel. Mamurra benötigte einen Moment, um zu begreifen, dass Maximus einen Witz gemacht hatte. Bei Neptuns Eiern, dachte er, das wird ein hartes Stück Arbeit werden. Er war kein Mann mit Sinn für lockere, spielerische Ironie.

Ein Mädchen mit kleinen Brüsten und einem mageren Hinterteil erschien mit dem Wein. Als sie den großen Krug auf dem Tisch abstellte, schob Maximus ihr eine Hand unter die kurze Tunika und ließ die Finger über ihr Bein zu ihrem Arsch hinaufwandern. Sie lächelte affektiert. Beide verhielten sich genauso, wie man es von ihnen erwartete.

Unter normalen Umständen hätte Mamurra, der Praefectus fabrum, nicht mit barbarischen Sklaven getrunken, ganz zu schweigen davon, ihre Getränke auch noch zu bezahlen. Doch ein jeder musste tanzen, wenn Dionysius es befahl. Im Imperium erwuchs Macht aus der Nähe zu noch größerer Macht. Der Dux Ripae besaß Macht, weil er einen direkt von den Kaisern erteilten Auftrag erhalten hatte. Diese beiden Sklaven verfügten über Macht, weil sie zum engen Umfeld des Dux Ripae gehörten. Sie waren bereits seit Jahren bei Ballista. Es war vierzehn Jahre her, seit er Maximus gekauft hatte, und Calgacus war zusammen mit ihm ins Imperium gekommen. Wenn Mamurra seinen eigenen Auftrag erfolgreich durchführen wollte, war es unverzichtbar, so viel wie nur möglich über den neuen Dux in Erfahrung zu bringen. Wie auch immer, er fand sich damit ab, dass es angesichts seiner Stellung heuchlerisch gewesen wäre, auf Etikette Wert zu legen. Es war nicht einmal so, als wäre Mamurra der Name, den er bei seiner Geburt erhalten hätte.

Er musterte seine beiden Gefährten. Calgacus trank langsam, gleichmäßig und entschlossen. Auch Maximus leerte seinen Becher, doch er trank immer nur dann in großen Schlucken, wenn es ihm seine ständig fuchtelnde Hand, die sein unaufhörliches Gequatsche gestenreich begleitete, einmal kurz gestattete. Mamurra wartete auf seinen Moment.

»Merkwürdig, dass der griechische Junge Demetrius es abgelehnt hat, etwas trinken zu gehen. Glaubt ihr, dass er eingeschnappt ist, weil Ballista heute diesen hübschen persischen Jungen gekauft hat? Eine Schwuchtel, die Angst vor einer anderen Schwuchtel im Haus hat? Nichts ist in einem Haushalt wertloser als der Favorit von gestern.« Mamurra sah, wie Maximus' Züge, die normalerweise ständig in Bewegung waren, erstarrten. Sein Gesicht wurde verschlossen.

»Die Vorlieben des Dominus bewegen sich nicht in diese Richtung. In seinem Stamm werden Leute dieses Schlages getötet, genau wie – in der römischen Armee.« Maximus starrte Mamurra direkt ins Gesicht.

Der Praefectus fabrum erwiderte den Blick des Leibwächters einen Moment lang, bevor er wegsah. »Ich bin überzeugt, dass es genauso ist.« Mamurra bemerkte, dass der Schankwirt einen bedeutungsvollen Blick mit dem Türsteher wechselte, der hässlich genug war, um sein Bruder zu sein.

Er beschloss, eine andere Herangehensweise auszuprobieren. Die Verzierung auf seinem Weinbecher zeigte eine Szene aus einer wilden Orgie. Es war die grobe Kopie der Art von Gemälden auf alten Vasen, wie sie heute so oft von reichen Leuten als Antiquitäten gesammelt wurden, die Stoff für angeregte Gespräche boten. Wie die gesamte Dekoration dieses Schuppens, einschließlich der beiden lächerlich überdimensionierten imitierten dorischen Säulen, die die Tür zu der Treppe flankierten, sollten die Trinkbecher den armen Kunden der Schenke die Illusion eines elitären Lebenswandels vermitteln. Mamurra wusste das, weil er sich häufig in den Häusern der Reichen aufgehalten hatte, gelegentlich sogar rechtmäßig.

»Ich denke, ich könnte jetzt einen Fick vertragen«, sagte er. »Wenn einer von euch Lust auf ein Mädchen hat, seid meine Gäste.«

»Das ist furchtbar nett von dir, mein lieber Praefectus«, erwiderte Maximus. »Wir sind lange auf See gewesen, und wie ein gebildeter Mann wie du bestimmt weißt, da bin ich mir ganz sicher, kann man auf See nicht mit einer Frau schlafen. Die Seeleute behaupten, eine Frau an Bord würde das größte Unglück bringen. Ich frage mich, ob das auch die Selbstbefriedigung einschließt. Wenn ja, ist es ein Wunder, dass wir es überhaupt bis in diesen Hafen geschafft haben, wenn man bedenkt, dass unser Calgacus hier gewichst hat wie Priapus in den Frauengemächern.« Er blickte sich um. »Da! Dort drüben! Eine Vision! Eine Vision der Schönheit!«

»Was, dieses fette Mädchen?«, fragte Calgacus, der Maximus' Blickrichtung gefolgt war.

»Spendet Wärme im Winter und Schatten im Sommer«, strahlte Maximus und erhob sich, um das Geschäft abzuschließen.

Dann wollen wir doch mal sehen, ob wir irgendwas aus diesem

erbärmlichen alten kaledonischen Bastard rauskriegen können, dachte Mamurra. »Wie kommst du mit seinem Gerede klar?«, erkundigte er sich.

»Das ist nun mal seine Art«, erwiderte Calgacus.

»Mir ist aufgefallen, dass er manchmal sogar mit dem Dux so redet. Wieso kommt er damit durch?«

Es folgte ein längeres Schweigen, während Calgacus den Pegel seines Bechers weiter senkte. »Weil er ihm einmal das Leben gerettet hat«, antwortete er schließlich.

»Wann hat Maximus ihm das Leben gerettet?«

Eine weitere lange Pause. »Nein, es war der Dominus, der Maximus das Leben gerettet hat. So was verbindet.«

Mit beginnender Verzweiflung füllte Mamurra Calgacus' Becher wieder auf. »Wieso ist der Dux nach einer Belagerungsmaschine benannt worden?«

»Vielleicht hat er den Namen Ballista ja verpasst bekommen, weil er sich schon immer sehr für Belagerungsmaschinen interessiert hat.«

Das ist verdammt hoffnungslos, dachte Mamurra. »Es muss angenehm sein, unter so einem Dominus dienen zu können.«

Der alte Sklave trank und schien über die Worte des Praefectus nachzugrübeln. »Kann sein.«

»Nun ja, er scheint kein anstrengender Gebieter zu sein. Keine ausgefallenen Wünsche.« Mamurra ließ einfach nicht locker.

»Gekochte Eier«, sagte Calgacus.

»Wie bitte?«

»Weich gekochte Eier. Da ist er sehr pingelig. Müssen immer genau auf den Punkt gekocht sein.«

Ballista saß auf den Steinstufen einer kurzen Treppe, die vom Dock aus ins Wasser führte. Zum ersten Mal seit der Abreise in Brundisium fühlte er sich gelöst. Er hatte gerade einen Brief an Julia geschrieben, darunter eine kurze Grußbotschaft an seinen Sohn, die sie ihm vorlesen sollte, und den verkatert wirkenden Calgacus damit zu der anderen kaiserlichen Trireme geschickt, um den Prokurator des Schiffes zu fragen, ob er so freundlich wäre, den Brief seiner Frau zu überbringen. Selbst wenn seine Familie Rom bereits verlassen haben sollte und sich auf den Weg zu ihrer Villa auf Sizilien gemacht hatte, was eher unwahrscheinlich war, müsste der Brief sie schon bald erreichen. Die Herbstsonne schien ihm warm ins Gesicht und ließ die bewegte blaue See glitzern.

Er griff nach seiner Ausgabe von *Wie man eine belagerte Stadt verteidigt* von Aeneas Tacitus und spulte die Papyrusrolle bis zu der Stelle, zu der er beim letzten Lesen gekommen war. »Stell eine monetäre Belohnung für jeden in Aussicht, der einen Verschwörer gegen die Stadt denunziert – der angebotene Betrag sollte dabei öffentlich in der Agora oder auf einem Altar oder Schrein bekannt gegeben werden.« Ballista hatte die Schrift schon früher gelesen. In erster Linie betonte sie die Notwendigkeit, ständige Wachsamkeit gegen Verräter von innen zu wahren. Aeneas hatte den Text zu einer Zeit verfasst, als der Mittelmeerraum aus einem Mosaik sich bekriegender Stadtstaaten bestanden hatte, bevölkert von jeder Menge potenzieller Revolutionäre. Man durfte die Möglichkeit eines Verrats nie unterschätzen, doch die Zeiten hatten sich geändert. Jetzt war die Situation einfacher. Von einem Bürgerkrieg einmal abgesehen, lautete die Devise: das Römische Imperium gegen Feinde von außen. Die größte Gefahr, die Ballista in Arete drohte, bestand in einer regulären persischen Belagerung mittels Artillerie, Rammböcken, Rampen und unterirdischen Schächten. Das war die Art praktischer Belagerungsmethoden, mit denen sich der große Mann aus dem Norden auskannte.

Sein Leibwächter näherte sich in Begleitung des neu erworbenen persischen Sklaven. Ballista dankte Maximus und gab ihm für den Rest des Tages frei. Die normalerweise dunkel gebräunte Haut des Leibwächters hatte einen ungesund bleichen Farbton angenommen, er schwitzte weitaus stärker, als man es der Sonne zuschreiben konnte, und seine Lider waren zu schmalen Schlitzen zusammengekniffen. Er nickte Ballista knapp zu und verschwand. Wie durch

Zauberei war plötzlich Demetrius mit Schreibgriffel und Notizblock in der Hand zur Stelle.

Ballista musterte den persischen Jüngling aufmerksam. Er war groß gewachsen, fast so groß wie der Nordländer selbst, mit lockigem schwarzen Haar und Bart. Seine dunklen Augen blickten misstrauisch drein, seine ganze Haltung war unverkennbar feindselig. »Setz dich«, forderte Ballista ihn auf. »Ist Bagoas ein Sklavenname?«

Der junge Perser nickte.

»Zeig gefälligst Respekt!«, fauchte Demetrius. »Die angemessene Antwort lautet: Ja, Kyrios!«

»Ja, Kyrios«, erwiderte der Perser mit starkem Akzent auf Griechisch.

»Wie war dein Name, bevor du versklavt worden bist?«

Eine Weile herrschte Schweigen.

»Hormizd.«

Ballista vermutete, dass Bagoas log. »Möchtest du lieber wieder Hormizd genannt werden?«

Die Frage erwischte den Jungen auf dem falschen Fuß. »Äh – nein – Kyrios.«

»Warum nicht?«

»Das würde Schande über meine Familie bringen.«

»Wie bist du versklavt worden?«

Wieder folgte eine Pause, während der Perser sich seine Antwort überlegte. »Ich wurde von – irgendwelchen arabischen – Banditen gefangen genommen, Kyrios.«

Eine weitere ausweichende Antwort, dachte Ballista, während sein Blick demonstrativ dem Flug einer Möwe in Richtung Norden folgte.

Allmählich schien sich Bagoas ein wenig zu entspannen.

»Ich werde dir sagen, warum ich dich gekauft habe.«

Sofort spannte sich der Körper des jugendlichen Persers wieder an. Offenbar rechnete er mit dem Schlimmsten, schien sich darauf vorzubereiten, einen Fluchtversuch zu unternehmen oder sogar zu kämpfen.

»Ich möchte, dass du mir Persisch beibringst«, erklärte Ballista. »Ich möchte sowohl die Sprache als auch die Sitten und Gebräuche der Perser lernen.«

»Die meisten Perser aus den gehobenen Schichten sprechen ein wenig Griechisch, Kyrios«, sagte der Junge. Er klang erleichtert.

Ballista ignorierte den Einwand. »Erfüll deine Pflichten gewissenhaft, und du wirst gut behandelt. Versuchst du aber zu fliehen, werde ich dich töten!« Er setzte sich auf. »Wie ist es den Persern unter der Herrschaft der Sassaniden gelungen, die Parther zu unterwerfen? Warum lassen sie ihre Reiter so oft auf das Römische Imperium los? Wieso konnten sie die Römer so oft besiegen?«

»Weil es der Gott Mazda so will«, antwortete der junge Perser, ohne zu zögern.

Wenn die erste Strategie, die Mauern zum Einsturz zu bringen, zu keinem Erfolg führt, muss man es mit einer anderen Methode probieren. »Erzähl mir die Geschichte des Herrscherhauses der Sassaniden«, fuhr Ballista fort. »Ich möchte alles über die Ahnen von König Shapur und ihre Taten erfahren.«

»Es gibt viele Geschichten über den Ursprung des Hauses.«

»Dann erzähl mir die, die du für wahr hältst.« Der Junge war unverkennbar misstrauisch, doch Ballista hoffte, dass der Stolz ihn zum Reden verführen würde.

Der persische Sklave dachte eine Weile nach. »Vor langer Zeit kam der Herr Sasan auf seinen Reisen zum Palast von König Papak. Papak war ein Seher und erkannte deshalb, dass die Nachkommen Sasans dazu auserwählt waren, die Perser zu wahrer Größe zu führen. Da Papak keine Tochter oder andere weibliche Verwandte hatte, die er Sasan zur Gemahlin hätte geben können, bot er ihm seine Frau an. Er stellte den fortwährenden Glanz der sassanidischen Perser über seine eigene Schande. Der Sohn, der Sasan aus dieser Verbindung geboren wurde, war Ardashir, der König der Könige, der die Parther vor dreißig Jahren niederrang. Ardashirs Sohn wiederum ist Shapur, der König der Könige, König der Arier und Nichtarier, der nach dem Willen Mazdas die Römer zermalmt.« Der junge Mann starrte Ballista trotzig an.

»Und Shapur will alle Länder zurück, die vor langen Zeiten von den Persern beherrscht worden sind, bevor Alexander der Große ihr Reich erobert hat. Will er den Römern deshalb Ägypten, Syrien, Kleinasien und Griechenland entreißen?«

»Nein – also, ja.«

»Was jetzt, ja oder nein?«

»Ja, insofern, als dass die Länder ursprünglich den Persern gehört haben und deshalb zurückgefordert werden müssen, aber nein in dem Sinn, dass sie längst nicht alles sind, was er den Römern entreißen wird.« Die Augen des Jungen leuchteten leidenschaftlich.

»Welche anderen Länder möchte er dann noch haben?« Ballista rechnete mit dem Schlimmsten.

»Der König der Könige akzeptiert in seiner vollkommenen Demut, dass er lediglich das Werkzeug des Gottes Mazda ist. Er weiß, dass es die Bestimmung seines Hauses ist, das heilige Feuer Mazdas in die ganze Welt zu tragen, um alle Menschen dazu zu bringen, Mazda zu huldigen und die ganze Welt arisch zu machen!«

Das war es also. Ballistas vorübergehendes Gefühl der Zufriedenheit löste sich in Nichts auf. Die Perser hatten keine Zeit für solche Nichtigkeiten wie Gerechtigkeit. Es bestand keinerlei Hoffnung auf einen Kompromiss oder einen Aufschub. Eine Lösung des Konflikts war nicht in Sicht. Dies war ein Glaubenskrieg. Einen Moment lang sah Ballista die Welt mit den Augen des persischen Jünglings: die Armeen der Rechtschaffenen, so zahlreich wie die Sterne am Firmament, die den Westen überrannten, um die Welt zu reinigen. Und alles, was ihnen dabei noch im Wege stand, waren Ballista und die isolierte Stadt Arete.

III

Es hatte eine Weile gedauert, bis der Alkohol aus Maximus' Blut verschwunden war. Gleich nachdem Ballista ihm Urlaub gegeben hatte, hatte er Brot, Käse, Oliven, Wasser und ein kleines Stück einer Honigwabe auf dem Hauptmarkt gekauft und einen ruhigen Ort gesucht, an den er sich zurückziehen konnte. Er fand einen verlassenen Garten und nahm an einer Stelle Platz, von der aus er beide möglichen Zugänge im Auge behalten konnte. Nachdem er das Gebüsch auf Schlangen durchsucht hatte, vor denen er sich ganz besonders fürchtete, machte er es sich mit dem einzigen Buch bequem, das er besaß: Petronius' Roman *Satyrikon*. Maximus hatte sich an anderen Büchern versucht, seit ihm Ballista vor einigen Jahren in Afrika beigebracht hatte, Lateinisch zu lesen, aber keines sprach ihn so an wie dieses. Es zeigte die Römer so, wie sie wirklich waren: lüstern, trinkfreudig, gierig, doppelzüngig und gewalttätig – Männer genau wie er selbst.

Tags darauf fühlte er sich wieder quicklebendig. Direkt nach Anbruch der Morgendämmerung hatte der Kapitän verkündet, dass sich dieser Tag, da er den Gipfel des Tenos sehen konnte, gut dafür eignete, in See zu stechen. Ballista hatte das korrekte Ritual durchgeführt und die *Concordia* ihren Ankerplatz verlassen. Jetzt stand Maximus auf der Epotis direkt hinter dem Rammsporn der Galeere und genoss die perfekte Sicht auf die azurblaue See. Welche nette Ironie: Hier genoss er, ein Sklave, die Sonne und die Gischt auf dem besten Platz an Bord, während hinter und unter ihm hundertachtzig freie Männer, technisch gesehen römische Soldaten, die meisten von ihnen Freiwillige, auf harten Holzbänken im stickigen Halbdunkel dieses große Schiff ruderten. Sollen sich die armen Bastarde ruhig Holzspäne in ihre Ärsche einziehen, dachte er.

Das Leben als Sklave bereitete Maximus keine Probleme. Andere nahmen es schwer, wie zum Beispiel der junge Demetrius. Seit der Ankündigung, dass sie einen Zwischenstopp auf Delos einlegen würden, hatte der griechische Junge einen niedergeschlagenen Eindruck gemacht. Vielleicht lag es daran, auf welche Art und Weise man zum Sklaven wurde. Manche wurden als Sklaven geboren, andere als Säuglinge auf Misthaufen ausgesetzt und von Sklavenhändlern eingesammelt. Manche waren so arm, dass sie sich selbst in die Sklaverei verkauften. Wiederum andere wurden aufgrund von Verbrechen zu Sklaven gemacht oder waren von Piraten oder Banditen entführt worden. Viele gerieten außerhalb des Imperiums, von den mächtigen Armeen gefangen genommen, in die Sklaverei – aber das hatte nachgelassen, jetzt, nachdem sich die römischen Armeen daran zu gewöhnen schienen, ihre Kämpfe zu verlieren. Und dann gab es da noch diejenigen, die dieses Schicksal wie Maximus selbst ereilt hatte.

Damals als freier Mann war er unter dem Namen Muirtagh bekannt gewesen. Das Letzte, woran er sich aus dieser Zeit erinnern konnte, war, wie er sich bestens mit anderen Kriegern amüsiert hatte. Sie hatten einen Bauern auf die unwahrscheinliche Chance hin, er könnte irgendwo einen Topf voller Gold versteckt haben, an einen Baum gefesselt und einen mit Bier gefüllten Lederschlauch die Runde machen lassen. Das Erste, woran er sich danach wieder erinnern konnte, war, dass er auf der harten Ladefläche eines Karrens gelegen hatte. Man hatte ihm die Hände fest hinter dem Rücken gefesselt, und mit jedem Holpern des nicht gefederten Wagens schossen ihm scharfe Schmerzen wie Blitzstrahlen durch den Schädel. Zwischen beiden Erinnerungen klaffte eine Lücke. Es war, als hätte irgendwer ein Stück aus seiner Papyrusrolle des Satyricon herausgerissen und beide Enden wieder zusammengeklebt. Oder, ein vielleicht noch besserer Vergleich, als hätte irgendwer einfach ein paar Seiten aus einem der neuen gebundenen Bücher entfernt. Seine persönliche Geschichte war übergangslos von einer Szene zur nächsten gesprungen.

Ein anderer Krieger namens Cormac, dessen Leben ebenfalls verschont worden war, um ihn in die Sklaverei verkaufen zu können, lag mit ihm in dem Karren. Offenbar hatten er und seine Gefährten einem benachbarten Stamm Vieh gestohlen und waren dabei von einigen Kriegern dieses Stammes erwischt worden. Während der anschließenden Kämpfe war Muirtagh durch das Geschoss aus einer Schleuder am Kopf getroffen worden und sofort zu Boden gegangen. Und nun schaffte man sie hinunter zur Küste, um sie römischen Sklavenhändlern zu verkaufen.

Cormac wurde nicht verkauft. Eine eigentlich unbedeutende Wunde an einem seiner Beine hatte sich entzündet, und er war gestorben. Muirtagh wurde verkauft. Sein erster Besitzer fand den Namen Maximus passend für einen potenziellen Rekruten für die Arena, und so hieß er nicht länger Muirtagh. Maximus wurde per Schiff nach Gallien gebracht und an einen Lanista, den Ausbilder einer Truppe reisender Gladiatoren, verkauft. Anfangs musste er mit dem grausamen Caestus kämpfen, dem mit Metallstacheln gespickten Handschuh eines Faustkämpfers. Dann aber kam es zu einem bedauerlichen Zwischenfall. Maximus und ein Retiarius, ein Kämpfer mit Netz und Dreizack der reisenden Gladiatoren, waren über Geld miteinander in Streit geraten. Um den Verlust wettzumachen, den sein Besitzer durch die aus dem Streit resultierende Verkrüppelung des Retiarius' erlitten hatte, wurde Maximus an eine andere Truppe verkauft, wo er fortan mit dem länglichen Schild und Kurzschwert eines Murmillos kämpfte.

Maximus hatte in dem großen steinernen Amphitheater von Arelate gekämpft, wo er von Ballista entdeckt worden war. Der ehemalige anglische Barbar hatte einen übertrieben hohen Preis für ihn bezahlt, allerdings aus gutem Grund. Er war damals gerade auf dem Weg in den fernen Westen gewesen und hatte jemanden gebraucht, der ihm Keltisch beibringen konnte.

Im Gegensatz zu vielen anderen Sklaven war Maximus nicht von dem Wunsch besessen, seine verlorene Freiheit wiederzuerlangen. Die Römer waren ungewöhnlich großzügig darin, Sklaven die Freiheit zurückzugeben, allerdings nur, weil auf der einen Seite die Aussicht, sie in die Freiheit zu entlassen, sie zusammen mit der drohenden Kreuzigung auf der anderen Seite von Verzweiflungstaten wie Massenfluchten oder Revolten abhielt. Auf einer individuellen Ebene bot diese Praxis der römischen Elite die Möglichkeit, ihren Großmut zu demonstrieren. Größeren Mengen Sklaven die Freiheit zu schenken erhöhte wiederum die Nachfrage nach Ersatz. Aus Maximus' Sicht war die Freilassung in erster Linie mit zahllosen Verpflichtungen und Erwartungen verbunden. Es war ihm nicht so wichtig, ein festes Dach über dem Kopf zu haben, und es interessierte ihn erst recht nicht, ob das Dach, unter dem er schlief, ihm oder einem anderen gehörte. Worauf er Wert legte, waren ein gut gefüllter Magen – sowohl mit Nahrung als auch mit alkoholischen Getränken – und ein ständiger Nachschub an willigen Mädchen – auch wenn es gelegentlich durchaus reizvoll sein konnte, erst einen gewissen Widerstand brechen zu müssen –, und er genoss es zu kämpfen. Gewalt anzuwenden lag ihm im Blut, und das wusste er auch. Wäre er in seiner Heimat und am Leben geblieben, hätte er all das im Gefolge eines hibernischen Königs haben können. Hier, als Ballistas Leibwächter, genoss er diese Dinge ebenfalls, Bier und Wein und eine Vielzahl von Frauen. Und darüber hinaus stand eine mögliche Freilassung für ihn ohnehin so lange außer Frage, bis er seine Schuld Ballista gegenüber beglichen hatte. Die Erinnerung suchte ihn immer wieder heim: Wie die Schuhnägel unter seinen Sandalen auf dem glatten Marmorboden ausgeglitten waren (nie wieder diese verdammten Dinger tragen!), wie ihm das Schwert bei dem Sturz aus der Hand geprellt wurde und außer Reichweite gerutscht war (immer eine am Schwertknauf befestigte lederne Schlaufe um das Handgelenk schlingen!), das wilde braune Gesicht, der zum tödlichen Schlag erhobene Arm mit dem Schwert und dann der Hieb, mit dem Ballista den Schwertarm des Angreifers durchtrennt hatte.

In seiner Jungend, als er noch nirgendwohin gereist war, hatte er sich durch sein endloses Gequatsche den Namen »Muirtagh von der langen Straße« eingehandelt. Nun, nachdem der Name tatsächlich zu ihm passte, war Ballista der Einzige, der ihn so nannte, wenn auch nur gelegentlich.

Maximus war rundum zufrieden mit seinem Los. Sicher, eines Tages wollte er nach Hause zurückkehren, aber nur einmal und nur für kurze Zeit, nur um die Männer zu töten, die ihn in die Sklaverei verkauft hatten, um ihre Frauen zu vergewaltigen und ihre Häuser niederzubrennen.

Die Fahrt der *Concordia* verlief so reibungslos, wie Wasser aus der Uhr in einem Gerichtssaal fließt. Während der zweitägigen Fahrt von Delos in östlicher Richtung nach Ikaros, dann nach Südosten entlang der Inselkette der Sporaden zwischen Kos und der Küste Kleinasiens hindurch weiter zur Halbinsel von Knidos, herrschte warmes Frühoktoberwetter und wehten sanfte Winde. Hier ankerten sie einen Tag lang, um Frischwasser aufzunehmen und sich die mit Sperma besudelten Schenkel der Statue der Aphrodite von Knidos anzusehen.

An dem Morgen, an dem sie Knidos verließen, hatte sich ein dichter Nebel über das Meer gelegt. Wie der Kapitän erklärte, war das in den südlichen Gewässern der Ägäis nicht ungewöhnlich, meistens jedoch nicht so schlimm wie in diesem Fall, aber Behinderungen durch Nebelfelder traten wenigstens die Hälfte des Jahres auf. Da die Sicht auf unter zwei Meilen sank, setzte er einen südlichen Kurs entlang der Küste nach Kap Onougnathos und hielt von dort in südöstlicher Richtung auf die Nordküste von Symi zu. Ein vor Anker liegendes Handelsschiff verriet ihnen, dass Symi nicht mehr fern sein konnte. Die *Concordia* glitt mit Kurs auf Rhodos an ihm vorbei.

»Zwei Segel. Direkt voraus. Piraten! Goten!«

Auf dem Deck brach ein Höllenlärm aus, bis der Kapitän lautstark nach Ruhe schrie. Als das Geschrei allmählich abebbte, befahl er, dass alle sich setzen sollten. Dann begab er sich mit Ballista zur Bugspitze der Trireme. Und da waren die Schiffe, schälten sich rund zwei Meilen entfernt aus den Nebelschwaden. Ihre Umrisse waren unverkennbar, die unverwechselbare Silhouette mit dem baugleichen Vorder- und Hinterende, das jeweils aus einer aufwärts gebogenen Bugspitze zu bestehen schien. Ein zentraler Mast, ein Steuerruder auf der Steuerbordseite, viele Schilde entlang der Seitenwände. Die beiden gotischen Schiffe waren etwa um ein Drittel kürzer als die *Concordia*, lagen aber, da sie nur über eine Ebene von Ruderern verfügten, erheblich tiefer im Wasser.

»Ihrer Länge nach zu urteilen dürften sie jeweils ungefähr fünfzig dieser Bastarde an Bord haben«, sagte der Kapitän. »Aber natürlich dürftest du alles über sie wissen.«

Ballista ignorierte den indirekten Seitenhieb auf seine barbarische Herkunft. Er wusste tatsächlich einiges über die Piraten. Es waren Boraner, ein germanischer Volksstamm innerhalb des lockeren Stammesverbandes, der als Goten bekannt war. Alle gotischen Piraten in diesen Gewässern waren Boraner. Im Verlauf der letzten Jahre waren sie immer häufiger aus zahllosen Häfen am Schwarzen Meer durch den Bosporus gekommen, um entlang der Küstenstreifen der Ägäis und auf den Inseln zu plündern. Diese beiden Boote hatten sich eine gute Position auf der viel befahrenen Schiffsroute zwischen den Diabetai-Inseln und Symi ausgesucht.

»Habe ich deine Erlaubnis anzugreifen, Dominus?«

»Nur zu. Es ist nicht nötig, jeden Befehl durch mich bestätigen zu lassen. Du bist der Kapitän dieses Schiffes. Mein Leibwächter und ich werden uns einfach deinen Soldaten anschließen und uns dem Befehl deines Optios unterstellen.«

»Danke, Dominus.« Der Kapitän drehte sich kurz um und wandte sich dann erneut Ballista zu. »Würdest du so vielen von deinen Leuten wie möglich befehlen, sich in deine Kabine unter Deck zu begeben, und dem Rest, unter der Heckmarkise Schutz zu suchen?«

Demetrius erschien wie aus dem Nichts. Während Ballista die Anweisung des Kapitäns an seine Leute weitergab, bemerkte er, dass der Junge völlig verängstigt wirkte. »Demetrius, kümmerst du dich bitte darum, dass sich meine Männer ruhig verhalten?« Das Vertrauen in ihn, dass Ballistas Worte implizierten, schien den Jungen zu ermutigen.

»Hauptdeckmannschaft, Hauptrah einholen, Mast umlegen und beide sicher vertäuen!«, schrie der Kapitän. »Vorderdeckmannschaft, gleiche Prozedur mit dem Bugspriet!« Auf einem Kriegsschiff hätte man sich der Masten und Bäume vor einem Kampf einfach entledigt, doch der Kapitän war nicht in der Position, bei jeder möglichen Sichtung von Piraten wertvolles Holz so einfach über Bord zu werfen.

Als Ballista das Heck erreichte, tauchte Maximus mit ihrer Kampfausrüstung auf. Er musste sich durch den Mitarbeiterstab des Dux hindurchzwängen, der unter Deck strömte. Ballista zog sich den Schwertgürtel über den Kopf, knöpfte den Militärgurt auf und hängte beides über die Lehne des kurulischen Stuhls. Dann ging er in die Knie und hob die Arme, um es Maximus zu erleichtern, ihm das Kettenhemd überzustreifen. Das Gewicht zerrte umso schwerer an seinen Schultern, je weiter er sich wieder aufrichtete. Er schlang das *Cingulum* fest um seine Hüften, zog das Kettenhemd ein Stückchen hoch, damit nicht das gesamte Gewicht auf seinen Schultern lastete, und schnallte sich den Schwertgürtel wieder um. Schließlich zurrte er das dicke Band des Kettenhemdes um seinen Hals straff, stülpte sich den Kampfhelm über den Kopf und tastete nach den Bändern unter seinem Kinn. Er fühlte sich vor jedem Kampf seltsam unbeholfen und beklommen, wusste aber, dass sich seine Angst verflüchtigen würde, sobald es losging. Als er seinen drei Fuß durchmessenden Rundschild aufhob, der aus fest verleimten, mit Leder bespannten und metallenen Schildbuckeln bespickten Holzplanken bestand, und die Finger um den in der Mitte angebrachten Griff schloss, sah er, dass Maximus gerade damit fertig geworden war, sich regelrecht in sein eigenes Kettenhemd zu schlängeln, indem er den Oberkörper »wie ein stromaufwärts schwimmender Lachs« hin und her wand, um Maximus' eigene Worte zu zitieren.

»Seesoldaten, zu den Waffen! Ergreift die Äxte und Enterhaken!« Weitere Befehle des Kapitäns ertönten. »Katapultmannschaften, Abdeckungen entfernen, Spannfedern und Abstandsscheiben überprüfen. Einen Testschuss abfeuern!«

Mittlerweile waren Ballista und Maximus vollständig bewaffnet. »Eine weitere Etappe auf der langen Straße von Muirtagh«, sagte Ballista.

»Mögen die Götter ihre schützenden Hände über uns halten«, erwiderte der Hibernier.

Seine Worte entlockten beiden Männern ein Grinsen. Sie schlugen einander mit der Faust gegen die linke Schulter. Wie immer baute sich Maximus rechts von Ballista auf. Ohne bewusst darüber nachzudenken, spulte Ballista sein persönliches stummes Vorbereitungsritual ab: rechte Hand auf den Dolch an seiner rechten Hüfte, etwa einen Fingerbreit weit aus der Scheide herausziehen und wieder hineinstoßen, linke Hand auf die Schwertscheide, die Klinge mit der rechten Hand etwas weiter aus der Scheide herausziehen als zuvor den Dolch und wieder zurückschieben und schließlich den an der Scheide befestigten Heilstein berühren.

»Oh, Scheiße, jetzt geht es wieder los! Wenigstens bin ich diesmal nicht dafür verantwortlich.«

Seine Worte wurden von dem Surren, dem schleifenden Geräusch des Schlittens und einem dumpfen Aufschlag abgeschnitten, als der Bolzenwerfer den ersten Testschuss abfeuerte. Der Bolzen flog weit nach links. Ihm folgten kurz hintereinander drei weitere Geschosse, zwei rechts und einer links. Die Mannschaft des Steuerbordbolzenwerfers am Heck arbeitete fieberhaft daran, die Spannung der Katapultfedern zu justieren, bestehend aus ineinander verdrehten Haarsträngen, mit denen sich die immense Kraft erzeugen ließ.

Weitere Befehle des Kapitäns ertönten. »Ersatzruder auf allen Ebenen bereitlegen! Sand auf dem Deck ausstreuen! Absolute Stille! Auf alle Befehle achten! Sprecherlaubnis nur für Offiziere!«

Wie die Schwingen eines großen Vogels trugen die aus drei Ebenen ragenden langen Riemen die *Concordia* ihrer Beute entgegen.

Mittlerweile war die Entfernung auf weniger als eine halbe Meile geschrumpft.

»Warum rühren sich die da drüben überhaupt nicht?«, flüsterte Maximus. »Warum fliehen die Bastarde nicht?«

»Vielleicht glauben sie, sie müssten nur vermeiden, von uns gerammt zu werden, um unsere siebzig Seesoldaten dann mit ihren rund hundert Leuten in einem Entermanöver ausschalten zu können. Trotz des Vorteils, den die größere Höhe der *Concordia* uns bietet.«

»Dann sind sie Idioten und haben sich alles Weitere selbst zuzuschreiben.«

Der Bug der Galeere schnitt zischend durch die Wogen, die Lücke zwischen den Booten wurde schnell kleiner. Wieder ertönten das Surren, Zischen und der dumpfe Aufschlag des Steuerbordbolzenwerfers. Das Geschoss raste mit erstaunlicher Geschwindigkeit durch die Luft. Einen Moment lang sah es so aus, als würde es das feindliche Boot direkt treffen, doch es flog knapp über die Köpfe der gotischen Krieger hinweg. Die Bedienungsmannschaft des Bolzenwerfers kurbelte den Schlitten bereits wieder zurück. Der Beinahetreffer hatte die gleiche Wirkung auf das Kriegsboot der Barbaren wie ein Steinwurf in einen Ameisenhaufen. Der Barritus, der germanische Kriegsschrei, gellte immer lauter werdend über das Wasser. Einer der Barbaren schwenkte hektisch einen hellroten Schild über dem Kopf.

»Scheiße! Oh, Scheiß!«, schrie irgendwer vom Bug her. Hinter den niedrigen Felsriffen der Diabetai-Inseln tauchten zwei weitere gotische Schiffe auf, die sich rasch der *Concordia* näherten.

»Ich schätze, jetzt ist klar, warum sie nicht geflohen sind«, flüsterte Maximus.

»Vorbereiten auf schnellen Linksschwenk!« Die *Concordia* war kaum mehr als hundert Schritte von den ersten beiden gotischen Booten entfernt. »Auf meinen Befehl hin rudern die Männer auf Steuerbord mit voller Kraft weiter, die auf Backbord bremsen hart ab! Steuermann, Ruder scharf links!« Einen Moment lang war nur das leise Zischen des durch das Wasser pflügenden Kiels zu hören.

»*Jetzt!*«

Das Heck der *Concordia* schwenkte nach rechts. Die tiefste Ebene der Ruderöffnungen neigte sich bis zur Wasserlinie hinunter oder tauchte sogar noch unter sie hinab. Unzählige hölzerne Zapfbolzen kreischten protestierend auf. Der Hauptmast zerrte an den verbliebenen Tauen. Doch das Schiff wendete geschmeidig wie ein Aal. In einer Entfernung von höchstens zwanzig Schritten jagte es an den Bugspitzen der gotischen Boote vorbei. Dann richtete es sich wieder gerade auf und schoss davon. Auf einer Strecke von nicht einmal dem Dreifachen ihrer eigenen Länge hatte es eine Hundertachtzig-Grad-Kehre vollführt.

Ein Sirren, und irgendetwas schlug nur wenige Schritte von Ballista entfernt in die Deckplanken.

»Pfeile! Schilde hoch!« Ballista duckte sich hinter seinem aus schwerem Lindenholz bestehenden Schild und verfluchte seine Gedankenlosigkeit. Weitere dumpfe und klirrende Geräusche ertönten, als ein Pfeilhagel auf Holz oder Metall traf. Irgendwo schrie ein Mann auf, der von einem Pfeil in eine ungeschützte Stelle seines Körpers getroffen wurde. Dann klangen in schneller Abfolge zweimal die vertrauten Geräusche auf, als die beiden Heckbolzenwerfer das Feuer der gotischen Bogenschützen erwiderten. Ballista spähte kurz über den Rand seines Schildes und duckte sich sofort wieder. Der nächste Pfeilhagel war im Anflug. Diesmal schrien mehr Männer auf.

Der Kapitän stand mit einer Gelassenheit neben Ballista, die den Mann aus dem Norden beschämte. »Wir könnten sie abhängen, gar kein Problem. Aber wir könnten auch kämpf…«

Unvermittelt lugte eine Pfeilspitze aus seiner Kehle hervor. Aus der Wunde drang kaum Blut. Der Kapitän starrte entsetzt auf die Pfeilspitze hinab und kippte vornüber um. Als der Pfeil auf die Planken aufschlug, brach der Schaft in seinem Hals und riss die Wunde weit auf, aus der sich jetzt Ströme von Blut ergossen.

Seinen Schild in Richtung des Bugs haltend und zusätzlich abgeschirmt von Maximus, arbeitete sich Ballista gebückt, als durchquerte er einen heftigen Regenschauer, zum Steuermann vor. Obwohl er durch die aufwärts gebogene Bugspitze und die Schilde zweier Seesoldaten geschützt wurde, wirkte der Steuermann völlig fassungslos. Sein Blick klebte wie gebannt an seinem toten Kapitän. Wenn nicht sofort etwas geschah, würde die Moral an Bord der *Concordia* wie ein durchlöcherter Weinschlauch in sich zusammenfallen. Dutzende feindliche Bogenschützen hatten die Galeere unter Beschuss genommen, deren einzige Gegenwehr aus den Geschossen von zwei Bolzenwerfern stammte.

»Ich übernehme hiermit das Kommando!«, erklärte Ballista dem Steuermann. »Bist du unverletzt?«

»Ja, Dominus.« Der Mann wirkte unsicher. Ballista wusste, dass sich der Steuermann fragte, ob dieser ehemalige Barbar aus dem Norden jemals eine Trireme befehligt hatte. Und das völlig zu Recht.

»Ich führe jetzt das Kommando!«, schrie Ballista, um die Geräuschkulisse des Schiffes und den Lärm des ungleichen Kampfes zu übertönen. »Optio, her zu mir! Rudermeister, bist du verletzt? Bugoffizier, wie steht es mit dir?«

Beide Schiffsoffiziere salutierten zackig mit steif erhobenen Armen und antworteten mit dem rituellen militärischen Wortlaut: »Wir werden tun, was uns befohlen wird, wir sind bereit, jede Anweisung auszuführen.«

»Wo, bei der verdammten Hölle, steckt der Optio?«

»Bei den Verwundeten, Dominus«, antwortete irgendwer.

»In Ordnung. Soldaten, ihr erhaltet die Befehle direkt von mir. Steuermann, du übernimmst das Kommando über die Ruderer. Schaff das Schiff sofort außer Reichweite dieses Pfeilhagels! Aber nicht zu weit weg. Ich weiß, dass wir die Boraner abhängen könnten, aber sie wissen das wahrscheinlich nicht. Die Barbaren aus dem Norden haben keine Vorstellung davon, wozu eine imperiale Trireme im Kampf in der Lage ist, bis sie es mit eigenen Augen sehen. Ich sollte es schließlich wissen!« Er lachte grimmig. »Versuch, hundert bis hundertfünfzig Schritte von ihnen entfernt zu bleiben. Gerade an der Grenze zu einem wirksamen Bogenschuss. Halt ihr Interesse wach. Wenn sie nicht dicht zusammenbleiben, können wir uns ein Schiff nach dem anderen vornehmen.« Plötzlich erinnerte er sich an das Handelsschiff, das vor Symi ankerte. Ein entschlossenes Grinsen huschte über sein Gesicht. »Ich habe einen Plan.«

Bis das Handelsschiff wieder in Sicht kam, sah der gebogene Bug der *Concordia* bereits wie ein Nadelkissen aus. Trotzdem hatten nur zwei weitere Männer Treffer erlitten, und Ballistas Hoffnung wurde wahr. Das größte der gotischen Langboote hatte sich sieben oder acht Bootslängen weit von den anderen absetzen können. Ballista schätzte seine Besatzung auf rund hundert Krieger, die verbissen ruderten. Die ersten beiden Langboote hatten einen beachtlichen Vorsprung vor den beiden anderen gewonnen, die aus der Deckung der Diabetai-Inseln gekommen waren. Sie waren eine gute halbe Meile hinter das zweitnächste Boot zurückgefallen. Ballista befahl dem Steuermann, die *Concordia* so nah wie möglich an die rechte Seite des Handelsschiffes heranzuführen. Die Zeit, seinen Plan in die Tat umzusetzen, stand unmittelbar bevor.

Als sich der Rammsporn dem Bug des reglos daliegenden Handelsschiffes näherte, bellte Ballista eine Reihe von Befehlen: »Schnelle Linkswende vorbereiten! Auf meinen Befehl Backbordruderer hart zurück, Steuerbordruderer mit aller Kraft vorwärts, Steuermann Ruder scharf herumreißen!« Die hohe Seitenwand des großen rundlichen Schiffes schoss an der *Concordia* vorbei.

Allvater, lass es mich richtig machen! Ballista schickte ein stummes Stoßgebet zum Sitz der Götter. Er konnte sich nur zu gut vorstellen, den Befehl zu früh zu geben, sodass die Steuerbordriemen am Bug des Handelsschiffes zersplitterten, oder zu spät, was den ganzen Plan scheitern lassen würde.

»Wende, jetzt!«

Wieder neigte sich das lange Kriegsschiff gefährlich, tauchten die unteren Riemenöffnungen der Backbordseite unter die Wasserlinie. Wieder quietschten Tausende hölzerner Verbindungskomponenten, und der große Hauptmast zerrte heftig an seiner Vertäuung. Zwei bärtige Gesichter starrten verblüfft über die Bugreling des Handelsschiffes, als die *Concordia* dicht an ihm vorbeischoss. Gleich darauf rief Ballista dem Steuermann zu, die Galeere wieder aufzurichten, und befahl den Backbordruderern, sich wieder mit aller Kraft in die Riemen zu legen, und die *Concordia* jagte auf der anderen Seite des Handelsschiffes zurück in die Richtung, aus der sie gekommen war.

Als sie aus dem Schatten des Handelsschiffes herauskamen, sahen sie das zweite gotische Langboot, genau wie Ballista es gehofft hatte, noch immer blindlings auf demselben Kurs dem Kielwasser der Trireme folgen. Seine Breitseite bot sich dem Rammsporn der *Concordia* ungeschützt dar.

»Steuermann, in die feindlichen Riemen hineingieren! Ruderer, Rammgeschwindigkeit!« Mit einem heftigen Ruck ließen die beiden Steuerruder das Kriegsschiff herumschwenken und direkt auf das Langboot zuhalten. »Backbordruderer, fertig machen zum Einholen!« Sekunden vergingen. *Wie lange noch, verdammt, wie lange noch?*, fragte sich Ballista angespannt. *Jetzt!* »Riemen einholen!«

Nicht einen Augenblick zu früh verschwanden die langen Riemen im Inneren der Trireme, ohne Schaden zu nehmen. Der Steuermann drückte die Ruder nach rechts, und die eiserne Rammspitze erwischte den Rumpf des gotischen Bootes in einem flachen Winkel. Ein fürchterliches splitterndes Geräusch von Metall auf Holz ertönte, als der Sporn die Flanke des feindlichen Langbootes aufschlitzte. Die Goten, völlig überrumpelt, schafften es nicht mehr, die Riemen einzuholen. Sie barsten wie dürre Zweige. Als die *Concordia* das Boot passierte, schossen einige der Seesoldaten ohne Befehl eine Pfeilsalve von dem erhöhten Deck in das Boot der Piraten. Schmerzerfüllte Schreie hallten herüber.

Mist, genau das hätte ich den Soldaten befehlen müssen!, dachte Ballista, während das Heck der Trireme an dem Feind vorbeiglitt. Doch sein Trick hatte funktioniert. Die Goten hatte keine Zeit gehabt zu reagieren und dümpelten jetzt, nachdem die Hälfte ihrer Riemen zerstört war, hilflos im Wasser.

»Kurs nehmen auf zweites Boot!«, rief Ballista dem Steuermann zu. »Rammstoß direkt in den Bug!«

Die zweite gotische Besatzung war genauso überrascht wie die des ersten Bootes. Im letzten Moment versuchten die Piraten beizudrehen. Ihre wachsende Panik zeigte sich in den unregelmäßigen Ruderschlägen und den trägen Ausweichbewegungen des Bootes.

»Rammgeschwindigkeit!« Die *Concordia* flog regelrecht durch das Wasser. »Fertig machen für Rammstoß!« Mit einem gewaltigen berstenden Krachen bohrte sich der Sporn in die Bordwand des feindlichen Bootes. Der Aufprall warf Ballista auf die Planken. Maximus zerrte ihn wieder hoch. Der Sturz hatte Ballista die Luft aus den Lungen geprellt. Gebückt rang er um Atem. »Rückwärts rudern!«, hörte er den Rudermeister brüllen. »Rückwärts rudern! Volle Kraft!«

Die *Concordia* schien festzustecken, ihr Sporn hatte sich tief in die Bordwand des anderen Bootes gebohrt. Dessen Mannschaft bewies mehr Geistesgegenwart als die anderen Goten. Schon flogen Enterhaken an dicken Seilen durch die Luft auf den Bug der Trireme.

»Rückwärts rudern! Drücken, ihr Wichser! Drücken!« In den Schreien des Rudermeisters schwang Verzweiflung mit. »Soldaten, benutzt die Enterspieße, um das Boot wegzustoßen!«

Ballista richtete sich gerade auf und eilte unter Schmerzen zum Bug der *Concordia.* Sollte es ihnen nicht gelingen freizukommen, würden sie den anderen beiden gotischen Booten hilflos ausgeliefert sein. Er schnappte sich einen Enterspieß und trat an die Reling. Gerade als er sie erreichte, erschien ein bärtiges Gesicht über der Bordwand. Maximus schmetterte dem Goten den Schild ins Gesicht, worauf der Mann blutüberströmt auf dem Deck zusammenbrach. Ballista rammte den Spieß in die Seitenwand des Langbootes, das sich anschickte, an der Trireme festzumachen, und stemmte sich mit aller Kraft dagegen. Ein Seesoldat kam ihm zu Hilfe. Maximus hielt seinen Schild schützend über sie. Eine gefühlte Ewigkeit lang geschah nichts. Aus den Augenwinkeln heraus sah Ballista, wie ein Seesoldat auf die Reling sprang und irgendwie auf dem schmalen

Geländer balancierte, während er mit einer Axt auf ein Tau schlug, das die *Concordia* an das gotische Langboot fesselte. Nach drei Schlägen bohrte sich ihm ein Pfeil in den Oberschenkel. Mit einem Schrei kippte er über Bord. Sofort hatte ein anderer Seesoldat den Platz seines unglücklichen Vorgängers eingenommen. Er durchtrennte das Tau mit einem einzigen schwungvollen Hieb seiner Axt und sprang zurück auf das Deck der *Concordia.*

»Eins, zwei, drei, *drücken!*« Ballista registrierte, dass er es war, der diese Worte mit schmerzender Brust in dem Versuch brüllte, sich über den ohrenbetäubenden Kampflärm hinweg Gehör zu verschaffen. »*DRÜCKEN!*«

Endlich begann sich die *Concordia* mit einem knarrenden Laut zu bewegen. Widerstrebend tat sich ein immer größer werdender Spalt zwischen ihr und dem gotischen Boot auf. Gleichzeitig ertönte das Sirren, Schaben und der dumpfe Aufprall des Schlittens von den beiden vorderen Bolzenwerfern, deren Bedienungsmannschaft geistesgegenwärtig genug war, die Probleme der Goten zu vergrößern. Ein drei Fuß langer Artilleriebolzen bohrte sich durch das Kettenhemd eines Goten und nagelte ihn an den Mast des Bootes.

Das barbarische Boot würde kaum vollständig sinken. Hölzerne Kriegsboote neigten dazu, langsam vollzulaufen und irgendwann auseinanderzubrechen. Danach konnten die Römer die überlebenden Goten, die sich an den Wrackteilen festklammerten, entweder ihrem Schicksal überlassen oder sie später als Übungsziele benutzen. So oder so würden sie bei diesem Kampf keine Rolle mehr spielen.

Ballista musste unbedingt in Erfahrung bringen, was die anderen gotischen Langboote vorhatten. Über den Rand seines Schildes hinweg sah er, dass die beiden entfernteren Boote bereits abdrehten. Sie waren immer noch fast eine halbe Meile entfernt, und die Mannschaft der *Concordia* war erschöpft. Sinnlos, einen Gedanken an ihre Verfolgung zu verschwenden. Dem gotischen Boot, in dessen Rumpf sie eine tiefe Schramme gerissen hatten, war es gelungen, die verbliebenen Riemen neu zu verteilen. Die Boraner versuchten, sich langsam vom Kampfschauplatz zu entfernen.

»Steuermann, bring uns in eine Position etwa hundertfünfzig Schritte von diesem Boot entfernt!«, befahl Ballista. »Wir werden die Besatzung auffordern, sich zu ergeben, halten uns aber bereit, den Kampf wieder aufzunehmen.« Während der Steuermann den Befehl ausführte, ging Ballista mit Maximus, der sich wie immer an seiner rechten Seite hielt, über das Deck und sprach mit den Seesoldaten und Deckarbeitern, sparte nicht mit Lob und tröstenden Worten für die Verwundeten.

Der Optio, der bereits zu Beginn der Schlacht verwundet worden war, erstattete Bericht. Es hatte nur drei Tote gegeben, darunter der Kapitän, außerdem zehn Verwundete, den Optio mitgezählt. Bis auf einen Mann waren alle Verwundeten Seesoldaten. Nachdem er seinen Bericht beendet hatte, stand der Optio unsicher da und zupfte an dem um seinen Arm gewickelten Verband herum. Schließlich verkündete Ballista das, worauf der Optio gehofft hatte: »Nachdem der Kapitän tot ist, wirst du bis zur Rückkehr nach Ravenna das Kommando über das Schiff als amtierender Trierarch übernehmen.«

Als die *Concordia* ihre Position einnahm, überlegte Ballista, dass die Tatsache, dass der Kapitän einer Trireme denselben Rang wie ein Centurio bei den Legionären bekleidete, eine Menge über die Denkweise der Römer aussagte, wenn man in Betracht zog, dass ein Trierarch fast dreihundert Mann befehligte, ein Centurio dagegen in der Regel nicht mehr als achtzig Legionäre.

»Ergebt euch!«, rief Ballista den Boranern auf Germanisch zu.

»Leck mich!« Trotz des starken boranischen Akzents war die Antwort unmissverständlich.

»Ich bin Dernhelm, Sohn von Isangrim, Kriegsführer der Angeln!«, erwiderte Ballista. »Als ein Abkömmling Wotans gebe ich euch mein Wort, dass eure Leben verschont werden und ihr nicht in der Arena enden werdet.«

»Fahr zur Hölle! Söldner! Leibeigener! Sklave!«

»Denk an deine Männer!«

»Sie haben mir den Eid geschworen! Es ist besser, hier und jetzt aufrecht stehend zu sterben, als lange auf den Knien rutschend zu leben! So wie du!«

Zwei Stunden lang beschossen die Bolzenwerfer der *Concordia* das gotische Boot. Außerhalb effektiver Bogenschussweite blieb den Goten nichts anderes übrig, als tatenlos abzuwarten. Zwei Stunden lang durchlöcherten die Bolzen mit ihrer gewaltigen Kraft die Bootswände und durchschlugen mühelos das Leder und Metall der Kleidung, die das Fleisch der gotischen Krieger nicht schützen konnte. Manche Bolzen durchbohrten zwei Männer gleichzeitig und hefteten ihre Körper auf groteske Weise zusammen.

Als keinerlei Gefahr der Gegenwehr mehr bestand, befahl Ballista der *Concordia*, die Goten mittschiffs zu rammen.

»So viele«, sagte Ballista, als sich die Trireme von dem Wrack entfernte. »Es waren tapfere Männer. Was für eine Schande, dass sie alle sterben mussten.«

»Ja«, stimmte ihm Maximus zu. »Sie hätten einen guten Preis eingebracht.«

Ballista bedachte seinen Leibwächter mit einem Lächeln. »Du bist schon ein herzloser Bastard.«

IV

Es war so deprimierend. Kaum eine halbe Meile entfernt zu seiner Linken konnte Demetrius Zypern, die Insel Aphrodites, der Göttin der Liebe, vorbeigleiten sehen. Sein ganzes junges Leben lang hatte sich der griechische Jüngling gewünscht, ihren Schrein auf der Insel zu besuchen, doch dafür blieb keine Zeit, so wie auch für alle anderen Unterbrechungen der Reise seit ihrer Begegnung mit den Goten. Der Vorfall schien Ballista mit Energie aufgeladen zu haben. Gegen Barbaren aus dem Norden zu kämpfen hatte sein Blut auf eine merkwürdige Art und Weise in Wallung gebracht und sein Verlangen gesteigert, nun auf Krieger aus dem Osten zu stoßen. Die vier Tage auf Symi, die es gekostet hatte, die *Concordia* zu reparieren – die Hypozomata, was auch immer das sein mochte, mussten gestrafft werden –, waren ihm quälend lang vorgekommen. Mittlerweile war das Dutzend Goten aus dem ersten Kriegsboot, das sie aus dem Wasser gefischt hatten, an Sklavenhändler verkauft worden. Ihnen hatte Ballista nicht das Versprechen gegeben, sie zu verschonen. Ihr weiteres Schicksal stand unter keinem guten Stern. Während der eintägigen Überfahrt nach Rhodos war der Kyrios ruhelos auf dem Deck auf und ab gewandert. Seine Ungeduld war ansteckend, und bis Zypern drei Tage später in Sicht kam, taten es ihm Maximus, Mamurra und Priscus, der amtierende Trierarch, gleich.

Im Verlauf der Fahrt von Rhodos nach Zypern, das erste Mal auf der Reise, dass sich die *Concordia* auf hoher See befand, war sogar dem lesewütigen Demetrius bewusst geworden, wie furchtbar knapp bemessen der Platz an Bord einer Trireme war. Die Ruderer hatten keine Möglichkeit, sich irgendwo zu entspannen oder zu waschen. Sie mussten auf den Ruderbänken schlafen. Es gab keine warmen Speisen. Jetzt begriff er, warum eine Trireme normalerweise, wann immer es möglich war, zweimal täglich anlegte – einmal gegen Mittag und einmal bei Sonnenuntergang –, damit die Besatzung eine warme Mahlzeit zu sich nehmen und an Land schlafen konnte.

Um den Männern die Möglichkeit zu bieten, sich wenigstens einmal entspannen und ihre dringendsten Bedürfnisse befriedigen zu können, war ein zweitägiger Aufenthalt in Neu-Paphos erforderlich geworden, dem Sitz des römischen Statthalters von Zypern. Da er einen höheren Rang als Ballista bekleidete, durfte er nicht einfach ignoriert werden. Der Prokonsul empfing sie in einem großen Haus, günstig gelegen am Ende der Landzunge, wo ihm leichte Brisen von der See her angenehme Kühlung spendeten. Es war ein eher formeller Empfang gewesen, der den größten Teil des ersten Tages in Anspruch genommen hatte.

Am zweiten Tag waren die Männer ihren eigenen Bedürfnissen und Pflichten nachgegangen. Demetrius hatte die rund eine halbe Meile entfernt gelegene Agora aufgesucht, um Vorräte zu kaufen, der Kyrios war in Begleitung von Calgacus zu weiteren Gesprächen zu dem Prokonsul der ewigen Stadt zurückgekehrt. Priscus und Mamurra gerieten sich wegen der *Concordia* in die Haare. Irgendetwas, das Parexeiresia genannt wurde, gesellte sich zu den schon bestehenden Problemen mit den Hypozomata. Maximus suchte ein Bordell auf und kehrte betrunken zurück.

Im Morgengrauen des nächsten Tages legte die *Concordia* wieder ab. Die Ruderer ruderten sie aus dem Hafen, bis ein Wind aus nördlicher Richtung ihre Segel blähte und sie sich mit Kurs Südost von der Insel entfernte. Demetrius lehnte an der Backbordreling nahe des Hecks. Sie segelten fort von einem der heiligsten Orte der griechischen Welt. Hier hatte Kronos zu Anbeginn aller Zeiten Uranus kastriert und seine abgeschnittenen Genitalien ins Meer geworfen. Aus ihrem Schaum war Aphrodite geboren worden. Irgendwo nicht weit links von Demetrius war der Fels, der die Stelle markierte, an der sie nackt aus der Muschelschale getreten war und zum ersten Mal einen Fuß an Land gesetzt hatte.

Rund eine Meile entfernt glaubte Demetrius, die Mauern ihres

Heiligtums sehen zu können. Dies war Aphrodites erste Wohnstätte gewesen. Sie war so alt, dass das kultische Objekt nicht aus einer von Menschenhand geschaffenen Statue, sondern aus einem konisch geformten schwarzen Felsen bestand. Dies war auch der Ort, zu dem Aphrodite nach einem begangenen Ehebruch geflohen war. Hier hatten die Grazien sie gebadet, gesalbt und gekleidet, fern der Wut ihres betrogenen Ehegatten und des Gelächters der anderen Götter.

»Also hat sich der große griechische Geschichtsschreiber Herodot geirrt.« Ballistas Stimme riss ihn aus seinen Gedanken. Wie konnte der Kyrios nur auf diesen Unfug hereinfallen, den ihm der neue persische Sklave erzählt hatte? Zoroaster, der persische Religionsgründer, wurde oft als Weiser bezeichnet, doch seine Lehren, die heute die Runde machten, waren nichts anderes als Aberglaube und Scharlatanerie.

»Während er recht damit hatte, dass sich die Ausbildung eines persischen Jungen nur darauf beschränkt, ihm das Reiten und das Bogenschießen beizubringen und ihm einzuschärfen, nicht zu lügen, hat er den letzten Punkt falsch verstanden. Die Forderung, nicht zu lügen, bedeutet nicht, dass die Perser es jemals sonderlich genau mit der Wahrheit nehmen oder sie sich nicht hin und wieder ein bisschen zurechtbiegen würden. In Wirklichkeit verlangt die religiöse Lehre nur von ihnen, sich von ›der Lüge‹ fernzuhalten, womit das Böse und die Dunkelheit gemeint sind.«

Während Bagoas' Kopf eifrig auf und ab hüpfte, wurde Demetrius das Herz immer schwerer.

»Und ›die Lüge‹ ist der Dämon Ahriman, gefangen in einem ewigen Kampf gegen den Gott Mazda, der wiederum das Licht ist, verkörpert durch eure heiligen Bahram-Feuer. Und in der letzten Schlacht wird Mazda siegen, und von da an wird die gesamte Menschheit glücklich sein – aber wie wirkt sich all das auf dieses Leben aus?«

»Wir alle müssen mit all unserer Kraft gegen Ahriman ankämpfen«, erklärte Bagoas.

»Schließt das den König Shapur ein?«

»Ganz besonders Shapur. Wie der König der Könige weiß, ist es der Wille Mazdas, dass der rechtschaffene Shapur in dieser Welt alle unrechtschaffenen ungläubigen Herrscher bekämpfen muss, so wie der rechtschaffene Mazda selbst den Dämon Ahriman bekämpft.« Bagoas' Augen leuchteten vor Gewissheit und Trotz.

»Dann stehen Krieger bei Mazda also in hohem Ansehen?« Die Frage kam von Maximus, der bisher mit geschlossenen Augen dagesessen und den Eindruck erweckt hatte, so mit seinem Kater beschäftigt zu sein, dass er nichts von dem mitbekam, was um ihn herum vorging.

»Du musst verstehen, dass die Arier den Körper bilden. Die Priester sind der Kopf, die Krieger die Hände, die Bauern der Bauch, die Handwerker die Füße. Wenn die Ungläubigen die Bahram-Feuer bedrohen, ist der Krieger, der nicht kämpft, sondern flieht, *margazan*. Wer aber kämpft und getötet wird, ist gesegnet.«

»*Margazan*?«

»Das ist jemand, der ein Verbrechen begeht, für das er den Tod verdient.«

»Gesegnet?«

»Jemand, der direkt in den ersten der Himmel eingeht.«

Es war fünf Nächte später mitten in der letzten Nacht der Seefahrt, ungefähr um die dritte Wache herum. Ballista lag auf dem Rücken in seiner Kabine. Er bewegte sich nicht. Sein Herz schlug schnell, und er schwitzte heftig. Da klang erneut das Geräusch von der Tür her auf. Obwohl er bereits wusste, was er sehen würde, öffnete er mühsam die Augen. Die kleine tönerne Öllampe würde schon bald erlöschen, spendete aber gerade noch genug Licht, um die winzige Kabine notdürftig zu erhellen.

Der Mann war riesig, sowohl von der Größe als auch von der Breite her. Er trug einen schäbigen dunkelroten Caracallus. Die Kapuze des Mantels war über den Kopf gezogen, dessen Scheitel das Kabinendach berührte. Der Mann stand stumm am Fußende des Bettes. Selbst im Schatten der Kapuze schimmerte das Gesicht noch bleich. Seine grauen Augen leuchteten bösartig und verächtlich.

»Sprich!«, forderte Ballista ihn auf, obwohl er bereits wusste, was er hören würde.

»Ich werde dich in Aquileia wiedersehen«, sagte der Mann auf Lateinisch mit einem danubischen Akzent.

Wie schon so oft zuvor nahm Ballista all seinen Mut zusammen und erwiderte: »Dann werde ich bereit sein.«

Der Mann drehte sich wortlos um und verschwand, und es verging eine lange, lange Zeit, bis Ballista wieder in den Schlaf fand.

Ballista erwachte in der auf den Wellen schaukelnden *Concordia* in der Sicherheit seiner gemütlichen kleinen Kabine, den vertrauten Geruch von Holz, Talk und Pech in der Nase. Der letzte Tag der Fahrt über das offene Meer zum Endziel der Trireme, dem Hafen von Seleukia Pieria, war angebrochen. Ohne bewusst darüber nachzudenken, wusste er, dass die *Concordia* von einem aus dem Westen wehenden Wind getrieben die syrische Küste in nördlicher Richtung entlangsegelte. Er fragte sich, ob Priscus genügend Abstand zum Land hielt, um die Landzunge des Kasios-Berges in ausreichendem Abstand sicher zu umschiffen.

Plötzlich verflüchtigte sich das Gefühl von Behaglichkeit. Die vagen Sorgen, die ihn unterbewusst plagten, geronnen zu einer furchtbaren Erinnerung. Scheiße! Ich dachte, ich hätte ihn zum letzten Mal gesehen! Das Laken unter ihm war feucht und klamm vor Schweiß. Ballista begann zu beten: »Allvater, Einäugiger, Vollbringer des Bösen, Furchteinflößender, Verhüllter, Erfüller des Schicksals, Schüttler der Speere, Wanderer.« Er bezweifelte, dass es viel helfen würde, Wotan anzurufen.

Nach einer Weile stand er auf. Immer noch nackt, öffnete er die Tür, stieg über den schlafenden Calgacus hinweg, ging an Deck und pisste über die Reling. Der frühe Morgenwind strich kühl über seine Haut. Als er in seine Kabine zurückkehrte, servierte Calgacus ihm das Frühstück, von dem Maximus allerdings den größten Teil aß.

Obwohl er wusste, dass es sinnlos war, musste Ballista die Frage einfach stellen: »Calgacus?« Der Kaledonier drehte sich um. »Hast du hier letzte Nacht irgendwas gesehen oder gehört?«

Der hässliche alte Mann schüttelte den Kopf.

»Maximus?«

Der Leibwächter, den Mund voller Brot und Käse, schüttelte ebenfalls den Kopf. »Du siehst furchtbar aus«, stellte er fest, nachdem er alles mit einem großen Schluck von Ballistas verdünntem Wein heruntergespült hatte. »Geht es wieder um diesen großen Burschen?«

Ballista nickte. »Keiner von euch verliert auch nur ein Wort zu irgendwem an Bord darüber. Zu niemandem. Unsere Leute sind auch so schon nervös genug, seit dieser Bastard bei unserer Abfahrt geniest hat. Könnt ihr euch vorstellen, wie ihnen erst zumute wäre, wenn sie wüssten, dass ihr Kommandant, ihr barbarischer Kommandant, von seinem persönlichen bösen Dämon heimgesucht wird?«

Die anderen beiden nickten feierlich.

»Es könnte aber auch sein, dass die Leute deshalb so nervös sind, weil sie wissen, wohin wir unterwegs sind«, gab Maximus mit einem Lächeln zu bedenken. »Du weißt schon, wegen der sehr hohen Wahrscheinlichkeit, dass wir demnächst alle sterben werden.«

»Ich bin nicht in Form«, sagte Ballista. »Maximus, hol unsere Kampfausrüstung. Wir müssen trainieren.«

»Hölzerne Übungsschwerter?«

»Nein, nackter Stahl.«

Alles war vorbereitet. Es war die fünfte Stunde des Tages, eine Stunde vor Mittag. Obwohl sich der Oktober bereits dem Ende entgegenneigte, war es heiß. Ballista hatte den späten Vormittag aus verschiedenen Erwägungen heraus für den Übungskampf ausgesucht. Erstens konnte er dem amtierenden Trierarch seinen Respekt erweisen, indem er ihn um Erlaubnis bat, an Bord des Kriegsschiffes trainieren zu dürfen. Zweitens gab die Festsetzung des Kampfes auf den späten Vormittag der Mannschaft ausreichend Zeit, ihr

Frühstück einzunehmen und eventuell noch ausstehende wichtige Arbeiten zu erledigen. Und, das Wichtigste von allem, die bis zum Kampf verstreichende Zeit ließ die allgemeine Spannung steigen und sorgte möglicherweise sogar dafür, dass einige Wetten platziert wurden.

Ballista zurrte den Kinnriemen seines Helms fest und sah sich um. Alle Seesoldaten, Deckarbeiter, seine eigenen Leute sowie die Ruderer, die Erlaubnis erhalten hatten, an Deck zu kommen, hockten dicht gedrängt auf der Reling. Das Publikum war gut informiert. Zwar waren nur die Seesoldaten im Schwertkampf ausgebildet, aber jeder an Bord gehörte dem Militär an. Wo es Soldaten gab, gab es auch Gladiatoren, und wo es Gladiatoren gab, gab es immer Leute, die glaubten, Experten in Sachen Schwertkampf zu sein.

Nach einem letzten Rundblick betrat Ballista die improvisierte Arena. Hier schien das Licht viel heller zu sein, der Raum um ihn herum weiter, und das Deck, das sich bisher scheinbar kaum bewegt hatte, hob und senkte sich auf einmal alarmierend heftig. Die Sonne brannte heiß vom Himmel herab, und er musterte die erwartungsvollen Gesichter rings herum aus zusammengekniffenen Augen. Ein leises Murmeln machte die Runde.

Ballista vollführte sein übliches Ritual, legte die Hand um den Dolchgriff, dann auf die Schwertscheide, und schließlich berührte er den daran befestigten Heilstein. Er fragte sich, warum er überhaupt kämpfen würde. Aus dem kalkulierten Versuch heraus, seine Männer zu beeindrucken? Oder als Medizin, um die Erinnerung an den Mann auszulöschen, der ihn in der Nacht besucht hatte, obwohl er seit nunmehr beinahe zwanzig Jahren tot war?

Jetzt stieg Maximus über die improvisierte Abgrenzung der Arena. Der Hibernier trug die gleiche Ausrüstung wie Ballista: Helm, Kettenhemd und Schild – aber die Schwerter beider Männer unterschieden sich. Maximus bevorzugte den Gladius, das kurze, in erster Linie als Stichwaffe geeignete Schwert, das sich bei den Legionären schon lange keiner großen Beliebtheit mehr erfreute, aber noch immer von vielen Gladiatoren benutzt wurde, einschließlich den Murmillos. Ballista dagegen benutzte die längere Spatha, die vornehmlich als Hiebwaffe zum Einsatz kam.

Nach einigen lockeren Schwüngen mit seinem Gladius – nach innen und außen gerichteten Kreisen, um seinen Kopf herum beschriebenen Achten und ähnlichen Kunststückchen – ging Maximus in eine tiefe Hocke, die typische Stellung eines kleineren, mit einem Stichschwert bewaffneten Mannes. Ballista ertappte sich dabei, dass er seine Spatha aus dem Handgelenk heraus wirbeln ließ. Hastig schob er die Hand in die lederne Halteschlaufe. Dann nahm er seine Ausgangsstellung ein: Oberkörper aufrecht, Füße auseinander, das Gewicht gleichmäßig verteilt, Seitstellung, den Schild weit vom Körper entfernt haltend, Blick über die linke Schulter gerichtet, das Schwert über die rechte erhoben.

Maximus sprintete ohne Vorwarnung auf ihn zu. Da er die Impulsivität des Hiberniers kannte, hatte Ballista halbwegs mit diesem Angriff gerechnet. Ihre Schilde prallten aufeinander. Ballista ließ sich zurückdrängen, trat mit dem hinteren Fuß nach rechts, zog den linken Führungsfuß hinter den rechten und verdrehte den Körper dabei um hundertachtzig Grad. Sein Gegner wurde durch den eigenen Schwung vorwärtsgetragen, eine perfekte thessalische Finte. Als Maximus an ihm vorbeiflog, ließ Ballista das Schwert mit dem nach unten gedrehten Handgelenk herumschwingen, nahm dem Stich die größte Wucht und stieß dem Hibernier die Klinge in die Schulter. Ein lautes Klirren ertönte, als die Spitze der Spatha das Kettenhemd traf. Weniger erfreulich war, dass er einen Moment später den Stoß von Maximus' Gladius in seinem Rücken spürte und hörte.

Die beiden Männer umkreisten einander lauernd und ließen alle weiteren Angriffe weniger ungestüm angehen. Maximus, dessen Füße ständig in Bewegung blieben, war mit seinen unablässigen Vorstößen und Scheinangriffen der aktivere Kämpfer.

Der einzige andere Mensch, der von dem großen Mann wusste, war Julia. Sie war nach epikureischer Lehre erzogen worden und tat Träume und Erscheinungen als Täuschung von Sinnen und Geist ab.

Solche Phänomene waren aus ihrer Sicht die Folge von Erschöpfung oder mentalem und körperlichem Stress. Ballista hatte sich seit der Begegnung mit den Boreanern nicht mehr richtig wohl gefühlt. Die Worte ihres Anführers hatten bis zu einem gewissen Grad ins Schwarze getroffen. Ein halbes im Imperium Romanum verbrachtes Leben hatte Ballista verändert, hatte ihn dazu gebracht, Dinge zu tun, die er eigentlich lieber nicht getan hätte, allen voran, den großen Mann zu töten. Vielleicht hatte Julia recht, vielleicht war es kein Dämon, der ihn heimsuchte, vielleicht waren es nur seine Schuldgefühle. Aber trotzdem …

Ballista riss den Kopf zur Seite, als Maximus' Gladius an ihm vorbeizuckte, unangenehm dicht. Verdammt, dachte er. Konzentrier dich, du Trottel! Die Klinge beobachten! Nie die Klinge aus dem Auge lassen! Erfahrungsgemäß kämpfte er immer dann am besten, wenn er sich auf eine Mischung aus Training, praktischer Erfahrung und Instinkt verließ und es der in seinen Muskeln eingebetteten Erinnerung gestattete, unmittelbar auf das aktuelle Geschehen zu reagieren. Aber mit seinem Verstand musste er sich auf die nächsten zwei bis drei Schläge konzentrieren – und nicht auf ein mörderisches Ereignis, das vor siebzehn Jahren stattgefunden hatte.

Er schickte sich an, die Initiative zu ergreifen, verlagerte das Gewicht auf den linken Fuß und trat mit dem rechten einen Schritt vor, um einen Schlag auf Maximus' Kopf auszuführen. Doch als der seinen Schild hob, änderte Ballista den Winkel des Schlages so, dass die Klinge auf das Bein seines Gegners zielte. Maximus reagierte blitzschnell und riss den Schild gerade noch rechtzeitig hinunter.

Jetzt stieß der ehemalige Gladiator den Schild auf Ballistas Kopf zu. Ballista wich zurück, knickte im rechten Knie ein und schwang seine Spatha in Knöchelhöhe unter Maximus' Schild hindurch. Wieder entging der dem Treffer durch seine Reaktionsschnelligkeit.

Ballista führte einen weiteren auf Maximus' Kopf gezielten Hieb aus. Diesmal sprang Maximus vor, schob sich in den Schlag hinein und ließ seinen Gladius in einer abgehackten Bewegung auf Ballistas Unterarm zuschnellen. Ballista konnte den Arm nicht schnell genug herunterreißen. Obwohl Maximus das Schwert gedreht hatte, war der Treffer mit der Breitseite der Klinge schmerzhaft.

Ballista spürte, wie sein Zorn stieg. Sein Unterarm tat weh. Er war geliefert, wenn er es zuließ, sich vor den Augen seines persönlichen Stabes schlagen zu lassen, besiegt von diesem verdammten hibernianischen Bastard! Die Angst, die er während der vergangenen Nacht verspürt hatte, verwandelte sich zusammen mit den Schmerzen in seinem Arm zu heißem Zorn. Er konnte spüren, dass er die Selbstbeherrschung zu verlieren drohte. Er stürzte sich in eine Reihe wilder Hiebe auf Maximus' Kopf und Beine, auf alle Körperteile, die er glaubte, treffen zu können. Wieder und wieder fand seine Klinge beinahe ihr Ziel, doch jedes Mal konnte Maximus die Schläge entweder mit seiner Waffe abblocken oder ihnen ausweichen. Dann endlich fand Ballista eine Lücke. Er setzte zu einem tückischen, auf Maximus' Kopf zielenden Rückhandschlag an. Das Gesicht des Hiberniers war völlig ungeschützt. Ballistas Spatha konnte es gar nicht verfehlen. Da drang unvermittelt der laute schrille Ton aus der Pfeife des Rudermeisters über das laute Keuchen und die schweren Schritte der Kämpfer hinweg in Ballistas Bewusstsein. Im letzten Moment hielt er den Hieb zurück.

»Hafen!«, rief der Bugoffizier. »Seleukia in Sicht! Auf der Steuerbordseite!«

Ballista und Maximus traten auseinander und legten ihre Schwerter auf die Planken. Ballista zuckte zusammen, als die Männer jubelten. Er benötigte einen Moment, um zu begreifen, dass sie nicht das Ende der Reise der *Concordia* bejubelten, sondern seine und Maximus' Kunstfertigkeit mit den Schwertern. Er quittierte das Lob mit erhobener Hand und ging zu seinem Leibwächter.

»Danke.«

»Sicher«, erwiderte Maximus trocken. »War mir ein Vergnügen, mich zu bemühen, am Leben zu bleiben. So wie du gekämpft hast, hättest du mit Leichtigkeit eine ganze Horde weniger gut trainierter Männer abgeschlachtet.«

»Und in meiner Wut habe ich wieder und wieder meine Deckung

entblößt und einem guten Schwertkämpfer die Möglichkeit gegeben, einen tödlichen Treffer zu landen, wenn er das gewollt hätte. Danke.«

»Oh, ich wusste, dass du mich nicht wirklich umbringen wolltest. Es würde dich nämlich eine ganze Menge kosten, einen Mann wie mich zu ersetzen.«

»Genau das war auch mein Gedanke.«

Es war ein schwerer Fehler gewesen, die Rüstung nicht gleich nach dem Kampf abzulegen. Während alle Mitglieder seines persönlichen Stabes in sauberer Kleidung wieder an Deck erschienen, sauber und nicht verschwitzt, verfluchte sich Ballista dafür, dass er nicht daran gedacht hatte, den amtierenden Trierarch zu fragen, wie lange es dauern würde, bis die *Concordia* in Seleukia andocken würde. Er orderte etwas mit Wasser verdünnten Wein. Von dem anstrengenden Übungskampf immer noch völlig ausgepumpt, schwitzte er ohnehin schon heftig unter den Strahlen der syrischen Sonne.

Und jetzt auch noch diese zusätzliche Verzögerung. Ein großes, dickbauchiges Handelsschiff hatte im auffrischenden Westwind vor dem Hafen fehlerhaft manövriert und war irgendwie mit einem anderen Kriegsschiff kollidiert. Den Bugspriet in dem Boot verhakt, blockierte es die schmale Zufahrt in den Haupthafen.

Ballista stand am Bug und überprüfte die Position der *Concordia*. Auf der Steuerbordseite im Süden ragte der grün bewachsene Kasios-Berg auf. Im Südosten erstreckte sich die flache, fruchtbare Ebene, durch die der Orontes floss. Direkt voraus lag Seleukia in den Ausläufern des Pierias, der nach Backbord hin langsam und stetig anstieg, bevor er in einer Schlangenlinie wieder abfiel.

Das Kriegsschiff, eine kleine Liburne, befreite sich aus der Verzahnung mit dem Handelsschiff, drehte auf der Stelle und schoss mit Kurs Nordwest in Richtung der Bucht von Issos davon, begleitet von einer bemerkenswerten Variation obszöner Gesten der Männer an Deck. Vermutlich einigermaßen beschämt ruderte das Handelsschiff in den Wind hinaus, bis es genügend Manövrierspielraum hatte, um auf seinen geplanten Kurs die Küste hinauf oder hinunter einzuschwenken.

Seleukia, die wichtigste Hafenstadt Syriens, hatte zwei Häfen. Der eine war kaum brauchbar, nicht viel mehr als eine halbkreisförmige Bucht, die ungeschützt in die vorherrschende Windrichtung zeigte und allgemein als unsicher galt, lediglich für die einheimischen Küstenfischer geeignet. Der andere war sehr viel beeindruckender, ein künstlich angelegtes polygonales Hafenbecken, durch einen langen, spitzwinklig verlaufenden Kanal vor den Westwinden geschützt.

Ballista dachte an seine kaiserliche Mandata, die von ihm verlangte, sich um die Sicherheit Seleukias zu kümmern, auch wenn ihm immer noch nicht klar war, wie er das in einigen Hundert Meilen Entfernung aus Arete heraus bewerkstelligen sollte. Er verfolgte die Einfahrt in den Hafen der Stadt. Da der Kanal gerade so breit war, dass ihn zwei Kriegsschiffe gleichzeitig passieren konnten, würde es ziemlich einfach sein, ihn mittels einer Kette oder einer Schranke abzuriegeln. Doch er entdeckte keinerlei Anzeichen für derartige Vorrichtungen.

Auch der Hafen selbst war in dieser Beziehung kaum ermutigender. Zwar war er groß, und es lagen mehrere Handelsschiffe an den Kais, doch machte er insgesamt einen eher verwahrlosten Eindruck. Ein Pier war zusammengebrochen, und im Hafenbecken trieb eine Menge Unrat. Maßgeblicher für Ballista war allerdings, dass nur drei Kriegsschiffe im Wasser dümpelten. Von sechs anderen ragten die Rammsporne aus den Schuppen hervor, in denen sie lagen. Dies war also der Hauptstützpunkt der syrischen Flotte, und sie umfasste lediglich neun Kriegsschiffe. Ihrem äußerlichen Zustand nach zu urteilen, bezweifelte Ballista, dass auch nur eine der Galeeren wirklich gefechtsbereit war.

Die *Concordia* vollführte einen engen Kreis im Hafenbecken, wobei sie einen dreisten Jungen in einem kleinen Ruderboot ignorierte, der beinahe unter ihrer Bugspitze verschwand, bremste ab und legte gekonnt rückwärts am militärischen Hauptdock an.

Ballista entdeckte ein aufwendig herausgeputztes Begrüßungskomitee, bestehend aus sechzig Soldaten und mehreren Offizieren mit einem Standartenträger an der Spitze. Sie hatten zweifellos viel Zeit gehabt, um ihren Auftritt zu inszenieren, sowohl langfristig gesehen, da die *Concordia* einige Tage überfällig war, als auch kurzfristig, während die Trireme den Kanal passiert hatte.

»Der Offizier, der Order erhalten hat, dich zu begrüßen, ist Gaius Scribonius Mucianus«, flüsterte Demetrius Ballista zur Erinnerung ins Ohr. »Er ist der Tribun, der die aus Auxiliartruppen bestehenden Kohorten befehligt.« Einige große römische Haushalte beschäftigten für derartige Anlässe extra einen Sklaven, dessen Aufgabe darin bestand, seine Herrschaften bei Bedarf mit den benötigten Informationen zu versorgen, doch in Ballistas kleiner Familia erfüllte sein Sekretär zusätzlich die Funktion seines *a memoria*.

Der neue Dux Ripae ging an Land. Er war sich überdeutlich der Blicke bewusst, die auf ihm ruhten, die seines persönlichen Stabes, die der Besatzung der Trireme und der Soldaten des Empfangskomitees. Den meisten Menschen bereitet es große Schwierigkeiten, sich unbefangen zu bewegen, wenn ihnen bewusst ist, dass sie unter Beobachtung stehen. Und so stolperte Ballista auch, als er von der Treppe hinab und an Land trat. Das Dock schien sich unter seinen Stiefeln zu bewegen und plötzlich ruckartig zu heben. Er landete auf den Knien. Seine Gedanken überschlugen sich. Die Situation war beschämend. Schlimmer noch, irgendjemand könnte sein Straucheln als schlimmes Omen deuten. Natürlich lag es nur daran, dass seine Beine ihm, nach Tagen auf See an ein ständig schwankendes Deck gewöhnt, einen Streich gespielt hatten. So etwas geschah ständig. Es war sogar Alexander passiert oder auch Julius Caesar. Ihnen war es gelungen, das Missgeschick mit ein paar klugen Worten zu ihrem Vorteil umzufunktionieren. Während er sich wieder aufrichtete und versuchte, sich mit einer lässigen Bewegung den Schmutz von den Knien zu wischen, wünschte er, er könnte sich erinnern, was sie gesagt hatten.

»Ich habe Asien hart erwischt.« Er breitete die Arme weit aus und drehte sich grinsend zu der Trireme um.

Die Seesoldaten und seine Leute lachten. Ballista wandte sich wieder den Soldaten der Auxiliartruppe zu. Aufkommendes Gelächter lief durch ihre Reihen. Der Offizier bedachte seine Männer mit einem strengen Blick.

»Marcus Clodius Ballista, Vir egregius, Ritter Roms, Dux Ripae, Kommandant der Flussufer.«

Die Stille, die den lauten Worten des Ausrufers folgte, wirkte unnatürlich. Vielleicht zögerte der Offizier der Auxiliartruppen auch ein wenig, bevor er vortrat.

»Titus Flavius Turpio, Pilus Prior, Erster Centurio der Kohorte XX Palmyrenorum Milliaria Equitata. Wir werden tun, was befohlen wird, und sind bereit, jeden Befehl auszuführen.« Der Mann salutierte zackig.

Die Stille zog sich in die Länge. Ballistas erhitztes Gesicht wurde blass, sein Ärger wuchs.

»Wo ist dein kommandierender Offizier? Wieso ist der Tribun der Kohorte nicht wie befohlen erschienen?« In seiner Wut war Ballista der Name des Tribuns entfallen.

»Ich weiß es nicht, Dominus.« Der Centurio sah unbehaglich aus – aber gleichzeitig auch irgendwie verschlagen.

Ballista war sich bewusst, dass dies ein furchtbarer Auftakt für seine Mission in Asien war. Zur Hölle mit dem Stolpern, es war dieser Kerl, der ihn bloßstellte. Der Bastard von einem Tribun hatte einen ausdrücklichen Befehl missachtet. Was war der Grund für diese vorsätzliche Grobheit in aller Öffentlichkeit? Lag es daran, dass er, Ballista, lediglich ein Ritter und kein Senator war? Oder lag es eher – was viel wahrscheinlicher war – an seiner barbarischen Herkunft? Ein solch eklatanter Akt des Ungehorsams musste die Autorität des neuen Dux bei den Truppen zwangsläufig untergraben. Doch Ballista wusste, dass er die Lage nur noch verschlimmern würde, wenn er die Angelegenheit weiter aufbauschte. Er zwang sich dem Centurio gegenüber zu einem gemäßigten Tonfall.

»Lass uns eine Inspektion deiner Männer durchführen.«

»Darf ich dir den Decurio dieser Turma, der Kavallerieeinheit der Kohorte, vorstellen?« Der Centurio deutete auf einen jüngeren Mann, der daraufhin vortrat.

»Titus Cocceius Malchiana. Wir werden tun, was befohlen wird, und sind bereit, jeden Befehl auszuführen.«

Auf ihrem Weg über das Hauptdock quasselte Centurio Turpio wie ein Wasserfall. »Wie du bestimmt weißt, besteht die Kohorte XX Palmyrenorum Milliaria Equitata aus einer zwei Einheiten umfassenden Bogenschützenabteilung mit einer Mannschaftsstärke von über tausend Mann, eine gemischte Einheit aus neunhundertsechzig Infanteristen und dreihundert Kavalleristen. Was uns innerhalb der Armee einzigartig macht, ist unsere Organisation. Die Kohorte setzt sich aus lediglich sechs Centurien Infanterie und fünf Turmae Kavallerie zusammen, jede davon jedoch in doppelter Mannschaftsstärke. Deshalb haben wir hundertsechzig statt achtzig Mann in einer Centurie, sechzig statt dreißig Reiter in einer Turma. Außerdem haben wir zwanzig Kamelreiter, hauptsächlich als Boten und dergleichen, obwohl sie sich ebenfalls dafür einsetzen lassen, Pferde ohne die nötige Ausbildung zu verängstigen. Wenn es eins gibt, was Pferde ungemein verabscheuen, dann den Geruch eines Kamels, ha, ha!«

Ballista fragte sich, was die Mischung aus offensichtlichem Stolz des Centurios auf der einen Seite und extremer Nervosität auf der anderen Seite zu bedeuten hatte. Sein hastiger Wortschwall versiegte, als sie die Reihe der Soldaten erreichten.

Die Turma des Cocceius umfasste tatsächlich sechzig Mann. Die Soldaten waren zu Fuß erschienen, ihre Pferde nirgendwo zu sehen. Sie hatten in zwei Reihen zu jeweils dreißig Mann Aufstellung genommen. Ihre Kavalleriehelme und die hüftlangen Schuppenpanzer waren auf Hochglanz poliert. An ihren linken Hüften hingen Schwerter in ihren Scheiden, über den linken Schultern eine Kombination aus Köchern und Bogentaschen. Die rechten Hände hielten Speere, und an jedem ihrer linken Unterarme war ein kleiner, mit dem Bild eines Kriegergottes bemalter Rundschild befestigt. Über ihren Köpfen flatterte die Standarte der Turma, ein rechteckiges grünes Signum, im Westwind.

Ballista ließ sich Zeit. Er schritt langsam die Reihen ab und inspizierte die Männer aufmerksam. Sie waren wirklich sorgfältig herausgeputzt. Allerdings hatten sie auch jede Menge Zeit dafür gehabt. Eine Parade war eine Sache, ein Kampf etwas ganz anderes. Ballista fragte sich, ob er eine dumpfe, mürrische Unverfrorenheit in den Mienen der Männer entdeckte. Vielleicht machten ihn aber auch nur sein Stolpern und das Fernbleiben von Scribonius Mucianus überempfindlich.

»Sehr gut, Centurio. Haben die Männer schon gegessen?« Es war die achte Stunde des Tages, die Hälfte des Nachmittags war bereits verstrichen. »Nein? Dann schick sie zurück in ihre Unterkünfte. Es ist bereits zu spät, um auch nur daran zu denken, noch heute nach Antiochia aufzubrechen. Wir setzen uns morgen in Marsch. Wenn wir Seleukia im Morgengrauen verlassen, müssten wir lange vor Einbruch der Dunkelheit ankommen. Richtig?«

Nachdem der Centurio seine Einschätzung bestätigt hatte, erklärte Ballista, dass er zur Akropolis der Stadt hinaufgehen würde, um dort Opfergaben als Dank für die sichere Ankunft des Schiffes darzubringen.

Die Verteidigungseinrichtungen von Seleukia Pieria unter dem Vorwand zu inspizieren, die Götter zu ehren, erwies sich paradoxerweise als deprimierend. Die Stadt war bereits von Natur aus gut geschützt. Auf drei Seiten wurde sie von Schluchten gesäumt, die vierte Seite ging auf das Meer hinaus. Darüber hinaus war sie durch künstliche Befestigungsanlagen gesichert. Die Stadtmauern bestanden aus sorgfältig bearbeiteten Steinquadern mit strategisch klug platzierten halbrunden Wachtürmen in regelmäßigen Abständen. Das große Markttor zur Straße nach Antiochia stellte schon für sich allein genommen fast eine Festung dar. Der einzige Weg hinauf zur Akropolis war eine gewundene und verwinkelte Treppe aus tief in den felsigen Untergrund hineingemeißelten Stufen. Die gesamte Stadt ließ sich unglaublich gut verteidigen. Und doch war sie drei Jahre zuvor den Sassaniden in die Hände gefallen.

Das an die neue imperiale Festung von Antiochia angeschlossene Badehaus war aufwendig dekoriert. Turpios Meinung nach war es für das heutige Imperium Romanum bezeichnend, dass das Badehaus voll funktionsfähig, die Festung dagegen noch nicht fertiggestellt worden war. Er wartete in dem Gang vor dem *Apodyterium*, dem Umkleideraum. Den Fußboden zierte ein für alle Badehäuser im Reich typisches Mosaik, das einen dunkelhäutigen Diener mit Wassergefäßen in beiden Händen und einem Lorbeerkranz auf dem Kopf darstellte.

Marcus Clodius Ballista mochte sich zwar an den drei Namen erfreuen, die ihn als römischen Bürger auswiesen, aber im Grunde war er ganz und gar ein Barbar geblieben. Während des Ritts nach Antiochia hatte er sich ständig wie ein Bauerntölpel staunend umgeblickt. Turpio hatte ihn durch die Torbrücke und die von Säulen gesäumten Straßen der Stadt auf die Insel im Orontes geführt, wo die neue Festung errichtet wurde. Heutzutage konnte man sich fast schon darauf verlassen, dass das Reich einem echten Römer wie ihm, der sich beim Militär hochgearbeitet hatte, einen kaiserlichen Günstling – und dazu noch einen barbarischen – vor die Nase setzen würde.

Turpio betrachtete erneut das Mosaik. Unter der Tunika des Dieners lugte ein gewaltiger Penis hervor. Der Künstler hatte die Eichel äußerst detailliert in Purpur dargestellt, was – wie zweifellos von ihm beabsichtigt – Turpio zum Lachen brachte. Gelächter war gut in diesen Räumen. In Badehäusern konnten allerlei Gefahren lauern, und jeder wusste, dass Gelächter Dämonen vertrieb.

Schließlich kamen die anderen aus dem *Apodyterium* heraus. Abgesehen von den hölzernen Pantoffeln, mit denen sie ihre Füße vor den heißen Fußböden schützten, waren sie nackt. Außer Ballista trugen alle Ölfläschchen, Strigilis und Handtücher mit sich.

»Ja, leck mich doch!«, stieß der Mann, dessen Nase wie ein Katzenarsch aussah, hervor und deutete auf das Bodenmosaik. »Calgacus, das muss ein Verwandter von dir sein. Sieh dir nur die unglaubliche Größe von dem Ding an!«

Der griechische Knabe errötete. Ballista und Calgacus ignorierten die Bemerkung. Turpio, der solche unverfrorenen Sprüche von einem Sklaven nicht gewöhnt war, folgte ihrem Beispiel. Mit Ballista an der Spitze begaben sie sich in das *Caldarium*, den Schwitzraum, in dessen Richtung der Schwanz des Dieners wies.

»Ist es nicht so, lieber Calgacus, dass du jahrelang in Rom unter dem Namen Buticosus ›der großer Stopfer‹ bekannt warst?«, flachste der Leibwächter gut gelaunt weiter.

Turpio bemerkte, dass der Sklave namens Calgacus tatsächlich einen großen Penis hatte. Nun, dafür waren die Barbaren ja berüchtigt. Ihre großen Schwänze deuteten auf ihre mangelnde Selbstbeherrschung in Sachen Fleischeslust hin, was allerdings auch in anderer Hinsicht zutraf. Ein kleiner Penis war schon immer das zuverlässige Kennzeichen eines zivilisierten Mannes gewesen.

»Es heißt, dass nur der frühzeitige Tod dieses so wunderbar pervertierten Kaisers Elagabalus die Frumentarii davon abgehalten hat, unseren guten Calgacus während eines Besuchs der öffentlichen Bäder zu entführen, um diese mächtige Waffe gegen seine kaiserliche Majestät in Stellung zu bringen.«

Unglaublich, dass dieser neue Dux es einem seiner Sklaven gestattete, in Anwesenheit von freien Männern, von römischen Bürgern, derartige Ungeheuerlichkeiten von sich zu geben! Ein Zeichen von Schwäche, von Dummheit, ein Beleg seiner barbarischen Natur. Aber all das war gut, sogar sehr gut. Es machte es wenig wahrscheinlich, dass Ballista irgendetwas herausfinden würde.

Es war kalt und neblig. Das Wetter war im Verlauf der letzten Woche in Antiochia umgeschlagen. Ballista zog sich den gewachsten Mantel bis zu den Ohren hoch. Die Morgendämmerung stand kurz bevor, und es war vollkommen windstill. Er saß neben der Straße nach Beroea auf seinem neuen grauen Pferd. Bisher fror er noch nicht, und er war angenehm satt. Calgacus hatte es irgendwie fertiggebracht, einen heißen Haferbrei mit Honig und Sahne zuzubereiten. Ballistas Blick wanderte an dem äußeren Tor hinauf, das von zwei gewaltigen, rechteckig gemauerten Wachtürmen eingerahmt wurde. Im Inneren gab es ein Doppeltor und vergitterte Schießscharten in den Mauern für die Artillerie, wodurch sich der Zwischenraum leicht verteidigen ließ.

Als Ballista die Brandspuren um die Schießscharten herum musterte, verflüchtigte sich das Gefühl der Zufriedenheit allmählich wieder. Die sieben Tage, die er damit zugebracht hatte, Vorräte einzukaufen und eine Karawane zusammenzustellen, hatten seinen Eindruck bestätigt, dass Antiochia eine recht gut befestigte Stadt war. Nach Osten hin stieg sie an den Hängen des Silpius zu einer Zitadelle empor, während sie in allen drei anderen Himmelsrichtungen vom Orontes wie von einem Festungsgraben umgeben war. Am nördlichen Ende der Stadt umschloss ein toter Flussarm des Orontes eine große Insel. Die Stadtmauern schienen einigermaßen gut instand gesetzt worden zu sein. Abgesehen von der Zitadelle und der Festung auf der Insel gab es noch einige große Gebäude – Amphitheater, Theater, Pferderennbahn –, die sich als improvisierte befestigte Stützpunkte nutzen ließen. Die breiten Hauptstraßen boten gute Nachschubwege und stellten eine reibungslose Kommunikation innerhalb der Stadt sicher. Der Orontes und zwei kleine Bäche aus den Bergen sicherten die Wasserversorgung. Und trotzdem war die Stadt den Persern in die Hände gefallen.

Es war eine typisch griechische Geschichte über persönlichen Verrat, die zum Fall Antiochias geführt hatte. Mariades, ein Angehöriger der Aristokratie von Antiochia, war dabei ertappt worden, wie er Gelder für eine Streitwagenmannschaft unterschlagen hatte. Um einer sicheren Verurteilung zu entgehen, war er zum Gesetzlosen geworden. Nach einer zwar kurzen, aber durchaus erfolgreichen Karriere als Bandit war er schließlich über den Euphrat geflohen. Als Shapur dann vor drei Jahren in Syrien eingefallen war, hatte ihm Mariades als Führer gedient. Nachdem die Perser ihr Lager nicht weit von Antiochia entfernt aufgeschlagen hatten, waren die reichen Bürger aus der Stadt geflohen. Der arme Teil der Bevölkerung hatte sich passiv verhalten, vielleicht weil er eher bereit für einen Herrschaftswechsel gewesen war, oder weil sich ihm ohnehin keine Möglichkeit zur Flucht geboten hatte. Dann hatten Freunde von

Mariades die Stadttore geöffnet. Sollten den Verrätern irgendwelche Versprechungen gemacht worden sein, wurden diese allerdings nicht eingehalten. Die Stadt war von den Angreifern geplündert und zu großen Teilen gebrandschatzt worden. Mariades war mit Shapur nach Persien zurückgekehrt.

Für einen Mann und Belagerungsexperten, der Befehl hatte, sich um ihre Sicherheit zu kümmern, erwies sich Antiochia als äußerst deprimierend, genau wie zuvor Seleukia. Aus den Ereignissen ließen sich zwei eindeutige Schlussfolgerungen ziehen. Erstens, die persischen Sassaniden waren gut darin, stark befestigte Städte einzunehmen. Zweitens, die Einheimischen waren schlecht darin, sie zu verteidigen. Ballista fragte sich, wie viele der Einheimischen im Fall einer Belagerung ein Verhalten wie Mariades an den Tag legen würden, wie viele sich entscheiden mochten, zu den Persern überzulaufen oder zumindest nicht gegen sie zu kämpfen. Je mehr er von Syrien zu Gesicht bekam, desto schwieriger erschien ihm seine Mission. Er fragte sich, was aus Mariades geworden war.

Seine Gedanken kehrten zu Turpio zurück. Wieso brauchte der Centurio so verdammt lange, um diese Turma der Kavallerie endlich in Marsch zu setzen? Er und Cocceius, der Decurio, ritten die Reiterkolonne hinauf und hinunter, erschienen kurz in den von Fackeln gebildeten Lichtkreisen und tauchten wieder in der Dunkelheit unter, während sie Befehle und Anweisungen schrien.

Die einzelnen Soldaten machten einen guten Eindruck auf Ballista. Die Pferde befanden sich in einem guten Zustand, Helme und Rüstungen waren gut gepflegt, alle Waffen vollständig und griffbereit. Die Männer wirkten gesund und kräftig. Sie behandelten ihre Pferde gut. Aber irgendetwas stimmte nicht ganz an dem Bild. Sie agierten nicht wie eine echte Einheit, gerieten einander immer wieder in den Weg. Sie wirkten mürrisch. Von dem üblichen Geplänkel und den lockeren Sprüchen war nichts zu bemerken.

Endlich erschien Turpio bei ihm. Er trug den Helm nicht auf dem Kopf, sondern hatte ihn am Sattel festgeschnallt. Sein kurz geschnittenes Haar und der Bart waren feucht vom Nebel.

»Die Kolonne ist marschbereit«, meldete er.

Wie immer klangen seine Worte für Ballista so, als wollte er ihn einerseits auffordern, ihm zu widersprechen, ihn andererseits aber gleichzeitig davor warnen. Außerdem hatte er Ballista nicht Dominus genannt.

»Sehr gut. Maximus, roll mein persönliches Banner aus und lass uns die Männer inspizieren.«

Der Leibwächter zog die Schutzhülle von dem weißen *Draco*. Der drachenförmige Windsack baumelte schlaff in der windstillen Luft herab, als er das Banner hob.

Ballista presste die Schenkel um die Flanken des Pferdes, und der Grauschimmel setzte sich gemächlich in Bewegung. Als Erstes passierten sie die Nachhut, dreißig Kavalleristen unter Cocceius' Kommando, dann Ballistas Männer und die Versorgungseinheit unter Mamurra und zum Schluss die Vorhut der restlichen dreißig Kavalleristen, die Turpio direkt unterstanden. Abgesehen von den üblichen Problemen mit den Zivilisten der Versorgungseinheit schienen alle Männer ihren Aufgaben gewachsen zu sein.

»Gut. Wir werden gemeinsam reiten, Centurio. Schick der Truppe zwei Späher voraus.«

»Dazu besteht keine Notwendigkeit. Auf den nächsten paar Hundert Meilen gibt es keinerlei Feinde.«

Ballista wusste, wie wichtig es für ihn war, sich seiner Autorität zu versichern. »Gib ihnen Befehl, eine halbe Meile vor der Kolonne zu reiten.«

»Wir befinden uns unmittelbar vor dem Haupttor der Provinzhauptstadt. Auf dieser Seite des Euphrat hält sich nicht ein einziger Perser auf. Und kein Bandit würde angesichts dieser Mannschaftsstärke einen Angriff auf uns riskieren.«

»Wir müssen uns daran gewöhnen, dass wir uns im Kriegszustand befinden. Leite den Befehl weiter.«

Turpio gehorchte, und zwei Reiter trabten in den dicken Nebel hinein. Ballista erteilte den Marschbefehl, und die Kolonne setzte sich auf den langen Weg durch die Vasallenkönigreiche von Emesa und Palmyra in Bewegung, der sie bis nach Arete führen würde, diesem isolierten Außenposten des Imperium Romanum.

»Es ist gerade einmal drei Jahre her, dass sich hier eine Menge Perser herumgetrieben haben«, sagte Ballista.

»Ja, Dominus.«

Trotz der Widerspenstigkeit des Mannes beschloss Ballista, ihm gegenüber zurückhaltend zu bleiben. »Wie lange dienst du schon in der Kohorte XX?«

»Seit zwei Jahren.«

»Wie schätzt du sie ein?«

»Gute Männer.«

»Hat Scribonius Mucianus bereits das Kommando geführt, als du dazugestoßen bist?«

»Ja.« Als Ballista den Namen des abwesenden Tribuns erwähnte, zeichneten sich wieder Aggressivität und Anspannung in Turpios Gesicht ab.

»Wie schätzt du ihn ein?«

»Er ist mein vorgesetzter Offizier. Es steht mir nicht zu, ein Urteil über ihn zu fällen. Genauso wenig wie es mir nicht zusteht, mich gegenüber dem Statthalter von Syrien dazu zu äußern, wie ich dich einschätze.« Turpio gab sich keine große Mühe, die in seinen Worten enthaltene Drohung zu verbergen.

»Hast du gegen die Sassaniden gekämpft?«

»Ich war in Barbalissos.«

Ballista ermutigte Turpio, von der furchtbaren Niederlage der römischen Armee Syriens zu berichten, der Niederlage, die direkt zur Eroberung Antiochias, Seleukias und so vieler anderer Städte geführt hatte, zu so viel Elend während der unruhigen Zeit, die gerade einmal drei Jahre zurücklag. Die Vorstöße berittener sassanidischer Bogenschützen hatten die Römer in eine verzwickte Lage gebracht. Wenn sie es riskierten, ihre Reihen aufzubrechen, um die Bogenschützen zu vertreiben, würden sie von der schweren Kavallerie, den Clibanarii überrannt werden, Männern in Kettenpanzern, die mit Rüstungen geschützte Pferde ritten. Behielten sie dagegen die Stellung in enger Formation bei, um die Clibanarii aufzuhalten, boten sie den Bogenschützen ein ideales Ziel in Form von dicht zusammengedrängten Soldaten. So hatten sie endlose Stunden in Formation unter der sengenden syrischen Sonne aushalten müssen, auf der einen Seite gequält durch die Sorge um die Sicherheit der nahen Stadtmauern von Barbalissos, auf der anderen Seite vom Durst gequält, während das Wasser des Euphrat in Sichtweite verlockend glitzerte. Und dann die unvermeidliche Panik, die Flucht und das anschließende Gemetzel.

Zwar erfuhr Ballista nicht viel über die Schlacht, was er nicht bereits früher schon gehört hatte, aber er gewann den Eindruck, dass Turpio ein durchaus fähiger Offizier war. Wie kam es dann, dass diese Turma der Kohorte XX einen so elenden und unprofessionellen Eindruck machte?

»Wie groß war die Truppenstärke der Perser?«

Turpio ließ sich Zeit mit der Antwort. »Schwer zu sagen. Jede Menge Staub und Chaos. Wahrscheinlich weniger Männer als die meisten glauben. Die berittenen Bogenschützen sind ständig in Bewegung. Lässt ihre Zahl größer erscheinen, als sie tatsächlich ist. Möglicherweise nicht mehr als zehntausend bis fünfzehntausend, alle Truppenteile eingerechnet.«

»Wie war das Verhältnis von berittenen Bogenschützen und Clibanarii?«

Turpio warf Ballista einen Blick zu. »Auch das ist wieder schwer zu sagen. Aber deutlich mehr leicht- als schwerbewaffnete Reiter. Irgendwo so zwischen fünf zu eins und zehn zu eins. Nicht wenige Clibanarii führen ebenfalls Bögen mit sich, was die Dinge unüberschaubarer macht.«

»Waren alle Kämpfer Kavallerie?«

»Nein. Die Kavallerie wird von den Edelmännern gestellt, den besten Kämpfern der Sassaniden. Aber die Sassaniden verfügen auch über eine Infanterie. Am effektivsten sind die Söldner der Schleuderer und Bogenschützen, der Rest sind einfache Fußsoldaten, mit Speeren bewaffnete Bauern.«

Der Nebel hob sich. Ballista konnte Turpios Gesicht jetzt deutlicher sehen. Seine Miene wirkte nicht mehr ganz so abweisend. »Wie gehen sie bei Belagerungen vor?«

»Sie nutzen all die Mittel, die auch wir verwenden: Stollen, Rammen, Türme, Artillerie. Einige behaupten, sie hätten von uns gelernt, vielleicht als der alte König Ardashir damals vor rund fünfzehn Jahren die Stadt Hatra eingenommen hat.«

Sie ritten gerade einen Ausläufer des Silpius hinauf. Die Bäume, die die Straße säumten, waren übersät mit toten schwarzen Blättern. Nebelschwaden strichen um die Stämme herum und trieben durch die Zweige. Als sie sich der Hügelkuppe näherten, bemerkte Ballista, wie sich eines der Blätter zu bewegen begann. Die Sonne vor ihm schickte sich gerade an, den Nebel zu durchdringen, und Ballista erkannte, dass es gar kein Blatt gewesen war, das sich bewegt hatte, sondern ein Vogel – ein Rabe. Er sah genauer hin. Der Baum war voller Raben. Sämtliche Bäume waren voller Raben.

Diesmal wusste Ballista, dass es keine Phrase oder Geste gab, um das Omen umdeuten zu können. Für ein Niesen gab es eine alltägliche, natürliche Erklärung, genau wie für ein Stolpern. Doch Raben waren die Vögel Wotans. Auf der Schulter des Allvaters hockten Hugin, der Gedanke, und Munin, die Erinnerung. Diese sandte er aus, um die Welt der Menschen zu beobachten. Ballista, ein Abkömmling Wotans, führte einen Raben als Abzeichen auf seinem Schild mit sich und einen zweiten als Helmschmuck. Die Augen des Allvaters ruhten auf ihm. Nach jeder Schlacht wimmelte das Feld mit den Gefallenen vor Raben. Und jetzt waren die Bäume mit Raben übersät.

Ballista ritt weiter. Auf einmal gingen ihm die lange vergessen geglaubten Zeilen eines Gedichts durch den Kopf.

Der dunkle Rabe wird sprechen
und dem Adler sagen, wie es ihm beim Festmahl erging,
als er im Wettstreit mit dem Wolf
die Gebeine der Toten bloßlegte.

V

Links der Straße entdeckte Ballista erste Anzeichen dafür, dass sie nur noch ein paar Meilen von Emesa entfernt waren. Das Muster der Felder veränderte sich abrupt. Die weitläufigen, oft unzureichend voneinander abgegrenzten Wiesen, wie sie im Tal des Orontes üblich waren, machten kleineren, streng rechteckig angelegten Feldern in einem Gittermuster Platz, säuberlich getrennt durch ein aus Gräben und Markierungssteinen bestehendes System. Dieses System, Centuriation genannt, war das Ergebnis der Arbeit römischer Landvermesser, der Agrimensores. Es war in der Zeit entstanden, als Rom dazu übergegangen war, seine Veteranen nach dem Ende ihrer Dienstzeit in Kolonien in den Ländereien anzusiedeln, die es von seinen besiegten Feinden beschlagnahmt hatte. Später, wie hier um Emesa herum, hatten es fast alle unter Roms Herrschaft stehenden Völker übernommen, entweder aus praktischen Gründen oder um damit ihre Verbundenheit mit Rom zu demonstrieren, in der Hoffnung darauf, irgendwann selbst römische Bürger werden zu können. Die Centuriation war so verbreitet im gesamten Reich und existierte bereits so lange, dass sie hier zur natürlichen Ordnung der Dinge zu gehören schien. Für diejenigen aber, die außerhalb des Imperium Romanum geboren und aufgewachsen waren, Ballista eingeschlossen, wirkte der Anblick immer noch fremdartig, rief immer noch ein Gefühl der Beklommenheit und von verlorener Identität hervor.

Ballista lenkte sein Pferd von der Straße hinunter, winkte die Kolonne weiter und rief Turpio zu, dass er bald wieder zu ihm aufschließen würde. Die Männer zogen in gemächlicher Schrittgeschwindigkeit vorbei. Neun Tage auf der Straße hatten die Einheit etwas wachgerüttelt. Die Männer machten jetzt einen etwas disziplinierteren und deutlich zufriedeneren Eindruck. Selbst der aus Zivilisten bestehende Lastentross, die dreißig Packpferde mit ihren Führern und die fünfzehn Mann aus Ballistas persönlichem Stab, boten nicht länger den grauenhaft unprofessionellen Anblick wie bei ihrem Aufbruch in Antiochia.

Es war ein entspannter Marsch gewesen, in Etappen von nie mehr als zwanzig Meilen am Tag mit festen Unterkünften in fast jeder Stadt oder jedem Dorf. Nur einmal hatten sie ihr Nachtlager unter freiem Himmel aufgeschlagen. Ein leichter Marsch, aber er hatte der Truppe gutgetan.

Ballista betrachtete die an ihm vorbeiziehenden Männer. Wie stark war ihre Verbundenheit Rom gegenüber? Die Kohorte war eine Einheit der regulären römischen Armee, aber ihre Mitglieder waren aus Palmyra rekrutiert worden, einst ein Vasallenkönigtum und Teil der römischen Provinz Coele Syria. Ihre Muttersprache war Aramäisch, und wer von ihnen zweisprachig aufgewachsen war, beherrschte darüber hinaus Griechisch. Ihre Lateinkenntnisse beschränkten sich auf militärische Kommandos und Obszönitäten. Ihre Helme, Rüstungen, Schilde und Schwerter stammten aus römischer Armeeproduktion, die Kombination aus Bogentaschen und Pfeilköcher dagegen war von östlicher Machart und höchst individuell gestaltet. Östliche Zierelemente baumelten klirrend am Zaumzeug ihrer Pferde und an ihren Gürteln, die gestreiften, leuchtend bunt gefärbten weiten Hosen verrieten die Herkunft der Männer aus dem Osten.

Wie würde dieser Umstand seine Mission im Osten beeinflussen? Man hatte Ballista immer wieder erzählt, dass den Syrern der Mut zum Kampf fehlte, und der Fall der gut befestigten Städte Seleukia und Antiochia schien das zu bestätigen. Aber wenn sich Generationen ständig den Vorwurf gefallen lassen mussten, sie seien Feiglinge, konnte das durchaus solche Auswirkungen nach sich ziehen. Gut möglich, dass das Vorurteil die Realität erst so geschaffen hatte, wie sie heute war, statt ihren ursprünglichen Zustand abgebildet zu haben. Und wie stand es mit den Vasallenkönigen von Emesa und Palmyra? Würden sie sich römisch genug fühlen, um Ballista die Truppen zur Verfügung zu stellen, die Rom ihm aufzustellen befohlen hatte?

Die schon bald bevorstehende unangenehme Aufgabe, Truppen anzufordern, lenkte Ballistas Gedanken wieder auf alte vertraute Pfade zurück. Warum hatte man ihm keine römischen Soldaten mit auf den Weg nach Osten gegeben? Jeder konnte doch sehen, dass die beiden in Arete stationierten Einheiten hoffnungslos unzureichend für die bevorstehende Aufgabe waren. Und warum hatte man ausgerechnet ihn, der keinerlei Erfahrung mit den Ländern des Ostens besaß, dazu bestimmt, diese fernen Außenposten des Reichs gegen feindliche Angriffe zu verteidigen?

Für jemanden, der in den Wäldern und Mooren des nördlichen Germaniens aufgewachsen war, war es kein großer Schritt von alltäglichen zu übernatürlichen Ängsten. Wieso hatte der Dämon des großen Mannes Ballista erneut heimgesucht? Während der letzten Jahre war er von ihm verschont worden. Doch wie auch immer, er hatte dem Bastard schon viele Male gegenübergestanden, das erste Mal, als Maximinus noch am Leben gewesen war, und dann noch etliche Male mehr, seit er ihn getötet hatte. Das Omen durch die Raben war dagegen etwas gänzlich anderes. Es war viel schlimmer. Kein Sterblicher konnte gegen den Verhüllten bestehen, den Einäugigen, Wotan, den Allvater.

In dem Versuch, diese bösen Gedanken abzuschütteln, stieß Ballista dem Grauschimmel die Fersen in die Weichen. Das Pferd überwand den Graben auf der linken Straßenseite mühelos mit einem Satz. Mit einem lauter werdenden Schrei, nicht unähnlich dem Barritus aus seinem Geburtsland, jagte Ballista sein Pferd im wilden Galopp über die Felder.

Emesa ist eine Stadt ganz nach meinem Geschmack, dachte Maximus. Zuerst den religiösen Kram erledigen, dann ist es an der Zeit, das Feld zu pflügen. Er war nicht auf der Suche nach irgendeinem alten Feld, sondern nach einem neuen und exotischen, mit etwas

Glück nach der Tochter eines der hiesigen Adligen. Auf jeden Fall sollte es eine Jungfrau und eine völlig Unbekannte sein.

In diesem Teil der Welt war es Sitte, dass jedes Mädchen vor der Heirat einmal zum Tempel hinaufgehen musste. Dort nahmen die meisten von ihnen im Sakralbezirk Platz, eine Reihe geflochtener Schnüre um den Kopf geschlungen. Dann mussten sie warten, bis einer der Männer, die über die ausgewiesenen Wege schlenderten, ihnen eine Silbermünze in den Schoß warf, mit ihm hinausgehen und sich von ihm entjungfern lassen, ganz egal, ob er arm oder reich, attraktiv oder hässlich war.

Sicher, für einige der Mädchen musste es hart sein – die wirklich hässlichen mussten dort teilweise jahrelang bei Wind und Wetter ausharren –, doch insgesamt hielt Maximus die Tradition für eine gute Idee. Was ihn etwas verwirrte, war der Teil, dass man mit den Mädchen »hinausgehen« musste. Sie waren doch schon draußen, oder? Bedeutete es vielleicht, dass man verpflichtet war, ein Zimmer in der Nähe zu mieten? Oder war damit gemeint, dass man das Mädchen in irgendeiner Hintergasse gegen die Wand presste? Diese Spielart hatte ihm nie wirklich behagt, jedenfalls nicht mehr seit diesem unglückseligen Vorfall damals in Massilia.

Allerdings war dieser Punkt auch nicht der, der seine Fantasie beflügelt hatte. Obwohl sie sich nicht den Forderungen ihrer Götter entziehen konnten, durften sich die Töchter der Adligen nicht mit den Töchtern von Schweinehirten gemein machen (Schweinehirten kamen sowieso nicht infrage, da die hiesige Bevölkerung offenbar kein Schweinefleisch aß). Sie mochten zwar gezwungen sein, mit Fremden Liebe zu machen, doch gewisse gesellschaftliche Schranken mussten bestehen bleiben. Von ihren Dienern umgeben, wurden die reichen Mädchen in geschlossenen Kutschen zum Tempel gefahren. Und dort warteten sie dann. Diese Vorstellung gefiel Maximus.

Er freute sich sogar fast auf die religiösen Zeremonien. Man sagte diesen Syrern – Phöniziern, Assyrern oder wer auch immer sie waren – nach, ein ziemlich gutes Spektakel abzuliefern. Um der Wahrheit die Ehre zu geben, war es schwer zu sagen, welchem dieser

Volksstämme die Einwohner von Emesa nun angehörten. Aber wer auch immer sie genau sein mochten, sie waren für ihre ausgefeilten Zeremonien bekannt, mit denen sie ihrem Sonnengott Elagabalus huldigten.

Das Spektakel fand unmittelbar vor der Morgendämmerung statt. Die Zuschauer bildeten, nach ihrem gesellschaftlichen Stand positioniert, mit Fackeln in den Händen einen Halbkreis um einen Altar herum. Sie begannen zu singen, und Sampsigeramus, König von Emesa und Priester des Elagabalus, kam in Sicht. Musiker mit Flöten und Pfeifen bliesen in ihre Instrumente, und Sampsigeramus tanzte um den Altar herum. Er trug eine bodenlange Tunika, Hose und weiche Schuhe, alles in Purpur gehalten und mit Edelsteinen besetzt, eine hohe Tiara und eine Vielzahl von Halsketten und Armreifen. Andere schlossen sich dem Tanz an, drehten und wanden sich, gingen in die Knie und sprangen in die Höhe. Die Musik steigerte sich zu einem Crescendo, und plötzlich verharrten die Tänzer reglos in bestimmten Posen. Die Zuschauer applaudierten, Ballistas Gefolge höflich, die Mehrheit mit deutlich größerer Begeisterung.

Ein Blöken und Muhen kündigte die nächste Phase an. Eine große Menge von Ochsen und Schafen wurde in den Halbkreis getrieben. Der zierlich aussehende Priesterkönig delegierte die Tötung der ersten beiden Tiere, untersuchte ihre Eingeweide aber eigenhändig, hielt die in der kühlen Luft dampfenden Gedärme in die Höhe. Ihre Form und Beschaffenheit waren vielversprechend, was bedeutete, dass Elagabalus zufrieden war.

Die Zeremonie endete, als die ersten Sonnenstrahlen über den Tempel fielen. Großartig, dachte Maximus, ein bisschen wenig Affen, Schlangen und abgeschnittene Genitalien, sonst aber wirklich prächtig, und jetzt, da es vorbei ist – er führte den Gedanken nicht weiter, als Ballista seinen Begleitern zuwinkte, ihm in den Tempel zu folgen. Im Inneren stand die Statue eines großen goldenen Adlers mit einer sich windenden Schlange im Schnabel. Was die Szenerie jedoch beherrschte, war ein mächtiger, dunkler, konisch geformter Felsblock, der Elagabalus darstellen sollte. Im flackernden Kerzenschein schienen sich die rätselhaften Markierungen auf seiner glatten schwarzen Oberfläche zu bewegen.

Nachdem der kleinwüchsige Priesterkönig mit ihm gesprochen hatte, wandte sich Ballista an seine Männer.

»Der Gott wünscht, mich mit einer Privataudienz zu ehren«, verkündete er. Sein Tonfall war neutral. »Demetrius und Calgacus, ihr wartet besser hier. Mamurra, Turpio und Maximus, ihr könnt tun und lassen, was immer ihr wollt.« Die Türen des Tempels schlossen sich hinter ihm.

Maximus fragte sich, wo er mit seiner Suche beginnen sollte. Vermutlich zählte der gesamte Tempelkomplex zu dem heiligen Bezirk. Wo steckten die Mädchen?

Mit Mamurra im Schlepptau suchte er zuerst die Straße vor dem Haupttor ab. Zwar standen dort einige Kutschen herum, in die jedoch Menschen beiderlei Geschlechts einstiegen und die wieder wegfuhren. Offenbar saßen in ihnen keine wartenden Jungfrauen. Maximus weitete seine Suche auf die Straßen um den Sakralbezirk herum aus. Wieder ohne Erfolg. Mamurra noch immer auf seinen Fersen, durchstreifte er das angrenzende Nadelgehölz und abschließend den Hof hinter dem Tempel.

Völlig frustriert kehrte er schließlich zum Tempel zurück und wandte sich erbost an den jungen Griechen. »Demetrius, du kleine Schwuchtel, du hast mich verarscht! Hier gibt es nicht eine einzige beschissene Kutsche und nicht ein einziges beschissenes Flechtband um irgendeinen Frauenkopf! Vermutlich gibt es sogar in der gesamten Stadt keine einzige beschissene Jungfrau, ganz zu schweigen von diesem Tempel hier!«

Demetrius wirkte verängstigt.

»Du hast mir erzählt, es würde hier Jungfrauen geben!«, fuhr Maximus wütend fort. »So wie du auch gesagt hast, dass wir in den Tempeln von Paphos und vor Antiochia wartende Jungfrauen gefunden hätten, wenn wir dort gewesen wären.«

»Nein, nein, ganz und gar nicht«, sprudelte Demetrius hervor. »Ich habe dir nur die berühmte Passage aus Herodots Bericht über die heilige Prostitution im alten Babylonien vorgelesen und gesagt, dass es Gerüchte über ähnliche Praktiken in Alt-Paphos, dem Daphne-Hain in der Nähe von Antiochia und hier gegeben hat.« Das Gesicht des jungen Sekretärs war völlig unschuldig. »Und dass einige Leute behaupten, diese Praktiken könnten immer noch existieren.«

Maximus starrte zuerst ihn und dann Calgacus finster an. »Wenn ich herausfinde …« Er ließ den Rest des Satzes offen und richtete den Blick wieder auf den griechischen Jüngling. »Schon gut, ich schätze, was dich betrifft, hat sich dein Gejammere darüber erledigt, dass du keine Gelegenheit hattest, diesen alten Schrein der Aphrodite in Zypern zu besuchen – schließlich gibt es hier ja einen verdammten großen, schwarzen Stein, der genauso aussieht.« Er drehte sich zu Mamurra um. »Trotzdem kein Grund, den ganzen Tag sinnlos zu vergeuden. Ein guter Jäger weiß immer, wo er seine Fangnetze auslegen muss, um Beute zu machen. Komm, mein lieber Präfekt, scheuchen wir das Wild aus der Deckung. Eine Schande, dass wir leider den vollen Preis werden bezahlen müssen.«

Er stolzierte davon, froh, dass er diesen Seitenhieb auf Demetrius hatte loswerden können. Die kostbaren griechischen Schreine des Jungen waren um keinen Deut besser als die von einem Haufen Syrer oder was zum Hades auch immer die Leute hier in Emesa sein mochten.

Eine weitere Morgendämmerung, ein weiterer Aufbruch. Ballista stand neben seinem hellen Pferd, einem vierjährigen hellgrauen Wallach, der von der leicht gesprenkelten Hinterhand abgesehen gleichmäßig gefärbt war. Ein feingliedrigeres Tier, als es Ballista gewohnt war, aber nicht zu fragil, ein Pferd, das sich durch eine gute Kombination aus Temperament und Fügsamkeit auszeichnete. Was ihm an Geschwindigkeit fehlte, machte es durch Ausdauer wieder wett, und es war ganz außerordentlich trittsicher. Ballista war äußerst zufrieden mit dem Wallach.

Mann und Tier zuckten zusammen, als das Tor aufgestoßen

wurde und orangefarbenes Fackellicht den Palasthof durchflutete. Aus dem Hintergrund ertönte ein unterdrückter Fluch, gefolgt von dem Geräusch über Kopfsteinpflaster klappernder Hufe.

Sampsigeramus kam in Sicht und blieb vor den Treppenstufen stehen. Ballista übergab Maximus die Zügel und ging zu dem Priesterkönig.

»Lebe wohl, Marcus Clodius Ballista, Vir egregius, Ritter Roms, Dux Ripae, Kommandant der Flussufer. Nimm meinen Dank für die Ehre, die du meinem Heim erwiesen hast.«

Du widerlicher kleiner Wichser, dachte Ballista. Ich wette, dein Arsch steht so weit offen wie eine Zisterne. »Lebe wohl, Marcus Julius Sampsigeramus, Priester des Elagabalus, König von Emesa«, erwiderte er laut. »Die Ehre ist ganz auf meiner Seite.« Er verbeugte sich und setzte einen feierlichen, ehrfürchtigen Gesichtsausdruck auf. »Ich werde die Botschaft, die der Gott mir hat zukommen lassen, nicht vergessen, aber wir werden mit niemandem darüber sprechen.«

»Elagabalus, Sol Invictus, die Unbezwungene Sonne, irrt sich nie.«

Mit einem melodramatischen Schwung seines Mantels machte Ballista kehrt, eilte die Treppe hinab, wobei er mit jedem Schritt zwei Stufen gleichzeitig nahm, und sprang auf den Rücken seines Pferdes. Er riss es herum, salutierte zackig und ritt aus dem Hof hinaus.

Keine Truppen. Der König von Emesa stellte ihm keine Truppen zur Verfügung, um gegen die Perser zu kämpfen. Eine unmissverständliche Weigerung, gefolgt von versteckten Andeutungen darauf, dass für andere Zwecke durchaus Truppen verfügbar sein könnten. Während er mit seiner Begleitung zum Osttor ritt, überlegte Ballista, warum Emesa wohl zu einer Keimzelle für Revolten geworden war. Seit Jahrhunderten, sofern die Stadt überhaupt schon so lange existierte, hatte sie keinen Ärger verursacht. Jetzt, in kaum mehr als einer Generation, hatte sie eine Reihe angeblich legitimer imperialer Herrscher hervorgebracht. Zuerst diesen pervertierten Jüngling, der unter dem Namen seines Gottes Elagabalus allgemeine Berühmtheit erlangt hatte – im selben Jahr, in dem Ballista geboren worden war, hatte man ihn in Rom beseitigt und seine Leiche in eine Kloake geworfen. Einige Jahre darauf war Iotapianus gefolgt – Tod durch Enthauptung –, und erst letztes Jahr dann Uranius Antoninus, den man in Ketten vor den kaiserlichen Gerichtshof geschleift hatte.

Vielleicht lag es am Geld. Die ständig wachsende Nachfrage der Römer nach Luxusgütern hatte den Handel mit dem Osten gewaltig zunehmen lassen. Emesa lag auf der wichtigsten Handelsroute, die von Indien über den Persischen Golf den Euphrat hinauf durch Arete und die Wüste weiter nach Palmyra und Emesa und von dort in den Westen führte. Möglicherweise war es reiner Zufall gewesen. Eine Frau aus der Familie des Priesterkönigs hatte einen Senator namens Septimius Severus geheiratet, der später völlig überraschend Kaiser geworden war. Ihre Söhne hatten den Thron geerbt. Sobald eine Stadt erst einmal ein paar Kaiser hervorgebracht hat, glaubt sie, ständig mehr davon produzieren zu müssen. Vielleicht trug aber auch das Versagen Roms die Schuld. Nachdem Rom es nicht vor den Persern hatte schützen können, hatte das reiche, selbstbewusste, auf Gold versessene Emesa sich selbst um seine Rettung kümmern müssen.

Die aus Emesa stammenden Herrscher gehörten verschiedenen Zweigen derselben Familie von Priesterkönigen an. Es war unübersehbar, weshalb die Kaiser Roms beschlossen hatten, diesen Sampsigeramus auf den Thron der Stadt zu hieven. Wenn irgendwer aus der erweiterten Familie dieser Unruhe stiftenden Priester wenig Ärger verursachen würde, dann bestimmt dieser ineffektive, affektierte kleine Mann. Doch jetzt schien er sich genau wie seine Vorgänger zu verhalten und ihrer Linie treu zu bleiben. In diesen unruhigen Zeiten konnte Emesa keine Männer für die Verteidigung Aretes erübrigen, einer weit entfernten Stadt, die vermutlich ohnehin bereits dem Untergang geweiht war – doch die tapferen Männer Emesas würden Elagabalus' Ruf in einer gerechten Sache mit Aussicht auf Erfolg immer Folge leisten. Die Botschaft des Gottes an Ballista hatte vage, aber nicht sonderlich versteckte Andeutungen über eine bevorstehende Revolution enthalten – »die Ordnung der Welt wird in Unordnung geraten – ein dunkelhäutiges Reptil – das gegen die Römer wütet – eine seitlich gehende Ziege« –, die wahrscheinlich den Tatbestand des Hochverrats erfüllte, auch wenn sich das durch die Verschwommenheit der prophetischen Wortwahl nur schwer beweisen lassen würde.

Das Reptil sollte vermutlich der persische König sein. War mit der Ziege vielleicht Ballista selbst gemeint? Sampsigeramus hätte sich ruhig ein beeindruckenderes Tier für ihn einfallen lassen können, wie zum Beispiel einen Löwen oder einen wilden Keiler. Letztendlich spielte es aber keine Rolle. Ballista würde den Kaisern einen Bericht über seinen Verdacht schicken. Trotz Sampsigeramus' Andeutungen bezweifelte er, dass sie ihn bereits verdächtigen würden, in die angebliche Verschwörung verwickelt zu sein.

Der Allvater mochte wissen, was für ein Chaos sie am Palmyrischen Tor vorfinden würden. Gestern hatte Ballista der Karawane eines Händlers aus Arete sein Einverständnis gegeben, sich ihnen anschließen zu dürfen. Turpio hatte nachdrücklich darauf bestanden. Iarhai, der Händler, gehörte zur Führungsschicht der Stadt. Es wäre unklug gewesen, ihn vor den Kopf zu stoßen. Aber auch wenn sich dadurch auf der einen Seite böses Blut vermeiden ließ (hatte Turpio, dieser Bastard, vielleicht Schmiergeld kassiert?), würde es auf der anderen Seite fast unvermeidlich zu einem allgemeinen Durcheinander und einer Verlangsamung der Reise führen, wenn eine Kolonne aus Pferden, Kamelen und Menschen die gesamte Straße verstopfte.

Der Himmel zeigte sich in einem zarten Rosa. Die Unterseite der wenigen Wolken leuchtete im Licht der aufgehenden Sonne. Mamurra wartete mitten auf der Straße.

»Wie sieht es aus, Praefectus?«, erkundigte sich Ballista.

»Gut, Dominus. Wir sind marschbereit.« Mamurra erweckte den Eindruck, als wollte er noch etwas loswerden. Ballista wartete, doch Mamurra schwieg.

»Was ist los, Praefectus?«

»Es ist die Karawane, Dominus.« Mamurra wirkte besorgt. »Diese Männer sind keine Händler. Es sind Soldaten.«

»Aus welcher Einheit?«

»Sie gehören keiner Einheit an. Es sind Söldner, Teil der Privatarmee dieses Mannes namens Iarhai.« Mamurras fast rechteckiges Gesicht wirkte ratlos. »Turpio – er hat gesagt, er würde es dir erklären.«

Überraschenderweise schien Turpio etwas weniger zurückhaltend als sonst zu sein. Er zeigte sogar die Andeutung eines Lächelns. »Das ist völlig legal«, erklärte er. »Alle Statthalter in Syrien haben diese Praxis genehmigt. Die wichtigen Männer von Arete verdanken ihre Position dem Umstand, dass sie für den Schutz von Karawanen auf dem Weg durch die Wüste sorgen. Dafür heuern sie Söldner an.« Es war unwahrscheinlich, dass Turpio ihn direkt belog.

»Ich habe noch nie davon gehört, oder von irgendetwas Ähnlichem«, sagte Ballista.

»Das Gleiche gilt für Palmyra. Diese Praxis ist ein Teil dessen, was die beiden Städte so sehr von allen anderen unterscheidet.« Diesmal lächelte Turpio ganz offen. »Ich bin mir sicher, dass Iarhai dir anschaulicher erklären wird, wie das alles funktioniert. Er wartet an der Spitze der Kolonne auf dich. Ich habe Mamurra davon überzeugt, dass es am besten ist, wenn Iarhais Männer den Zug anführen. Sie kennen die Wüstenstraßen.«

Turpio und Mamurra bestiegen ihre Pferde und nahmen Ballista in die Mitte. Er setzte sich, dicht gefolgt von seinem Sekretär und seinem Leibwächter, in einem leichten Trab in Bewegung. Der weiße Draco flatterte über ihren Köpfen. Ballista war stinksauer.

Als sie an ihnen vorbeiritten, riefen ihnen die Männer der Kohorte XX die Art von Segenssprüchen zu, wie sie vor einem Reisebeginn üblich sind. Ballista war zu wütend, um mehr zu tun, als sich ein gequältes Lächeln abzuringen und ihnen zuzuwinken.

Die Söldner blieben stumm. Der Nordländer beobachtete sie verstohlen aus den Augenwinkeln. Es waren viele, alle zu Pferd in Zweierreihen, vermutlich knapp hundert Mann. Keiner ihrer Auftraggeber hatte versucht, sie irgendwie einheitlich zu uniformieren. Sie trugen verschiedenfarbige, von der Sonne ausgebleichte Kleidung. Einige benutzten Helme, sowohl die spitz geformten der östlichen Länder als auch solche römischer Machart, andere nicht. In einigen Punkten hatte der Zwang der äußeren Umstände für eine gewisse Uniformität gesorgt. So waren die Männer wie im Osten üblich für ein Leben in der Wüste gekleidet: kurze Stiefel, weite Hosen und Tuniken, voluminöse Umhänge. Alle waren mit Langschwertern bewaffnet, die an Wehrgehängen befestigt waren, dazu mit an den Sätteln festgeschnallten Bogentaschen, Pfeilköchern und Speeren. Sie machten einen disziplinierten und tüchtigen Eindruck. »Wunderbar, absolut wunderbar«, murmelte Ballista verbittert vor sich hin. »Von mehr Söldnern umzingelt, als wir Soldaten haben, und über die wir rein gar nichts wissen. Bastarde, die mindestens genauso gut ausgerüstet und organisiert sind wie wir.«

Ein Mann erwartete ihn bereits an der Spitze des Zuges. Obwohl weder er noch sein Pferd irgendwie besonders herausgeputzt waren, sah man ihm sofort an, dass er das Kommando hatte.

»Du bist Iarhai?«, erkundigte sich Ballista.

»Ja.« Iarhai sprach ruhig mit der kraftvollen Stimme eines Mannes, der es gewohnt war, sich über die gesamte Länge einer Kamelkarawane hinweg Gehör zu verschaffen.

»Man hat mir gesagt, dass du ein Händler bist.«

»Da hat man dich falsch informiert. Ich bin ein Synodiarch, ein Beschützer von Karawanen.« Iarhais Gesicht passte zu seiner Stimme. Es war tief zerfurcht, die Haut von stetigen Sandstürmen gezeichnet. Der rechte Wangenknochen und die Nase waren irgendwann gebrochen worden. Eine weiße Narbe zog sich über seine linke Stirnseite.

»Wo ist dann die Karawane, die deine hundert Männer beschützen?« Ballista sah sich um, nicht nur um sich zu vergewissern, dass sich keiner der Söldner bewegte, sondern auch, um seiner Frage durch die Geste Nachdruck zu verleihen.

»Dies war keine Reise, die dazu gedient hat, irgendwelche Händler zu beschützen«, erwiderte Iarhai. »Wir haben sie unternommen, weil ich mein Gelübde gegenüber dem Sonnengott erfüllen musste.«

»Du warst bei Sampsigeramus?«

»Ich bin gekommen, um dem Gott zu huldigen.« Iarhais Gesicht blieb ausdruckslos. »Sampsigeramus ist der Grund, weshalb ich die hundert Männer gebraucht habe.«

Ballista traute dem Mann nicht einen Fußbreit über den Weg. Aber irgendetwas an seiner Art sprach ihn an. Misstrauen gegenüber dem affektierten Priesterkönig zu hegen empfand er als positiv.

Iarhai lächelte, ein Gesichtsausdruck, der nicht gerade beruhigend wirkte. »Vielen von euch Westlern fällt es schwer zu glauben, dass das Imperium den Adligen von Arete und Palmyra gestattet, eigene Truppen zu befehligen. Aber lass mich dir beweisen, dass dem so ist.«

Auf eine Geste von ihm hin näherte sich ihnen ein Reiter mit einer ledernen Dokumententasche in der Hand. Ballista benötigte einen Moment, um zu erkennen, dass es sich nicht um einen Mann, sondern um ein Mädchen handelte, um ein schönes Mädchen in Männerkleidung, das wie ein Mann mit gespreizten Beinen im Sattel saß. Ihre Augen waren sehr dunkel. Schwarzes Haar quoll unter ihrer Kappe hervor. Sie zögerte kurz, dann streckte sie ihm die Hand mit der Tasche entgegen.

Sie sind sich nicht sicher, ob ein Barbar aus dem Norden lesen kann, dachte Ballista. Er schluckte seine Verärgerung herunter – der Allvater wusste, dass er Übung darin hatte. Es könnte sich noch als vorteilhaft erweisen, wenn die anderen ihn für einen Analphabeten hielten. »Mein Sekretär wird uns sagen, was das für Dokumente sind.«

Als sich die junge Frau vorbeugte, um die Tasche Demetrius zu reichen, straffte sich ihre Tunika über ihren Brüsten, die größer als die von Julia waren. Sie war generell etwas rundlicher und ein bisschen kleiner, doch gut trainiert durch ständiges Reiten.

»Es sind Briefe, in denen Iarhai für den Schutz von Karawanen gedankt wird«, erklärte sie. »Sie stammen von mehreren Statthaltern in Syrien, einige sogar von Kaisern, von Philip, Decius und anderen. Iarhai wird darin manchmal als Strategos bezeichnet, als General.«

»Ich muss dich um Verzeihung bitten, Strategos. Wie du selbst gesagt hast, wir Westler rechnen nicht mit solchen Dingen.« Ballista streckte die rechte Hand aus.

Iarhai ergriff sie. »Nicht der Rede wert, Dominus.«

Ballista hatte nicht nur wegen des Mädchens beschlossen, mit Iarhai an der Spitze des Zuges zu reiten, sondern auch wegen des Unbehagens, das Turpio offensichtlich in seiner Gegenwart empfand.

Sein weißer Draco und die kunstvoll ausgearbeitete Fahne Iarhais, ein Halbkreis mit Wimpeln, darauf ein roter Skorpion auf weißem Hintergrund, flatterten an der Spitze der Kolonne im Wind. Das grüne Signum, das Feldzeichen der Kohorte, befand sich etwa auf halber Strecke der Kolonne, dort wo der Zug der rund achtzig Söldner endete und der der sechzig Mann starken Kohorte XX begann. Iarhai hatte zehn seiner Männer als Vorhut vorausgeschickt und zehn weitere als Flankenschutz abgestellt.

»Erzähl mir von dem Wetter in Arete«, bat Ballista.

»Oh, das ist angenehm«, erwiderte Iarhai. »Im Frühling wehen sanfte Winde, und jede kleine Senke in der Wüste ist mit Blumen übersät. Einer eurer Generäle aus dem Westen meinte, das Klima wäre gesund – abgesehen von der Ruhr, Malaria, Typhus, Cholera und der Pest.«

Bathshiba, das Mädchen, lächelte. »Mein Vater macht nur Witze, Dominus. Er weiß, dass du wissen möchtest, wie das Wetter während der kriegerischen Auseinandersetzungen sein wird.« Ihre pechschwarzen Augen blitzten selbstbewusst und schadenfroh.

»Und meine Tochter vergisst ihre Manieren. Ich habe mich seit dem Tod ihrer Mutter nicht mehr um ihre Erziehung gekümmert. Sie hat das Weben verlernt, reitet dafür jetzt aber wie eine Amazone.«

Ballista bemerkte, dass sie nicht nur wie die Männer ihres Vaters gekleidet, sondern auch genauso bewaffnet war.

»Du willst wissen, wann die Perser kommen werden.« Es war eine Feststellung, keine Frage. Ballista betrachtete immer noch Bathshiba, während Iarhai weitersprach.

»Die Regenzeit beginnt Mitte November. Vielleicht haben wir Glück und erreichen Arete bis dahin. Der Regen verwandelt die Wüste in ein Meer aus Schlamm und Morast. Eine kleine Truppe wie unsere kann sich mit Mühe da hindurchkämpfen, für eine große Armee aber wird das sehr viel schwieriger. Sollte eine solche Armee ihr Lager vor einer Stadt aufschlagen, wäre die Stadt von Versorgungen und Nachschub mit Gütern aller Art abgeschnitten.«

»Wie lange wird Arete sicher sein?« Ballista hatte wenig Anlass, das zu bezweifeln, was er bereits wusste.

»Der Regen hört in der Regel im Januar wieder auf. Sollte es noch einmal im Februar regnen, bedeutet das eine gute Ernte.« Iarhai drehte sich im Sattel um. »Die Sassaniden werden im April kommen, wenn überall genug Gras für ihre Pferde wächst und der Regen die Sehnen ihrer Bögen nicht mehr schädigt.«

Dann müssen wir es also irgendwie schaffen, bis November zu überleben, dachte Ballista.

Es war die unwahrscheinliche Lage Palmyras, die Mamurra zuerst ins Auge fiel. Ein scheinbar völlig ungeeigneter Ort, um dort eine Stadt zu gründen. In etwa so, als hätte irgendwer beschlossen, eine Stadt in den Lagunen und auf dem Schwemmland der nördlichen Adria zu erbauen.

Die Reise von Emesa bis hierher hatte sechs Tage gedauert, monotone und anstrengende Tage. Es gab zwar eine römische Straße, die sich auch in einem guten Zustand befand, aber die Reise war trotzdem hart gewesen. Zwei Tage hatte der Aufstieg zur Wasserscheide des namenlosen Gebirgszugs in Anspruch genommen, vier Tage der Abstieg auf der anderen Seite. Während der ersten fünf Tage hatten sie lediglich ein winziges Nest und eine kleine Oase passiert. Davon abgesehen war das Land leer gewesen, ein endloses Geröllfeld aus farblosen Felsen, von denen die Geräusche der Karawane widerhallten. Und ganz plötzlich, am Nachmittag des sechsten Tages, tauchte Palmyra vor ihnen auf.

Sie befanden sich im Tal der Gräber. Die großen rechteckigen

Grabanlagen, die die steilen Hänge des Tals säumten, ließen die Pferde, Kamele und Männer geradezu winzig erscheinen. Der Effekt beunruhigte Mamurra. Zwar verfügte praktisch jede Stadt über eine Nekropole außerhalb ihrer Mauern, aber keine, die aus derart riesigen, festungsähnlichen Anlagen wie diesen hier bestand.

Als Praefectus fabrum war Mamurra vollauf damit beschäftigt gewesen, die Gepäckkolonne zusammenzuhalten, zu verhindern, dass sie inmitten des scheinbar endlosen Verkehrs, der sich in Richtung der Stadt wälzte, in Unordnung geriet. Der überwiegende Teil des Verkehrs bestand aus den Einwohnern der nordwestlich gelegenen Dörfer, die Ziegenfellschläuche voller Olivenöl, Tierfett und Kiefernzapfen mit Eseln und Kamelen transportierten. Hier und da gesellten sich Händler aus dem Westen mit italienischem Holz, Bronzestatuen und gesalzenem Trockenfisch dazu. So hatte es eine Weile gedauert, bis Mamurra die Zeit für einen Blick auf Palmyra gefunden hatte.

Im Nordosten erstreckten sich die Gebäude mindestens zwei Meilen weit, Reihe um Reihe in einem gleichförmigen Muster angeordnet. Nach Südosten hin waren etwa auf gleicher Länge bis zur weit entfernten Ecke der Stadtmauern Gärten angelegt worden. Die Stadt war riesig und offensichtlich wohlhabend.

Ihre Mauern bestanden aus Lehmziegeln, niedrig und höchstens sechs Fuß breit. Nirgendwo gab es Wachtürme. Als Eingänge dienten ganz schlichte hölzerne Tore. Auf den Höhenlagen im Westen bildete die Mauer keine durchgängige Barriere. Stattdessen dienten einzelne Teilstücke lediglich dazu, natürliche Barrieren miteinander zu verbinden. Mitten durch die Stadt verlief ein Wadi, und die Gärten deuteten auf eine Wasserquelle innerhalb der Stadtmauern hin, doch das Aquädukt, das aus der Nekropole in die Stadt führte, würde sich ganz einfach unterbrechen und so die Wasserzufuhr abschneiden lassen. Langsam gelangte Mamurra, der alle Einzelheiten einer gewissenhaften Prüfung unterzog, zu der Überzeugung, dass die Schutzeinrichtungen der Stadt alles andere als gut waren. Er war früher einmal Speculator gewesen, ein Kundschafter der Armee, und jede frühere Betätigung, auch wenn man sie längst aufgegeben hat, hinterlässt ihre Spuren. Mamurra war stolz darauf, dass er seine Fähigkeiten, die er für sich behalten musste, nicht verloren hatte.

Am Tor kam es zu einem dichten Gedränge, aber schließlich gelangte die Kolonne in die Stadt. Nachdem die Männer und Tiere zu ihren jeweiligen Unterkünften gebracht worden waren, begab sich Mamurra auf die Suche nach Ballista. Er fand den Dux in Begleitung von Maximus und Demetrius.

»Sein Name lautet Odenaethus«, erinnerte der griechische Jüngling Ballista gerade. »Sowohl auf Griechisch als auch auf Lateinisch wird er als König von Palmyra bezeichnet. In der einheimischen Sprache, auf Aramäisch, nennt man ihn Herr von Tadmor. Er spricht perfekt Griechisch. Man glaubt, dass er während der Unruhen vor drei Jahren mindestens dreißigtausend Reiter gegen die Perser ins Feld geschickt hat.«

Iarhai erschien in Begleitung seiner aufreizend aussehenden Tochter zu Pferd. Mamurra und der Rest der Männer stiegen in die Sättel. Ballista bat Iarhai, sie zum Palast von Odenaethus zu führen. Die Gruppe setzte sich in Bewegung, ritt langsam durch die belebten, von Säulen gesäumten Straßen, in denen sich ein Geschäft an das andere reihte. Es war eine regelrechte Farbexplosion. Die Flut unterschiedlichster Gerüche war überwältigend, aber nicht unangenehm, der Duft exotischer Gewürze vermengte sich mit den vertrauteren Gerüchen von Pferden und Menschen. Sie passierten einen weitläufigen prächtigen Platz, eine Agora und ein Theater und erreichten schließlich den Palast, wo sie von einem Kammerdiener mit ausgesuchter Höflichkeit hineingebeten wurden.

Abgesehen davon, dass er während des Empfangs des neuen Dux Ripae durch Odenaethus, den König von Palmyra, einmal kurz vortreten musste, als er vorgestellt wurde, um sich gleich darauf wieder in den Hintergrund zurückzuziehen, spielte Mamurra keine weitere Rolle in der Zeremonie, sodass er sich auf die anderen Anwesenden konzentrieren konnte. Odenaethus hielt eine kurze formelle Begrüßungsansprache, die von den üblichen Floskeln nur so strotzte: Auch die große Entfernung habe Ballistas soldatische Reputation nicht schmälern können, seine Ankunft in Palmyra würde sie alle mit größter Zuversicht erfüllen, was die nähere Zukunft betraf und so weiter und so fort. Nach einer ähnlich abgedroschenen Erwiderung mündete Ballistas Erwiderung in die höfliche, aber nachdrückliche Aufforderung, ihm Truppen zur Verfügung zu stellen. Daraufhin verbreitete sich Odenaethus ausführlich über die ungeklärten Verhältnisse, die seit der persischen Invasion im Osten herrschten, erklärte, dass es überall von Banditen nur so wimmelte, dass sich die Araber, in Zelten hausende Bewohner der Wüste, in maßlose Habsucht hineinsteigerten. Er sei untröstlich, schloss er seine Ausführungen, aber alle seine Männer wären jetzt schon vollends damit ausgelastet, den fragilen Frieden in der Wüste aufrechtzuerhalten.

Mamurra hatte Mühe, all die Dinge aufzuzählen, die ihm an Odenaethus, dem Herrn von Tadmor, und seinem Hofstaat, missfielen. Er hätte mit dem sorgfältig gelockten und parfümierten Haar und Bart des Königs anfangen können. Dann war da die Art, wie Odenaethus den Weinbecher geziert nur mit Daumen und zwei Fingern hielt, gefolgt von den üppigen Stickereien seiner prunkvollen Kleidung, den weichen, unförmigen Kissen, auf denen er saß, auch diese übertrieben verziert und überreichlich parfümiert. Und sein Hofstaat war sogar noch schlimmer. Der Oberste Minister Verodes und die beiden Generäle waren exakt wie ihr Herr gekleidet. Letztere trugen die beinahe identischen, lächerlichen barbarischen Namen Zabda und Zabbai. Dazu kam noch ein einfältig grinsender kleiner Sohn dazu, der so aussah, als sollte er lieber seinen Arsch an irgendeiner Straßenecke verkaufen, und um das Maß an Zumutungen vollzumachen, hockte da mit nicht zu überbietender Selbstgefälligkeit ein Eunuch (vermutlich eine Art von Sekretär, sofern er nicht der Unterhaltung und dem Vergnügen des Königs diente), und zu guter Letzt eine Frau, eine verschlagen aussehende Nutte namens Zenobia, Odenaethus' neue Ehefrau.

»Es muss an seiner Lage mitten im Nirgendwo liegen«, sagte

Mamurra leise zu Ballista. Der Empfang war vorüber, sie befanden sich wieder im Freien und warteten auf ihre Pferde.

»Wovon sprichst du?«

»Von diesem Ort.« Mamurra machte eine weit ausholende Handbewegung. »Palmyra ist so reich wie Krösus. Hat absolute Scheiße gebaut, was seine Verteidigung angeht, und wird von einem Haufen Waschlappen beherrscht, die weniger Eier als ihre Eunuchen oder Frauen in der Hose haben. Seine Sicherheit muss einzig und allein darauf beruhen, dass es mitten im Nirgendwo liegt. Wenn du mich fragst, ist es sogar gut für uns, dass die Leute hier viel zu viel Angst haben, um uns Truppen zur Verfügung zu stellen.«

Ballista ließ sich Zeit mit seiner Antwort. »Ich denke, das ist genau die Schlussfolgerung, zu der ich ebenfalls gelangt wäre, wenn ich mich nicht so ausgiebig mit Iarhai unterhalten hätte. Jetzt bin ich mir da längst nicht mehr so sicher.«

Mamurra schwieg.

»Die Kohorte XX ist ursprünglich hier aufgestellt worden und bezieht immer noch die meisten Rekruten von hier.« Ballista lächelte. »Die Männer scheinen recht mutig und fähig zu sein. Dann sind da noch Iarhais Söldner. Einige wurden von den Zeltbewohnern rekrutiert, den Wüstennomaden, doch die meisten stammen von hier oder aus Arete. Beide Städte bedienen sich traditionell der Dienste von Söldnern, sowohl von römischen als auch von anderen.«

Die Pferde der Männer wurden gebracht. Nachdem sie aufgesessen waren, fuhr Ballista fort: »Du und ich, wir erwarten, dass Krieger zwangsläufig wie Krieger aussehen müssen, angegraute Römer oder haarige Barbaren aus dem Norden. Aber vielleicht täuschen die Äußerlichkeiten in diesem Fall. Vielleicht sind nicht alle Männer im Osten Feiglinge.«

»Ich bin mir sicher, dass es so ist.« Tatsächlich war sich Mamurra überhaupt nicht sicher, aber er wollte die Möglichkeit nicht kategorisch ausschließen. Wie es seiner bedächtigen Art entsprach, würde er sich die Angelegenheit später gründlich durch den Kopf gehen lassen.

Ballistas Gedanken hatten einen großen Bogen geschlagen, bevor er von Mamurras Worten ins Hier und Jetzt zurückgeholt worden war. Letztendlich kreisten sie immer wieder um die Weigerung des Königs von Palmyra wie zuvor des Königs von Emesa, Truppen zu stellen. Es war ganz und gar nicht so, dass diese Syrer Angst davor hatten zu kämpfen. Vor drei Jahren hatten sie genau das getan. Es lag vielmehr daran, dass sie nicht kämpfen *wollten*. Aber warum? Der Reichtum Palmyras und Emesas beruhte auf dem Handel, der zwischen Rom und seinen östlichen Nachbarn stattfand. Die Städte lagen zwischen Rom und Persien. Ballistas Forderung abzulehnen bedeutete im Grunde nichts anderes, als den römischen Kaisern selbst eine Absage zu erteilen. Hatten sie beschlossen, sich stärker an Persien zu binden? Und dann war da diese Selbstsicherheit gewesen, mit der die Könige ihn abgewiesen hatten, fast so, als hätten sie keine Vergeltungsmaßnahmen durch Rom zu befürchten, nicht einmal eine ernsthafte Verstimmung. Hatten die Kaiser ihnen möglicherweise verdeckt mitgeteilt, dass sie Ballistas Forderungen gefahrlos zurückweisen konnten? Erwarteten alle Beteiligten, dass er scheiterte?

Die drei Frumentarii hielten sich dort auf, wo sie sich am wohlsten fühlten, in einer Schenke abseits der großen Straßen. Hier war es dunkel, schmuddelig und sicher, war ihre Tarnung nicht in Gefahr. Für jeden, der einen flüchtigen Blick in ihre Richtung warf, sahen sie wie zwei Schreiber und ein Bote aus, die sich etwas zu trinken gönnten, aber nur ein paar Becher, weil ihr Dominus einen weiteren Aufbruch zur Morgendämmerung angeordnet hatte. Morgen würden sie die letzte Etappe ihrer langen Reise nach Arete in Angriff nehmen.

Der Frumentarius aus Subura legte drei Münzen auf den Tisch. »Was meinst du?«

Von den drei Antoniniani starrten die halbwegs gleich aussehenden Gesichter von Männern mit Strahlenkronen auf den Häuptern zu dem Mann rechts von ihnen empor.

»Ich finde, dass die Preissteigerung erschreckend ist«, sagte der

Spanier. »Aber ausgehend von der Theorie, dass ein Mädchen in etwa den Tagessold eines Soldaten für ihre Dienste verlangt, müsstest du immer noch eine ziemlich hübsche dafür bekommen.«

Die drei Frumentarii lachten.

»Nein, Sertorius, du trauriger Wicht, ich wollte, dass du dir die Köpfe auf den Münzen ansiehst und darüber nachdenkst, wo wir herkommen.« Der Römer nahm eine der Münzen in die Hand. »Mariades, ein Rebell aus Antiochia.« Er ergriff die beiden anderen Geldstücke. »Iotapianus und Uranius Antoninus, zwei weitere Rebellen, beide aus Emesa. Und wo sind wir gewesen? In Antiochia und Emesa. Unser barbarischer Dux hat uns geradewegs auf eine Tour durch die Schauplätze der letzten Revolutionen geführt. Er will sich vergewissern, ob dort noch immer der Funke der Revolte glimmt.«

Sie tranken eine Weile schweigend.

»Vielleicht sollten wir lieber in die andere Richtung gehen«, meldete sich der Nordafrikaner schließlich zu Wort. »Von Arete über Palmyra nach Emesa erreicht man das weschtliche Ende der Scheidenstraße.«

»Na und, Hannibal?«, fragte der Römer so schroff wie immer.

»Mit den Steuereinnahmen für die Benutzung der Scheidenstraße könnte man alle möglichen Aufstände finanschieren.«

»Ich bin immer noch nicht davon überzeugt, dass es so etwas wie eine Seidenstraße überhaupt gibt«, sagte der Mann aus Spanien.

»Oh, fang nicht schon wieder damit an, Sertorius. Du lässt dir wirklich immer wieder die lächerlichsten Theorien einfallen. Als Nächstes wirst du noch behaupten, dass dieser Barbar nicht heimlich irgendwas im Schilde führt. Und wie wir alle wissen, tut er das, plant er irgendeinen Verrat, denn sonst hätte der Kaiser uns drei nicht auf diesen Fall angesetzt.«

Für sie unsichtbar, wurden sie von dem hinter einem Vorhang sitzenden vierten Frumentarius beobachtet und belauscht. Ihm gefiel, was er hörte. Seine drei Kollegen boten das perfekte Anschauungsmaterial für die Gefahren, die sich aus der engen Zusammenarbeit von drei Frumentarii ergaben. Die Rivalität, die erhitzte Atmosphäre, die zwangsläufig zu immer umfassenderen und absurderen Verschwörungstheorien führte. Doch um ihnen gerecht zu werden, musste man die Möglichkeit in Betracht ziehen, dass jeder von ihnen ein Doppelspiel trieb. Sollte einer der drei eine Verschwörung präsentieren, die glaubwürdig genug erschien, um die Kaiser davon zu überzeugen, wäre er garantiert nicht so dumm, den Ruhm dafür mit anderen teilen zu wollen, ganz zu schweigen von den Beförderungen und materiellen Vorteilen, die sich daraus ergeben würden. Und auch in anderer Hinsicht erwiesen sich die drei einfach als perfekt für ihn: Der Dux Ripae vermutete mit an Sicherheit grenzender Wahrscheinlichkeit Frumentarii unter seinen Leuten, und sollte er nach ihnen suchen, würde er auf diese drei stoßen, lange bevor sie den vierten Mann enttarnten.

Praeparatio

Winter 255–256 A. D.

VI

Die direkte Entfernung von Palmyra nach Arete war Gegenstand einiger Diskussionen. Turpio sprach von nur etwa hundertzwanzig Meilen Luftlinie, Iarhai schätzte sie auf eher hundertfünfzig Meilen. Letztendlich spielte es keine große Rolle. Beide stimmten darin überein, dass man auf dem Landweg eine weitaus längere Strecke zurücklegen musste. Was für eine Straße! Sie ließ die Reise von Emesa nach Palmyra wie einen entspannten Ritt durch einen persischen Zierpark erscheinen, einen dieser kunstvoll gestalteten Gärten, die die Perser Paradies nannten. Die ersten drei Tage waren noch nicht so schlimm gewesen. Es gab eine römische Straße, die nach Nordosten führte, und ein Dorf pro Tagesetappe, wo man nachts rasten konnte. Am vierten Tag bogen sie direkt nach Osten ab und folgten von da an einem unbefestigten Karawanenpfad. Sie benötigten drei Tage für den Abstieg aus den Bergen. Dann hatten sie die Wüste erreicht.

Trotz all seiner Jahre in Nordafrika erwartete Ballista, wie so viele andere Nordmänner auch, dass eine Wüste aus endlosen goldenen Sanddünen bestand, so etwas wie eine größere Version der Strände aus seiner Jugend, nur ohne das Meer. Diese Wüste jedoch war gänzlich anders. Zwar gab es auch hier Sand, doch was vorherrschte, waren die zahllosen scharfkantigen Felsen, die nur darauf warteten, die Füße der Tiere zu verletzen, und unter dem Geröll lauerten gefährliche Schlangen und Skorpione auf Mensch und Tier.

Die Karawane schleppte sich von Brunnen zu Brunnen, schaffte im Durchschnitt kaum mehr als zehn Meilen am Tag. Ein Tag glich dem anderen. Nach dem Aufbruch, der immer bereits vor dem Sonnenaufgang erfolgte, schwitzten Menschen und Tiere in der Hitze des Tages. Alle ein bis zwei Meilen mussten sie halten, weil eines der Tiere lahmte oder seine Last verloren hatte. Die allgegenwärtige Stille wurde nur vom Geräusch der Hufe auf dem ausgedörrten Boden und hin und wieder von den Flüchen der Männer durchbrochen.

Die scheinbare endlose Wiederholung ein und desselben Tages erinnerte Demetrius an die Geschichte von Sisyphus, der dazu verdammt worden war, jeden Tag in der Unterwelt einen Felsen eine steile Böschung hinaufzurollen, nur um dann mitansehen zu müssen, wie der Felsbrocken kurz vor Erreichen des Ziels wieder hinabrollte. Ballista dagegen musste an den Wolf Skoll aus der nordischen Mythologie denken, der den Schweif der Sonne jagt. Maximus wiederum machte die Angst vor Schlangen zu schaffen.

Am sechsten Tag tauchte eine Kette steiler Hügel in der Ferne auf. Sie hatten ihr Ziel fast erreicht. Von der Kuppe des Höhenzuges aus war Arete bereits klar und deutlich zu sehen. Ballista entfernte sich in schnellem Galopp von der Kolonne. Maximus, Demetrius und ein neu bestimmter Standartenträger, ein Mann aus Palmyra, der sich nach dem Eintritt in die römische Armee den lächerlichen römischen Namen Romulus zugelegt hatte, begleiteten ihm. Der Draco, den Romulus in die Höhe hielt, knatterte und pfiff im Wind.

Auf dem höchsten Punkt der Hügelkette zügelte Ballista sein fahles Pferd und schaute auf Arete hinab. Die Stadt lag etwa eine Meile weit und dreihundert Fuß tiefer entfernt. Von hier oben konnte er ganz Arete überblicken und alle strategisch wichtigen Bereiche sehen. Sein erster Eindruck war recht ermutigend.

Auf der anderen Seite im Osten strömte der Euphrat am Fuß von steilen Klippen dahin. Er wurde seinem Ruf als einem der großen Flüsse gerecht, als einer der »Limes Imperii«, der Grenzen des Imperiums. Ein großer Fluss, vergleichbar mit dem Rhein oder der Donau. Wie diese war er kein einheitlich dahinfließender Strom. Sein Bett war von zahlreichen Inseln durchsetzt, eine der größeren lag nahe der Stadt. Trotzdem war er so breit, dass kein Feind realistische Aussichten hatte, ihn ohne eine gewaltige Menge von Booten oder den Bau einer langen Brücke überqueren zu können. Beides würde einen Angreifer viel Zeit kosten, nicht unbemerkt geschehen können und es den Verteidigern so ermöglichen, Gegenmaßnahmen zu ergreifen.

Nach Norden und Süden hin bildeten Felsschluchten die Stadtgrenzen. Der Ingenieur in Ballista konnte vor seinem inneren Auge sehen, wie sich die Sturzfluten der winterlichen Niederschläge im Lauf der Jahrtausende in den Fels hineingefressen hatten. Die Schlucht im Süden war die kürzere der beiden. Sie verlief nahe der Stadtmauern und stieg etwa dreihundert Schritt hinter der Stadt auf Höhe der Felsebene an. Es gab eine kleine Lücke von nur wenigen Schritten Breite zwischen den Mauern und dem Rand der nördlichen Schlucht, die sich in zwei Stränge aufgabelte, von denen einer um die westliche Stadtmauer herum verlief, während sich der andere in nordwestlicher Richtung in den Hügeln verlor. Auf dem größten Teil ihres Verlaufs betrug die Breite beider Schluchten mindestens zweihundert Schritte, eine Strecke, die gerade der Reichweite wirkungsvoller Artilleriegeschosse entsprach.

Die Richtung, aus der der Angriff mit größter Wahrscheinlichkeit erfolgen würde, war der Westen. Vom Fuß der Hügelkette aus erstreckte sich eine flache, graubraune Ebene bis zu den Stadtmauern, die abgesehen von einigen verstreuten Felsen keinerlei natürliche Hindernisse aufwies.

Ballista studierte die Szenerie mit dem professionellen Blick des Militärstrategen. Aus dieser Entfernung machten die Mauern einen guten Eindruck, hoch und in einwandfreiem Zustand. Er zählte fünf rechteckige Wehrtürme, die aus den südlichen und östlichen Mauern herausragten, dazu drei in der nördlichen und mindestens vierzehn in der westlichen. Die Mauern zur Ebene und zum Euphrat hin verfügten über befestigte, von Wehrtürmen flankierte Tore. Eine Gruppe von Männern mit Eseln näherte sich gerade dem Haupttor, vermutlich Bauern, die Waren aus den Dörfern im Nordwesten in die Stadt brachten. Indem er sie als Maßstab heranzog, schätzte Ballista die Länge der vor der Ebene verlaufenden Mauer auf knapp tausend Schritte, was bedeutete, dass der mittlere Abstand zwischen den einzelnen Wehrtürmen rund sechzig Schritte betrug. Auch wenn die

Türme am nördlichen Ende dichter standen, ließ sich bei genauer Betrachtung feststellen, dass keiner weiter als hundert Schritte von dem ihm nächsten entfernt war. Das war gut so. Die nach außen versetzten Türme erlaubten es den Verteidigern, ihre Geschosse nicht nur nach außen, sondern auch parallel zur Stadtmauer hin abzufeuern. Der überwiegende Teil der Strecke zwischen zwei Türmen befand sich darüber hinaus innerhalb der Reichweite von Wurfspeeren, und die gesamte Distanz konnte von Bogenschützen effektiv abgedeckt werden. So würde ein Angreifer, der sich den Mauern näherte, von drei Seiten unter Beschuss geraten. Die Erbauer der Stadtmauer von Arete hatten ihre Ressourcen – der Bau von Wehrtürmen kostete Zeit und Geld – offenbar auf die richtigen Punkte konzentriert.

Das einzige unbestreitbare Problem stellte die Nekropole dar. Die Gräber, insgesamt mindestens fünfhundert an der Zahl, wie Ballista grob überschlug, erstreckten sich von der Westmauer aus etwa eine halbe Meile weit in Richtung der Hügelkette, was der Hälfte der Gesamtdistanz bis zu ihrem Fuß entsprach. Und sie waren von gleicher Bauweise wie die in Palmyra: hohe, rechteckig gemauerte Türme. Jeder einzelne bot dem Feind Deckung vor aus der Stadt abgefeuerten Geschossen jeglicher Art. Jeder Grabturm konnte den Angreifern als potenzielle Artillerieplattform dienen. Und alle zusammen stellten sie eine gewaltige Quelle leicht verfügbaren Materials für den Bau von Belagerungsapparaturen dar. Sie würden ihm das Leben in mehr als nur einer Hinsicht schwermachen.

Er richtete seine Aufmerksamkeit auf die Stadt selbst jenseits der Mauern. Von dem zur Wüste hin gelegenen Tor aus verlief die Hauptstraße in gerader Linie durch Arete hindurch. In regelmäßigen Abständen zweigten Nebenstraßen exakt rechtwinklig von ihr ab, die wiederum exakt rechteckige Häuserblocks umschlossen, zumindest bis zur südöstlichen Ecke Aretes, die von einem Gewirr gewundener Straßen durchzogen wurde. In der nordwestlichen Ecke konnte Ballista einen freien Platz sehen, vermutlich der Campus Martius, der Paradeplatz der Armee, den Turpio erwähnt hatte.

Ballista ließ den Blick ein weiteres Mal prüfend über die Stadt wandern, wobei er diesmal auf das achtete, was *nicht* vorhanden war: kein Theater, kein Zirkus, keine erkennbare Agora und vor allen Dingen keine Zitadelle.

Sein Gesamturteil fiel zwiespältig aus. Der freie Platz und die säuberlich nach dem Hippodamischen Schema angelegten Häuserblocks würden die Aufstellung und Verlegung von Verteidigungstruppen erleichtern. Sollte es dem Feind jedoch gelingen, eine Bresche in die Stadtmauern zu schlagen, existierte in der Stadt selbst weder eine zweite Verteidigungslinie, noch gab es irgendwelche geeigneten Gebäudekomplexe, aus denen heraus sich eine solche organisieren ließ, was bedeutete, dass die Angreifer die regelmäßige Anlage der Stadt zu ihrem Vorteil würden nutzen können. Also stand zu befürchten, dass im kommenden Frühling in Arete jede Menge Männer sterben mussten.

»Der Kyrios denkt nach!« Demetrius' wütendes, nicht zu überhörendes Flüstern riss Ballista aus seinen Überlegungen. Er drehte sich im Sattel um. Maximus und Romulus blickten reglos über ihn hinweg auf einen Punkt hinter ihm. Demetrius hatte den Weg mit seinem Pferd blockiert.

»Lass sie durch, Demetrius«, sagte Ballista.

Bathshiba lächelte dem jungen Griechen zu, der sich offenbar bemühte, ihren Blick nicht allzu finster zu erwidern. Sie lenkte ihr Pferd neben das des Nordländers.

»Also, fragst du dich, ob es das alles wert ist?«, erkundigte sie sich.

»In gewisser Weise. Aber vermutlich nicht in dem Sinne, wie du es meinst.«

»Lohnt es sich für einen berühmten römischen General und nordischen Krieger wie dich, eine so lange Reise auf sich zu nehmen, um so ein fliegenverseuchtes Loch wie das da zu verteidigen? Das ist es, was ich gemeint habe. Und dazu noch ein von luxusverwöhnten, dekadenten und verweichlichten Syrern bewohntes fliegenverseuchtes Loch.«

»In unserem Volk erzählt man sich eine Geschichte – natürlich nur in den seltenen Momenten, wenn wir uns zur Abwechslung einmal nicht gerade blau anmalen, uns hemmungslos betrinken oder uns gegenseitig umbringen –, nach der eines Tages ein merkwürdiger Mann vor Asgard, dem Wohnsitz der Götter, auftauchte und ihnen anbot, eine Mauer darum herum zu bauen, wenn sie ihm dafür Freya überlassen würden, die wunderschöne Göttin.«

»Ich bin mir nicht sicher, ob dein Versuch, mir zu schmeicheln, meinem Vater oder deiner Frau gefallen würde.«

Ballista lachte. »Würde er nicht, da bin ich mir sicher. Und ich bin mir auch sicher, dass du nicht nur gekommen bist, um mir Gesellschaft zu leisten.«

»Nein. Mein Vater möchte deine Erlaubnis, einen Boten vorauszuschicken, damit sich unsere Leute auf unsere Ankunft vorbereiten können. Der Bote könnte außerdem den Rat der Stadt informieren, sodass er dich am Tor empfangen kann.«

Ballista überlegte kurz. »Natürlich kann dein Vater einen Boten zu euren Leuten schicken«, erwiderte er dann. »Aber ich werde dem Stadtrat zusätzlich einen meiner eigenen Männer schicken. Richte deinem Vater meinen Dank für sein Angebot aus.« Damit wäre eine politische Verstimmung vermieden, fügte er in Gedanken hinzu.

Bathshiba riss ihr Pferd herum. »Und, hat der Fremde Freya bekommen?«

»Nein, die Götter haben ihn überlistet. Die Geschichten aus dem Norden gehen in der Regel nie gut aus.«

Anamu wartete am Stadttor von Arete auf den neuen Dux Ripae.

Die Staubfahne löste sich aus den Hügeln und näherte sich der Stadt. Wenigstens besaß der barbarische Oberbefehlshaber gute Manieren oder einen guten Berater, der ihm empfohlen hatte, einen Boten zu schicken. Tatsächlich waren bereits seit einigen Tagen alle Vorbereitungen für seinen Empfang getroffen worden. An diesem Morgen hatten die von Anamu auf der Hügelkuppe postierten Späher die Ankunft des neuen Dux Ripae gemeldet. Ogelos' Männer waren ebenfalls da gewesen.

Anamu warf einen Blick über die Straße auf Ogelos. Wie so häufig ärgerte er sich über die demonstrativ zur Schau gestellte schlichte Kleidung des anderen, die einfache, bis zur Mitte der Waden reichende, mit einem weißen Strick gegürtete Tunika, die unauffällige spitze weiße Mütze, die nackten Füße. Das Bild des schlichten, der Welt entrückten Priesters wurde allerdings durch den lächerlich gestutzten Spitzbart Ogelos' unterlaufen, der allmählich grau wurde, wie Anamu mit Genugtuung feststellte. In einer Hand hielt Ogelos einen Palmenzweig, in der anderen einen Krug, eine Schüssel und zwei Messer. Er stand neben einer mit heiligem Wasser gefüllten hohen Vase und einem tragbaren Altar, um den herum ein Hitzeschleier waberte. Das Feuer war rechtzeitig entzündet worden, sodass es nicht mehr rauchte. Ogelos war wie immer gut organisiert. Anamu hatte ihn nie unterschätzt.

Hinter Ogelos stand ein Ministrant in einer absichtlich wunderschön gestalteten, scharlachroten und weißen Tracht, die einen auffälligen Kontrast zu der schlichten Kleidung des Priesters bildete, mit einem Weihrauchgefäß und einer Rassel in den Händen. Hinter dem Jungen warteten zwei stämmige, wie Ogelos gekleidete Priester mit dem Opferbullen.

Die anderen Priester hatten sich weiter im Hintergrund neben dem Tor aufgebaut. Alle religiösen Gruppierungen Aretes waren erschienen: die Priester von Zeus Megistos, Zeus Kyrios, Zeus Theos, Atargatis, Azzanathcona und Aphlad, von Bel und Adonis und vielen mehr. Sogar die Priester der Gruppen, die die Existenz aller anderen Götter bestritten, waren da, der Vorstand der Synagoge und der Führer der Christen.

Legionäre der in Arete stationierten Vexillatio von der Legio IIII Scythica säumten die letzten hundert Schritte der Straße bis zum Stadttor. Ihre Anwesenheit diente sowohl dem Zweck, dem neuen Dux den ihm gebührenden Respekt zu erweisen, als auch Angehörige des Demos, des gewöhnlichen Volkes, im Zaum zu halten – nicht, als wäre mit irgendwelchen Schwierigkeiten zu rechnen. Ihr Kommandant, Marcus Acilius Glabrio, der einzige Legionär zu Pferde, saß auf einem prächtigen Fuchs mitten auf der Straße, mit dem er den direkten Zugang zum Tor blockierte und einen Eindruck gelassener Überlegenheit vermittelte.

Die Mehrheit des Stadtrates stand auf Anamus Seite der Straße, gekleidet in bestickte Tuniken und herausgeputzt mit Armreifen, Amethysten und Smaragden, mit ihren kostbaren Spazierstöcken, verziert mit silbernen Handgriffen und wundervoll geschnitzten, vergoldeten Knäufen. In Arete gab es keine nennenswerte Trennung zwischen Religion und Politik. Die meisten Priester waren gleichzeitig Ratsmitglieder, und jeder Mann war das religiöse Oberhaupt seiner Familie. Die wirklich wichtigen Trennungslinien verliefen zwischen den drei führenden Männern der Stadt.

Zur Zeit unserer Väter muss es mindestens dreißig Karawanenbeschützer in Arete gegeben haben, dachte Anamu. Selbst vor zwei Jahren waren es noch ein Dutzend gewesen. Doch es hatte Geschick erfordert, das Exil zu vermeiden und am Leben zu bleiben, als die Stadt zuerst den Persern die Tore geöffnet und sich dann später gegen sie erhoben und die von ihnen stationierte Garnison massakriert hatte. Jetzt gab es nur noch drei Karawanenbeschützer. Ogelos hatte überlebt und profitiert, seinen Verrat hinter einer Maske aus geheuchelter Frömmigkeit als Artemispriester verborgen. Iarhai war zu den Römern geflohen, später zurückgekehrt und hatte das Massaker organisiert. Er war schon immer wie ein Bulle vor einem Tor gewesen, ein Mann, der spontan seine Ansichten änderte und unerschütterlich davon überzeugt war, im Recht zu sein. Anamu hatte sich weder von der Ankunft der Perser noch ihrem gewaltsamen Ende sonderlich beeindrucken lassen. Er betrachtete sich selbst wie eine Tamariske, die sich mit dem Wind neigte, vielleicht wie ein ganzer auf dieser Seite des Euphrat wachsender Tamarisken-Hain, der einen wilden Keiler zwischen seinen Stämmen verbarg. Anamu spielte gern mit Bildern, Poesie war etwas, das ihm sehr am Herzen lag.

Die Staubsäule ragte jetzt hoch in den Himmel, ihre Spitze befand sich auf halber Strecke der Ebene. Alles war bereit. Als Archon des Jahres, als führendem Ratsherr, oblag es seiner Pflicht, dafür

Sorge zu tragen. Gerste, Heu, Ferkel, ausgewachsene Schweine, Datteln, Schafe, Öl, Fischsoße, gesalzener Trockenfisch, alles war in den Palast des Dux Ripae geliefert worden. Er hakte die einzelnen Posten im Geiste ab, der Dux würde für alles zahlen müssen. Profit und Poesie wohnten als gute Nachbarn in Anamus Seele.

Ein Stückchen weiter von den Stadtmauern entfernt spielten die Musiker am Straßenrand auf. Die Trommeln und Saiteninstrumente legten einen schnellem Rhythmus vor, über den sich die Flöten erhoben. Ein Kinderchor fiel in die Musik ein, um der Welt den Adventus, das zeremonielle Eintreffen des neuen Dux Ripae zu verkünden.

An der Spitze des Zuges ritt ein Standartenträger mit einer Standarte in Form eines Drachen. Der Wind, der durch ihn hindurchpfiff, bewirkte, dass er sich wie ein echtes Ungeheuer wand und fauchte. Einige Pferdelängen hinter ihm folgte der neue Dux Ripae. Er gab eine beeindruckende, wenn auch barbarische Figur ab.

»Iarhai, du Bastard!« Anamu war sich nicht sicher, ob er den Fluch wirklich laut ausgesprochen hatte. Egal, die Musik hätte ihn sowieso übertönt. Du hinterlistiger Bastard! Anamu hatte natürlich erwartet, Iarhai zu sehen. Er wusste seit einiger Zeit, dass Iarhai mit dem Dux reiste (und ging davon aus, dass Ogelos ebenfalls Bescheid wusste). Womit er nicht gerechnet hatte, war, dass Iarhais Männer die Kolonne anführen würden. Es sah weniger so aus, als würde Iarhai den neuen Dux nur begleiten, sondern ihn vielmehr eskortieren, ihn beschützen. »Du verschlagenes Reptil, du …« Er verstummte zeitgleich mit den Musikern und dem Chor.

Der Dux Ripae brachte sein Pferd zum Stehen. Er hob den rechten Arm, die Handfläche nach vorn gedreht, die rituelle Geste eines wohlwollenden Grußes und der Macht. Die führenden Männer Aretes erwiderten die Geste und stimmten die traditionelle Akklamation an.

»Mögen die Götter dich behüten! Mögen die Götter dich behüten! Mögen die Götter dich behüten!«

Du kamelfickender Bastard! Nach außen hin schwenkte Anamu seinen Palmzweig und deklamierte wie die anderen auch. Innerlich tobte er. Du beschissener Zuhälter! Wie konntest du nur deine einzige Tochter prostituieren?

Bathshiba und Iarhai hatten ihre Pferde weitergehen lassen. Erst unmittelbar hinter dem Dux hielten sie an. Iarhai begegnete Anamus Blick, und über sein verwittertes Gesicht huschte ein schmales Lächeln.

Anamu hatte die unruhigen Zeiten nicht überlebt, indem er seinen Gefühlen nachgab. Als der Gesang verstummte, hatte er sich bereits wieder völlig unter Kontrolle. Er sah zu, wie Ogelos den Palmzweig in die hohe Vase tauchte, das heilige Wasser verspritzte, einige Hände voll Weihrauch auf den Altar warf, ein Trankopfer vergoss und dem Bullen mit dem Messer die Kehle aufschlitzte. Der Bulle verhielt sich unauffällig und starb ebenso.

Nun trat der aus Petra stammende Sophist Callinicus vor, um die formelle Willkommensansprache zu halten. Ogelos behauptete, er würde es vorziehen, einfache Wahrheit ebenso einfach zu formulieren, und Iarhai machte kein Geheimnis daraus, dass ihn ausschweifende Reden langweilten, doch Anamu hatte sich darauf gefreut. Die Kunst der Rhetorik würdigen zu können war ein Merkmal eines Mannes von Kultur.

»Mit Glück verheißenden Omen kommst du von den Kaisern, hell wie ein Strahl der Sonne, die uns hoch …« Die Einführung, die die Freude betonte, wie es die Tradition verlangte, war schon recht gelungen. Wie würde er wohl den Hauptteil der Ansprache meistern, in dem er sich auf die Taten der zu begrüßenden Person konzentrierte, auf seine Geburtsstadt oder sein Heimatland und seine Familie? »Du wirst allen Gefahren begegnen wie ein guter Steuermann, der das Boot rettet, während der Sturm die See aufwühlt …« Ohne Umschweife weiter zu den theoretischen Tugenden, ein guter Schachzug. Der Redner hatte klugerweise vermieden, die Herkunft des Dux anzusprechen, und bisher wusste niemand etwas von seinen Taten und Leistungen. In dieser Weise ging die Ansprache weiter über den Mut des Dux, gefolgt von seinem Sinn für Gerechtigkeit, seine Besonnenheit und Weisheit, um dann schließlich in die

Schlussworte zu münden. »Wir sind gekommen, um dich zu begrüßen, wir alle zusammen, erfüllt von Freude – rufen dich an als unseren Retter und unsere Festung, unseren hell strahlenden Stern – die Morgendämmerung eines glücklichen Tages, der die Dunkelheit vertreibt …« Callinicus endete mit einem sophistischen Schlussakkord, indem er übertrieben heftig atmete und sich den Schweiß von der Stirn wischte, um die Anstrengung zu demonstrieren, die ihn seine vermeintlich ex tempore gehaltene Ansprache gekostet hatte.

Nicht schlecht, dachte Anamu anerkennend, auch wenn sich Callinicus' Ergüsse immer ein wenig abgedroschen anhörten. Es würde interessant werden, wie die Erwiderung des Barbaren ausfiel. Der Tradition gemäß betonte man, wie lange man sich schon darauf freute, endlich die Sportstätten besuchen zu können, die Theater, Tempel und die Häfen der Stadt. Das würde allerdings nicht ganz einfach werden – selbst wenn der Dux kein Barbar gewesen wäre –, angesichts einer Stadt, von der er mit großer Wahrscheinlichkeit bis zu seinem Marschbefehl noch nie irgendetwas gehört hatte und der es an Sportstätten, Theatern und – was mitten in der Wüste nicht gerade überraschend war – besonders an Häfen mangelte.

Der Dux begann: »Früher einmal war ich verzweifelt und bekümmert. Mir war es nicht vergönnt, die wunderbarste Stadt schauen zu dürfen, auf die die Sonne scheint. Doch jetzt, da ich sie sehe, fallen alle Verzweiflung und aller Kummer von mir ab. Jetzt sehe ich all das, wonach ich mich schon immer gesehnt habe, nicht wie im Traum, sondern die Stadtmauern selbst, die Tempel, die Säulengänge, die ganze Stadt, die wie ein Hafen in der Wüste ist.«

Beeindruckend, wie er direkt zu dem Teil kam, der normalerweise erst an zweiter Stelle stand. Die ganze Stadt als Hafen zu beschreiben war ein kluger Schachzug. Dann erging er sich in einer ausführlichen Lobpreisung des mächtigen Euphrat, Fluss und Gott, niemals schlafender Wächter, unermüdlicher Transportweg, Überbringer von Nahrung und Reichtümern. Nach dem Lob der Natur folgte das der Menschen: die Gastfreundschaft der Bürger Aretes, ihre Gesetzestreue, ein Leben voller Harmonie und der Umstand, dass sie Fremden mit der gleichen Achtung und dem gleichen Respekt begegneten, wie sie das untereinander taten. Alles sehr gut, trotz der unbeabsichtigten Ironie, was den letzten Punkt betraf.

Der Dux zählte die Errungenschaften und Leistungen der Stadt auf und kehrte in seinem kurzen Schlusswort noch einmal zu dem Bild der Stadt als Hafen inmitten der Wüste zurück.

Anamu spürte, wie seine anfängliche Anspannung verflog. Es hatte sich gelohnt, auf diesen Barbaren zu warten. Er sprach gut Griechisch, hatte ein Gespür für Eloquenz und Formulierungen. Anamu war überzeugt, mit ihm klarzukommen.

Der zivile Teil des Adventus war gut verlaufen. Im Anschluss erteilte Ballista eine Reihe von Befehlen. Es erschien ihm wichtig, sich von Anfang an in seiner Position als neuer Befehlshaber zu präsentieren. Zuerst würde er der Tyche der Stadt und den Göttern mit einem Opfer für die sichere Ankunft der Kolonne danken und danach seine Residenz, seinen »Palast« aufsuchen. In zwei Stunden wollte er mit dem Rat der Stadt reden.

Die zivilen Angelegenheiten am Tor hatten sich reibungslos erledigen lassen, was für die militärischen Belange aber mit Sicherheit nicht zutreffen würde.

Ein Offizier der Armee hatte Ballista mit seinem Pferd mitten auf der Straße den direkten Zugang in die Stadt versperrt.

»Marcus Acilius Glabrio, Tribunus laticlavius, Befehlshaber der Vexillatio von der Legio IIII Scythica in Arete.« Allein sein Akzent und seine Umgangsformen hätten ihn auch ohne den Titel Laticlavius als Spross einer alten römischen Senatorenfamilie ausgewiesen.

Er war nicht abgestiegen, um den neuen Dux zu begrüßen. Ballista hatte nur einen kurzen Blick auf den arroganten jungen Mann auf seinem herausgeputzten Pferd geworfen und ihn auf Anhieb nicht gemocht.

»Wir werden tun, was befohlen wird, und sind bereit, jeden Befehl auszuführen.« Ballista hatte nie erlebt, dass irgendjemand die Standardformel der Armee so respektlos herunterleierte.

»Ich werde deine Männer morgen um die zweite Stunde nach Tagesanbruch auf dem Campus Martius inspizieren«, sagte er.

»Wie du wünschst.« Glabrio fügte der Antwort nicht das Wort Dominus hinzu. Dieses Verhalten schien sich unter den Offizieren der östlichen Provinzen so eingebürgert zu haben.

»Und zur vierten Stunde werden wir uns dann die Konten deiner Einheit im militärischen Hauptquartier ansehen.«

»Ich werde dem Exactor und dem Librarius Bescheid sagen.« Glabrios Tonfall implizierte, dass er solche Angelegenheiten seinem Buchhalter und Sekretär überließ.

Seine Haltung kündigte Schwierigkeiten an, aber wenigstens hatte er bisher keine Befehle missachtet, im Gegensatz zum Kommandanten der Kohorte XX. Und wie bereits in Seleukia gab es auch hier keine Spur von Gaius Scribonius Mucianus. Es war mittlerweile völlig unwahrscheinlich, dass Ballista den Namen des Tribuns jemals vergessen würde. Was trieb dieser Bastard nur? Diese zweite vorsätzliche Brüskierung Ballistas war noch schlimmer als die erste. Es war eine Sache, dass Scribonius nicht nach Antiochia gereist war, um seinen neuen Dux zu begrüßen, obwohl seine Befehle das von ihm verlangten, aber es war etwas völlig anderes, sich nicht die Mühe zu machen, am Stadttor zu erscheinen. Die einzige Erklärung war, dass es sich um den vorsätzlichen Versuch handelte, Ballistas Autorität zu untergraben, die Mission des Nordländers zunichtezumachen, noch bevor sie überhaupt begonnen hatte.

Ballista sah sich um. Er entdeckte Turpio, der sich ganz offensichtlich wünschte, irgendwo anders sein zu können.

»Pilus Prior«, sagte Ballista und bedachte ihn mit einem finsteren Blick. »Ich möchte, dass die Kohorte XX zur dritten Stunde auf dem Campus Martius antritt. Die Konten der Einheit werden zur sechsten Stunde geprüft.«

Turpio bestätigte den Befehl knapp. Welche Verbindung durch die lange Reise zwischen den beiden Offizieren auch immer zustande gekommen war, hatte sich verflüchtigt, als hätte es sie nie gegeben. Turpios Gesichtsausdruck war verschlossen und feindselig.

»Richte deinem Tribun aus, dass er besser anwesend sein sollte, wenn er Wert auf seine berufliche Zukunft legt.«

Ballista war überzeugt, dass Turpio mehr über die Gründe für Scribonius' Abwesenheit wusste, als er freiwillig zu verraten bereit war. Er fand sich damit ab, dass er in Gegenwart der Truppen und der halben Stadtbevölkerung nichts weiter dazu in Erfahrung bringen würde, und wandte sich ab.

Nachdem er den Göttern geopfert und in seinem neuen Palast gebadet hatte, begab er sich in den Artemistempel. An der Türschwelle zu dem, was als Bouleuterion, eine Stadthalle, durchgehen musste, blieb er stehen und wartete. Die Ansprache, die er gleich halten würde, bereitete ihm keinerlei Nervosität. Sie war nicht mit der blumigen Rede am Stadttor vergleichbar, bei dieser hier ging es um die harte Realität.

Der Artemis geweihte Bezirk nahm den gesamten Häuserblock ein. Der Stadtrat nutzte ein kleineres Gebäude an der südöstlichen Ecke. Es sagte eine ganze Menge über das Verhältnis zwischen den Reichen und den Armen in dieser Stadt aus, dass es möglich gewesen war, das Bouleuterion aus der Agora heraus an einen anderen Ort zu verlegen, dass sich die Ratsmitglieder frei fühlten, abseits des gemeinen Volks unter sich zu bleiben.

»Dominus, würdest du bitte hier entlangkommen?«, bat der Archon.

Demetrius flüsterte Ballista den Namen des Mannes ins Ohr. Anamu sah merkwürdig aus. Aber das war nicht von ihm so beabsichtigt. Er trug eine formelle Tunika mit einem schmalen purpurroten Streifen. Der Bart und das bereits schütter werdende Haar waren konventionell geschnitten. Das Ungewöhnliche an ihm war sein Kopf. Sein Gesicht war viel zu lang, und seine Augen standen zu weit auseinander. Ihre nach unten gerichteten Winkel entsprachen denen seines Mundes.

Anamu führte die Neuankömmlinge in einen u-förmigen Raum, in dem sich etwa vierzig Männer aufhielten, die Ratsherren von Arete. »Marcus Claudius Ballista, Vir egregius, Dux Ripae, sei willkommen.« Er setzte sich auf den mit seinem Namen beschrifteten Platz in der ersten Reihe. Nur Iarhai und Ogelos, der Artemispriester, saßen bereits. Etliche der anderen Namen in der ersten Reihe waren unleserlich gemacht worden. Anscheinend war Politik in dieser Stadt eine tödliche Angelegenheit. Nur diese drei, die bisher überlebt hatten, waren diejenigen, auf die es wirklich ankam. Trotzdem wusste Ballista, dass er es sich nicht leisten durfte, die restlichen Ratsmitglieder einfach zu ignorieren. Er sah, dass die meisten Priester, die ihn am Tor begrüßt hatten, ebenfalls dem Rat angehörten, der haarige christliche Priester eingeschlossen.

Es herrschte Stille. Staubteilchen schwebten leuchtend im Sonnenlicht. Ballista ergriff das Wort.

»Ratsherren, ihr müsst euch auf sehr große Opfer gefasst machen. Die sassanidischen Perser werden kommen. Nächstes Frühjahr werden sie entlang des Euphrat stromaufwärts vorrücken. Ihr Anführer wird Shapur selbst sein, der König der Könige. Da die Bürger Aretes seine Garnison letztes Jahr massakriert haben, wird er nichts unversucht lassen, um die Stadt einzunehmen. Und sollte ihm das gelingen, werden die Lebenden die Toten beneiden.« Ballista legte eine kurze Pause ein. »Ich wurde von den Kaisern Valerian und Gallienus mit allen Vollmachten ausgestattet, um Arete verteidigungsbereit zu machen. Wir können die Stellung so lange halten, bis der große Valerian uns eine imperiale Feldarmee zu Hilfe schickt. Aber das wird schwierig werden. Ich werde dazu eure uneingeschränkte Hilfe benötigen. Seid gewiss, dass wir alle am Kreuz enden werden, wenn wir nicht fest zusammenhalten.«

Es war ein sehr langer Tag gewesen. Ballista konnte kaum glauben, dass er Arete an diesem Morgen zum ersten Mal gesehen hatte. Er saß seitlich auf der niedrigen Mauer der Terrasse. Zweihundertfünfzig Fuß unter ihm floss der Euphrat vorbei. Auf dieser Seite des Flusses wuchsen Tamarisken-Wäldchen und vereinzelte Dattelpalmen, auf der anderen Seite breiteten sich bewirtschaftete Felder aus, so weit das Auge reichte. Zwei Regenpfeifer jagten einander über den Fluss. Julia würde es hier gut gefallen. Genau wie Bathshiba.

»Ich würde gern etwas trinken, danke.«

Maximus schenkte ihm mit Wasser verdünnten Wein ein und stellte den Krug vorsichtig ab. Er saß ebenfalls auf der Terrassenmauer, Ballista gegenüber, ein Bein angewinkelt. Wenn sie unter sich waren, legten beide keinen Wert auf Formalitäten.

»Er ist nicht gut, dein *Palast.*« Maximus verlieh dem Wort eine besondere Betonung und lächelte dabei. »Es ist eine Todesfalle.« Er trank einen Schluck. »Mit dem ersten Hof geht alles klar, nur ein großes Tor. Der zweite Hof bietet dagegen überhaupt keine Sicherheit. Es gibt ein Tor in der Nordmauer zu den Ställen, eines in der Südmauer zu den Küchen und dann Türen, die ihn mit dem ersten Hof und der Terrasse hier verbinden.« Er nickte in die Richtung, in der die Privatgemächer des Dux lagen. »Dabei stellen die Türen nicht einmal das wirkliche Problem dar. Die Mauern sind niedrig, leicht zu überklettern. Im Süden gibt es eine freie Fläche, aber von Norden her reichen die Gebäude bis dicht an uns heran. An mindestens drei Stellen könnte man von einem Dach auf das nächste springen.« Er trank einen weiteren Schluck und griff nach einer Olive.

»Demetrius.« Ballista winkte den jungen Griechen, der höflich auf der anderen Seite der Terrasse wartete, zu sich. »Nimm dir auch etwas zu trinken und setz dich zu uns.«

Der Jüngling nahm mit gekreuzten Beinen auf dem Boden Platz.

»Wir müssen ein paar Möbel hier draußen aufstellen.« Als Ballista zu sprechen begann, zog Demetrius einen aufklappbaren hölzernen Schreibblock hervor und ritzte mit dem Schreibgriffel eine Notiz in die gewachste Oberfläche. »Also, wie sieht es aus?«

Demetrius förderte ein Stück Papyrus zutage und las, was er darauf in seiner säuberlichen kleinen Schrift notiert hatte. »Alles ist gut, Kyrios. Wir haben sogar zu viele Vorräte, viel zu viel Wein. Woran es uns mangelt, ist Papyrus, aber abgesehen davon müssen wir uns weder über die Mengen noch über die Qualität der Güter Sorgen machen. Das Problem sind die Kosten. Ich werde Erkundigungen in der Agora einholen, bevor wir dem Archon, diesem Anamu, auch nur einen Denarius zahlen.«

»So behandeln dich die Leute hier im Osten«, sagte Maximus. »Sie wissen, dass ein ungebildeter Barbar wie ein Schwein frisst und wie ein Loch säuft, und dann hauen sie ihn übers Ohr.«

Der griechische Sekretär wirkte leicht gequält. Die drei tranken und aßen schweigend.

Ballista beobachtete, wie ein Boot von der anderen Seite des Flusses übersetzte. Die Strömung war sehr stark, und so würde das Boot anschließend wieder eine lange Strecke stromaufwärts fahren müssen, um die Abdrift zu kompensieren. Die beiden Ruderer legten sich kräftig in die Riemen, nutzten jede Möglichkeit, um sich im Schutz kleiner Inseln eine Weile auszuruhen. Als sie zur letzten Etappe aufbrachen, schien der Winkel richtig zu sein, um sie direkt zum Hauptpier am Fuß der steilen Treppe zu bringen, die zur Porta Aquaria hinaufführte, dem Wassertor.

Von der Tür her erklang ein ersticktes Hüsteln, die beste Annäherung an die höfliche Ankündigung von Besuch, zu der Calgacus in der Lage war. Mamurra interpretierte es offensichtlich so und trat aus dem Portikus heraus.

Ballista erhob sich von der Terrassenbrüstung. »Praefectus.«

»Dominus.« Sie schüttelten einander die Hand.

»Bitte, erstatte mir Bericht.«

»Wir werden tun, was befohlen wird, und sind bereit, jeden Befehl auszuführen.« Mamurra stand kerzengerade da. »Ich habe zwanzig Männer von der Kohorte XX zu deinen Equites singulares bestimmt, deiner Pferdewache. Zehn für die Nachtwache, zehn für den Tag. Zwei habe ich am Haupttor postiert, jeweils einen an den Toren zu den Ställen und den Küchen und einen weiteren an der Tür zu deinen Gemächern. Die verbleibenden fünf jeder Schicht werden sich in dem zum ersten Hof offenen Wächterraum aufhalten. Außerhalb ihrer Schicht bleiben sie in ihren Quartieren und die Pferde in den Ställen vor Ort.«

»Sehr gut, Praefectus.«

Mamurras Haltung entspannte sich ein wenig. »Alle deine Mitarbeiter sind in den Quartieren der Dienerschaft im Südteil des Palastes untergebracht. Sie wurden versorgt. Es war eine lange Reise. Ich habe allen, bis auf einen Boten, für die Nacht freigegeben. Ich hoffe, dass geht in Ordnung.«

Er lehnte ab, als Ballista ihm etwas zu trinken anbot. Nachdem er gegangen war, bat Ballista Calgacus, Bagoas zu holen. Der persische Sklave konnte ihm ein paar Lieder aus seiner Heimat vorsingen.

Ein Moment in der ewigen Auslöschung
Ein Moment, den Quell des Lebens zu kosten
Die Sterne erlöschen, und die Karawane
Bricht auf in die Dämmerung des Nichts –
Oh, sputet euch!

Die Worte des Liedes, das der persische Junge sang, verklangen im Zwielicht über dem mächtigen Euphrat. Sogar Demetrius und Calgacus, die nicht ein Wort verstanden, fanden Gefallen daran. Jeder war an sein Schicksal gefesselt wie ein Hund an seinen Zwinger. Und sie alle waren weit fort von zu Hause.

Am anderen Ende der nächtlichen Stadt saß ein Mann in einem gewissenhaft verschlossenen Zimmer. In regelmäßigen Abständen blickte er kurz von seiner Arbeit auf, um sich zu vergewissern, dass er immer noch allein und unbeobachtet war.

Wenn das Lesen eine seltene Fähigkeit war, die sich fast vollständig auf die Oberschicht und eine winzige Minderheit speziell geschulter Sklaven beschränkte, wie viel seltener mochte dann erst die Fähigkeit sein, lautlos zu lesen. Nun gut, während sein Blick dem über das Dokument gleitenden Finger folgte, formten seine Lippen die Wörter, und hin und wieder murmelte er leise vor sich hin, aber trotzdem war er stolz auf seine Leistung. Außerdem wäre sein gelegentliches Murmeln größtenteils unverständlich gewesen – was angesichts dessen, was er las, auch ratsam war.

Der Mann wusste, dass er nicht so stolz auf seine Fähigkeiten sein sollte, aber wenigstens prahlte er nie damit. Das war den Umständen geschuldet. Selbstgefälligkeit hätte seine Mission gefährden können.

Er schüttete die Wachssplitter in eine kleine Metallschale und stellte sie auf die kleine Holzkohlenpfanne. Dann öffnete er das aufklappbare hölzerne Schreibbrett. Es enthielt keine Wachsschicht, die Wörter waren direkt auf das nackte Holz geschrieben worden. Er las sie noch ein drittes Mal.

Der von den Kaisern geschickte Barbar aus dem Norden ist eingetroffen. Er bringt keine Truppen mit. Er redet davon, dass Valerian nächstes Jahr mit einer Armee kommen wird. Die Leute glauben ihm nicht. Er rechnet nicht damit, vor dem nächsten Frühling angegriffen zu werden. Die Regenzeit kommt in diesem Jahr spät. Sollte es möglich sein, die Armee früh genug nach dem Ende der Regenzeit zusammenzustellen und hierherzuführen, könnte sie eintreffen, bevor die Verteidigung steht. War es nicht im Februar, dass der König der Könige die römischen Aggressoren in Meshike – möge die Stadt nun für immer Peros-Shapur genannt werden – zermalmt und den kriegslüsternen Kaiser Gordian III. getötet hat? Wie auch immer, ich werde ihre listigen Geheimnisse enträtseln, Zweifel und Verunsicherung in ihre Köpfe säen und mit den Fingern auf die Schwachstellen in ihren Schutzmauern deuten.

Mit einem alten Schreibgriffel rührte er das mittlerweile geschmolzene Wachs um, ergriff die Schale mit einer Zange und schüttete das flüssige Wachs in die Einkerbungen in den Holzplatten des Schreibbrettes. Dann stellte er die Schale beiseite und glättete die Oberfläche.

Er wusste, dass viele ihn einen Verräter nennen würden, viele von denen, die ihm nahestanden, die er liebte. Nur wenige würden ihn verstehen. Doch was er tat, war nicht dazu gedacht, das vergängliche

Lob seiner Zeitgenossen zu ernten. Es war etwas, das die Ewigkeit überdauern sollte.

Das Wachs war hart geworden. Der Mann nahm einen neuen Schreibgriffel zur Hand und begann, damit einen denkbar höflich formulierten Brief in die leere glatte Wachsschicht zu ritzen.

Mein lieber Bruder, ich hoffe, dieser Brief erreicht dich so, wie ich ihn verfasst habe. Die Regenzeit setzt in diesem Herbst spät ein …

VII

Als Demetrius erwachte, griff er sofort nach seinen Schreibutensilien. Er war ängstlich darauf bedacht, nichts zu vergessen, aber gleichzeitig war es auch wichtig, keinen Fehler zu machen. Ein Blick auf die Wasseruhr verriet ihm, dass es Conticinium war, die Zeit der Stille, wenn die Hähne zu krähen aufgehört haben, die Menschen aber noch schlafen. Er schrieb »die vierte Wache« und dann präziser »die elfte Stunde der Nacht«. Die Zeit spielte eine wichtige Rolle bei der Deutung eines Traums. Als Nächstes notierte er »Geier – Agora – Statue«. Nachdem er diese Gedächtnisstützen aufgeschrieben hatte, entspannte er sich ein wenig und ließ sich ins Bett zurücksinken.

Er begann, den Ablauf des Geschehens von Anfang an zu rekapitulieren. Zuerst hatte er die Agora betreten. Aber welche Agora? Dort waren viele Menschen gewesen, auf die unterschiedlichste Weise gekleidet – griechische Tuniken und Umhänge, römische Togen, die hohen, spitzen Hüte der Skythen, die weiten Hosen der Perser, die Turbane der Inder –, also bot ihm das keine große Hilfe für die Lokalisation der Agora. Heutzutage reisten zahllose Fremde zu vielen großen Städten des Imperiums.

Besonders aufgefallen war ihm, dass niemand den über ihnen kreisenden Geiern auch nur die geringste Beachtung geschenkt hatte. Gefährlich dicht davor, wieder einzuschlafen, verfolgte Demetrius seine Gedankengänge weiter. Die Perser bahrten ihre Toten im Freien auf, um sie von Aasfressern vertilgen zu lassen, von Krähen, Raben und Geiern. Bedeutete das, dass sie Geier (die Werkzeuge, die den Willen ihres Gottes vollstreckten) verehrten, oder fürchteten sie sich im Gegenteil entsetzlich vor ihnen?

Die Geier waren über der Statue in der Mitte der Agora gekreist, einer goldenen Statue, die in der Sonne geglitzert hatte. Sie war groß, größer als ein normaler Mensch, stellte aber auch einen sehr großen Mann dar. Einen nackten Mann in der Pose eines Doryphoros, eines Speerträgers. Die Muskeln seines linken Arms, mit dem er einen Schild weit von seinem Körper entfernt hielt, waren angespannt, die des rechten Arms, der den Speer locker dicht neben sich hielt, entspannt. Der größte Teil seines Gewichts ruhte auf dem rechten Bein, das linke Bein war etwas nach vorn gesetzt, das Knie gebeugt. Der Penis und die Hoden unter dem Beckenkamm, der Verbindung zwischen Taille und Oberschenkeln, waren klein und zierlich genug, um aus griechischer Sicht auf eine bewundernswerte Selbstbeherrschung hinzuweisen. Die Statue wich in mehrfacher Hinsicht von den Kriterien ab, wie sie der große Bildhauer Polykleitos festgelegt hatte. Die Figur war deutlich muskulöser und stand fester auf dem Boden.

Demetrius schrieb: »Goldene Statue in der Mitte der Agora, ein Porträt von Ballista in der Pose eines Speerträgers, nicht gänzlich polykleitanisch.«

Er lag noch einige Minuten länger reglos da, ließ den Traum in Gedanken Revue passieren, wog positive und negative Omen gegeneinander ab. Allerdings war es ratsam, keine voreiligen Bewertungen zu treffen, denn oft widersprachen die Interpretationen professioneller Traumdeuter den Erwartungen des Träumers. Zwar nicht heute, aber so bald wie nur möglich, würde er einen solchen in der Agora von Arete aufsuchen.

»Guten Morgen, Dux Ripae«, begrüßte ihn Acilius Glabrio. Die Art, wie der junge Patrizier die Vokale betonte, ließ seine Worte so klingen, als wäre es ein Titel, wie man ihn vielleicht bei den Stämmen im hintersten Winkel von Hyperborea finden konnte.

»Guten Morgen, Tribunus laticlavius. Ich fürchte, wir kommen etwas früh.« Ballista und seine Begleiter waren früh am Morgen aufgebrochen. Sie waren langsam durch die Stadt geschlendert, aber absichtlich vor der vereinbarten Zeit auf dem Paradeplatz eingetroffen. »Wenn deine Männer noch nicht fertig sind …«

Der junge Tribun zögerte nicht eine Sekunde. Stattdessen lächelte er. »Wir werden tun, was befohlen wird, und sind bereit, jeden Befehl auszuführen.« Er lud Ballista und dessen Leute mit der souveränen Geste des Hausherrn ein, den Platz zu betreten, der dem Inspekteur der Truppe vorbehalten war.

Sie legten die rund hundertfünfzig Schritte schweigend zurück. Ballista nahm den ihm zustehenden zentralen Platz vorn auf dem erhöhten Podest ein, flankiert von Acilius und Mamurra. Maximus stand halblinks hinter ihm, Demetrius halbrechts. Zusätzlich hatte Ballista den obersten Haruspex mitgebracht, beide Ausrufer, drei Schreiber und vier Botenläufer sowie fünf seiner Equites singulares und Romulus, den ständigen Träger des weißen Draco, der sich in der sanften Brise nur schwach bewegte.

Vier Soldaten hatten sich in Habt-Acht-Stellung vor Acilius Glabrio aufgebaut. Während einer von ihnen den Befehl erhielt, die anderen herbeizurufen, musterte Ballista den jungen Tribun unauffällig aus den Augenwinkeln. Der Patrizier trug das Haar lang in kunstvolle Locken gedreht, die ihm an den Ohren vorbei ins Genick fielen. Sein Bart war bis auf einen hervorstehenden Streifen entlang des Kinns kurz geschnitten. Ballista bewunderte zwar Gallenius, den jüngeren der beiden Kaiser, sehr, nicht aber diejenigen, die die kaiserliche Frisur und Barttracht mit geradezu sklavischer Ergebenheit kopierten.

Auf ein Trompetensignal hin marschierten die beiden Kohorten, aus denen die Abteilung der Legio IIII Scythica in Arete bestand, im Gleichschritt auf den Paradeplatz. Beide betraten das Gelände von rechts in getrennten Kolonnen in Viererreihen mit einer Gesamtlänge von jeweils hundertzwanzig Mann. Sie hielten an, drehten sich auf der Stelle zackig zu ihrem Tribun um, salutierten und riefen wie aus einem Mund: »Wir werden tun, was befohlen wird, und sind bereit, jeden Befehl auszuführen!«

Auf den ersten Blick machten die Männer einen souveränen und professionellen Eindruck auf Ballista. Eine schnelle Überschlagsrechnung bestätigte ihm, dass die Abteilung die volle Sollstärke von neunhundertsechzig Mann erreichte. Soweit er es beurteilen konnte, waren alle Legionäre vollständig ausgerüstet: metallene oder vergleichbare Helme, Kettenrüstungen, ovale Schilde, schwere hölzerne Übungswurfspeere und ebensolche Schwerter. Alle Schilde waren mit ledernen Schutzüberzügen versehen, die Helme ohne ausgefallene Helmkämme. Kein Drillmeister hatte versucht, eine absolute Uniformität durchzusetzen, so unterschieden sich die Helme beispielsweise leicht in der Ausführung, und einige Männer bevorzugten Kettenhauben. Dies war eine für den Krieg ausgerüstete Einheit, nicht für den protokollarischen Dienst in einem kaiserlichen Palast.

Nachdem der neue Dux Ripae ihren Gruß erwidert hatte, nahmen beide Kohorten eine offenere Aufstellung ein. Die ihm nähere Einheit machte kehrt, dann marschierten beide Abteilungen geordnet durch die Reihen der jeweils anderen hindurch. Nachdem jede schließlich einen Centurio umkreist hatte, verwandelte sich ihre parallel zur Tribüne ausgerichtete Aufstellung zu zwei Reihen, die von ihr wegführten. Die gesamte Ausführung war sehr gelungen.

Acilius lehnte sich auf das hölzerne Geländer der Tribüne und brüllte: »Seid ihr bereit für die Schlacht?« Die letzte Silbe war noch nicht gänzlich verklungen, als fast tausend Stimmen wie aus einer Kehle zurückbrüllten: »Bereit!« Nach drei gebrüllten Fragen und Antworten formierten sich die Centurien der linken Kohorte, fast ohne das entsprechende Signal abzuwarten, zur Testudo-Formation um, zu sechs aus dicht aneinandergedrängten Männern bestehenden Schildkröten zu jeweils achtzig Mann, die ihre Schilde nach vorn, zu den Seiten, nach hinten und dicht geschlossen wie Dachziegel über den Köpfen hielten. Die Schilde stießen nicht einen Augenblick zu früh an den Rändern zusammen. Die erste Reihe der rechten Kohorte stürmte vor und schleuderte eine Reihe von stumpfen Wurfspeeren auf die Schildkrötenformation. Ihre Wurfspeere befanden sich noch in der Luft, als auch schon die zweite Reihe den Männern der ersten folgte und ihre Waffen in einer zweiten Welle auf die Reise schickte. Der Vorgang wiederholte sich wieder und wieder. Ein ohrenbetäubender Lärm brandete auf, als Salve um Salve fliegender Speere auf die schweren lederbezogenen Schilde der Soldaten niederprasselte. Dann ertönte ein Trompetenstoß, und die Kohorten wechselten die Rollen. Eine weitere fehlerfreie Präsentation.

Es folgte eine kurze Pause, in der die beiden Kohorten in zwei Reihen einander gegenüber Aufstellung nahmen. Dann stimmten sie den Barritus an. Anfangs leise, die Schilde über die Münder gehalten, um den Widerhall zu nutzen, steigerte sich das Gebrüll zu einem unirdisch klingenden Lärm. Der Barritus, das von den Römern übernommene Kriegsgeschrei der Germanen, ließ Ballistas Handflächen wie immer feucht werden, ließ sein Herz schneller schlagen, erinnerte ihn stets an das, was er zusammen mit seiner ersten Heimat verloren hatte.

Während der Schrei durch die Luft gellte, stürmten die beiden Kohorten aufeinander los. Ihre Waffen mochten zwar nur aus Hartholz bestehen, ohne metallene Spitzen oder Schneiden, konnten aber bei entsprechendem Geschick und Willen trotzdem zu Verletzungen, Verstümmlungen oder sogar zum Tod des Gegners führen.

Auf das nächste Signal hin lösten sich die beiden Reihen wieder voneinander. Sanitäter transportierten das runde Dutzend der Legionäre ab, die Rippenprellungen, Knochenbrüche oder Kopfverletzungen erlitten hatten. Dann formierten sich die Kohorten fließend zu einer engen Phalanx mit einer Länge von sechzehn Mann, die vor der Tribüne Aufstellung nahm. Einer von Ballistas Ausrufern trat an das Geländer und rief den absolut stummen Reihen zu: »Ruhe! Ruhe im Glied für Marcus Clodius Ballista, Vir egregius, Dux Ripae!«

Die Legionäre gaben keinen Laut von sich.

Ballista und die Legionäre musterten einander, die Legionäre mit zurückgezogenen Schultern und vorgewölbter Brust. Ihre Leistung war gut gewesen, und das wussten sie. Doch Ballista spürte, dass sie darüber hinaus neugierig waren. Er hatte sie in Aktion gesehen, während sie außer einigen Gerüchten überhaupt nichts über ihn wussten. Es war ziemlich wahrscheinlich, dass sie Acilius Glabrios Vorurteile über Barbaren aus den Ländern des Nordens teilten.

»Milites, Soldaten!« Einen Moment lang hatte er erwogen, sie Kameraden zu nennen, aber er verabscheute Offiziere, die sich schamlos bei der Truppe einzuschmeicheln versuchten. Kamerad war eine Bezeichnung, die sich beide Seiten erst verdienen mussten. »Milites, es gibt viele Herausforderungen für euch. Es gibt viele Entschuldigungen für eine schlechte Ausbildung. Eine Vexillatio, die aus ihrer ursprünglichen Legion gelöst wurde, hat immer mit Schwierigkeiten zu kämpfen. Sie kann sich nicht mehr am Beispiel und Wettstreit mit den anderen Kohorten messen. Sie steht nicht unter der erfahrenen Beobachtung des Kommandanten der Legion.«

Sofern es überhaupt möglich war, wuchs die Stille in den Reihen der Legionäre noch. Und zu Acilius Glabrios Ehre musste Ballista anerkennen, dass seine patrizische Gelassenheit unerschütterlich blieb.

»In eurem Fall aber sind keine solchen Entschuldigungen nötig. Ihr habt alles, was von euch gefordert wurde, auf beispielhafte Art und Weise ausgeführt. Besonders euer Barritus war hervorragend. Vielen ist die Bedeutung des Kriegsschreis nicht bewusst, besonders gegenüber Truppen ohne Kampferfahrung. Wie viele persische Bauern ohne jede militärische Ausbildung, die von ihren Herren mit der Peitsche in den Kampf getrieben werden müssen, werden euren Barritus ertragen können? Gut gemacht! Ich bin beeindruckt.

Die von dem großen römischen Krieger Marcus Antonius gegründete Legio IIII Scythica hat im gesamten Imperium Romanum gekämpft. Vom frostigen Norden bis hier in den heißen Osten hat die Legio IIII die Feinde Roms zurückgeschlagen. Parther, Armenier, Thraker, Daker, Sarmaten und unzählige skythische Horden sind durch ihre Schwerter gefallen. Die lange und stolze Geschichte der Legio IIII Scythica ist in euren Händen in Sicherheit. Wir werden die Reptilien zurückschlagen, die man die sassanidischen Perser nennt.

Alle von euch, außer einigen wenigen, die euer Kommandant

bestimmt, erhalten einen Tag dienstfrei. Amüsiert euch, ihr habt es euch verdient!«

Die Legionäre jubelten, formierten geschmeidig eine Kolonne in Viererreihe und marschierten salutierend an der Tribüne vorbei aus dem Campus Martius hinaus.

Die dritte Stunde war fast angebrochen. Laut Ballistas Befehl sollte der Tribun Gaius Scribonius Mucianus um diese Zeit die Kohorte XX auf den Paradeplatz führen. Er hatte sich vor diesem Teil des Tages gefürchtet – was sollte er tun, wenn sein Befehl nicht befolgt wurde? Um sich den Anstrich von Gelassenheit zu verleihen, betrachtete er den Campus Martius. Eine sechs Fuß hohe Mauer trennte das Gelände von den zivilen Bereichen der Stadt, mehr eine Absperrung gegen unbefugtes Betreten als ein echter Schutz gegen Angreifer. Zu Ballistas Linken wurde der Campus von der Innenseite der westlichen Stadtmauer begrenzt. Diese beiden Seiten bildeten eine klar definierte Abgrenzung. Die anderen beiden Seiten waren uneinheitlicher. Die Grenze zu seiner Rechten bestand aus einem Barackenblock, der Principia, und dem Tempel einer lokalen Gottheit namens Azzanathcona, der, wie er wusste, von der Kohorte XX als ihr Hauptquartier beschlagnahmt worden war. In der äußersten rechten Ecke ragte Acilius Glabrios Residenz, ein requiriertes großes Privatanwesen, in den Paradeplatz hinein. Es war nicht die Schuld des jungen Patriziers, dass sich das Haus genau dort befand, aber irgendwie war das ein weiterer Anlass für Ballista, ihn nicht zu mögen. Auf der anderen Seite endete der Campus Martius bereits vor der nördlichen Stadtmauer Aretes. Hier konnte Ballista den großen Tempel der lokalen Gottheit Bel sehen. Rauch stieg von dem ewigen Feuer, das in seinem Hof brannte, in den Himmel. Rechts davon ragte der erste Wachturm der nördlichen Stadtmauer auf, in dem sich das hintere Ausfalltor befand. Es war seltsam, dass die Mauer ausgerechnet dort und sonst nirgendwo von Säulen gesäumt wurde.

Mittlerweile war die dritte Stunde angebrochen. Zum dritten Mal war Gaius Scribonius Mucianus, Tribunus Cohortis, befehlshabender Offizier der Kohorte XX, nicht erschienen. Versuchte er vorsätzlich, Ballistas Autorität durch demonstrativ zur Schau gestellte Respektlosigkeit zu untergraben?

Was auch immer mit dem Tribun los war, Turpio hatte einen direkten Befehl erhalten. Sollte die Auxiliareinheit nicht in kürzester Zeit auf dem Paradeplatz auftauchen, würde der Erste Centurio dort später ihren Platz einnehmen – in der Mitte des Campus an einen Pfahl gebunden und so lange ausgepeitscht, bis die bloßen Rippen unter seiner aufgeplatzten Haut zum Vorschein kamen.

Ballistas wachsende Wut ließ ein wenig nach, als ein berittener Soldat hinter dem Barackenblock auftauchte und die Bitte des Ersten Centurios überbrachte, der Kohorte XX die Erlaubnis zu erteilen, ihre Manöver vorzuführen.

Die Infanterie der Kohorte XX marschierte in Fünferreihen auf den Campus Martius. Es hätten neunhundertsechzig Mann sein sollen, doch für die militärisch geschulten Blicke der Beobachter auf dem Podest war sofort ersichtlich, dass es nicht einmal annähernd so viele waren. Die Kolonne führte eine Reihe von Manövern durch, die sehr dürftig ausfielen: Eine Centurie kollidierte mit der anderen, einzelne Soldaten stießen zusammen.

Es folgte der Befehl an die erste Reihe, ihre Pfeile abzuschießen. Ballista zählte mehrere Sekunden, die zwischen dem Abschuss des ersten und des letzten Pfeils lagen. Spätestens als die fünfte Reihe schoss, konnte von auch nur halbwegs geschlossenen Salven keine Rede mehr sein. Auch mehrere Sekunden nach dem Befehl, das Feuer einzustellen, schwirrten immer noch vereinzelte Pfeile durch die Luft. Es war ein Zeichen äußerst dürftiger Disziplin, wenn ein Bogenschütze, der bereits einen Pfeil aus dem Köcher gezogen und auf die Sehne seines Bogens gelegt hatte, einen ihm erteilten Befehl missachtete und schoss, anstatt sich die Mühe zu machen, den Pfeil wieder in seinem Köcher zu verstauen. Die Versuche der Einheit, anschließend erneut in einer geschlossenen Reihe am anderen Ende des Campus Martius Aufstellung zu nehmen, gestalteten sich noch katastrophaler als die vorherigen Manöver.

»Wo, zur Hölle, steckt der Rest der Kerle, und wie kann es sein, dass von denen, die aufgetaucht sind, nur die Hälfte ihre vollständige Ausrüstung dabeihat?«, flüsterte Maximus Ballista ins Ohr.

Die Frage hatte sich Ballista auch schon gestellt. Das einzig Positive, das er sehen konnte, war, dass die individuellen Leistungen der Männer gar nicht so schlecht waren. Die meisten Pfeile hatten die lebensgroßen hölzernen Zielscheiben an der Westmauer entweder direkt oder zumindest beinahe getroffen.

Eine Trompetenfanfare signalisierte den Verfolgungsbefehl, worauf mit einiger Verzögerung zwei Gruppen von Reitern – vermutlich zwei Turmae der Kohorte XX – auf den Campus Martius galoppierten. Jede Gruppe umfasste etwa sechzig Mann. Bei der dem Podest näheren Turma schien es sich um die von Cocceius zu handeln, die Ballista von Seleukia nach Arete begleitet hatte, doch den Reitern beider Gruppen mangelte es derart an Ordnung, dass sich das nicht mit Sicherheit feststellen ließ. Sie näherten sich den festen Zielen und eröffneten das Feuer, sobald sie in Schussweite waren. Rund fünfzig Schritte von den Zielen entfernt, rissen die Reiter ihre Pferde nach rechts herum und versuchten sich am Parthischen Schuss, dem Abschießen der Pfeile in vollem Galopp über die Hinterhand der Pferde hinweg entgegen der Laufrichtung. Da die Turmae keine disziplinierten Reihen, sondern zwei ungeordnete Haufen bildeten, war dies ein Manöver, bei dem die große Gefahr bestand, dass sich die Männer statt der anvisierten Ziele gegenseitig trafen und Pferde miteinander kollidierten. Angesichts dessen verlief das Manöver nicht ganz so schlimm, wie es zu befürchten gewesen war. Ein Pferd scheute, verweigerte, kehrtzumachen und galoppierte geradeaus weiter. Sein Reiter sprang aus dem Sattel, bevor es den Zielbereich erreichte, in dem die Pfeile niederprasselten. Ein zweites Pferd, das nach der Kehrtwende ein anderes Pferd direkt auf sich zugaloppieren sah, stemmte beide Vorderläufe in den Boden und verweigerte, worauf sein Reiter in hohem Bogen über den Hals des Tieres hinwegschoss und im Sand landete.

In der Zwischenzeit hatten die anderen drei Turmae still und leise den Paradeplatz betreten und auf der rechten Seite in Viererreihen Aufstellung bezogen, offenbar aber gerade einmal in halber Mannschaftsstärke von jeweils ungefähr dreißig Mann. Ballista konnte sehen, was Turpio damit bezweckte. Erstens versuchte er zu verbergen, dass die gesamte Einheit extrem unterbesetzt war und sich zweitens in einem furchtbaren Ausbildungszustand befand. Anscheinend hatte der Centurio Männer von drei der fünf Turmae abgezogen, um Ballista wenigstens zwei davon in voller Mannschaftsstärke in der Hoffnung präsentieren zu können, dass das von ihnen aufgeführte Theater die Aufmerksamkeit von der Unterbesetzung der restlichen drei ablenken würde.

Nachdem die beiden herrenlosen Tiere eingefangen und ihre Reiter wieder aufgestiegen waren, formierten sich die ersten beiden Turmae vor ihren Kameraden. Sie erhielten Befehl, den »Kantabrischen Kreis« aufzuführen, nicht viel mehr als ein simpler Formationsritt, bei der eine Kavallerieeinheit im Kreis galoppiert, und zwar immer rechts herum, um dem Feind ständig die durch ihre Schilde geschützte Seite zuzuwenden. Sobald ein Mann dem hypothetischen Feind am nächsten kam, schoss er einen Pfeil auf das Ziel ab. Jede berittene Einheit im Reich praktizierte diese Übung, aber Ballista hatte nie davon gehört, dass der Kantabrische Kreis von der römischen Armee auch in der Schlacht angewandt wurde.

Anfangs lief alles glatt. Auf dem Campus drehten sich zwei Reiterkreise in die gleiche Richtung wie die Schatten auf der Sonnenuhr. Die Pferde bewegten sich in einem gemächlichen Galopp. Das Geräusch der trommelnden Hufe, das Sirren der Bogensehnen, das Zischen der fliegenden Pfeile und das dumpfe Ploppen, wenn sie ins Ziel trafen, hallten von den Mauern wider. Staub erfüllte die Luft. Immer mehr Pfeile flogen.

Dann schlug das Verhängnis zu. Die einzige wirkliche Schwierigkeit beim Kalabrischen Kreis besteht darin, ihn nicht aufbrechen zu lassen, indem ein Reiter sein Pferd zu schnell antreibt oder von der Kreisbahn abweicht. Letzteres geschah. Einer der Reiter aus dem der Tribüne näheren Kreis scherte aus der Ideallinie aus. Die hektischen Bemühungen eines anderen Reiters aus dem weiter entfernten Kreis, seinem Kameraden auszuweichen, irritierten nur sein Pferd. Der Zusammenstoß war hässlich. Beide Tiere und Reiter stürzten ineinander verkeilt zu Boden. Nach einem kurzen Moment kämpfte sich eines der Pferde auf die Beine und galoppierte davon. Sekunden später setzte sich auch sein Reiter wieder auf. Der andere Mann aber blieb reglos im Staub liegen, und sein Pferd schlug mit einem furchtbaren Kreischen wild mit den Läufen um sich, während es vergeblich versuchte, sich mit einem gebrochenem Bein wieder aufzurichten.

In der Folge dauerte es endlos, bis die Sanitäter den bewusstlosen Soldaten abtransportierten. Ballista sah, dass sie dazu eine Tür statt einer Trage benutzten, was ihre eklatant mangelhafte Vorbereitung, aber gleichzeitig auch einen gewissen Einfallsreichtum bewies. Auch der Hufschmied der Einheit erschien erst mit langer Verzögerung, um das verletzte Tier von seinen Qualen zu erlösen. Während drei Männer das unglückliche Pferd zu Boden drückten, zog der Hufschmied seinen Kopf zurück und streichelte ihm mit fast unerträglicher Zärtlichkeit die Nüstern, bevor er ihm ein silbrig glänzendes Messer durch die Kehle zog. Der erste Blutstrahl schoss mehrere Schritte weit aus der klaffenden Wunde, gefolgt von allmählich schwächer werdenden Stößen arteriellen Blutes, das eine schnell wachsende Lache im Sand bildete. Durch den Versuch des sterbenden Pferdes, trotz der durchtrennten Luftröhre zu atmen, quoll ein rosafarbener Schaum aus seinen Nüstern, der in den tiefroten Blutsee tropfte.

Irgendwann war es der Kohorte gelungen, unbeholfen vor dem Podest Aufstellung zu beziehen. Etliche Männer machten einen niedergeschlagenen Eindruck, sahen nicht zu ihrem neuen Dux auf, sondern starrten zu Boden oder auf die Rücken der Kameraden vor ihnen. Eine erschreckende Zahl aber musterte Ballista mit einem Ausdruck gedankenloser Unverfrorenheit, und allein die nachlässige Haltung ihrer Schultern machte deutlich, wie wenig Respekt sie diesem Barbaren aus dem Norden entgegenbrachten.

Was soll ich zu ihnen sagen?, überlegte Ballista. Allvater, wie soll ich mich nur in dieser Situation verhalten?

»Ruhe! Ruhe im Glied für Marcus Clodius Ballista, Vir egregius, Dux Ripae!«

Das Murmeln der Soldaten hielt an.

»Ruhe im Glied!«, bellte Turpio schneidend. Diesmal zeigte sein Befehl zumindest eine gewisse Wirkung.

»Milites«, begann Ballista. »Wie mir scheint, folgen militärische Manöver ihren eigenen Regeln. Überlädt man sie zu sehr, gerät die ganze Angelegenheit zu einem übertrieben komplizierten Theater, reduziert man sie aber zu stark, bleiben euch zu wenige Möglichkeiten, die Fähigkeiten und das Können eurer Einheiten zu demonstrieren.« Er legte eine kurze Pause ein. Das Murmeln war verstummt.

»Ihr habt sehr wenige Manöver ausgeführt. Die Infanterie konnte keine Gefechtsordnung einnehmen oder sich geordnet zurückziehen. Die Kavallerie hat keine schwierigen Manöver versucht, weder die Xynema noch den Touloutegon.« Das Murmeln brandete wieder auf. »Trotzdem darf man euch nicht zu heftig tadeln. Eure geringe Zahl und eure mangelhafte Ausrüstung deuten darauf hin, dass ihr von euren Offizieren vernachlässigt worden seid, genau wie die begrenzte Anzahl der Manöver und euer begrenzter Erfolg, sie auszuführen. Eure Treffsicherheit dagegen spricht für eure persönlichen Fähigkeiten.«

Erneut kehrte Stille ein. Mehr Männer als zuvor blickten zu Ballista auf. Jetzt waren es nicht nur die, deren ganze Körperhaltung sagte: Du kannst uns mal!

»Bereits heute Abend werdet ihr einen neuen Kommandanten haben. In zwei Tagen werdet ihr damit beginnen, wieder zu trainieren. Bis zum Frühjahr wird die Kohorte XX Palmyrenorum Milliaria Equitata auf dem Gipfel ihres Könnens angekommen sein, wie es sich für eine stolze Einheit geziemt, die unter Marcus Aurelius aufgestellt worden ist und die unter Lucius Verus, Septimius Severus, Caracalla, Valerian und Gallienus gekämpft hat.« Und wie zuvor schloss Ballista auch diesmal wieder mit den Worten: »Alle von euch, außer einigen wenigen, die von dem Ersten Centurio Titus Flavius Turpio bestimmt werden, erhalten einen Tag dienstfrei.«

Und wie zuvor jubelten die Soldaten auch diesmal und verließen den Campus Martius auf die gleiche ungeordnete Art und Weise, wie sie ihn betreten hatten.

Der Kurier wartete neben seinem Kamel. Der Telones, der Zollbeamte der Stadt, war in der Registratur im Erdgeschoss des südlichen Turms des Palmyrenischen Tors verschwunden. Der Blick des Kuriers wanderte die Nordmauer zwischen den beiden großen Holztoren empor. Etwas über Kopfhöhe war die Darstellung einer Geldübergabe abgebildet. Als er den Blick wieder senkte, sah er, wie ein Händler aus der Registratur herauskam, einen Esel bestieg und einen anderen Esel am Zügel führend davonritt. Der Bote widmete sich wieder der Mauer. Unterhalb der Kopfhöhe bestand sie aus unverputzten, mit Graffiti und Inschriften übersäten Backsteinen, die meisten auf Griechisch oder Aramäisch, einige in Lateinisch. Manche bestanden nur aus dem Namen eines Mannes und dem seines Vaters. Vor den meisten dieser beiden Namen stand der Satz »Ich danke dir, Tyche von Arete.« Auch ohne nachsehen zu müssen, wusste der Kurier, dass die Südmauer ganz ähnlich aussah.

»Ah, du mal wieder«, begrüßte ihn der Telones. »Die Geschäfte gehen wohl gut.«

»Nein, die Geschäfte gehen schlecht«, erwiderte der Kurier.

»Wohin bist du unterwegs?

»Flussabwärts. Nach Charax. Nach Persien.«

»Geschäftsmänner brauchen ihre Dokumente, um passieren zu dürfen, was auch immer die Politiker sagen. Was hast du zu verzollen?« Der Zollbeamte begann, die Packtasche auf seiner Seite des Kamels zu öffnen.

»Nichts. Da drin ist nichts weiter als meine Ersatzkleidung und das Bettzeug.«

»Es ist noch gar nicht lange her, da ist hier so ein Philosoph durchgekommen«, sagte der Zöllner, während er flüchtig in der Packtasche herumwühlte. »Er hat genauso ausgesehen, wie man es sich vorstellt – nackt bis auf einen groben Umhang, langer Rauschebart, Haare bis zum Arsch. Dreckig. Absolut widerlich dreckig. Aber er war kein armer Kyniker. Hatte 'nen hübschen Knaben als Gehilfen dabei, 'nen Schreiber, der Schnellschrift beherrscht hat, und 'nen Kalligrafen, um seine Weisheiten festzuhalten.«

Der Kurier sah zu, wie ein Boukolos, ein Viehkontrolleur, auf der anderen Seite der Straße die Ziegen einer Herde zählte, die einer der Zeltbewohner in der Stadt verkaufen wollte. Er fragte sich, wann die Regenfälle einsetzen würden.

»Ich frag den Philosoph also: ›Was nimmst du aus der Stadt mit?‹«, fuhr der Zöllner fort, »und er sagt: ›Mäßigung, Gerechtigkeit, Disziplin und noch ein paar Sachen mehr, die ich vergessen hab.‹« Der Zöllner ging um das Kamel herum und durchsuchte die Packtasche auf der anderen Seite.

»Da sind nur die drei versiegelten Schreibblöcke drinnen, die ich überbringen muss«, sagte der Kurier.

»Ich also darauf«, erzählte der Telones ungerührt weiter, »›nun, ist völlig egal, welche schicken Namen du ihnen gegeben hast, aber du wirst Ausfuhrgebühr für die Nutten zahlen müssen!‹ Und er sagt so was wie: ›Tugenden lassen sich nicht besteuern!‹« Der Zöllner lachte. Der Kurier lächelte höflich.

Der Telones verschloss die Packtasche wieder, ohne die Schreibblöcke angerührt zu haben. Der Kurier übergab ihm ein paar Münzen. »Manche Leute kapieren einfach keinen Witz. Der dämliche Wichser steht also genau an der gleichen Stelle wie du, mitten auf der Straße, mit seinem hübschen Knaben, Schnellschreiber und Kalligrafen. Weit und breit kein Mädchen in Sicht! Dämlicher Wichser!«

Der Kurier stieg in den Sattel, ließ die Peitsche schnalzen, und das Kamel richtete sich auf.

»Eine sichere Reise«, wünschte ihm der Zöllner zum Abschied.

Und so geschah es, dass der Brief des Verräters Arete ungehindert verließ.

Große dunkle Wolken ballten sich im Nordwesten zusammen. Hin und wieder war ein leises Donnergrollen zu hören. Ballista hatte nagende Kopfschmerzen. Sie würden nachlassen, sobald das Gewitter Arete erreichte.

Seit den Manövern auf dem Campus Martius waren mehrere Stunden vergangen. Der Tag, der ohnehin schon lang zu werden versprochen hatte, wurde noch länger. Wie vereinbart waren Acilius Glabrio, sein Buchhalter und sein Sekretär pünktlich zur vierten Stunde in der Principia erschienen. Der Exactor und der Librarius hatten dem neuen Dux Ripae, seinem Praefectus fabrum und seinem Accensus alle relevanten Schriftstücke in allen Details erläutert. Ballista, Mamurra und Demetrius waren den Ausführungen mit höchster Konzentration gefolgt, während Acilius Glabrio in seinem Sessel gesessen und seinen aufwendig verzierten Schwertgürtel betrachtet hatte. Mit der Vexillatio der Legio IIII Scythica war absolut alles in Ordnung. Die Einheit hatte Sollstärke, nur sehr wenige Männer waren unauffindbar, im Krankenhaus oder im Gefängnis. Besoldung und Bevorratungen waren auf dem neusten Stand. Alle Männer waren nicht nur vollständig ausgestattet, die Lager hielten auch etliche Waffen, Schilde und Rüstungen in Reserve. Nach beinahe zwei Stunden hatte sich Ballista Acilius Glabrio zugewandt, der mittlerweile in die Lektüre von Ovids Gedichtband *Amores* versunken gewesen war, und ihm zum Zustand seiner Einheit gratuliert. Der junge Patrizier reagierte so, als hätte er nicht mehr als seine Pflicht getan. Wenn ihm überhaupt irgendeine Gemütsregung anzumerken war, schien es ihn etwas zu befremden, sich in einer Position wiederzufinden, in der er sich vor jemandem wie Ballista rechtfertigen musste.

Die sechste Stunde war natürlich die Zeit des Mittagsessens. Trotzdem hatte Ballista Turpio angewiesen, gerade zu dieser Zeit die Abrechnungen für die Kohorte XX vorzulegen. Hunger hatte noch nie dazu beigetragen, seine Stimmung zu heben. Als der Erste Centurio in Begleitung des Exactors und des Librarius der Einheit, aber ohne den befehlshabenden Offizier erschien, musste sich der

Nordländer zusammenreißen, um nicht die Beherrschung zu verlieren. Ohne auch nur ein Wort über Gaius Scribonius Mucianus zu verlieren, befahl er den Männern, ihm sämtliche Unterlagen auszuhändigen. Dann verkündete er, dass sie sich gemeinsam in das direkt nebenan gelegene Hauptquartier der Kohorte begeben würden. Die Militärschreiber stoben wie eine aufgeschreckte Schar Hühner auseinander, als die Männer mit Ballista an der Spitze regelrecht in den ehemaligen Tempel Azzanathconas einfielen. Im Büro der Buchhaltung forderte Ballista die Herausgabe der Hauptkassenbücher für die letzten zwei zurückliegenden Abrechnungszeiträume sowie die Kontounterlagen mit dem Sold der Soldaten, der »ordnungsgemäß« in der internen Bank der Einheit deponiert war. Und um den Schwung auszunutzen, den der Hunger seiner gereizten Stimmung verlieh, ordnete er an, dass Turpio ihn zusammen mit dem Buchhalter und dem Schriftführer um die zehnte Stunde zur Zeit des Abendessens im Palast aufsuchen sollte. Und sollte sich ihr Tribunus auf wundersame Weise vorher bei ihnen blicken lassen, fügte er hinzu, sollten sie ihn gleich unter Arrest stellen und mitbringen. Das, so betonte er mit Nachdruck, würde ihm und seinem Stab ausreichend Zeit geben, die Dokumente äußerst gründlich zu überprüfen.

Währenddessen hatte Calgacus im Palast ein aus gegrilltem Rebhuhn, schwarzen Oliven, dem hiesigen ungesäuerten runden Brot, Feigen, Nüssen und getrockneten Zwetschgen bestehendes kaltes Mittagessen zubereitet. Das Essen wurde an einem Ende eines langen Tisches im Speisesaal platziert, am anderen Ende des Tisches nahmen die Buchhalter der Kohorte XX Platz.

Nachdem sie gegessen hatten, machten sie sich an die Arbeit. Mamurra ging das aktuelle Verzeichnis durch und las die Namen aller Soldaten sowie die Anmerkungen vor, aus denen die jeweilige Verwendung und der Rang hervorgingen. Eine einzelne gerade Zeile bedeutete, dass er bei seiner Einheit und einsatzbereit war, *ad frum(entum)*, dass er Getreide besorgte, *ad hord(eum)*, er besorgte Gerste für die Pferde, *ad leones*, er jagte Löwen, und so weiter und so fort. Schließlich waren da noch die Unglücklichen, hinter deren

Namen nur der griechische Buchstabe Theta stand, die in der Armee gebräuchliche Abkürzung für tot. Andere Zusätze erklärten, wo Unterabteilungen der Kohorte stationiert waren – in Appadana, Becchufrayn, Barbalissus, Birtha, Castellum Arabum, Chafer Avira und Magdala.

Endlich war die Durchsicht abgeschlossen. Doch das Muster hatte sich bereits von Anfang an abgezeichnet. Den Unterlagen nach hatte die Einheit die volle Mannschaftsstärke, doch es gab eindeutig zu wenige einfache gerade Zeilen und viel zu viele Soldaten, die angeblich zur Löwenjagd abgestellt oder an Orten mit merkwürdigen Namen stationiert worden waren. Und es fand sich lediglich zweimal der Buchstabe Theta.

Schritt zwei bestand darin, die Informationen aus dem Hauptregister mit der Liste der »ordnungsgemäß geführten« Konten zu vergleichen, um herauszufinden, welche der unterschiedlichen Dienstränge Rücklagen besaßen und welche nicht.

Um die neunte Stunde herum hatten sie zwei Drittel der Arbeit erledigt, und wieder kristallisierte sich ein Muster heraus. Fast alle Soldaten, deren Eintrag aus einer einzelnen Zeile bestand, verfügten über ein Guthaben, während praktisch bei keinem Soldaten im Außendienst auch nur ein Denarius hinter seinem Namen notiert war.

Das Donnergrollen war näher gerückt. Zuckende Blitze erhellten die schwarze Wolkenfront. Der Rest des Himmels hatte einen gelblichen Farbstich angenommen.

Ballistas Kopfschmerzen hatten nicht nachgelassen. Er hatte Anordnung gegeben, dass dem Buchhalter und Schriftführer bei ihrer Ankunft etwas zu essen und zu trinken angeboten und ihnen ein Raum in einem Gebäude vor dem ersten Hof zugewiesen wurde. Calgacus sollte sicherstellen, dass Turpio diese Anweisungen mitbekam. Turpio selbst hatte Befehl, in der Hauptempfangshalle des zweiten Hofes zu warten. Ihm sollte nicht einmal ein Stuhl angeboten werden. Maximus hatte den Auftrag, ihn im Auge zu behalten oder sich zumindest so in seiner Nähe aufzuhalten, dass Turpio davon ausgehen musste, unter Beobachtung zu stehen.

Calgacus hüstelte vernehmlich. »Sie sind hier.«

»Gut. Lass ihn noch ein bisschen schwitzen.«

Ballista ging eine Weile auf der Terrasse auf und ab. Auf der anderen Seite des Euphrat näherte sich ein Mann auf einem Esel dem Ufer. Ballista fragte sich, ob er es vor dem Regen erreichen würde. Er drehte sich zu Mamurra und Demetrius um. »Bringt ihn rein. Wir sollten die Sache besser in Angriff nehmen.«

»Erster Centurio.«

»Dominus.« Turpio starrte auf das Ende des Strickes, mit dem er gefesselt war. Seine Schultern waren gebeugt, der Kopf nach vorn geneigt, die Tränensäcke unter seinen Augen dunkel und geschwollen.

Ballista stützte sich mit den Fingerspitzen auf seinen Schreibtisch. Er betrachtete eine Zeitlang die dort ausgebreiteten Papiere und hob dann plötzlich den Blick. »Wie lange haben du und Gaius Scribonius Mucianus schon Gelder aus dem Militäretat unterschlagen?«

Turpio zuckte mit keiner Wimper. »Ich habe keine Ahnung, wovon du sprichst, Dominus.«

»Es ist der älteste Betrug, den es gibt.« Ballista bemühte sich, die in ihm hochkochende Wut zu unterdrücken. »Der Erste Centurio und der Befehlshaber der Einheit stecken unter einer Deckung.«

Turpio wandte den Blick ab.

»Auch wenn ein Mann gestorben oder versetzt worden ist, wird er in den Unterlagen weiter gelistet«, fuhr Ballista unbarmherzig fort. »Wenn Rekruten angefordert werden, trägt man erfundene Namen ein. Dann werden die angeblichen Rekruten und die Verstorbenen in den ›Außendienst‹ versetzt. Ihre Bezüge werden weiter abgerechnet und vom Ersten Centurio und dem Kommandanten einbehalten.« Ballista legte eine kurze Pause ein. »Ihr wollt mir vormachen, dass fünfundachtzig Mann von dieser Einheit zur Löwenjagd abgestellt worden sind. Mehrere Orte, von denen ich glauben soll, dass ihr dort große Truppen stationiert habt – Castellum Arabum, Chafer Avira, Magdala – existieren gar nicht in den offiziellen Karten dieser Gegend.«

Bei der Nennung des ersten Namens hob Turpio kurz den Kopf, dann blickte er wieder zu Boden.

»Eine Weile hat der Betrug gut funktioniert«, stellte Ballista fest. »Das ist jetzt vorbei. Gaius Scribonius Mucianus und du, ihr wart ziemlich gründlich, aber nicht gründlich genug. Ihr habt versäumt, Guthaben für die erfundenen Soldaten anzulegen.« Er beugte sich näher zu Turpio hinüber.

»Es ist vorbei. Scribonius ist geflohen. Er überlässt es dir, die Gesamtschuld auf dich zu nehmen. Solltest du weiter schweigen, kannst du bestenfalls darauf hoffen, degradiert zu werden. Wenn du aber vollständig auspackst, könnte die Angelegenheit besser für dich ausgehen. War das Ganze Scribonius' Idee?«

Turpio straffte die Schultern. »Er ist mein vorgesetzter Offizier. Ich werde nicht gegen ihn aussagen.«

»Deine Loyalität ehrt dich bis zu einem gewissen Grad. Aber er hat keine Loyalität verdient. Er hat sich wie ein Feigling aus dem Staub gemacht.« Wieder legte Ballista eine kurze Pause ein. Seine Kopfschmerzen bereiteten ihm zusätzlich Übelkeit. »Du wirst mir alles erzählen. Auf die eine oder andere Weise.« Der letzte Satz bedurfte keiner Erklärung. »Wenn du mir alles erzählst, gibt es eine Chance auf Begnadigung für dich, eine Chance, deine Selbstachtung und den Respekt deiner Männer zurückzugewinnen. Ich lasse dir Zeit, darüber nachzudenken.«

Er drehte sich um, kehrte mit allen außer Turpio und Maximus auf die Terrasse zurück und stützte sich auf die Brüstung. Sein Kopf drohte zu platzen. Der Mann auf dem Esel war verschwunden.

Die ersten dicken Regentropfen klatschten herab. Als die Männer unter den Säulengang zurückgekehrt waren, regnete es bereits in Strömen.

Turpio hatte nicht viel Zeit zum Nachdenken benötigt. »Gaius Scribonius Mucianus hat mir nach den Kämpfen letztes Jahr, nachdem wir die Perser aus Arete vertrieben hatten, gesagt, was wir tun würden«, begann er, kaum dass Ballista eingetreten war. »Die Kohorten hatten Verluste erlitten. Er meinte, es wäre ein guter Zeitpunkt, um den Betrug zu beginnen.« Der Centurio verstummte kurz und dachte nach. »Es ist so, wie du gesagt hast. Die meisten der Männer, die laut den Unterlagen im Außendienst sind, gibt es gar nicht. Magdala und Chafer Avira existieren nicht. Oder jedenfalls nicht mehr. Becchufrayn liegt etliche Meilen flussabwärts und befindet sich in der Hand der Sassaniden. Dort ist schon seit Jahren kein römischer Soldat mehr gewesen. Castellum Arabum gibt es wirklich. Vielleicht ist es noch zu neu, um in den offiziellen Landkarten aufzutauchen.« Er verstummte.

»Wie viel Prozent hast du bekommen?«, wollte Ballista wissen.

»Zehn«, antwortete Turpio, ohne zu zögern. »Ich habe es, die gesamte Summe, bei einem Mann in der Stadt deponiert. Ich habe nichts davon ausgegeben. Ich kann alles zurückzahlen.«

Donnerschläge krachten hoch über ihnen. Niemand sprach.

Schließlich brach Ballista das Schweigen. »Was hatte er gegen dich in der Hand, um dich dazu zu zwingen, gemeinsame Sache mit ihm zu machen?«

Turpio antwortete nicht.

»Waren es Spielschulden? Eine Frau? Ein Knabe?«

»Spielt das eine Rolle?« Ein Blitzstrahl erhellte den Raum. Turpios Gesicht sah noch bleicher als schon zuvor aus.

»Ja, weil es wieder passieren könnte.«

»Es kann nicht wieder passieren«, versicherte Turpio.

»Ich sollte dich mitten auf dem Campus Martius köpfen lassen.« Ballista ließ seine Worte lange in der Luft hängen. »Stattdessen ernenne ich dich zum Kommandanten der Kohorte.«

Turpio wirkte wie betäubt.

»Jetzt wirst du beweisen müssen, dass du ein guter Offizier bist. Es ist mittlerweile zu spät, um neue Rekruten zu bekommen, aber ich erwarte von dir, diese Kohorte bis zum nächsten Frühjahr in einen kampfbereiten Zustand zu versetzen. Ich möchte, dass du die Männer bis zum Umfallen trainierst. Oh, und das unterschlagene Geld kannst du Demetrius zurückzahlen. Es kann in den Etat für Ersatzzubehör gehen.«

Turpio begann, Ballista zu danken, doch der schnitt ihm kurzerhand das Wort ab. »Dieses Gespräch sollte unter uns bleiben. Alles, was ich von dir erwarte, ist, dass du mein Vertrauen nicht enttäuschst.«

Das laute Prasseln des Regens auf das Flachdach erfüllte den Raum. Ballistas Kopfschmerzen waren fast verschwunden.

VIII

Es hatte die ganze Nacht und auch den folgenden Tag geregnet. Allmählich fragte sich Demetrius, ob es jemals wieder aufhören würde. Aus den bisher von ihm übersehenen Abflüssen der Terrasse ergossen sich regelrechte Wasserfluten über die Felsklippen in die Tiefe. Bis zum späten Nachmittag schoss eine so starke Sturzflut durch die nördliche Felsschlucht, dass sie kleine Felsbrocken mitriss. Dort, wo die Schlucht in den Euphrat mündete, hatte sich das Wasser in ein schlammiges Braun verwandelt.

So musste auch die Urflut begonnen haben. Angewidert von den Verbrechen der Menschheit, hatte Zeus eine Flut geschickt, um dem Töten, den Menschenopfern und dem Kannibalismus ein Ende zu setzen. Ein Mann namens Deucalion, gewarnt von seinem unsterblichen Vater, dem Titanen Prometheus, hatte eine Arche gebaut. Nach neun Tagen landete die Arche, von einer Taube geleitet, mit Deucalion und dessen Frau Pyrrha an Bord auf dem Berg Parnassus oder, wie andere Quellen behaupten, auf dem Ätna auf Sizilien, dem Athos oder dem Othrys. Andere Menschen hatten sich, gewarnt von den Schreien der Kraniche oder dem Heulen der Wölfe auf höher gelegene Landstriche gerettet. Manchmal war sich Demetrius nicht sicher, ob es richtig von Zeus gewesen war, Mitleid mit den Menschen zu empfinden.

Schon als Iarhais Einladung zum Essen eintraf, wusste Demetrius, dass es Ärger geben würde. Ballista hatte die Einladung sofort akzeptiert, obwohl er wusste, dass es politisch unklug war, denn es würde zu einer weiteren Entfremdung von Ogelos und Anamu führen. Demetrius war überzeugt, dass Bathshiba der Grund dafür war, warum Ballista solche Überlegungen einfach ignorierte.

Es war fast schon dunkel, als die zehnköpfige Gruppe aufbrach.

Die eigentlichen Gäste, Ballista und Mamurra, wurden von Demetrius, Bagoas und Maximus sowie fünf Soldaten der Equites singulares begleitet. Die Fackeln erloschen schon nach kurzer Zeit im prasselnden Regen, und Demetrius verlor sofort völlig die Orientierung. Er beneidete Ballista und Maximus dafür, dass sie immer den richtigen Weg fanden.

Ein Türwächter ließ die Gruppe auf ihr Klopfen hin eintreten. Demetrius und Bagoas wurden im Gefolge von Ballista und Mamurra einfach tiefer in das Haus mit hineingezogen.

Der Speisesaal bot eine Mischung aus Ost und West. Der Boden bestand aus einem typischen griechischen oder römischen Mosaik, das die Überreste eines Mahls darstellte: Fischgräten und Tierknochen, Nussschalen und Oliven- und Kirschkerne. An den Wänden hingen persische Teppiche. Kunstvoll verzierte metallene Öllampen verströmten weiches Licht. Holzkohleöfen spendeten Wärme und erfüllten den Raum mit dem Duft von Zimt, Balsam und Myrrhe.

Es gab nur eine einzige Sigma-Ruheliege, eine halbkreisförmige Liege für sieben Personen in der Mitte des Raumes, in dem vier Männer standen und Conditum tranken, warmen gewürzten Wein. Einer war ihr Gastgeber, der zweite Acilius Glabrio. Die anderen beiden Männer waren Demetrius unbekannt.

»Seid willkommen in meinem Haus, Ballista und Mamurra.« Iarhai reichte ihnen die Hand.

»Danke für die Einladung.« Die beiden Männer schüttelten ihm lächelnd die Hand.

Ballista nickte Acilius Glabrio zu. »Tribunus laticlavius.«

»Dux.«

Beide lächelten nicht.

Iarhai bot den Neuankömmlingen etwas zu trinken an, was beide akzeptierten, und stellte ihnen die beiden anderen Männer vor. Demetrius notierte sie in Gedanken als »Umbrae«, Schatten, Klienten des Gastgebers. »Meine Tochter meinte, wir sollten nicht auf sie warten. Sie wird schon bald zu uns stoßen.«

Sowohl Ballistas als auch Acilius Glabrios Mienen hellten sich sofort auf, als sie das hörten. Demetrius' Stimmung sank.

»Sag mir, Dux, wie gefällt dir unser Wetter?«, erkundigte sich Iarhai lächelnd.

»Wunderbar. Es überrascht mich, dass die eupatriden Senatoren nicht geschlossen der Bucht von Neapel den Rücken kehren, um ihre beschämend extravaganten Freizeitvillen hier zu errichten.« Noch während Ballista die Worte aussprach, bereute er sie auch schon wieder. Acilius Glabrio würde es vermutlich gar nicht gefallen, dass sich ein Barbar über die Klasse der Patrizier lustig machte. Er bedachte den Tribun mit einem, wie er hoffte, besänftigenden offenen Lächeln. Acilius Glabrio begegnete ihm mit ausdrucksloser Miene. Es schien, als wüchse ihre gegenseitige Abneigung mit jedem Mal, wenn sie sich trafen. Würde die Einstellung des jungen Römers so weit gehen, dass er sich den Befehlen des Dux Ripae verweigerte? Aber bestimmt würde er sich wenigstens nicht wie Scribonius Mucianus als Verräter entpuppen.

»Gesalzene Mandeln?« Iarhai schob sich zwischen die beiden Männer. »Irgendein Trottel hat mir einmal gesagt, dass man nicht betrunken wird, wenn man vor dem Trinken genug davon isst.«

»Wie ich gehört habe, wird man auch nie betrunken, wenn man einen bestimmten Edelstein trägt«, mischte sich Mamurra ein. »Ein Amethyst, möglicherweise?« Die unbehagliche Atmosphäre verflog.

»Lasst uns zu Tisch gehen.« Iarhai nahm am erhöhten äußersten linken Ende der Ruheliege Platz und bedeutete den anderen mit einer einladenden Geste, wo sie sitzen sollten: Ballista direkt neben ihm, ein freier Platz für Bathshiba, dann Acilius Glabrio und schließlich Mamurra. Für die zwei »Umbrae« blieben die Plätze, die in der Reihenfolge der Ehrerbietung am untersten Ende angesiedelt waren.

Der erste Gang wurde serviert. Gemessen am Standard der Reichen im Imperium – und es bestand kein Zweifel daran, dass der Gastgeber dazu zählte – war das Essen nicht außergewöhnlich. Gesalzene Anchovis unter Scheiben hartgekochter Eier, in Weißwein gegarte Schnecken, Knoblauch und Petersilie und ein Salat aus Kopfsalat und Rucola in einem ausgewogenen Verhältnis – Rucola galt als stimulierend, Kopfsalat als aphrodisierend.

Die Gäste aßen. Demetrius registrierte, dass Ballista und Iarhai tüchtig tranken, während sich die anderen damit zurückhielten.

Erscheine spät, wenn die Lampen erloschen sind
Tritt ein voller Anmut – Die späte Ankunft verstärkt den Zauber

Während er das Fragment lateinischer Poesie rezitierte, erhob sich Acilius Glabrio geschmeidig.

Bathshiba stand im Türrahmen, das Licht aus dem Vorraum zeichnete ihre Konturen nach. Selbst Demetrius musste zugeben, dass sie atemberaubend aussah. Sie trug eine Robe aus dünner weißer Seide, die sich eng um ihre vollen Brüste und Hüften schmiegte und sie noch betonte. Demetrius wusste, dass sie geradezu unwiderstehlich für Ballista sein musste. Alle Männer erhoben sich, wenn auch niemand mit der Eleganz von Acilius Glabrio.

Sie schenkte dem jungen Patrizier ein strahlendes Lächeln, ihre dunkle olivenfarbene Haut ließ ihre Zähne noch weißer erscheinen, als sie es ohnehin schon waren. Ihre Brüste wippten leicht, als sie zur Ruheliege schritt, schwer aber fest, offenbar ungebändigt unter der Robe. Sie gestattete Acilius Glabrio huldvoll, ihr die Hand zu reichen, als sie ihren Platz neben Ballista einnahm und ihn mit einem etwas weniger strahlenden Lächeln bedachte.

Der Hauptgang war wiederum beinahe extrem in seiner Schlichtheit: Braten vom Wildschwein, Lamm-Mettbällchen, Weißkohl mit Öl angemacht, Kürbis in einer Pfeffersauce gegart und dazu das lokale Flachbrot. Zwei Musiker, einer mit Lyra, der andere mit Flöte, begannen, leise zu spielen. Beide kamen Demetrius vage vertraut vor.

Eine Zeitlang ließ Bathshibas Erscheinen die Unterhaltung ein wenig ins Stocken geraten. Ihr großzügiges Dekolleté und die olivenfarbene Haut zogen sowohl Ballista als auch Acilius Glabrio in ihren Bann, auch wenn dem Nordländer anscheinend kaum etwas einfiel, was er hätte sagen können. Bereits nach kurzer Zeit wandte er sich wieder seinem Gespräch mit Iarhai über die relative Belastbarkeit von Kamelen und Pferden zu. Acilius Glabrio dagegen genoss Bathshibas Gesellschaft aus vollen Zügen. Er gab sich aufmerksam, unbeschwert und witzig, hielt sich offensichtlich für den idealen Gesellschafter, den sich eine junge Dame bei einem Abendessen wünschen kann. Auch wenn die Unterhaltung auf Griechisch geführt wurde, konnte er sich nicht zurückhalten, gelegentlich einen Geistesblitz in Form eines lateinischen Verses zum Besten zu geben.

Wein macht das Herz bereit und für die Glut der Leidenschaft empfänglich
Sorgen werden verscheucht oder vermindert durch Wein
Dann kommt Lachen, es fasst sich dann wieder Mut der Arme
Dann verschwinden der Schmerz, Sorgen und Falten der Stirn
Dann eröffnet das Herz die Aufrichtigkeit die so selt'ne
Unserer Zeit, denn der Gott scheucht die Ränke hinweg
Dort ward Jünglingen oft ihr Herz von den Mädchen geraubt
Und Venus im Wein war Feuer in Feuer

Der Nachtisch zeichnete sich durch die gleiche geradezu eklatante Zurückhaltung aus wie die beiden ersten Gänge: getrocknete Früchte, damaszenische Zwetschgen, lokale Feigen und Datteln, Pistazien und Mandeln, geräucherter Käse, ein paar pochierte Birnen und frische Äpfel. Der Wein wurde durch einen süßen dunklen Likör ersetzt.

Demetrius gefiel es nicht, wie sich die Dinge entwickelten. Ballista und Iarhai tranken eher noch schneller als schon zuvor. Die Augen seines Kyrios zeigten ein beunruhigendes Funkeln, die Haltung seiner Schultern wirkte angespannt. Die entspannte Lockerheit, die Acilius Glabrio Bathshiba gegenüber an den Tag legte, machte ihm sichtlich zu schaffen. Wenn der junge Patrizier so weitermachte, würde er jeden Moment das Schlimmste in dem Nordländer zum Vorschein bringen. Tatsächlich begannen seine ständigen Rezitationen lateinischer Poesie sogar Demetrius auf die Nerven zu gehen. Nach jedem neuen Gedicht lehnte sich der junge Mann mit einem Lächeln zurück, als amüsierte er sich prächtig über einen ganz privaten Scherz. Dabei vermied er es sorgfältig, den Namen des Dichters zu nennen, aus dessen Werk er zitierte. Entweder war sein Publikum zu höflich oder schämte sich seiner Unwissenheit so sehr, dass es nicht nachfragte. Wie die Mehrheit aller gebildeten Griechen gab auch Demetrius in der Öffentlichkeit vor, keine Ahnung von lateinischer Literatur zu haben, während er tatsächlich recht gut darin bewandert war. Er kannte die Gedichte, die Acilius Glabrio in Auszügen vortrug, konnte sie im Moment aber nicht richtig einordnen.

Ein übertrieben schnell gespieltes Stück auf der Leier kam gerade zu seinem Ende und zog Demetrius' Aufmerksamkeit auf die Musiker. Plötzlich erkannte er die beiden Männer wieder. Es waren keine Musikersklaven, sondern zwei von Iarhais Söldnern. Er hatte sie bereits an den Lagerfeuern spielen gehört. Mit wachsender Anspannung sah sich der junge Grieche um. Die vier anwesenden Sklaven Iarhais waren ältere, fähig aussehende Männer. Und auch bei ihnen handelte es sich nicht wirklich um Sklaven, sondern ebenfalls um Söldner. Auch wenn er sich nicht sicher sein konnte, möglicherweise waren die beiden »Umbrae« an dem Tisch tatsächlich Offiziere der Söldnertruppe. *Ihr Götter, er könnte uns alle in einem Moment umbringen!* Eine von Plutarch geschilderte Szene schoss ihm durch den Kopf: Marcus Antonius und Octavian speisen auf Sextus Pompeius' Flaggschiff, und der Pirat Menas flüstert dem Admiral ins Ohr: »Soll ich die Ankertaue kappen und dich zum Herrn der Welt machen?«

»Demetrius!« Ballista schwenkte ungeduldig seinen leeren Becher und riss den griechischen Jungen in die Gegenwart zurück. Iarhai und Ballista tranken fröhlich miteinander. Warum sollte der Karawanenbeschützer den Tod des Nordländers wollen? Selbst Sextus Pompeius hatte das Angebot ausgeschlagen. »Menas, hättest du doch gleich gehandelt, statt vorher darüber zu sprechen.«

... vergeude keine kostbare Zeit
Amüsiere dich, solange du kannst, in deinen unschuldigen
Jugendjahren
Die Jahre fliegen vorbei wie ein schnell fließender Strom
Und das verflossene Wasser kann nie zurückgeholt werden
Die verlorene Stunde kehrt nie zurück

Acilius Glabrio lehnte sich zurück, ein angedeutetes Lächeln auf den Lippen, und strich mit einer Hand flüchtig über Bathshibas Arm.

Ovid! Jetzt fiel es Demetrius ein. Und bei dem Gedicht handelte es sich um das Buch *Liebeskunst*. Was für ein überhebliches Schwein! Acilius hatte es gerade erst gestern gelesen – so viel zu seiner Bildung! So viel zu seinem ständigen selbstgefälligen Lächeln. Demetrius erinnerte sich auch, wie die Passage weiterging.

Du, die du heute deine Liebhaber abweist
Wirst alt und kalt allein in deinem Bette liegen
Nie wird deine Tür zur hitzigen Mitternacht gestürmt werden
Nie werden des Morgens Rosenblüten deine Türschwelle zieren
Zu früh – O welch Schrecken! –
Fleisch wird welk und faltig
Die makellose Glätte der Haut dahin
Die weißen Strähnen, die, wie du schwörst
Dein Haar schon in der Schulzeit zierten
Breiten sich plötzlich aus
Grau ist dein Schopf

Die Passagen, die Acilius Glabrio zitiert hatte, waren Tiefschläge auf Kosten der anderen Gäste gewesen, von denen er zweifellos annahm, dass sie zu ungebildet waren, um ihm auf die Schliche zu kommen.

Wie ging die Passage über das verspätete Eintreffen weiter?

Schlicht magst du sein, doch bei Nacht erscheinst du den
Berauschten schön
Gedämpftes Licht und Schatten verhüllen deine Makel

Zu diesem Zeitpunkt durfte Demetrius niemandem irgendetwas sagen. Im Gegenteil, wenn er Ballista in dessen betrunkenem Zustand verriet, welche Spielchen Acilius trieb, konnte das eine Katastrophe zur Folge haben. Aber wenigstens hatte er das hinterlistige Geheimnis des selbstgefälligen jungen Römers enträtselt.

Iarhai gab ein Zeichen, worauf frische Rosenkränze und Schüsseln mit duftenden Essenzen gebracht wurden, das Signal dafür, dass das Essen vorüber und die Zeit zum gemeinschaftlichen Trinken gekommen war. Demetrius setzte Ballista einen Rosenkranz auf den Kopf und stellte die Schüssel mit der duftenden Flüssigkeit neben seine rechte Hand. Nachdem sein Kyrios sich damit eingerieben hatte, winkte er den jungen Griechen näher zu sich heran. Der Nordländer nahm den übrig gebliebenen Kranz, den Iarhai genau zu diesem Zweck hatte bringen lassen, setzte ihn Demetrius auf den Kopf und rieb ihn mit dem Parfüm ein.

»Ein langes Leben, Demetrius.«

»Ein langes Leben, Kyrios.«

»Ein Toast …« Acilius Glabrio brachte seinem Sklaven nicht genug Aufmerksamkeit entgegen, um ihm den Rosenkranz aufs Haupt zu setzen und ihn mit der duftenden Essenz zu benetzen. »Ein Toast auf unseren Gastgeber, den Synodiarch, den Karawanenbeschützer, den Strategos, den General. Auf den Krieger, dessen Schwert niemals schläft. Auf den Mann, der knöcheltief durch persisches Blut gewatet ist, um diese Stadt zu befreien. Auf Iarhai!«

Bevor die Gesellschaft trinken konnte, drehte sich Iarhai zu dem jungen Römer um und starrte ihn finster an. Nur mühsam unterdrückter Zorn zeichnete sich in seinem verwitterten Gesicht ab. Ein Muskel über seinem gebrochenen linken Wangenknochen zuckte.

»Nein! Niemand in meinem Haus soll darauf trinken!« Iarhai sah Ballista an. »Ja, ich habe dabei geholfen, die Besatzung dieser Stadt durch die Sassaniden zu beenden.« Er verzog angeekelt die Lippen. »Du bist wahrscheinlich noch zu jung, um zu verstehen«, fuhr er an den Nordländer gewandt fort, »dass man wahrscheinlich nie begreifen kann …« Er nickte ruckhaft in Acilius Glabrios Richtung und schwieg einen Moment lang. Sein Blick war weiter auf Ballista gerichtet, aber er hatte sich in sich selbst zurückgezogen, schien ihn gar nicht wahrzunehmen. »Viele Angehörige der persischen Garnison waren mit ihren Familien hier. Ja, ich bin knöcheltief durch Blut gewatet, durch das Blut von Kindern und Frauen mit Säuglingen in den Armen. Unsere tapferen Bürger haben sich erhoben und sie massakriert, sie vergewaltigt, gefoltert und anschließend getötet – jeden einzelnen. Sie haben sich gerühmt, die Stadt von den ›Reptilien‹ zu ›reinigen‹.«

Iarhais Blick wurde wieder klar. Er richtete ihn zuerst auf Bathshiba und dann auf Ballista. »Mein ganzes Leben lang habe ich getötet. Das ist es, was ein Synodiarch tut. Du beschützt Karawanen. Du redest mit den Nomaden, den Zeltbewohnern. Du lügst, betrügst, bestichst, kompromittierst. Und wenn du mit all dem keinen Erfolg hast, tötest du. Ich habe Träume. Böse Träume.« Wieder zuckte ein Muskel in seinem Gesicht. »Träume, wie ich sie nicht einmal Anamu und Ogelos wünsche. Glaubst du an ein Leben nach dem Tod?« Wieder ging sein Blick in die Leere. »Manchmal träume ich, ich wäre gestorben. Ich stehe in dem Pappel-Hain am Strom des Ozeans. Ich bezahle den Fährmann. Rhadamanthys fällt sein Urteil über mich. Ich muss den Pfad zu den Bestrafungsgefilden des Tartarus nehmen. Und dort warten sie bereits auf mich, die ›Freundlichen‹, die Dämonen der Vergeltung, und in ihrem Gefolge all die anderen, alle, die ich jemals getötet habe, die Wunden immer noch frisch. Es gibt keinen Grund zur Eile, wir haben alle Ewigkeit Zeit.« Iarhai stieß einen tiefen Seufzer aus und lächelte schuldbewusst. »Aber vielleicht steht mir kein Monopol auf innere Dämonen zu …«

Der schleppende patrizische Tonfall Acilius Glabrios brach die Stille. »Ein Gespräch über die Unsterblichkeit der Seele! Dies ist ein echtes Symposium, ein veritabler sokratischer Dialog. Nicht einen

Moment lang hätte ich damit gerechnet, dass die Gespräche nach dem Abendmahl in diesem noblen Haus dem des Trimalchio aus Petronius' *Satyricon* ähneln könnten.« Seine ganze Art legte nahe, dass seine Gedanken nicht über diesen akademischen Aspekt hinausgingen. »Ihr wisst schon, all diese schrecklich selbstgefälligen, ungebildeten frei gelassenen Sklaven mit ihrem Geschwätz über so einen Unfug wie Werwölfe und dergleichen.«

Ballista wirbelte herum. Sein Gesicht war gerötet, seine Augen hatten einen unnatürlichen Glanz angenommen. »Der Name meines Vaters lautet Isangrim. Das heißt Graumaske. Wenn Wotan ihn ruft, legt Isangrim seinen Speer nieder und bietet dem Allvater sein Schwert als Gabe an. Dann tanzt und heult er vor dem Wall aus Schilden. Dann trägt er den Umhang aus Wolfsfell.«

Es folgte ein betäubtes Schweigen. Demetrius konnte das Öl in den Lampen zischen hören.

»Bei den Göttern der Unterwelt, behauptest du wirklich, dein Vater wäre ein Werwolf?«, rief Acilius Glabrio.

Bevor der Nordländer irgendetwas darauf erwidern konnte, rezitierte Bathshiba auf Griechisch:

… und so wie die Wölfe,
Rohes fressende, denen im Innern unsägliche Kraft ist,
Die einen großen gehörnten Hirsch in den Bergen zerreißend,
Niederschlingen, und allen die Wangen vom Blute sich röten …

Es konnte im gesamten Imperium nicht einen Menschen geben, der nicht sofort die Poesie Homers erkannt hätte.

Bathshiba lächelte. »Ihr seht, der Vater des Dux Ripae könnte sich in keiner besseren Gesellschaft wiederfinden, wenn er sich darauf vorbereitet, wie ein Wolf zu kämpfen. Er befindet sich in der Gesellschaft von Achilles und seinen Mannen.«

Sie warf ihrem Vater einen kurzen Blick zu. Iarhai nahm den Hinweis auf und gab seinen Gästen freundlich, aber bestimmt zu verstehen, dass es Zeit wurde zu gehen.

Die Regenfälle widersprachen der allgemeinen Erfahrung. Jeder Einheimische würde bestätigen, dass die ersten Niederschläge des Winters immer drei Tage andauerten. Dieses Jahr wurden es fünf. Am späten Morgen des sechsten Tages vertrieb der böige Nordostwind die großen schwarzen Wolken. Der klare blaue Himmel lockte die Bürger der Stadt auf die schlammigen Straßen, und nicht wenige fanden den Weg zu den Palasttoren. Sie alle behaupteten, dass es äußerst wichtig sei, den Dux zu sehen. Sie erschienen mit Berichten, Beschwerden und der Bitte um Gerechtigkeit oder Hilfe. Ein Abschnitt der Klippen in der nördlichen Schlucht am anderen Ende des Ausfalltores war abgerutscht. Drei benachbarte Häuser in der Nähe der Agora waren eingestürzt. Zwei Männer, die dumm genug gewesen waren, den Versuch zu unternehmen, über den Fluss zu rudern, wurden vermisst, waren vermutlich ertrunken. Ein Soldat der Kohorte XX wurde bezichtigt, die Tochter seines Vermieters vergewaltigt zu haben. Eine Frau hatte angeblich einen Affen zur Welt gebracht.

Ballista kümmerte sich um die Flut der Gesuche, befahl, den der Vergewaltigung bezichtigten Soldaten festzunehmen, und schickte einen Boten zu Acilius Glabrio mit der Mitteilung, ihn gegen Mittag am Nordwestturm vor dem Bel-Tempel zu treffen, um sich bei einer Besichtigungstour über den Zustand der Artillerie und der Stadtmauern zu informieren. Dann brach er in Begleitung von Mamurra, Demetrius, Maximus, dem Standartenträger Romulus, dem obersten Haruspex, zwei Schreibern, zwei Boten und zwei einheimischen Architekten auf. Fünf Männer der Equites singulares waren zu Pferd vorausgeschickt worden, um den Bereich vor der Stadtmauer zu räumen.

Die Aussicht auf das Treffen mit dem jungen Patrizier behagte Ballista nicht gerade. Hätte er bei Iarhais Abendessen doch nur den Mund gehalten. Was hatte ihn nur dazu gebracht, zuzugeben, dass sein Vater Isangrim ein Krieger Wotans war, ein Krieger, der gelegentlich die rasende Kampfeslust eines Wolfes verspürte? Natürlich war er betrunken gewesen. Möglicherweise hatte ihn auch Iarhais

Geständnis beeinflusst. Und auf jeden Fall hatte ihn Acilius Glabrios überhebliches Gehabe verärgert. Aber das waren nur Ausreden.

Es hätte auch schlimmer kommen können. Wenigstens war es um kein Geheimnis wie die Besuche des Geistes von Maximinus Thrax gegangen. Sollte er das unbedacht ausplaudern, würden die Leute entweder denken, dass man lieber einen großen Bogen um ihn machen sollte, weil er von einem mächtigen Dämon heimgesucht wurde, oder ihn für völlig übergeschnappt halten. Außerdem dürfte das Geständnis, einen Kaiser getötet zu haben – selbst wenn dieser allgemein verhasst gewesen war –, die derzeitigen Kaiser eher irritieren. Es könnte sogar die Toleranz eines so friedfertigen Herrscherpaars wie Valerian und Gallenius an ihre Grenze führen.

Ballista stieg die Stufen empor und betrat die Kampfplattform auf der Spitze des Turmes.

»Dux Ripae.« Ein kaum verhülltes Feixen huschte über das Gesicht des jungen Patriziers, doch Ballistas Aufmerksamkeit galt etwas ganz anderem. In der Mitte der windigen Plattform stand eine gewaltige Artilleriewaffe ohne Schutzabdeckung, eine »Ballista«. Es war seine lebenslange Faszination für solche Waffen, die dem Mann aus dem Norden seinen römischen Namen eingebracht hatte.

Ballista wusste, dass Arete über insgesamt fünfunddreißig Artilleriegeschütze verfügte. Jeweils eines stand auf der obersten Ebene aller siebenundzwanzig Türme. Das Palmyra-Tor und die Porta Aquaria waren mit jeweils vier Geschützen bewaffnet, zwei standen auf den Dächern und zwei hinter den Schießscharten in den ersten Etagen. Fünfundzwanzig Geschütze verschossen zweieinhalb Fuß lange Bolzen. Das waren Anti-Personen-Waffen. Zehn schleuderten Steine. Diese Geschütze dienten in erster Linie dazu, feindliche Belagerungsmaschinen zu zerstören, konnten natürlich aber auch dazu eingesetzt werden, Menschen zu töten. Alle wurden von Legionären der Legio IIII bedient.

Der Nordländer hatte beschlossen, seine Inspektionstour hier zu beginnen, weil dieser Turm eine der größten Ballistae beherbergte. Ein rechteckiger Rahmen aus mit Eisen verstärktem Hartholz mit einer Kantenlänge von etwa zehn Fuß war an beiden Enden mit Torsionsfedern aus mehreren ineinander verdrillten Sehnen ausgestattet, die in etwa die Länge eines sehr groß gewachsenen Mannes hatten. Darin eingepasst waren die Bogenschenkel. Die Laufschiene der Ballista, ungefähr zwanzig Fuß lang, ragte über den Rahmen hinaus. Darauf war ein Schlitten mit Haken an seinem Ende montiert, die in die Bogensehne griffen. Zwei leistungsstarke Winden zogen den Schlitten und die Bogensehne zurück und spannten dabei die Schenkel des Bogens. Dann wurde das Projektil auf dem Schlitten platziert. Der Schlitten wurde mit einer Ratsche fixiert und ließ sich mittels eines Kardangelenkes problemlos waagrecht und senkrecht schwenken. Der Schütze visierte das Ziel an und setzte die gewaltige in den Federn gespeicherte Torsionskraft mit einem Abzug frei.

Ballista ließ den Blick begeistert über das dunkle polierte Holz und das matt glänzende Metall wandern. Alle Ballistae funktionierten nach dem gleichen Prinzip, aber diese hier war ein besonders gut gelungenes Exemplar, ein schönes und tödliches Stück Ingenieurskunst. Die gewaltige Waffe konnte sorgfältig gerundete Steinkugeln mit einem Gewicht von mindestens zwanzig Pfund schleudern. Arete verfügte über drei weitere dieser machtvollen Maschinen, zwei auf dem Dach des Palmyra-Tores und eine auf dem vierten Turm in nördlicher Richtung. Die anderen sechs Steinkatapulte verschossen sechs Pfund schwere Kugeln. Alle bis auf eine befanden sich auf der zur Ebene hin verlaufenden Westmauer, denn nur über diese Ebene würden sich feindliche Belagerungsmaschinen der Stadt nähern können.

Acilius Glabrio stellte Ballista die Bedienungsmannschaft vor, bestehend aus einem ausgebildeten Artilleristen, dem Ballistarius, sowie seinen Gehilfen, insgesamt sechs Männer, von denen vier die Winden bedienten und zwei die Projektile auf den Schlitten luden. Sie wirkten erfreut, als Ballista um einen Demonstrationsschuss bat. Er deutete auf einen etwa vierhundert Schritte entfernten Felsen nahe der äußersten Reichweite der Maschine. Es kostete ihn große Überwindung, nicht selbst einzugreifen, als die Männer die Waffe spannten und ausrichteten.

Die vertraute Abfolge aus Surren, Schleifen und dem trockenen Aufprall des Schlittens gegen die Halterung ertönte, und das Projektil schoss davon. Der Stein schimmerte weiß im Sonnenlicht während seines acht oder neun Sekunden langen Fluges. Eine aufspritzende Lehmfontäne zeigte, wo er aufgeprallt war, rund dreißig Schritte vor und mindestens zwanzig Schritte rechts neben dem Ziel.

»Welche Schussfrequenz könnt ihr erreichen?«, erkundigte sich Ballista.

Der Artillerist versuchte gar nicht erst zu antworten, sondern warf Acilius Glabrio einen eher hilfesuchenden Blick zu, der zur Abwechslung einmal etwas verlegen wirkte.

»Das kann ich nicht sagen. Der bisherige Dux Ripae hat uns nicht nur nicht dazu ermutigt, Übungsschüsse durchzuführen, er hat sie sogar ausdrücklich verboten. Er sagte, sie wären eine Verschwendung teurer Munition, würden Passanten gefährden und könnten die Grabmale auf der Ebene beschädigen. Meine Männer hatten bisher noch nie Erlaubnis zu schießen.«

»Über wie viele ausgebildete Ballistarii verfügen wir?«

»Zwei in jeder Centurie, insgesamt also nur vierundzwanzig«, erwiderte Acilius Glabrio.

Ballista grinste. »All das wird sich ab heute ändern.«

Die Gruppe, nun durch Acilius Glabrio verstärkt, setzte die Inspektionsrunde in südlicher Richtung fort. Hin und wieder blieben die Männer stehen, um die Mauern zu begutachten, angeführt von den beiden Architekten. Die Mauern, direkt auf dem Felsuntergrund errichtet, waren knapp zwölf Schritte hoch, mit Zinnen gekrönt und auf einer Breite von rund fünf Schritten begehbar. Die Türme überragten sie um noch einmal gut drei Schritte und wölbten sich auf beiden Seiten über sie hinaus. Auch sie hatten nach allen Seiten hin Zinnen, was es den Verteidigern ermöglichen würde, von ihnen aus die Bewegungsfreiheit potenzieller Feinde, denen es gelungen war, die Mauern zu erklimmen, auf den Laufgängen erheblich einzuschränken.

Die einheimischen Architekten beteuerten einmütig, dass sich die Mauern in einem einwandfreien Zustand befänden und dass es wahrscheinlich im gesamten Imperium keine besseren Stadtmauern gäbe, hinter denen sich die Bevölkerung in Sicherheit wähnen könnte.

Ballista dankte ihnen. Eine Centurie der Kohorte XX, die gerade zum Drill auf den Campus Martius marschierte, erregte seine Aufmerksamkeit. Turpio nahm seine Befehle offensichtlich ernst. Ballista wandte sich wieder den Befestigungsanlagen zu.

»Die Mauern sind gut«, sagte er, »aber sie allein sind nicht genug. Wir müssen vor der Westmauer einen Graben ausheben, um zu verhindern, dass Rammen und Belagerungstürme problemlos vorrücken können.« Er sah kurz zu Demetrius hinüber, der bereits eifrig Notizen machte. »Der Aushub des Grabens kann dazu benutzt werden, ein Glacis aufzuschütten, eine Erdböschung, die wir brauchen, um den Fuß der Mauern sowohl vor Rammen als auch vor Artillerie zu schützen.« Er schwieg einen Moment lang, während er überlegte, wie er das Folgende formulieren sollte. »Wenn wir ein Glacis auf der Außenseite der Mauer anlegen, benötigen wir ein Gegen-Glacis auf der Innenseite, weil der Druck der draußen aufgeschütteten Erde die Mauer sonst zum Einsturz bringen könnte.« Er musterte die Architekten, die beide zustimmend nickten.

Einer der beiden Männer warf einen Blick in die Tiefe und machte sich offenbar in Gedanken ein Bild von dem Graben und dem Glacis. »Der Graben müsste ungeheuer tief sein, um genug Aushub für ein Glacis auf einer Seite der Mauern zu liefern, geschweige denn für beide Seiten«, wandte er ein. »Und woher, wenn nicht aus dem Graben, sollte das Material sonst kommen?«

»Macht euch deswegen keine Sorgen.« Ballista lächelte geheimnisvoll. »Ich habe da eine Idee.«

Der Nachmittag war bereits zur Hälfte verstrichen, als Ballista seine Inspektionsrunde mit einer ausführlichen Besichtigung des Artilleriemagazins beendete, einem großen Gebäudekomplex auf dem freien Gelände südlich des Palastes, in dem neue Maschinen gebaut, alte repariert, Ersatzteile gelagert und Geschosse hergestellt wurden. Steine wurden auf das richtige Gewicht und fast perfekte Rundheit hin zurechtgemeißelt, die tückischen eisernen Bolzenspitzen geschmiedet und in ihre hölzernen Schäfte eingepasst.

Erst danach fand Demetrius die Zeit, endlich seiner geheimen Leidenschaft nachzugehen, der Oneiromateia, der Vorhersage künftiger Ereignisse mittels Traumdeutung. Er schlich sich unauffällig durch den Dienstboteneingang auf die Straßen. Eigentlich hätte er durch das gitterförmig angelegte Straßennetz bei hellem Tageslicht keinerlei Orientierungsschwierigkeiten haben sollen, doch der junge Grieche brachte es tatsächlich fertig, sich selbst bei seinem nur vier Häuserblocks weiten Weg zur Agora zu verlaufen.

Die Agora war überraschend klein für eine Stadt dieser Größe, und so fiel es Demetrius nicht schwer, auf Anhieb die Person zu finden, die er suchte, einen Oneiroskopos, einen Traumspäher. Der Mann saß am anderen Ende des Platzes am Beginn der Gasse, in der die Prostituierten standen, auf der Erde. Trotz des kühlen Windes trug er lediglich einen zerrissenen Umhang und einen Lendenschurz. Seine milchigen Augen starrten blind in den Himmel. Sein Hals war mager, unter der beinahe durchsichtigen Haut konnte man das Blut in den deutlich hervortretenden Adern pulsieren sehen. Daran, dass es sich bei dem Mann um einen Oneiroskopos handelte, bestand angesichts dieser Erscheinung nicht der geringste Zweifel.

Als er Demetrius' Schritte vernahm, richteten sich die beunruhigend wirkenden Augen in seine Richtung.

»Du hast einen Traum gehabt, der die Zukunft enthüllen könnte«, sagte der Alte mit einer heiser krächzenden Stimme auf Griechisch. Er verlangte drei Antoniniani für seine Dienste und gab sich schließlich mit einem zufrieden. »Zuerst muss ich wissen, wer du bist. Wie heißt du, wie lautet der Name deines Vaters und der deiner Heimatstadt?«

»Dio, Sohn des Pasicrates aus Prusa«, log Demetrius. Dass ihm die Antwort so flüssig über die Lippen kam, lag daran, dass er bei Bedarf immer dieselben Namen benutzte.

Der Alte hielt den Kopf schief, als überlegte er, ob er etwas dazu anmerken sollte, entschied sich jedoch dagegen. Stattdessen spulte er eine Reihe weiterer Fragen ab: Sklave oder freier Bürger? Beruf? Finanzieller Status? Gesundheitszustand? Alter?

»Ich bin Sklave, Sekretär«, antwortete Demetrius wahrheitsgemäß. »Ich habe ein bisschen Geld zurückgelegt. Ich bin bei guter Gesundheit und neunzehn Jahre alt.«

»Wann hattest du den Traum?«

»Vor sechs Nächten.« Wie allgemein üblich zählte auch Demetrius die Nacht mit, in der er den Traum gehabt hatte.

»Um welche Stunde in der Nacht?«

»In der elften Stunde der Dunkelheit. Die Auswirkungen des Weins vom Abend zuvor waren längst verflogen. Es war deutlich nach Mitternacht, wenn sich die Elfenbeintür schließt, durch die die Götter falsche Träume schicken, und sich die Tür aus Horn öffnet, die die wahren Träume passieren lässt.«

Der alte Mann nickte. »Erzähl mir jetzt deinen Traum. Du musst unbedingt bei der Wahrheit bleiben. Du darfst nichts hinzufügen und nichts weglassen. Wenn du das tust, wirst du eine falsche Prophezeiung erhalten. Das wird dann dein Fehler sein, nicht meiner.«

Demetrius nickte ebenfalls. Als er mit der Schilderung seines Traumes zum Ende gekommen war, forderte ihn der Oneiroskopos mit erhobener Hand auf zu schweigen. Die Hand zitterte leicht und war mit dunklen Altersflecken übersät.

Die Zeit zog sich in die Länge. Die Agora leerte sich schnell.

Plötzlich begann der alte Mann zu sprechen. »Es gibt keine männlichen Geier, sie sind alle weiblich. Sie werden vom Atem des Ostwindes geschwängert. Da Geier nicht das Feuer sexuellen Verlangens kennen, sind sie ruhig und standhaft. In einem Traum stehen sie für die Wahrheit, die Gewissheit der Prophezeiung. Dies ist ein von den Göttern gesandter Traum.«

Er legte eine Pause ein, bevor er fragte: »Wohnt dein Kyrios auf der Agora?« Als er erfuhr, dass dem nicht so war, seufzte er. »Nun gut. Schade. Eine geschäftige Agora wäre ein verheißungsvolles Zeichen gewesen, aber so …«, er zuckte mit den Schultern, »… sieht es nicht gut aus. Die Agora ist ein Symbol für Verwirrung und Tumult wegen der vielen Menschen, die sich dort zusammendrängen. In deinem Traum tauchen Griechen, Römer und Barbaren auf. Das heißt, es wird zu Verwirrung und Tumult kommen, ausgelöst durch sie alle. Im Herzen von allem steht die Statue.« Der Alte zuckte leicht zusammen, als fühlte er sich unbehaglich. »Hat sich die Statue bewegt?«

Als Demetrius murmelte, dass er das nicht glaubte, schoss die Hand des alten Mannes unvermittelt vor, und seine knöchernen Finger klammerten sich fest um den Arm des Jünglings. »Denk nach! Denk ganz genau nach! Das ist von äußerster Wichtigkeit!«

»Nein – nein, ich bin mir sicher, dass sie sich nicht bewegt hat.«

»Das ist zumindest etwas.« Ein Speicheltropfen hing an der Unterlippe des Traumdeuters. »Die Statue bestand aus Gold. Wäre dein Kyrios ein armer Mann, hätte das zukünftigen Reichtum angekündigt, aber dein Kyrios ist nicht arm. Er ist wohlhabend und mächtig. Das Gold der Statue bedeutet also, dass er von Verrat und Intrigen umgeben sein wird, denn alles, was mit Gold zu tun hat, stachelt hinterhältige Menschen zu ihrem Tun an.«

Unvermittelt erhob sich der alte Mann. Aufrecht stehend, entpuppte er sich als überraschend groß. In einem entschiedenen Tonfall gab er Demetrius mit seiner krächzenden Stimme zu verstehen, dass die Zeit vorbei sei. Es täte ihm leid, dass die Prophezeiung nicht besser ausgefallen wäre. Dann setzte er sich schlurfend in Richtung der Gasse in Bewegung.

»Warte!«, rief Demetrius ihm hinterher. »Warte! Gibt es da nicht noch irgendetwas? Irgendetwas, das du mir verschweigst?«

Am Eingang zur Gasse blieb der alte Mann noch einmal stehen. »Hatte die Statue mehr als Lebensgröße?«

»Ich bin mir nicht sicher. Ich – glaube, nicht.«

Der Alte stieß ein furchtbar klingendes Lachen aus. »Du solltest besser hoffen, dass du dich nicht täuschst, Junge. Denn wenn sie größer war, bedeutet das den Tod für deinen geliebten Kyrios Ballista.«

Wieder einmal war Maximus klar geworden, dass er, trotz seiner geborenen Kämpfernatur, nicht dazu geschaffen war, Offizier zu werden. Es lag an der Langeweile, der einfach unfassbaren Langeweile, die diese Position mit sich brachte. Die letzten zwei Tage waren schlimm genug gewesen. Der Artillerie beim Schießen zuzusehen ging noch in Ordnung, auch wenn es mit der Zeit ein wenig eintönig wurde. Die Sache wäre zweifellos amüsanter gewesen, wenn sich irgendwer im Zielgebiet aufgehalten hätte. Aber die Herstellung der Geschosse beaufsichtigen zu müssen hatte sich als absolut unerträglich herausgestellt. Und was die Mauern betraf, fand Maximus, hatte man eine große Mauer gesehen, so kannte man sie alle. Doch all das war noch gar nichts gewesen, verglichen mit diesem Morgen.

Wie es jeder gute römische Kommandant tun sollte, der ein größeres Vorhaben verfolgt, hatte Ballista sein Consilium einberufen, seinen Rat. Dieser bestand lediglich aus Mamurra, Acilius Glabrio und Turpio, ergänzt durch Maximus und Demetrius als Adjutanten. Um den alten römischen Tugenden gerecht zu werden, hatten sie sich sehr früh am Morgen getroffen, zur ersten Stunde des Tageslichts. Von da an hatten sie über die Größe der Bevölkerung Aretes diskutiert. Ausführlich. Laut der letzten Volkszählung waren vierzigtausend Männer, Frauen und Kinder in der Stadt registriert worden, zehntausend davon Sklaven. Aber konnte man diesen Zahlen wirklich trauen? Die Volkszählung hatte vor der Einnahme Aretes durch die Sassaniden stattgefunden, und seither mussten viele Menschen geflohen oder gestorben sein. Dafür waren vermutlich andere wieder zurückgekehrt, und im Laufe der für das nächste Frühjahr erwarteten Invasion würden mit Sicherheit viele Menschen aus den umliegenden Dörfern in die Stadt strömen. Vielleicht glich das alle Abgänge wieder aus.

Kurz bevor Maximus fürchtete, jeden Augenblick laut schreien zu müssen, hatte Ballista gesagt, dass sie von dieser Annahme ausgehen sollten und die vorliegenden Zahlen als Richtlinie nehmen könnten. »Und jetzt zu der eigentlichen Frage: Wie sollen wir all diese Menschen von März bis November ernähren, wenn wir belagert werden? Beginnen wir mit den vorhandenen Nahrungsreserven.« Er sah Acilius Glabrio an.

»Die Legio IIII hat ausreichend Vorräte an Getreide und Öl eingelagert, um unsere tausend Mann zwölf Monate lang versorgen zu können.« Der junge Aristokrat vermied sorgfältig jeden Anschein von Selbstgefälligkeit. Dazu bestand keine Notwendigkeit.

»Für die knapp tausend Mann der Kohorte XX sieht es längst nicht so gut aus«, sagte Turpio mit einem gequälten Grinsen. »Unsere Trockenvorräte reichen für drei Monate, die frischen für gerade einmal zwei.«

Ballista warf Demetrius einen Blick zu. Der junge Grieche starrte in die Luft, offenbar tief in Gedanken versunken. »Demetrius, die Zahlen für die städtischen Vorratsspeicher und die der drei Karawanenbeschützer.«

»Verzeihung, Kyrios.« In seiner Verwirrung verfiel der Junge kurz ins Griechische, bevor er auf Lateinisch fortfuhr. »Verzeihung, Dominus.« Er zog seine Aufzeichnungen zu Rate. »Die Karawanenbeschützer erklären übereinstimmend, dass sie ausreichend Vorräte für alle ihre Angehörigen, einschließlich der Söldner, für zwölf Monate haben. Ebenso behaupten alle, über etwa dreihundert Söldner zu verfügen. Die städtischen Vorratsspeicher enthalten genug Getreide, Öl und Wein, um die Versorgung der Bevölkerung für zwei Monate garantieren zu können.«

»Natürlich müssen wir dafür sorgen, dass alle unsere Truppen effektiv versorgt sind«, sagte Ballista. »Und auch wenn die Zivilisten letztendlich für sich selbst die Verantwortung tragen müssen, denke ich, dass wir versuchen sollten, zusätzlich eine halbe Tagesration pro Kopf für die Dauer der Belagerung für sie zur Verfügung zu stellen.« Um einem Einwand von Acilius Glabrio zuvorzukommen, fügte er hinzu: »Kein Gesetz verpflichtet uns, sie zu versorgen, aber wir werden Freiwillige für den Kampf brauchen. Andere werden wir zu diversen Arbeitseinsätzen verpflichten müssen. Hungernde und verzweifelte Menschen neigen dazu, Verrat zu begehen und den Feinden die Tore zu öffnen. Und natürlich wäre da auch noch die grundlegende Frage der Menschlichkeit.«

»Könnten wir nicht Vorkehrungen treffen, dass wir während der Belagerung von stromaufwärts gelegenen Orten über den Euphrat mit Nachschub versorgt werden?«, fragte Mamurra.

»Ein guter Punkt. Ja, das sollten wir versuchen. Aber dadurch machen wir uns von der Bereitschaft anderer abhängig und müssen darauf vertrauen, dass die Perser sich weder Boote besorgen noch die stromaufwärts gelegenen Orte belagern, die uns mit Nachschub beliefern könnten. Außerdem wäre es mir lieber, wenn wir unser Schicksal in den eigenen Händen behalten würden.« Für letzteres Argument erntete Ballista allgemeine Zustimmung. »Aber wie auch immer, lasst uns darüber weiter nachdenken, während wir die Lagerhäuser inspizieren.«

Wenigstens befanden sich die Lagerhäuser in der Nähe des Palastes im nordöstlichen Teil der Stadt. Hat man erst einmal ein römisches Getreidelager der Armee gesehen, kennt man sie alle, dachte Maximus. Da er auf einem Bauernhof aufgewachsen war, bewunderte der Hibernier eher die schlichte Zweckmäßigkeit der großen Langhäuser seiner Heimat. Die Römer hatten das Brandrisiko, die Notwendigkeit, die Auswirkungen von Regen und Feuchtigkeit auf die Speicherräume zu verhindern und eine beständige Luftzirkulation zu gewährleisten, beim Bau ihrer Lagerhäuser einkalkuliert. Aber ihm war immer rätselhaft geblieben, warum sie Getreidespeicher prinzipiell paarweise bauten.

Ein aus zehn Legionären bestehendes Contubernium unter Aufsicht eines Centurios entlud gerade einen Wagen auf der benachbarten Verladerampe. Als Ballista und sein Consilium die Stufen des ersten Getreidespeichers hinaufstiegen, stimmten zwei der Legionäre ein leises, aber deutlich vernehmbares Wolfsgeheul an.

»Ruhe im Glied!«, brüllte Acilius Glabrio. »Centurio, bestraf diese Männer!« Der junge Patrizier bedachte Ballista mit einem merkwürdigen Blick. Der Nordländer blickte finster zurück.

Die kühle, luftige Dunkelheit eines Getreidespeichers folgte der nächsten und übernächsten, und Maximus' Gedanken wanderten zu der Frau, die einen Affen geboren haben sollte. Die Sache beschäftigte ihn immer noch, nachdem sie die Getreidespeicher der Armee längst hinter sich gelassen hatten und bei der großen Karawanserei nahe des Palmyra-Tores angekommen waren, wo die städtischen Vorräte gelagert wurden. Es war unwahrscheinlich, dass die Geburt des Affen ein Omen oder eine Warnung der Götter gewesen war, vermutete er. Entweder hatte die Frau im Augenblick der Empfängnis einen Affen oder das Bild eines Affen betrachtet oder es tatsächlich mit einem Affen getrieben. Der Gedanke, dass sie vermutlich nur ein sehr stark behaartes Kind zur Welt gebracht hatte, das rein zufällig ein bisschen wie ein Affe aussah, kam ihm nicht einen Moment lang in den Sinn.

»Also«, verkündete Ballista, »wir werden Folgendes tun: Wir beschlagnahmen diese Karawanserei und mit ihr alles, was sie enthält. Außerdem stationieren wir Wachen sowohl hier als auch vor den Getreidespeichern der Armee. Außerdem werden wir einen Erlass über die zulässigen Höchstpreise für den Verkauf von Lebensmitteln veröffentlichen. Demetrius, könntest du eine Liste mit für diese Stadt vernünftigen Preisen zusammenstellen? Jeder, der höhere Preise verlangt, muss eine Strafgebühr zahlen, und die entsprechenden Waren werden konfisziert. Darüber hinaus werden wir bekanntgeben, dass der Dux Lebensmittel mit einem Aufschlag von zehn Prozent über dem festgesetzten Höchstpreis aufkauft. Diesen Kauf von Lebensmitteln werden wir so lange durchführen, notfalls mithilfe von Schuldverschreibungen, bis wir genügend Vorräte haben, um unsere Truppen mit vollen Rationen versorgen zu können, einschließlich der von uns rekrutierten Miliz, sowie eine halbe Ration für die restliche Bevölkerung über einen Zeitraum von neun Monaten zur Verfügung zu stellen.«

Ballista war so gereizt und wütend, dass es ihm schwerfiel, seine Gedanken zu fokussieren. Acilius Glabrio, dieser kleine Bastard, hatte offensichtlich keine Zeit verschwendet, die Geschichte von dem Werwolfvater des barbarischen Dux unter seinen Männern zu verbreiten und so die Gelegenheit zu ergreifen, Ballistas Ansehen bei den Legionären zu untergraben.

Der Nordländer konzentrierte sich mühsam auf das Problem der Wasserversorgung. Fast jedes größere Gebäude in der Stadt verfügte über eine eigene Zisterne, in der das sorgfältig aufgefangene Regenwasser gespeichert wurde. Als Reserve war das sehr gut, würde für sich allein jedoch bestenfalls ein paar Wochen lang reichen. Durch ihre Lage auf dem Hochplateau befand sich Arete viel zu hoch über dem Grundwasserspiegel, als dass man irgendwelche Brunnen innerhalb der Stadtmauern würde graben können. Der Großteil des Wassers hatte die Stadt immer über die steilen Stufen, die vom Ufer des Euphrat zur Porta Aquaria hinaufführten, oder über eine Reihe von Serpentinen und in den Fels geschlagenen Tunneln auf dem Rücken von Eseln und Menschen erreicht, und das würde sich auch nicht so schnell ändern lassen. Solange der Teil der östlichen Mauern gehalten wurde, die vom Fuß der steil abfallenden Klippen in den Euphrat hineinragten, konnte die Wasserversorgung nicht blockiert werden. Diese Teilmauern waren mit jeweils rund hundert Schritten Länge relativ kurz. Der Zugang durch die Felsschluchten zu ihnen war schwierig und ohne Deckung vor den auf der Stadtmauer stationierten Geschützen. Damit sollte Aretes Wasserversorgung einigermaßen gesichert sein, aber trotzdem musste sich Ballista einen Gesamteindruck von den Gegebenheiten direkt vor Ort verschaffen, auch wenn er immer noch vor Wut über Acilius Glabrios Verhalten innerlich kochte.

Er stieg die Stufen von der Porta Aquaria hinab, blickte sich auf der schmalen Terrasse zwischen den Klippen und dem Flussufer um und überprüfte die Eingänge zu den Tunneln. Zwei waren mit Toren versehen, drei als gefährlich eingestuft und deshalb permanent versperrt worden. Ballista musterte die kurzen Mauerabschnitte und stellte zufrieden fest, dass sie von den aus der Hauptmauer aufragenden Türmen dominiert wurden. Zum Schluss ließ er den Blick über die Kais und die dort liegenden Boote wandern. Nachdem er hinter die Mauer zurückgekehrt war, erteilte er, ein wenig außer Atem, seine Anweisungen.

Niemand durfte den Zisternen ohne offizielle Genehmigung Wasser entnehmen. Das gesamte Brauchwasser musste ab sofort vom Euphrat heraufgeschafft werden. Wachen hatten an allen größeren Zisternen in militärischen Gebäuden, der Karawanserei und den großen Tempeln Posten zu beziehen. Eine Centurie der Legio IIII sollte an der Porta Aquaria stationiert werden. Abgesehen von anderen Aufgaben, die den Männern später noch zugewiesen werden würden, hatten sie den Wassertransport in die Stadt zu überwachen und für die Sicherheit der Tunnel zu sorgen. Diejenigen, die unsicher erschienen, sollten fest verschlossen werden.

Den beiden anderen Tunneln wandte sich Ballista nun mit großem Unbehagen zu. Lampen wurden gebracht und die Sicherungsbolzen eines Tores, das einen der angeblich sicheren Tunnel verschloss, entfernt. In der Hoffnung, dass man ihm seine extreme Verunsicherung nicht anmerkte, trat Ballista in das Rechteck aus Dunkelheit hinein. Bereits nach wenigen Schritten musste er eine Weile stehen bleiben, damit sich seine Augen auf das Halbdunkel einstellen konnten. Eine kurze Treppe führte von seiner Position aus weiter in die Tiefe. Jede einzelne Stufe war in der Mitte etwas abgeflacht, abgeschliffen von unzähligen Füßen, die die Treppe seit Generationen hinauf- und hinabgestiegen waren. Nach rund einem Dutzend Stufen beschrieb der Tunnel eine scharfe Rechtsbiegung. Ballista wiederholte in Gedanken die Worte, die ihn so oft schon sicher durch viele schwierige Situationen geleitet hatten: Nicht nachdenken, einfach handeln!

Vorsichtig stieg er die Stufen hinab. Nach der Biegung folgte eine weitere kurze Treppe und dieser eine weitere Rechtskehre. Danach veränderte sich der Charakter des Ganges völlig. Die Stufen verwandelten sich in eine schlüpfrige steile Rampe. Ballista stützte sich mit einer Hand an der grob behauenen nassen Felswand ab. Kein Lichtschimmer drang vom Tunneleingang her bis in diese Tiefe. Als Ballista die Lampe hob, schien sich der Gang in der Unendlichkeit vor ihm zu verlieren. Irgendetwas huschte mit einem Quietschen knapp außerhalb seines Sichtfeldes davon.

Er verspürte das überwältigende Bedürfnis, den Tunnel fluchtartig wieder zu verlassen, doch wenn er das tat – das war ihm nur zu gut klar –, würde sich bei allen Männern, die unter seinem Kommando standen, spätestens bis zum Anbruch der Nacht herumgesprochen haben, dass sich ihr neuer, großer, mutiger barbarischer Dux vor beengten Räumen fürchtete. Plötzlich war die Luft um seinen Kopf herum von flatternden und umherschießenden schwarzen Schemen erfüllt. Genauso schnell, wie der Schwarm Fledermäuse aufgetaucht war, war er auch wieder verschwunden. Ballista wischte sich die schweißnassen Handflächen an seiner Tunika ab. Es gab nur einen Weg für ihn, wieder aus diesem furchtbaren Tunnel herauszukommen, ohne seinen Ruf nachhaltig zu schädigen. Mit zusammengebissenen Zähnen drang er tiefer in die kalte, feuchte Dunkelheit vor. Es kam ihm so vor, als würde er in den Hades hinabsteigen.

Ballista war müde, geradezu todmüde. Er saß auf den Treppenstufen eines Tempels am Ende der Mauerstraße im südwestlichen Winkel Aretes. Bei ihm waren nur noch Maximus und Demetrius, aber beide schwiegen. Die Abenddämmerung stand kurz bevor. Es war ein langer Tag gewesen.

Seit unserer Ankunft hier ist jeder Tag lang gewesen, dachte Ballista. Seither sind gerade einmal acht Tage vergangen, die Arbeit hat kaum richtig begonnen, und ich fühle mich jetzt schon erschöpft. Was hatte Bathshiba noch einmal gesagt, als er Arete zum ersten Mal von dem Hügelkamm aus gesehen hatte? »Ist es das wert?« Oder so ähnlich. In diesem Moment lautete seine Antwort darauf *nein*, und das nicht erst seit jetzt. Aber da er von den Kaisern in diese Stadt geschickt worden war, würde ein Nein seinen Tod oder seine Gefangenschaft zur Folge haben.

Er vermisste seine Frau. Er fühlte sich einsam. Die einzigen drei Menschen in dieser Stadt, die er als Freunde bezeichnen konnte, waren gleichzeitig auch sein Besitz, und das schuf eine Barriere zwischen ihnen. Demetrius mochte er sehr gern, viele Jahre gemeinsam geteilter Gefahren und Freuden hatten Maximus und ihn fest zusammengeschweißt, und Calgacus kannte ihn bereits seit seiner Kindheit. Und trotzdem gab es da diese Trennlinie zwischen Herr und Dienerschaft. Er konnte nicht so mit ihnen reden wie mit Julia.

Und er vermisste seinen Sohn. Wenn er an ihn dachte, verspürte er einen beinahe überwältigenden, ihm alle Kraft raubenden Schmerz: die blonden Locken des Jungen, völlig unerwartet angesichts des schwarzen Haars seiner Mutter, die grün-braunen Augen, die zarte Rundung seiner Wangenknochen, der perfekt geformte Mund.

Allvater, wie gern würde er zu Hause sein. Doch noch während er den Gedanken formulierte, wünschte er sich bereits, er hätte es nicht getan. Denn mit der Zwangsläufigkeit, mit der die Nacht auf den Tag folgt, nahm auch schon der nächste Gedanke gegen seinen Willen in seinem Kopf Gestalt an: Wo befand sich sein wahres Zuhause überhaupt? War es sein Anwesen in Sizilien, das gemauerte, mit Marmor verkleidete, hoch auf den Klippen von Tauromenium gelegene Haus? Die elegante Stadtvilla, von dessen Balkonen und Gärten aus man einen herrlichen Blick auf die Bucht von Naxos und den rauchenden Gipfel des Ätna hatte, das Zuhause, das er und Julia gemeinsam aufgebaut und vier Jahre lang geteilt hatten? Oder lag seine Heimat doch noch immer fern im Norden? War es das große, reetgedeckte Langhaus mit dem bemalten Verputz auf den aus Flechtwerk und Lehm bestehenden Wänden? Das Haus seines Vaters, erbaut auf einem flach ansteigenden Landstreifen direkt hinter den Sanddünen und Gezeitensümpfen, in denen die Kiebitzregenpfeifer wateten und das *Kliep-Kliep* der Austernfischer durch das Schilf erklang?

Ein Mann mittleren Alters, nur mit einer Tunika bekleidet und einem Schreibblock in der Hand, bog in die Mauerstraße ein. Als er Ballista entdeckte, eilte er auf ihn zu.

»Kyrios, es tut mir leid, dass ich mich verspätet habe!«

Ballista klopfte sich den Staub aus der Kleidung. »Du hast dich nicht verspätet. Wir sind zu früh gekommen. Mach dir keine Sorgen.«

»Danke, Kyrios, das ist sehr freundlich von dir. Die Ratsherren sagten, du wolltest dir die Immobilien in der Mauerstraße ansehen.«

Ballista bestätigte, dass es so war, und der Sklave aus der Stadtverwaltung deutete auf den Tempel, auf dessen Stufen der Nordländer gesessen hatte. »Der Tempel von Aphlad, einer lokalen Gottheit, die über die Kamelkarawanen wacht. Das Innere wurde erst kürzlich auf Kosten des edlen Iarhais neu gestrichen.« Der Mann ging rückwärts die Straße hinauf. »Der Tempel des Zeus, Kyrios. Die neue Fassade wurde durch die Großzügigkeit des gottesfürchtigen Anamu errichtet.« Sie erreichten den nächsten Häuserblock, ohne dass der Sklave den Blick auch nur einmal von Ballista abwandte. »Privathäuser, darunter das schöne Anwesen des Ratsherrn Theodotus.«

Du armer Bastard, dachte Ballista. Du bist ein Sklave der Ratsversammlung von Arete. Diese Leute besitzen dich, kennen wahrscheinlich nicht einmal deinen Namen, und doch bist du stolz auf sie, auf ihre Häuser, auf die Tempel, an die sie ihr Geld vergeuden. Und dieser Stolz ist alles, was dir ein wenig Selbstachtung verleiht. Der Mann aus dem Norden blickte traurig die Mauerstraße hinunter. In einigen Monaten, bis zu den Kalenden des Februars, werde ich all das zerstört haben. Alles wird dem großen Erdwall geopfert werden, der Arete schützen soll.

In diesem Moment hastete ein Legionär um eine Häuserecke. Als er Ballista erblickte, kam er schlitternd zum Stehen. Er deutete einen kurzen militärischen Gruß an und versuchte, etwas zu sagen, war aber so außer Atem, dass er kein Wort hervorbrachte. Mühsam schnappte er nach Luft.

»Feuer!«, stieß er schließlich keuchend hervor. »Das Artilleriemagazin. Es brennt!« Er deutete über seine linke Schulter. Der kräftige Nordostwind wehte die ersten Ausläufer einer dicken schwarzen Rauchwolke über die vielen Dächer Aretes direkt auf Ballista zu.

IX

Ballista rannte durch die Straßen, die sich mit immer mehr aufgeregten Menschen füllten. Maximus und Demetrius folgten ihm in einem wilden Slalom durch die Menschenmengen hindurch. Der Legionär, der schon vorher völlig ausgepumpt gewesen war, fiel schnell hinter ihnen zurück.

Als er das Artilleriemagazin erreicht hatte, brannte Ballistas Lunge, und sein linker Arm, mit dem er die Scheide seiner langen Spatha festgehalten hatte, damit sie ihm nicht bei jedem Schritt gegen die Beine schlug, schmerzte höllisch.

Das gesamte Gebäude stand in hellen Flammen. Mamurra und Turpio waren bereits da. Der kräftige Nordostwind, der das regennasse Land getrocknet hatte, fachte das Feuer unbarmherzig weiter an. Flammen züngelten durch die vergitterten Fenster und um die Giebel herum, Funken stoben hoch in den Himmel und wurden gefährlich in Richtung der Stadt geweht. Turpio stellte gerade einen Trupp zusammen, der eine Brandschneise freiräumte und die Häuser im Südwesten mit Wasser übergoss. Mamurra hatte eine Menschenkette aus Legionären aufgestellt, die möglichst viel Material aus dem dem Untergang geweihten Magazin in Sicherheit brachten. Um sie zu ermutigen, ging er bewusst das gleiche Risiko wie sie ein, lief ständig durch die Tür auf der Südseite hinein, um kurz darauf mit allerlei Gegenständen in den Händen wieder herauszueilen.

Da er nur zu gut wusste, dass er von seinen Offizieren und Männern nicht erwarten konnte, Dinge zu tun, zu denen er selbst nicht bereit war, folgte Ballista Mamurra in das brennende Gebäude hinein. Die Hitze war bereits so groß, dass der Verputz von den Wänden bröckelte und die Farbe an den Deckenbalken zu sieden schien und Blasen schlug. Kochend heiße Tropfen regneten auf die Männer herab. Es gab kaum Rauch, aber das war vermutlich eine gefährliche Täuschung. Das Feuer kreiste sie heimtückisch von allen Seiten ein und kroch unsichtbar durch Hohlräume hinter den Wänden in die Höhe. Jeden Augenblick konnten die Tragebalken nachgeben, das Dach einstürzen und sie unter sich begraben, sie ersticken und bei lebendigem Leib verbrennen.

Ballista brüllte allen Männern über das unmenschliche Heulen des Feuers hinweg zu, das Gebäude augenblicklich zu verlassen. Erst als der letzte Legionär die Türschwelle überquert hatte, folgten er und Mamurra ihm ins Freie.

Draußen bemühten sich alle, die geretteten Materialien und Gegenstände in Bereiche vor dem Wind zu schaffen, wo die Flammen sie nicht erreichen konnten. Dann sahen sie hilflos zu, wie das Feuer wütete.

Das Gebäude stürzte nicht sofort in sich zusammen. Manchmal schienen die Flammen nachzulassen, nur um kurz darauf noch heftiger wieder aufzulodern. Schließlich ertönte ein unheimliches Ächzen, und das Dach stürzte mit einem fürchterlichen Krachen zu Boden.

Es war ein schöner Morgen, die Luft frisch und klar, als Ballista in aller Frühe erwachte. Eingehüllt in ein Schafsfell, sah er zu, wie die Sonne über Mesopotamien aufging. Die gewaltige Himmelskuppel verwandelte sich in ein zartes Rosa, die vereinzelten Wolkenfetzen leuchteten silbern. Verfolgt von Skoll, dem Wolf, so wie es bis zum Ende aller Zeiten sein würde, kletterte die Sonne langsam über den Horizont. Die ersten goldenen Strahlen ergossen sich über die Terrasse des Palastes, in dem der Dux Ripae residierte, und über die Zinnen der Stadtmauern. Die Kaianlagen und die leise raschelnden Schilffelder am Fuß der Klippen lagen immer noch in tiefblauer Dunkelheit.

Obwohl Ballista nur sehr kurz geschlafen hatte, war es ein überraschend tiefer und ruhiger Schlaf gewesen. Er fühlte sich erfrischt und voller Energie. An einem solchen Morgen musste man sich ganz einfach wohl fühlen, selbst nach der Katastrophe am Abend zuvor.

Ballista konnte hören, wie Calgacus sich ihm über die Terrasse näherte. Er machte nicht nur ungeniert durch Schnaufen und Hüsteln auf sich aufmerksam, sondern murmelte deutlich verständliche Satzfetzen vor sich hin. In der Öffentlichkeit verhielt sich der unerschütterlich loyale, gealterte Kaledonier gegenüber seinem Dominus wortkarg bis hin zur Einsilbigkeit. Doch wenn sie unter sich waren, hatte er nicht die geringsten Hemmungen, das auszusprechen, was ihm gerade auf dem Herzen lang, so als würde er laut denken, und das lief in der Regel auf eine monotone Litanei aus Klagen und Vorwürfen hinaus. »… nur in ein Schafsfell gehüllt – schaut sich den Sonnenaufgang an – fängt wahrscheinlich gleich damit an, irgendwelche bescheuerten Gedichte zu rezitieren …« Um gleich darauf in derselben Lautstärke, wenn auch in einem gänzlich anderen Tonfall, zu sagen: »Guten Morgen, Dominus. Ich habe dir dein Schwert mitgebracht.«

»Danke. Was hast du gerade gesagt?«

»Dein Schwert?«

»Nein, davor.«

»Nichts.«

»Ein schöner Morgen. Erinnert mich an Bagoas Gedichte. Lass mich eins auf Lateinisch versuchen:

Vom Himmel reißt der Morgen das schwarze Tuch
Der Nacht, drum füll mit Magierwein den Krug,
Saqi, und reib dir deine Augen wach!
Glaub mir, du schläfst dereinst noch lang genug.

»Wie findest du das?« Ballista grinste.

»Sehr schön.« Calgacus' Lippen wurden noch schmaler, und sein Mund wirkte sogar noch verkniffener, als es schon gewöhnlich der Fall war. »Gib mir dieses Schafsfell. Du wirst bereits am Tor erwartet.« Wieder in Gedanken vor sich hinmurmelnd, »… Zeit und Ort – würdest deinen Vater wohl kaum dabei ertappen, wie er beim Sonnenaufgang Gedichte aufsagt wie ein liebeskrankes Mädchen …«, zog er sich zurück, und allmählich verklang seine Stimme in den Tiefen des Palastes.

Begleitet von Maximus und Demetrius begab sich Ballista zu der ausgebrannten Ruine des Magazins. Mamurra war bereits vor Ort. Möglicherweise war er die ganze Nacht dort gewesen.

»Wir werden tun, was befohlen wird, und sind bereit, jeden Befehl auszuführen!« Der Praefectus fabrum salutierte zackig. Sein Gesicht und seine Unterarme waren schwarz vor Ruß.

»Wie sieht es aus?«

»Nicht gut, aber es hätte schlimmer kommen können. Das Gebäude muss vollständig abgerissen werden. Fast alle Artilleriebolzen sind verbrannt. Das gesamte Reservezubehör der Ballistae – Unterlegscheiben, Ratschen und dergleichen – liegen unter diesem Haufen verschüttet.« Er fuhr sich mit der Hand durch das Gesicht, die Geste eines erschöpften Mannes. »Alle bereits fertig geformten Steinkugeln befanden sich zum Glück draußen, sind also unversehrt geblieben. Ich werde Seile an den Wänden der Ruine befestigen lassen und versuchen, sie nach außen hin umzureißen. Vielleicht gelingt es uns so, wenigstens ein paar metallene Armaturen zu retten, ein paar Metallspitzen für die Bolzen – hängt ganz davon ab, wie heiß das Feuer geworden ist.« Mamurra verstummte, trank ein paar große Schlucke Wasser und goss sich etwas über den Kopf, worauf das Gemisch aus Ruß und Wasser merkwürdig aussehende schwarze Linien in seinem Gesicht hinterließ. »Wie auch immer, es ist nicht die vollständige Katastrophe geworden, wie sie irgendwer geplant hat.«

»Bist du dir sicher, dass es Brandstiftung war?«

»Komm mit.« Mamurra führte Ballista zur nordwestlichen Ecke des Gebäudes. »Geh nicht zu dicht an die Wände heran. Sie könnten jeden Moment einstürzen. Aber riech mal.«

Ballista sog die Luft tief durch die Nase ein, und sofort drehte sich ihm der Magen um. Wieder sah er vor seinem geistigen Auge, wie sich über ihm langsam eine Stange mit einer Amphore am Ende zu drehen begann, und er erinnerte sich an die Schreie und die anderen Gerüche, an den Geruch brennenden Fleisches.

»Naphtha.«

»Ja, wer es einmal gerochen hat, vergisst es nie wieder. Jedenfalls nicht, wenn man seine Auswirkungen erlebt hat.« Mamurra deutete auf einen schmalen Lüftungsschlitz hoch oben in der Wand. »Ich denke, der oder die Brandstifter haben es dort hineingegossen. Und dann wahrscheinlich eine brennende Lampe hinterhergeworfen.«

Ballista sah sich um und versuchte, sich den Ablauf des Anschlags vorzustellen: Letzte Stunde des Tages, niemand in der Nähe. Ein Mann oder mehrere? Und war der Täter danach weggerannt, oder hatte er versucht, unerkannt in der Menge unterzutauchen?

»Es gibt Zeugen. Zwei.« Mamurra deutete auf zwei Männer, die unglücklich auf dem Boden hockten, bewacht von zwei Legionären. »Sie haben beide einen Mann in der Straße der Sichelmacher gesehen, der in südöstlicher Richtung davongerannt ist.«

»Gibt es eine gute Beschreibung?«

Mamurra lachte. »Ja, sogar zwei ganz hervorragende! Der eine hat einen kleinen Mann mit schwarzem Haar und einem groben Umhang gesehen, der andere einen großen Mann ohne Umhang mit einer Vollglatze.«

»Danke, Mamurra. Du hast sehr gute Arbeit geleistet. Mach weiter, ich komme wieder, nachdem ich mit den Zeugen gesprochen habe.«

Die beiden Männer wirkten eingeschüchtert und verbittert zugleich. Einer hatte ein blau angelaufenes Auge. Ballista kannte die auf Gegenseitigkeit beruhende Abneigung zwischen römischen Soldaten und der einheimischen Bevölkerung nur zu gut, aber er war überrascht über die Dummheit der Legionäre. Diese beiden Männer hatten sich freiwillig als Zeugen gemeldet, um eine Aussage zu machen. Ohne Beweise der Mittäterschaft bezichtigt, waren sie unter Druck gesetzt, wahrscheinlich sogar zusammengeschlagen worden.

Unvorstellbar, dass sie sich in der Zukunft noch einmal so hilfsbereit zeigen würden.

Nachdem er Mamurra gebeten hatte, ihm frisches Wasser zu besorgen, sprach Ballista freundlich mit den beiden Zivilisten. Sie bestätigten ihm, was er bereits von Mamurra erfahren hatte. Es war durchaus möglich, dass sie zwei verschiedene Männer gesehen hatten. Was den zeitlichen Ablauf der Ereignisse betraf, gab es gewisse Unstimmigkeiten. Doch es war genauso gut denkbar, dass sie sich einfach nur etwas anders an die Geschehnisse erinnerten. Keiner hatte einen der Männer erkannt. Die Befragung führte nirgendwohin. Ballista dankte ihnen und bat Demetrius, jedem ein paar Antoniniani zu geben.

Er kehrte zu Mamurra zurück. »Also, Folgendes werden wir tun.« Er sprach schnell und in einem zuversichtlichen Tonfall. »Mamurra, lass das Gebäude abreißen und ein neues in doppelter Größe errichten, umgeben von einer Mauer und jeder Menge Wachposten. Es hat keinen Sinn, die Stalltür erst zu schließen, wenn das Pferd bereits davongerannt ist.« Mamurra lächelte pflichtbewusst. »Außerdem wirst du eine unabhängige Mannschaft Ballistarii zusammenstellen und befehligen. Die bereits vorhandenen vierundzwanzig Ballistarii der Legio IIII werden dir unterstellt, genauso wie weitere sechsundneunzig gewöhnliche Legionäre. Jeder Ballistarius wird für die Ausbildung von vier Legionären verantwortlich sein. Bis Frühjahr erwarte ich, eine gut funktionierende hundertzwanzigköpfige Spezialeinheit von Ballistarii vorzufinden.« Mamurra wollte irgendetwas sagen, aber Ballista kam ihm zuvor.

»Darüber hinaus erwarte ich, dass deine Männer bis dahin weitere einundzwanzig Bolzenkatapulte gebaut, getestet und stationiert haben. Es gibt genug Platz für zwei weitere Bolzenkatapulte auf allen Turmplattformen, auf denen bisher nur eines steht. Du kannst so viele zivile Arbeiter, Zimmermänner, Schmiede und so weiter anfordern, wie du benötigst. Such dir die Legionäre selbst aus. Lass nicht zu, dass dir Acilius Glabrio seine unfähigsten Leute aufhalst.«

Ein langsames Grinsen breitete sich auf Mamurras kantigem Gesicht aus.

Als sie gingen, sagte Maximus leise auf Keltisch zu Ballista: »Wenn dein junger Patrizier dich bisher noch nicht gehasst hat, dann wird sich das spätestens jetzt ändern.«

Als der Telones die Gruppe über die Hauptstraße in Richtung des Tores reiten sah, wusste er sofort, dass dies nicht der richtige Zeitpunkt für irgendwelche lustigen Anekdoten über Philosophen oder was auch immer sonst war, erst recht nicht für anmaßendes Verhalten oder gar Erpressungsversuche. Der Boukolos scheuchte sofort eine Familie Zeltbewohner samt ihrer Esel aus dem Weg, schubste Menschen und Tiere gleichermaßen grob von der Straße und verfluchte sie aufs Übelste dafür, dass sie sich nicht beeilten. Vorgewarnt von einem Straßenjungen, der Botengänge für sie erledigte, brach das zehnköpfige Contubernium sein Würfelspiel abrupt ab. Die Legionäre stürzten hastig aus der Wachstube heraus, ordneten Kleidung und Waffen und bauten sich in Habt-Acht-Stellung auf.

Der Dux Ripae zügelte sein Pferd, hob eine Hand, und sein aus vier Mann bestehendes Gefolge hielt an.

Der Zollbeamte sah, wie der Nordländer den Blick über das Palmyra-Tor wandern ließ. Bei den Göttern, was war er riesig, der Kerl, riesig und kräftig wie alle seiner Art.

»Guten Tag, Telones«, begrüßte ihn der Barbar in gutem Griechisch mit einem einigermaßen freundlichen Gesichtsausdruck. Er begrüßte ebenso freundlich den Boukolos und die Legionäre, gab seinen Männern das Zeichen, sich wieder in Bewegung zu setzen, und ritt durch das Tor aus Arete hinaus.

»Übel aussehender Klotz, was?« Der Telones schüttelte den Kopf. »Sehr übel. Ich möchte ihm lieber nicht in die Quere geraten. Neigt bestimmt zu Wutausbrüchen. So wie alle seiner Sorte.«

Rund eine halbe Meile vor dem Tor, wo die Nekropole endete, zügelte Ballista sein fahles Pferd und betrachtete die Turmgrabmale. Es mussten mindestens fünfhundert sein. Außer in Palmyra hatte er nie etwas Vergleichbares gesehen. Jede Grabanlage ruhte auf einem rechteckigen stufenförmigen Sockel, der so hoch wie ein groß gewachsener Mann oder sogar noch höher war. Die erste Ebene des Grabmals war zwei- bis dreimal so hoch wie der Sockel und mit aus dem Stein herausgemeißelten glatten Säulen verziert. Auf sie folgten zwei bis drei weitere Etagen, die Flachdachhäusern ähnelten und mit zunehmender Höhe immer kleiner wurden.

Die Toten waren zusammen mit ihrem kostbaren Besitz, den sie in die nächste Welt mitnehmen würden, in Nischen im Inneren der Grabanlagen gebettet worden. Trauernde Verwandte konnten die Stelen durch eine einzelne Tür betreten und über eine Treppe im Inneren auf das Dach steigen, um dort ein Totenmahl einzunehmen. Die Versieglung der Nischen und die Sicherung der Grabmale wurde in die Obhut der Bestatter gegeben.

Es muss Generationen gedauert haben, all diese Grabanlagen zu errichten, dachte Ballista, und wir haben nur drei Monate Zeit, sie wieder abzureißen. Blieben sie stehen, würden sie Angreifern Deckung vor den von der Stadtmauer abgeschossenen Projektilen bieten, ihnen als Beobachtungsplattformen oder Artillerietürme dienen oder den Persern Material für den Bau von Belagerungsapparaturen liefern. Die Bürger Aretes würden ihn dafür hassen, aber die ewigen Ruhestätten ihrer Vorfahren mussten dem Erdboden gleichgemacht werden.

»Demetrius«, begann Ballista und sah, dass sein Sekretär bereits den Schreibgriffel gezückt hatte, »wir benötigen Kräne mit Abrissbirnen. Dann brauchen wir Beförderungsmittel, jede Menge Ochsenkarren für die großen Bruchstücke und Esel für die kleineren.« Er legte eine kurze Pause ein, um dem jungen Griechen genug Zeit zu geben, alles zu notieren. »Und viele Arbeitskräfte. Angeblich gibt es um die zehntausend Sklaven in der Stadt. Wir werden jeden männlichen Sklaven anfordern, der schwere körperliche Arbeit leisten kann. Das dürften um die zweitausendfünfhundert sein. Dazu werden wir freie Bürger dienstverpflichten und Soldaten abkommandieren – harte Arbeit, aber Soldaten lieben es, Dinge zu zerstören. In den Abschnitten, in denen nicht gearbeitet wird, können die Ballistae die

Grabanlagen als Übungsziele benutzen.« Der Nordländer bemerkte den gequälten Gesichtsausdruck seines Sekretärs. »Oh, natürlich werden wir den Familien vorher genug Zeit geben, die sterblichen Überreste ihrer Hinterbliebenen daraus zu entfernen.«

Ballista spielte mit den Ohren des bleichen Pferdes. »Und machst du bitte eine Notiz über die Sicherheitsvorkehrungen an den Toren? Die nördlichen und südlichen Nebeneingänge werden bis auf Weiteres geschlossen. Die Wachen am Palmyra-Tor und Wasser-Tor sollen verdoppelt werden. Alle Ankommenden und Abreisenden werden durchsucht, nicht nur auf Waffen, sondern auch auf Nachrichten. Ich will, dass diese Durchsuchungen äußerst gründlich durchgeführt werden: Schuhe, die Säume von Tuniken und Umhängen, Verbände, Sättel und Pferdegeschirr. Nachrichten lassen sich genauso leicht in Zaumzeug wie in Sohlen von Sandalen ritzen. Lass Acilius Glabrio wissen, dass ich ihn dafür verantwortlich mache, diese Befehle umzusetzen.«

Demetrius warf seinem Kyrios einen verstohlenen Blick zu. Die Aussicht auf Gewaltanwendung und körperliche Gefahr schien eine Kraftquelle für ihn zu sein. Nach dem Kampf gegen die Boraner und dem Betreten des brennenden Magazins am Vortag hatte er regelrecht erfrischt gewirkt, zielstrebiger, irgendwie lebendiger. Möge es lange so bleiben, dachte er. Ihr Götter, haltet die Hände schützend über ihn.

Immer wieder kehrten seine Gedanken zu dem Traumdeuter zurück. Die Begegnung hatte ihn aufgewühlt. War der Alte ein Schwindler gewesen? Er hätte durch logisches Kombinieren herausfinden können, dass Demetrius Ballistas Sekretär war. Dass er nicht zum ersten Mal einen Traumdeuter aufsuchte, hatte Demetrius selbst ihm durch den Hinweis auf die Türen aus Elfenbein und Horn verraten, durch die die Götter falsche und wahre Träume schickten. Dass er den alten Mann noch nie zuvor konsultiert hatte, ließ darauf schließen, dass er neu in der Stadt war, und wer außer Ballista war erst kürzlich mit einem jungen Sekretär in seinem Gefolge, der flüssig Griechisch sprach, in Arete eingetroffen?

Der Alte hatte Tumult und Durcheinander prophezeit, Intrigen und Verrat, den möglichen Tod. Waren die Träume göttlich inspiriert, oder war ihre Deutung viel prosaischer, eine Warnung, die verunsichern und Schaden anrichten sollte? Gab es irgendeine Verbindung zwischen der Traumdeutung und dem Anschlag auf das Magazin? Sollte er Ballista darüber informieren? Aber Demetrius fühlte sich auf eine seltsame Weise schuldig dafür, einen Oneiroskopos aufgesucht zu haben, und noch mehr fürchtete er, von Ballista deswegen ausgelacht zu werden.

Dabei kreisten Ballistas Gedanken genau in diesem Moment ebenfalls um Verrat. Genau wie sein junger Sklave versuchte auch er, die Zukunft zu ergründen. Stünde er auf persischer Seite und wäre der kommandierende General, wie würde sein Angriffsplan aussehen?

Er würde sein Lager ungefähr hier aufschlagen, fünfhundert Schritte von der Stadtmauer entfernt, gerade außerhalb der Reichweite der gegnerischen Artillerie. In Gedanken entfernte Ballista sämtliche Grabanlagen und sah die Verteidigungseinrichtungen vor seinem inneren Auge so, wie sie bis April beschaffen sein würden. Er würde ohne Umschweife angreifen lassen. Ein Angriff über die flache Ebene ohne jegliche Deckung. Ab einer Entfernung von rund vierhundert Schritten würde es Artilleriebolzen und Steine regnen, denen die ersten Männer zum Opfer fielen. Nach weiteren zweihundert Schritten wären sie innerhalb der Reichweite von Bogenschützen und Schleuderern. Der Boden würde mit Fallen präpariert sein, Gruben und spitzen Holzpflöcken. Dann ein Graben, weitere Holzpflöcke und Fallgruben. Die Männer würden das steile Glacis hinaufklettern, während sie von den Wehrmauern mit allerlei fürchterlichen Dingen beworfen wurden, die sie zerschmetterten, blendeten und verbrannten. Sobald die ersten Leitern gegen die Mauern gelegt werden konnten, würden diejenigen, die bisher überlebt hatten, die Sprossen erklimmen und dabei hoffen, dass die Leitern weder zerbrachen noch umgestoßen wurden und sie mit sich in den Tiefe rissen. Und wer es schließlich bis zur Mauerkrone geschafft hatte, würde im Kampf Mann gegen Mann auf verzweifelte Verteidiger stoßen.

Der Angriff könnte gelingen. Wahrscheinlicher war jedoch, dass er scheiterte. So oder so würde er Tausenden der Angreifer das Leben kosten.

Sollte die Ebene mit Toten und Sterbenden übersät und der Angriff fehlgeschlagen sein, was würde Shapur dann tun? Ballista rief sich alles ins Gedächtnis, was ihm Bagoas über die Sassaniden erzählt hatte. Es war von größter Bedeutung, seinen Feind zu verstehen und zu versuchen, sich in ihn hineinzuversetzen. Shapur würde sich nicht beirren lassen. Er war König aufgrund des Willens von Mazda, es war seine Pflicht, dafür zu sorgen, dass die ganze Welt die Bahram-Feuer verehrte. Diese Stadt hatte ihn schon einmal hintergangen, zuerst ihre Tore geöffnet und hinterher seine Garnison massakriert. In diesem letzten Rückschlag würde er nur einen weiteren Beweis für die Bösartigkeit der Stadtbewohner sehen. Er war Shapur, König der Könige, nicht irgendein barbarischer Kriegsherr aus dem Süden, kaum besser als die Krieger, die er befehligte, nicht irgendein römischer General, nur angetrieben von der Angst, das Missfallen der Kaiser zu erregen. Dass es unzählige Gefallene gab, spielte keine Rolle. Die Getöteten waren gesegnet, ihr Platz im Paradies war ihnen sicher. Shapur würde nicht aufgeben. Er würde nicht ruhen, bis alle Einwohner der Stadt in Ketten lagen oder tot waren, bis nur noch wilde Tiere durch die verwüsteten Straßen Aretes strichen.

Die Gruppe setzte sich wieder in Bewegung und näherte sich dem Eingang der südlichen Schlucht. Sie stiegen von ihren Pferden und führten die Tiere am Zügel in das abschüssige Felsbett. Ballista ging voraus, seine Stiefel fanden kaum Halt in dem losen Geröll und dem glitschigen Lehm. Nachdem sie die Sohle erreicht hatten, wurde die Schlucht breiter, und sie konnten wieder in die Sättel steigen und weiterreiten. Als die Mauern Aretes zu ihrer Linken aufragten, befanden sie sich schon tief in der Schlucht.

Es war bereits auf den ersten Blick offensichtlich, dass nur ein

Verrückter versuchen würde, den südlichen Abschnitt der Mauer zu stürmen. Der Abstieg würde ewig dauern, denn das Gefälle war steil und lang und die Ränder der Schlucht, von vereinzelten dornigen Büschen abgesehen, völlig kahl. Offen einsehbar für sämtliche Geschütze auf der Mauerkrone, im wahrsten Sinne des Wortes ein absolut mörderisches Terrain.

Nicht dass der Rand der Schlucht unmöglich zu erklimmen war. Ganz oben gab es einen Seiteneingang, und eine Reihe von Trampel- oder Ziegenpfaden liefen kreuz und quer durch das Bett der Schlucht. Es würde also eine Wache aufgestellt werden müssen. Viele Städte waren nur gefallen, weil die Angreifer schwierige Abschnitte erklommen hatten, die von den Verteidigern vernachlässigt worden waren. Aber hier würde der Feind nur durch Verrat oder völlige Überrumplung eindringen können.

Je weiter sie ritten, desto breiter wurde die Schlucht. Aus dieser Entfernung war die Stadtmauer unerreichbar für Katapulte. Ballista entdeckte etliche Höhlen hoch oben in der Böschung direkt unter dem Fuß der Mauer, zu denen schwindelerregend steile Pfade führten.

»Das sind Gräber, Dominus«, sagte einer der Kavalleristen. »Christliche Katakomben.« Er spuckte aus. »Die Christen wollen nicht mit dem Rest von uns in unserer Nekropole begraben werden, und wir wollen ihre Leichen auch nicht dort haben.« Er spuckte erneut aus. »Wenn du mich fragst, sind sie der wahre Grund für alle unsere Probleme. Die Götter haben für uns gesorgt und Jahrhunderte lang ihre Hände schützend über das Imperium gehalten. Und dann sind auf einmal diese Christen aufgetaucht. Sie bestreiten die Existenz der Götter und weigern sich, ihnen zu opfern. Die Götter sind verärgert, beschützen uns nicht mehr, und so kommen schwere Zeiten auf uns zu. Das ist ganz offensichtlich.« Er klemmte den Daumen zwischen Zeige- und Mittelfinger, um den bösen Blick abzuwehren.

»Ich weiß kaum etwas über sie«, sagte Ballista.

»Mögen die Götter dafür sorgen, dass es so bleibt, Dominus«, erwiderte der Soldat, der allmählich in Fahrt geriet. »Was ihren ›Du-sollst-nicht-töten‹-Schwachsinn betrifft, möchte ich einmal sehen, wie sie dazu stehen, wenn ihnen so ein verdammter großer Barbar seinen Schwanz in den Arsch rammt – bitte um Verzeihung, Dominus.«

Ballista machte eine wegwerfende Handbewegung, als wollte er sagen: Mach dir deswegen keine Sorgen, mir steht selbstverständlich oft der Sinn danach, Angehörige kleiner religiöser Sekten anal zu vergewaltigen.

Die Schlucht verengte sich etwas und wurde dann wieder breiter, als sie den Uferbereich des Euphrat erreichten. Zur Rechten erstreckten sich dichte Tamarisken-Haine, dazu vereinzelte Pappeln und Dattelpalmen. Auf der linken Seite erreichten sie ein Tor in der Mauer, das man nur betreten konnte, indem man einen linken Bogen schlug, durch den man seine ungeschützte rechte Seite entblößte. Das Tor war eine schlichte Konstruktion und die Mauer kaum der Rede wert, höchstens zwölf Fuß hoch, aber Ballista machte sich überhaupt keine Sorgen wegen der dürftigen Befestigung dieses Abschnitts der Mauer. Um sich ihm zu nähern, müssten die Perser entweder vom Fluss her kommen – unwahrscheinlich, da die Verteidiger bis dahin sämtliche Boote entweder beschlagnahmt oder mitten im Euphrat versenkt haben würden – oder die gleiche Route wie er und seine Begleiter einschlagen. Letzteres wäre mehr als tollkühn, denn dazu müssten die Angreifer eine mehrere hundert Schritte lange Strecke schwierigen Geländes hinter sich bringen, während der sie ständigem Beschuss von der Stadtmauer ausgesetzt sein würden.

»Demetrius, notier bitte Folgendes: Wir werden schwere Felsbrocken direkt am Rand der südlichen Schlucht positionieren, um sie auf jeden Perser hinabrollen zu lassen, der dumm genug ist, sich der Stadt aus dieser Richtung zu nähern.«

Das Tor sprang auf, und ein Contubernium Legionäre salutierte. Ballista und sein Gefolge stiegen ab. Innerhalb der Mauer am Fuß der Klippen rissen die Legionäre einen der verschlossenen Tunneleingänge auf. Ballista ließ den Blick über die Absperrung gleiten, die aus mehreren fast fugenlos übereinanderliegenden Felsplatten bestand, die wie die Seiten eines Buches aussahen. Er unterdrückte ein Schaudern bei dem Gedanken daran, was auf der anderen Seite lag, ein triefend nasser Tunnel wie der, den er vor zwei Tagen so angespannt hinabgestiegen war.

Sie gingen entlang des Ufers in nördlicher Richtung weiter. Überall herrschte rege Aktivität. Im Fluss gefüllte Wasserschläuche wurden mithilfe von Eseln an Seilen über wacklig aussehende Holzrahmen in die Höhe gezogen, wo Menschen und Esel sie über die steilen Stufen weiter zur Porta Aquaria hinaufschleppten. Boote von den üppigen Feldern jenseits des Flusses, die mit Feigen, Datteln und an den Füßen zu Trauben zusammengebundenen, empört gackernden Hühnern beladen waren, machten an den Kaianlagen fest. Bauern mit ihren Waren vergrößerten das Gedränge auf den Treppen. Vom Markt her wehte der Geruch gegrillter Fische herüber.

Der Mittag war bereits vorüber, als Ballista mit seinen Leuten den Markt erreichte und einer der Soldaten Essen für die Gruppe bestellte. Nachdem die Pferde versorgt und im Schatten angebunden worden waren, machten es sich die Männer bei Wein und Pistazien bequem. Die Wintersonne schien so warm wie an einem Junitag in Ballistas Heimat. Ein paar Männer bereiteten das Mittagessen zu. Ausgenommene Fische wurden in einem Metallkäfig, der an einer Kette vom Ast eines Baumes herabbaumelte, über dem Feuer gegrillt. Fett und Flüssigkeit tropften zischend in die Glut, aus der Rauchwolken aufstiegen.

Am Fuß der Treppe entkam eine Ziege ihrem Besitzer, worauf ein vielstimmiges Geschrei auf Aramäisch losbrach. Ballista verstand nicht ein Wort. Plötzlich wurde er sich der Ironie bewusst, dass er zwar die Sprache der derzeitigen Herren dieser Menschen beherrschte, der Römer, sowie ein wenig auch die ihrer potenziellen Eroberer, der Perser, nicht aber die Muttersprache der Einheimischen selbst, für deren Schutz er verantwortlich war.

Das Wasser des Euphrat glitzerte im Sonnenlicht, als sie ihre Inspektionsrunde fortsetzten. Ballista fragte sich, wie fest der Boden auf der nächsten Insel war. Sofern die Perser nicht über Boote verfügten, würde sie vielleicht als Zuflucht dienen müssen, sollte die Stadt fallen, wenn auch nur vorübergehend. Es war unumgänglich, dass er auch eine Rückzugsstrategie entwickelte. Zwar würde er alles tun, was in seiner Macht stand, um diese Stadt zu verteidigen, aber er hatte nicht vor, zuzulassen, dass Arete zur letzten Station seiner irdischen Laufbahn wurde.

Nachdem sie ein paar Worte mit den Wachen gewechselt hatten, ritt Ballistas Gruppe durch das Nordtor hinaus, das ein Ebenbild des Südtores war. Die Hänge der nördlichen Schlucht waren ebenfalls steil, aber nicht von Pfaden durchzogen wie die im Süden. Von hier aus gesehen wirkten die Menschen auf den Mauerkronen weit entfernt und winzig.

Durch die Niederschläge der letzten Tage war ein Abschnitt der Klippen unter der Stadtmauer eingestürzt, der Schutt ragte wie eine primitive Belagerungsrampe in die Schlucht hinein, die unsicher und gefährlich aussah. Zwar würden Angreifer sie hinaufklettern können, aber vermutlich würde das lockere Geröll durch den Druck schon bald erneut in Bewegung geraten und weiter abrutschen. Ballista wusste, dass er in seiner aufgekratzten Stimmung das Risiko eingegangen wäre, mit seinem Pferd auszuprobieren, ob man die Rampe sicher überqueren könnte, hätte er sich an ihrem Fuß befunden.

»Onager«, sagte einer der Soldaten leise.

Der Wildesel graste etwa hundert Schritte entfernt in der Schlucht. Er hatte den Kopf gesenkt, sein weißes Maul zupfte an den Blättern eines stachligen Kameldornbuschs.

Einer der Soldaten reichte Ballista seinen Speer. Ballista hatte noch nie zuvor Jagd auf Onager gemacht. Der Schaft des Speeres aus Kirschbaumholz fühlte sich glatt und fest an. Ein kurzer Druck mit den Schenkeln, und das fahle Pferd setzte sich langsam in Bewegung. Der Wildesel hob den Kopf und kratzte sich eines seiner langen Ohren mit einem Hinterhuf. Er starrte den sich ihm nähernden Reiter an, wirbelte dann plötzlich herum, machte einen weiten Satz und trabte los. Ballista trieb sein Pferd zu einem verhaltenen Galopp an. Der Onager galoppierte ebenfalls, wenn auch längst nicht so schnell er konnte, und lief mit traumwandlerischer Trittsicherheit durch das schwierige Gelände in dem teilweise ausgetrockneten Bett der Felsschlucht. Sein gelb-braunes Hinterteil mit dem auffälligen schwarz eingefassten weißen Streifen entfernte sich immer weiter. Ballista ließ sein Pferd schneller galoppieren. Auch wenn der Wallach trittsicher war, wollte Ballista auf dem tückischen Untergrund kein allzu großes Risiko eingehen. Sie hatten Zeit genug. Dies würde eine längere Jagd werden. Es gab keinen Weg, der aus dem Bett der Felsschlucht hinausführte.

Allmählich rückten die Felswände näher zusammen. Ballista konnte spüren, wie Maximus und die anderen hinter ihm zurückfielen. Vor dem Onager gabelte sich die Schlucht. Ohne zu zögern wählte der Wildesel die rechte Abzweigung. Ballista zügelte sein Pferd und sah sich um. Die Felswände waren glatt und steil. Er musste sich hier ungefähr auf Höhe der westlichen Mauerkrone befinden, auch wenn ihm die Sicht auf die Stadtmauer und die Ebene versperrt war. Sein Gefolge wurde von einer Biegung in der Schlucht verborgen. Das fahle Pferd folgte dem Esel ohne Ballistas Zutun in die rechte Abzweigung hinein.

Hier unten strahlten die Felswände noch immer die in ihnen gespeicherte Sommerhitze ab. Myriaden von Mücken, die der Regen aus den höheren Luftschichten gewaschen hatte, klatschten Ballista ins Gesicht, gerieten ihm in die Augen und den Mund. Die enge Felsschlucht stieg immer weiter an. Die Hufe des Onagers, der unermüdlich weiterrannte, schleuderten Lehmklumpen hinter sich in die Höhe. Ballistas Pferd dagegen ermüdete allmählich. Er drosselte das Tempo ein wenig.

Urplötzlich scheute der Wallach, kam mit rutschenden Hufen zum Stehen und bog scharf nach links ab. Alles, was Ballista daran hinderte, rechts über den Hals des Tieres geschleudert zu werden, war das rechte Ende des gegabelten Sattelhorns, das sich ihm tief in die Magengrube bohrte. Das Pferd drehte sich mit vor Panik riesigen Augen in schnellen engen Kreisen. Die Fliehkraft zerrte immer stärker an Ballista und drohte, ihn nach rechts aus dem Sattel zu schleudern. Die Metallspitze des Speeres, den er immer noch reflexartig umklammerte, schrammte klappernd über den felsigen Boden. Er hielt sich nur noch mit der Kraft seiner Schenkel im Sattel und tastete mit der linken Hand nach dem Sattelhorn. Mit aus purer Verzweiflung geborener Kraft begann er, sich langsam aus seiner gefährlichen Schräglage wieder aufrecht auf den Rücken des Pferdes zu ziehen. Plötzlich spürte er, wie der Sattel zu rutschen begann. Der Sattelgurt hatte sich gelockert.

Es blieb ihm nichts anderes übrig – Ballista warf den Speer weg, ließ das Sattelhorn los und stieß sich kräftig mit den Füßen ab. Ein heftiger Schmerz schoss durch sein Fußgelenk, als sich sein linker Stiefel an dem Sattelhorn verhakte. Durch die Drehbewegung des Pferdes wurde Ballista fast waagrecht durch die Luft gewirbelt. Er versuchte, den linken Fuß durch einen Tritt freizubekommen. Sein Kopf war nur ein paar Fingerbreit von dem scharfkantigen Felsgeröll entfernt. Ballista kämpfte gegen die Zentrifugalkräfte an und trat erneut aus. Endlich glitt sein Fuß aus dem verkeilten Stiefel heraus. Er prallte hart auf den Felsboden und überschlug sich mehrmals.

An seinem linken Arm waren große Hautpartien abgeschürft, seine Schulter geprellt. Doch er hatte keine Zeit, sich um seine Verletzungen zu kümmern. Er entdeckte den Speer nicht weit entfernt auf dem Boden und kroch auf Händen und Knien auf ihn zu. Sobald er die Waffe in beiden Händen hielt, richtete er sich in einer Hocke auf, drehte sich um und suchte die nähere Umgebung nach dem ab, was sein Pferd in eine derartige Panik versetzte.

Die großen gelben Augen, leer und doch listig, beobachteten ihn aus rund zwanzig Schritten Entfernung. Ein Löwe, ein männliches Tier. Voll ausgewachsen, mindestens acht Fuß lang. Ballista konnte den Atem der Raubkatze hören. Er roch das heiße Fell, bildete sich sogar ein, den beißenden Atem riechen zu können. Der Löwe bleckte die Zähne, sein Schwanz zuckte. Er brüllte, ein dumpfes, Furcht einflößendes Grollen – einmal, zweimal, dreimal.

Ballista hatte schon öfter Löwen gesehen, bisher allerdings immer aus sicherer Entfernung in der Arena. Einer war an dem Tag, als er Maximus zum ersten Mal kämpfen gesehen hatte, im Verlauf der morgendlichen Tierhatz in Arelate getötet worden. Dies wäre der richtige Zeitpunkt und Ort für den Hibernier, um zu erscheinen und seine Dankesschuld zu begleichen, indem er ihm das Leben rettete, fand Ballista.

Er hatte gesehen, wie Löwen töteten – sowohl in freier Natur als auch in der Arena. Sie brachten ihr Opfer durch einen Sprung zum Fall, nagelten es durch ihr Gewicht und die messerscharfen Krallen am Boden fest und schlugen ihre furchtbar langen Fänge beinahe anmutig in seine Luftröhre.

Ballista wusste, dass er nur eine Chance hatte. Er ging in die Hocke, den Körper dem Löwen seitlich zugewandt, schloss die Hände fest um den Speerschaft und schob das Ende unter seinen rechten Fuß, der im Gegensatz zu einem linken immer noch in seinem Stiefel steckte.

Plötzlich setzte sich der Löwe in Bewegung, sprintete schneller los, als Ballista es für möglich gehalten hätte. Ein, zwei, drei Sätze, dann war er da, landete kurz vor ihm auf dem Boden, die Pfoten dicht nebeneinander, und setzte zum finalen Sprung an. Den Kopf weit vorgestreckt, katapultierte er sich auf Ballista zu.

Die Speerspitze bohrte sich ihm in die Brust. Er riss den Rachen weit auf. Die Wucht des Aufpralls prellte dem Nordländer den Speer aus den Händen und das Schaftende unter seinem Stiefel hervor. Ballista sprang zurück. Eine Pranke des Löwen streifte ihn, die Klauen schlitzten ihm den Oberarm auf und schleuderten ihn zu Boden.

Der Löwe landete, die Pranken immer noch geschlossen, und sein Schwung und sein Eigengewicht trieben den Speer tiefer in seine Brust hinein. Der Schaft zerbrach. Der Löwe kippte seitlich um und rutschte auf den Rücken, die Beine gespreizt.

Es gelang ihm, noch einmal auf die Beine zu kommen. Ballista rappelte sich ebenfalls hoch und riss seine Spatha aus der Scheide. Der Löwe brach zusammen.

In diesem Moment klang Hufgetrappel auf, und Maximus und der Soldat, der die Christen hasste, kamen hinter der Biegung der Schlucht in Sicht. »Du bist der Mann!«, rief der Hibernier strahlend. »Du bist der Mann!«

Wie aus dem Nichts waren plötzlich etwa zwanzig Bauern aufgetaucht, bildeten einen Kreis um den toten Löwen und plapperten erregt.

»Könnte gut sein, dass sie dich demnächst anbeten werden«, sagte Maximus, immer noch über das ganze Gesicht strahlend. »Dein Löwe hat ihr Dorf terrorisiert.« Er deutete mit dem Daumen über die Schulter. »Wir haben die ganze Strecke zu den Dörfern in den Hügeln nordwestlich von Arete zurückgelegt.«

Nachdem er Maximus angewiesen hatte, den Löwen häuten zu lassen und dafür zu sorgen, dass das Fell zu ihm in die Stadt gebracht wurde, begab sich Ballista zu Demetrius, der sein Pferd am Zügel hielt.

»Irgendetwas nicht in Ordnung?« Er blickte zu seinem Sekretär auf, nachdem er Hufe und Beine des Wallachs auf mögliche Verletzungen untersucht hatte.

»Es wäre vielleicht unklug, zu viel Aufhebens darum zu machen, dass du den Löwen getötet hast.« Der junge Bursche wirkte unglücklich. »Damals, während der Herrschaft von Kaiser Commodus, hat ein Mitglied der Herrscherfamilie von Emesa, ein gewisser Julius Alexander, einen Löwen vom Rücken seines Pferdes aus mit einem Speer erlegt. Daraufhin hat der Kaiser Frumentarii geschickt, um ihn töten zu lassen.«

»Commodus war verrückt. Valerian und Gallienus sind es nicht.« Ballista drückte die Schulter des Jungen. »Du machst dir zu viele Sorgen. Mir wird schon nichts passieren. Und sollte ich versuchen, den Vorfall zu verheimlichen, und er wird dann bekannt, könnte das sogar verdächtig wirken.« Er wandte sich ab, blieb dann aber noch einmal stehen und drehte sich zu Demetrius um. »Wie ist die Sache mit dem Mann ausgegangen?«

»Er musste über den Euphrat fliehen, zum Feind überlaufen.«

Demetrius verzichtete darauf zu erwähnen, dass Julius Alexander zusammen mit einem jungen Günstling geflohen war. Unglücklicherweise hatte der Junge das Tempo nicht mithalten können. Daraufhin war der Mann von seinem Pferd gestiegen, hatte dem Jungen die Kehle durchgeschnitten und sich das Schwert anschließend selbst in den Leib gerammt.

Vier Tage waren vergangen, seit Ballista den Löwen getötet hatte. Es kam ihm so vor, als hätte er jeden wachen Moment seither mit Konferenzen und Treffen verbracht. Die Zusammenstellung war jedes Mal anders – manchmal war es nur eine kleine Gruppe, nur seine Familia, dann wieder waren es mehr Personen, wenn er sein Consilium einberief. Einmal hatte er die drei Karawanenbeschützer, Iarhai, Anamu und Ogelos gebeten, an dem Treffen teilzunehmen. Das Umfeld und die Ausstattung der Konferenzen blieben immer gleich: Eine große Karte von Arete lag auf der Speisetafel im Palast des Dux *Ripa*e ausgebreitet, die Generalregister der Legio IIII und der Kohorte XX, beide jetzt akkurat und auf dem neusten Stand, lagen daneben, außerdem überall Schreibblöcke, Schriftgriffel und Papyrusblätter. Nach endlosen Diskussionen und Berechnungen hatte Ballista seinen Plan für die Verteidigung Aretes vollendet. Jetzt war die Zeit gekommen, ihn der Bule vorzustellen, dem Rat der Stadt – oder zumindest so viel davon, wie die Ratsmitglieder wissen mussten.

Es waren die Kalenden des Dezembers, der erste Tag des Monats. Ballista wartete in der ruhigen Abgeschiedenheit im Vorhof des Artemistempels. Wieder einmal wurde ihm bewusst, wo in dieser Stadt die Macht tatsächlich lag. In jeder Stadt, in der Demokratie mehr als nur ein Wort war, befand sich das Bouleuterion direkt gegenüber der Agora, wo der Demos, das gemeine Volk, die Ratsmitglieder im Auge behalten konnte. In Arete traf sich der Rat in einem abgeschlossenen Gebäude, das versteckt in einem Winkel eines ummauerten Geländes lag. Es war eine Demokratie, die durch bewaffnete Wächter vor der eigenen Bevölkerung abgeschirmt wurde.

Als er sah, wie Anamu in den Sonnenschein hinaustrat, überkam

Ballista ein seltsames Gefühl der Gewissheit, dies alles schon einmal erlebt zu haben. Als sei er wie ein Sünder im Hades dazu verdammt, diese unerfreuliche Aufgabe bis in alle Ewigkeit erfüllen zu müssen, die sich ständig wiederholte: im Hof darauf warten, von Anamu begrüßt zu werden, um dann den Ratsherren ein paar unerfreuliche Tatsachen mitzuteilen, Dinge, die sie nicht hören wollten, für die sie ihn hassen würden. Vielleicht war dies ja die angemessene Strafe für einen Mann, der einen Kaiser getötet hatte, den zu beschützen er einst geschworen hatte, für die Ermordung des Kaisers Maximinus Thrax.

»Marcus Clodius Ballista, ich grüße dich.« Anamus nach unten zeigende Mundwinkel bewegten sich ein wenig. Wahrscheinlich sollte es ein Lächeln sein.

Im Inneren des Bouleuterions hatte sich nichts verändert, rund vierzig Ratsmitglieder besetzten die u-förmigen Sitzreihen. Auf den Plätzen der ersten Reihe saßen nur Iarhai, Anamu und Ogelos – mit weitem Abstand zueinander. Der kleine Raum war von tiefer, gespannter Stille erfüllt.

»Räte der Stadt«, begann Ballista, »wenn Arete weiterbestehen soll, werden einige Opfer gebracht werden müssen. Die Priester unter euch können allen anderen erklären, wie sich die erforderlichen Maßnahmen mit euren Göttern in Einklang bringen lassen.« Nachdem sie sich an Ogelos' Beispiel orientiert hatten, nickten die Priester zustimmend. Der stark behaarte Christ lächelte breit.

»Meine Aufgabe ist es, euch zu erklären, wie wir die Dinge in weltlicher Hinsicht richtig machen können«, fuhr Ballista fort. Er legte eine kurze Pause ein und warf einen Blick auf seine Notizen auf einem Papyrusblatt. Es kam ihm so vor, als könnte er einen Ausdruck der Enttäuschung über Anamus Gesicht huschen sehen, der sich möglicherweise in Verachtung verwandelte. Zum Hades damit, worauf es hier ankam, war sachliche Klarheit, nicht auf rhetorische Verrenkungen.

»Wie ihr alle wisst, horte ich Nahrungsmittel. Die Obergrenzen der Preise sind festgelegt, nur die Bevollmächtigten des Dux Ripae dürfen mehr zahlen. Und ihr alle wisst ebenfalls, dass die Wasserversorgung in den Zuständigkeitsbereich des Militärs übertragen wurde. Das gesamte Wasser, das benötigt wird, muss aus dem Euphrat herbeigeschafft werden, die Zisternen dürfen nicht angezapft werden.« Ballista ging das Problem vorsichtig an, besänftigte die Stadträte, indem er ihnen Maßnahmen ins Gedächtnis rief, die sie bereits kannten, gegen die sie keine größeren Einwände hatten.

»Verschiedene Dinge müssen requiriert werden: sämtliche Flussboote, alle Vorräte an Bauholz und jede Menge Brennholz. Ebenso große Speicherbehälter aus Terrakotta und Metallkessel, sämtliche Rindshäute und alles, was es an Spreu in der Stadt gibt.« Der Nordländer bemerkte, dass der eine oder andere Stadtrat einen verstohlenen Blick mit seinen Kollegen wechselte und grinste. Sollten sie noch am Leben sein, wenn die Zeit kam, würden sie erkennen, dass es sich bei den letzten Anordnungen um alles anderes als um die verrückten Marotten eines Barbaren gehandelt hatte.

»Ich wiederhole noch einmal, dass jeder, der die Stadt betritt oder verlässt, sich einer gründlichen Durchsuchung unterziehen lassen muss.« Von den hinteren Sitzreihen klang ein leises Murmeln auf. »Das führt zu Verzögerungen. Es ist unbequem. Es ist ein Eingriff in die Privatsphäre. Aber es ist erforderlich. Wir müssen sogar noch einen Schritt weiter gehen. Von heute an wird es eine Ausgangssperre von Sonnenuntergang bis Sonnenaufgang geben. Jeder, der nachts im Freien aufgegriffen wird, wird verhaftet und muss damit rechnen, unter Umständen getötet zu werden. Zusammenkünfte von zehn oder mehr Personen dürfen nur nach Genehmigung durch den Dux Ripae abgehalten werden. Jeder, der diese Anordnung missachtet, aus welchen Gründen auch immer, wird verhaftet und unter Umständen getötet werden.« Das Murmeln wurde etwas lauter, aber bisher fanden die Ratsmitglieder wenig, wogegen sie größere Einwände vorbringen konnten: Sollten ein paar einfache Bürger nachts in den Straßen den Tod finden, dann war es eben so.

»Einige Soldaten wurden in Privatunterkünften einquartiert.« Das Murmeln verstummte. Jetzt hatte Ballista die volle Aufmerksamkeit der Räte. Angesichts der Neigung von Soldaten zu mutwilliger Sachbeschädigung, Diebstahl, Körperverletzungen und Vergewaltigungen war die Unterbringung von Soldaten schon immer mit größten Vorbehalten verbunden. »Damit die Soldaten ihre jeweiligen Posten möglichst schnell erreichen können, wird ihre Unterbringung in der Stadt ausgeweitet werden müssen. Davon könnten Gebäude in der zweiten Häuserreihe hinter der Westmauer und der ersten Reihe hinter allen anderen Abschnitten der Stadtmauer betroffen sein. Die Besitzer dieser Gebäude werden eine angemessene Entschädigung dafür erhalten.«

Stille machte sich breit. Die Ratsmitglieder waren in der Regel große Grundbesitzer. Solange sie verhindern konnten, dass Soldaten direkt in ihren Privathäusern untergebracht wurden, konnten sie durchaus Vorteile aus dieser Regelung ziehen. »Des Weiteren wird die Karawanserei in der Nähe des Palmyra-Tores unter militärische Verwaltung gestellt. Die Stadt wird dafür eine Entschädigungszahlung erhalten.«

Durch die Tür hinter Ballista fiel Sonnenlicht in die Versammlungshalle. In den goldenen Lichtbahnen tanzte der Staub. Maximus und Romulus traten ein und bauten sich hinter Ballista auf.

»Die neunhundert Söldner der drei Karawanenbeschützer werden zu drei Numeri gruppiert, irregulären Einheiten der römischen Armee. Ihnen wird die gleiche Anzahl dienstverpflichteter Bürger zugeteilt werden. Sie werden aus dem allgemeinen Militäretat bezahlt werden. Ihre Befehlshaber erhalten den Rang und beziehen den Sold eines Praepositus.«

Iarhai grinste. Die beiden anderen Karawanenbeschützer versuchten einen Gesichtsausdruck aufzusetzen, als würden sie damit ein selbstloses Opfer für das Wohl der Allgemeinheit bringen, wobei Ogelos erfolgreicher war als Anamu. Tatsächlich war die Regelung ein echter Glücksfall für sie: Ihre Privatarmeen wuchsen auf doppelte Mannschaftsstärke und wurden gleichzeitig vom Staat finanziert.

»Wir haben einen dringenden Bedarf an Arbeitskräften. Alle

körperlich gesunden männlichen Sklaven – wir schätzen ihre Zahl auf mindestens zweitausendfünfhundert – werden für Arbeitsgruppen requiriert. Doch das wird nicht genügen. Etwa fünftausend Bürger werden ebenfalls zwangsverpflichtet werden. Einige Berufe bleiben davon ausgenommen. Schmiede, Zimmermänner, Pfeil- und Bogenmacher werden nicht zu den Arbeitsgruppen herangezogen, aber ausschließlich für das Militär arbeiten. Die Bule wird die dafür nötigen Listen erstellen.«

Die drei Karawanenbeschützer hatten keinen Grund, sich über die ihnen auferlegten Maßnahmen zu beschweren, doch die anderen Ratsherren hinter ihnen machten ihrem kaum verhüllten Ärger Luft. Sie würden die Überstellung einer großen Anzahl ihrer Mitbürger in ein Beschäftigungsverhältnis organisieren müssen, das Sklavenarbeit recht nahe kam.

»Diese Arbeitskolonnen werden die Soldaten dabei unterstützen, einen Graben vor der westlichen Mauer auszuheben und ein Glacis aufzuschütten, eine Erdrampe vor der Mauer. Sie werden außerdem beim Bau eines Gegen-Glacis hinter der Mauer helfen.«

Jetzt kommt's, dachte Ballista und berührte unbewusst die Scheide seiner Spatha.

»Um Platz für das Gegen-Glacis zu schaffen, die innere Erdrampe, werden die Arbeitsmannschaften dabei helfen, alle Gebäude der ersten Häuserblocks vor dem westlichen Mauerabschnitt abzureißen.«

Einen Moment lang herrschte betäubtes Schweigen, dann begannen die Männer im Hintergrund lautstark zu protestieren.

»Außerdem werden die Arbeiter die Soldaten dabei unterstützen, die Grabanlagen in der Nekropole vor der Stadtmauer abzureißen«, fuhr Ballista fort. »Die Überreste werden zum Aufschütten des Glacis Verwendung finden.«

Der bisher noch verhaltene Protest verwandelte sich in einen regelrechten Aufruhr. Alle Ratsmitglieder waren aufgesprungen und schrien durcheinander.

»Die Götter werden sich von uns abwenden, wenn wir ihre Tempel niederreißen – du verlangst von uns, unsere Mitbürger zu versklaven, unsere eigenen Häuser zu zerstören und die Gräber unserer Ahnen abzureißen?« Das Geschrei hallte laut von den Wänden wider.

Hier und da gab es Inseln der Ruhe. Iarhai saß immer noch auf seinem Platz, mit undeutbarem Gesichtsausdruck. Anamu und Ogelos waren zwar ebenfalls aufgesprungen, nach anfänglichem Geschrei jetzt aber stumm und nachdenklich. Der behaarte Christ war auf seinem Platz sitzen geblieben und lächelte friedlich vor sich hin. Alle anderen Ratsmitglieder aber waren auf den Beinen und brüllten, einige stießen Drohungen aus und schüttelten aufgebracht die Fäuste.

Über den Tumult hinweg verkündete Ballista mit lauter Stimme, dass seine Anordnungen schriftlich auf der Agora ausgehängt werden würden. Niemand schien ihm zuzuhören. Er machte kehrt und marschierte, gefolgt von Maximus und Romulus, die ihm Rückendeckung gaben, in den hellen Sonnenschein hinaus.

X

Ballista hielt es für das Beste, abzuwarten, bis sich der erste Staub nach dem Treffen mit der Bule gelegt hatte. Die Syrer waren berüchtigt dafür, zu spontanen Handlungen und Geschrei zu neigen, und es war sinnlos, einen hitzigen und scharfen Disput zu riskieren. Während der nächsten beiden Tage blieb er innerhalb des militärischen Viertels und kümmerte sich mit den führenden Offizieren darum, weitere Vorkehrungen für die Verteidigungseinrichtungen der Stadt zu treffen.

Acilius Glabrio litt unübersehbar darunter, hundertzwanzig seiner besten Legionäre an die neu gegründete Artillerieeinheit verloren zu haben. Und auch wenn sie nicht anwesend waren, widerstrebte ihm ohne jeden Zweifel die bloße Vorstellung, dass mit Iarhai, Anamu und Ogelos drei weitere aus seiner Sicht barbarische Emporkömmlinge aus dem Stand heraus zu neuen Kommandanten innerhalb der römischen Armee befördert worden waren. Er flüchtete sich in eine patrizische Nonchalance und gespielte Gleichgültigkeit. Die anderen aber arbeiteten hart.

Turpio bemühte sich, Ballista zufriedenzustellen, Mamurra legte seine übliche konzentrierte Selbstdisziplin an den Tag, und Demetrius wirkte in seiner Funktion als sein Accensus weniger abgelenkt. Allmählich nahmen Ballistas anfangs allgemeine Vorstellungen und Ideen immer konkretere Formen an – welche Einheiten zur Bewachung welcher Mauerabschnitte eingeteilt, wo sie einquartiert, wie ihre Versorgung organisiert und wo die wenigen – die so schrecklich wenigen – Reservekräfte stationiert werden würden.

Auch ein eher untergeordneter Bereich militärischer Angelegenheiten erforderte seine Aufmerksamkeit. Ein Kriegsgericht wurde zusammengestellt, um das Verfahren gegen den Auxiliarsoldaten der Kohorte XX zu eröffnen, der bezichtigt wurde, die Tochter seines Vermieters vergewaltigt zu haben. Seine Verteidigung war nicht überzeugend: »Ihr Vater war zu Hause, wir gingen hinaus, und sie war bis zu dem Augenblick einverstanden, als sie mit dem nackten Arsch im Dreck landete.« Allerdings bescheinigte ihm sein Centurio einen tadellosen Charakter. Als noch hilfreicher erwies sich, dass zwei Contubernales des Soldaten schworen, das Mädchen hätte bereits zuvor mit anderen Männern geschlafen.

Das Gericht war geteilter Meinung. Als wahre Verkörperung republikanischer Tugenden plädierte Acilius Glabrio für die Todesstrafe, Mamurra dagegen für Nachsicht. Die letztendliche Entscheidung lag bei Ballista. In den Augen des Gesetzes war der Soldat schuldig. Höchstwahrscheinlich logen seine Contubernales zu seinen Gunsten. Trotzdem sprach Ballista den Mann schweren Herzens frei. Er wusste, dass er es sich nicht leisten konnte, auch nur einen ausgebildeten Soldaten zu verlieren, geschweige denn, seine Kameraden zu verstimmen.

Auch ein weiterer juristischer Fall beschäftigte ihn. Julius Antiochus, ein Soldat aus der Centurie Alexanders innerhalb der Vexillatio der Legio IIII Scythica und Aurelia Amimma, Tochter des Abbouis, Bürgerin Aretes, ließen sich scheiden. Ihr Verhältnis war zerrüttet, es war Geld im Spiel, die schriftlichen Aussagen waren mehrdeutig, die Zeugenaussagen widersprachen sich diametral. Es gab keine offensichtliche Möglichkeit, die Wahrheit herauszufinden. Ballista entschied zugunsten des Soldaten. Er wusste, dass sein Urteil eher pragmatischer Natur als wirklich gerecht war. Das Imperium hatte ihn korrumpiert, einmal mehr war Justitia in die Verbannung geschickt worden.

Am dritten Morgen nach seinem Treffen mit der Bule kam Ballista zu dem Schluss, dass genug Zeit verstrichen war. Mittlerweile sollten sich die Ratsmitglieder wieder einigermaßen beruhigt haben. Wankelmütig, wie die Syrer nun einmal waren, könnten sie vielleicht sogar auf Ballistas Linie eingeschwenkt sein. Ja, er würde zwar ihre Häuser zerstören, ihre Grabstätten und Tempel entweihen und ihre

Freiheit einschränken, aber das alles diente letztendlich dem Erhalt einer höheren Freiheit – der höheren Freiheit, Untertanen der römischen Kaiser zu bleiben und nicht des persischen Königs zu werden. Die Ironie ließ ihn lächeln. Plinius der Jüngere hatte das römische Konzept der Libertas so formuliert: Ihr befehlt uns, frei zu sein, also werden wir frei sein.

Ballista schickte Boten zu Iarhai, Ogelos und Anamu und lud sie zum Abendessen mit ihm und seinen drei höchsten Offizieren ein. Natürlich erstreckte sich die Einladung auch auf Bathshiba. Im Hinblick auf den römischen Aberglauben bezüglich einer ungeraden Zahl von Gästen schickte Ballista auch dem Sophisten Callinicus eine Einladung. Dann bat er Calgacus, dem Koch aufzutragen, etwas Besonderes zuzubereiten, am besten irgendetwas mit geräuchertem Aal. Der alte Hibernier setzte einen Gesichtsausdruck auf, als hätte er in seinem langen, an Erfahrung reichen Leben noch nie etwas derart Ungeheuerliches gehört, was ihn sofort zu einer weiteren Flut gemurmelter Verwünschungen veranlasste: »Oh, ah, was bist du doch für ein großartiger Römer – was denn sonst noch? – vielleicht ein paar beschissene Pfauenhirne und in Honig marinierte Haselmäuse …?«

Ballista rief Maximus und Demetrius zu sich und eröffnete ihnen, dass sie gemeinsam die Agora aufsuchen würden. Vordergründig ging es ihm darum, zu überprüfen, ob die Vorschriften bezüglich der Nahrungsmittelpreise befolgt wurden, tatsächlich aber wollte er einfach wieder einmal aus dem Palast herauskommen, dem Ort seiner fragwürdigen Gerichtsurteile den Rücken kehren.

Die Urteile belasteten ihn sehr. Es gab vieles, was er an den Römern bewunderte – ihre Belagerungsmaschinen und Befestigungsanlagen, ihre Disziplin und Logistik, ihre Gebäudeheizung und Bäder, ihre Rennpferde und Frauen –, doch ihre Libertas erschien ihm illusorisch. Er hatte die kaiserliche Genehmigung dazu einholen müssen, dort wohnen zu dürfen, wo er wohnte, und die Frau zu heiraten, mit der er vermählt war. Tatsächlich kam es ihm gelegentlich so vor, als wäre sein gesamtes Leben, seit er ins Imperium

Romanum übergewechselt war, hauptsächlich von Unterwürfigkeit und billigen Kompromissen statt von wirklicher Freiheit geprägt gewesen.

Seine gedrückte, zynische Stimmung hellte sich allmählich auf, als sie die nordöstliche Ecke der Agora betraten. Er hatte Marktplätze schon immer gemocht, die Geräusche und Gerüche, die kaum verhüllte Gier, die dort herrschte. Menschenmengen zogen langsam ihre Kreise. Vertreter der halben Menschheit schienen sich hier eingefunden zu haben. Die meisten trugen die übliche Kleidung des Ostens, doch es gab auch Inder mit Turbanen, Skythen mit hohen spitzen Hüten, Armenier mit Kopfbedeckungen, deren Krempen seitlich heruntergebogen waren, Griechen in kurzen Tuniken, die langen, weiten Gewänder der Zeltbewohner und hier und da römische Togen oder die aus Fellen und Pelzen bestehende Kleidung eines Stammesmitglieds aus dem Kaukasus.

Es schien einen Überfluss der lebenswichtigen Dinge zu geben – jede Menge Getreide, hauptsächlich Weizen und etwas Gerste, viel Wein und Olivenöl in Fellschläuchen oder Amphoren und zahllose schwarze glänzende Oliven. Zumindest in Ballistas Gegenwart wurden die von ihm verfügten Preisobergrenzen offenbar eingehalten. Es gab kein Anzeichen dafür, dass die Anordnung das Warenangebot auf dem Markt verknappt hatte.

Je weiter der Nordländer und seine Begleiter sich dem nördlichen Abschnitt der Agora näherten, desto bunter und auffälliger wurden die gestreiften Markisen, und bei den Lebensmitteln, denen sie Schatten spendeten, wurden die mediterranen Grundnahrungsmittel nach und nach von etwas luxuriöseren Gütern abgelöst – von Früchten und Gemüsen, Pinienkernen und Fischsoße und am teuersten Ende von Gewürzen, verschiedenen Sorten Pfeffer und Safran.

Bevor sie die Säulenhallen auf der Westseite der Agora erreichten, machte das Angebot luxuriöser Lebensmittel nicht essbaren Waren Platz. Hier gab es aromatisch duftende Verkaufsstände mit Sandel- und Zedernholz. Zu teuer für Baumaterial oder Brennholz fielen sie nicht unter Ballistas Verfügung, was die Ablieferung von

Holz betraf. Hier boten die Händler Elfenbein, Papageien und Affen feil.

Maximus blieb stehen, um einige hochwertige Lederwaren zu begutachten. Ballista glaubte zu sehen, wie ein Kamelfell unauffällig am Ende des Verkaufstresens versteckt wurde. Er wollte gerade Demetrius bitten, eine entsprechende Notiz zu machen, doch der Junge starrte, einmal mehr abgelenkt, wie gebannt zur anderen Seite der Agora hinüber. Dort wurden viele der Dinge angeboten, die Männer wie Frauen begehrten: Parfüme, Gold, Silber, Opale, blaue Mondsteine und ganz besonders, schimmernd und unglaublich weich, die Seide der Seres vom fernen Ende der Welt.

In den südlichen Säulengängen befand sich zu Ballistas Abscheu der Sklavenmarkt. Dort wurden alle erdenklichen »Werkzeuge mit Stimme« zum Kauf angeboten. Sklaven, die ihren Besitzern das Land bestellten, die Buchhaltung erledigten, ihren Gattinnen das Haar frisierten, ihren Gebietern Lieder vorsangen, ihnen Getränke einschenkten oder den Schwanz lutschten. Trotz seines Widerwillens musterte Ballista das Angebot genau, denn es gab eine Art von Sklaven, die er schon immer hatte erwerben wollen. Nachdem er sich alles angesehen hatte, kehrte er zur Mitte der Sklavenkäfige zurück und rief mit lauter Stimme in seiner Muttersprache: »Sind hier irgendwelche Angeln?«

Es gab nicht ein Augenpaar, das sich nicht auf den riesigen barbarischen Kriegsherrn richtete, der irgendetwas Unverständliches in seiner fremden Muttersprache gerufen hatte, aber zu Ballistas gewaltiger Erleichterung erhielt er keine Antwort.

Von dem Teil des Marktes mit dem Angebot an lebenden Gütern führte der Weg ihn weiter zum östlichen Säulengang, dem schäbigen Ende der Agora, wo Lumpensammler, windige Geldverleiher, Magier, Wunderheiler und all die anderen, die ihr Geschäft mit dem Elend und der Schwäche der Menschen machten, ihre Dienste anboten.

Seine beiden Begleiter starrten ständig über ihre Schultern zu der Gasse hinüber, in der die Prostituierten standen. Von Maximus hatte er nichts anderes erwartet, aber von Demetrius war er überrascht. Bisher hatte er immer geglaubt, dass die Interessen des jungen Griechen auf einem anderen Gebiet lagen.

Allvater, auch er würde wirklich wieder einmal eine Frau vertragen können, mehr als nur ein wenig. Auf die eine Weise könnte sich das Verlangen so schnell und einfach erledigen lassen. Doch auf die andere Weise ganz und gar nicht. Denn da waren nicht nur Julia und das Gelöbnis, das er ihr gegeben hatte, sondern auch seine Erziehung.

Er dachte mit Bitterkeit an die Art, in der einige Römer, wie zum Beispiel Tacitus in seinem Buch *Germania*, seinen Landsleuten die eheliche Treue der Germanen wie einen Spiegel vorhielt, um die derzeitige moralische Verkommenheit der Römer anzuprangern. Aber traditionelle und bodenständige Treue war schön und gut, wenn man in einem Dorf lebte, taugte aber nicht für diejenigen, die sich nach wochenlangen Reisen Hunderte Meilen von ihrer Frau entfernt am anderen Ende der Welt befanden.

Trotzdem wusste Ballista, dass seine Abneigung gegen Treuelosigkeit von mehr als nur seiner Liebe zu Julia und der Art seiner Erziehung herrührte. So wie einige Männer ein Glücksamulett in der Schlacht mit sich trugen, hielt er an seiner Treue zu Julia fest. Irgendwie hatte er die abergläubische Furcht entwickelt, dass sein Glück ihn verlassen würde, sollte er sich eine andere Frau nehmen. Dass der nächste Schwerthieb oder der nächste auf ihn abgeschossene Pfeil ihn nicht nur verletzen oder streifen, sondern den Weg durch seine Rippen direkt in sein Herz finden würde.

»Um der Gründlichkeit willen«, sagte er an seine Begleiter gewandt, »meint ihr vielleicht, dass wir nicht besser auch das Angebot in der Gasse da drüben überprüfen sollten?«

Demetrius verneinte auf der Stelle. Er wirkte einerseits empört, aber gleichzeitig auch irgendwie ein wenig so, als gäbe es da irgendetwas, das er verheimlichte. Wieso verhielt sich der Junge nur so merkwürdig?

»Ich denke, ich bin qualifiziert, das allein zu erledigen«, erwiderte Maximus.

»Oh ja, davon bin ich absolut überzeugt. Aber denk daran, du siehst dir die Ware nur an, ohne sie auszuprobieren.« Ballista grinste. »Wir werden da drüben in der Mitte der Agora auf dich warten und Tugendhaftigkeit von den Statuen lernen, die zur Erbauung der guten Bürger Aretes errichtet wurden.«

Die erste Statue, zu der Ballista und Demetrius kamen, stand auf einem Sockel.

»*Agegos, Sohn des Anamu, Sohn des Agegos*«, las Ballista laut vor. »Das muss der Vater von unserem Anamu sein – sieht ein bisschen attraktiver aus als sein Sohn.« Die Statue war auf östliche Art gekleidet und hatte im Gegensatz zu Anamu einen vollen Haarschopf, der aus dichten Locken bestand. Er trug wie sein Sohn einen dichten kurzen Bart, dazu aber auch einen ausladenden Schnurrbart mit durch Wachs fixierten Spitzen. Sein Gesicht war rund und etwas fleischig. »Ja, attraktiver als sein Sohn, auch wenn das nicht gerade schwer ist. *Zu Ehren seiner Frömmigkeit und seiner Liebe zu der Stadt*«, las Ballista den Rest der Inschrift, »*seiner vollkommenen Tugendhaftigkeit und seines Mutes, dafür, den Händlern und Karawanen stets Sicherheit zu bieten, für seine großzügigen Aufwendungen, die er für diesen Zweck aus seinem eigenen Vermögen bestritten hat. Weil er die kürzlich eingetroffene Karawane vor den Nomaden und den großen Gefahren gerettet hat, denen sie sich ausgesetzt sah, hat ebendiese Karawane drei Statuen errichten lassen, eine in der Agora von Arete, wo er das Amt eines Strategos bekleidet, eine in Spasinou Charax und eine auf der Insel Thilouana, wo er Satrap, der Vertreter des Königs der Könige, ist.*« Ballista sah seinen Accensus an. »Deine Geografiekenntnisse sind besser als die meinen. Spasinou Charax, wo ist das?«

»An der Spitze des Persischen Golfs«, erwiderte Demetrius.

»Und die Insel Thilouana?«

»Vor der Küste Arabiens, ebenfalls im Persischen Golf. Auf Griechisch nennen wir sie Tylos.«

»Und von wem werden die Stadt und die Insel regiert?«

»Von Shapur. Anamus Vater hat offenbar einen Teil des Persischen Reichs verwaltet. Er war gleichzeitig hier ein General und ein Satrap bei den Sassaniden.«

Ballistas Gesicht wurde nachdenklich. »Auf welcher Seite stehen die Karawanenbeschützer also wirklich?«

Am Nachmittag um die Zeit des Meridiatio, der Mittagsruhe, begann es zu regnen. Der Mann beobachtete den Regen durch das Fenster seines Zimmers im ersten Stock, während er wartete, dass die Tinte trocknete. Der Regen fiel dicht, wenn auch nicht so stark wie die ersten sintflutartigen Niederschläge. Die Straße unter ihm war menschenleer. Wasserbäche strömten an den Innenseiten der Stadtmauern hinab. Die Stufen, die zum nächsten Turm hinaufführten, waren rutschig vom Wasser. Eine einsame Saatkrähe flog von links nach rechts.

Als er die Tinte für trocken genug befand, entzündete der Mann eine Lampe an der Glut der Holzkohlepfanne. Dann lehnte er sich aus dem Fenster hinaus, zog die Fensterläden zu, verriegelte sie und entzündete eine weitere Lampe. Obwohl er die Tür direkt nach Betreten des Zimmers abgeschlossen hatte, vergewisserte er sich noch einmal, dass er auch wirklich allein war. Beruhigt zog er die aufgeblasene Schweineblase aus ihrem Versteck und begann zu lesen:

Das Artilleriemagazin wurde niedergebrannt. Sämtliche Bolzen der Ballistae wurden zerstört. Der barbarische Nordländer legt Nahrungsmittelvorräte für die Belagerung an. Wenn er genug zusammengetragen hat, werden wir die Speicher in Brand stecken. Es ist noch genug Naphtha für einen weiteren spektakulären Anschlag vorhanden. Der Barbar hat angekündigt, dass die Nekropole eingeebnet werden soll, viele Tempel und Häuser sollen abgerissen und seine Soldaten in den verbleibenden Häusern einquartiert werden. Er befreit die Sklaven und versklavt die Freien. Seine Männer bestehlen und vergewaltigen Frauen nach Gutdünken. Die Bürger der Stadt sind aufgebracht. Er hat Zivilisten in Armeeeinheiten dienstverpflichtet, die von den Karawanenbeschützern befehligt werden sollen. Der Narr ist wirklich blind gemacht worden. Er wird sich selbst Ketten anlegen und dem König der Könige ausliefern.

Der Finger des Mannes, der den Zeilen der Nachricht folgte, verharrte. Seine Lippen hörten auf, die Wörter lautlos mitzusprechen. Der Text ging in Ordnung. Die Rhetorik war vielleicht etwas aufdringlich und hochgestochen, aber es lag nicht in seiner Absicht, die Perser zu entmutigen.

Er nahm zwei Ölfläschchen, eins gefüllt, eins leer, und stellte sie auf den Tisch. Dann schnürte er das offene Ende der Schweinsblase auf und presste die Luft heraus. Je weiter sie zusammenschrumpfte, desto unleserlicher wurde seine Schrift. Er entfernte den Korken von dem leeren Ölfläschchen und stopfte die Schweinsblase so hinein, dass die Öffnung aus dem Flaschenhals herausragte. Mit einem stummen Dank dafür, kein Jude zu sein, schloss er die Lippen um das Ende der Schweinsblase und blies sie wieder auf. Er stülpte die Haut um den Flaschenhals herum und fixierte sie mit einer Schnur. Nachdem er die überstehenden Teile mit einem scharfen Messer abgeschnitten hatte, war die gesamte Schweinsblase im Inneren des Fläschchens verborgen, ein Behältnis versteckt in einem anderen. Schließlich goss er das Öl aus dem zweiten Fläschchen in den Hals des ersten. Als er beide Fläschchen wieder verkorkte, vergewisserte er sich erneut, immer noch allein zu sein.

Der Mann betrachtete die Ölfläschchen in seinen Händen. Die Wachposten an den Stadttoren hatten die Durchsuchungen der ein- und ausgehenden Waren sowie aller Reisenden verschärft. Manchmal trennten sie sogar die Säume der Tuniken und die Nähte der Sandalen bei den Männern auf und lüfteten die Schleier vor den Gesichtern der vornehmen griechischen Frauen. Einen Moment lang spürte der Mann, wie ihn bei dem Gedanken an das Risiko, das er einging, ein regelrechtes Schwindelgefühl überkam, doch dann riss er sich zusammen. Er akzeptierte die Tatsache, dass er seine Mission unter Umständen nicht überleben würde. Doch das war bedeutungslos. Sein Volk würde davon profitieren. Und seine eigene Belohnung wartete in der nächsten Welt auf ihn.

Der Kurier in der Schlange am Stadttor würde von nichts wissen und das Ölfläschchen so kein Misstrauen erregen.

Der Mann nahm seinen Schreibgriffel zur Hand und begann damit, den denkbar unschuldigsten aller Briefe zu verfassen:

Mein lieber Bruder,
der Regen hat wieder eingesetzt …

Anamu betrachtete missmutig den Regen vom Säulengang vor seinem Haus aus. Die Straßen waren erneut bis zu den Knöcheln im Schlamm versunken, sodass er gezwungen war, eine Sänfte und vier Träger zu mieten, um ihn zum Abendessen in den Palast des Dux Ripae zu bringen. Anamu hatte eine Abneigung gegen unnötige Ausgaben, und jetzt verspäteten sich die Sänftenträger auch noch. Er versuchte, seinen Ärger zu unterdrücken, indem er sich einen Ausspruch eines alten stoischen Meisters ins Gedächtnis rief: »Diese vier Steinmauern sind es nicht, die ein Gefängnis ausmachen.« Von wem stammte der Satz? Von Musonius Rufus, dem römischen Sokrates? Nein, wahrscheinlich von dem ehemaligen Sklaven Epictetus. Vielleicht war es nicht einmal ein stoischer Lehrsatz. Stammte er möglicherweise sogar von ihm selbst?

Innerlich gewärmt von der Vorstellung, dass andere Männer einen Ausspruch von ihm zitierten, dass andere ihm völlig unbekannte Menschen in Zeiten der Unruhe Trost aus seiner Weisheit zogen, ließ Anamu den Blick über die verregnete Szenerie wandern. Das von ihnen herabrinnende Wasser hatte die Stadtmauern dunkel gefärbt. Auf den Mauerzinnen war kein Mensch zu sehen, wahrscheinlich hatten die Wachen in dem nahen Turm Unterschlupf gesucht. Der perfekte Moment für einen Überraschungsangriff, hätten die ergiebigen Niederschläge nicht das Gelände vor den Mauern in eine einzige Sumpflandschaft verwandelt.

Endlich erschien die Sänfte. Anamu stieg ein, und die Träger liefen los. Er kannte die Namen der anderen in den Palast geladenen Gäste. Es geschah kaum irgendetwas in Arete, von dem er nicht sofort erfuhr. Dafür gab er gutes Geld aus, und zwar nicht zu knapp. Es versprach, ein interessanter Abend zu werden. Der Dux hatte alle drei Karawanenbeschützer eingeladen, und jeder von ihnen würde Beschwerden darüber vorbringen, wie der Barbar mit der Stadt umsprang. Iarhais Tochter würde ebenfalls anwesend sein. Wenn es jemals ein Mädchen gegeben hatte, in dessen Altar ein Feuer brannte, dann sie. Mehr als einer seiner bezahlten Informanten hatte berichtet, dass sowohl der barbarische Dux als auch der arrogante Acilius Glabrio sie begehrten. Auch der Sophist Callinicus aus Petra war eingeladen worden. Er würde sein Ansehen steigern, indem er die Mischung aus zwischenmenschlicher und sexueller Spannung durch Kultur bereicherte. Bei dem Gedanken an die Kultur zog er ein Stück Papyrus aus der Tasche, auf das er ein paar Stunden zuvor ein paar Zitate aus Athenaeus' *Deipnosophistae, Gastmahl der Gelehrten* notiert hatte. Anamu war allgemein bekannt dafür, ein großer Pilzliebhaber zu sein, und so bestand die große Wahrscheinlichkeit, dass der Dux seinen Küchenchef instruiert hatte, Pilze in den Menüplan aufzunehmen. Um darauf vorbereitet zu sein, hatte Anamu ein paar passende esoterische Zitate ausgewählt.

»Ah, da bist du ja«, begrüßte Ballista ihn. »Wie man so sagt: ›Sieben ergeben ein Abendessen, neun eine Keilerei‹.« Seit seiner ziemlich beeindruckenden rhetorischen Vorstellung bei seiner Ankunft vor dem Stadttor war Ballista in Anamus Achtung immer tiefer gesunken. Die recht rustikale Begrüßung durch den Mann aus dem Norden trug nicht gerade dazu bei, etwas an Anamus Einschätzung zu ändern. »Lass uns zu Tisch gehen.«

Der Speisesaal war in Form des klassischen Tricliniums gestaltet, bei dem drei Ruheliegen für jeweils drei Gäste u-förmig um einen Tisch herum arrangiert werden. Als sie sich dem Tisch näherten, registrierte Anamu, dass der Dux klug genug gewesen war, auf die traditionelle Sitzordnung zu verzichten. Der Nordländer nahm den Summus in summo ein, die höchste Sitzposition ganz links. Bathshiba erhielt den Platz direkt neben ihm, gefolgt von ihrem Vater. Auf der nächsten Ruheliege saßen der Sophist Callinicus, dann Anamu und Acilius Glabrio. Die letzte Liege war für Ogelos, Mamurra und Turpio reserviert, wobei Turpio der niedrigste Sitzplatz Imus in imo zugewiesen worden war. Nach traditioneller Sitzordnung hätte Ballista Ogelos' Position eingenommen. Dann hätte sich das Problem ergeben, welcher der Gäste zu seiner Linken, also Imus in medio gesessen hätte, auf dem normalerweise dem Ehrengast gebührenden Platz. So aber saß jeder Karawanenbeschützer auf einer anderen Ruheliege, keiner von ihnen direkt neben ihrem Gastgeber oder auf dem Ehrenplatz. Anamu musste widerwillig einräumen, dass Ballista das knifflige Problem geschickt gelöst hatte.

Der erste Gang wurde aufgetischt: Zwei warme Vorspeisen – hartgekochte Eier und geräucherter Aal in Pinienharzsoße sowie Porree in Sahnesauce – und zwei kalte Vorspeisen, schwarze Oliven und Rote Beete in Scheiben. Der dazu gereichte Wein war ein leichter Tyrianer, den man am besten im Verhältnis eins zu zwei oder drei mit Wasser gemischt trank.

»Aale. Die Vorfahren haben eine Menge zu sagen über Aale.« Die Stimme eines Sophisten war dazu ausgebildet, sich in einem Theater, bei öffentlichen Versammlungen und in dicht gedrängten Mengen bei Feierlichkeiten durchzusetzen, sodass es Callinicus nicht schwerfiel, die Aufmerksamkeit aller Anwesenden auf sich zu ziehen. »In seinen Gedichten berichtet uns Archestratos, dass es gute Aale im italischen Rhegium, im Kopais-See in der griechischen Provinz Böotien und in Makedonien im Strymon-Fluss gibt.«

Anamu durchlief ein wohliger Schauer angesichts der Tatsache, zu einem Abendmahl eingeladen worden zu sein, das in einem derart kultivierten Umfeld stattfand. Es war das angemessene Terrain für einen Mann wie ihn, einen Vertreter der Pepaideumenoi, der höchst kultivierten Männer. Doch gleichzeitig verspürte er auch einen schmerzhaften Stich des Neids, denn bisher hatte er noch keine Gelegenheit gefunden, mit seinem Wissen und seiner Bildung zu glänzen – bisher waren noch keine Pilze aufgetischt worden.

»Was den Strymon-Fluss betrifft, stimmt Aristoteles Archestratos zu. Dort heißt es, die beste Zeit zum Angeln wäre der Aufgang der Plejaden, wenn die Gewässer aufgewühlt und schlammig sind.«

Allvater, es war ein furchtbarer Fehler, diesen aufgeblasenen Bastard einzuladen, dachte Ballista. Wahrscheinlich kann er stundenlang so weitermachen.

»Der Porree ist gut.« Ein Karawanenbeschützer mochte keine so melodische Stimme wie ein Sophist haben, aber er war es gewohnt, sich Gehör zu verschaffen. Jedenfalls unterbrach Iarhais Bemerkung den Fluss von Callinicus' Anekdoten. Mit einem Nicken in Richtung des Gemüses erkundigte er sich, welche Mannschaft Ballista beim Wagenrennen im Circus unterstützte.

»Die Weißen.«

»Bei Gott, dann musst du ein Optimist sein.« Iarhais verwittertes Gesicht verzog sich zu einem Grinsen.

»Nicht wirklich«, erwiderte Ballista. »Ich empfinde ständige Enttäuschungen auf der Rennstrecke in philosophischer Hinsicht als vorteilhaft für meine Seele. Das härtet sie ab und bereitet mich auf die Enttäuschungen des Lebens vor.«

Während er sich auf ein Gespräch über Pferderennen mit Bathshibas Vater einließ, bemerkte er ein kleines verschmitztes Lächeln auf ihrem Gesicht. Allvater, sah sie hinreißend aus! Obwohl sie diesmal dezenter als in Iarhais Haus gekleidet war, brachte ihre Garderobe ihre körperlichen Vorzüge voll zur Geltung. Ballista wusste, dass Wagenrennen kaum ein Thema war, das ihr Interesse erregen würde. Er hätte sie gern zum Lachen gebracht, sie beeindruckt, aber er wusste, dass er nicht sonderlich gut auf dem Gebiet der belanglosen Plauderei war. Allvater, wie er sie begehrte! Was die Sache noch schwieriger machte, sich lockere und geistreiche Bemerkungen einfallen zu lassen. Er beneidete diesen selbstgefälligen kleinen Bastard Acilius Glabrio, dem es selbst in dieser Situation zu gelingen schien, wortlos über den Tisch hinweg mit Bathshiba zu flirten.

Der Hauptgang wurde serviert, Trojanisches Schwein mit Wurst gefüllt, Botulus und Blutwurst, zwei Hechte, deren Fleisch zu einer

Pastete verarbeitet und wieder in die unbeschädigt gebliebene Haut gefüllt worden war, und zwei einfach gegrillte Hähnchen. Dazu gab es Gemüse, gekochte Runkelrübenblätter, angemacht in einer Senfsoße, ein gemischter Salat aus Kopfsalat, Minze und Rukola, eine Würzsoße aus Basilikum und Öl sowie Garum, eine Fischsoße.

Der Küchenchef zückte sein scharfes Messer, trat an das Trojanische Schwein heran und schlitzte ihm den Bauch auf. Niemand war überrascht, als die »Eingeweide« hervorquollen.

»Wie innovativ«, sagte Acilius Glabrio. »Ein gut aussehendes Porcus. Auf jeden Fall das richtige Porcus für mich.« Der gespielte lüsterne Gesichtsausdruck, mit dem er das Wort Porcus wiederholte, ließ keinen Zweifel daran, dass er es als umgangssprachliche Bezeichnung für die weibliche Scham verwandte. »Und jede Menge Botulus für die, die es mögen.«

Iarhai machte Anstalten, aufzustehen und etwas zu sagen, doch Ballista kam ihm schnell zuvor.

»Tribun, achte auf deine Wortwahl. Es ist eine Dame unter uns.«

»Oh, es tut mir leid, ganz furchtbar leid. Ich bin untröstlich.« Der Gesichtsausdruck des jungen Römers strafte seine Worte Lügen. »Ich wollte keine Verlegenheit hervorrufen, niemanden beleidigen.« Er deutete auf das Schwein. »Ich schätze, es war dieses Gericht, das meine Gedanken hat abirren lassen. Es erinnert mich immer an Trimalchios Festmahl aus dem *Satyricon* – ihr wisst schon, all diese schrecklich obszönen Scherze.« Seine ausgestreckte Hand richtete sich auf den Hecht. »Und so wie meine Gedanken beim Anblick eines Porcus immer auf Wanderschaft gehen, macht mich dieses Gericht immer heimwehkrank.« Er breitete die Arme zu einer weiten Geste aus, die alle drei Ruheliegen umfasste. »Vermissen wir nicht alle einen Hecht aus Rom, der, wie man so sagt, ›zwischen den beiden Brücken‹ gefangen wurde, oberhalb der Tiberinsel und unterhalb der Einmündung der Cloaca maxima, dem Hauptabwasserkanal?« Er ließ den Blick über die anderen Gäste gleiten. »Oh, ich war schon wieder taktlos. Ein Römer zu sein wirft in diesen Zeiten so viele andere Fragen auf.«

Ohne auf die letzte Bemerkung einzugehen, griff Ogelos das Thema dankbar auf. »Es würde heute jedem Fischer schwerfallen, einen Hecht oder irgendetwas anderes im Euphrat zu fangen.« Er wandte sich Ballista zu, und die Worte sprudelten nur so aus ihm hervor. »Meine Männer berichten mir, dass mir all meine Fischerboote von den Soldaten abgenommen wurden. Sie nennen es requirieren, ich nenne es Diebstahl.« Sein sorgfältig gekämmter Bart zitterte vor rechtschaffener Entrüstung.

Bevor Ballista etwas erwidern konnte, meldete sich Anamu zu Wort. »Diese lächerlichen Durchsuchungen an den Toren – meine Kuriere werden stundenlang aufgehalten, meine Besitztümer zerpflückt und ruiniert, meine privaten Dokumente für jeden offen sichtbar ausgebreitet. Römische Bürger müssen äußerst würdelose Prozeduren über sich ergehen lassen – aus Respekt gegenüber deiner Position haben wir während der Ratsversammlung geschwiegen, aber jetzt, da wir unter uns sind, werden wir diese Dinge ansprechen, oder soll uns auch noch diese Freiheit verwehrt werden?«

Wieder griff Ogelos den Faden auf. »Welche Art von Freiheit verteidigen wir denn überhaupt, wenn es zehn Menschen, zehn *Bürgern* untersagt ist, sich zu versammeln? Darf jetzt niemand mehr heiraten? Dürfen wir nicht mehr die Riten unserer Götter zelebrieren?«

»Nichts ist heiliger als das Privateigentum«, fiel ihm Anamu ins Wort. »Wie kann es irgendwer wagen, uns unsere Sklaven zu nehmen? Was kommt als Nächstes, unsere Frauen, unsere Kinder?«

Die Beschwerden wurden immer zahlreicher, die beiden Karawanenbeschützer sprachen immer lauter, um einander zu übertönen, wobei ihre Klagen letztendlich auf das Gleiche hinausliefen: Wie könnte es ihnen unter den Sassaniden noch schlechter ergehen, welche zusätzlichen Bürden könnte ihnen Shapur noch auferlegen?

Nach einer Weile verstummten beide Männer wie auf ein Signal hin und wandten sich Iarhai zu. »Warum sagst du denn gar nichts? Du bist genauso stark von den Maßnahmen betroffen wie wir. Unsere Leute behalten auch dich im Auge. Wie kannst du nur schweigen?«

Iarhai zuckte mit den Schultern. »Es wird so geschehen, wie es der Wille *Theos* ist.«

Er sprach das griechische Wort für Gott mit einer seltsamen Betonung aus. Sein passiver Fatalismus überraschte Ballista ebenso sehr wie die beiden anderen Karawanenbeschützer. Der Nordländer registrierte den scharfen Blick, den Bathshiba ihrem Vater zuwarf.

»Meine Herren, ich habe eure Beschwerden zur Kenntnis genommen und Verständnis für eure Sorgen.« Ballista sah ihnen nacheinander in die Augen. »Es schmerzt mich zu tun, was getan werden muss, aber mir bleibt keine andere Wahl. Ihr alle wisst, was mit der sassanidischen Garnison geschehen ist, was ihr und eure Mitbürger den Persern, ihren Frauen und Kindern angetan habt.« Er legte eine kurze Pause ein. »Sollte es den Persern gelingen, Aretes Mauern zu durchbrechen, werden all diese schrecklichen Taten verglichen mit dem, was dann geschehen wird, wie ein Kinderspiel erscheinen. Niemand soll sich dem geringsten Zweifel hingeben: Wenn die Perser diese Stadt einnehmen, wird niemand übrig bleiben, um die Versklavten freizukaufen und die Toten zu betrauern. Sollte Shapur die Stadt erobern, wird sie wieder ein Teil der Wüste werden. Dann werden die Wildesel in eurer Agora grasen und die Wölfe in euren verwaisten Tempeln heulen.«

Alle Anwesenden starrten Ballista stumm an. Er versuchte, ein Lächeln hervorzubringen. »Kommt, lasst uns an schönere Dinge denken. Draußen wartet ein Comoedus, ein Schauspieler. Warum rufen wir ihn nicht herein und lassen uns etwas von ihm vorlesen?«

Der Comoedus las gut, seine Stimme war klar und wohlklingend. Es las eine schöne Passage von Herodot vor, eine sehr alte Geschichte aus der Zeit der noch freien Griechen, lange vor der Zeit römischer Vorherrschaft. Es war eine Geschichte über ultimativen Mut, über die Nacht vor der Schlacht bei den Thermopylen, als der skeptische persische Spion dem König der Könige Xerxes berichtete, was er von dem griechischen Feldlager gesehen hatte. Die dreihundert Spartaner hatten sich entkleidet, um zu trainieren, kämmten einander das Haar und nahmen nicht die geringste Notiz von dem Spion. Es war eine schöne Passage, aber angesichts der Umstände eine unglücklich gewählte. Denn die Spartaner hatten sich in dieser Nacht darauf vorbereitet, am nächsten Tag zu sterben.

Turpio beugte sich vor, ergriff das Gerippe eines Hähnchens und meldete sich zum ersten Mal an diesem Abend zu Wort. »Nennen die Griechen diesen Vogel nicht einen persischen Aufwecker?«, fragte er, ohne sich an eine bestimmte Person zu richten. »Dann werden wir mit den persischen Sassaniden so verfahren wie ich hiermit.« Er riss das Gerippe mit einem Ruck auseinander.

Verhaltener Beifall ertönte, untermalt von zustimmendem Gemurmel.

Callinicus, der es nicht ertragen konnte, dass irgendjemand außer ihm, schon gar nicht ein rustikaler Ex-Centurio, auch nur bescheidenen Applaus erntete, räusperte sich. »Natürlich bin ich kein Experte auf dem Gebiet der lateinischen Literatur«, sagte er bescheiden lächelnd, »aber ist es nicht so, dass einige eurer Autoren, die über Landwirtschaft schreiben, eine tapfere Gattung von Kampfhähnen als Medica bezeichnen, also als Vögel der Meder, was ja ein anderer Name für die Perser ist? Lasst uns hoffen, dass wir nicht einem Vertreter von denen über den Weg laufen.« Für diese gespreizte Bemerkung, für die sich der Sophist keinen ungünstigeren Zeitpunkt hätte aussuchen können, erntete er eisiges Schweigen. Callinicus' selbstgefälliges Kichern verstummte langsam.

Der Nachtisch, der jetzt serviert wurde, bestand hauptsächlich aus den üblichen Zutaten: frischen Äpfeln und Birnen, gedörrten Datteln und Feigen, geräuchertem Käse und Honig, Walnüssen und Mandeln. Lediglich die Placenta in der Mitte der Schale war ungewöhnlich. Alle waren sich darin einig, nie zuvor einen größeren oder köstlicheren Käsekuchen gesehen und gegessen zu haben. Dazu wurde jetzt ein kräftiger chalybonischer Wein ausgeschenkt, der sich, wie es hieß, bei den persischen Königen besonderer Wertschätzung erfreute.

Während Acilius Glabrio zusah, wie der persische Jüngling Bagoas Mamurra mit einer Salbe aus Balsam und Zimt einrieb und ihm einen Blumenkranz auf den Kopf setzte, trat ein boshaftes Funkeln in seine Augen. Der junge Patrizier wandte sich Ballista zu, ein angedeutetes Lächeln im Gesicht.

»Man muss dir dafür gratulieren, Dux Ripae, wie eng du dich am Beispiel des großen Scipio Africanus orientierst.«

»Mir war gar nicht bewusst, dass ich direkt irgendeinem leuchtenden Beispiel des großen Siegers über Hannibal folge«, erwiderte Ballista launisch mit nur der Andeutung von Reserviertheit. »Unglücklicherweise bin ich nicht mit den nächtlichen Besuchen Neptuns gesegnet, aber wenigstens wurde ich nicht der Korruption angeklagt.«

Höfliches Gelächter quittierte diesen Nachweis historischen Wissens. Gelegentlich fiel es Ballistas Umfeld einfach zu leicht zu vergessen, dass der Mann aus dem Norden am kaiserlichen Hof erzogen worden war.

»Nein, ich habe dabei an deinen persischen Jungen gedacht.« Acilius Glabrio deutete auf Bagoas, ohne einen Blick in dessen Richtung zu werfen.

Einen Moment lang herrschte Schweigen. Selbst der Sophist Callinicus blieb stumm. Nach einer Weile bat Ballista den Patrizier mit einem misstrauischen Unterton in der Stimme, ihn und die anderen zu erleuchten.

»Also, dein persischer Knabe …« Der junge Adlige ließ sich Zeit, kostete die Situation sichtlich aus. »Einige Leute mit einer schmutzigen Fantasie werden zweifellos eine abstoßende Erklärung für seine Anwesenheit in deiner Familia haben – wozu ich selbstverständlich nicht gehöre«, beeilte er sich zu versichern. »Ich führe seine Anwesenheit auf einen extremen Optimismus deinerseits zurück. Vor der Schlacht von Zama, die mit der Vernichtung Karthagos endete, entdeckte Scipio einen von Hannibals Spionen dabei, wie er um das römische Feldlager herumschlich. Statt ihn töten zu lassen, wie es normal gewesen wäre, befahl Scipio, dem Spion nicht nur das Lager zu zeigen, sondern auch den Drill der Männer, die Belagerungsmaschinen und das Magazin.« Acilius Glabrio legte eine kurze Pause ein, um diese Tatsache auf seine Zuhörer wirken zu lassen. »Und dann ließ er den Spion wieder frei, schickte ihn zu Hannibal zurück, um ihm Bericht zu erstatten. Vielleicht stellte er ihm sogar ein Pferd zur Verfügung, um die Sache zu beschleunigen.«

»Appian.« Callinicus konnte einfach nicht an sich halten. »In der Version des Historikers Appians gab es sogar drei Spione statt nur einen.« Alle ignorierten den Einwurf des Sophisten.

»Niemand sollte ein solches Selbstvertrauen mit übertriebener Zuversicht verwechseln, geschweige denn mit Arroganz oder gar mit Dummheit.« Acilius Glabrio lehnte sich zurück und lächelte.

»Ich habe keinen Grund, irgendwem aus meiner Familia zu misstrauen.« Ballista sah aus, als würde er jeden Moment explodieren. »Ich habe keinen Grund, Bagoas zu misstrauen.«

»Oh, nein, bestimmt nicht, ich bin mir sicher, dass du recht hast.« Der junge Offizier wandte sich mit einem Ausdruck völliger Aufrichtigkeit seinem Teller zu und griff nach einer Walnuss.

Am Morgen nach dem unglückselig verlaufenen Abendessen des Dux Ripae schlenderte der persische Junge über die Wehrgänge der Stadtmauern von Arete. In seiner Fantasie gab er sich einer ausschweifenden Orgie von Rache und Vergeltung hin. Er tauchte tief in detaillierte Vorstellungen darüber ein, wie er seine Freiheit wiedererlangen oder die Zeltbewohner finden und in seine Gewalt bringen würde, die ihn versklavt hatten. Er sah sie unbewaffnet vor sich stehen – oder besser gesagt einen nach dem anderen auf die Knie fallen, die Hände flehend erhoben. Wie sie ihre Kleidung zerrissen und sich Asche aufs Haupt streuten, wie sie weinten und flehten. Doch das würde ihnen nichts nützen. Er malte sich aus, wie er sich ihnen mit einem Messer in der Hand näherte, das Schwert an der Hüfte. Sie boten ihm ihre Frauen an, ihre Kinder, bettelten darum, dass er sie zu Sklaven nahm. Doch er kannte keine Gnade. Wieder und wieder schoss seine rechte Hand vor, krallten sich seine Finger in ihre struppigen Bärte, zog er ihre vor Angst verzerrten Gesichter dicht an das seine heran und erklärte ihnen, was er ihnen aus welchem

Grund antun würde. Er ignorierte ihr Schluchzen und ihr Flehen. Den meisten riss er die Köpfe in den Nacken, sodass ihre Kehlen entblößt waren. Sein Messer blitzte auf, und ihr Blut spritzte rot auf den staubigen Wüstenboden. Aber diese letzten drei Männer kamen nicht so einfach davon. Für das, was sie ihm angetan hatten, war dieser schnelle Tod nicht Vergeltung genug, nicht annähernd genug. Seine Hand riss ihnen die Kleider auf, packte sie an den Genitalien. Wieder blitzte sein Messer im Sonnenlicht, und wieder spritzte rotes Blut in den Staub der Wüste.

Irgendwann erreichte er den Turm im nordöstlichen Winkel der Stadtmauern. Er war die nördliche Brustwehr von einem Punkt nahe des Tempels von Azzanathcona aus entlanggegangen, der jetzt das Hauptquartier der Kohorte XX Palmyrenorum beherbergte, die zurzeit hundertachtzig Kavalleristen und sechshundertzweiundvierzig Infanteristen umfasste. Ständiges Wiederholen der Zahlen und Daten half ihm dabei, sich alle Details zu merken. Die Strecke betrug etwa dreihundert Schritte ohne einen einzigen Turm dazwischen.

»Kein einziger Turm auf einer Entfernung von dreihundert Schritten«, wiederholte er lautlos in Gedanken. Bevor der Wachposten auf dem Turm ihn fragen konnte, was er hier oben zu suchen hatte, stieg er die Stufen der zur Brustwehr führenden Treppe hinab.

Das gestrige Abendessen war gefährlich gewesen. Dieser widerliche Tribun Acilius Glabrio hatte recht. Ja, er war ein Spion. Ja, er würde ihnen so viel Schaden wie möglich zufügen. Er würde alle Informationen aus dem Zentrum der Familia des Dux Ripae in Erfahrung bringen, ihre Geheimnisse enthüllen, ihre Schwachstellen ausfindig machen. Dann würde er zu der vorrückenden unbesiegbaren sassanidischen Armee fliehen. Shapur, König der Könige, König der Arier und Nicht-Arier, der von Mazda geliebte Herrscher, würde ihn aus dem Staub ziehen, seine Augenlider küssen und zu Hause willkommen heißen. Die Vergangenheit würde ausgelöscht werden. Er würde frei sein, um sein Leben als Mann neu zu beginnen.

Es war nicht so, als wäre er von Ballista oder einem Mitglied seiner Familia in irgendeiner Weise schlecht behandelt worden. Abgesehen von Demetrius, dem griechischen Jungen, hatten ihn alle geradezu freundlich aufgenommen. Es lag einfach daran, dass sie die Feinde waren. Hier in Arete war der Dux Ripae der Anführer der Unrechtschaffenen. Die Unrechtschaffenen lehnten Mazda ab. Wie auch die Bahram-Feuer. Sie fügten den Rechtschaffenen Leid zu, indem sie den Dämonen huldigten, sie mit Namen anriefen. Falsch im Wort, unredlich in der Tat, waren sie zu Recht *margazan*, verflucht.

Jetzt näherte er sich den militärischen Getreidespeichern. Alle acht waren identisch aufgebaut. An einem Ende die Einfüllplattform, am anderen die Tür, beide scharf bewacht. An den Seiten befanden sich die Lüftungsgitter, aber hoch oben unter dem Giebel, zu hoch, um sich Zugang zu ihnen zu verschaffen. Allerdings gab es in Hüfthöhe zusätzliche schmale Luftschlitze, durch die sich möglicherweise ein schlanker Mann hindurchquetschen konnte. Auf jeden Fall eine Öffnung für brennbare Substanzen. Die Getreidespeicher hatten gemauerte Wände und mit Ziegelsteinen gedeckte Dächer, aber drinnen bestanden die Böden, Zwischenwände und Tragebalken höchstwahrscheinlich aus Holz, und die in ihnen gelagerten Nahrungsmittel, besonders das Öl und Getreide, waren gut brennbar. Mit einem Brandsatz würde man bestenfalls zwei Getreidespeicher abfackeln können, allerdings nur, wenn der Wind aus der richtigen Richtung wehte oder der Brand so heftig loderte, dass die Flammen die schmale Lücke zwischen den Zwillingsspeichern übersprangen. Folglich würden mehrere Angriffe zur selben Zeit zu noch mehr Verwirrung führen und weitaus größere Verluste verursachen.

Es war Bagoas bisher nicht gelungen herauszufinden, wie viele Vorräte die Speicher zurzeit enthielten. Er hoffte, sich jetzt ein Bild davon machen zu können, indem er einen Blick durch die Türen warf.

Als er zwischen den ersten beiden Getreidespeichern hindurchging, sah er, dass alle Türen zu seiner Linken geschlossen waren, die ersten beiden zu seiner Rechten jedoch offen standen. Er versuchte, beim Vorbeigehen einen Blick durch sie zu erhaschen. Jede Tür wurde von zwei Legionären bewacht, vier weitere lungerten am Fuß der Treppen herum. Die Männer starrten ihn an. Er wandte hastig den Blick ab.

»He, kleine Schwuchtel!«, rief einer ihm zu. »Komm her! Wir können dir das eine oder andere beibringen!«

Der junge Perser versuchte, ganz unbefangen weiterzugehen, als wäre er völlig sorglos. Dann verstummten die anzüglichen Sprüche plötzlich. Aus den Augenwinkeln konnte er sehen, wie ein Legionär leise und ernst auf seine Kameraden einredete. Der Mann deutete in seine Richtung. Jetzt starrten ihn alle aufmerksamer an, und dann begannen sie, ihm zu folgen.

Bagoas wollte zwar nicht rennen, aber auch nicht trödeln. Er versuchte, normal zu gehen, spürte aber, wie sich seine Schritte automatisch beschleunigten. Und auch die Soldaten erhöhten ihr Tempo.

Vielleicht hatten sie ja rein zufällig den gleichen Weg, vielleicht verfolgten sie ihn überhaupt nicht. Vielleicht würden sie ja einfach geradeaus weitergehen, wenn er in eine der Gassen abbog, die die Zwillingsspeicher voneinander trennten. Er wählte die Gasse zu seiner Linken. Kurz darauf bogen die Männer hinter ihm ebenfalls links ab. Bagoas begann zu rennen.

Mit im Staub rutschenden und allerlei Unrat aufwirbelnden Sandalen lief Bagoas, so schnell er konnte. Hinter sich hörte er schnelle Schritte. Wenn er sich am Ende der Gasse nach rechts wandte und die Laderampen hinter sich ließ, bräuchte er nur noch diese letzte Ecke zu umrunden, um in Sichtweite der nördlichen Tür zum Palast des Dux Ripae zu gelangen.

Als er um die erste Ecke herumschlitterte, prallte er beinahe mit einem Ochsenkarren zusammen. Im letzten Moment gelang es ihm, dem langsamen Gefährt auszuweichen. Er senkte den Kopf und rannte wieder los. Jetzt konnte er Lärm hinter sich hören, laute Schreie und Flüche. Es gelang ihm, seine Verfolger abzuhängen. Nur noch ein paar Schritte, nur noch eine Straßenecke …

Er hatte sie kaum umrundet, als ihm klar wurde, dass es kein Entkommen für ihn gab. Zwei Legionäre stürmten direkt auf ihn zu. Der Weg war schmal, nur wenige Schritte breit. Er hatte keine

Möglichkeit, ihnen auszuweichen oder zwischen ihnen hindurchzuschlüpfen.

Bagoas blieb stehen und sah sich hastig um. Da war die Nordtür des Palastes, lediglich dreißig oder vierzig Schritte entfernt, aber von ihm aus gesehen hinter den Legionären. Zu seiner Linken erstreckte sich die nackte Palastmauer, zu seiner Rechten die unüberwindbare Seitenwand eines Getreidespeichers. Trotz seiner Geschwindigkeit und des Ochsenkarrens würden die beiden Legionäre ihn jeden Moment erreicht haben.

Plötzlich verspürte er einen harten Schlag im Rücken, der ihn vornüber in den Staub stürzen ließ. Hände packten seine Beine und zogen ihn zurück. Er wurde mit dem Gesicht nach unten über den rauen Boden geschleift, der ihm die Arme aufschürfte.

Verzweifelt trat er mit dem rechten Bein aus. Hinter ihm ertönte ein schmerzerfülltes Grunzen. Es gelang ihm, sich halb aufzurichten und um Hilfe zu schreien. Die beiden Equites singulares, die an der Palasttür Wache standen, blickten uninteressiert in seine Richtung. Bevor er erneut um Hilfe rufen konnte, traf ihn ein heftiger Schlag auf das rechte Ohr. Die Welt begann sich um ihn herum zu drehen. Erneut landete er mit dem Gesicht im Dreck.

»Verräter! Du dreckiger kleiner Verräter!« Er wurde brutal in den schmalen Durchgang zwischen den nächsten beiden Getreidespeichern geschleift, auf die Füße gezerrt, in den bogenförmigen Eingang eines der Speicher gestoßen und prallte mit dem Rücken gegen eine Wand.

»Hast wohl geglaubt, du könntest dich so einfach um uns rumschleichen, was? Direkt an uns vorbeilatschen, während du uns ausspähst?« Einer der Legionäre hielt seinen Hals in einem schmerzhaften Klammergriff eine Handbreit. »Unser Dominus hat uns gesagt, was du bist: ein beschissener Spion, ein dreckiger Strichjunge. Tja, jetzt ist dein Barbar nicht in der Nähe, um dir den Arsch zu retten.« Er verpasste Bagoas einen harten Fausthieb in die Magengrube.

Zwei Legionäre hielten den Jungen aufrecht, während die beiden anderen ihn wiederholt in den Bauch und ins Gesicht schlugen.

»Wir werden zuerst ein bisschen Spaß mit dir haben, Junge. Und dann werden wir deinen Spielchen ein für alle Mal ein Ende machen.« Nach einer Reihe schneller Schläge ließen die Männer ihn plötzlich los. Bagoas brach zusammen. Die Soldaten gingen dazu über, ihn mit Tritten zu malträtieren.

Bagoas krümmte sich. Die Tritte gingen immer weiter. Er konnte das Leder der Militärstiefel riechen, sein eigenes Blut metallisch in seinem Mund schmecken. *Nein,* Mazda, *nein – Lass nicht zu, dass es wieder wie bei den Zeltbewohnern wird, nein!* Aus irgendeinem Grund, den er selbst nicht verstand, schoss ihm ein Gedichtfragment durch den Kopf.

Mir scheint bisweil', als blühten nie so rot
die Rosen wie am Grab nach Cäsars blut'gem Tod

Unvermittelt hörten die Tritte auf.

»Was, verdammte Scheiße, glotzt du so?«

Durch seine halb zugeschwollenen Lider hindurch erblickte Bagoas die Umrisse von Calgacus am Ende des Durchgangs.

»Oh, was seid ihr doch für harte Kerle – vier von eurer Sorte gegen einen Jungen. Vielleicht glaubt ihr ja, es auch noch mit einem alten Mann aufnehmen zu können.«

In diesem Moment erschien Calgacus dem persischen Knaben jünger und größer als jemals zuvor. Aber es konnte nur auf eine Weise enden. Der Junge versuchte zu schreien, dem alten Kaledonier zuzurufen, dass er weglaufen sollte, dass niemandem damit geholfen wäre, wenn er ebenfalls zusammengeschlagen oder sogar getötet würde, aber er brachte keinen Ton hervor.

»Sag nur nicht, wir hätten dich nicht gewarnt, alter Scheißer«, knurrte einer der Legionäre. Alle vier starrten Calgacus drohend an.

Plötzlich ertönte ein überraschter und schmerzerfüllter Aufschrei. Einer der Legionäre stürzte vorwärts und stolperte über Bagoas ausgestreckte Beine. Die anderen drei Männer glotzten dümmlich auf ihren Freund hinab. Als sie Anstalten machten, sich umzudrehen, sah der junge Perser, wie Maximus dem Legionär ganz links die Faust ins Gesicht schmetterte. Das Gesicht des Mannes nahm einen beinahe belustigend erschrockenen Ausdruck an, als er rücklings an der Wand hinabrutschte, die Nase, aus der ein Blutschwall schoss, platt gedrückt.

Der Legionär, den Maximus zuvor umgestoßen hatte, war auf Händen und Knien gelandet. Calgacus machte einen Schritt auf ihn zu und trat ihm kräftig ins Gesicht. Der Kopf des Mannes flog zurück. Er sackte in sich zusammen und blieb leise stöhnend reglos liegen.

Die beiden Legionäre, die noch auf ihren Füßen standen, wechselten einen Blick, unschlüssig, was sie tun sollten.

»Sammelt diese zwei Stücke Scheiße ein und seht zu, dass ihr euch verpisst«, sagte Maximus gefährlich leise.

Die Soldaten zögerten kurz, dann folgten sie Maximus' Aufforderung und schleppten ihre Contubernales die Gasse entlang. Als sie die Straße erreichten, rief der Mann mit der gebrochenen Nase Maximus und Calgacus zu, dass die Sache noch längst nicht vorbei sei, dass sie wiederkommen und alle drei erledigen würden.

»Ja, klar«, murmelte Maximus und beugte sich zu Bagoas hinab. »Hilf mir mal, Calgacus. Lass uns den kleinen Bastard nach Hause schaffen.«

Mir scheint bisweil', als blühten nie so rot
die Rosen wie am Grab nach Cäsars blut'gem Tod

Das Gedichtfragment ging dem persischen Jungen ein weiteres Mal durch den Kopf, bevor er das Bewusstsein verlor.

Auf ein Zeichen Ballistas hin klopfte der Soldat erneut an die Tür. Bisher war es ein sehr ermüdender Tag gewesen. Ballista war um die zweite Stunde des Tages zusammen mit Demetrius, zwei Schreibern, drei Boten, Romulus – der heute einmal nicht die schwere Standarte tragen musste – und zwei Equites singulares aufgebrochen. Auf dem

Weg der zehn Männer zum südlichen Ende der Mauerstraße hatten ein paar Legionäre, weit genug entfernt, um nicht erkannt werden zu können, wie Wölfe geheult.

Ballista und sein Gefolge inspizierten alle Gebäude nahe des westlichen Abschnitts der Stadtmauer, die demnächst abgerissen werden würden. Die Beschwerden, die die Karawanenbeschützer während des Abendessens am Vortag geäußert hatten, wurden von allen Bewohnern der Häuser in ähnlicher Form wiederholt.

An diesem Morgen schienen die Vorwürfe zusätzliches Gewicht zu erhalten. Die Klagen kamen von den Priestern, deren Tempel zerstört werden und deren Götter die Wohnstatt verlieren, von den Männern, deren Häuser dem Erdboden gleichgemacht und deren Familien obdachlos werden würden. Einige dieser Menschen waren trotzig, andere kämpften mit den Tränen, während ihre Frauen und Kinder ängstlich durch die Türen der Frauengemächer lugten. Ob sie ihn nun für einen verantwortungslosen imperialen Günstling, einen von seiner Macht berauschten Armeeoffizier oder einfach nur für einen typischen dummen Barbaren hielten, sie alle betrachteten seine Maßnahmen als eine grausame und gedankenlose Laune.

Einigermaßen gereizt, bedeutete Ballista dem Soldaten ein weiteres Mal, an die Tür des Hauses zu klopfen. Sie hatten nicht den ganzen Tag Zeit, und sie waren gerade erst zum Ende des dritten von insgesamt acht Häuserblocks gekommen. Diesmal wurde die Tür geöffnet, nachdem der Soldat zum letzten Mal mit der Faust auf sie eingehämmert hatte.

Im Halbdunkel des Vestibüls stand ein kleiner, wie ein Philosoph gekleideter Mann: grober Umhang und Tunika, barfuß, langes ungekämmtes Haar und wild wuchernder Bart. In einer Hand hielt er einen Stock, mit der anderen fingerte er an einem an seinem Gürtel befestigten Geldbeutel herum.

»Ich bin Marcus Clodius Ballista, Dux …«, begann Ballista.

»Ich weiß, wer du bist«, unterbrach ihn der Mann unhöflich. Es war schwer, Genaueres zu erkennen, da Ballista aus dem hellen Sonnenlicht in einen dunklen Raum blickte, doch der Mann schien ziemlich erregt zu sein. Seine linke Hand ließ den Geldbeutel los und strich über seine Gürtelschnalle, die die Form eines Fisches hatte.

Allvater, und wieder die gleiche Prozedur, dachte Ballista. Versuchen wir, die Sache zu beschleunigen, bevor er zu fluchen und zu quasseln beginnt.

»Welcher philosophischen Schule gehörst du an?«

»Was?« Der Mann starrte Ballista verständnislos an, als verstünde er die Worte nicht.

»Du bist wie ein Zyniker oder möglicherweise wie ein extremer Stoiker gekleidet. Auch wenn die Äußerlichkeiten natürlich fast bei allen Schulen zutreffend sind.«

»Nein – nein, ich bin kein Philosoph – ganz bestimmt nicht, nichts dergleichen.« Der Mann wirkte beleidigt und verängstigt zugleich.

»Bist du der Eigentümer dieses Hauses?«, drängte Ballista. Er hatte bereits genug Zeit vergeudet.

»Nein.«

»Könntest du ihn holen?«

»Ich weiß nicht – er ist beschäftigt.« Der Blick des Mannes pendelte hektisch zwischen Ballista und den Soldaten hin und her. »Ich werde ihn holen. Folgt mir.« Er drehte sich unvermittelt um und schritt durch das Vestibül in ein kleines, gekacheltes zentrales Atrium. »Untersucht, was immer ihr wollt«, sagte er und eilte über eine Treppe in die erste Etage hinauf.

Ballista und Demetrius wechselten einen Blick.

»Nun ja, man kann nicht gerade behaupten, dass die Philosophie ihm inneren Frieden beschert hat«, stellte der junge Grieche fest.

»Nur der Weise ist glücklich«, zitierte Ballista, wobei er sich ehrlich eingestehen musste, dass er sich nicht sicher war, von wem das Zitat überhaupt stammte. »Sehen wir uns mal um.«

Links von ihnen zweigte ein kleiner Säulengang vom Atrium ab. Weiter geradeaus betraten sie einen lang gezogenen Raum, der sich fast über die gesamte Länge des Gebäudes erstreckte, in schlichtem

Weiß gestrichen und nur mit Bänken versehen war. Er sah wie ein Klassenzimmer aus. Es roch fast überwältigend nach Weihrauch. Nachdem sie in das Atrium zurückgekehrt waren, warfen sie einen Blick in den Raum gegenüber dem Säulengang, der bis auf ein paar Aufbewahrungskrüge in einer der hinteren Ecken völlig leer war. Auch hier überlagerte der beinahe Übelkeit erregende intensive Weihrauchgeruch alles andere.

Es gab nur noch einen weiteren Raum im Erdgeschoss, der durch die Treppe, über die der kleine Mann verschwunden war, vom Vestibül abgetrennt wurde. Kaum, dass Ballista ihn betreten hatte, blieb er sofort wieder überrascht stehen. Obwohl wie alle anderen Räume beinahe ohne irgendwelche Möbel, waren die Wände in verschiedenen Farben auffällig bemalt. An einem Ende befand sich ein von Säulen flankierter Türbogen, der so gestrichen war, dass er wie Marmor aussah. Die Decke war himmelblau und mit silbernen Sternen übersät. Unter dem Bogen befand sich ein Badebecken, gerade groß genug für eine Person, an der Wand dahinter das Bild eines Mannes, der ein Schaf in den Armen hielt.

Ballista sah sich um. Wohin er auch immer den Blick richtete, fiel er auf Bilder. Da war eine grob gefertigte Zeichnung dreier Männer. Ein Mann auf der linken Seite trug ein Bett zu einem Mann rechts von ihm, der seinerseits in einem Bett lag. Über ihnen stand ein dritter Mann, der einen Arm über die im Bett liegende Gestalt ausgestreckt hielt.

»Verdammt merkwürdig«, sagte einer der Soldaten.

Gleich rechts von diesem Gemälde schwebte ein wie ein Bauer gekleideter Mann über einem aufgewühlten See. Einige Seefahrer betrachteten ihn erstaunt von einem unter vollem Segel stehenden Schiff aus.

»Ich grüße dich, Marcus Clodius Ballista, Vir egregius, Dux Ripae.« Die Worte kamen von einem Mann, der den Raum leise durch die Tür hinter ihnen betreten hatte. Als Ballista sich umdrehte, erblickte er eine hochgewachsene Gestalt in einer schlichten blauen Tunika, einer weißen Hose und einfachen Sandalen. Der Mann hatte eine Halbglatze, dass Haar an seinen Schläfen war kurz geschoren. Er hatte einen Vollbart, ein offenes Lächeln und kam Ballista irgendwie bekannt vor.

»Ich bin Theodotus, Sohn des Theodotus, Ratsherr der Stadt Arete und Priester der hiesigen christlichen Gemeinde.« Er lächelte freundlich.

Verärgert über sich selbst, weil er den christlichen Priester nicht sofort erkannt hatte, setzte Ballista ein entschuldigendes Grinsen auf und streckte die Hand aus.

»Ich hoffe, du verzeihst eventuelle Unfreundlichkeiten bei deiner Begrüßung seitens meines Bruders Josephus. Du wirst sicher verstehen, dass wir Christen seit der durch Kaiser Decius vor einigen Jahren begonnenen Verfolgung nervös werden, wenn römische Soldaten an unsere Türen klopfen.« Er schüttelte Ballista die Hand und lachte herzlich. »Natürlich sind die Dinge unter der weisen Herrschaft Valerians und Gallienus' heute sehr viel besser, und wir beten darum, dass sie lange leben mögen, aber alte Gewohnheiten sterben nun mal langsam. Deshalb denken wir, dass es am besten für uns ist, wenn wir uns möglichst unauffällig verhalten.«

»Nein, wenn überhaupt irgendjemand ohne Absicht unfreundlich war, dann ich«, erwiderte Ballista. »Ich habe deinen Bruder fälschlicherweise für einen griechischen Philosophen gehalten.« Obwohl Theodotus ihm gegenüber recht freundlich eingestellt zu sein schien, hielt Ballista es für angebracht, nach Möglichkeit von Anfang an potenzielle Schwierigkeiten aus dem Weg zu räumen. »Es tut mir leid, wirklich ganz schrecklich leid, dass es erforderlich werden wird, euren Ort der Anbetung zerstören zu müssen. Ich versichere dir, dass es nicht dazu kommen würde, wenn es nicht absolut unumgänglich wäre. Ich werde alles in meiner Macht Stehende tun, um euch dafür zu entschädigen – sofern die Stadt nicht fällt, wie sich versteht.«

Statt des Proteststurms, den Ballista erwartet hatte, breitete Theodotus die Arme weit aus und lächelte friedfertig.

»Es wird alles so geschehen, wie es Gottes Wille ist«, sagte der Priester. »Seine Wege sind unergründlich.«

Ballista wollte etwas darauf erwidern, als ihm eine Weihrauchwolke in die Kehle drang und er einen heftigen Hustenanfall erlitt.

»Wir verbrennen sehr viel Weihrauch zur Ehre des Herrn«, entschuldigte sich Theodotus und klopfte dem Nordländer auf den Rücken. »Ich habe beim Hereinkommen gesehen, wie du die Gemälde betrachtet hast. Möchtest du, dass ich dir die ihnen zugrunde liegenden Geschichten erzähle?«

Noch immer unfähig zu sprechen, nickte Ballista. Zum Glück wurde er heute nicht von dem Soldaten begleitet, der die Christen hasste.

Theodotus hatte kaum angefangen zu erzählen, als ein Soldat in den Raum platzte. »Dominus!« Ein flüchtiges Salutieren ersetzte die formale militärische Begrüßung. »Dominus, wir haben Gaius Scribonius Mucianus gefunden.«

XI

Gaius Scribonius Mucianus war tot.

Unerwartete Todesfälle durch Gewaltanwendung in Friedenszeiten ziehen immer geradezu zwangsläufig Menschenmengen an. Eine dichte Traube aus Soldaten und Zivilisten aller Altersklassen drängte sich am Fuß der östlichen Stadtmauer vor dem Eingang eines der alten Wassertunnels.

Romulus rief irgendetwas zuerst auf Lateinisch, dann auf Griechisch und schließlich auf Aramäisch, und die Menge wich widerstrebend auseinander, sodass sich eine schmale Gasse für Ballista und sein Gefolge öffnete, an deren Ende Mamurra, Acilius Glabrio und ein Centurio der Legio IIII Scythica über eine Leiche gebeugt standen. Sie drehten sich um und salutierten.

Ballista sah Demetrius fragend an. Der junge Grieche beugte sich näher an ihn heran und flüsterte ihm ins Ohr: »Lucius Fabius.«

»Lucius Fabius, könntest du dafür sorgen, dass die Menge sich wenigstens dreißig Schritte weit zurückzieht?«

Der Centurio bellte eine Reihe von Befehlen, worauf seine Legionäre ihre schweren Wurfspeere wie Schäfer ihre Hirtenstöcke benutzten, um die Schaulustigen zurückzudrängen.

Scribonius Mucianus lag auf dem Rücken, Arme und Beine ausgebreitet, den Kopf in einem unnatürlichen Winkel seitlich verdreht. Seine Kleidung war mit längst eingetrocknetem Blut getränkt und mit grünem Schimmel überzogen, sein gelb und grün geflecktes Gesicht beinahe schwarz angelaufen.

Ballista hatte mehr Leichen gesehen, als ihm lieb war. Fünf Jahre zuvor hatte ihm die Belagerung von Novae ungefragt die Gelegenheit gegeben, den Toten beim Verwesen zuzusehen. Vor den von ihm und seinem General Gallus verteidigten Stadtmauern hatten Tausende tote Goten fast zwei Monate lang unbestattet in der Sommersonne gelegen. Ballista schätzte, dass der Tribun seit mindestens zwei Monaten tot war. Er bat Demetrius leise, einen hiesigen Arzt und einen Bestatter kommen zu lassen, um zwei unabhängige Einschätzungen einzuholen.

»Woher wisst ihr, dass es Scribonius Mucianus ist?«, fragte er die drei Männer, die immer noch dicht bei der Leiche standen.

»Natürlich ist er es«, erwiderte Acilius Glabrio. »Nicht, dass sich seine äußere Erscheinung zu seinem Vorteil verändert hätte.«

Ballista verzichtete auf einen Kommentar.

»Einer der Soldaten hat seinen Siegelring erkannt«, erklärte Mamurra. Der Praefectus fabrum dachte einen Moment lang nach. »Außerdem trägt er den goldenen Ring eines Kavallerieoffiziers, sein Schwertgürtel ist kostbar, seine Kleidung ist teuer, und in der Nähe der Leiche lagen dreißig Silbermünzen.«

»In der Nähe der Leiche?«

»Ja, sein Geldbeutel wurde vom Gürtel abgeschnitten, und die Münzen sind auf die Erde gefallen.« Mamurra reichte Ballista den Geldbeutel.

»Also kein Raubmord.«

»Nein, es sei denn, der oder die Täter wurden gestört.« Mamurra schüttelte langsam den Kopf. »Er ist durchsucht worden. Die Nähte seiner Tunika und seiner Sandalen wurden aufgetrennt. Er wurde durchsucht, aber nicht bestohlen.«

Aus dem Hintergrund ertönten laute Rufe und militärisch derbe Verwünschungen. Wieder wich die Menschenmenge, die ständig wuchs, widerwillig auseinander. Maximus und Turpio schritten durch die schmale Gasse auf die Leiche zu.

»Also, er war es jedenfalls nicht, der unser Artilleriemagazin abgefackelt hat«, stellte Maximus nüchtern fest. Alle außer Ballista und Turpio drehten sich zu dem Hibernier um und musterten ihn gespannt. »Kommt schon, der Gedanke dürfte wohl allen durch den Kopf gegangen sein. Jetzt wissen wir, dass *er* es nicht getan hat. Dazu ist er schon viel zu lange tot. So, wie er aussieht, muss er schon tot gewesen sein, noch bevor wir Seleukia erreicht hatten.«

Während sein Leibwächter sprach, hatte Ballista Turpio nicht aus den Augen gelassen. Das Gesicht des Mannes, das sich normalerweise durch ein lebhaftes Mienenspiel auszeichnete, war wie erstarrt. Sein Blick klebte regelrecht an Scribonius Mucianus. Schließlich murmelte er ganz leise: »Du armer Bastard, du armer, beschissener Idiot.«

Ballista ließ sich neben der Leiche auf ein Knie nieder und betrachtete sie ganz genau. Er begann mit dem Kopf und ließ seine Augen den Körper abwärts wandern, die Nase nur wenige Zoll von dem verwesten Fleisch entfernt. Demetrius, dem sich der Magen beinahe umdrehte, fragte sich, wie sein Kyrios zu so etwas fähig sein konnte.

»Ihm wurde etwas gestohlen, wenn auch kein Geld.« Ballista deutete auf den verzierten Gürtel. »Seht, hier und hier – zwei Paar Lederriemen, die durchgeschnitten worden sind. An diesem hier hat sein Geldbeutel gehangen.« Die durchtrennten Enden der Riemen, die er hochhielt, passten zusammen. »Und an diesem hier war ein …«

»Ein Schreibblock«, unterbrach ihn Turpio. »Er hatte immer einen Schreibblock bei sich, der an seinem Gürtel befestigt war. Er hat ständig daran herumgefingert.« Ein gequältes Lächeln huschte über das Gesicht des ehemaligen Centurios. »Er hat ihn pausenlos geöffnet, um Zahlen und Summen darauf zu notieren.«

»Hat irgendjemand den Block gefunden?«, erkundigte sich Ballista.

Centurio Lucius Fabius schüttelte den Kopf.

»Könnte mir irgendjemand etwas Wasser und ein Handtuch bringen?« Ballista sah nicht auf, konnte aber hören, wie sich irgendwer entfernte. Allvater, die Macht korrumpiert mich, dachte er. Ich erteile Befehle und erwarte, dass man mir automatisch gehorcht. Dabei weiß ich nicht einmal – und es interessiert mich auch nicht –, wer meine Befehle befolgt. Der moralische Verfall durch Macht geschieht genauso zwangsläufig wie der natürliche Verfall dieser Leiche.

Ballista riss sich zusammen, wappnete sich gegen das in ihm aufsteigende Ekelgefühl, ergriff den verwesenden Leichnam mit beiden

Händen und drehte ihn auf den Bauch. Er unterdrückte den Reflex, sich sofort die Hände abzuwischen. Das Leben im Imperium hatte ihn gelehrt, keine Schwäche zu zeigen.

»Also, wenigstens kann man ganz deutlich sehen, wie er getötet worden ist.« Der Nordländer deutete auf eine große Wunde in der Rückseite von Scribonius Mucianus' linkem Oberschenkel. »Das hat ihn zu Fall gebracht. Er hatte dem Mörder den Rücken zugewandt. Vielleicht ist er vor ihm davongelaufen. Ein Schwerthieb, ausgeführt von einem Rechtshänder, und der Größe der Wunde nach zu schließen war es vermutlich ein militärisches Standardschwert, eine Spatha.«

Ein Wasserkrug wurde neben ihm abgestellt und ein Handtuch dazugelegt. Ballista richtete seine Aufmerksamkeit auf das, was von Scribonius Mucianus' Hinterkopf übrig geblieben war. Das Gemisch aus geronnenem Blut und Hirnmasse hatte sich pechschwarz verfärbt. Die teerartige Flüssigkeit, die aus den Schädelwunden hervorsickerte, schien schwach zu schillern. Allmählich wurde Ballista übel. Er zwang sich dazu, etwas Wasser auf die Wunden zu träufeln und sie mit den bloßen Händen zu säubern.

»Fünf, sechs, sieben – mindestens sieben Schwerthiebe auf den Hinterkopf. Höchstwahrscheinlich mit demselben Schwert, das seinen Schenkel getroffen hat. Die typische Vorgehensweise aller geübten Kämpfer unserer Sorte in einer solchen Situation: Bring deinen Gegner mit einer Beinwunde zu Fall, und wenn er auf allen vieren landet, erledige ihn mit so vielen kräftigen Hieben wie nötig und wie dir Zeit bleibt.« Ballista ließ sich von einem seiner Schreiber, demjenigen mit dem punischen Akzent, Wasser über die Hände gießen. Er dankte ihm und griff nach dem Handtuch. »Wer hat ihn gefunden?«

Der Centurio winkte einen Legionär vor.

»Gaius Aurelius Castricius, Soldat der Vexillatio in der Legio IIII Scythica, Centurie von Lucius Fabius, Dominus. Wir werden tun, was befohlen wird, und sind bereit, jeden Befehl auszuführen, Dominus.«

»Wo hast du ihn gefunden?«

»In einem Seitenstollen dieses nicht mehr benutzten Tunnels, Dominus. Dort unten, Dominus.« Der Soldat deutete auf ein paar Stufen, die sich in einem schwarzen Loch verloren.

»Was hast du da unten gemacht?«

»Ich hatte Befehl, alle Seitengänge und Stollen abzusuchen, Dominus.« Der Legionär wirkte ein wenig verlegen.

»Unser Castricius hatte die Befähigung für diese Aufgabe«, warf sein Centurio ein. »Aufgrund umfangreicher Erfahrung mit Tunneln aus der Zeit, bevor er das Sacramentum geleistet hat, den militärischen Eid.«

Der Legionär wirkte noch etwas verlegener. Niemand ging freiwillig in die Minen. Castricius musste als Zivilist für eine schwere Straftat verurteilt worden sein, um dort zu landen.

»Gut, Castricius, dann zeig mir jetzt, wo genau du ihn gefunden hast.« Ballista befahl Maximus, ihn zu begleiten, und allen anderen, an Ort und Stelle zu warten, während sie dem Legionär in den Tunnel hinein folgten. Nach wenigen Schritten hielten sie kurz an, um Lampen zu entzünden und ihren Augen Zeit zu geben, sich auf die Dunkelheit einzustellen. Der Soldat redete irgendetwas Belangloses vor sich hin. Ballista hörte ihm nicht zu. Er betete.

Der Tunnel war schlimmer, sehr viel schlimmer als der, den er einige Tage zuvor erkundet hatte. Der Boden war unebener und glitschiger. Es hatte seine Gründe, weshalb er abgesperrt worden war. Mehrere Male mussten sie über Haufen von Felsbrocken klettern, die von der Decke heruntergestürzt oder aus den Wänden gefallen waren, sich einmal durch einen Spalt zwängen, der kaum breiter war als die Schultern des Nordländers. Es musste höllisch schwer gewesen sein, die Leiche hier herauszuschaffen. Immer tiefer ging es hinab. Es war sehr dunkel und sehr nass. Wasser bedeckte den Boden und rann an den Wänden hinab. Ballista hatte das Gefühl, als stiegen sie nach Niflheim hinab, in die Nebelhölle, in das eiskalte Reich des nie endenden Winters, in das Reich der Toten, wo der Drache Nidhöggr an den Wurzeln des Weltenbaumes Yggdrasil nagte, bis ans Ende aller Zeiten.

»Hier war es«, sagte Castricius. »Hier habe ich ihn gefunden.«

Sie befanden sich in einem Seitenstollen, der in einer Sackgasse endete und zu niedrig war, um darin aufrecht stehen zu können.

»Wo genau?«, wollte Ballista wissen.

»Genau hier.«

»In welcher Position?«

»Er lag auf dem Rücken. Die Arme ausgestreckt an der Wand, die Füße zusammen.«

»Maximus, würde es dir etwas ausmachen, dich in der gleichen Position wie der Leichnam auf den Boden zu legen?«, fragte Ballista.

Der Leibwächter, völlig verdreckt wie mittlerweile alle drei Männer, bedachte seinen Dominus mit einem Blick, der deutlich zu verstehen gab, dass es ihm eine ganze Menge ausmachte. Trotzdem streckte er sich auf dem Stollenboden aus und ließ zu, dass Castricius an ihm herumzerrte, bis er genau die Körperhaltung des Toten eingenommen hatte.

»Scribonius Mucianus ist ganz bestimmt nicht hier getötet worden«, stellte Ballista fest. »Maximus, könntest du dich auf Hände und Knie aufrichten?«

Der Leibwächter sah so aus, als wollte er einen Witz machen, entschied sich dann aber dagegen. Ballista zog seine Spatha. Er versuchte, einen Hieb gegen Maximus anzutäuschen, doch die Felsdecke war viel zu niedrig.

»Es muss höllisch anstrengend gewesen sein, die Leiche hier herunterzuschaffen«, murmelte Ballista. »Dazu dürfte mehr als nur ein Mann erforderlich gewesen sein.«

»Mit ziemlicher Sicherheit«, erwiderte Castricius. »Obwohl es ein sehr starker Mann vielleicht auch allein geschafft haben könnte.«

Als sie ins helle Tageslicht zurückkehrten, sahen sie sich einem Kreis erwartungsvoller Gesichter gegenüber, an erster Stelle die Offiziere Mamurra, Acilius Glabrio und Turpio. Zu ihnen hatten sich die drei Karawanenbeschützer gesellt, da sie als Kommandanten von Numeri-Einheiten jetzt ebenfalls als Offiziere der Armee galten. Die Menge hinter ihnen, noch immer von den Legionären auf Abstand gehalten, war weiter angewachsen, in der ersten Reihe die anderen Ratsmitglieder, unter ihnen Theodotus, der stark behaarte Christ. Dahinter drängte sich der Demos, das gewöhnliche Volk, und wiederum dahinter folgten die Sklaven. Wann immer die Angehörigen des Imperiums zusammenkamen, neigten sie dazu, ihrem gesellschaftlichen Status gemäß Aufstellung zu nehmen, als wären sie im Theater oder bei einer anderen öffentlichen Veranstaltung.

»Der arme Trottel, der arme beschissene Trottel«, sagte Turpio. »Gleich nachdem er von deinem Auftrag erfahren hatte, hat er sich zunehmend seltsamer verhalten. Unmittelbar vor seinem Verschwinden, zwei Tage, bevor ich aufgebrochen bin, um dich an der Küste zu treffen, hat er angefangen, Selbstgespräche zu führen. Mehrmals habe ich ihn murmeln gehört, dass jetzt alles in Ordnung kommen würde, dass er irgendetwas entdeckt hätte, durch das sich alles bereinigen lassen würde.«

»Was hat er damit gemeint?«, fragte Ballista.

»Ich habe keine Ahnung«, gestand Turpio.

Ballista kämpfte gegen den Drang an, seinen Schreibtisch zu verlassen. Er verspürte ein vages Gefühl des Unbehagens und war von einer nervösen Ruhelosigkeit erfasst, der er während der letzten Stunde mehrmals nachgegeben hatte. Auf und ab zu laufen half nicht. Trotzdem hätte es schlimmer sein können. Es war nicht so, als hätte ihn der große Mann wieder einmal nachts heimgesucht. Tatsächlich war ihm der verstorbene Kaiser Maximinus seit dieser letzten Nacht vor der syrischen Küste nicht mehr erschienen. Unterminierte das nicht Julias epikureischen Rationalismus, ihre Ansicht, dass der Dämon nichts weiter als ein böser Traum war, hervorgerufen durch Müdigkeit und Anspannung?

Seit seiner Ankunft in Arete fühlte sich Ballista hundemüde, und niemand konnte bestreiten, dass er ständig unter großem Stress gestanden hatte – einer seiner höchsten Offiziere war lange vermisst gewesen und dann ermordet aufgefunden worden, der andere aufsässig und in seiner Art unerträglich, die Loyalität der führenden Einheimischen stand infrage, das Artilleriemagazin war niedergebrannt worden. Und mindestens ein mörderischer Verräter trieb sich immer noch unerkannt in der Stadt herum.

Was ihm jetzt besonders zu schaffen machte, waren die militärischen Maßnahmen zur Verteidigung der Stadt. Wie es sich für einen römischen General gehörte, hatte er sein Consilium einberufen, sich die Meinung der Männer angehört und Ratschläge von ihnen eingeholt. Doch letztendlich musste er allein entscheiden. Seine Planung war zu einem Abschluss gelangt, nachdem er das Beste aus den bedauernswert unzureichenden Ressourcen herausgeholt hatte, die ihm zur Verfügung standen, und er war bereit, seinem Stab die nun folgenden Schritte zu erläutern und in die Tat umzusetzen. Trotzdem fürchtete er, irgendetwas Offensichtliches übersehen, irgendeinen fürchterlichen Fehler in seiner Planung begangen zu haben. Es war lächerlich, aber er machte sich weniger Sorgen darüber, dass sein Fehler zum Fall der Stadt und zu einer blutigen Niederlage führen könnte, sondern dass sein Versäumnis für einen seiner Offiziere auf den ersten Blick zu erkennen sein und er sich Acilius Glabrios spöttischem Gelächter ausgesetzt sehen würde. Offenbar war er zu einem beträchtlichen Teil der junge Barbar geblieben, der im Alter von sechzehn Wintern in das Imperium Romanum verschleppt worden war. Er fürchtete sich in erster Linie immer noch davor, von den Römern verhöhnt und verspottet zu werden.

Ballista stand auf und trat auf die Terrasse des Palastes hinaus. Der Himmel präsentierte sich in einem perfekten mesopotamischen Blau. Es war Winter, der sechste Dezember, zehn Tage vor den Iden des Monats. Nachdem die Sonne den frühen Morgennebel weggebrannt hatte, erinnerte ihn das Wetter an einen herrlichen Frühlingsmorgen in seiner nordischen Heimat.

Er lehnte sich mit dem Rücken gegen die Terrassenwand. Von dem tief unter ihm dahinströmenden Fluss drangen die Geräusche der Wasserträger und des Fischmarktes herauf, der jetzt unter militärischer Leitung stand. Weitaus näher konnte er hinter der quer verlaufenden Mauer links von ihm, die die Terrasse von den Wehrgängen auf der Stadtmauer trennte, Kinder spielen hören. Als er sich in diese Richtung umdrehte, entdeckte er vier kleine Kinder, die einander einen Ball zuwarfen. Eines von ihnen kletterte gerade auf die Mauerzinnen und balancierte gefährlich dicht am Abgrund. Ohne nachzudenken, ging Ballista auf das Kind zu. Er hatte erst wenige Schritte zurückgelegt, als eine Frau in dem wallenden Gewand einer Zeltbewohnerin zu dem Jungen eilte, ihn packte und von der Zinne in Sicherheit zog. Ihre schimpfende Stimme klang laut in der klaren Luft.

Der Anblick des Jungen ließ Ballista an seinen eigenen Sohn denken. Marcus Clodius Isangrim hatte er ihn genannt. Niemand konnte etwas gegen die ersten beiden Namen einwenden, nichts war gewöhnlicher, als dass der Sohn den guten römischen Praenomen und Nomen seines Vaters erhielt. Allerdings hatte Julia so lautstark, wie es nur eine römische Frau tun konnte, dagegen protestiert, dass ihr Sohn einen barbarischen Cognomen tragen sollte.

Ballista wusste, dass Julias Verwandte, die seit Generationen einem Senatorengeschlecht angehörten, nur durch ihre außerordentlich guten Manieren davon abgehalten worden waren, bei der Zeremonie der Namensverleihung zu kichern. Trotzdem war der Cognomen wichtig für Ballista gewesen. Auch wenn er den Spott durchaus fürchtete, fand er es wichtig, dass der Junge mit dem Wissen um seine nordischen Wurzeln aufwuchs. Wie er Julia zu erklären versucht hatte, beruhte diese Entscheidung nicht allein auf Sentimentalität. Das Imperium benutzte diplomatische Geiseln als Mittel ihrer Diplomatie. Sollten die Kaiser irgendwann mit Ballistas Vater unzufrieden werden, konnten sie seinen Sohn von einem Moment auf den nächsten aus seiner neuen Heimat herausreißen, ihn in den Norden schicken und versuchen, ihn mithilfe von römischen Waffen und römischem Geld als neuen Dux der Angeln einzusetzen. Und sollte Ballista tot sein, würden sie seinen Sohn schicken. Solche Maßnahmen gingen zwar nur selten gut aus, aber weder Ballista noch sein Sohn würden irgendeine Wahl in der Angelegenheit haben. Deshalb hatte er den Jungen nach seinem

Großvater Isangrim genannt und ihn die Muttersprache seines Vaters gelehrt.

Also hieß sein Sohn jetzt unter anderem Isangrim. Er war sehr hübsch, hatte volles blondes, gelocktes Haar und blaugrüne Augen. Er war drei Jahre alt und spielte jetzt Hunderte von Meilen und eine wochenlange Reise von Arete entfernt.

Und wie stand es mit Ballistas hiesiger Familia? Bagoas war fürchterlich verprügelt worden. Er würde noch eine Weile im Bett verbringen müssen. Calgacus hatte recht damit behalten, dass der Junge beobachtet werden sollte. Es schien, als hätte Bagoas auf eine naive Art gespielt, ein Spion Shapurs zu sein. Glücklicherweise war Maximus vor Ort gewesen. Calgacus war ein zäher Knochen, aber wahrscheinlich hätte der alte Kaledonier allein nichts gegen vier Legionäre ausrichten können.

Es gab zwei besonders beunruhigende Aspekte bei dem Vorfall. Erstens waren die Legionäre, zumindest indirekt, von Acilius Glabrio zu ihrem Tun ermutigt worden. Zweitens hatten zwei Equites singulares zugesehen, aber nicht eingegriffen, als der Junge von den Soldaten weggeschleift worden war. Und was sollte Ballista mit Bagoas tun, sobald dieser wieder genesen war? Ein weiterer Grund dafür, nervös und unruhig zu sein.

Das übliche Husten, Keuchen und Murmeln kündigte das Erscheinen von Calgacus an.

»Dieses heiß aussehende syrische Mädchen, das du magst, ist hier. Ich habe ihr gesagt, dass du beschäftigt bist, aber sie meinte, sie müsste dich *dringend* sehen.« Das Wort »dringend« unterstrich Calgacus mit einem lüsternen Gesichtsausdruck von geradezu epischen Dimensionen. »Ich hoffe, du kannst ihr besorgen, was sie so ›dringend‹ nötig hat.«

»Danke für deine Fürsorge. Ich werde mein Bestes tun. Würdest du sie bitte hereinführen?«

»Angezogen wie ein Junge ist sie, Hose und all das.« Calgacus machte keine Anstalten, sich in Bewegung zu setzen. »Dreh sie einmal um, und du hast das Beste von beiden Welten.«

»Ich danke dir für den Ratschlag. Wenn du sie jetzt reinbringst, kannst du dich wieder welchen abscheulichen Dingen auch immer widmen, die du in deiner eigenen Unterkunft so treibst.«

Der Kaledonier entfernte sich ohne große Eile, wobei er in seiner üblichen Lautstärke vor sich hin murmelte. »Was auch immer ich so treibe – den ganzen Morgen, den ganzen Tag und die ganze beschissene Nacht auf dich aufpassen, das ist es, was ich so treibe ...«

Ballista richtete sich zu seiner vollen Größe auf, streckte das Kinn vor, zog die Schultern zurück und bemühte sich, ein attraktives Erscheinungsbild zu liefern.

Bathshiba trat in Begleitung von Calgacus und einem Söldner ihres Vater auf die Terrasse.

»Der Dux Ripae ist jetzt bereit, dich zu empfangen«, sagte der Kaledonier einigermaßen würdevoll und verschwand.

Bathshiba ging zu Ballista hinüber. Der Söldner blieb stehen, wo er war.

»Ave, Marcus Clodius Ballista, Vir egregius, Dux Ripae«, begrüßte Bathshiba Ballista förmlich.

»Ave Bathshiba, Tochter von Iarhai«, erwiderte Ballista ebenso förmlich.

»Mein Vater möchte dir sein Beileid zum Tod deines Offiziers Scribonius Mucianus aussprechen und dir jede Hilfe anbieten, die in seiner Macht steht, um dir bei der Ergreifung des Mörders zu helfen.«

»Richte deinem Vater meinen Dank aus. Hat er dich mit dieser Botschaft zu mir geschickt?«

»Nein. Er hat Haddudad geschickt. Ich habe Haddudad gesagt, dass ich ihn begleiten würde.« Sie lachte. Ihre Zähne waren sehr weiß und ihre Augen sehr schwarz. »Die Leute werden immer sehr nervös, wenn sie Barbaren in ihrem Bau aufsuchen. Wer weiß schon, was sie ihnen dort antun könnten?«

Ballista wünschte sich inbrünstig, irgendeinen witzigen und lockeren Spruch darauf zu erwidern. Doch ihm wollte keiner einfallen. Er verspürte nur ein betäubendes Verlangen. Wie in einem Wachtraum stellte er sich vor, wie er Bathshibas Arm ergriff, sie zurück in den Palast führte, in sein Schlafzimmer, zu seinem Bett, sie darauf warf, seinen Gürtel abschnallte und …

Bathshiba scharrte mit den Füßen und riss ihn in die Wirklichkeit zurück.

»Möchtest du etwas trinken?«

»Nein. Ich kann nicht lange bleiben. Das wäre selbst mit Haddudad hier nicht gut für meinen Ruf.« In ihrem Lächeln lag eine Frechheit und eine Andeutung von Lüsternheit, die Ballistas Unsicherheit noch verstärkte.

»Bevor du wieder gehst – es gibt da noch etwas, das ich dich fragen wollte.«

Bathshiba wartete.

»Ich habe gestern eine Statue in der Agora gesehen.«

»Es gibt dort viele Statuen. Die meisten wurden von dankbaren Bürgern der Stadt aufgestellt, um die Tugenden von Karawanenbeschützern wie meinem Vater zu feiern.«

»Ich meine die von Anamus Vater. Sein Name war Agegos.«

Bathshiba schwieg.

»Laut der Inschrift war Agegos Satrap von Thilouana. Die Insel Thilouana liegt im Persischen Golf. Sie ist Teil des Persischen Reiches und wird von Shapur beherrscht.«

Einen Moment lang wirkte Bathshiba verdutzt, dann lachte sie mit aufrichtiger Belustigung. »Oh, ich verstehe, was du denkst. Du fragst dich, wie loyal ein Mann, dessen Vater ein Satrap der Perser gewesen ist, gegenüber Rom sein kann.« Sie lachte erneut. »Mein Vater wird wütend sein, dass ich die Gelegenheit ausgeschlagen habe, einen seiner Rivalen gegenüber dem neuen Dux Ripae anzuschwärzen – auch wenn er in letzter Zeit merkwürdig friedfertig geworden ist, sogar ihnen gegenüber.« Sie dachte einen Moment lang nach und fuhr dann fort: »Das ist völlig normal für einen Karawanenbeschützer. Der Reichtum anderer reicher Männer im Imperium beruht letztendlich auf Landbesitz. Die Karawanenbeschützer besitzen Land um die im Nordwesten gelegenen Dörfer herum und jenseits des Flusses. Auch wenn darüber nur selten gesprochen wird, verleihen sie darüber hinaus Geld für Zinsen. Doch ihren wahren Reichtum erwirtschaften sie, indem sie Karawanen auf dem Weg von Persien nach Rom begleiten. Um die Karawanen beim Überqueren diverser Grenzen beschützen zu können, brauchen sie Kontakte, Beziehungen zu beiden Reichen. Außerdem unterhalten sie intensive Beziehungen zu den Zeltbewohnern in der Wüste, die weder Persien noch Rom als ihre Herren anerkennen.«

»Danke«, sagte Ballista. »Aber eines erstaunt mich dabei doch. Wie bewirkt dieser Schutz ihren Wohlstand? Laut der Inschrift auf der Statue hat Anamus Vater den Schutz der Karawanen mit seinem eigenen Vermögen finanziert.«

»Du musst noch viel lernen.« Bathshiba betrachtete den Nordmann auf einmal mit einem gänzlich anderen Gesichtsausdruck, aus dem vielleicht ehrliche Zuneigung sprach. »Vielleicht ist doch etwas Wahres dran an dem Bild des – naiven Barbaren aus dem Land jenseits des Nordwinds. Mein Vater und Männer seiner Art handeln aus einer tief in ihnen verankerten Großzügigkeit heraus. Keinem Händler würde es auch nur im Traum einfallen, ihnen dafür eine *Bezahlung* anzubieten, und jeder Karawanenbeschützer würde ein solches Angebot als Beleidigung empfinden, aber ein angemessenes *Geschenk*, eine absolut freiwillig geleistete *Spende*, das ist etwas gänzlich anderes. Händler zeigen sich dankbar, wenn sie beschützt werden.«

Ballista und Bathshiba standen sich dicht gegenüber. Sie blickte ihm direkt in die Augen. Als er sich zu ihr vorbeugte, trat sie einen Schritt zurück, und in ihren Augen blitzte es erneut verschmitzt auf.

»Vergiss nicht, dass du verheiratet bist – und Haddudad ein scharfes Schwert hat.«

Der Winter hielt Einzug in Arete.

Er war völlig anders als die klirrend kalten Winter im Land der Angeln. Dort konnte der Schnee monatelang hoch auf den Feldern, den Hütten der Bauern und den hohen Dächern der Kriegerhäuser liegen. Jenseits der Einfriedungen senkte sich der gefrierende Nebel auf die Sorglosen und Unvorsichtigen. Menschen und Tiere starben in der Kälte.

In Arete präsentierte sich der Winter völlig anders, sanfter, aber unberechenbar. Die meisten Nächte der Monate Dezember und Januar waren frostig. An den meisten Tagen, an denen es regnete – an vielen Tagen zum Ende des Jahres hin, aber von der Sonnenwende an immer weniger –, regnete es heftig. Die Erde verwandelte sich in einen See aus Morast. Die Luft blieb kühl. Dann wiederum vertrieben die kräftigen Nordostwinde die Wolken, die Sonne stieg strahlend über den Horizont, warm wie an einem Frühlingstag an den Küsten des nördlichen Ozeans, und trocknete das Land – bis es erneut zu regnen begann.

In einigen Bereichen ging das Leben in Arete normal weiter. Die Priester und die Gläubigen begingen die Feiern ihrer jeweiligen Gottheiten – Sol Invictus, Jupiter, Janus, Aphlad, Atargatis und Azzanathcona. Ausrufer liefen den Prozessionen voraus durch die Straßen und ermahnten diejenigen, die einem minderwertigeren, einem anderen oder gar keinem Glauben anhingen, ihre Werkzeuge niederzulegen, um die Priester und ihre Gottheiten nicht mit dem unheilvollen Anblick arbeitender Menschen an einem heiligen Tag zu beleidigen.

Ballista hatte sich dem öffentlichen Druck gebeugt und seine Verfügung zurückgezogen, die Zusammenkünfte von mehr als zehn Menschen untersagte. Er hoffte, dass dieses Zugeständnis die anderen von ihm angeordneten Zwangsmaßnahmen erträglicher machen würde. Auf jeden Fall wurde das Zugeständnis angesichts der zwei großen Winterfeiern allgemein begrüßt, einmal während der Saturnalien, der sieben Tage im späten Dezember, während derer man sich Geschenke machte, dem Glücksspiel frönte und zechte und die Sklaven wie ihre Herren verköstigt wurden, und dann noch einmal zu den Compitalien, den drei Tagen Anfang Januar, wenn an die Dienerschaft Extrarationen ausgegeben wurden, zu denen auch Wein gehörte.

Wie jedes Jahr nutzten die Garnison und die Provinziale, die

Wert darauf legten, die Autoritäten zu beeindrucken, die Kalenden am ersten Januar dazu, ihre Treuegelöbnisse gegenüber den Kaisern und ihren Familien zu erneuern. Am selben Tag traten die neuen Richter ihre Ämter an, und Ogelos löste Anamu als Archon von Arete ab. Wie immer freuten sich die Soldaten bereits auf den siebten Januar, den Zahltag, an dem den Opferfeierlichkeiten ein großes Grillfest folgte – für Jupiter Optimus Maximus ein Ochse, für Juno, Minerva und Salus eine Kuh, für Vater Mars ein Bulle. Wie immer mussten am ersten Januar die Mieten bezahlt werden, Schuldner sahen mit Bangen den Kalenden, Nonen und Iden eines jeden Monats entgegen, wenn Kreditzinsen fällig wurden, und die Abergläubischen fürchteten sich vor den darauf folgenden unheilvollen »schwarzen Tagen«.

Und doch war dieser Winter in Arete in vielerlei Hinsicht anormal. Von Tag zu Tag wurde die Stadt einem Armeelager ähnlicher. Unter Mamurras wachsamen Augen nahmen die Verteidigungseinrichtungen der Stadt immer weiter Gestalt an. Kolonnen von zwangsverpflichteten Arbeitern rissen die stolzen turmförmigen Grabanlagen der Nekropole nieder, deren Trümmerstücke von Ochsen und Eseln in die Stadt transportiert wurden. Andere Arbeiter türmten den Schutt zu beiden Seiten der Westmauer auf, sodass langsam der Kern zweier gewaltiger Rampen entstand – des Glacis und seines Gegenstücks. Sobald die Hohlräume erst einmal mit Binsen ausgestopft waren und das gesamte Gebilde mit Lehmziegeln verkleidet worden war, blieb zu hoffen, dass die Rampen die Stadtmauer gegen alles schützen würden, was die Sassaniden auch immer gegen sie einsetzen mochten. Während alle Bereiche der Nekropole geräumt wurden, begannen andere Arbeitsgruppen damit, den breiten Graben auszuheben, der den Feind daran hindern sollte, sich dem vor der Wüste verlaufenden Mauerabschnitt mit seinem Kriegsgerät zu nähern.

Auch im Inneren der Stadt herrschte lärmende Aktivität. Schmiede verwandelten Pflugscharen in Schwerter und Spitzen für Pfeile und Wurfspeere. Zimmermänner verflochten Weidengerten mit Holzstäben, um daraus Schilde zu formen. Pfeilmacher waren ununterbrochen damit beschäftigt, die Unmengen an Pfeilen und Artilleriebolzen herzustellen, die das Militär anforderte.

In jedem Haus, jeder Schenke und jedem Bordell wurde über die Absonderlichkeiten dieses Winters diskutiert, zumindest wenn kein römischer Soldat in Hörweite war. Auf der einen Seite wurde der große barbarische Bastard einstimmig verdammt: Häuser, Grabstätten und Tempel wurden niedergerissen, die Sklaven befreit, freie Bürger auf den Status von Dienern reduziert, zivile Freiheiten eingeschränkt, das Schamgefühl von Ehefrauen und Töchtern verletzt. Auf der anderen Seite konnte nur der Dux eine gewisse Hoffnung bringen. Vielleicht würde sich ja herausstellen, dass sich alle Opfer gelohnt hatten. Die Argumente zogen endlos ihre Kreise, in den kleinen Seitenstraßen und schlammigen Gassen, von dem kleinen Heiligtum der Tyche von Arete hinter dem Palmyra-Tor bis zu den stinkenden baufälligen Schuppen unten am Flussufer. Und die Menschen waren erschöpft. Der Dux trieb sie unbarmherzig an.

Auch die Soldaten arbeiteten schwer. Zum Neujahrstag hatte Ballista seine Planungen für die Verteidigung der Stadt enthüllt. Niemand, nicht einmal Acilius Glabrio, hatte gelacht. Der Nordländer hatte die ihm zur Verfügung stehenden Ressourcen auf den westlichen Abschnitt der Mauer vor der offenen Wüste konzentriert. Dessen Wehrgänge und Türme würden von acht der zwölf Centurien der Legio IIII Scythica und allen sechs Centurien der Kohorte XX Palmyrenorum bemannt werden. Jeder zwischen zwei Türmen gelegene Abschnitt der Brustwehr würde von einer aus Legionären und einer aus Auxiliartruppen bestehenden Centurie verteidigt werden. Für das Haupttor war eine zusätzliche Centurie der Legio IIII Scythica eingeplant. Für das äußere nördliche Ende der Stadtmauer stand lediglich eine Centurie zur Verfügung, um die letzten vier Türme abzudecken, doch hier beschrieb die nördliche Felsschlucht eine Biegung, was zusätzlichen Schutz bot, und darüber hinaus war der Abstand zwischen den Türmen hier kürzer als irgendwo sonst.

Die anderen Abschnitte der Stadtmauer waren deutlich schlechter verteidigt. Die Nordmauer vor der Schlucht musste von nur einer Centurie der IIII Scythica und zwei zu Fuß kämpfenden Turmae der Kohorte XX gehalten werden. Die östliche zum Euphrat hin gelegene Mauer würde von der irregulären Numerus unter Anamus Kommando bewacht werden sowie von einer Centurie der IIII Scythica, zuständig für die Porta Aquaria, die Tunnel und die beiden kleinen Tore unten am Flussufer. Und die Verteidigung des südlichen Mauerabschnitts oberhalb der Felsschlucht würde aus den Numeri von Iarhai und Ogelos bestehen, unterstützt nur durch eine zu Fuß kämpfende Turma der Kohorte XX, die das Ausfalltor bewachte.

Der wahre Schwachpunkt des Plans waren die wenigen Reservekräfte, gerade einmal zwei Centurien der IIII Scythica, eine im Umfeld des Campus Martius stationiert, die andere in der großen Karawanserei, und zwei Turmae der Kohorte XX, von denen eine zur Bewachung der Getreidespeicher abkommandiert war, und eine zum neu erbauten Artilleriemagazin. Bei der momentanen Mannschaftsstärke waren das nur hundertvierzig Legionäre und zweiundsiebzig Auxiliarkräfte. Trotzdem erntete der Plan vorsichtige Zustimmung. Die Hauptgefahr drohte mit Sicherheit an der Westmauer. Diese würde von nicht weniger als fünfhundertsechzig Mann von der IIII Scythica und sechshundertzweiundvierzig Mann von der Kohorte XX verteidigt werden. Die Auxiliartruppen stellten die Bogenschützen, die Legionäre waren die Experten für den Nahkampf. Sie hatten die Unterstützung von fünfundzwanzig Artilleriegeschützen, von denen neun Steinkugeln schleuderten und sechzehn Bolzen verschossen.

Die Zuversicht der Führungsoffiziere war gewachsen, nachdem Ballista ihnen die zusätzlichen Maßnahmen erläutert hatte, die zum Tragen kommen würden, sobald das Glacis, das Gegen-Glacis und der Graben fertiggestellt waren. Ein zweihundert Schritte breiter Streifen vor der Westmauer würde mit Fallen versehen werden. Tausende von Krähenfüßen standen zur Verfügung, Metallkugeln mit Stacheln. Ganz egal, wie ein Krähenfuß landete, eine der tückischen Spitzen zeigte immer nach oben. Dazu kamen Tretgruben, einige bestückt mit Stacheln, andere mit riesigen Gefäßen, die Ballista requiriert hatte, gefüllt mit den begrenzten Vorräten an Naphtha. Steine, die auf die Feinde hinabgeworfen werden konnten, würden in Massen auf den Wehrgängen gelagert werden. Dazu kamen Kräne mit Ketten, um sowohl die größeren Steine bewegen zu können, als auch um alle Rammen der Sassaniden, die sich der Mauer näherten, mittels an den Ketten befestigter Haken auszuhebeln. Große mit Sand gefüllte Schüsseln würden über Feuerstellen erhitzt werden. Bei der Belagerung von Novae hatte sich der Einsatz von glühend heißem Sand als genauso effektiv wie der von Naphtha in Aquileia erwiesen.

Am sechsten Januar, nachdem er alle Pläne fertig ausgearbeitet hatte, beschloss Ballista, dass es für ihn an der Zeit war, wieder einmal etwas zu trinken. Kein zahmes griechisches oder römisches Symposium, sondern ein anständiges Zechgelage. Er fragte Maximus, ob er eine vernünftige Schenke ausfindig machen könne, und bat ihn, Mamurra zu benachrichtigen, dass er eingeladen sei, sich ihnen anzuschließen. Es war der Tag nach den Nonen des Januars, einer der »Schwarzen Tage«, aber Ballista war nicht mit dem Aberglauben der Römer aufgewachsen.

»Das sieht gut aus.« Ballista ließ seinen Blick über die Schenke wandern. Der Raum und die Mädchen machten einen sauberen Eindruck. Die Wand vor ihm zierte das Gemälde eines Paares, das es auf zwei gespannten Seilen miteinander trieb. Das Mädchen hatte sich auf Hände und Knie niedergelassen, der Mann besorgte es ihr von hinten, während er einen Becher Wein trank und die Zuschauer dabei mit einem selbstgefälligen Gesichtsausdruck betrachtete.

»Ich habe diese Schenke ausgesucht, weil ich gehört habe, dass Acilius Glabrio seinen Legionären verboten hat, hier zu verkehren«, sagte Maximus.

»Warum das?«, fragte Mamurra.

»Oh, also, wenn er hierherkommt, schätzt er ein wenig Privatsphäre, weil er es sich von den Wirten dann so richtig von hinten besorgen lassen kann.«

Mamurra starrte den Hibernier einen Moment klang konsterniert an, bevor er in schallendes Gelächter ausbrach. Ballista stimmte mit ein.

Ein hübsches junges Mädchen mit großen Brüsten, spärlicher Kleidung und einem ununterbrochenen Lächeln im Gesicht kam mit Getränken und einem Imbiss herüber. Maximus erkundigte sich nach ihrem Namen. Als sie sich zu ihm vorbeugte, schob der Hibernier ihr eine Hand unter die Tunika und spielte mit ihren Brüsten. Er zwirbelte eine ihrer Brustwarzen, bis sie hart wurde. »Vielleicht bis später!«, rief er ihr hinterher, als sie ging.

»Armes Mädchen«, sagte Ballista. »Hier zu arbeiten muss für sie ungefähr so sein, als würde sie mit hochgezogener Tunika herumlaufen und sich ohne Ende von Bastarden wie dir befummeln lassen müssen.«

»Das sagst du nur, weil dich keine ranlässt«, erwiderte Maximus. »Nicht mal Bathshiba.«

Die drei Männer tranken eine Weile schweigend.

Ballista brach schließlich das Schweigen. »Lasst uns über zwei Dinge reden, die wir noch besprechen müssen. Schaffen wir sie aus dem Weg, damit wir uns entspannen können.« Er legte eine Pause ein. Die anderen musterten ihn erwartungsvoll. »Wer, glaubt ihr, hat Scribonius Mucianus umgebracht?«

»Turpio«, erwiderte Maximus ohne das geringste Zögern.

Ballista warf Mamurra einen scharfen Blick zu. Der Praefectus fabrum beeilte sich zu versichern, dass er zu niemandem sonst ein Wort über dieses Gespräch verlieren würde.

»Er hatte ein Motiv«, fuhr Maximus fort. »Scribonius hat ihn erpresst. Als Scribonius' Stellvertreter war er problemlos in der Lage, den Mord zu begehen. Der Zeitpunkt passt, nach Turpios eigener Aussage ist Scribonius zwei Tage, bevor sich Turpio auf den Weg zu uns gemacht hat, verschwunden. Und da Scribonius seine Behauptungen nicht widerlegen kann, ist Turpio gut davongekommen. Statt für seine Verfehlungen bestraft zu werden, wurde er auf Scribonius' Posten befördert. Es ist uns nicht gelungen, das von Scribonius veruntreute Geld ausfindig zu machen. Wahrscheinlich hat Turpio sich das unter den Nagel gerissen. Fünf zu eins, dass er schuldig ist.«

»Wenn er es gewesen ist, muss er einen Komplizen gehabt haben«, gab Mamurra zu bedenken. »Es waren mindestens zwei Personen nötig, um die Leiche in den Tunnel zu schleppen.« Als er Ballistas fragenden Blick bemerkte, fügte er hinzu: »Nachdem ihr gegangen seid, habe ich Castricius aufgefordert, mich ein Stück weit zu schleppen.«

»Aber in den Tagen vor seinem Tod hat Scribonius angeblich davon gesprochen, irgendetwas herausgefunden zu haben, wodurch alles in Ordnung kommen würde«, wandte Ballista ein. »Irgendetwas, das mich vielleicht dazu bringen würde, über seine Korruption und darüber hinwegzusehen, dass er seine Einheit verkommen lassen hat. Es muss etwas derart Wichtiges gewesen sein, dass irgendjemand bereit war, einen Mord zu begehen, um es geheim zu halten. Man hat Scribonius umgebracht und die Leiche anschließend gründlich durchsucht, um sicherzugehen, dass er keine Beweise in seiner Kleidung versteckt bei sich getragen hat. Und man hat seinen Notizblock entwendet, in dem diese Beweise niedergeschrieben worden waren.«

»Wir haben nur Turpios Aussage darüber, dass Scribonius zum Schluss Selbstgespräche geführt hat«, sagte Maximus.

Ballista nahm den Einwand zur Kenntnis und bat den Hibernier, sich bei den Mitgliedern der Kohorte XX zu erkundigen, ob irgendwer Turpios Behauptungen bestätigen konnte. Er schärfte ihm ein, dabei wirklich äußerst diskret vorzugehen.

»Gut. Und wie steht es mit Punkt zwei? Wer hat unser Artilleriemagazin abgefackelt?«

»Bagoas«, behauptete Maximus, erneut ohne zu zögern. »Alle Legionäre und einige andere sagen, dass es Bagoas war.«

»Glaubst du das auch?«

»Nein. Zu diesem Zeitpunkt war er bei Calgacus. Sicher, der persische Junge hasst Rom, wenn auch nicht so sehr wie die Zeltbewohner, aber er sieht sich selbst nicht als im Untergrund agierender Saboteur. In seiner Vorstellung ist er ein Späher, ein tapferer Mann, der sich allein in das Lager seiner Feinde vorwagt, dort Informationen sammelt, ihre wichtigsten Geheimnisse aufdeckt und dann in aller Öffentlichkeit ruhmreich zu seinen Leuten zurückkehrt, um ihnen die richtigen Stellen zu zeigen, wo sie die Rammböcke ansetzen und die Stollen graben müssen und wie die Mauern zu Fall gebracht werden können.«

»Der Junge müsste sich mittlerweile größtenteils wieder erholt haben«, sagte Mamurra. »Was willst du seinetwegen unternehmen, wenn er wieder auf dem Damm ist?«

»Entweder dafür sorgen, dass er nicht fliehen kann, oder ihm dabei helfen und sicherstellen, dass er den Persern genau die Informationen liefert, die sie bekommen sollen.« Ballista trank in großen, langen Zügen, bevor er fortfuhr. »Schön, aber wenn er das Magazin nicht in Brand gesteckt hat, wer war es dann?«

Diesmal meldete sich Maximus nicht zu Wort. Sein Blick pendelte zwischen den beiden anderen Männern hin und her. Mamurra presste die Lippen zu einem dünnen Strich zusammen. Er hatte den großen, fast quadratischen Schädel schiefgelegt und starrte an die Decke. Eine Weile herrschte Schweigen. Schließlich versuchte Ballista, seine eigene Frage selbst zu beantworten.

»Wer auch immer es war, will, dass unsere Verteidigung scheitert. Er will, dass die Perser die Stadt einnehmen. Also, wer in Arete, egal ob Soldat oder Zivilist, könnte wollen, dass die Perser die Stadt erobern?«

»Turpio«, sagte Maximus erneut. Als er den Zweifel in den Gesichtern der anderen sah, beeilte er sich, seinen Vorwurf zu begründen. »Irgendwo gibt es Beweise, die er nicht aus der Welt räumen kann, dass er Scribonius getötet hat. Er weiß, dass die Beweise irgendwann ans Licht kommen werden. Also zieht er die Aussicht, ein neues Leben unter den Sassaniden beginnen zu können, der Gewissheit vor, mit Schimpf und Schande in Rom in Ungnade zu fallen und mit dem Tod bestraft zu werden.«

»Also – das wäre zwar möglich«, räumte Ballista ein, »aber wir haben keinerlei Hinweise, die deine Vermutung unterstützen.«

Mamurra nickte bekräftigend.

»Gut, wenn dir Turpio als Täter nicht zusagt, könnte ich dir Acilius Glabrio anbieten, Patrizier und Verräter.«

Diesmal lächelten Ballista und Mamurra sofort.

»Du kannst ihn einfach nicht leiden«, stellte Ballista fest.

»Nein – nein, ich kann ihn nicht leiden«, gestand der Hibernier, »ich kann diesen widerlichen kleinen Wicht wirklich nicht ausstehen, aber das ist nicht der Punkt.« Sein Tonfall wurde eindringlich. »Nein, hör mir zu«, sagte er an Ballista gewandt, »der Punkt ist, dass *er dich* nicht leiden kann. Unser empfindlicher kleiner Aristokrat erträgt es nicht, Befehle von einem emporgekommenen, behaarten, muskulösen, unangenehmen Barbaren wie dir entgegennehmen zu müssen. Die Sassaniden nutzen die Eitelkeit des kleinen Scheißers, stellen ihm in Aussicht, ihn zum Satrap von Babylon oder Mesopotamien oder was auch immer zu machen, und er verkauft uns mit Haut und Haaren an sie. Denn was sind schon eine Horde garstiger Barbaren, Syrer und einfache Soldaten wert verglichen mit der Dignitas der Acilii Glabriones dieser Welt?«

»Nein, du täuschst dich.« Ausnahmsweise einmal meldete sich Mamurra spontan zu Wort, ohne seine Wort vorher wie sonst immer im Kopf vorzuformulieren. Sein großes fast quadratisch geschnittenes Gesicht wandte sich Ballista zu. »Es ist nicht so, dass Acilius Glabrio dich nicht mag. Er *hasst* dich. Jeder deiner Befehle, den er befolgen muss, ist wie eine Wunde für ihn. Er möchte deinen Tod. Aber er will dich vorher noch gedemütigt sehen. Ich stimme zwar mit Maximus überein, dass er hinter dem Brandanschlag stecken könnte, aber nicht, dass er zu den Persern überlaufen würde. Welchen Sinn hat es, Acilius Glabrio zu sein, wenn man nicht in Rom sein kann? Möglicherweise möchte er deine Verteidigungsmaßnahmen für die Stadt sabotieren. Um dann, wenn du als ein dummer einfältiger Barbar bloßgestellt worden bist – entschuldige, Dominus –, als der strahlende Held und Retter auf der Bühne zu erscheinen.«

»Das wäre möglich«, räumte Ballista ein. »Aber ich könnte mir ungefähr vierzigtausend andere potenzielle Verräter vorstellen – die gesamte Bevölkerung der Stadt. Seien wir ehrlich, die Leute haben wenig Gründe, uns zu lieben.«

»Wenn der Verräter ein Bürger dieser Stadt ist, müssen wir uns nur die Reichen vornehmen«, sagte Mamurra. »Das Magazin wurde mit Naphtha in Brand gesetzt. Naphtha ist teuer. Nur die Reichen in Arete könnten es sich leisten. Und sollte der Verräter ein Bürger Aretes sein, dann ist er auch ein Mitglied der Bule, des Rates.«

Ballista nickte langsam. Daran hatte er nicht gedacht, aber das Argument war stichhaltig.

»Und wer im Rat ist wichtiger als die Karawanenbeschützer?«, warf Maximus ein. »Alle drei unterhalten Verbindungen zum Reich der Sassaniden. Und jetzt sind gleich drei von ihnen mit der Verteidigung der Stadtmauern betraut worden. Wir sind total im Arsch, unglaublich im Arsch!«

Das blonde Mädchen erschien mit Nachschub an Getränken. Ihr ohnehin schon starres Lächeln wurde noch starrer, als Maximus sie auf seinen Schoß zog.

»Also«, fasste Ballista zusammen, den Blick auf Mamurra gerichtet, »ein abtrünniger Offizier oder ein Stadtrat, der die Seiten gewechselt hat – wir wissen es nicht.«

»Aber wir wissen, dass die Sache gerade erst begonnen hat«, sagte Mamurra.

»Wenn du an seiner Stelle wärst, was würdest du als Nächstes tun?«, erkundigte sich Ballista.

Das Schweigen zog sich in die Länge, während Mamurra nachdachte.

Mit einem durch lange Praxis eingeübten Kichern, das so klang, als meinte sie es ehrlich, öffnete das blonde Mädchen die Schenkel für Maximus' forschende Hand.

»Ich würde die Zisternen vergiften«, antwortete Mamurra schließlich. Wieder folgte eine lange Pause. Im Hintergrund klang erneut das Kichern des Mädchens auf. »Ich würde die Nahrungsmittelvorräte kontaminieren – die Artillerie sabotieren.« Allmählich kam der Praefectus fabrum in Fahrt. »Ich würde dafür sorgen, dass ich mit den Sassaniden kommunizieren kann, und dann in einer dunklen Nacht ein Tor öffnen oder ein Seil an einem unbewachten Abschnitt der Mauer hinunterlassen.« Das Mädchen stöhnte kehlig. »Oh, und dann gäbe es da natürlich noch etwas, das ich machen würde.«

»Und was wäre das?«, fragte Ballista.

»Ich würde dich töten.«

Obsessio

Frühling–Herbst 256 A. D.

XII

»Hüte dich vor den Iden des März.« Der Telones schüttelte traurig den Kopf, während er zusah, wie der Reitertross vorbeizog. »Calpurnia warf sich unruhig im Schlaf herum und murmelte: Hüte dich vor den Iden des März.«

Nachdem der letzte Reiter unter dem hohen Bogen des Westtors hindurchgeritten war, machte sich eine unnatürliche Stille breit, als hielte die gesamte Welt den Atem an.

»Was, verdammte Scheiße, quatschst du da?« Der Boukolos klang verärgert, wie so oft, wenn er mit etwas konfrontiert wurde, was seinen begrenzten Erfahrungsschatz überstieg.

»Das ist Poesie, Dichtkunst. Dieser alte Centurio, der ständig betrunken war, der immer irgendwelche Sätze zitiert hat – du weißt schon, wen ich meine, der, den die Sassaniden irgendwo flussabwärts geschnappt haben, dem sie die Eier und den Schwanz abgeschnitten und in den Hals gestopft haben.« Der Telones schüttelte erneut den Kopf. »Armer Bastard. Wie auch immer, heute haben wir die Iden des März. Der Tag, an dem Julius Cäsar von einigen seiner Freunde ermordet worden ist. Kein guter Tag, um irgendeine Unternehmung zu beginnen, nicht gerade der Tag, den man als ein gutes Omen bezeichnen könnte.«

Unmittelbar hinter dem Palmyra-Tor hatte Ballista seine kleine Reitertruppe anhalten lassen, um sie neu zu formieren. Zwei Equites singulares wurden als Vorhut vorausgeschickt, zwei weitere als Flankenschutz – einer rechts und einer links – eingeteilt, während ein fünfter die Nachhut des Zuges bildete. Der Nordländer hatte nicht vor, sich überraschen zu lassen, wenn er es verhindern konnte. Er würde den Hauptteil der Truppe mit Maximus, Romulus und Demetrius anführen. Danach kamen zwei Schreiber und zwei Boten sowie fünf Diener mit fünf Packpferden. Die restlichen fünf Equites singulares ritten am Ende der Kolonne. Aufgestellt wie eine Miniaturarmee, die Späher an den Rändern und das Reisegepäck in der Mitte, war der kleine Tross so gut wie möglich darauf vorbereitet, Schwierigkeiten zu begegnen – nicht, dass Ballista mit welchen rechnete.

Dies war eine astreine Inspektionstour. Das kleine Fort Castellum Arabum, die Garnison für zwanzig Kamelreiter, sogenannte Dromedarii der Kohorte XX, lag in einer Entfernung von etwa dreißig Meilen Luftlinie oder fünfundvierzig Meilen auf dem Landweg südöstlich von Arete. Zurzeit war es der südlichste Stützpunkt Roms am Euphrat und würde wie ein Stolperdraht fungieren, um Arete vor dem Ansturm der Sassaniden zu warnen.

Bisher hatte sich noch kein Feind sehen lassen. Einheimische Experten hatten Ballista versichert, dass sich die Sassaniden Zeit lassen würden, um ihre Streitkräfte im Lauf des Frühlings zusammenzustellen. Es war frühestens im April mit ihnen zu rechnen, wenn es genug Gras für die Pferde gab und nicht mehr die Gefahr bestand, dass der ständige Regen die Bogensehnen ruinierte. Feindliche Begegnungen waren auf dieser Inspektionsreise unwahrscheinlich, für die Ballista fünf Tage eingeplant hatte: zwei Tage für den Hinweg in gemächlichem Tempo, ein Tag für die Überprüfung der Verteidigungseinrichtungen und eine ermutigende Ansprache vor Ort, und noch einmal zwei entspannte Tage für den Rückweg.

Als die Männer der Vorhut losritten, um ihre Positionen einzunehmen, warf Ballista einen Blick zurück auf Arete. Die Maurer waren immer noch damit beschäftigt, methodisch Erde, Trümmerstücke und Binsenmatten am Fuß der Stadtmauern aufzuschichten, die den Kern des großen Glacis bildeten, aber das Gebilde war im Wesentlichen fertiggestellt. Die fünfhundert Schritte, die Ballista von dem Glacis trennten, waren jetzt leeres Ödland. Von den einstmals stolzen Grabtürmen der Nekropole waren nur vereinzelte niedrige Haufen aus zerbrochenen Ziegeln und Steinen übrig geblieben.

Bei dem Anblick der von ihm geschaffenen Verwüstungen fragte sich Ballista, was er empfinden sollte. Ein guter Römer würde wahrscheinlich über so etwas wie die Unausweichlichkeit des Schicksals sinnieren. Doch zu seiner Überraschung verspürte er eher Stolz als Bedauern und Schuldgefühle. *Ich, Ballista, Sohn von Isangrim, habe das geschaffen! Schaut euch mein Werk an und erzittert!* Er lächelte vor sich hin. *Alle Welt weiß, dass wir Barbaren Freude an Zerstörungen um ihrer selbst willen haben. Und vielleicht geht es ja nicht nur uns so.* Er erinnerte sich undeutlich an eine Zeile aus *Agricola* von Tacitus. »Rom erschafft eine Wüste und nennt sie Frieden.« Tacitus hatte diese Worte einem kaledonischen Häuptling namens Calgacus in den Mund gelegt. Dass Isangrim seinen Sinn für Humor über all die Jahre nicht verloren hatte, bewies er, indem er den kaledonischen Sklaven, der sich um seinen Sohn kümmern sollte, nach diesem Häuptling benannt hatte.

Mittlerweile hatten die Männer der Vorhut ihre Position erreicht, und Ballista gab das Zeichen zum Aufbruch. Die kleine Kolonne setzte sich im Schritttempo in südlicher Richtung in Bewegung. Die frühe Morgensonne vertrieb die Kälte der Nacht. Nur in den Felsschluchten und über dem Fluss hielten sich letzte Nebelreste. Schon bald würde es heiß werden, zumindest nach den Maßstäben eines Mannes, der aus dem Norden stammte.

Die Straße war ungepflastert, aber durch die Karawanen, die seit Jahrtausenden auf ihr entlangzogen, breit und gut ausgetreten. Sie verlief größtenteils in einigem Abstand zum Euphrat über das erhöhte Plateau, entfernte sich manchmal sogar ein Stück weit von ihm, um die ausgetrockneten Bachläufe zu umgehen, die in ihn mündeten. Dann wiederum führte sie in diese Wadis hinein, nur um auf der anderen Seite direkt wieder hinaufzuführen, oder sie folgte ihrem Verlauf so lange, bis die Böschung flach genug wurde, um sie ohne große Mühe erklimmen und auf das Plateau zurückkehren zu können.

Gegen Mittag rasteten sie am Flussufer, um im Schatten eines aus wilden Dattelpalmen bestehenden Wäldchens eine Kleinigkeit zu essen. In dem schattigen Halbdunkel zu sitzen, dessen Boden von vereinzelten durch das Laubdach fallenden Sonnenstrahlen gesprenkelt wurde, und dem leisen Plätschern des Wassers zu lauschen, vermittelte den Männern ein Gefühl des Friedens. Ballista hatte den Spähern befohlen, auf dem Plateau über dem Fluss zu bleiben und die Augen offen zu halten. Nach dem aus kaltem Fasanenfleisch, Brot und Käse bestehenden Imbiss, den Calgacus für die Männer eingepackt hatte, machte es sich Ballista auf der Erde bequem und schloss die Augen.

Es fühlte sich gut an, draußen im Freien sein zu können, ein bisschen steif und müde nach einem im Sattel verbrachten Vormittag, fern von den unablässigen Störungen und Ärgernissen, die die Organisation der Verteidigung Aretes mit sich brachte. Die Sonnenstrahlen, die durch die Palmwedel fielen, tanzten in einem sich ständig ändernden Muster über seine geschlossenen Augenlider. Der Südwind frischte auf, Ballista konnte ihn durch die Tamarisken säuseln hören. Doch selbst in dieser beinahe idyllischen Umgebung kamen seine Gedanken nicht zur Ruhe. Castellum Arabum hatte eine zwanzigköpfige Besatzung. Zu wenig Männer, um die kleine Garnison im Falle eines Angriffs verteidigen zu können, aber zu viel für einen reinen Beobachtungsposten. Die Ausstattung des Vorpostens war ein Erbe seines Vorgängers. Bisher hatte er keine Zeit gefunden, Castellum Arabum zu besuchen, und vielleicht war es mittlerweile zu spät, noch irgendwelche Änderungen vorzunehmen.

Er setzte sich wieder auf und betrachtete seine Männer. Es wurde allmählich Zeit, den Ritt fortzusetzen. Wieder einmal wurde ihm bewusst, wie einfach es war, die Dinge einfach so weiterlaufen zu lassen, wie sie von anderen begonnen worden waren. Dreiundzwanzig Männer und achtundzwanzig Pferde aus Arete abzuziehen, nur um sich eine kleine Festung in kaum fünfzig Meilen Entfernung anzusehen – wie die Besatzung der Garnison von Castellum Arabum hatte auch dieser Trupp die falsche Größe. Zu klein, um einen ernst gemeinten Angriff durch Sassaniden abwehren zu können, aber zu groß, um zügig voranzukommen. Der Umfang seines Gefolges war, auch ohne sein bewusstes Zutun, auf eine solche Größe angeschwollen, wie sie römischen Vorstellungen entsprach. Ein Dux auf Reisen benötigte Schreiber, Boten und Wachen. Er konnte sich glücklich schätzen, nicht auch noch einen Masseur, einen Konditor und einen behaarten griechischen Philosophen in seinem Tross mit sich herumschleppen zu müssen. Seiner Meinung nach hätten Maximus und Demetrius als Begleitung völlig ausgereicht. So wären sie schnell genug gewesen, um allen potenziellen Schwierigkeiten aus dem Weg gehen zu können. Ein Zeltbewohner, der versuchen würde, Maximus zu bestehlen, hätte schon ziemlich dumm sein müssen.

Die angeleinten Pferde hatten ihre Ration Heu gefressen und dösten jetzt entweder vor sich hin oder suchten den Boden müßig nach irgendetwas Fressbarem ab. Die Sonne brannte heiß vom Himmel, doch im Schatten des kleinen Wäldchens war es immer noch angenehm kühl. Die Männer ruhten sich aus oder unterhielten sich leise, sie hatten alle Zeit der Welt.

Ballista ließ sich wieder zurücksinken und schloss erneut die Augen. Plötzlich überkam ihn eine kindische Fantasie. Warum sattelte er nicht einfach sein Pferd, schlich sich heimlich davon und ritt allein nach Westen, warum kehrte er Arete mit all seinen Problemen nicht einfach für immer den Rücken? Aber natürlich wusste er, dass das völlig unmöglich war. Was hätte dann aus Maximus und Demetrius werden sollen – und aus Calgacus? Und vor allen Dingen, wohin würde er sich wenden können? Sollte er sich in die sonnendurchfluteten Gärten auf den Klippen von Tauromenium zurückziehen oder sich an der Feuerstelle im Langhaus seines Vaters dem Alkohol ergeben?

Schließlich war es Romulus, der zum Aufbruch drängte, indem er etwas vorwurfsvoll zu bedenken gab, dass sie die verwaiste Karawanserei, die auf halber Strecke lag, nicht mehr bis zum Einbruch der Dunkelheit erreichen würden, wenn sie noch mehr Zeit vertrödelten. Ballista meinte, es würde keine Rolle spielen. Maximus betonte nachdrücklich, dass es sogar ein Segen wäre, wenn sie sich verspäteten, weil es in einer verfallenen Karawanserei vor Schlangen garantiert nur so wimmeln würde und sie unter freiem Himmel sehr viel sicherer schlafen würden.

Die zweite Tageshälfte verlief nach dem gleichen Muster wie die erste. Sie ritten in gemächlichem Tempo durch das weite Land, der Euphrat zu ihrer Linken, über ihnen der leere Himmel, unter ihnen die breite Straße, die sich über das Plateau endlos nach Süden erstreckte oder wie am Vormittag hin und wieder in die Wadis hinein- und auf der anderen Seite gleich wieder hinausführte, oder längere Zeit dem sich zum Euphrat hin schlängelnden trockenen Bett durch vereinzelte Tamarisken- und Dattelpalmen-Haine folgte, bis die Böschung flach genug war, um das Plateau wieder erklimmen zu können.

Die tief stehende Wintersonne ließ die Schatten zu ihrer Linken länger werden, zeichnete seltsam verzerrte Abbilder der Pferde und Reiter auf den Wüstenboden, als die gemächliche Ruhe unvermittelt ein Ende fand.

Maximus beugte sich zu Ballista hinüber, berührte ihn am Knie und deutete ruckhaft mit dem Kopf in die Richtung, aus der sie gekommen waren. Der Nordländer lenkte sein Pferd herum, um besser sehen zu können. Hinter ihnen kam der Reiter, der die Nachhut bildete, in Sicht. Er war noch weit entfernt, schloss aber schnell zu ihnen auf. Sein Pferd näherte sich ihnen im Galopp, wenn auch nicht mit Höchstgeschwindigkeit. Der Südwind ließ den Staub, den seine Hufe aufwirbelten, in einem langen Streifen in den Himmel steigen.

Ballistas Tross hielt an. Als der Reiter sah, dass er bemerkt worden war, ergriff er die Schöße seines langen Umhangs mit der rechten Hand und schwenkte sie hoch durch die Luft, das geläufige Signal für *Feind in Sicht.*

Die kleine Kolonne wartete, alle Blicke waren auf den Reiter und auf das am Horizont hinter ihm gerichtet, was auch immer ihm folgen mochte. Die fünf Equites singulares, die den Trupp begleiteten, schwärmten zu den Seiten hin aus. Die Diener im Zug hinter Ballista warteten reglos mit den Packtieren. Die Schreiber und Boten tuschelten hektisch miteinander. Alle wirkten sehr verängstigt und angespannt, bis auf den Schreiber mit dem spanischen Akzent, der genauso ruhig wie die Soldaten abwartete.

Am Horizont war immer noch keine Spur von potenziellen Verfolgern zu sehen, als der Reiter sein Pferd vor Ballista zügelte.

»Dominus, leichte sassanidische Kavallerie!«, meldete er. »Berittene Bogenschützen, fünfzig bis sechzig Mann, etwa drei Meilen entfernt.«

»In welche Richtung reiten sie?«

»Sie kommen aus dem Westen die Hügel herunter und halten auf den Fluss zu.«

»Haben sie dich gesehen?«

»Ja.«

»Sind sie dir gefolgt?«

»Nicht sofort. Sie haben gewartet, bis die Führungsgruppe das Flussufer erreicht hatte. Dann sind sie in meine Richtung umgeschwenkt und mir gefolgt, aber im Schritttempo.«

»Die Führungsgruppe?«

»Ja, Dominus. Sie reiten in fünf Gruppen, die sich über eine Strecke von drei bis vier Meilen zwischen dem Fuß der Hügelkette und dem Fluss verteilen.«

»Haben sie den Rest von uns entdeckt?«

»Ich glaube, nicht, Dominus.«

Allvater, das sieht übel aus, dachte Ballista. Alle starrten ihn erwartungsvoll an. Er versuchte, seine Begleiter in Gedanken auszublenden und den Kopf freizubekommen. Dann warf er einen Blick auf den Horizont im Norden. Noch immer nichts zu sehen.

Der Soldat am linken Ende der ausgeschwärmten Equites singulares befand sich ein paar Hundert Schritte in östlicher Richtung von ihm entfernt in der Nähe der Klippen, die zum Euphrat hin abfielen. Bis zu dem Späher auf der Westseite waren es rund vierhundert Schritte. Von der Vorhut im Süden war kein Mann zu sehen, aber in einigen Meilen Entfernung stieg eine lang gezogene Staubfahne auf, die der Wind in Ballistas Richtung wehte.

»Romulus, was ist unsere genaue Position?« Ballista bemühte sich, seiner Stimme einen ruhigen, fast schon leicht gelangweilten Tonfall zu verleihen.

»Knapp zwanzig Meilen außerhalb von Arete, Dominus, und etwas weniger als fünfundzwanzig von Castellum Arabum entfernt. Bis zu der verlassenen Karawanserei sind es noch ungefähr drei Meilen.«

»Gibt es in den Bergen im Westen irgendeine Art von Zuflucht, eine befestigte Stellung oder eine Siedlung, bewohnt oder unbewohnt?«

»Nur das Dorf Merrha im Nordwesten. Es ist bewohnt und von einer Mauer umgeben, liegt aber von uns aus gesehen hinter den Sassaniden.« Romulus' Miene hellte sich auf. »Aber wir können zu der verlassenen Karawanserei reiten. Ihre Mauern sind noch intakt, und wir würden sie lange vor den Sassaniden erreichen.«

»Ja, das ist eine verführerische Möglichkeit. Aber ich denke, es wäre wahrscheinlich die unklügste Wahl.« Ballista winkte die Männer rechts und links mit weit ausholenden Armbewegungen zu sich heran. »Romulus, welcher von diesen Equites singulares besitzt das beste Pferd?«

»Das bin ohne Zweifel ich, Dominus«, meldete sich ein Mann respektlos zu Wort, bevor der Standartenträger antworten konnte. Er grinste breit.

»Antigonus«, flüsterte Demetrius Ballista den Namen des Mannes ins Ohr.

»Gut. Antigonus, ich möchte, dass du losreitest und die beiden Kundschafter von der Vorhut zurückholst. Ihr findet uns in dem letzten Dattelpalmen-Hain, den wir unten am Fluss durchquert haben. Wir werden dort auf euch warten. Sollten wir nicht mehr da sein, wenn ihr eintrefft, versucht ihr, euch allein entweder nach Arete oder nach Castellum Arabum durchzuschlagen. Macht so schnell, wie ihr könnt. Wir haben keine Zeit zu verlieren. Alles Weitere erkläre ich euch, wenn ihr wieder zu uns stoßt. Seid vorsichtig.«

Während Antigonus nach Süden galoppierte, kehrte die Kolonne nach Norden zurück, ebenfalls im Galopp. Nachdem sie den kleinen Hain erreicht hatten, erteilte Ballista eine schnelle Folge von Befehlen, um seine Männer in einer neuen Formation Aufstellung nehmen zu lassen. Seine Stimme war kaum lauter als ein heiseres Flüstern. Der kleine Trupp sollte sich so umgruppieren, dass er einer Pfeilspitze ähnelte, angeführt von Ballista, Maximus eine halbe Körperlänge leicht rechts versetzt hinter ihm, und wiederum hinter ihm drei Equites singulares in einer Reihe. Romulus und die restlichen Equites singulares bildeten die linke Seite des Keils, Demetrius, der spanische Schreiber und der Rest von Ballistas Mitarbeiterstab die rechte Seite, die die Diener mit den Packpferden einschlossen.

Er erklärte seiner Truppe leise und – wie er hoffte – in einem ruhigen Tonfall, was er vorhatte. Sein Ziel war denkbar schlicht, sie würden versuchen, durch die Gruppe der Sassaniden hindurchzustoßen, die dem Fluss am nächsten war. Mit etwas Glück würden sie die Perser überraschen, wenn sie aus der Deckung der Dattelpalmen hervorbrachen. Und mit noch mehr Glück würden die Perser zu diesem Zeitpunkt keinen direkten Sichtkontakt zu den anderen Gruppen auf dem Plateau haben, sodass die Römer etwas Zeit gewinnen konnten. Sollte ihnen der Durchbruch gelingen, würden Ballista und seine Männer auf dem kürzesten Weg zurück nach Arete galoppieren und sich dort in Sicherheit bringen. Und sollte das Glück ihnen weiterhin treu bleiben, würde die Nacht sie vor ihren Verfolgern verbergen.

Mittlerweile machte sich Dunkelheit unter den Dattelpalmen breit. Der Schatten, den die Klippen warfen, wanderte auf den Euphrat hinaus. Die Temperaturen fielen schnell. Der Wind ließ die Palmwedel und das Laub der Tamarisken rascheln. Das Wasser gluckste am Ufer. Es war schwierig, irgendetwas deutlich zu hören oder in der zunehmenden Dunkelheit zu erkennen. Irgendwo auf der anderen Seite des Flusses bellte ein Schakal.

»Woher weißt du, dass wir in einer Falle stecken?«, flüsterte Maximus Ballista aus kürzester Distanz ins Ohr. Der Nordländer nahm sich Zeit damit, seine Gedanken in die richtigen Worte zu kleiden.

»Die Sassaniden zwischen uns und Arete verhalten sich nicht wie ein normaler Spähtrupp, der Informationen sammelt. Ginge es ihnen darum, hätten sie sofort Jagd auf unseren Mann gemacht, denn wenn es ihnen gelungen wäre, ihn zu schnappen, hätten sie nach Hause zurückkehren und sich in Sicherheit bringen können. Stattdessen reiten sie langsam nach Süden, ausgebreitet in einer lang gezogenen Linie über die Ebene zwischen dem Fluss und den Bergen. Sie decken die Flanken ab, um jeden von uns zu schnappen, der dem zentralen Stoßtrupp entkommen kann. Die lange Staubfahne im Süden, sie könnte zwar einfach nur vom Wind aufgewirbelt worden sein, aber für mich sieht das sehr viel mehr nach den Spuren aus, die ein größerer Reitertrupp hinterlässt, der sich sehr schnell bewegt.«

In diesem Moment ertönte das Poltern von Steinen, und der erste der persischen Reiter kam in Sicht. Die Sassaniden kamen aus dem Wadi und ritten im Halbdunkel durch das trockene Flussbett. Wie es der Kundschafter gesagt hatte, handelte es sich um leichte Kavallerie, um berittene Bogenschützen. Sie trugen nur Tuniken und Hosen, keine Schutzpanzer. Nur zwei hatten metallene Helme auf den Köpfen, die anderen keinerlei Kopfbedeckungen oder lediglich Kopf- und Halstücher. Alle waren mit langen Kavallerieschwertern bewaffnet, einige hatten zusätzlich kleine Rundschilde an ihren linken Unterarmen befestigt. Der Trupp schien aus wenigstens fünfzehn Männern zu bestehen. Sollten sie vorher in einer bestimmten Formation geritten sein, hatte sich diese spätestens nach ihrem Abstieg in die felsige Schlucht aufgelöst. Jetzt bewegten sie sich ohne feste Ordnung, drei Mann nebeneinander und vier bis fünf Mann hintereinander. Sie rückten im Schritttempo vor, ihre Pferde setzten die Hufe vorsichtig im losen Geröll auf.

Die Sassaniden kamen immer näher. Selbst im verdämmernden Zwielicht konnte Ballista ihr langes Haar und das Glitzern in ihren dunklen Augen erkennen. Jetzt waren sie zu nahe. Jeden Moment musste einer von ihnen die reglosen Gestalten in dem Palmenhain entdecken. Ballista spürte, wie ihm das Herz in der Brust hämmerte, als er die Luft tief in seine Lungen sog.

»Jetzt!«, schrie er und stieß seinem Pferd die Fersen in die Weichen. »Los! Los!« Der Wallach preschte mit einem Satz aus dem Stand los. Ballistas Trupp brach durch das Schilf, das den Hain säumte, und jagte auf die Perser zu. Überraschte Rufe und Warnschreie klangen auf. Die Sassaniden rissen ihre Schwerter aus den Scheiden. Ihre Pferde waren stehen geblieben, einige drehten sich ziellos im Kreis.

Ballista hielt auf einen Punkt zwischen zwei Sassaniden in der ersten Reihe zu. Während er zwischen ihnen hindurchschoss, führte er einen auf den Kopf des Persers zu seiner Rechten gezielten tückischen Schlag mit seiner Spatha aus. Der Mann blockierte den Hieb blitzschnell mit seinem Schwert. Der Aufprall ließ einen stechenden Schmerz durch Ballistas Arm schießen.

Zwischen die nächsten beiden Sassaniden vor ihm hätte nicht einmal das sprichwörtliche Blatt gepasst. Wieder grub Ballista seinem Pferd die Fersen kräftig in die Weichen und hielt direkt auf sie zu. Der Wallach prallte mit der linken Schulter gegen den Widerrist des persischen Pferdes links von ihm. Es taumelte zurück, sodass sich eine schmale Lücke zwischen den Pferden auftat, doch der Zusammenstoß hatte dem Wallach jeglichen Schwung geraubt. Ballista trat ihm erneut kräftig in die Seiten, und das Tier reagierte mit einem Satz vorwärts. Er konnte sehen, wie Maximus rechts von ihm mit zwei schnellen Schwerthieben zuerst einen und gleich darauf einen zweiten Perser aus dem Sattel schlug.

Sie hatten es fast geschafft, nur noch eine Reihe von Persern versperrte ihnen den Fluchtweg. Plötzlich befand sich Maximus nicht mehr auf seiner rechten Seite. Ballista hob seine Spatha hoch über die linke Schulter und ließ die Klinge mit aller Kraft auf den Sassaniden rechts von ihm niederfahren. Irgendwie gelang es dem Mann, den Schlag mit seinem Schild zu parieren. Der Nordländer zerrte die Klinge aus dem zersplitterten Holz und schwang sie waagrecht über die Ohren seines Pferdes hinweg gegen den Mann zu seiner Linken. Diesmal konnte er spüren, wie sie ihr Ziel traf. Und dann war der Weg vor ihm frei.

Ein Schlag von hinten schleuderte Ballistas Kopf nach vorn. Seine Nase schlug auf den Hals des Pferdes und begann sofort stark zu bluten. Der Nasenrücken war gebrochen. Doch nicht nur seine

Nase blutete, er konnte spüren, wie ihm noch mehr Blut den Nacken hinabrann. Instinktiv wirbelte er nach rechts herum und riss seine Spatha in die Höhe, um den nächsten Hieb abzufangen, von dem er wusste, dass er kommen würde, der Schlag, der seinem Leben ein Ende setzen würde.

Und da war der Sassanide, den Schwertarm bereits erhoben. Der Bastard lächelte triumphierend – und blickte plötzlich an sich hinab, umklammerte seine Seite, starrte verständnislos auf die klaffende Schwertwunde.

Ballista winkte dem Spanier dankbar zu und spornte sein Pferd an. Der Schreiber grinste zurück und schwenkte grüßend das Schwert, doch dann veränderte sich sein Gesichtsausdruck abrupt, als sein Pferd urplötzlich unter ihm verschwand. Einen Moment lang schien er schwerelos in der Luft zu schweben, dann stürzte er auf sein sich am Boden windendes Pferd hinab und geriet unter die Hufe der römischen und persischen Tiere, die über ihn hinwegpreschten.

Ballista würde später noch genügend Zeit für Mitleid und Schuldgefühle finden. Er wusste, dass er sein Pferd ohnehin nicht würde anhalten können, selbst wenn er es versuchen sollte. Sie jagten weiter in das Wadi hinein und die steile Böschung hinauf. Als sie das Plateau erreichten, wurde es um sie herum wieder heller. Die Sonne war noch nicht vollständig unter den Horizont gesunken. Ohne sich zu vergewissern, wer noch bei ihm war, trieb Ballista sein Pferd zu einem halsbrecherischen Galopp an und entfernte sich in nordwestlicher Richtung von der Karawanenstraße. Sie mussten unbedingt vor der nächsten Schlucht tiefer in die Ebene vordringen.

Irgendwann warf er einen Blick zurück über seine linke Schulter. Da war der nächste persische Reitertrupp, etwa zwanzig Mann stark. Die Sassaniden hatten kehrtgemacht und trieben jetzt ihre Pferde an, um Ballista und seinen Männern den Weg abzuschneiden. Ihre langen Schatten tanzten über die Wüste. Auch die anderen Gruppen waren umgeschwenkt, würden die nächste Schlucht aber kaum rechtzeitig erreichen können. Vorerst stellten sie kein Problem dar.

Ballista hörte, wie Maximus irgendetwas rief, ignorierte ihn aber. Er musste nachdenken. Trotz der zunehmenden Schmerzen durch den Schlag auf seinen Hinterkopf waren seine Gedanken glasklar. Er berechnete die Winkel und Entfernungen von Jägern und Gejagten zueinander. Es kam ihm so vor, als betrachtete er das Geschehen aus sicherer Entfernung und großer Höhe. Als Fixpunkt diente ihm der Eingang zu der nächsten Schlucht, dazu kamen die beiden sich ihnen in unterschiedlichen Winkeln nähernden Reitergruppen. Er duckte sich noch tiefer in den Sattel und trieb den Wallach um das kleine Quäntchen schneller an, das zum Gelingen seines Plans erforderlich war.

Sie schafften es sogar noch mit einem kleinen Vorsprung. Als sie um den Eingang der Schlucht herumpreschten, lagen die Perser immer noch gut fünfzig Schritte hinter ihnen zurück. Sie trieben ihre Pferde weiter unerbittlich an, obwohl ihre Verfolger das Tempo ein wenig zu drosseln schienen. Schon bald war der Vorsprung auf einige Hundert Schritte angewachsen. Jetzt verlangsamte auch Ballista das Tempo. Mittlerweile war die Dämmerung hereingebrochen. Es gab etwas, das er würde tun müssen. Es widerstrebte ihm zutiefst, aber es ließ sich nicht vermeiden. Er blickte über die Schulter zurück, um zu überprüfen, wer es nicht geschafft hatte.

Maximus war da. Ebenso Demetrius, Romulus, vier Equites singulares, ein Schreiber, beide Boten und drei Diener, die trotz der halsbrecherischen Flucht lobenswerterweise immer noch die Packpferde an den Zügeln führten. Die Rechnung des Todes hätte höher ausfallen können: drei Soldaten, der spanische Schreiber und drei Diener fehlten. Aber der Blutzoll konnte immer noch steigen, sogar noch sehr viel höher werden.

Der Mond stand hoch am Himmel, doch der Südwind trieb Wolkenfetzen über ihn hinweg.

»Alles in Ordnung mit dir?«, rief Maximus. »Du siehst furchtbar aus!«

»Ist mir noch nie besser gegangen«, erwiderte Ballista trocken. »Wie einem Sklaven während der Saturnalien.«

»Glaubt ihr, sie haben aufgegeben?«, keuchte Demetrius. Er bemühte sich vergeblich, die Angst aus seiner Stimme herauszuhalten.

»Nein«, erwiderte Maximus nüchtern und zerstörte damit unbarmherzig alle Hoffnungen des Jungen. »Sie stellen sich nur auf eine lange Verfolgung ein. Sie haben vor, uns in der Nacht einzuholen.«

Er hatte noch nicht ausgesprochen, als eine Reihe blinkender Lichtpunkte auf dem erhöhten Plateau zwischen dem Fluss und den Bergen aufflackerte.

»Haben wir noch eine Laterne dabei?«, erkundigte sich Ballista. Nachdem einer der Diener ihm bestätigt hatte, dass sie sogar über zwei verfügten, befahl Ballista, eine davon zu entzünden. Ein heller goldener Lichtkreis breitete sich um sie herum aus.

»Ich möchte wirklich nicht den Eindruck erwecken, dämlich zu sein«, sagte Maximus, »aber erleichtert deine Lampe es nicht den Persern, uns zu folgen?«

»Oh ja, und genau das ist es, was ich geplant habe.« Ballista wies einen der Diener an, die Laterne am Sattel eines Packpferdes zu befestigen. Danach ritten sie eine Weile schweigend weiter, nie schneller als in einem leichten Galopp. Die Bewölkung nahm zu und verhüllte den Mond immer mehr. Außerhalb des Lichtkreises, den die Laterne warf, wurde es stockdunkel.

»Romulus, weißt du, wo Merrha von hier aus gesehen liegt?«, erkundigte sich Ballista.

»Ja, Dominus. In den Hügeln in nordwestlicher Richtung. Nicht mehr allzu weit weg, vielleicht vier Meilen entfernt.«

»Ich möchte, dass du das Packpferd mit der Laterne in diese Richtung führst. Wenn du das Gefühl hast, weit genug geritten zu sein, oder meinst, dass die Sassaniden dir zu nahe kommen, lässt du das Packpferd allein weiterlaufen und reitest selbst nach Arete.«

Ein rätselhaftes Lächeln huschte über das Gesicht des Standartenträgers. »Wir werden tun, was befohlen wird, und sind bereit, jeden Befehl auszuführen.« Seine Stimme klang wehmütig. Er ergriff die Zügel des Packpferdes und ritt auf die dunkle Ebene hinaus.

»Jetzt werden wir unser Tempo wieder erhöhen«, sagte Ballista.

Die kleine Gruppe galoppierte in absoluter Stille weiter. Links von ihnen hüpfte das Licht von Romulus' Lampe in Richtung der gerade noch erkennbaren dunkleren Bergkette auf und ab. Die Lichtpunkte der Sassaniden erstreckten sich wie eine Perlenkette über die weite Ebene. Es dauerte nicht lange, bis sie alle umschwenkten und sich geschlossen auf die einsame Laterne des Standartenträgers in der Dunkelheit zu bewegten, während Ballista mit seinen verbliebenen Männern weiter nach Norden ritt, der Sicherheit entgegen.

Nicht einer von ihnen blickte zurück, als sich der Kreis der Lichter um den einzelnen Lichtpunkt in der Finsternis schloss, der die Hügel nie erreichen würde.

Die Patrouille entdeckte sie kurz nach Anbruch der Morgendämmerung. Turpio schleifte die Kohorte XX mittlerweile hart, die ersten Patrouillen brachen stets noch in der Dunkelheit auf. Als der Trupp auf Ballista und seine Begleiter stieß, waren diese immer noch einige Meilen von Arete entfernt und befanden sich in einem sehr schlechten Zustand. Pferde und Reiter waren am Ende ihrer Kräfte, die Flanken der Pferde mit weißem Schaum bedeckt, ihre Nüstern weit gebläht, die Mäuler aufgerissen. Die Gesichter der Männer waren aschfahl, fast gefühllos vor Erschöpfung. Abgesehen von einem Diener, der mehr tot als lebendig auf einem Packpferd festgeschnallt war, stolperten sie zu Fuß neben ihren Tieren her, die sie am Zügel führten. Der Dux Ripae sah furchtbar aus, sein Gesicht eine Maske aus getrocknetem Blut. Er taumelte mehr, als dass er ging, hielt sich mühsam mit einer Hand am Sattelknauf seines Pferdes fest.

Kurz bevor sie Arete erreichten, ordnete er eine kurze Rast an und wusch sich so gut es ging das verkrustete Blut aus dem Gesicht. Dann streifte er einen Umhang mit Kapuze über, den er sich von einem Soldaten der Patrouille auslieh, damit er sein malträtiertes Gesicht verbergen konnte, bevor er wieder in den Sattel stieg, um in einer möglichst aufrechten Haltung in die Stadt einzureiten.

Nachdem der zerschlagene Reitertrupp das Palmyra-Tor passiert hatte, wandte sich der Telones mit einem selbstgefälligen Gesichtsausdruck dem Boukolos zu. »Calpurnias Vorahnungen – es steckt eine Menge Wahrheit in der Dichtkunst, Junge – sieht ganz so aus, als hätte sich dieser alte Centurio nicht getäuscht. Die Iden des März haben unserem barbarischen Dux kein Glück gebracht.«

»Aber seine literarischen Kenntnisse haben deinem beschissenen Centurio auch nicht weitergeholfen«, erwiderte der Boukolos. »Er hat trotzdem seine Eier verloren. Also, wenn du *mich* fragst, *ich* würde das hier als ein schlechtes Omen bezeichnen. Da läuft unser Kommandant zum ersten Mal den Persern über den Weg, und schon kostet es ihn beinahe das Leben. *Das* ist ein verdammt böses Omen.«

Es dauerte nicht lange, bis sich die Nachrichten über die Ereignisse nahe Castellum Arabum in ganz Arete herumgesprochen hatten.

Etwa eine Stunde nach ihrer Rückkehr lagen Ballista, Maximus und Demetrius im Tepidarium des nicht öffentlichen Bades, das zum Palast des Dux Ripae gehörte. Der Arzt war da gewesen und wieder gegangen, nachdem er Maximus' Schenkelwunde und den Schnitt in Ballistas Kopfhaut mit ein paar Stichen genäht hatte. Demetrius hatte die Begegnung mit den Sassaniden unverletzt überstanden.

Sie lagen schweigend da, hundemüde und völlig zerschlagen. Jede Faser ihrer Körper schmerzte.

»Das ist einzig und allein deine Schuld«, grollte Calgacus, als er mit etwas zu trinken und zu essen erschien. »Dein eigener beschissener Fehler.« Ballista registrierte, dass der alte Kaledonier nun offenbar auch in Maximus' und Demetrius' Gegenwart kein Blatt mehr vor den Mund nahm. »Diese Mitteilungen, die du ständig öffentlich in der Agora aushängen lässt: ›Der Dux Ripae wird praktisch ganz allein zu irgendeinem fliegenverseuchten Drecksloch mitten im Nirgendwo reiten.‹ Warum nicht gleich den Sassaniden eine entsprechende Nachricht schicken, damit sie wissen, wo sie dir auflauern können? Aber du hörst ja nie auf mich – genau wie dein dämlicher Vater.«

»Du hast recht«, sagte Ballista müde. »Von jetzt an keine weiteren Mitteilungen mehr, keine Ankündigungen mehr, was wir vorhaben.«

»Es könnte doch auch einfach nur Pech gewesen sein, oder?«, fragte Demetrius. »Vielleicht war ihre Patrouille ja ganz zufällig in derselben Gegend unterwegs wie wir. Es muss doch nicht unbedingt einen Verräter gegeben haben, der sie informiert hat, oder?« Sein Tonfall ließ keinen Zweifel daran, dass er sich inbrünstig wünschte, die Männer würden ihm recht geben, dass sich so etwas nie wiederholen würde.

»Nein, ich fürchte, das war kein Zufall«, erwiderte Ballista. »Sie haben gewusst, dass wir kommen würden. Diese Staubfahne im Süden stammte von ihrer Hauptstreitmacht. Sie hatten vor, uns in der Karawanserei zu überfallen, wo wir wie geplant übernachten wollten. Es war pures Glück, dass wir hinter unserem eigenen Zeitplan zurückgelegen haben. Wir hätten den Trupp, auf den wir gestoßen sind, nie sehen sollen. Der hatte nur die Aufgabe, diejenigen von uns abzufangen, die dem Massaker in der Karawanserei möglicherweise hätten entkommen können.«

»Du siehst also, dass Faulheit nicht unbedingt immer ein Laster sein muss«, knurrte Maximus. »Es war ein ausgiebiger Mittagsschlaf, der uns das Leben gerettet hat.«

Vier Stunden, nachdem der Dux Ripae durch das Palmyra-Tor geritten war, saßen die Frumentarii in ihrer Lieblingstaverne im Südosten der Stadt.

»Haben ihn wie einen Hund verrecken lassen«, grollte der Nordafrikaner. Seine Wut war nicht gespielt, er war stinksauer.

»Ja«, sagte der Mann aus Subura in einem bemüht ruhigen Tonfall. Ihm tat Sertorius, wie er den Spanier getauft hatte, durchaus leid, aber was hätte der Dux Ripae denn tun sollen? Bei ihm bleiben und dadurch zulassen, dass die Sassaniden den gesamten Trupp abschlachteten?

»Wie ein Hund – ich hoffe nur, der arme Baschtard war schon tot, bevor er ihnen in die Hände gefallen ischt.«

»Ja«, bestätigte der andere. Der punische Akzent des Nordafrikaners wurde stärker, seine Stimme lauter. Obwohl die Taverne beinahe leer war, wollte der Römer vermeiden, dass sie irgendwelche Aufmerksamkeit erregten.

»Ich werde diesen barbarischen Baschtard erledigen – einen Bericht schreiben, der ihm das Genick bricht. Ich wünschte nur, ich könnte dabei sein, wenn der Princeps Peregrinorum dem Kaiser den Bericht übergibt. Ich würde nur zu gern Kaiser Valerians Gesicht sehen, wenn er erfährt, was für eine Scheiße dieser Barbarenjunge gebaut hat, dieser beschissene Baschtard!«

»Bist du dir sicher, dass das eine gute Idee ist?«, fragte sein Kamerad.

»Bei den Göttern, das bin ich! Das wird diesem Baschtard das Genick brechen!«

Der persische Wandteppich, der den inneren Raum vom Rest der Taverne trennte, wurde zur Seite gezogen. Mamurra trat ein, kam an den Tisch der beiden Männer und beugte sich vor, bis sein großes kantiges Gesicht nur wenig von denen der Frumentarii entfernt war.

»Mein Beileid zum Verlust eures Kameraden«, sagte er leise, richtete sich wieder auf und ging weiter, ohne eine Antwort abzuwarten.

Die beiden Frumentarii blickten einander etwas verunsichert an. Wie lange hatte der Praefectus fabrum wohl auf der anderen Seite des Wandteppichs gestanden? Was hatte er gehört? Und deutete etwas an der Art, wie er das Wort »Kamerad« betont hatte, darauf hin, dass er wusste, dass der verstorbene Spanier mehr als nur ein Mitglied aus dem Mitarbeiterstab des Dux Ripae gewesen war?

Sieben Tage nach den Ereignissen bei Castellum Arabum ritt Antigonus auf einem von einem Bauern geführten Esel in die Stadt. Er forderte den Telones und den Boukolos unverblümt auf, sich zu verpissen, stellte sich dem für das Palmyra-Tor verantwortlichen Centurio der Legio IIII vor und war bereits eine halbe Stunde später im Palast. Dort erzählte er dem Dux Ripae in dessen Privatgemächern bei Speisen und Getränken seine Geschichte.

Ja, er hätte die beiden vermissten Soldaten der Vorhut von Ballistas Truppe gesehen. Die Sassaniden hätten die beiden armen Teufel gerade *befragt*, als er vorbeigeritten war. Merkwürdigerweise war ihm niemand gefolgt. Aus dem Süden war ein Zug persischer Kavallerie gekommen, ein sehr großer Zug. Antigonus hatte sein Pferd freigelassen – übrigens ein ganz ausgezeichnetes Tier –, den größten Teil seiner Ausrüstung in einer Felsschlucht versteckt und war auf eine Insel im Euphrat geschwommen. Er berichtete voller Stolz, dass er dem Stamm der Bataver, die am Rhein lebten, angehörte. Die Bataver waren, wie allgemein bekannt, großartige Schwimmer. Zwei Tage lang hatte er sich auf der kleinen Insel versteckt und bereits nach einem Tag keinen Perser mehr gesehen. Dann war er zum Festland zurückgeschwommen, hatte so viel von seiner Ausrüstung, wie er tragen konnte, mitgenommen und war weiter nach Castellum Arabum im Süden gegangen. Der Anblick, der sich ihm dort geboten hatte, war nicht gerade erfreulich gewesen. Die Perser hatten über dem Tor und auf der Mauer des kleinen Forts Stangen befestigt, auf denen achtzehn Köpfe aufgespießt worden waren. Vielleicht hätten die beiden fehlenden Dromedarii ja fliehen können, aber vermutlich hatten die Sassaniden sie verschleppt, um sie weiter zu verhören.

»Aber wie auch immer«, beendete Antigonus seinen Bericht, »schließlich habe ich einen Bauern gefunden, der mir aus Herzensgüte seinen Esel überlassen und mir angeboten hat, mich nach Arete zu bringen. Nein, nein«, versicherte er eilig, als er Ballistas scharfen Blick bemerkte, »er ist vertrauenswürdig. Er wartet gerade im Vorhof darauf, die großzügige Belohnung in Empfang zu nehmen, die er vom Dux Ripae erhalten würde, wie ich ihm versprochen habe.«

Ballista nickte Demetrius zu. Der junge Grieche nickte zurück, um seinem Kyrios zu verstehen zu geben, dass er sich darum kümmern würde.

»Da ist noch etwas«, fügte Antigonus hinzu. »Auf meinem Rückweg bin ich auf Romulus gestoßen, beziehungsweise auf das, was noch von ihm übrig geblieben ist. Eine üble Sache. Sie haben ihn gründlich verstümmelt. Hoffentlich erst, nachdem sie ihn umgebracht hatten.«

Die sich ständig ändernden Geschichten über die Vorfälle machten ihre Runden weit über die Grenzen Aretes hinaus. Zehn Tage nach den schrecklichen nächtlichen Ereignissen an den Ufern des Euphrat warf sich ein Bote im prächtigen Thronsaal der persischen Hauptstadt Cetisiphons auf den Boden und erzählte Shapur, dem sassanidischen König der Könige, seine Version der Geschichte. Wiederum sechsundzwanzig Tage später fiel ein anderer Bote im Palast hoch oben auf dem Palatin in Rom auf die Knie, um Valerian, dem Imperator der Römer, die erste von mehreren Versionen der Geschichte zu erzählen, die dieser im Laufe der nächsten Zeit noch hören sollte. Dann vergingen noch einmal drei Tage, bevor ein weiterer Bote Gallienus, Valerians Sohn und Mit-Kaiser, an den kalten Ufern der Donau aufspürte. Inzwischen hatten sich noch viele andere Dinge in Arete ereignet, und bei den meisten Einwohnern der Stadt war die Erinnerung an die Geschehnisse in der Nähe von Castellum Arabum bereits verblasst.

Das einzige Vorzeichen, mit dem sich die vorrückende sassanidische Horde von den Mauern Aretes aus gesehen ankündigte, beschränkte sich lange auf eine dicke schwarze Rauchwolke, die im Süden in den Himmel stieg. Am Morgen des 14. April, am Tag nach den Iden des Monats – immer ein Unglückstag –, bezog Ballista in Begleitung seiner Führungsoffiziere, seines Mitarbeiterstabs und seiner Familia seinen Befehlsstand auf der Festungsmauer über dem Palmyra-Tor. Flussabwärts im Süden stand die riesige dunkle Wolke über Shapurs Reich, noch immer ziemlich weit entfernt, mindestens so weit entfernt wie die verwaiste Karawanserei nahe Castellum Arabum. Die Frage nach der Ursache des Rauchs erübrigte sich. Es war unmöglich, sich nicht die Zehntausende marschierenden Männer, Pferde und anderen Tiere vorzustellen, unter deren Füßen und Hufen der Staub aufwirbelte, den öligen Rauch der unzähligen Feuer, die alles verschlangen, was den gewaltigen Horden auf ihrem Weg nach Arete in die Hände fiel.

Zur Abenddämmerung konnte man bereits eine Linie von nur noch wenige Meilen entfernten Feuern sehen, wo die sassanidischen Kundschafter ihre Nachtlager aufschlugen. Später in der Nacht flackerten immer mehr Feuer auf, die sich in einem weiten Bogen über die Hügel im Westen erstreckten. Nach Mitternacht überzog ein schreckliches orangenes Glühen den nächtlichen Himmel, als die Vorhut der Perser die Dörfer erreichte. Bis zum ersten Krähen der Hähne waren vereinzelte Brandherde und Rauchwolken auf der anderen Seite des Flusses im Osten zu sehen. Jedermann innerhalb der Stadtmauern wusste, dass Arete umzingelt war, abgeschnitten von allen Fluchtmöglichkeiten und Hilfe. Und noch immer hatte niemand auch nur einen einzigen Krieger Shapurs zu Gesicht bekommen.

Als die Morgendämmerung hereinbrach, befanden sich der Dux Ripae und seine Männer noch immer auf ihren Posten. Die meisten waren zwischenzeitlich kurz verschwunden und hatten versucht, wenigstens ein oder zwei Stunden zu schlafen, doch für Ballista war Schlaf in einer derart entscheidenden Nacht ein Ding der Unmöglichkeit. In einen Schafpelz gehüllt, lehnte er an einer riesigen Ballista, die zwanzig Pfund schwere Steinkugeln verschoss, auf dem Dach des Torhauses. Seine Augen brannten vor Müdigkeit, während er auf die Ebene im Westen hinausstarrte. Irgendwann glaubte er, Bewegungen im Halbdunkel zu sehen, aber unsicher, ob ihm seine überanstrengten Augen nicht vielleicht nur einen Streich spielten, wartete er, bis einer seiner Begleiter etwas rief, einen Arm hob und nach Westen deutete.

Sie waren da. Am Rand der ehemaligen Nekropole huschten dunkle Schemen durch den Morgennebel. Die kleinen, amorphen Trupps berittener Kundschafter, die sich ohne erkennbare Ordnung dort kreuz und quer hin und her bewegten, erinnerten Ballista an Tiere, die vor einem Waldbrand flohen, bis ihm bewusst wurde, wie unzutreffend der Vergleich war. Diese menschlichen Tiere waren nicht etwa auf der Flucht, sondern auf der Jagd, auf der Suche nach einer Schwachstelle, um den Angriff auf ihn und all diejenigen zu eröffnen, die zu beschützen seine Aufgabe war. Wölfe, die einen Weg hinein in den Schafpferch suchten.

Die Sonne stand bereits hoch über dem Horizont gegen Ende der dritten Stunde des Tages, als die Vorhut der sassanidischen Armee schließlich in Sicht kam. Ballista erblickte zwei lange dunkle Kolonnen, die wie gewaltige Schlangen scheinbar unendlich langsam über die kahle Ebene in Richtung der Stadt krochen. Über jeder Kolonne schwebte eine dichte Staubwolke. Die Quelle einer dritten Wolke war noch nicht in Sichtweite gekommen. Ballista konnte sehen, dass die der Stadt nähere Kolonne aus Kavallerie, die weiter entfernte aus Infanterie bestand. Wenn er die Erfahrungswerte seiner Ausbildung im offenem Geländekampf heranzog, hieß das, dass die Truppen sich der Stadt bereits auf weniger als tausenddreihundert Schritte genähert hatten. Aber da er noch keine einzelnen Gestalten unterscheiden konnte, mussten sie noch mehr als tausend Schritte entfernt sein. Auch ohne zu wissen, dass ihnen ein Angriff bevorstand, hätten ihm spätestens die im Sonnenlicht aufblitzenden Speerspitzen und polierten Rüstungen verraten, dass es sich bei der gewaltigen Menge um eine kampfbereite Armee handelte.

Die Zeit schleppte sich langsam dahin. Als die ersten Reihen noch etwa siebenhundert Schritte von den Festungsmauern entfernt waren – ungefähr die Distanz, aus der der Kopf eines Mannes wie eine kleine Kugel erscheint –, schwenkten sie nach Norden. Ballista trat an die Brüstung und rief Bagoas zu sich.

An der Grenzlinie zu dem freigeräumten Streifen, wo sich früher die ersten Grabanlagen erhoben hatten, bewegten sich die Kolonnen parallel zur Westmauer weiter. Jetzt kam auch der dritte Zug in Sicht, bei dem es sich um den Tross mit den Belagerungsmaschinen und dem Nachschub handelte. Die Entfernung zur ersten Kolonne, der Kavallerie, war mittlerweile so weit zusammengeschrumpft, dass Ballista die Gesichter der Soldaten bereits als hellere Flecken ausmachen und weitere Einzelheiten erkennen konnte, die Kleidung und Waffen der Männer, das hell schimmernde Geschirr ihrer Pferde und die Banner über ihren Köpfen. Es waren ungefähr fünfhundert

Schritte, die sie von den Mauern Aretes trennten, womit sie sich gerade noch außerhalb der Reichweite der Artillerie befanden.

Ballista fragte Bagoas auf Griechisch, ob er die Einheiten der sassanidischen Horden und ihre Anführer identifizieren könnte.

»Hervorragend, auf welch äußerst kultivierte Weise sich unsere Belagerung gestalten wird«, klang Acilius Glabrios Stimme auf. »Wir können das Geschehen mit unserem eigenen Blick von der Mauer beginnen.« Obwohl er Lateinisch sprach, benutzte er den griechischen Begriff Teichoskopia für Blick von der Mauer. Bei jedem gebildeten Bürger des Imperium Romanum beschwor dieses Wort sofort die berühmte Szene aus Homers *Ilias* herauf, in der Helena von den Zinnen Trojas hinabblickt und jeden einzelnen Achäer in seiner bronzenen Rüstung identifiziert, all die berühmten Helden, die erschienen sind, um sie Paris zu entreißen und zu ihrem rechtmäßigen Ehemann zurückzubringen, dem breitschultrigen Menelaos.

»Und wer könnte sich besser dafür eignen, die Rolle der Königin von Sparta zu übernehmen, als dieser entzückende persische Junge?« Acilius Glabrio lächelte Ballista zu. »Ich will doch hoffen, dass unsere Helena nicht das Bedürfnis verspürt, Kritik an der Männlichkeit ihres Paris zu üben.«

Bagoas Lateinkenntnisse mochten noch rudimentär sein, und Ballista hatte keine Ahnung, ob der Junge irgendetwas über die *Ilias* wusste, aber seinem Gesichtsausdruck nach zu urteilen begriff er nur zu gut, dass sich der römische Patrizier über ihn lustig machte und seine Männlichkeit in Frage stellte. Bevor er irgendwie darauf reagieren konnte, mischte sich Mamurra ein.

»Das reicht, Tribun«, sagte er schroff an Acilius Glabrio gewandt. »Dies ist nicht der passende Zeitpunkt für Sticheleien. Wir alle wissen, wie es Troja ergangen ist. Mögen die Götter dafür sorgen, dass die Worte dieses bösen Omens auf den zurückfallen, der sie ausgesprochen hat.«

Der junge Adlige wirbelte zornig herum und schob sein sorgfältig gepflegtes Gesicht nah an das des Praefectus fabrum heran. Dann gewann er seine Beherrschung zurück. Es war ganz offensichtlich unter der Würde eines Acilius Glabrios, sich auf ein Wortgefecht mit so einem schäbigen Plebejer wie Mamurra einzulassen. »Alle Männer in meiner Familie zeichnen sich durch breite Schultern aus.« Mit patrizierhafter Geringschätzung schnippte er ein imaginäres Staubkorn von seinem makellos sauberen Ärmel.

Ballista deutete auf das feindliche Heer und machte eine aufmunternde Geste in Bagoas Richtung.

»Ganz vorn reiten einige Nicht-Arier, die meinem Herrn Shapur dienen«, begann der junge Perser. »Dort drüben siehst du die Fellumhänge und die langen herabhängenden Ärmel der Georgier, dann die halb nackten Araber, die Inder mit ihren Turbanen und die wilden nomadischen Saken. Aus allen Winkeln der Welt strömen sie herbei, wenn der König ruft.« Der Junge glühte regelrecht vor Stolz. »Und da – das sind die edlen arischen Krieger, die Krieger Mazdas, die gepanzerten Ritter, die Clibanarii.«

Alle Männer auf dem Turm des Torgebäudes verstummten, während sie die Reihen der schweren sassanidischen Kavallerie betrachteten, die Elitekämpfer der Armee Shapurs. Die in Fünferreihen angetretene Kolonne schien sich meilenweit über die Ebene zu erstrecken, unzählige gepanzerte Reiter und Pferde, so weit das Auge reichte. Einige sahen wie lebendig gewordene Statuen aus – Männer wie Pferde, verborgen hinter eisernen Panzerschuppen und eisernen Gesichtsmasken. Die Pferde anderer Reiter waren mit Rüstungen aus rotem Leder oder blaugrünem Horn geschützt. Viele trugen grell-bunte Übermäntel und hatten ihre Tiere ähnlich herausgeputzt – grün, gelb, scharlachrot und blau. Häufig waren Menschen und Tiere mit abstrakten heraldischen Symbolen geschmückt – Sicheln, Kreisen und Stäben –, den Zeichen ihrer jeweiligen Clans. Über ihren Köpfen flatterten Banner mit den Abbildungen von Wölfen, Schlangen, wilden Bestien oder abstrakten Zeichnungen, die Mazdas Gegenwart beschworen.

»Kannst du anhand der Banner sagen, wer welches Kontingent anführt?«, fragte Ballista. Genau für derartige Situationen hatte er den persischen Jüngling damals erstanden.

»Natürlich«, erwiderte Bagoas. »Im Tross der Clibanarii reiten die Herren aus dem Haus der Suren und Karen.«

»Ich dachte, das wären die großen Adelshäuser unter der vorherigen Herrschaft gewesen. Ich bin davon ausgegangen, dass sie zusammen mit der Dynastie der Parther untergegangen sind.«

»Sie haben die Heiligkeit Mazdas erkannt.« Bagoas strahlte. »Shapur, der König der Könige, hat ihre Länder in seiner unermesslichen Güte neu erstehen lassen und ihnen ihre Titel zurückgegeben. Der Pfad der Rechtschaffenheit steht einem jeden offen.«

»Und die Reiter hinter ihnen?«

»Das sind die wahrhaft Gesegneten. Es sind die Kinder des Hauses von Sasan – Prinz Valash, die Freude Shapurs, Prinz Sasan, der Jäger, Dinak, Königin von Mesene, Ardashir, König von Adiabene.« Der Junge platzte fast vor Stolz. »Und sieh, da neben den Reihen, die Wächter. Vorn die Unsterblichen, an ihrer Spitze Peroz von dem Langschwert. Dann die Jan-avasper, diejenigen, die sich selbst opfern. Und sieh, wer sie anführt, kein Geringerer als Mariades, der rechtmäßige Kaiser von Rom.« Der Junge lachte, ohne einen Gedanken daran zu verschwenden, welche Folgen seine Worte für ihn haben mochten, welche Strafe sie möglicherweise nach sich ziehen würden. »Der Pfad der Rechtschaffenheit steht allen offen, sogar den Römern.«

Aus dem von Tausenden Pferdehufen aufgewirbelten Staub schälten sich gewaltige graue Umrisse heraus. Eins, zwei, drei – Ballista zählte zehn von ihnen. Bagoas sprang vor Freude auf und ab und klatschte aufgeregt in die Hände. »Die Elefanten Shapurs, unter deren Tritten die Erde erbebt. Wer würde sich anmaßen, gegen derartige Kreaturen bestehen zu können?«

Ballista hatte schon Elefantenkämpfe in der Arena gesehen, aber nie einen Einsatz dieser Tiere in einer Schlacht erlebt. Sie sahen ohne jeden Zweifel Furcht einflößend aus, als stammten sie nicht von dieser Welt. Ihre Schulterhöhe betrug mindestens zehn Fuß, und die Türme auf ihren Rücken ließen sie sogar noch größer erscheinen. In jedem Turm saßen mehrere bewaffnete Krieger. Auf einen Befehl indischer Führer hin, die auf dem Nacken hinter ihren Ohren saßen, wiegten die Elefanten ihre mächtigen Schädel von einer Seite auf die andere. Ihre langen Rüssel, durch metallene Panzerungen geschützt, pendelten hin und her.

»Beängstigend, aber ineffizient.« Die Erfahrung, die aus Turpios Worten sprach, wirkte beruhigend auf Ballista. »Man muss nur ihre Beinsehnen durchtrennen oder sie mit Geschossen nervös machen. Sobald man ihre Führer tötet, ihre Mahouts, laufen sie Amok. Dann trampeln sie die eigenen Soldaten genauso nieder wie die der Feinde.«

Die sassanidische Armee war zum Stillstand gekommen und hatte sich der Stadt zugewandt. Eine laute Trompetenfanfare hallte über die Ebene.

Von links näherten sich fünf unbewaffnete Reiter in leichtem Galopp. An einem großen Querbalken über ihnen hing ein gewaltiges rechteckiges Banner, das gelb, rot und violett bestickt und mit zahllosen Edelsteinen besetzt war, die im Sonnenlicht aufblitzten. Das Banner wurde von einer goldenen Kugel überragt, hinter der leuchtende Bänder in der Luft flatterten.

»Das Drafsh-i-Kavyan, die königliche Kriegsflagge des Hauses von Sasan.« Bagoas flüsterte beinahe vor Ehrfurcht. »Sie wurde vor der Zeitendämmerung erschaffen. Von fünf der heiligsten Priester, den Mobads, getragen, geht sie dem König der Könige voraus in die Schlacht.«

Jetzt kam erneut von links ein einzelner Reiter auf einem herrlichen weißen Pferd in Sicht. Seine Kleidung war purpurrot, und auf seinem Kopf thronte eine goldene kuppelförmige Krone. Weiße und purpurfarbene Bänder flatterten hinter ihm her.

»Shapur, der Mazda huldigende göttliche König der Könige von Ariern und Nicht-Ariern, hervorgegangen aus dem Geschlecht der Götter!« Bagoas warf sich auf dem Wehrgang zu Boden.

Shapur brachte sein Pferd vor dem Zentrum seiner Armee und der Drafsh-i-Kavyan-Standarte zum Stehen. Er stieg ab, wobei er einen auf der Erde knienden Mann als Treppenstufe benutzte. Ein goldener Thron wurde herbeigeschafft, auf dem er sich niederließ. Eine größere Anzahl Männer eilte zu ihm.

»Umfang der feindlichen Streitmacht?«, fragte Ballista sein auf dem Turm des Torgebäudes versammeltes Consilium.

»Ich schätze sie auf rund zwanzigtausend Infanteristen«, antwortete Acilius Glabrio, ohne zu zögern. »Dazu etwa zehntausend Mann schwere Kavallerie, achttausend davon Sassaniden und jeweils um die tausend Georgier und Saken. Dann scheint es rund sechstausend barbarische leichte Kavalleristen an der Spitze des Heeres zu geben, von denen jeweils um die zweitausend Araber und Inder und dann noch einmal jeweils tausend Georgier und Saken sind.« Was auch immer man sonst von dem jungen Patrizier halten mochte, es ließ sich nicht bestreiten, dass er ein äußerst fähiger Armeeoffizier war. Seine Schätzungen deckten sich fast exakt mit denen von Ballista.

»Und die leichte Kavallerie der Sassaniden?«, hakte Ballista knapp nach.

»Unmöglich zu sagen«, erwiderte Mamurra. »Die ist zurzeit über das gesamte Land verteilt und damit beschäftigt, zu plündern und zu brandschatzen. Wir haben nicht die geringste Grundlage für eine verlässliche Schätzung. Wie viele es auch immer sein mögen, der größte Teil dürfte sich auf dieser Seite des Flusses befinden. Auf der anderen Seite halten sich wahrscheinlich nur noch wenige auf, denn bis zur nächsten Furt sind es gut hundert Meilen stromabwärts, und wir haben sämtliche Boote im Umkreis von etlichen Meilen beschlagnahmt. Die Perser werden nicht viele Männer auf der anderen Seite zurückgelassen haben.«

»Der Praefectus fabrum hat recht«, sagte Turpio. »Wir können nicht wissen, wie viele es sind. In Barbalissos bestand jedes Clibanarius aus fünf bis zehn Mann leichter Kavallerie, während sie zu anderen Zeiten angeblich die gleiche Truppenstärke hatten.«

Ballista nickte. »Danke. Es sieht also so aus, als hätte der Feind zwischen vierzigtausend und hundertdreißigtausend Soldaten gegenüber unseren viertausend. Im aus unserer Sicht günstigsten Fall sind die Perser uns damit in einer Größenordnung von zehn zu eins überlegen.« Er grinste breit. »Aber zu unserem großen Glück handelt es sich dabei lediglich um einen Haufen verweichlichter Ostländer, die schon Angst bekommen, wenn sie nur die Geräusche einer ausgelassenen Abendgesellschaft hören, ganz zu schweigen von dem Lärm einer richtigen Schlacht. Wir werden also nicht gegen irgendwelche Kämpfer mit Eiern antreten müssen.«

Die Armeeoffiziere lachten. Demetrius versuchte, es ihnen gleich zu tun.

Ballista registrierte, dass der Materialtross mittlerweile zum Rest des Heeres aufgeschlossen hatte und als Erstes direkt hinter dem Zentrum der Armee ein geräumiges purpurrotes Zelt aufbaute. Der Pavillon, bei dem es sich eigentlich nur um Shapurs Unterkunft handeln konnte, wurde direkt neben der Straße errichtet, die von Arete nach Westen führte, ungefähr sechshundert Schritte vom Palmyra-Tor entfernt.

Immer noch wuselten zahllose Männer um Shapur herum.

»Was passiert da?«, fragte Ballista Bagoas, der immer noch auf den Knien lag.

»Der König der Könige wird ein Zicklein opfern, damit Mazda sein Werk mit Wohlgefallen betrachtet, um sicherzustellen, dass diese Stadt der Ungläubigen der Armee der Rechtschaffenen in die Hände fällt.«

»Steh auf und hüte deine Zunge!«, fauchte Ballista. »Du läufst allmählich Gefahr, unsere Geduld über Gebühr zu strapazieren.«

Trotz seines barschen Tonfalls war der Nordländer in Wirklichkeit sehr zufrieden mit seinem persischen Sklaven. Genau wie von ihm erhofft, konnte er von dem Jungen eine ganze Menge über seinen Feind lernen. Da war zum Bespiel der redselige religiöse Eifer der Perser in Verbindung mit ihrer Ehrfurcht vor dem König und die bemerkenswerte Tatsache, dass Bagoas es nicht für nötig befunden hatte, die sassanidische Infanterie auch nur mit einem Wort zu erwähnen. Offensichtlich hatten sie es hier also mit einer Armee von Fanatikern zu tun, bei der nur die Kavallerie aus ernst zu nehmenden

Kämpfern bestand. Ballista konnte nur hoffen, dass Bagoas halbwegs repräsentativ für seine Landsleute war.

Als der Junge aufstand, legte er kurz die Arme hinter dem Rücken zusammen, als wäre er gefesselt. Ballista wusste, dass es sich dabei um eine demütige persische Unterwerfungsgeste handelte. Möglicherweise wollte der Junge Shapur damit bitten, ihm zu vergeben, dass er ein Sklave seiner Feinde war.

Nach dem Ende der Opferzeremonie konnten Ballista und seine Männer beobachten, wie Shapur einem Edelmann Befehle erteilte, der zu den Suren gehörte. Auf seine Frage hin erklärte ihm Bagoas, dass der König der Könige den Suren jetzt zu Ballista schicken würde. Sollten Ballista und seine Männer bereit sein, sich zu ergeben und fortan auf Mazdas Pfad der Rechtschaffenheit zu wandeln, würden ihre Leben verschont werden.

Ballistas Gedanken überschlugen sich, während er zusah, wie der Mann langsam die Straße entlang in Richtung des Tores ritt. Als der Reiter noch etwa zweihundert Schritte entfernt war, instruierte Ballista eilig zwei seiner Boten. Alle Ballistae auf der Westmauer sollten sich bereithalten, das Feuer auf die feindliche Armee zu eröffnen. Die Bedienungsmannschaften sollten mit dem maximalen Steigungswinkel schießen, als wollten sie die größtmögliche Reichweite erzielen, dabei aber zwei Umdrehungen der Torsionsfedern zurücknehmen, sodass die Geschosse etwas zu kurz aufschlagen würden. Hoffentlich ließ sich der Feind so über die tatsächliche Reichweite der Ballistae täuschen. Die Boten eilten mit ihren Anweisungen davon, einer nach Süden, der andere, der Mann mit dem starken Akzent der Bewohner Suburas, nach Norden. Als der Bote nur noch hundert Schritte von dem Tor entfernt war, schickte Ballista Mamurra auf die erste Ebene des Turms hinunter, um eins der Bolzenkatapulte auf den sich nähernden Reiter auszurichten. Auf seinen Befehl hin sollte ein Bolzen so abgefeuert werden, dass er nur knapp über dem Kopf des Suren hinwegflog.

Der Mann ritt einen wunderschönen Nisean-Hengst. Das Tier war pechschwarz, hatte eine mächtige Brust und eine Risthöhe von mindestens sechzehn Handspannen. Nur gut, dass wir von einem Trupp leichter Kavallerie angegriffen worden sind, dachte Ballista. Mein Pferd hätte ein solches Tier niemals aus dem Weg stoßen können.

Der Bote zügelte seinen Hengst. Er hatte etwa dreißig Schritte vor dem Tor gehalten. Ballista war erleichtert. Vermutlich hatte der feindliche Edelmann zwei der von Ballista installierten Fallen entdeckt. Er hatte zwei Tretgruben in der Straße überquert, eine hundert und eine fünfzig Schritte vom Tor entfernt. Die Gruben waren getarnt, mit Brettern abgedeckt, über die eine dicke Sandschicht gestreut worden war, aber der hohle Klang, den die Hufe des Pferdes auf den Brettern hinterließen, mussten den Perser gewarnt haben. Allerdings konnte er noch nichts vor der letzten Grube wissen, da diese sich nur zwanzig Schritte vor dem Tor befand.

Der Bote setzte gemächlich seinen langen Helm ab, der die Konturen eines Raubvogels hatte, vielleicht die eines Adlers. Auch die Züge des Gesichtes, das nun zum Vorschein kam, hatten etwas Raubvogelartiges an sich. Mit der gelassenen Selbstsicherheit eines Mannes, dessen Vorfahren seit zahllosen Generationen riesige Weideflächen besaßen, blickte er zu den Männern auf den Zinnen der Stadtmauer empor.

»Wer hat hier das Kommando?« Der Reiter sprach ein fast akzentfreies Griechisch. Seine Stimme war laut und deutlich zu verstehen.

»Ich bin Marcus Clodius Ballista, Sohn des Isangrim, Dux Ripae«, erwiderte Ballista. »Ich habe hier das Kommando.«

Der Bote legte den Kopf ein wenig schief, als könnte er den blonden Barbaren mit dem römischen Namen und Titel so besser betrachten. »Shapur, der König der Könige, hat mich geschickt, um dir zu befehlen, das Wasser zu erhitzen und sein Mahl zuzubereiten. Er wünscht heute Abend in Arete zu baden und zu speisen.«

Ballista warf den Kopf in den Nacken und lachte schallend. »Ich bin mir sicher, dass der kleine Strichjunge, der als dein Kyrios fungiert, liebend gern baden und jedem seinen Arsch anbieten würde, der ein Interesse daran hätte, aber ich fürchte, unser Badewasser wäre zu heiß und meine Soldaten viel zu grob für seine empfindliche Konstitution.«

Scheinbar völlig unbeeindruckt von den Obszönitäten, begann der Bote, gewissenhaft die Abdeckung des Pfeilköchers zu entfernen, der neben seinem rechten Oberschenkel hing.

»Was, zur Hölle, macht er da?«, erkundigte sich Ballista flüsternd bei Bagoas.

»Er bereitet sich darauf vor, dir eine formelle Kriegserklärung zukommen zu lassen. Er wird den Schilfhalm abschießen, der den Krieg symbolisiert.«

»Einen Scheißdreck wird er tun. Gebt Mamurra unauffällig den Schießbefehl.«

Der Befehl wurde leise von Mann zu Mann über das Dach hinweg und die Treppe hinunter weitergegeben.

Nachdem er vermutlich den richtigen symbolischen Kriegspfeil im Köcher gefunden hatte, zog der Bote den Bogen aus seiner Transporttasche. Er legte gerade den Pfeil auf die Sehne, als das erschreckend laute dreifache Geräusch einer abgeschossenen Ballista ertönte, das charakteristische Surren, Schaben und Klatschen. Man musste dem Suren Respekt dafür zollen, dass er kaum zusammenzuckte, als der Bolzen nur knapp über seinem Kopf hinwegschoss. Nach einem kurzen Innehalten spannte er seinen Bogen und schickte den Pfeil über die Mauerbrüstung. Dann zog er sein Pferd herum. Das glatte Fell des Hengstes glänzte, als er auf der Hinterhand wendete.

»Iss nicht den ganzen Vorrat an geräuchertem Aal auf, Nordländer!«, rief der Reiter über seine Schulter. »Mein Kyrios hat eine Vorliebe für geräucherten Aal!«

Ballista erteilte der gesamten Artilleriemannschaft den Feuerbefehl. Während der persische Bote und sein prächtiges Pferd die Straße entlangritten, flogen die Geschosse in hohen Bögen über sie hinweg, schlugen aber etliche Schritte vor der ersten Reihe der sassanidischen Armee auf.

»Schlau«, sagte Acilius Glabrio. »Sehr schlau, ihrer barbarischen Kriegserklärung mit einer improvisierten Version unserer eigenen römischen Zeremonie zuvorzukommen und als Zeichen unserer Kriegserklärung einen Speer auf das feindliche Territorium zu werfen.« Von dem sonst üblichen höhnischen Unterton in der Stimme des Tribuns war zur Abwechslung einmal keine Spur zu hören, als er hinzufügte: »Aber sollte es dir gelungen sein, sie zu der Überzeugung zu verleiten, die Reichweite unserer Artillerie würde nur dreihundert Schritte betragen, dann wäre das ein noch weitaus besserer Schachzug.«

Ballista nickte. Eigentlich war ihm gerade ein anderer Gedanke durch den Kopf gegangen, nämlich wie Allvater Wotan seinen Speer im ersten aller Kriege in die Reihen der Vanen geschleudert hatte. Und es war nur ein kleiner Schritt, die Gedanken von diesem ersten aller Kriege weiter bis Ragnarök wandern zu lassen, zum Krieg am Ende der Zeiten, zu dem Tag, an dem Asgard fallen und der Tod Menschen und Götter gleichermaßen auslöschen würde.

Später am Tag starrte Ballista, die Hände auf die Mauerbrüstung der Terrasse hinter dem Palast des Dux Ripae gestützt, über den Euphrat hinweg auf die andere Seite des Flusses. Er wurde Zeuge eines furchtbaren Schauspiels.

Wo war die Frau wohl hergekommen? Er hatte das jenseitige Flussufer gründlich von Kavallerieeinheiten absuchen lassen, die jeden Bauern, den sie fanden, in Boote verfrachtet und auf diese Seite des Flusses gebracht hatten. Es war wirklich keine Kleinigkeit gewesen, zwei berittene Turmae hin und her über den Euphrat zu schaffen, dachte er gereizt. Natürlich, es gab immer irgendwelche Narren, die sich der trügerischen Illusion hingaben, in ihren Häusern in Sicherheit zu sein, ganz egal, wie eindringlich man ihnen die furchtbaren Schrecken schilderte, die ihnen von Menschen oder Göttern drohten. Vielleicht war die Frau ja gar nicht dort geblieben, vielleicht hatten die Sassaniden sie irgendwo anders aufgegriffen und mit an das Flussufer gebracht.

Immer wieder taten die berittenen Bogenschützen so, als wollten sie sie entkommen lassen. Dann rannte die Frau auf den Fluss zu, doch bevor sie ihn erreichen konnte, ritten die Sassaniden sie über den Haufen. Dann warfen sie sie auf den Boden, und zwei oder drei von den weiteren Kameraden vergewaltigten sie.

Ohne sich durch die übliche Geräuschkulisse anzukündigen, stützte sich Calgacus neben Ballista auf die Mauer. »Sie sind alle im Haus«, meldete er. »Zur Abwechslung ist Acilius Glabrio mal pünktlich erschienen. Genau wie Turpio, Antigonus und die vier Centurios, die du angefordert hast. Wer sich diesmal dagegen verspätet hat, war Mamurra.«

Beide Männer starrten über den Fluss.

»Bastarde«, knurrte Ballista.

»Denk nicht mal daran, sie retten zu wollen«, sagte Calgacus. »Es ist genau das, was sie wollen. Die Frau wird schon längst tot sein, bevor du Soldaten mit einem Boot losschicken kannst, und nach ihrer Ankunft auf der anderen Seite würden deine Männer in einen Hinterhalt geraten.«

»Bastarde«, wiederholte Ballista.

Beide Männer blickten weiter über den Fluss.

»Es ist nicht deine Schuld«, brach Calgacus schließlich das Schweigen.

»Was?« Die Lautlosigkeit, mit der Calgacus erschienen war, hätte Ballista vorwarnen müssen, dass dem alten Kaledonier noch etwas anderes auf der Seele lag.

»Was dem armen Mädchen da drüben geschieht – die Tatsache, dass diese Stadt belagert wird und – was auch immer du tust – jede Menge von ihren Bewohnern leiden und sterben werden – was Romulus und diesen Kundschaftern zugestoßen ist – nichts davon ist deine Schuld.«

Ballista verzog kurz das Gesicht, als wollte er widersprechen, aber sein Blick blieb unverwandt auf das andere Flussufer gerichtet.

»Du hast schon immer zu viel nachgedacht«, fuhr Calgacus fort. »Schon als Kind. Ich will damit nicht sagen, dass das an sich etwas

Schlechtes ist, aber es ist nicht hilfreich für einen Mann in deiner Position.«

Ballista schwieg.

»Worauf ich hinauswill, ist, dass du keinen klaren Kopf haben wirst, wenn du zulässt, dass deine Gefühle die Oberhand gewinnen, und dann werden sich die Dinge noch sehr viel beschissener entwickeln.«

Ballista nickte und richtete sich auf. Als er die Hände von der Mauer löste, sah er, dass sich die Ziegelsteine in seine Handflächen gegraben und dort staubige Konturen hinterlassen hatten. Er rieb sie aneinander.

Die Männer auf der anderen Seite des Euphrat hatten die Frau umzingelt. Einer fiel gerade wieder über sie her. Ballista wandte den Blick ab.

»Ich schätze, du hast recht.« Er sah in den Himmel. »Nur noch eine Stunde bis zum Einbruch der Dämmerung. Lass uns reingehen und mit den anderen reden. Wir haben noch einiges für die unangenehme Überraschung zu besprechen, die wir dem König der Könige heute Abend bereiten werden.«

XIII

In dem hohen gewölbten Durchgang des Palmyra-Tores herrschte Dunkelheit. Das Außentor war noch geschlossen, und obwohl das Innentor offen stand, fand nur wenig Licht seinen Weg in den Zwischengang. Das überlebensgroße Gemälde der Tyche von Arete auf der Nordwand war für Turpio kaum mehr als ein verwaschener Fleck, und auch von den darunter gekritzelten Danksagungen für die sicheren Reisen konnte er nichts erkennen.

Turpio hatte schon immer einen besonders gut ausgeprägten Geruchssinn besessen. Hier unten roch es hauptsächlich nach dem kühlen, leicht feuchten Staub, der den schattigen Bereich des Torgebäudes bedeckte und auf den nie ein Sonnenstrahl fiel. Dazu kam noch der Geruch des großen Holztores vor ihm und völlig überraschend, weil er eigentlich nicht hierher gehörte, der sehr intensive Duft von Myrrhe-Öl. Die Torangeln waren damit regelrecht getränkt worden, damit sie nicht quietschten.

Der Tribun war angespannt, aber gleichzeitig froh darüber, hier in der Dunkelheit darauf warten zu können, das Stoßtruppunternehmen anführen zu dürfen. Er hatte seine Argumente mit Nachdruck vorgetragen. Acilius Glabrio hatte darauf hingewiesen, dass zwei seiner Centurien hundertvierzig Mann umfassten, während zwei Turmae von Turpios Auxiliarkräften gerade einmal zweiundsiebzig Soldaten stark waren, weshalb die Leitung des Kommandounternehmens eigentlich ihm zustand. Turpio konnte als Argument gegenüber Ballista nur die Tatsache ins Feld führen, dass der Nordländer nicht das Risiko eingehen konnte, den patrizischen Kommandanten der Legionäre seiner Garnison zu verlieren, während ein ehemaliger Centurio, der lediglich Auxiliartruppen befehligte, eher verzichtbar war. Schließlich hatte ihm der Dux Ripae sein Einverständnis erteilt.

Turpio war sich bewusst, dass jeder innerhalb des Consiliums wusste, weshalb er so versessen darauf war, das Kommandounternehmen anzuführen. Nach dem Schaden, den seine Reputation aufgrund seiner Zusammenarbeit mit Scribonius Mucianus erlitten hatte, war es immer noch erforderlich, dem Dux Ripae seinen wahren Wert zu beweisen. Er hatte die Kohorte XX im Verlauf des Winters gut ausgebildet. Dort herrschte jetzt zweifellos keine Korruption mehr. Es war eine effektive Truppe, auf die er stolz sein konnte. Aber wenn er vorhatte, hier in Arete Karriere zu machen, wenn er Ballistas Vertrauen gewinnen wollte, indem er alles erledigte, was dieser von ihm verlangte, war mehr als nur Gehorsam und Zuverlässigkeit erforderlich. Er brauchte eine Gelegenheit, sich bei einem Unternehmen zu beweisen. Und was war dafür besser geeignet als ein tollkühner nächtlicher Überfall auf das Herz des feindlichen Feldlagers? Natürlich war das Risiko gewaltig, aber das Gleiche galt für den potenziellen Ruhm, den er dabei erlangen konnte.

Schlag dem persischen Reptil das Haupt ab. Dring zu dem riesigen purpurfarbenen Zelt im Zentrum des sassanidischen Lagers vor. Erwisch den König der Könige im Schlaf oder mit heruntergelassenen Hosen. Bring mir seinen Kopf, und dein Name wird nie mehr in Vergessenheit geraten.

Turpio war nicht der Einzige gewesen, den Ballistas Worte aufgewühlt hatten.

Jetzt nahm er einen anderen Geruch wahr, den Duft von Gewürznelken oder vielleicht auch von Gartennelken, ein sauberer, angenehmer Geruch. Er musste von Acilius Glabrio stammen. Der junge Patrizier schob sich langsam und vorsichtig in den Durchgang zwischen Innen- und Außentor. Turpio nannte ruhig seinen Namen und reichte ihm die Hand. Acilius Glabrio ergriff sie und schüttelte sie. Dann gab er Turpio etwas angebrannte Korkrinde, wünschte ihm viel Glück und verschwand wieder. Turpio schwärzte sich das Gesicht und die Unterarme mit dem Korkruß und fragte sich, ob er den jungen Adligen vielleicht falsch beurteilt hatte.

Er lächelte in der Dunkelheit vor sich hin. Nein, er hatte ihn nicht völlig falsch eingeschätzt. Der Patrizier war immer noch ein

Arschloch. Turpio spürte, wie Gelächter in seiner Kehle hochstieg, als er sich an das letzte Treffen des Consiliums erinnerte. Als Ballista eingetreten war, hatte Acilius Glabrio sich ihm voller patrizischer Selbstgefälligkeit genähert. »Auf ein Wort, wenn du gestattest, Dux Ripae.« Der Nordländer hatte ihn mit einem langen Blick aus seinen beunruhigend blauen barbarischen Augen gemustert, als sähe er ihn zum ersten Mal, und seine Antwort in die denkbar frostigste Form von Höflichkeit gekleidet. »Es ist mir ein Vergnügen, Tribunus laticlavius, nur ein Moment noch.« Dann hatte er seinen neuen Standartenträger Antigonus gebeten, ihm zu assistieren, und sich mit ihm in eine Ecke am anderen Ende des Raumes zurückgezogen und eindringlich leise auf ihn eingesprochen. Zum Schluss hatte Antigonus salutiert und den Raum verlassen. »Worum geht es, Tribunus laticlavius?«, hatte sich Ballista schließlich mit einem freundlichen Gesichtsausdruck erkundigt, nachdem er zu Acilius Glabrio zurückgekehrt war. Nachdem ihm so der Wind aus den Segeln genommen worden war, hatte der junge Patrizier vor unterdrückter Wut schäumend gemurmelt, dass die Angelegenheit noch warten könnte.

Eine leichte Unruhe im Tordurchgang verkündete Turpio das Erscheinen des Dux Ripae. In der Dunkelheit konnte er schemenhaft die große, massige Gestalt des Nordländers und den merkwürdigen Vogelkamm auf seinem Helm ausmachen. Ihm fiel auf, dass Ballista überhaupt keinen Geruch zu verströmen schien. In seinem Zustand angespannter Erregung, die häufig einem Kampfeinsatz vorausgeht, fragte sich Turpio einen Moment lang, ob das so ähnlich wäre, als würde man keinen Schatten werfen.

»Alle Vorbereitungen sind abgeschlossen«, sagte Ballista leise. »Zeit zu gehen.«

»Wir werden tun, was befohlen wird, und sind bereit, jeden Befehl auszuführen.«

Sie schüttelten einander die Hand. Ballista drehte sich um, hielt dann noch einmal inne und fügte etwas lauter hinzu: »Gib dir Mühe, dass nicht zu viele von den Jungs auf der Strecke bleiben.« Der nächste Soldat neben Turpio kicherte verhalten. Ballista senkte wieder die Stimme. »Und nicht vergessen, Turpio, ohne Umwege rein und sofort wieder raus. Wenn ihr es schafft, Shapurs Zelt zu erreichen, ist das hervorragend, wenn nicht, kein Problem. Lasst euch nicht auf einen Kampf ein. Du hast ein paar Hundert Mann, die anderen haben fünfzigtausend. Überrascht sie, wenn ihr könnt, tötet ein paar, fackelt ein paar Zelte ab, rüttelt sie durcheinander. Aber danach verschwindet ihr sofort wieder. Lasst euch nicht schnappen. Beim ersten Anzeichen für geordneten Widerstand kehrt ihr zurück.« Sie schüttelten einander noch einmal die Hand. Ballista trat zur Seite, direkt neben die matten Umrisse der Tyche an der Mauer.

»Zeit, auszurücken, Jungs!«, rief er den Soldaten mit gedämpfter Stimme zu. »Zeit für die Venationes, für die Jagd auf wilde Tiere.«

Trotz der Unmengen an Myrrhe-Öl schienen die Angeln erschreckend laut zu quietschen, als das große Tor schwerfällig aufschwang.

Turpio setzte sich in Bewegung.

Zum Glück war es die Nacht vor Neumond. Obwohl nur die Sterne am Himmel standen, wirkte die Ebene nach der Dunkelheit im Tordurchgang sehr hell. Die Straße führte weiß schimmernd schnurgerade von der Stadt fort. Die flackernden Lagerfeuer der Perser schienen unendlich weit entfernt zu sein.

Eine Zeitlang konzentrierte sich Turpio nur darauf, ganz leise aufzutreten. Schon bald atmete er tiefer ein und aus. Die Straße unter seinen Füßen fühlte sich glatt, aber unnatürlich hart an. Die hundertvierzig Legionäre der Legio IIII Scythica hinter ihm bewegten sich so leise, wie es römischen Soldaten möglich war. Keiner gab einen Laut von sich, alle achteten sorgsam darauf, dass ihre Waffen nicht gegen ihre Rüstungen schlugen. Einige hatten sich sogar Lumpen um die Militärstiefel gewickelt, um zu verhindern, dass ihre Schuhnägel beim Auftreten Geräusche verursachten. Trotzdem war immer wieder ein leises Klicken oder Klirren zu vernehmen. Es war einfach unmöglich, römische Soldaten von der Notwendigkeit zu überzeugen, sämtliche Talismane und Glücksbringer von ihren Waffengürteln zu entfernen.

Nachdem er zweihundert Schritte abgezählt hatte, trat Turpio zur Seite und sah sich um. Sein kleiner Zug, zehn Legionäre in einer Reihe, vierzehn Reihen insgesamt, erschien inmitten der gewaltigen Ebene geradezu winzig. Er warf einen Blick zurück auf die Stadt. Ballista hatte Wort gehalten und die Priester überredet, eine religiöse Zeremonie am Tempel des Bel zu organisieren. Eine große Prozession mit hellen Lichtern zog unter lautem Gesang langsam über den nördlichsten Abschnitt der Stadtmauer, um die Aufmerksamkeit aller Sassaniden, die nicht schliefen, zu erregen und sie von der Ausfallstraße abzulenken. Zwei einsame brennende Fackeln, eine über dem Palmyra-Tor und eine weitere auf dem letzten südlichen Turm, dienten dazu, Turpios Stoßtrupp Orientierungshilfe zu bieten. Der Rest der Mauer lag in Dunkelheit.

Turpio musste sich beeilen, um an die Spitze der Kolonne auf seine Position zurückzukehren. Wie er trugen alle seine Männer dunkle Kleidungsstücke und hatten ihre Ausrüstung und jeden Zoll entblößte Haut geschwärzt. Es kam ihm so vor, als zeichneten sich ihre Umrisse überdeutlich von der weiß schimmernden Straße ab.

Vor ihm markierten einzelne, weit voneinander entfernt flackernde Feuer die vorgeschobene Linie der feindlichen Wachposten. Dahinter glühte das allgemeine Lichtermeer des Feldlagers, so weit das Auge reichte. Plötzlich schien die Entfernung zur Linie der Wachposten stark zusammengeschrumpft zu sein. Die Perser konnten die vorrückenden Soldaten doch gar nicht übersehen, schoss es Turpio durch den Kopf. Sein eigener Atem erschien ihm so laut, dass er über die gesamte Ebene hinweg zu hören sein musste, laut genug, um die Toten aufzuwecken.

Näher und näher pirschten sich die Römer über die Straße an die Wachposten heran. Turpio konnte trotz der Dunkelheit das Seil erkennen, mit dem das ihm nächste Pferd angeleint war, jede einzelne Flammenzunge in dem Feuer, die dunklen Umrisse der unter Decken auf dem Boden liegenden Gestalten. Ohne ein Wort begann er zu rennen, schneller und schneller, das gezogene Schwert in der Hand. Dicht hinter sich konnte er das Trampeln schwerer Schritte und keuchende Atemzüge hören.

Er sprang über den ersten schlafenden Wachposten hinweg und eilte an dem Feuer vorbei, um die andere Seite der Linie zu erreichen, die die Vorposten bildeten. Ein Sassanide in der ersten Reihe setzte sich auf und öffnete den Mund, um einen überraschten Schrei auszustoßen. Turpio ließ seine Spatha mit aller Kraft, die in ihm steckte, auf den Kopf des Mannes niederfahren. Danach musste er seinen Stiefel auf die Schulter des Persers stellen, um die im Schädel des Wachpostens verklemmte Klinge wieder freizubekommen. Hinter ihm ertönte eine kurze Kakophonie aus Knurren, Stöhnen, erstickten Schreien und Geräuschen, die er immer mit Messern in Verbindung brachte, die Kohlköpfe zerteilten. Gleich darauf kehrte wieder Stille ein, in der nur der keuchende Atem aus hundertvierzig Kehlen zu vernehmen war.

Turpio machte sich ein schnelles Bild von der Lage. Nirgendwo Schreie, keine Trompetenstöße, keine undeutlichen Schemen, die über die dunkle Ebene hasteten, um Alarm zu schlagen. Die nächsten Feuerstellen in der Linie der Vorposten rechts und links von ihm lagen mindestens hundert Schritte auseinander. Nichts regte sich um sie herum. Es herrschte völlige Stille. Ballista hatte recht gehabt, der große barbarische Bastard hatte tatsächlich recht behalten. Den Sassaniden mangelte es an Disziplin, guter, altmodischer römischer Disciplina. Ermüdet von ihrem Marsch, erfüllt von geringschätziger Verachtung angesichts der wenigen gegnerischen Soldaten, hatten sich die persischen Wachposten einfach zum Schlafen niedergelegt. Es war die erste Nacht der Belagerung, und kein sassanidischer Edelmann hatte sich bisher die Mühe gemacht, eine militärische Organisation zu installieren, die routinemäßigen Abläufen folgte.

Nachdem sich sein Atem wieder beruhigt hatte, rief Turpio leise: »Erste Centurie, Testudo-Formation!« Er wartete, bis die Männer zusammengerückt waren und sich ein Rechteck überlappender Schilde gebildet hatte. »Zweite Centurie zu mir!« Nach kurzem Scharren von siebzig Fußpaaren kehrte wieder Stille ein. »Antoninus Prior, gib dem Dux das Zeichen.«

Der Centurio grunzte nur knapp, worauf sich drei Legionäre

aus der Testudo-Formation lösten. Nach kurzer hektischer Aktivität hingen drei Laternen in einer Reihe, deren schwacher bläulicher Lichtschein die abgesprochene Botschaft über die Ebene hinweg in die Stadt übermittelte.

Turpio drehte sich zu der zweiten Centurie um, die sich dicht hinter ihm in einer Reihe aufgebaut hatte. »Schwerter und Fackeln in die Hände, Jungs.« Er warf einen Blick in das sassanidische Feldlager, aus dessen Zentrum das kompakte königliche Zelt aufragte. »Bereit, Antoninus Posterior?«, fragte er den Centurio, der direkt neben ihm stand. »Dann lasst uns dem Reptil jetzt den Kopf abschlagen.«

Ballista hatte angespannt auf das Signal gewartet. Und wie er gewartet hatte! Als die beiden Centurien ausgerückt waren, hatte er den Eindruck gehabt, dass sie sich überdeutlich von der hell schimmernden Straße abhoben und über Meilen hinweg zu sehen sein mussten. Doch schon kurz darauf hatte sich der Trupp in einen verwaschenen Fleck verwandelt und war schließlich völlig von der Dunkelheit verschluckt worden. Danach schien die Zeit stillzustehen. Ballista betete, dass er nicht den gesamten Trupp in den Tod geschickt hatte. Die Geräusche der beiden Turmae, die im Tordurchgang warteten, drangen bis zum Dach des Torgebäudes hinauf, das Klimpern von Zaumzeug, das Aufstampfen eines Pferdehufs, ein plötzliches lautes Schnauben.

Dann endlich leuchteten die drei blauen Lichter in der Dunkelheit. Ballistas Herz machte einen Satz. So weit, so gut. Demetrius flüsterte ihm den Namen des befehlshabenden Decurios ins Ohr. Ballista beugte sich über die Brüstung. »Paulinus! Zeit, aufzubrechen! Viel Glück!«

Die Turmae von Paulinus und Apollonius, insgesamt zweiundsiebzig Reiter, trabten in zwei Gruppen nacheinander immer schneller werdend in die Dunkelheit hinaus. Wie Turpios Legionäre vor ihnen wurden auch sie schon bald von der mondlosen Nacht verschluckt.

Die Zeit schleppte sich abermals zäh dahin.

Allvater, Verhüllter, Plünderer, Speerstoßer, Totenblender, lass nicht zu, dass ich sie alle in den Tod geschickt habe! Lass nicht zu, dass sie wie Romulus in der Dunkelheit getötet werden!

Doch bisher lief das Unternehmen reibungslos nach Plan ab. Um den bösen Blick abzuwehren, ballte Ballista eine Hand zur Faust, den Daumen zwischen Zeige- und Mittelfinger geschoben. Wenn er mit diesem Unsinn weitermachte, würde es nicht mehr lange dauern, bis er genauso abergläubisch wie Demetrius war. Trotzdem vollführte er die Geste konsequent.

Der von ihm ausgearbeitete Plan war einfach und geradlinig. Nachdem sie den Wachposten an der Straße überwältigt hatten, sollte eine Centurie dort die Stellung halten, um den Rückzug zu decken, während die andere ins Herz des Feindes vorstieß, durch das Lager direkt zum Zelt des Königs der Könige stürmte. Um den Vorstoß zu unterstützen und für maximales Chaos zu sorgen, hatten die beiden Turmae Befehl, nach links und rechts auszuschwärmen, durch den Streifen zwischen der ersten Linie der Vorposten und dem eigentlichen Lager zu preschen und Brandpfeile auf jedes erdenkliche Ziel in Reichweite abzufeuern.

Die nach Süden stürmende Turma unter Paulinus' Kommando sollte anschließend in die südliche Felsschlucht reiten und ihr bis zu dem Nebentor unten am Euphrat folgen. Sollten irgendwelche Perser dumm genug sein, sich den Männern an die Fersen zu heften, umso schlimmer für sie. Dann würden sie ein schwieriges Gelände in der Dunkelheit bewältigen müssen und gleichzeitig unter Beschuss durch die Artillerie auf der Stadtmauer stehen.

Die Aufgabe der Turma von Apollonius war schon kniffliger. Sie sollte zuerst ein Stück nach Norden reiten, dann umdrehen, sich auf der Straße zur Stadt neu formieren und die Centurie unterstützen, die den Auftrag hatte, den Rückzug von Turpios Stoßtrupp zu decken.

Der Plan war Ballista während der Konferenz des Consiliums völlig unkompliziert erschienen. Jetzt betete er, dass er auch in der furchtbaren Realität einer finsteren Nacht funktionieren und nicht in sich zusammenbrechen würde.

Die Zeit zog sich weiter zäh in die Länge. Gerade als Ballista sich zu fragen begann, wie lange die Übergangsphase noch dauern mochte, schrie irgendwer laut auf: »*Da! Da!*«

Im Herzen des sassanidischen Lagers wurden sich schnell bewegende Lichter sichtbar. Die ersten Geräuschfetzen eines Alarms wehten nach Arete herein. Turpio und seine Legionäre waren dabei, ihr eigentliches Ziel in Angriff zu nehmen, gerade einmal siebzig Mann, die das Ungeheuer direkt in seinem Unterschlupf angriffen.

Die scheinbar eingefrorene Zeit kehrte zu ihrem normalen Verlauf zurück, die Ereignisse überschlugen sich. Ballista konnte gelbe Flammen auflodern sehen, als die Soldaten der Turmae ihre Fackeln an den nächsten Feuerstellen entzündeten. Dann breiteten sich zwei Linien brennender Fackeln schnell vom Zentrum des persischen Feldlagers aus, eine nach Norden, die andere nach Süden. Die ersten Brandpfeile zogen ihre Bahnen durch den Himmel. Als wäre ein wildes Tier aus dem Schlaf gerissen worden, ertönte ein lautes Grollen aus dem Lager der Sassaniden. Das immer lauter werdende Geräusch rollte wie eine Welle über die Ebene auf die Männer zu, die das Geschehen von den hohen Mauerzinnen aus verfolgten.

Immer mehre Feuer – rot, gelb und weiß – flammten auf, als Brandpfeile, geschleuderte Fackeln und umgestoßene Lampen Zelte, Schlafstätten, Heu und Stroh, Lebensmittelvorräte und Ölkrüge in Brand setzten. Schemen huschten zwischen den Feuern umher, zu schnell, um erkennen zu können, ob es sich dabei um Freund oder Feind handelte. Der Lärm, der an den eines großen Waldbrandes erinnerte, wogte auf der Ebene hin und her. Das Hintergrundgeräusch wurde von lauten Schreien aus menschlichen und tierischen Kehlen und durchdringenden Trompetensignalen übertönt, mit denen die Perser versuchten, wieder ein bisschen Ordnung in das chaotische Durcheinander zu bringen.

Ballista sah, wie die einzelnen Punkte der sich nach Süden bewegenden Lichterkette nach und nach bis auf einen erloschen. Das sollte eigentlich ein gutes Zeichen sein und bedeuten, dass Paulinus' Männer die letzten brennenden Fackeln weggeworfen hatten, um sich mit Höchstgeschwindigkeit im Schutz der Dunkelheit in Sicherheit zu bringen. Natürlich konnte es auch bedeuten, dass die Sassaniden sie eingeholt und einen nach dem anderen getötet hatten. Doch selbst im günstigsten Fall war die Turma längst noch nicht wieder sicher zu Hause. Würde sie den Beginn der Felsschlucht in einer mondlosen Nacht bei vollem Galopp überhaupt finden können? Ballista und seine Begleiter hatten den Abstieg zwar ohne Schwierigkeiten bewältigt, aber das war am helllichten Tag gewesen, und sie waren vorher aus den Sätteln gestiegen und hatten ihre Tiere an den Zügeln geführt. Für Männer in Bedrängnis, die in pechschwarzer Nacht mit abgehetzten, nervösen Pferden zurechtkommen mussten, würde sich das viel schwieriger gestalten.

Als Ballista den Blick nach Norden richtete, war die Lichterkette, die Apollonius' Turma markierte, ebenfalls erloschen. Es war unmöglich zu sagen, ob sich die Männer unbedrängt auf dem Weg zu dem vereinbarten Treffpunkt befanden oder aber von ihren Verfolgern überwältigt worden waren.

Allvater, Wachender, Wanderer, Rufer der Götter, was geschieht dort gerade? Wie sieht es bei Turpio aus?

Turpio hatte den Kopf in den Nacken geworfen und lachte lauthals. Er hatte sich selten so glücklich gefühlt. Es war nicht das Töten von Feinden – nicht, dass er etwas daran auszusetzen hatte –, sondern die Leichtigkeit, mit der das Unternehmen ablief. Nachdem sie das eigentliche Lager betreten hatten, waren sie zuerst auf die Pferde einer persischen Einheit gestoßen. Es war eine Sache weniger Momente gewesen, die Haltestricke durchzuschneiden, die Pferde durch Schläge mit den Breitseiten der Schwerter in helle Panik zu versetzen und direkt in das Feldlager hineinzutreiben. Die Sassaniden verloren völlig die Übersicht, als die Tiere zwischen den dicht stehenden Zelten hindurchgaloppierten, Kochtöpfe umstießen und kleinere Zelte umrissen. Als ein persischer Kopf zwischen den Planen auftauchte, ließ Turpio seine Spatha herumschwingen, und der abgetrennte Kopf rollte über den Boden.

Er schrie seinen Männern zu, dicht zusammenzubleiben, und stürmte durch das Lager der Sassaniden. Einmal stolperte er über eine Zeltleine und lande mit dem Gesicht voraus im Dreck. Die Metallnägel der Stiefelsohle eines seiner Männer bohrten sich ihm schmerzhaft in den Rücken, bevor er von den kräftigen Armen seiner Kameraden in die Höhe gerissen wurde und weiterrannte, immer darauf bedacht, die Silhouette des königlichen Zelts nicht aus den Augen zu verlieren. Hin und wieder tauchten unvermittelt Perser in der Dunkelheit vor ihm auf, einzelne Männer oder kleine Gruppen. Entweder sie flohen oder fielen sofort durch die Schwerter der Römer. Es gab keinerlei organisierte Gegenwehr.

Als wäre überhaupt keine Zeit verstrichen, hatte der Stoßtrupp sein Ziel erreicht. Große Standarten baumelten schlaff an langen Stangen. Ein halbes Dutzend Wachen, deren Schuppenpanzer im Feuerschein glitzerten, bauten sich vor dem Eingang des riesigen purpurfarbenen Zelts auf.

Turpio überließ es einem Teil seiner Legionäre, sich um sie zu kümmern, schlug einen Bogen um sie herum und schlitzte die Zeltwand mit der Klinge seines Schwertes auf. Auf der anderen Seite schien sich eine Art Korridor zu befinden. Anstatt ihm zu folgen, durchtrennte Turpio auch die Innenwand. Diesmal fand er sich in einem leeren Speiseraum wieder, in dem noch immer einige Überreste des Abendmahls herumstanden. Er schnappte sich eine Feldflasche und befestigte sie an seinem Waffengürtel.

»Keine Zeit zum Plündern!«, rief er seinen Männern zu, schwang seine Spatha und schlitzte die nächste Zeltplane auf. Diesmal landete er in einem völligen Tohuwabohu – ein Chor schriller Frauenstimmen umfing ihn. Er wirbelte herum, die Knie leicht angewinkelt, das Schwert erhoben und versuchte, sich einen Reim auf das dämmrige, süß duftende Zeltabteil zu machen.

»Leck mich doch, der Harem des Königs!«, stieß ein Legionär neben ihm hervor.

Frauen und Mädchen, wohin auch immer sein Blick fiel. Dutzende hübscher Mädchen, dunkelhaarig und blond. In Seide gekleidet, mit dunkel geschminkten Augen, kauerten sie in den Ecken des Raumes und hinter weichen Möbeln und schrien irgendetwas auf Persisch. Turpio hatte keine Ahnung, ob sie um Hilfe riefen oder die Eindringlinge anflehten, sie zu verschonen.

»Ich muss gestorben und wieder in den Elysischen Gefilden aufgewacht sein«, sagte ein anderer Legionär.

Als Turpio sich umsah, entdeckte er eine verzierte Türplane, davor ein fetter Eunuch, der sie halbherzig bewachte. Turpio beförderte ihn mit einem Tritt aus dem Weg, rief den Legionären zu, ihm zu folgen, und stürzte durch die Türöffnung.

Der anschließende Raum war leer und fast völlig dunkel. Es roch nach Balsam und Geschlechtsverkehr. Turpio ging zu einem großen zerwühlten Bett und legte eine Hand auf die Decken. Sie waren noch warm.

Jupiter Optimus Maximus, wir waren verdammt dicht dran!

Aus den Augenwinkeln entdeckte er eine kaum wahrnehmbare Bewegung. Er wirbelte herum, das Schwert zum Schlag bereit.

Das Mädchen hatte sich in den hintersten Winkel des Raumes gequetscht und versuchte, sich hinter einer Decke zu verbergen. Ihre Augen waren riesig. Sie war völlig nackt. Turpio lächelte, bevor ihm bewusst wurde, dass das in dieser Situation nicht unbedingt beruhigend auf das Mädchen wirken musste.

Tyche! Wären sie nur ein paar Momente früher eingetroffen, wäre alles anders gekommen. Er entdeckte einen goldenen Armreif auf dem Bett. Ohne darüber nachzudenken, hob er ihn auf und schob ihn sich über das Handgelenk. *Tyche!*

Der kurze nachdenkliche Moment verflog, als ein Legionär in den Raum stürmte. »Die Bastarde kommen, Dominus!«

Draußen vor dem Zelt hatte sich eine Gruppe sassanidischer Clibanarii ohne ihre Pferde zusammengeschlossen. Sie näherten sich dem königlichen Zelt von rechts. Ein großer Edelmann trieb sie unter lautem Gebrüll voran.

»Reihen schließen!« Sobald Turpio spürte, wie sich seine Legionäre um ihn drängten, begann er das Frage-Antwort-Ritual: »Seid ihr bereit für die Schlacht?«

»Bereit!«

»Seid ihr bereit für die Schlacht?«

Nach der dritten Bestätigung stürmten die Legionäre ohne das geringste Zögern vor. Turpio sah, wie ein Zittern die feindlichen Ränge durchlief. Einige Perser wichen seitlich aus, um dem geschützten Bereich unter dem Schild des Mannes zu ihrer Rechten näher zu sein, andere zogen sich einen oder zwei Schritte zurück.

Hervorragend, dachte Turpio. Dynamik gegen Kohäsion, die uralte Gleichung des Kampfes. Wir haben die Dynamik auf unserer Seite, und sie haben gerade ihre Kohäsionskraft geopfert. Den Göttern sei Dank!

Er drückte seine Schulter fest gegen seinen Schild und rammte den Perser direkt vor ihm mit aller Kraft. Der Sassanide stolperte zurück, worauf auch der Mann hinter ihm aus dem Gleichgewicht geriet. Turpio ließ seine Spatha in einem abwärts geführten Schlag auf den Helm des nächsten Mannes niederfahren. Der Helm brach zwar nicht, wurde aber stark eingebeult, und sein Träger sank wie vom Blitz getroffen zu Boden. Der nächste Mann wich zurück. Als Turpio einen Satz nach vorn machte, zog sich der Sassanide noch weiter zurück.

»Stellung halten! Reihe neu formieren! Und jetzt, den Blick weiter auf den Feind gerichtet, langsam zurückweichen! Schritt um Schritt. Keine Hast. Keine Panik!«

Die Sassaniden blieben, wo sie waren. Die Lücke zwischen den Gegnern wurde größer. Schon bald befanden sich die Legionäre wieder auf derselben Höhe, auf der sie in den Königspavillon eingedrungen waren. Turpio gab dem Trompeter an seiner Seite den Befehl, zum Rückzug zu blasen.

»In Ordnung, Jungs, auf meinen Befehl hin machen wir kehrt und laufen, so schnell wir können.«

Sich aus dem Lager zurückzuziehen war schwerer, als in es einzudringen. Es gab zwar keine organisierte Verfolgung, keinen systematischen Widerstand, im gesamten Lager herrschte ein heilloses Durcheinander, aber diesmal waren alle Perser wach. Dreimal stellten sich ihnen kleinere Gruppen von zwanzig bis dreißig wahllos zusammengewürfelten sassanidischen Kämpfern in den Weg. Jedes Mal waren die Römer gezwungen, sich neu zu formieren, in den Angriff überzugehen und sich einen kurzen, wenn auch wütenden Kampf mit den Sassaniden zu liefern, bevor sie ihren Rückzug fortsetzen konnten.

Einmal befahl Turpio einen Halt, weil er fürchtete, die Orientierung verloren zu haben, und ließ sich von seinen Männern auf einem Schild in die Höhe heben. Erst nachdem er die Stadtmauern Aretes in der Dunkelheit ausgemacht hatte, konnten die Legionäre ihre halsbrecherische Flucht durch die Reihen der dicht gedrängt stehenden Zelte fortsetzen. Manchmal waren sie gezwungen, nach rechts oder links auszuweichen, aber meistens konnten sie einfach geradeaus rennen.

Aus der Dunkelheit zischten Geschosse durch die Luft, abgefeuert sowohl von ihren Kameraden als auch von den Verfolgern. Hin und wieder ging ein Mann zu Boden. Abgehärtet durch ein langes Soldatenleben, war Turpio in der Lage, den furchtbaren Anblick auszublenden, wenn sich eine römische Spatha hob und auf einen Kameraden niederfuhr, der zu schwer verwundet war, um sich auf den Beinen halten zu können. Die Legio IIII Scythica ließ nicht zu, dass einer der ihren dem Feind lebend in die Hände fiel und zu Tode gefoltert werden konnte.

Schließlich hatten sie die letzte Zeltreihe hinter sich gelassen. Direkt links von ihnen verlief die Straße nach Arete, und gerade einmal hundert Schritte weiter flackerte das Feuer des Wachpostens, wo ihre Kameraden warteten, die Centurie von Antoninus Prior, unterstützt durch Apollonius' Turma. Innerhalb weniger Momente hatten sie sie erreicht.

Turpio rasselte mit vom Brüllen bereits heiserer Stimme eine Reihe Befehle herunter. Antoninus Posteriors Centurie, die den Einfall in das Feldlager durchgeführt hatte, sollte in dicht geschlossener Formation und mit Höchstgeschwindigkeit zum Palmyra-Tor zurückkehren. Seine Männer hatten für heute genug getan. Er selbst schloss sich der Centurie von Antoninus Prior an. Auf seinen Befehl hin löste der Centurio die Testudo-Formation auf und ließ die Soldaten in sieben Reihen zu jeweils zehn Mann Aufstellung nehmen. Dann setzten sie sich im Laufschritt Richtung Stadtmauer in Bewegung. Die Reiter von Apollonius' Turma trabten etwa fünfzig Schritte voraus, bereit, über die Köpfe ihrer Kameraden hinweg auf jede sich ihnen nähernde Bedrohung zu schießen.

Vierhundert Schritte. Nur vierhundert Schritte, um sich in Sicherheit zu bringen. Turpio begann, die Schritte mitzuzählen, geriet durcheinander, begann von Neuem und gab es dann auf. Er lief in der letzten Reihe, die zur ersten Reihe werden würde, sollte der Feind sie einholen. Als er einen Blick zurück über die Schulter warf, konnte er die ersten dunklen Umrisse von Reitern ausmachen, die die Verfolgung aufnahmen. Die Legionäre hatten keine Chance, das Tor vor den Persern zu erreichen.

In einiger Entfernung konnte Turpio in der Dunkelheit ein kleines Mauerstück von einer der Grabanlagen neben der Straße sehen, das Ballista hatte stehen und weiß anstreichen lassen. Es markierte die Distanz von zweihundert Schritten zur Stadtmauer, die Entfernung, bis zu der die Artillerie ein Ziel präzise anvisieren und treffen konnte. Noch wichtiger als das war für Turpio allerdings, dass das Gelände auf den letzten zweihundert Schritten rechts und links der Straße mit unzähligen Fallen gespickt war. Sollte es ihnen gelingen, die weiße Mauer zu erreichen, würden sie etwas sicherer sein, denn von diesem Punkt aus konnte die persische Kavallerie sie nur noch direkt über die Straße angreifen. Vor dieser Linie war die Zahl der Fallgruben und im Sand verborgenen Krähenfüße überschaubar. Bis zu dieser Höhe würden die Feinde sie noch neben der Straße überholen und einkreisen können.

Ein erneuter Blick zurück verriet Turpio, dass sich die sassanidischen Reiter zu zwei Gruppen zusammengeschlossen hatten, von denen eine der Straße folgte, die andere einen weiten Bogen in nördlicher Richtung schlug, der vor den fliehenden Römern wieder auf die Straße treffen würde. Beide Gruppen schienen aus mindestens zweihundert bis dreihundert Reitern zu bestehen. Und ständig strömten weitere Reiter aus dem Lager.

Turpio erteilte seinen Männern den Haltebefehl. Der Kavallerietrupp, der der Straße folgte, machte keine Anstalten abzuwarten, bis die zweite Gruppe das Einkreisungsmanöver vollendet hatte. Die Legionäre drehten sich um und stellten sich ihren Verfolgern. Auf ein durchdringendes Trompetensignal hin gaben die Perser ihren Pferden die Sporen. Es waren Clibanarii, schwere Kavallerie, die Reiterelite der Sassaniden. Im Schein der zahllosen Lagerfeuer hinter ihnen boten sie einen prächtigen Anblick. Die meisten hatten Zeit gefunden, ihre Rüstungen anzulegen, die im flackernden Licht glänzten und funkelten, nicht aber die ihrer Pferde. Je näher sie kamen, desto schneller wurden sie. Turpio konnte spüren, wie der Boden unter dem trommelnden Hufschlag der riesigen Nisean-Pferde erzitterte.

Die kompakte Aufstellung der Legionäre um ihn herum zeigte erste Auflösungserscheinungen. Bei den Göttern der Unterwelt, es war wirklich nicht leicht, angesichts eines heranstürmenden Kavallerietrupps standhaft zu bleiben. Jeden Moment konnte sich der eine oder andere Legionär einen Schritt weit aus der Formation lösen, sodass sich eine Lücke zwischen den Männern auftat, und das wäre dann das Ende. Das würde den Clibanarii die Möglichkeit bieten, die Reihen der Legionäre zu durchbrechen, sie mit ihren Pferden über den Haufen zu reiten und mit ihren langen Kavallerieschwertern niederzumähen.

»Haltet die Stellung! Die Reihen müssen geschlossen bleiben!« Turpio bezweifelte, dass seine Aufforderung viel bewirken würde. Die mächtigen Nisean-Pferde kamen rasend schnell näher.

Eine Salve Pfeile pfiff über die Köpfe der Legionäre hinweg. Wenigstens haben uns Apollonius' Männer nicht im Stich gelassen, dachte Turpio. Wir werden hier nicht allein sterben.

Ein Pfeil schien eines der sassanidischen Pferde lebensgefährlich getroffen zu haben. Es stürzte zu Boden und rutschte, von seinem eigenen Schwung getragen, die Straße entlang. Sein Reiter flog in hohem Bogen über den Kopf des Tieres hinweg und segelte unglaublich lange durch die Luft, bevor er hart aufschlug. Seine Rüstung schepperte und klirrte. Das gestürzte Pferd rutschte in die Beine eines anderen Tieres, das ebenfalls zu Boden ging. Bei dem Versuch, ihm auszuweichen, prallte das Pferd neben ihm gegen seinen Nachbarn, der ins Straucheln geriet. Die Pferde der zweiten Reihe konnten nicht mehr rechtzeitig anhalten und pflügten durch die Leiber ihrer gestürzten oder strauchelnden Artgenossen. Innerhalb weniger Momente verwandelte sich der scheinbar unaufhaltsame Angriff in ein wildes Durcheinander zu Boden gehender Männer und Tiere. Laute Schreie, in denen sich Schmerzen und Überraschung mischten, erfüllten die Nacht.

»Kehrtmachen und Rückzug im Laufschritt!«, brüllte Turpio. »Abstand zu den Feinden so weit wie möglich vergrößern!« Sie mussten das momentane Chaos ausnutzen. Es hatte ihm und seinen Männern ein paar kostbare Momente beschert, brachte sie der rettenden Stadtmauer einige Schritte näher.

Im Laufen warf Turpio angespannt einen Blick nach links, um zu sehen, was aus den sassanidischen Reitern geworden war, die sie von Norden her einzukreisen versuchten. Er konnte keine Spur von ihnen entdecken und spürte Angst in sich aufsteigen. Bei Herkules' behaartem Arsch, schoss es ihm durch den Kopf, wie können sie nur so schnell zwischen uns und das Tor gelangt sein?

Doch dann löste sich seine Beklemmung. Die Sassaniden befanden sich nicht bereits zwischen seinen Männern und dem Tor, wie er befürchtet hatte, sie zogen sich im Gegenteil wieder in ihr Lager zurück. Einige Gestalten mit Fackeln in den Händen, die ein gestürztes Pferd umringten, lieferten Turpio die Erklärung für die unerwartete Wendung. Ein einzelnes Pferd war in eine der wenigen Fallen getreten, die Ballistas Männer in dem Streifen zwischen zweihundert und vierhundert Schritten Entfernung zu der Stadtmauer angelegt hatten. Ein einzelnes Pferd war gestürzt, und schon gaben die Sassaniden auf.

Jetzt galt es, nur noch eine weitere Bedrohung zu überstehen. Doch wahrscheinlich war selbst das eine Hürde zu viel. Turpio ahnte, dass seine Männer beim nächsten Ansturm der Clibanarii nicht mehr standhalten würden. Es war eine lange Nacht voller Angst und Schrecken gewesen. Irgendwann geraten alle Männer an ihre Belastungsgrenze.

»Halt! Macht kehrt! Auf Angriff der Kavallerie vorbereiten!«

Diesmal ließen sich die Clibanarii Zeit. Sie hatten sich zu einer sieben Mann starken Phalanx formiert, und Turpio konnte nicht erkennen, wie viele Reihen tief sie war. Die erste Reihe bestand aus Reitern, die es irgendwie geschafft hatten, nicht nur sich selbst, sondern auch ihren Pferden die Rüstungen anzulegen. Sie ritten dicht nebeneinander, Knie an Knie, große Männer auf großen Pferden, bildeten eine kompakte Wand aus Eisen, gehärtetem Leder und tierischem Horn. Die messerscharfen Stahlspitzen ihrer Lanzen schimmerten im Sternenlicht.

Turpio spürte, wie eine Woge der Angst die Legionäre um ihn herum durchlief. Er hörte das nervöse Scharren von Füßen, das Kratzen von Schuhnägeln auf der Straße. Der Mann rechts neben ihm warf einen schnellen Blick über die Schulter zurück auf die Stadt, auf den verheißungsvollen Schutz der Mauer. Turpio nahm den durchdringenden Geruch der Angst wahr. Er war sich nicht sicher, ob es seine Männer oder die Sassaniden waren, die ihn verströmten.

»Haltet die Reihen geschlossen! Nicht zurückweichen! Bleibt standhaft! Pferde rennen nicht in einen kompakten Trupp Infanterie hinein!« Turpio schrie sich die Kehle wund. Er würde am nächsten Morgen keinen Laut mehr hervorbringen können. Sein Gesicht verzog sich zu einem fatalistischen Grinsen, als ihm bewusst wurde, dass daran vermutlich mehr als nur eine wunde Kehle schuld sein würde. Er drehte sich zu seinen Männern um und spornte sie ein letztes Mal an.

»Wenn wir nicht zurückweichen, können sie uns nichts anhaben! Haltet die Stellung, und uns wird nichts geschehen!«

Bei Jupiters Eiern, wie kurz die Entfernung bis zum rettenden Tor zu sein schien! Es war nur zu leicht, sich vorzustellen, dass man sich nur umdrehen und losrennen musste, um sich in Sicherheit zu bringen. Gerade einmal hundertfünfzig Schritte. So nahe, dass man es in wenigen Momenten erreichen könnte.

»Denkt nicht einmal daran zu fliehen! Ihr könnt keinem Pferd davonlaufen! Lauft, und ihr werdet sterben. Haltet die Stellung, und wir werden alle überleben!«

Die Männer wichen seinem Blick aus. Es konnte unmöglich funktionieren.

Eine durchdringende Trompetenfanfare übertönte alle anderen Geräusche, die die Nacht erfüllten. Die Clibanarii senkten ihre Furcht einflößenden Lanzen und setzten sich im Schritttempo in Bewegung. Ihre Rüstungen klirrten und schepperten, die Hufe der Pferde pochten auf der Straße, doch es war kein einziges Wort zu hören, nicht einmal ein Flüstern. Die Sassaniden näherten sich den Römern wie eine lange Schlange, eingehüllt in einen schützenden Schuppenpanzer, unerbittlich und beharrlich.

Plötzlich erklang eine vertraute Abfolge von Geräuschen, ein Surren, Schaben und ein dumpfer Aufprall. Die unverkennbaren Begleitgeräusche einer abgefeuerten Ballista. Und wieder der charakteristische Dreifachlaut. Wieder und immer wieder, lauter als alle anderen Geräusche, die die Nacht erfüllten. Die gesamte Artillerie auf der Westmauer Aretes feuerte, schleuderte ihre Geschosse blind in die Dunkelheit hinaus.

Nach der ersten Salve machte sich eine schreckliche Stille breit. Die Clibanarii hielten an. Die Legionäre erstarrten. Alle wussten, dass die Ballistae in diesem Moment nachgeladen wurden. Die geschmierten Winden drehten sich, die Zahnräder der Ratschen klickten, die Torsionsfedern wurden erneut gespannt. Alle wussten, dass die Katapulte in weniger als einer Minute erneut feuern und wieder Geschosse mit übermenschlicher Geschwindigkeit und Kraft durch die Luft jagen würden, um auf die dunkle Ebene herabzuregnen, auf Freund und Feind zugleich.

Der nächste Dreifachlaut ertönte, der erste Schuss der zweiten Salve.

»Steht auf! Steht auf! Position halten!«, brüllte Turpio.

Seine Männer hatten sich auf den Boden geduckt und die Schilde in dem sinnlosen Versuch, sich vor den auf sie herabregnenden Artilleriebolzen oder Steinen zu schützen, über ihre Köpfe gehoben.

Turpio drehte sich zu den Sassaniden auf der Straße hinter ihm um und brach in lautes Gelächter aus.

»Alles in Ordnung, Jungs, hoch mit euch, und jetzt: *rennt*!«

Nach einem kurzen Moment der Erstarrung begriffen die Legionäre, dass die Clibanarii kehrtgemacht hatten und zurück in die Dunkelheit galoppierten, zurück in ihr Lager, heraus aus der Reichweite der Artillerie auf den Mauerkronen von Arete. Die Männer sprangen auf und rannten.

Turpio entdeckte Ballista, der im Durchgang hinter dem Außentor wartete. Das Licht der Fackel ließ das lange Haar des Nordländers wie flüssiges Gold schimmern. Er lächelte. Noch während er auf ihn zurannte, begann Turpio erneut zu lachen. Sie schüttelten einander die Hände und umarmten sich. Turpio klopfte seinem Dux begeistert auf den Rücken.

»Brillant!«, keuchte er. »Was für ein verdammt brillanter, genialer Einfall!«

Ballista warf den Kopf in den Nacken und lachte ebenfalls. »Danke. War mir ein Vergnügen. Ich bin offenbar doch kein so tumber nordischer Barbar, was?«

»Brillant – wirklich! Ich habe natürlich sofort erkannt, dass die Ballistae nicht geladen waren, dass allein die Schussgeräusche die Reptilien verjagen sollten.«

Der junge Optio gab sich jede erdenkliche Mühe, nicht den geringsten Zweifel daran aufkommen zu lassen, wie ernst er seinen Dienst nahm. Die Angelegenheit stellte die Legio IIII Scythica in ein gutes

Licht, und das Gleiche galt auch für ihn. Letzteres war nicht unerheblich für einen jungen Offizier, der noch eine lange Karriere vor sich hatte.

»Gaius Licinius Prosper aus der Vexillatio der Legio IIII Scythica, Optio in der Centurie von Marinus Posterior. Wir werden tun, was befohlen wird, und sind bereit, jeden Befehl auszuführen.« Er salutierte zackig.

Ballista erwiderte den militärischen Gruß. »Erzähl mir ganz genau, was passiert ist.« Der Zusatz »ganz genau« war mit Sicherheit überflüssig gewesen. Es war unverkennbar, dass der junge Soldat vorhatte, seinen Moment auszukosten und sich Zeit für seinen Bericht zu lassen, bevor er die Männer zu dem Toten führte. Ballista sog die Luft durch die Nase ein. Er konnte die Leiche bereits von hier aus riechen – oder besser gesagt das, was sie zu einer solchen gemacht hatte.

»Als Apollonius Turma letzte Nacht von der Bewachung der militärischen Getreidespeicher abgezogen wurde, um an dem Stoßtruppunternehmen in das Lager der Sassaniden teilnehmen zu können – meinen aufrichtigen Glückwunsch zum Erfolg des Unternehmens, Dominus, eine wagemutige Operation, die Julius Cäsar persönlich würdig gewesen wäre, oder …«

»Danke«, unterbrach Ballista schnell, bevor das Gespräch weiter abschweifen konnte und der Optio die Gelegenheit fand, sich einem ausführlichen Vergleich zwischen seinem Vorgesetzten und irgendeinem der wagemutigen historischen Generäle Roms zu widmen, die ihm spontan einfielen. »Vielen Dank. Bitte, fahr fort.«

»Natürlich, Dominus. Wie ich bereits sagte – da Apollonius' Turma die Getreidespeicher nicht länger bewachen konnte, hattest du Acilius Glabrio befohlen, zweiunddreißig Legionäre aus den Centurien von Naso, Marinus Prior, Marinus Posterior und Pudens abzustellen, um die Bewachung zu übernehmen.«

Ballista unterdrückte ein Gähnen. Es war die dritte Stunde nach Sonnenaufgang. Er hatte in der Nacht zuvor nicht geschlafen, und nachdem die Aufregung durch das Kommandounternehmen verflogen war, fühlte er sich furchtbar müde.

»Du hast mir die Ehre erwiesen, mich zum befehlshabenden Optio der Wachmannschaft zu bestimmen«, fuhr der aufstrebende junge Offizier fort.

Ballista unterdrückte ein Lächeln. Er hatte Acilius Glabrio lediglich angewiesen, eine kleine, aber der Aufgabe angemessene Wache vor den Getreidespeichern aufzustellen. Bis vor wenigen Momenten hatte er nicht einmal von der Existenz des jungen Optios gewusst. Die meisten Menschen neigen viel zu schnell dazu, alle Ränge unter dem eigenen in einen Topf zu werfen, davon auszugehen, dass alle Vorgesetzten einander kennen und ihre Kommandanten wüssten, wer ihre Untergebenen sind. »Du hast diese Ehre durch deine Wachsamkeit mehr als nur wettgemacht«, erwiderte er. »Erzähl mir jetzt bitte, was passiert ist.«

Der junge Mann lächelte breit. »Also, ich hielt es für das Beste, jeweils zwei Legionäre vor den Türen an beiden Seiten der Speicher Wache stehen zu lassen. Ich dachte mir, wenn ein Posten immer doppelt besetzt ist, verringert das das Risiko, dass die Männer überrumpelt werden oder einer einfach einschläft.« Ein Anflug von Verlegenheit huschte über sein Gesicht. »Nicht, dass irgendein Legionär der IIII Scythica jemals auf seinem Posten einschlafen würde.«

Vermutlich nicht, aber *ich* könnte jeden Moment einschlafen, wenn du nicht bald einen Zahn zulegst, dachte Ballista. »Sehr gut«, sagte er aufmunternd.

»Durch diese Aufteilung der mir zur Verfügung stehenden Männer bin nur ich als frei bewegliche Wache übrig geblieben.«

Ballista fand zwar, dass der junge Optio – Prosper, er musste sich den Namen endlich merken – sich etliche überflüssige Informationen hätte sparen können, aber ein gesprächiger Zeuge war immer noch besser als einer dieser wortkargen Burschen, denen man jede Kleinigkeit mühsam aus der Nase ziehen musste, besonders wenn man so hundemüde wie er gerade war.

»Ich habe den Mann zuerst während der vierten Wache bemerkt, gegen Ende der zehnten Nachtstunde, kurz bevor du die Artillerie schießen lassen hast, als ich auf dem Weg zum Palast des Dux Ripae war, also zu deinem Palast.«

Ballista nickte bedächtig, als wäre er schwer beeindruckt zu erfahren, dass er der Dux Ripae und dies sein Palast war.

»Der Mann ging zwischen der Stadtmauer und den Getreidespeichern nach Norden. Da es eine Ausgangssperre gibt, hätte er eigentlich gar nicht da sein dürfen. Trotzdem sind nachts immer wieder einige Soldaten oder ihre Sklaven unterwegs. Er war wie ein Soldat gekleidet – Tunika, Hose, Stiefel, Schwertgürtel –, aber ich bin trotzdem misstrauisch geworden. Wieso sollte ein Soldat ausgerechnet letzte Nacht dienstfrei haben? Und irgendwie hat er auch falsch ausgesehen. Mittlerweile ist mir klar, dass es an seinem Bart und Haar gelegen hat. Beides war viel zu lang. Kein Centurio hätte das bei einem seiner Leute geduldet, nicht einmal in einer Auxiliareinheit. Nicht, dass man jetzt noch etwas davon erkennen könnte.« Der junge Mann erschauderte leicht. »Nicht in dem Zustand, in dem er sich jetzt befindet. Außerdem hat er sich verdächtig benommen. Er hatte einen großen Krug in einer Hand, den er weit von seinem Körper ferngehalten hat, als würde er irgendetwas sehr Kostbares darin transportieren und hätte schreckliche Angst, auch nur einen Tropfen davon zu verschütten. Und in der anderen Hand hatte er eine Laterne mit zerbrochenen Scheiben. Und auch die hat er unnatürlich weit von sich ferngehalten.«

»Ausgezeichnet beobachtet, Optio.«

»Danke, Dominus.« Der Optio war mittlerweile voll in Fahrt. »Als ich mich ihm genähert habe und er mich bemerkt hat, ist er in der Lücke zwischen dem ersten und zweiten Getreidespeicher verschwunden. Ich habe ihn gerufen und ihm befohlen, stehen zu bleiben, aber er hat mich ignoriert. Also habe ich Alarm geschlagen, bin ihm hinterhergerannt und habe den Legionären auf ihren Posten zugerufen, dass ein Feind direkt unter der Dachtraufe langlaufen würde und sie ihm den Weg abschneiden sollten.« Der junge Optio legte eine kurze Pause für den Fall ein, dass Nachfragen kommen sollten, doch es kamen keine. »Als ich in die Gasse abgebogen bin, konnte ich ihn zuerst nirgendwo mehr entdecken«, fuhr er fort. »Ich konnte zwar deutlich Piso und Fonteius sehen, die das andere Ende der Gasse blockiert hatten, aber keine Spur von dem Verdächtigen. Mir war klar, dass er sich nur in einer der Nischen zwischen den Strebewerken der Getreidespeicher versteckt haben konnte.«

Eine der Nischen, in denen Bagoas zusammengeschlagen worden ist, dachte Ballista.

»Da er sich so vorsichtig verhalten hatte, habe ich mir gedacht, dass er gefährlich sein könnte. Also habe ich Scaurus von meinem Ende der Gasse zu mir gerufen. Wir haben unsere Schwerter gezogen und sind vorsichtig in die Gasse hineingegangen.«

Ballista nickte, um dem Optio zu bestätigen, dass er sich umsichtig und mutig verhalten hätte.

»Es war sehr dunkel. Also sind wir langsam vorgerückt, haben beide Seiten gesichert und uns auf einen Angriff gefasst gemacht.« Der Tonfall des jungen Soldaten veränderte sich, als sich sein Bericht seinem Höhepunkt näherte. »Plötzlich kommt von weiter vorn das Geräusch von splitterndem Holz, und ich werde von einem grellen Licht beinahe geblendet, das zwei Nischen weiter aufflammt. Dann ist da ein Geräusch wie von einem heftigen Windstoß, und es stinkt fürchterlich. Als wir wieder etwas sehen können, stürmen wir sofort los. Piso und Fonteius kommen uns von der anderen Seite entgegen. Wir treffen alle gleichzeitig ein. Ich werde die Szene nie vergessen. Nie wieder.« Der junge Mann verstummte.

»Optio?«

»Entschuldigung, Dominus. Es war schrecklich. Ich hoffe, ich muss nie mehr etwas so Grauenhaftes miterleben.«

»Bitte, sprich weiter.«

»Der Bastard ist in den kleinen Lüftungsschlitz am Fuß der Wand gekrochen. Ich weiß nicht, ob er darin festgesteckt hat oder wegen der Schmerzen nicht weiterkriechen konnte, aber er hat sich nur noch gewunden, als wir dort angekommen sind, sich wie ein Wurm gekrümmt und fürchterlich geschrien. Ich habe nie zuvor solche Schreie gehört. Er muss die Holzleisten vor dem Luftschacht mit dem Schwert zertrümmert, sich das Naphtha über den Kopf gegossen und sich dann absichtlich mit der Laterne in Brand gesetzt haben. Dann hat er offenbar versucht, brennend in den Schacht hineinzukriechen. Er hat sich in eine lebendige Fackel verwandelt. Es hat nach – nach gegrilltem Schweinefleisch gerochen.«

»Was habt ihr getan?«

»Da waren überall Flammen. Das Naphtha hatte die Überreste des Lüftungsschachts in Brand gesetzt. Die Flammen sind an der Backsteinmauer hochgekrochen. Selbst der Lehm um den Mann herum schien Feuer gefangen zu haben. Bei den Göttern der Unterwelt, war das heiß! Es hat so ausgesehen, als würde das Feuer in den Speicher gelangen, in den Luftschacht und unter den Holzboden dringen. Das ganze Gebäude stand kurz davor, in Flammen aufzugehen. Es war Scaurus, dem eingefallen ist, was zu tun war. Er hat sein Schanzzeug genommen, es dem armen Bastard in den Oberschenkel geschlagen und ihn damit in die Mitte der Gasse gezerrt. Dann haben wir so lange Erde über ihn geworfen, bis wir die Flammen ersticken konnten.«

Der junge Optio führte Ballista in die Gasse und stellte ihm Scaurus, Piso und Fonteius vor. Der Nordländer lobte die Männer, ganz besonders den etwas angesengten Scaurus, und versprach ihnen eine Belohnung. Er bat Demetrius, sich eine entsprechende Notiz zu machen. Der griechische Junge sah aus, als wäre ihm übel.

Ballista bot sich genau das Bild, das er erwartet hatte. Die Leiche war verkrümmt und stark zusammengeschrumpft. Von Haar und Kleidung war nichts übrig geblieben, die enorme Hitze hatte die Gesichtszüge regelrecht schmelzen lassen. Abgesehen davon, dass es sich um einen kleinen Mann handelte, war der Leichnam bis zur Unkenntlichkeit verbrannt. Der Optio hatte recht, es roch eindeutig nach gebratenem Schweinefleisch. Der Geruch von Aquileia. In dem Bein des Toten steckte ein Schanzwerkzeug, dessen hölzerner Griff verkohlt war.

»Habt ihr irgendetwas Interessantes an der Leiche gefunden?«

»Nichts, Dominus.«

Ballista ging neben dem Leichnam in die Hocke und würgte die in seiner Kehle aufsteigende Magensäure herunter. Das Schwert des Mannes war eine Spatha, wie sie das Militär benutzte. Das hatte nicht viel zu bedeuten. Es gab jede Menge davon auf dem freien Markt zu kaufen. Die Stiefel des Mannes hatten keine Schuhnägel, doch das traf seit einiger Zeit auf die Stiefel vieler Soldaten zu.

»Du hast recht. Er war kein Soldat.« Ballista lächelte spröde. »Nichts kann einen Soldaten dazu bewegen, seine persönlichen Verzierungen, Tapferkeitsorden oder Glücksbringer von seinem Schwertgurt zu entfernen. Und alles, was von dem Gürtel dieses Mannes übrig geblieben ist, ist die Gürtelschnalle.« Der Nordländer deutete auf die unauffällige Schnalle in Form eines Fisches. »Eindeutig kein Soldat.«

Ganz in der Nähe ertönte ein würgendes Geräusch. Demetrius übergab sich.

»Was könnte einen Mann dazu bringen, so etwas zu tun?«, fragte der junge Optio.

Ballista schüttelte ratlos den Kopf. »Ich kann es mir wirklich nicht vorstellen.«

Alle warteten gebannt auf den Sonnenaufgang. Der Himmel im Osten hatte bereits einen bronzenen Farbton angenommen. Von Süden her wehte eine beständige leichte Brise. Über den Euphrat flogen Enten, und überall in der Stadt roch es nach frisch gebackenem Brot. Blickte man nicht allzu weit in die Ferne oder nur in den Himmel, hätte man sich vorstellen können, dass in und um Arete herum tiefster Frieden herrschte.

Doch ein einziger Blick über die Zinnen genügte, um die Illusion zu zerstören. Zwar war die Wüste im Westen immer noch grün, in jeder kleinen Senke sprossen Gräser und Wildblumen, und die Vögel sangen, doch mitten durch die zarte frühlingshafte Szenerie zog sich ein rund tausend Schritte langes schwarzes Band. Die sassanidischen Truppen standen Schulter an Schulter in vierzig bis fünfzig Reihen, die genaue Zahl ließ sich nicht feststellen. Der Südwind zupfte an den Bannern über ihren Köpfen. Schlangen, Wölfe, Bären und abstrakte Symbole für Feuer, Rechtschaffenheit und Mazda flatterten in der Morgenbrise.

Hinter den Reihen der Krieger folgten die schweren Gerätschaften des Krieges. Große, auf Fuhrwerken montierte Schutzblenden, erstreckten sich fast über die gesamte Länge der angetretenen Streitkräfte. Hier und dort ragten die hölzernen Rahmen von Ballistae in die Höhe. Wer scharfe Augen hatte, konnte mindestens zwanzig zählen. Und dann waren da noch die unverkennbaren Umrisse der »Stadteroberer«, drei unglaublich hohe Belagerungstürme.

Ballista war gegen seinen Willen beeindruckt. Es waren erst sieben Tage seit dem Eintreffen der persischen Horde vergangen. Die Sassaniden hatten keinerlei verwertbare Materialien finden können, es gab meilenweit keine Bäume mehr. Ballistas Männer hatten die nähere Umgebung vorsorglich gerodet. Doch das hatte ihnen wenig geholfen. Die Sassaniden führten alles mit sich, was sie für die Vorbereitung des Angriffs benötigten. Irgendwie hatten sie es geschafft, alle bereits komplett zusammengebauten und fast einsatzbereiten Belagerungsmaschinen flussaufwärts zu schaffen. Sechs Tage lang hatten sie unermüdlich gearbeitet. Jetzt, am siebten Tag, waren die Vorkehrungen abgeschlossen.

Auch wenn er es niemandem gegenüber zugeben würde, es kaum sich selbst eingestand, machte sich Ballista große Sorgen. Die Sassaniden ließen sich mit keinem der barbarischen Völker vergleichen, gegen die er bisher gekämpft hatte. Goten, Sarmaten, Hibernier oder Mauren – keines dieser Völker wäre zu so etwas in der Lage gewesen, keines hätte einen Angriff auf eine befestigte Stadt mit einem derartigen Aufwand vorbereiten können.

Auch die Verteidiger waren in den Tagen seit dem nächtlichen Überfall auf das persische Feldlager nicht untätig gewesen. Zwar war es Turpios Kommandounternehmen nicht gelungen, Shapur zu töten, doch es musste trotzdem als Erfolg gewertet werden. Die römischen Verluste waren sehr gering ausgefallen. Aus Paulinus' Turma wurden fünf Soldaten vermisst, aus der von Apollonius kein einziger.

Die von Antoninus Posterior geführte Centurie, die als einzige direkt in das persische Feldlager eingedrungen war, war um zwanzig Legionäre geschrumpft, die von Antoninus Prior um einen Mann – seltsamerweise, obwohl sie gar nicht direkt in die Kampfhandlungen eingegriffen hatte. Letztere, obwohl es niemand laut aussprach, wurde allgemein fast wie ein Haufen von Deserteuren betrachtet. Doch im Allgemeinen hatte das Kommandounternehmen dazu beigetragen, die römische Moral zu heben und die der Perser mit ziemlicher Sicherheit zu erschüttern. Trotzdem hatten sie keine weitere Operation dieser Größenordnung durchgeführt. Ballista war klar gewesen, dass die Sassaniden jetzt auf der Hut sein würden. Er wartete auf die nächste Phase der Belagerung, auf den nächsten absehbaren Schritt in diesem mörderischen Tanz. Er wartete auf den massiven persischen Frontalangriff.

Auch wenn die Römer keinen weiteren größeren Ausfall mehr unternommen hatten, würden die Sassaniden während der letzten Nächte kaum tief und fest in ihren Zelten geschlafen haben. Unmittelbar nach Turpios Stoßtruppunternehmen war Antigonus in den frühen Morgenstunden von einer Mission auf der anderen Seite des Euphrat zurückgekehrt. Er hatte das von Sassaniden vergewaltigte Mädchen gefunden. Tot und verstümmelt. Antigonus hatte ihre Leiche am Flussufer liegen gelassen, dafür aber den Kopf eines Persers mitgebracht. Zwei Nächte später war er mit einem Boot flussabwärts gefahren und mit einem weiteren abgeschlagenen Kopf, eingewickelt in einen persischen Soldatenmantel, zurückgekehrt. Wiederum eine Nacht später hatte er sich durch das kleine nördliche Ausfalltor am Flussufer hinausgeschlichen, um diesmal gleich zwei Köpfe zurückzubringen. Und erst gestern hatte er erneut den Fluss überquert und einen weiteren Kopf erbeutet. Im Grunde genommen waren fünf Tote angesichts einer vermutlich fünfzigtausend Mann starken Horde von keinerlei Bedeutung. Andererseits mussten die täglichen Nachrichten über den Fund von weiteren enthaupteten Leichen an den unterschiedlichsten Orten große Ängste in der persischen Armee hervorrufen. Hatten sie es mit einem Verräter in den eigenen Reihen zu tun, oder, noch viel schlimmer, mit einem Dämon, der nach Gutdünken überall in dem schlafenden Lager zuschlagen konnte?

Ballista war sehr zufrieden mit seinem neuen Standartenträger. Er hatte zwar wenig Freude an den grässlichen Trophäen, die Antigonus von seinen nächtlichen Einsätzen mitbrachte, wickelte aber jede feierlich aus und dankte ihrem Überbringer ebenso feierlich. Eine jede war ein Vergeltungsschlag für den Tod von Romulus und den des unbekannten vergewaltigten Mädchens. Antigonus hatte eine Gabe für derartige Dinge. Ballista war sehr froh, dass sie auf derselben Seite standen.

Neben Antigonus' nächtlichen Unternehmungen und den alltäglichen Aktivitäten der Belagerten waren die Verteidiger hauptsächlich mit dem Bau von drei riesigen beweglichen Kränen beschäftigt gewesen. Jeder Zimmermann der Stadt war dafür abkommandiert worden, genau wie jeder Schmied von morgens bis abends an den gewaltigen Ketten und diversen Werkzeugen gearbeitet hatte. Mit ihrer Fertigstellung standen Ballista alle größeren Gerätschaften und Hilfsmittel für den Tag zur Verfügung, an dem die Sassaniden mit der Erstürmung der Stadt beginnen würden. Als Ballista die Mauern auf ihrer ganzen Länge inspizierte und dort, wo die großen Metallkessel über ihren Feuerstellen hingen, die Luft vor Hitze wabern sah, hatte er das Gefühl, sein Bestes gegeben zu haben. Er war sich längst nicht sicher, ob es am Ende reichen würde, aber er hatte alles getan, was in seiner Macht stand.

Die Sonne ging über Mesopotamien auf. Goldenes Licht flutete über die leuchtenden sassanidischen Banner, ließ ihre prächtige Kleidung und die Edelsteine in ihrem Kopfschmuck glitzern und funkeln. Die gesamte gewaltige Streitmacht fiel gleichzeitig auf die Knie und warf sich dann in den Wüstenstaub. Trompeten schmetterten, Trommeln dröhnten, und ein lautes »*Maz-da*! *Maz-da*!« hallte aus unzähligen Kehlen über die Ebene, als die Männer die aufgehende Sonne begrüßten.

Dann war die Sonne vollständig über den Horizont gestiegen.

Der Sprechgesang verstummte, und die persische Armee erhob sich vom Boden. Die Menge wartete schweigend.

Hoch oben auf den Mauerzinnen über dem Palmyra-Tor wartete Ballista ebenfalls. Es war der 21. April, zehn Tage vor den Kalenden des Mai, die Parilia, der Geburtstag der ewigen Stadt Rom. Von der rechten Seite der sassanidischen Armee, hinter dem Drafsh-i-Kavyan, der großen Kriegsflagge des Hauses von Sasan, erschien die mittlerweile vertraute, ganz in Purpur gekleidete Gestalt auf dem Rücken eines weißen Pferdes.

»Shah-an-Shah, Shah-an-Shah!«, hallte ein neuer Sprechgesang über die Ebene.

Shapur zügelte sein Pferd in der Mitte vor der ersten Reihe seiner Krieger. Das große, mit Edelsteinen verzierte Banner flatterte über seinem Kopf und blitzte gelb, violett und rot im Sonnenlicht. Sein Pferd stampfte mit einem Huf auf, warf den Kopf zurück und stieß ein helles, durchdringendes Wiehern aus.

Auf dem Wehrgang gab Bagoas einen leisen, beinahe winselnden Laut des Entzückens von sich. »Das Zeichen der sicheren Gewissheit. Wenn das Streitross des Königs der Könige dieses Verhalten vor den Mauern einer Stadt zeigt, wird die Stadt mit Sicherheit fallen.«

»Ruhe, Junge!« Ballista war nicht bereit, zuzulassen, dass sein Sklave die Moral seiner Männer durch derartige Behauptungen schwächte. »Es ist ganz einfach, ein solches Omen zu produzieren.«

»Was machen die da jetzt?«, wollte Maximus wissen. Eine Reihe von sieben gefesselten Männern wurde zu den Magi, den um das Drafsh-i-Kavyan versammelten Priestern getrieben. »Das sieht ganz und gar nicht gut aus.«

Bagoas antwortete nicht und schlug die Augen nieder. Zur Abwechslung einmal wirkte er eher beschämt.

Die gefesselten Männer trugen römische Uniformen. Sie sträubten sich, wurden aber unter Schlägen vorwärtsgetrieben. Einer stürzte zu Boden, wurde mit Tritten malträtiert und wieder auf die Füße gezerrt. Die Gefangenen wurden zu einem Dreibein gestoßen, unter dem eine Kanne über einer Feuerstelle baumelte. Die Römer wurden auf die Knie gedrückt und in dieser Position festgehalten. Die Priester bogen ihnen die Köpfe in den Nacken. Einer der Magi nahm die Kanne vom Haken.

»Bei den Göttern der Unterwelt! Diese barbarischen Bastarde!« Maximus wandte den Blick ab.

Der Priester trat an den ersten Gefangenen heran. Zwei Magi hielten den Kopf des römischen Soldaten fest. Der Priester neigte die Kanne über seinem Gesicht. Der Mann begann zu schreien.

»Was ist das?« Ballista bemühte sich, seine Stimme ruhig klingen zu lassen. »Was machen sie mit den Männern?«

»Olivenöl«, sagte Bagoas ganz leise. »Sie blenden sie mit kochendem Olivenöl.«

Eine einzelne Trompetenfanfare erscholl und wurde von unzähligen anderen aufgegriffen. Die gewaltige sassanidische Horde rührte sich und nahm Aufstellung, um langsam vorzurücken.

Gruppen von Männern schoben die Ballistae vorwärts, die auf gedrungenen Karren oder Rollen befestigt waren, um sie in effektiver Schussweite rund zweihundert Schritte von der Mauer entfernt in Position zu bringen. Von dort aus sollten die Steinkatapulte die Artillerie auf der Mauerbrüstung zerstören und Breschen in die Mauern schlagen, während die Bolzenwerfer die römischen Soldaten von den Wehrgängen fegten.

Auch die Schutzblenden wurden vorgeschoben. Sie sollten in Bogenschussweite etwa fünfzig Schritte vor der Stadtmauer stationiert werden. In einer geschlossenen Reihe nebeneinander aufgestellt, würden die riesigen Schilde aus gehärtetem Holz sowohl den persischen Bogenschützen als auch den Sturmtruppen Deckung bieten, wenn diese sich hinter ihnen zum Angriff auf die Stadtmauer versammelten.

Quälend langsam, jeweils von Hunderten Männern gezogen, rückten die drei »Stadteroberer« vor. Diese monströsen Belagerungstürme auf Rädern bestanden zwar im Wesentlichen aus Holz, waren aber vollständig mit Metallplatten und nassen Lederhäuten verkleidet. Die Häute wurden ständig von oben mit Wasser übergossen, um zu verhindern, dass die Bogenschützen der Verteidiger sie mittels Brandpfeilen in Brand setzen konnten. Auf ihren oberen Ebenen waren Ballistae montiert, doch die waren nur von sekundärer Bedeutung. Die Hauptaufgabe der Türme war es, weit genug an die Mauer heranzurücken, um von ihnen eine Zugbrücke auf die Mauerbrüstung herunterlassen zu können, über die dann Horden von Nahkämpfern die Wehrgänge fluten sollten. Während die Zugbrücken herabgelassen wurden, würden gleichzeitig Infanteriesoldaten mit Sturmleitern hinter den riesigen Schutzblenden hervorbrechen, um den Angriff ihrer Kameraden in den »Stadteroberern« zu unterstützen.

Ballista betrachtete die gewaltigen Türme aufmerksam. Sie waren der Schlüssel für den Angriff. Alles andere würde sich um sie herum abspielen. Der Abstand zwischen ihnen war ziemlich groß. Der mittlere rückte über die Straße direkt auf das Tor zu, über dem Ballista stand. Die anderen sollten die Mauer jeweils drei Türme südlich beziehungsweise nördlich davon entfernt erreichen. Bei ihrer geringen Geschwindigkeit würden sie theoretisch rund eine halbe Stunde für die Strecke benötigen. Aber Ballista wusste, dass es nicht so schnell geschehen würde. Die »Stadteroberer« würden mehrfach anhalten müssen, um die Zugmannschaften auszuwechseln, den Untergrund vor ihnen zu prüfen, zu glätten und gegebenenfalls zu befestigen und die von den Römern angelegten Fallgruben aufzufüllen – Letzteres natürlich nur, wenn sie sie frühzeitig entdeckten.

Der eigentliche Angriff würde nach Ballistas Schätzung nicht vor Mittag beginnen. Bedauerlicherweise war dieser Zeitpunkt in mehrfacher Hinsicht günstig für die Perser. Bis dahin würde ihnen die Morgensonne nicht länger direkt ins Gesicht scheinen, die »Stadteroberer« hatten jede Menge Zeit, ihr Ziel zu erreichen, und zusätzliche Truppen konnten sich darauf vorbereiten, über andere Abschnitte der Mauer in die Stadt einzudringen.

Tags zuvor hatten die Verteidiger größere Reitertrupps jenseits der nördlichen und südlichen Felsschlucht entdeckt. Ballista hatte daraufhin seine ursprüngliche Schlachtplanung abgeändert und dreihundert Mann, jeweils hundert Söldner von allen drei Numeri der Karawanenbeschützer abgezogen und zur Verteidigung der gefährlich unterbesetzten Nordmauer abgestellt. Es war seltsam, dass dieser Schwachpunkt ausgerechnet seinem Accensus aufgefallen war, dem in militärischen Belangen völlig unerfahrenen Demetrius, weder dem Dux selbst noch irgendeinem anderen seiner Armeeoffiziere. Manchmal wurde man eben einfach betriebsblind. Oder wie ein Sprichwort in seiner alten Heimat lautet: Man sieht den Wald vor lauter Bäumen nicht mehr.

Mittag. Der Nordländer wälzte den Zeitpunkt im Kopf hin und her. Mittag. Die Zeit, in der die Römer normalerweise die erste nennenswerte Mahlzeit des Tages einnahmen. Bagoas hatte ihm gesagt, dass die Perser gewöhnlich später aßen, im Laufe des Nachmittags. Gegen Mittag würden die Perser im Gegensatz zu den Römern noch nicht hungrig sein. Ballista wollte gerade den Befehl geben, die Essensausgabe vorzuziehen, als er etwas bemerkte, das sich vielleicht als furchtbar wichtig erweisen könnte.

Die deutlich erkennbare purpurrot gekleidete Gestalt auf dem weißen Pferd war wieder unterwegs. Obwohl sie jetzt von einem glitzernden Gefolge aus Angehörigen des hohen Adels und Vasallenkönigen begleitet wurde, bestand angesichts des hohen, kuppelförmigen goldenen Helms und der langen purpurfarbenen und weißen Bänder, die dem König der Könige vorbehalten waren, kein Zweifel an seiner Identität.

Ballista hatte auf diesen Augenblick gewartet, regelrecht dafür gebetet. In der römischen Armee war es üblich, dass der Kommandant vor dem Beginn einer Belagerung in die Reichweite der gegnerischen Artillerie hineinritt. Es war eine Tradition, die zwei Ziele verfolgte. Auf einer rein pragmatischen Ebene gab diese Praxis dem Kommandanten die Möglichkeit, sich einen Eindruck vom Zustand der gegnerischen Verteidigung zu machen. Auf einer völlig abstrakten, aber vielleicht sogar noch sehr viel wichtigeren Ebene konnte der General so die Moral seiner Männer weiter anspornen, indem er ihnen seine Geringschätzung für die Waffen ihrer Feinde demonstrierte. Eine schöne Tradition, durch die man zwei Fliegen mit einer Klappe schlagen konnte. Das einzige Problem bestand darin, dass der General der Angreifer dabei manchmal selbst den Tod fand.

Bis zu diesem Moment hatte Ballista nicht gewusst, ob es bei den Sassaniden eine ähnliche Praxis gab. Eine an Bagoas gerichtete Frage hatte ihm keine befriedigende Antwort geliefert. »Natürlich fürchtet sich Shapur, der von Mazda geliebt wird, nicht vor den Waffen seiner Feinde.« Der Nordländer fragte sich immer mehr, wie viel oder wie wenig der persische Junge über die Kriegsführung wusste. Bagoas stammte zwar eindeutig aus der persischen Elite, aber möglicherweise zeigte sich in Situationen wie dieser immer deutlicher, dass er eher aus einer Familie von Schreibern oder Priestern statt von Kriegern kam.

Shapur und sein Gefolge zügelten ihre Pferde gerade außerhalb der Artilleriereichweite. Man konnte sehen, dass sich eine lebhafte Diskussion entwickelte. Den größten Teil des Redens erledigte der König der Könige. Vermutlich erläuterte er seinen Zuhörern gerade seine Vorstellung vom Verlauf des Angriffs, wenn der Nordländer die Gestik und die ausladenden Armbewegungen Shapurs richtig beurteilte.

Ballistas Blick fixierte nicht so sehr Shapur als vielmehr zwei deutlich erkennbare Steinhaufen rechts und links der Straße. Die der Stadtmauer zugewandten Seiten der Steine waren weiß gestrichen. Sie markierten die unsichtbare, vierhundert Schritte vor der Mauer verlaufende Linie, die äußerste Reichweite der Artillerie. Komm schon, du feiger östlicher Bastard, dachte Ballista. Komm schon, beweise, dass du die Eier hast, dich in die Reichweite unserer Artillerie zu wagen.

Er zwang sich, den Gedanken vorläufig in den Hintergrund zu schieben, und gab den Befehl an seine Männer aus, ihr Mittagessen spätestens zwei Stunden früher als üblich einzunehmen. Erst als die Botenläufer bereits unterwegs waren, ergriff ihn ein kurzes unangenehmes Schwindelgefühl, als ihm bewusst wurde, dass er vergessen hatte, die sehr viel wichtigere Anweisung zu geben, alle verfügbaren

Ballistae auf den persischen König auszurichten, sie aber nicht abzufeuern, bevor er den Befehl dazu erteile. Nachdem er die nächsten Botenläufer entsprechend instruiert hatte, beruhigte er sich mit dem Gedanken, dass es schon ein sehr schlechter Ballistarius sein musste, der den Mann auf dem weißen Pferd auch ohne Anweisung nicht längst schon ins Visier genommen hatte.

Der Trick, eine Unterlegscheibe wegzulassen und die Spannung der Torsionsfedern so weit zu verringern, dass die Reichweite der Geschütze reduziert wurde, war uralt und ziemlich offensichtlich. Ob er wohl funktioniert hatte? Und selbst wenn, würde der von ihm vermutete Verräter in den römischen Reihen es den Sassaniden nicht längst gemeldet haben? Machte sich der Perserkönig da drüben gerade über ihn lustig?

In diesem Augenblick stieß Shapur seinem Pferd die Fersen in die Seiten und ritt die Straße entlang auf das Palmyra-Tor zu. Vorbei an den weiß gestrichenen Steinhaufen, sein adliges Gefolge im Schlepptau.

Allvater, Täuscher, Todesbringer, liefere mir diesen Mann aus!

Ballista wurde sich geradezu schmerzhaft der gespannten Erwartung um ihn herum bewusst. Die absolute Stille auf den Wehrgängen wurde nur von den leisen Geräuschen der gut geölten Geschütze durchbrochen, als die Ballistae ihrem Ziel durch subtile Nachjustierungen folgten. *Warte, bis er anhält! Nur nichts überstürzen! Warte den richtigen Moment ab!*

Shapur kam näher und näher, die Distanz zu dem weiß gestrichenen Mauerrest, der die Zweihundert-Schritte-Grenze markierte, schrumpfte immer weiter.

Dann hielt er an.

Ballista gab den Befehl.

Antigonus hob die von allen herbeigesehnte rote Flagge.

Das vertraute Dreifachgeräusch ertönte, und das große Zwanzig-Pfund-Katapult neben Ballista schleuderte die sorgfältig gerundete Steinkugel in die Luft. Einen Moment später folgte die Zwillings-Ballista auf dem Dach des Torgebäudes. Das Geräusch wiederholte sich in schneller Folge, als die gesamte Artillerie auf der Westmauer ihre Ladungen abschoss. Einige Sekunden lang bewunderte der Nordländer die Gesetze der Geometrie in der Praxis – hier die feste Grundlinie der Westmauer, dort die Flugbahnen der Geschosse als ineinander verschachtelte bewegliche Schenkel von Dreiecken, die sich alle ihrer gemeinsamen fixierten Spitze näherten, dem Mann auf dem weißen Pferd.

Der in Pelze gekleidete Reiter neben Shapur wurde wie von einer unsichtbaren Hand aus seinem Sattel geschleudert. Mit weit ausgebreiteten Armen und Beinen und leeren flatternden Mantelärmeln erinnerte er an ein riesiges sechsbeiniges Insekt, als der Bolzen ihn mit sich riss. Zwei oder drei weitere Pferde samt ihrer Reiter am Ende von Shapurs Gefolge wurden von einer Steinkugel in blutigen Matsch verwandelt.

Einen Moment lang senkte sich eine unwirkliche Stille herab, unterbrochen nur von dem gedämpften Klicken der Ratschen, dem Ächzen von gedehnten Holzfasern und verdrillten Sehnen, als die auf ihnen lastende Spannung zunahm, sowie dem leisen Keuchen der hektisch arbeitenden Bedienungsmannschaften. Dann brandete das immer lauter anschwellende Wutgeschrei der schockierten sassanidischen Horden von der Ebene auf.

Shapur überraschte beide Seiten, als er seinem Pferd die Sporen gab und auf das Palmyra-Tor zustürmte. Im vollen Galopp zog er den Bogen aus seiner Hülle, fischte einen Pfeil aus dem Köcher und legte ihn auf die Sehne. Ungefähr hundertfünfzig Schritte vor dem Tor brachte er sein Pferd zum Stehen, spannte den Bogen und schoss den Pfeil ab.

Ballista verfolgte seine Flugbahn. Von einer Anwandlung abergläubischer Angst gepackt, hatte er das Gefühl, als flöge der Pfeil direkt auf ihn zu. Wie es immer der Fall war, schien das Geschoss schneller zu werden, je näher es kam. Dann prallte es ein Stück rechts von Ballista klappernd gegen die Mauer.

Shapurs Mund bewegte sich. Er brüllte vor unbändiger Wut, doch seine Worte waren auf der Mauer nicht zu verstehen. Zwei

Reiter preschten heran, nahmen den König zwischen sich und riefen ihm irgendetwas zu. Einer erdreistete sich, nach den Zügeln des weißen Pferdes zu greifen. Shapur schlug ihm zornig mit dem Bogen auf die Hand. Dann riss der König der Könige sein Pferd herum, schüttelte noch einmal wütend die Faust und preschte zurück in Sicherheit.

Die Artilleriegeschütze begannen, erneut zu feuern. Doch Ballista wusste, dass es auf diese Entfernung nahezu unmöglich war, ein sich schnell bewegendes Ziel zu treffen.

Er konnte beobachten, wie Shapur, jetzt außer Reichweite der Ballistae, vor der ersten Reihe seiner Männer entlangritt und eine anscheinend aufpeitschende Rede hielt. Sie brachen in einen monotonen Sprechgesang aus: »Sha-pur! Sha-pur!« Prompt erscholl von den Stadtmauern die Antwort: »*Bal-lis-ta*! *Bal-lis-ta*!«

Der Dux Ripae setzte seinen Helm ab. Der Südwind erfasste sein langes blondes Haar und ließ es hinter ihm flattern. Er winkte seinen Männern zu, die weiter riefen: »*Bal-lis-ta*! *Bal-lis-ta*!«

»Also, wen haben wir da gerade getötet?«, erkundigte er sich im Plauderton.

»Prinz Hamazasp, den Sohn von Hamazasp, König von Georgien.« Heftige, schwer zu deutende Gefühle hatten Bagoas Gesicht in Aufruhr versetzt. »Wenn seine Seele nicht gerächt wird, würde für immer ein Makel auf der Ehre des Königs der Könige zurückbleiben. Jetzt kann es keine Nachsicht mehr geben.«

Mit einem Anflug von kindlicher Spontanität warf Ballista seinen Helm in die Luft und fing ihn wieder auf. »Das dürfte die Konzentration der Jungs fördern.« Er drehte sich lachend zu den auf dem Torgebäude stationierten Soldaten um. »Ich weiß zwar nicht, wie ihr das seht, aber ich habe nicht vor, diesen Magi in die Hände zu fallen.« Die Männer erwiderten das Lachen. Bis zur Abenddämmerung würden die Kampfhandlungen, deren Verlauf sich nicht vorhersagen ließ, auch den letzten Winkel der Stadt erfasst haben.

»Wie lange noch, bis die ersten Reihen in Reichweite der Artillerie geraten?«

»Mindestens noch eine Viertelstunde, vielleicht etwas mehr«, beantwortete der Praefectus fabrum, der Mann, der sich am besten mit Belagerungsmaschinen auskennen sollte, die Frage seines Dux.

»Also, Calgacus, könntest du uns etwas zu essen bringen? Der Versuch, den Despoten zu töten, der die halbe bekannte Welt beherrscht, hat mich ziemlich hungrig gemacht.«

Demetrius beobachtete seinen Kyrios dabei, wie er Brot und kalten gebratenen Fasan aß, während er sich mit den anderen Männern unterhielt und scherzte, mit Mamurra, Turpio, Maximus, Antigonus und der Bedienungsmannschaft der Artilleriegeschütze. Sie ließen einen Krug von Hand zu Hand wandern.

Noch nie hatte der junge Grieche Ballista mehr bewundert. Hatte der Kyrios die letzten Schritte im Voraus geplant, oder waren es göttlich inspirierte spontane Einfälle gewesen? Wusste er stets, was er tat? Was auch immer zutreffen mochte, letztendlich spielte es keine Rolle, es waren geniale Schachzüge gewesen. Die abstoßenden Taten der Magi, der Tod des georgischen Prinzen und der Wortwechsel mit Bagoas, das alles ergab ein Gesamtbild, das für jeden verständlich war. Das Wissen darum, was ihnen blühte, sollten sie den Sassaniden in die Hände fallen, musste auch dem letzten Soldaten in Arete den Rücken gestärkt haben. Kapitulation bedeutete Folter und Tod. Es war auf jeden Fall besser, aufrecht mit der Waffe in der Hand zu sterben, als sich zu ergeben.

Es dauerte nicht lange, bis sich die Perser den Markierungen der vierhundert Schritte vor der Mauer verlaufenden Linie näherten, der maximalen Reichweite der Artillerie. Der Dux Ripae hatte immer wieder betont, wie wichtig es war, sowohl diese Markierungen als auch die der Zweihundert-Schritte-Linie so unauffällig wie möglich zu gestalten. Sie mussten einerseits deutlich erkennbar für die eigene Artillerie sein, durften andererseits aber nicht die Aufmerksamkeit der Angreifer erregen. Die meisten Ballistarii hatten sich für sorgsam arrangierte, möglichst natürlich aussehende, sandfarbene Gesteinshaufen entschieden. Es gab nicht einen einzigen Artilleristen in der Stadt, der angesichts der von dem Dux Ripae persönlich vor dem Palmyra-Tor angebrachten Markierungen nicht gelacht hatte – wenn auch nur heimlich und natürlich nie in Gegenwart des Hünen oder seines so bösartig aussehenden Leibwächters. »Tja, Bruder, das ist es also, was ein nordischer Barbar unter dem Begriff ›unauffällig‹ versteht: zwei verdammt große Steinhaufen, gefolgt von einem verdammt großen Mauerstück, und beide dann auch noch weiß gestrichen!«

Die Perser rückten umsichtig und diszipliniert vor. Die Hauptstreitmacht bewegte sich mit einer Geschwindigkeit, die es den Ballistae ermöglichte, ihrem Vormarsch zu folgen. Die großen Schutzblenden der Sassaniden, die sich erheblich schneller als die Geschütze transportieren ließen, blieben trotzdem bei der Artillerie, um ihr Deckung zu bieten. Die drei riesigen Belagerungstürme folgten in einigem Abstand.

Ballistas Blick hing wie gebannt an den beiden weißen vierhundert Schritte entfernten Steinhaufen, ein Stück Brot und Käse in der einen und einen Krug in der anderen Hand, ohne ihnen irgendeine Beachtung zu schenken. Nachdem die Perser diese Markierung passiert hatten, würden sie während der nächsten zweihundert Schritte den Geschossen der Artillerie auf der Stadtmauer hilflos ausgesetzt sein. Da sie ihre eigene Artillerie ziehen mussten, konnten sie den Beschuss auf diesen zweihundert Schritten nicht erwidern. Der Nordländer hatte seine Ballistarii angewiesen, sich ausschließlich auf die gegnerische Ballistae und die Männer zu konzentrieren, die sie zogen. Anfangs war mit keiner nennenswerten Wirkung zu rechnen – die Entfernung war zu groß für präzise Treffer –, doch das würde besser werden, je näher die sich langsam bewegenden Ziele vorrückten. *So viele Geschütze wie nur irgend möglich ausschalten, bevor sie sie gegen uns in Stellung bringen können.* Mit etwas Glück würde es den Steinkatapulten gelingen, einige der gegnerischen Geschütze irreparabel zu zerstören. Die Bolzenwerfer konnten den Ballistae selbst zwar nichts anhaben, aber die Männer, die sie transportierten, töten und in Unruhe versetzen und so den Vormarsch verlangsamen, den feindlichen Artilleriebeschuss länger hinauszögern, was den Steinkatapulten auf der Stadtmauer mehr Zeit erkaufen würde.

Ballista nickte Antigonus zu. Der Standartenträger hob die rote Flagge, und die Artillerie auf den Wehrgängen eröffnete das Feuer.

Die erste Salve richtete nichts aus, und nach einigen Minuten erfolgten die Geschosssalven nicht mehr synchron. Die Bedienungsmannschaften arbeiteten unterschiedlich schnell. Ballista war ganz und gar nicht davon überzeugt, dass die schnellsten Schützen zwangsläufig die besten waren. Oft zahlte es sich aus, wenn man sich etwas mehr Zeit ließ und dafür sorgfältiger zielte. Es kostete ihn einige Überwindung, nicht selbst die Bedienung des ihm nächsten großen Zwanzig-Pfund-Geschützes zu übernehmen. Als er sich die juckende Nase kratzen wollte, stellte er fest, dass er in einer Hand einen Krug und in der anderen Brot und Käse hielt. Er aß und trank.

Plötzlich brandete auf der Mauer rechts von ihm lauter Jubel auf. Ballista hob gerade noch rechtzeitig den Kopf, um ein Rad wie eine geworfene Münze durch die Luft segeln zu sehen. Auf der Ebene stieg eine Staubwolke in die Höhe, aus der kleine, leuchtend bunt gekleidete Gestalten hervorstolperten. Eines der Steinkatapulte hatte einen Volltreffer erzielt. Eine sassanidische Ballista war zerstört worden. Es blieben noch neunzehn übrig.

Erneuter Jubel, diesmal von links. Anfangs konnte Ballista nicht den Grund dafür entdecken. Maximus deutete auf einen Punkt in der Ebene. »Da! Da! Ihr Götter der Unterwelt, das hat ihn böse erwischt!«

Ballista folgte dem ausgestreckten Arm des Hiberniers mit den Augen. Weit entfernt von der Stadtmauer, deutlich hinter der persischen Hauptstreitmacht, ragte der südlichste der drei Belagerungstürme auf. Der riesige sassanidische »Stadteroberer« neigte sich wie betrunken nach vorn. Seine Vorderräder waren tief in den Boden eingesunken.

»*Tyche*!«, stieß Mamurra hervor. »Ich glaube nicht, dass wir so weit draußen irgendwelche Gruben gebuddelt haben. Das Ding muss durch sein Eigengewicht in eine der am weitesten entfernten, unterirdischen alten Grabanlagen eingebrochen sein. Aber wie auch immer, heute werden die Kerle diesen Klotz nicht mehr freibekommen.«

Wie alles in der Natur durchläuft auch eine Schlacht unterschiedliche Phasen. Momentan lief es gut für die Verteidiger, weitere gute Nachrichten trafen ein. Ballista hatte gerade seinen Imbiss beendet, als zwei Botenläufer dicht hintereinander die Stufen zur obersten Ebene des Torgebäudes hinaufhasteten.

Während der erste Bote ihm Bericht erstattete, reichte Ballista den Krug in seiner Hand an den zweiten Mann weiter.

Der Angriff der Sassaniden auf den nördlichen Abschnitt der Stadtmauer war in sich zusammengebrochen. Eine große Horde – es war von rund fünftausend Mann die Rede – hatte sich auf der Ebene nördlich der Felsschlucht versammelt. Die Perser waren immer noch sehr weit von der Mauer entfernt gewesen, gerade am äußersten Rand der Reichweite der Artillerie, als Centurio Pudens dem Bolzenwerfer auf dem Turm über dem Ausfalltor den Befehl erteilt hatte, einen Schuss auf sie abzugeben. Der Ballistarius hatte – mehr auf gut Glück als mit großer Zuversicht – den Reiter an der Spitze der Horde anvisiert, einen kostbar gekleideten Mann auf einem prächtig herausgeputzten Pferd. Der Bolzen hatte ihn scheinbar mühelos aus dem Sattel gepflückt und am Boden festgenagelt. Nach dem Verlust ihres Anführers hatten sich die Reptilien sofort wieder zurückgezogen.

Ballista dankte dem Boten und steckte ihm ein paar Münzen zu. Der zweite Mann gab den Krug an seinen Kameraden weiter und berichtete Ballista seine Neuigkeiten.

Die Perser hatten irgendwo fünf Boote auftreiben können und zweihundert Soldaten in sie hineingequetscht. Dann waren sie leichtsinnigerweise das Westufer des Euphrat nach Arete hinabgefahren. Sobald die Boote in Reichweite der Bolzenwerfer auf den beiden nordöstlichen Türmen der Stadtmauer gelangten, hechteten die Bootsführer, Einheimische, die gewaltsam in den Dienst der Perser gepresst worden waren, über Bord, schwammen ans Ufer und brachten sich in Sicherheit. Sofort brach ein völliges Durcheinander auf den Booten aus. Sie trieben mehr dahin, als dass sie noch gelenkt wurden, während sie von den Bolzenwerfern und Bogenschützen auf der nordöstlichen Mauerbrüstung unter Beschuss genommen wurden. Als sie schließlich versuchten, nahe des Fischmarktes an Land zu gehen, boten sie ein leichtes Ziel für mindestens zehn Artilleriegeschütze und nicht weniger als fünfhundert Bogenschützen des Numerus unter Anamus Kommando. Drei Boote kenterten, eines versank kurz vor der ersten Flussinsel, und das letzte trieb steuerlos weiter stromabwärts. Die meisten Perser, die nicht von Pfeilen oder Bolzen getötet wurden, ertranken. Offenbar waren nur rund zwanzig Mann stromabwärts entkommen, während etwa ebenso viele auf der Flussinsel festsaßen.

Bei der Erwähnung der auf der Insel gefangenen Sassaniden warf Antigonus Ballista einen fragenden Blick zu. Ballista beantwortete die stumme Frage mit einem für die anderen Männer rätselhaften »ja« und fügte hinzu, dass das natürlich nur für den Fall galt, dass die Perser in der Nacht noch immer da sein würden. Dann bedankte er sich bei dem Boten und trennte sich erneut von ein paar Münzen.

Doch keine Glückssträhne hält ewig. Nur zu schnell war es der sassanidischen Artillerie bei dem Verlust nur einer weiteren Ballista gelungen, die für sie verhängnisvolle Zone hinter sich zu bringen, in der sie ihre Waffen nicht einsetzen konnten, und die im Bereich ihrer effektiven Schussweite gelegenen Positionen einzunehmen. Sie schwärmten aus, entfernten die Rollen der Geschütze, bauten Schutzschirme um sie herum auf, legten Munition zurecht, kurbelten die Schlitten zurück, beluden sie mit Bolzen und Steinkugeln, visierten ihre Ziele an und eröffneten das Feuer.

Ballista spürte, wie ein leichtes Zittern das Torgebäude durchlief, als eine der Steinkugeln einschlug. Die Zeit des unbekümmerten Zuschauens war vorüber. Jetzt lag eine bedrohliche Anspannung in der Luft, von überall her erklangen die Geräusche von aufprallenden Geschossen und berstendem Gestein. Rechts von ihm stieß ein Mann einen kurzen Schrei aus, als er von einem Bolzen getroffen über die Mauerbrüstung stürzte. Zu seiner Linken verwandelte der Einschlag eines Geschosses einen Abschnitt der Mauerkrone in eine Wolke explodierender Splitter. Inmitten des Trümmerhaufens lag ein stöhnender Mann, ein zweiter gab keinen Laut von sich. Ballista wies die Zimmerleute an, eine provisorische hölzerne Brüstung an der Einschlagstelle zu errichten. Solange alle anderen Faktoren gleich blieben, mussten die Verteidiger das Artillerieduell eigentlich gewinnen. Sie verfügten über fünfundzwanzig Ballistae gegenüber jetzt nur noch achtzehn der Angreifer, hatten darüber hinaus den Vorteil, von einer erhöhten Position aus schießen zu können und über eine steinerne, statt eine hölzerne Deckung zu verfügen.

In anderer Hinsicht herrschte dagegen kein Kräftegleichgewicht. Die beiden noch beweglichen »Stadteroberer« hatten mittlerweile fast die Linie erreicht, die die maximale Reichweite der Artilleriegeschosse markierte. Ausgerechnet in dem Moment, da der Feind den Beschuss erwiderte, musste der Nordländer seinen Ballistarii den Befehl geben, sich andere Ziele zu suchen. Nachdem sie in Reichweite gekommen waren, würden die Belagerungstürme das einzige Ziel bilden. Die Verhältnisse hatten sich umgekehrt, jetzt musste die Artillerie der Verteidiger den Beschuss erdulden, ohne ihn erwidern zu können. Für einen Soldaten gab es kaum etwas Schlimmeres.

Kurz bevor die Botenläufer mit den entsprechenden Befehlen losrennen konnten, fügte Ballista noch hinzu, dass jeder Ballistarius, der etwas anderes als die Belagerungstürme beschießen würde, sobald sie in Reichweite gekommen waren, sich darauf einstellen konnte, zu Tode gepeitscht zu werden, sollte er den Angriff der Sassaniden überleben. *Allvater, die uneingeschränkte Machtbefugnis hat meine Seele korrumpiert.*

Nachdem sie die Ballistae zweihundert Schritte von der Stadtmauer entfernt sich selbst überlassen hatten, drängte sich der Hauptteil der persischen Streitkräfte so dicht wie möglich hinter den mobilen Schutzschilden zusammen. Etliche Männer blieben durch versteckte Fallen und von oben auf sie herabregnende Pfeile auf der Strecke, doch schon in kürzester Zeit hatte sich die Reihe der großen

Schutzblenden nur fünfzig Schritte von der Stadtmauer entfernt geschlossen, und die Perser spannten ihre Bögen. Zehntausend, zwanzigtausend oder dreißigtausend Pfeile schossen durch die Luft, es war unmöglich, ihre Zahl auch nur zu schätzen. Wie vor der Sonne vorbeiziehende Wolken ließen sie den Tag dunkler werden.

Auf der gesamten Mauer und hinter ihr ging ein Pfeilhagel nieder, so dicht wie Schneegestöber im tiefsten Winter, dem etliche Männer zum Opfer fielen. Die römischen Bogenschützen schossen zurück. Die Verteidiger hatten einige Vorteile auf ihrer Seite. Da sie aus erhöhter Position schießen und sowohl die Deckung der steinernen Zinnen als auch die der stabilen römischen Schilde nutzen konnten, trafen fast alle ihre Pfeile ins Ziel. Die Menge der Sassaniden war so gewaltig, dass sie ein einziges dichtes Ziel bildete und nicht vollständig von der Schildwand abgedeckt werden konnte. Trotzdem war es ein ungleicher Kampf: Kaum sechshundertfünfzig Bogenschützen der Verteidiger standen etliche Tausende der Angreifer gegenüber.

Immer mehr sassanidische Pfeile trafen, immer mehr Verteidiger fielen, viel zu viele. Ballista fragte sich, ob seine ganze Planung und all seine klugen Schachzüge am Ende vergeblich sein würden. Würde sich die schlichte zahlenmäßige Überlegenheit durchsetzen? Würde die Wucht der Artilleriegeschosse ausreichen, um die Mauern leerzufegen und die Stadt ungeschützt zurückzulassen?

Durchhalten! Ihnen blieb nichts anderes übrig, als dem Druck einfach standzuhalten. Ballista wusste, dass nur Disziplin, altmodische römische Disciplina sie diese Prüfung bestehen lassen würde. Neun Tage und neun Nächte lang hatte sich der Allvater im Baum des Lebens festgeklammert. Mit von einem Speerstoß durchbohrter Seite hatte der Allvater freiwillig auf dem Baum ausgeharrt, um das Geheimnis der Toten in Erfahrung zu bringen. Der Nordländer lächelte. So viel zur Romanitas, zu seiner Romanisierung.

Der Anblick des weißen Draco, der in der Brise flatterte, fachte die Wildheit der Sassaniden an. Die Luft über dem Palmyra-Tor war von einem endlosen Pfeilhagel erfüllt. Ballista kauerte hinter der

Brüstung eines behelfsmäßigen Schildwalls. Er konnte kaum etwas sehen und hören. Dann erhob sich ein Stimmenchor inmitten des furchtbaren Lärms, den die auf die Mauer herabprasselnden stählernen und steinernen Projektile erzeugten. Dünn und fast übertönt von dem Schlachtenlärm waren jubelnde Sprechchöre zu vernehmen: »*Ro-ma! Ro-ma!*«

Ballista spähte an den Zinnen vorbei und riss gerade noch rechtzeitig den Kopf zurück, als ein Pfeil dicht neben ihm über die Mauer schrammte. Er riskierte einen zweiten Blick. Die nördliche Hälfte der Ebene wurde von einer riesigen pilzförmigen Staubwolke verschluckt. Um das Schicksal nicht über Gebühr herauszufordern, zog sich Ballista wieder hinter die Deckung des improvisierten Schildwalls zurück. Als er erneut über die Brüstung lugte, hatte sich der Staub etwas gelegt, und er konnte erkennen, worüber seine Männer jubelten.

Der nördliche »Stadteroberer« existierte nicht mehr. Wo er gestanden hatte, ragte jetzt nur noch ein zerfetztes Gerippe aus Streben und Trägern in die Höhe. Gerade sprang ein Mann von der oberen Plattform. Der Sturz des Mannes erinnerte völlig unpassend an den eleganten Sprung eines Tänzers. Zwei, drei, vier weitere Männer sprangen gleich nach ihm in den sicheren Tod. Und dann fielen die Überreste des gigantischen Turms nahezu bedächtig, aber unaufhaltsam in sich zusammen.

Eine seltsame Stille legte sich über das Schlachtfeld. Der Kampf ebbte ab, als beiden Seiten allmählich die ungeheure Bedeutung des Geschehens bewusst wurde. Der »Stadteroberer« war fast direkt auf einen Turm vorgerückt, auf dem eine der größten Ballistae stand. Die wiederholten wuchtigen Einschläge der zwanzig Pfund schweren Steinkugeln mussten den Belagerungsturm buchstäblich bis in seinen Kern erschüttert haben.

Demetrius blickte sich um. Das Flachdach des Gebäudes über dem Palmyra-Tor war so dicht mit Pfeilen übersät, dass sie beinahe eine geschlossene Schicht bildeten. Als die Kampfhandlungen abebbten, lehnten sich die Verteidiger einen Moment lang erschöpft gegen die Zinnen oder die beiden gewaltigen Ballistae. Obwohl sich alles in ihm dagegen sträubte, wurde der Blick des jungen Griechen immer wieder von den beiden Toten angezogen, die von ihren Kameraden in eine Ecke der Mauerbrüstung gelegt worden waren. Eine Blutpfütze breitete sich unter ihnen aus. Demetrius fragte sich, wer sie wohl waren, und wünschte sich gleichzeitig, es nie zu erfahren.

Waren die Kämpfe beendet? Zeus, Apollo, Athene und Artemis, dachte er, bitte, lasst sie vorbei sein, wenigstens für heute! Er entdeckte einige Sklaven, die mit Paketen und Krügen aus der Falltür im Boden auftauchten und tief gebückt über das Dach huschten. Noch immer flogen vereinzelt Pfeile durch die Luft. Einen Moment lang begriff er nicht, was die Sklaven vorhatten. Dann verriet ihm ein Blick in den Himmel, dass sich die vierte Tagesstunde bereits ihrem Ende entgegenneigen musste, dem Zeitpunkt, den sein Kyrios für das vorgezogene Mittagessen der Truppen festgesetzt hatte. Einerseits war die Zeit schnell vergangen, andererseits schienen die Schreie und die entsetzliche Angst bereits Tage gedauert zu haben. Demetrius musste daran denken, wie Zeus in Homers göttlichem Werk die Zeit angehalten hatte, damit sich Odysseus und Penelope ungestört ihrem Liebesspiel hingeben und danach schlafen konnten. Doch nichts an diesem Tag ließ sich damit vergleichen. Arete war nicht Ithaka.

Als Ballista früher am Morgen einen schnellen Imbiss bestellt hatte, hatte Demetrius keinen Bissen heruntergebracht, sein Mund war staubtrocken gewesen. Jetzt, nachdem die Kämpfe einzuschlafen schienen, verspürte er auf einmal Heißhunger in sich aufsteigen. Er griff sich ein Stück Brot, Käse und Zwiebeln und begann, das Essen herunterzuschlingen.

Der Kyrios kaute mechanisch. Er saß auf dem Boden mit dem Rücken an die Brüstung gelehnt, eingerahmt von Maximus und Antigonus. Sie unterhielten sich leise über die Grenzen der Belastbarkeit von Artilleriegeschützen. Demetrius staunte über die Männer. Wie konnte die Beschäftigung mit technischen Details die Sinne eines Mannes derart abstumpfen, dass die Schrecken dieses Morgens, das Geschäft des Todes für ihn zu etwas so Alltäglichem wie dem Mähen eines Getreidefeldes wurde? Gegen seinen Willen begann er zu kichern. Vielleicht lag es ja daran, dass sie Barbaren waren, ein Angelsachse, ein Hibernier und ein Bataver. Um das Kichern zu unterdrücken, biss er ein großes Stück von einer Zwiebel ab.

Arete befand sich im Auge eines Sturmes. Die isolierte und bisher unbedeutende Stadt war von den Göttern dazu ausersehen worden, zum Brennpunkt der ewigen Auseinandersetzung zwischen dem Osten und dem Westen zu werden. Der Konflikt hatte schon immer bestanden, seit es die ersten Aufzeichnungen gab. Zu Beginn hatten die Ost-Phönizier Io entführt, worauf die Griechen zuerst mit der Entführung Europas und danach der Medeas reagierten. Nach dem Raub Helenas durch die Trojaner hatte sich der Konflikt von der Entführung von Mädchen in unablässige kriegerische Auseinandersetzungen verwandelt. Die Achäer hatten Troja niedergebrannt, die Perser Athen und Alexander Persepolis. Das Blut der niedergemetzelten Legionen von Crassus hatte den Wüstensand bei Carrhae rot gefärbt. Zurückgelassene römische Leichen säumten den Weg, den Marcus Antonius auf seinem Rückzug von Media genommen hatte. Julius Cäsar war kurz vor dem Beginn eines weiteren Krieges getötet worden. Immer wieder hatten Revanchekriege unter den Kaisern Trajan, Lucius Verus und Septimius Severus stattgefunden. Dann waren die Sassaniden erschienen, und der Osten hatte zurückgeschlagen. Tausende Römer waren bei Meshike und Barbalissos gefallen. Antiochia, die Metropole Syriens, hatte wie so viele andere Städte in den unruhigen Zeiten gebrannt. Der Osten gegen den Westen – ein Konflikt, der nie enden würde.

Arete war das Epizentrum eines Kampfes von kosmischen Ausmaßen, ein nie endender Zusammenprall der Zivilisationen und der Götter. Die geballte Macht des Ostens wurde gegen den Westen geworfen, und hier wurde die ewige Stadt Rom – die Humanitas selbst, wie manch einer sagen würde, mit all ihren Künsten und ihrer Philosophie – von drei Barbaren verteidigt, die Brot und Käse aßen.

Das plötzliche Auftauchen eines Soldaten unterbrach Demetrius' Gedankenfluss.

Auch Maximus wurde durch die Ankunft des Boten aus einem angenehmen Tagtraum gerissen. Der Hibernier hatte bereits vor einiger Zeit das Interesse an den genaueren Details der Belastbarkeit von Artilleriegerätschaften verloren. Er dachte an das neue Mädchen in der Taverne ›Der Krug‹. Prächtige große Brustwarzen, ein schmales Dreieck kurz rasierter Schamhaare und so willig, wie man es sich nur wünschen konnte. Es war schon komisch mit den Mädchen: Ganz egal, wie ihre Brustwarzen aussahen, immer wünschten sie sich andere. Das Mädchen aus dem »Krug« mit ihren tellergroßen braunen Vorhöfen sagte, sie hätte lieber kleinere, zierlichere Brustwarzen. Das Mädchen aus der Kneipe am nördlichen Ende der Stadt mit den winzigen, zarten, rosafarbenen Brustwarzen wiederum wünschte sich, die ihren wären größer. Maximus war es egal, beide Mädchen waren lebhafte, gut gebaute Blondinen. Sie würden bestimmt ein gutes Bild als Duo abgeben.

»Gute Neuigkeiten, Dominus.« Der Soldat ließ sich auf Ballistas einladende Geste hin erleichtert auf den Boden sinken. »Der Angriff der Barbaren auf den südlichen Abschnitt der Stadtmauer wurde zurückgeschlagen. Es waren etwa fünftausend Sassaniden. Die Reptilien hatten sich außerhalb der Reichweite unserer Artillerie auf der Ebene formiert. Doch als sie in die Schlucht hinabgestiegen sind, hatten wir bereits zehn Ballistae auf sie ausgerichtet. Sie haben schon ziemlich mitgenommen ausgesehen, als sie damit angefangen haben, auf unserer Seite wieder aus der Schlucht herauszuklettern. Und als dann noch die Bogenschützen von Iarhai und Ogelos das Feuer auf sie eröffnet und wir diese verdammt großen Felsbrocken die Böschung hinabgerollt haben, die wir nach deinen Anweisungen dort platziert hatten, sind die Sassaniden wie die typischen Ostländer gerannt, die sie nun mal sind – kein Mumm in den Knochen und keine Eier in der Hose.«

Maximus, der sich auf eine nahezu kindliche Art ganz auf das

Hier und Jetzt konzentriert hatte, hatte überhaupt nicht mehr an die Gefahr gedacht, die dem südlichen Mauerabschnitt drohte. Doch die Neuigkeiten waren sehr erfreulich. Die Lage an der zur Wüste hin verlaufenden Mauer war schon besorgniserregend genug.

Ballista dankte dem Boten und schickte ihn mit dem Befehl zu Iarhai, dreihundert seiner Bogenschützen für die Verteidigung der Wüstenmauer abzustellen.

Von der Ebene her erschollen Trompetenfanfaren und das Dröhnen von Trommeln. Sassanidische Kommandanten schrien sich bei dem Versuch, ihre Männer zu neuem Kampfgeist anzustacheln und das Tempo des Angriffs zu erhöhen, die Kehlen heiser. Der Strom der heranfliegenden Geschosse nahm wieder zu. Demetrius duckte sich tiefer auf den Boden. Ballista, Maximus und Antigonus erhoben sich müde, rückten hinter den Zinnen eng zusammen und spähten hin und wieder kurz über die Brüstung.

Vom Turm auf der Nordseite des Tores ertönte ein furchtbares Krachen. Ein sassanidisches Steinkatapult hatte einen Volltreffer auf eine der beiden auf dem Turm stationierten Ballistae gelandet. Wieder stieg eine fahle Staubwolke bedrohlich in den Himmel. Dem Krachen folgte ein rhythmischer Schmerzensschrei, der sich fast wie das Bellen eines Tieres anhörte. Die in alle Richtungen explosionsartig auseinanderspritzenden scharfkantigen Holzsplitter hatten die Plattform in ein blutiges Schlachthaus verwandelt.

Noch bevor Ballista einen Befehl erteilen konnte, tauchte Mamurra auch schon auf dem flachen Dach des getroffenen Turms auf. Der Praefectus fabrum stellte einen Arbeitstrupp zusammen, der die Trümmerteile aus dem Weg räumte, und schickte eine weitere Mannschaft in das Artilleriemagazin, um einen Ersatz für die zerstörte Ballista auf das Dach des Turms zu schaffen. Die Leichen folgten den Überresten des zerstörten Katapults, die Überlebenden arbeiteten hektisch daran, das intakte zweite Geschütz wieder in Betrieb zu nehmen.

Zurzeit bestand das Hauptproblem der Verteidiger in dem noch verbleibenden sassanidischen »Stadteroberer«, der seine quälend langsame Fahrt zum Palmyra-Tor wieder aufgenommen hatte. Solange er noch aufrecht stand und sich bewegen konnte, blieb allen Artilleriegeschützen der Verteidiger, in deren Reichweite er geriet, nichts anderes übrig, als sich ausschließlich ihm zu widmen. Nur die Ballistae auf den Türmen im äußersten Norden der Wüstenmauer konnten gegen die Geschütze der Angreifer zurückschlagen.

Der letzte »Stadteroberer« musste heftige Treffer verkraften. Wieder und wieder krachten die sorgfältig gerundeten sechs und zwanzig Pfund schweren Steinkugeln mit voller Wucht in den Turm. Bolzen und Pfeile forderten einen verheerenden Blutzoll unter den unzähligen Männern, die das Monstrum schleppten. Der riesige Belagerungsturm erbebte, schien kurz zu wanken, doch dann stabilisierte er sich wieder und setzte sich, von einer frischen Mannschaft gezogen, mit Tausenden unter der gewaltigen Belastung entsetzlich quietschenden und knarrenden Holzverbindungen erneut in Bewegung.

Zweimal hasteten Arbeitstrupps dem Belagerungsturm voraus, um die von Ballista installierten Fallen zu neutralisieren. Die sorgfältig getarnten Fallgruben hundert und fünfzig Schritte vor dem Tor wurden von ihnen wieder zugeschüttet, wenn auch unter furchtbaren Verlusten. Die Männer mussten in regelrechte Wände aus Stahlspitzen hineinrennen. Teilweise waren es ihre Leichen, die die Fallgruben wieder auffüllten.

Scheinbar unaufhaltsam rückte das Ungetüm weiter vor. Sollte es das Tor erreichen und die Zugbrücke auf das Dach des Torgebäudes herabfallen, würde die Belagerung vorüber und die Stadt verloren sein. Ballista wusste, dass es nur noch eine Möglichkeit gab, das Monstrum aufzuhalten. Wussten die Perser, dass sich nur zwanzig Schritte vor dem Tor eine letzte Fallgrube verbarg? Der Bote, der ihm die Kriegserklärung Shapurs überbracht hatte, war nicht so nah an die Mauer herangekommen. Und auch kein anderer Perser, soweit Ballista wusste. Doch hatte der unbekannte Verräter die Angreifer vielleicht gewarnt?

Der mit nassen Tierhäuten verkleidete Turm kam näher und näher. Der Geruch von ungegerbtem Leder, Holz und dem Schweiß unzähliger Männer ging ihm voraus. Noch dreißig Schritte, noch fünfundzwanzig. Kein Vorauskommando eilte auf das Tor zu. Nur noch zwanzig Schritte. Nichts geschah. Hatte sich Ballista verrechnet? Waren die Balken unter dem Sand zu stark? Würde der »Stadteroberer« die Grube überqueren können?

Da ertönte ein dumpfes, tiefes Ächzen. Die Straßenoberfläche geriet in Bewegung, die unsichtbaren Balken über dem Graben bogen sich unter dem immensen Gewicht des Turms durch. Von der Straße stieg ein durchdringender Geruch in die Höhe. Ein Balken nach dem anderen brach. Der Turm neigte sich langsam vorwärts. Männer schrien.

Ballista ergriff einen Bogen und einen Pfeil. Der scharfe Geruch von Pech stieg ihm in die Nase. Er stieß den Pfeil in eine glühende Kohlepfanne. Das brennbare Material, das den Schaft umhüllte, loderte auf. Ballista atmete tief ein, trat hinter der Mauerzinne hervor, die ihm bisher Deckung geboten hatte, und zuckte zusammen, als ein persischer Pfeil gefährlich dicht an seinem Gesicht vorbeischoss. Er stieß den angehaltenen Atem wieder aus, beugte sich weit über die Mauerbrüstung und zwang sich, die Gefahr zu ignorieren und sich nur auf das zu konzentrieren, was er tun musste. Undeutlich registrierte er, wie Pfeile um ihn herum gegen die Mauer prallten und Steinsplitter umherschwirrten. Er sah den dunklen Spalt, der über der Fallgrube aufklaffte, atmete noch einmal tief ein, spannte den Bogen und ließ die Sehne los. Der Pfeil jagte davon, eine Rauchspur hinter sich herziehend.

Weitere Brandpfeile schossen von allen Seiten in die Grube, direkt in die Öffnung des dort verborgenen großen Terrakottabehälters. Das Naphtha entzündete sich mit einem lauten Fauchen. Flammenzungen schossen in die Höhe, schlängelten sich und leckten über die Seiten des Belagerungsturms, rasten die Aufgänge und die Treppen empor. Männer brüllten. Der Geruch von verbranntem Fleisch stieg in die Höhe.

»*Bal-lis-ta*! *Bal-lis-ta*!«, hallte es von den Mauern wider. »*Bal-lis-ta*! *Bal-lis-ta*!«

Doch noch war das Martyrium Aretes nicht vorbei. Der Anblick ihres in Flammen stehenden Belagerungsturms und ihrer brennenden Kameraden entfachte die Wut der Sassaniden noch mehr. Trompeten schmetterten und Trommeln dröhnten. Edelmänner brüllten Befehle.

»*Per-oz*! *Per-oz*! *Sieg*! *Sieg*!« Ein trotziger Sprechgesang erscholl in der Wüste. »*Per-oz*! *Per-oz*!«

Wie eine gewaltige Welle, die von der sturmgepeitschten See auf den Strand geworfen wird, brachen die Perser hinter der Wand aus Schutzblenden hervor und stürmten auf die Stadtmauer zu. Es waren mehrere Tausend Mann in Rüstungen. Die sassanidischen Ritter, die Clibanarii, hatten ihre Pferde zurückgelassen und sich der Infanterie angeschlossen. Die Edelmänner trugen sogar eigenhändig die Sturmleitern.

Die menschliche Woge musste fünfzig Schritte zurücklegen, fünfzig unermesslich lange Schritte. Direkt nach dem ersten Schritt fielen bereits die ersten Männer, wurden von dem Bolzen der Ballistae zurückgeschleudert, umklammerten aus ihren Körpern ragende Pfeilschäfte und ihre Stiefel, durch deren Sohlen sich die spitzen Stacheln von Krähenfüßen gebohrt hatten, brüllten jämmerlich, wenn sie in Fallgruben traten und die in der Erde steckenden angespitzten Holzpflöcke durch weiches Fleisch drangen und über ihre Knochen schrammten. Ganze Menschentrauben gingen zu Boden, während sie die freie Fläche überquerten, in den Graben vor dem Glacis sprangen und auf der anderen Seite wieder emporstiegen. Die Sassaniden ließen Reihe um Reihe ihrer sterbenden Kameraden hinter sich zurück, doch es gelang ihnen, die Böschung am Fuß der Mauern zu erreichen, die Leitern aufzurichten und die Sprossen hinaufzuklettern.

Jetzt kamen die einfachen, aber tückischen Gerätschaften gegen die Sassaniden zum Einsatz, perfektioniert durch den bösartigen Einfallsreichtum zahlloser Generationen. Als die Sturmleitern gegen die Mauerbrüstungen schlugen, rückten die Verteidiger mit Mistgabeln vor. Sie klemmten die Holme mit den Zinken ein und schoben die Leitern zur Seite. Trotz der Pfeilwolken, die ihnen um die Köpfe schwirrten, eilten immer mehr Soldaten ihren Kameraden zu Hilfe, um den Druck auf die Leitern zu erhöhen. Sobald ein Mann fiel, nahm der nächste seinen Platz ein. Alle Sturmleitern, die nicht ausreichend am Boden gesichert waren, rutschten seitlich weg, wurden dabei immer schneller und rissen benachbarte Leitern mit sich. Sassanidische Krieger, die den Halt verloren, wirbelten wie Blätter durch die Luft und schlugen mit tödlicher Wucht auf dem harten Boden auf.

Große Felsbrocken, so schwer, dass drei oder vier Männer nötig waren, um sie zu heben, wurden auf die Mauerbrüstung gehievt, wo sie einen Moment lang fast reglos verharrten, bevor sie über die Kante kippten. Bei ihrem Sturz in die Tiefe fegten sie Männer von den Leitern, zerschmetterten die Sprossen und drückten die Holme mit ihrem Gewicht auseinander.

Die Ausleger der drei großen neuen Kräne, die Ballista hatte bauen lassen, schwenkten über die Mauerbrüstung. Durch einen Zug an langen Hebelarmen lösten sich die gewaltigen Felsklötze, die an den dicken Ketten hingen. Sie pflügten scheinbar widerstandslos durch die Sturmleitern, verwandelten Holme und Sprossen innerhalb eines Lidschlags in einen Haufen Kienspäne und die Männer, auf denen sie landeten, in einen blutigen Brei aus zerquetschtem Fleisch und zersplitterten Knochen.

Überall entlang der Wehrgänge entfaltete sich hektische Aktivität. Jeweils vier Legionäre schoben sorgfältig umwickelte Metallstangen unter die Griffe der großen, über den Feuerstellen hängenden glühenden Metallkessel und hoben sie eilig, aber behutsam in die Höhe. Mit äußerster Vorsicht manövrierten sie ihre Funken sprühende und knisternde Last an den Rand der Mauerbrüstung. Dann schoben sie ihre Schultern unter die Stangen und kippten den Inhalt der Kessel vor Anstrengung ächzend langsam in die Tiefe.

Der glühende heiße Sand rieselte die Mauer hinab auf das Glacis, setzte Haare und Kleidung der Angreifer in Brand. Die winzigen Körnchen drangen in die kleinsten Öffnungen in den Rüstungen und durch die Augenschlitze der Helme, brannten sich in die Haut der Männer und blendeten sie. Die Sassaniden schrien, rissen sich die Rüstungen vom Leib, die sich plötzlich gegen sie gewandt hatten, weil sich der sengende Sand in ihnen sammelte. Sie wälzten sich auf dem Boden und schlugen mit den Händen auf sich ein, um die Flammen zu ersticken, ohne den Pfeilen der Verteidiger, die weiter auf sie herabregneten, in ihrer Qual die geringste Beachtung zu schenken.

Das Gemetzel am Fuß der Mauer war gewaltig. Doch nicht alle Sturmleitern der Sassaniden wurden umgestoßen oder zerstört. Noch immer kletterten bunt gekleidete Krieger mit flatternden Seidenumhängen über den stählernen Rüstungen intakte Leitern hinauf. Der Sprechgesang war verstummt, die Männer sparten ihren Atem für den anstrengenden Aufstieg und das, was sie auf der Mauerbrüstung erwarten würde.

Es ist beinahe unmöglich, eine Leiter hinaufzusteigen und gleichzeitig zu kämpfen. Die meisten Sassaniden, denen es überhaupt gelang, die Mauerkrone zu erreichen, wurden mit Hieben römischer Schwerter empfangen, die sie sofort wieder in die Tiefe stürzen ließen, doch hier und da gelang es einigen, sich über die Brüstung auf die Wehrgänge zu schwingen, wo sie zum größten Teil innerhalb kürzester Zeit von den Verteidigern überrannt und hinweggefegt wurden, die immer noch deutlich in der Überzahl waren.

»Da, Kyrios, da drüben!« Demetrius deutete auf einen Punkt des Wehrganges südlich des Torgebäudes. Vier sassanidische Clibanarii hatten es über die Mauerzinnen geschafft und standen Schulter an Schulter mit dem Rücken zur Leiter auf dem Wehrgang. Zu ihren Füßen lagen fünf oder sechs reglose Gestalten, von denen auf diese Entfernung nicht zu erkennen war, ob es sich um Römer oder Perser handelte. Sie hatten den Ring der Verteidiger bereits ein paar Schritte zurückgedrängt, und Demetrius sah, wie hinter ihnen gerade ein weiterer persischer Krieger über die Brüstung kletterte und gleich darauf noch einer.

»Folgt mir! Maximus, Antigonus, Equites singulares, mitkommen!« Ohne sich zu vergewissern, ob sein Befehl befolgt wurde, zog Ballista seine Spatha aus der Scheide, sprang durch die Falltür und rannte die Treppe hinunter.

Demetrius zögerte, während sich das Flachdach des Turmgebäudes immer mehr leerte. Er ergriff ebenfalls sein Schwert. Sollte er seinem Kyrios folgen? Er fühlte sich unfähig und nutzlos mit dem Gladius, den Maximus ihm gegeben hatte, in der Hand. Wenn er dort hinunterging, würde er sich nur selbst umbringen oder den anderen im Weg herumstehen und so dafür sorgen, dass sie umgebracht wurden.

Er sah, wie sein Kyrios aus dem Turm herauskam und den Wehrgang entlangrannte. Ballista knüpfte im Laufschritt mit der linken Hand seinen schwarzen Umhang auf und warf ihn über die Brüstung. Der Umhang flatterte die Mauer hinab und rollte über die Erdböschung an ihrem Fuß. Maximus, Antigonus und sechs Equites singulares folgten dem Dux dicht auf den Fersen. Der Nordländer stieß einen gellenden Kriegsschrei in seiner Muttersprache aus.

Die Gruppe der Sassaniden war bereits auf acht Mann angewachsen, als Ballista sie erreichte. Der ihm nächste Krieger ließ sein Schwert in einem vertikal geführten Schlag auf den Kopf des Nordländers niederfahren. Ballista riss sein Schwert waagrecht hoch, fing den Hieb ab, verdrehte sein Handgelenk und drückte die Klinge des Angreifers beiseite, um dann scheinbar mit derselben Bewegung einen Rückhandschlag auszuführen, der den Perser mit voller Wucht im Gesicht traf. Während der Sassanide noch seitlich wegkippte, stürzte sich Ballista schon mit einer Reihe kräftiger Schläge auf den nächsten Mann, der sie blockierte und sich hinter seinen Schild duckte.

Demetrius sah wie gelähmt zu, wie sich die Ereignisse überschlugen. Alles schien gleichzeitig zu passieren. Maximus tötete einen Perser, Antigonus einen weiteren. Einer der Equites singulares ging zu Boden. Es fielen mehr Sassaniden als Römer. Zwar schafften es immer noch einige, über die Brüstung auf den Wehrgang zu gelangen, aber noch mehr stürzten vom Ende der Sturmleiter gleich wieder in die Tiefe. Von der anderen Seite der Mauer her griff eine Gruppe von Iarhais Söldnern an. Ballista zwang einen Sassaniden mit einer schnellen Abfolge von Hieben in die Knie, schlug seinen Schild beiseite und stieß ihm die Spatha direkt ins Gesicht. Als er ihm einen Fuß auf die Brust stemmte, um die Klinge wieder herauszuziehen, rutschte er fast aus. Der Wehrgang war glitschig vor Blut. Ein anderer Sassanide nutzte die Gelegenheit, um sich auf ihn zu stürzen, und traf Ballistas Helm mit einem Streifhieb. Der Nordländer riss sich den beschädigten Helm mit der linken Hand vom Kopf und parierte den nächsten Schlag des Angreifers mit der rechten, während gleichzeitig einer von Iarhais Söldnern dem Mann sein Schwert in den Rücken bohrte.

Und dann war es plötzlich vorbei. Wie auf ein unhörbares Signal hin wirbelten die drei überlebenden Sassaniden herum und versuchten, sich über die Leiter in Sicherheit zu bringen. Alle drei wurden von hinten niedergemacht.

Ballista wischte sich den Schweiß aus den Augen. Sein Blick wanderte die Mauerkrone entlang. Auf dem Wehrgang befanden sich keine lebenden Perser mehr. Noch immer mit äußerster Vorsicht lugte er zwischen den teilweise zersplitterten Zinnen hindurch in die Tiefe.

Sie hatten es geschafft. In den sassanidischen Reihen machte sich Panik breit. Wo zuvor vereinzelte Männer, Verwundete oder Simulanten, in das Lager zurückgestolpert waren, rannten sie jetzt in ganzen Gruppen. Immer größere Verbände machten kehrt und flohen. Aus dem Rinnsal wurde ein Strom. Shapurs Angriff war fehlgeschlagen.

»*Bal-lis-ta*! *Bal-lis-ta*!« Der triumphierende Sprechgesang hallte über die Ebene, verhöhnte die fliehenden Sassaniden. Einige Legionäre stießen ein Wolfsgeheul aus. Doch die Geschichte von Isangrim, dem Vater des Dux Ripae, war jetzt kein Anlass mehr für Hohn und Spott, sondern schien die Soldaten mit einem seltsamen Stolz zu erfüllen.

Ballista winkte seinen Männern zu, schüttelte denen, die ihn umringten, die Hände oder umarmte sie. Als er sich aus Maximus' bärenhafter Umklammerung löste, erkannte er den Anführer der Gruppe von Iarhais Söldnern. Oder besser gesagt, die *Anführerin*.

»Was, beim Hades, hast du hier zu suchen?«, fragte er barsch.

»Mein Vater war – unabkömmlich. Deshalb habe ich die von dir angeforderten Männer gebracht.« Bathshiba begegnete seinem Blick. Einer ihrer Ärmel war zerrissen, der Oberarm blutverschmiert.

»Allvater, das ist nicht der richtige Ort für ein Mädchen!«

»Bis eben hattest du nichts dagegen einzuwenden, dass ich dir im letzten Moment zu Hilfe gekommen bin.« Bathshiba starrte ihn herausfordernd an.

»Das bist du gewesen?«

»Ja, das war ich.«

Ballista schluckte seinen Zorn herunter. »Dann muss ich mich wohl bei dir bedanken.«

XIV

Die verwüstete Ebene jenseits der Westmauer von Arete bot einen grauenhaften Anblick.

So weit das Auge vom Dach des Turmgebäudes aus reichte, lagen die toten Sassaniden in deutlich voneinander abgegrenzten Wellen auf der Erde wie Treibgut, das von einer Sturmflut auf den Strand gespült worden war. Die erste Welle befand sich vierhundert bis zweihundert Schritte von der Stadtmauer entfernt. Hier lagen die Toten voneinander getrennt, von Steinkugeln zerquetscht, von Bolzen durchbohrt oder auf groteske Weise halb in den Fallgruben eingesunken, in denen sie ums Leben gekommen waren. Die nächste Welle reichte fast bis an den Fuß der Mauer heran. Hier hatten die Toten wenigstens Gesellschaft, sogar jede Menge Gesellschaft. Sie lagen in Reihen und Gruppen dicht beieinander, bildeten manchmal sogar regelrechte Hügel. Diese Gefallenen waren anders gestorben als die der ersten Welle. Die häufig bunt gefärbte Befiederung der aus ihren Körpern ragenden Pfeile schaukelte in einem auffrischenden Südwind. Leuchtend bunt wie fröhlich flatternde Wimpel bei einer Feier, verliehen sie der furchtbaren Szenerie von Tod und Verwüstung eine makaber heitere Note. Und dann folgte die letzte entsetzliche Welle unmittelbar am Fuß der Mauer. In drei, vier oder gar fünf Schichten übereinandergetürmt, bedeckten die Toten den Boden. Die zerschmetterten, verkrümmten und verdrehten Körper waren fast alle verbrannt.

Seit achtzehn Jahren – mehr als die Hälfte seines Lebens – war Ballistas größte Angst die, bei lebendigem Leib zu verbrennen. Seit der Belagerung von Aquileia waren überall, wo er gekämpft hatte, Männer durch Feuer ums Leben gekommen. In den Bergen des Hohen Atlas, den grünen Hügeln Hiberniens und den Ebenen von Novae an der Donau, überall hatten die Kämpfe zahllose Verbrannte gefordert, genau wie hier am Fuß der Stadtmauern von Arete. Hunderte, vielleicht sogar Tausende Sassaniden, verbrannt durch den Einsatz von Naphtha und bis zur Weißglut erhitztem Sand. Von ihrem schwarzen Haar und den dichten gelockten Bärten waren nur ein paar kümmerliche verkohlte Büschel übrig geblieben. Ihre Haut hatte sich orange verfärbt, und dort, wo sie wie versengter Papyrus aufgeplatzt war, kam das rosafarbene rohe Fleisch zum Vorschein.

Trotz des unablässigen Summens von unzähligen Fliegen schienen die Leichen merkwürdigerweise nicht zu verwesen. Seit dem Angriff waren dreizehn Tage vergangen. Von vergleichbaren Schlachtfeldern im Westen wusste Ballista, dass Leichen in der Regel nach etwa vier Tagen zu verrotten und bis zur Unkenntlichkeit zu verfallen begannen. Hier schienen sie auszudörren wie Baumstämme, ohne die charakteristischen Anzeichen von Verwesung zu zeigen. Turpio, der gern mit seiner Kenntnis der lokalen Verhältnisse prahlte, behauptete, dass der Grund dafür in der Ernährung der Sassaniden und dem Klima zu finden sei. Die Menschen im Osten, sagte er, ernährten sich genügsamer, und die trockene Hitze ihrer Heimat täte ein Übriges.

Die Sassaniden hatten ihre Gefallenen nicht geborgen. Vielleicht glaubten sie, ihre Gegner würden es als ein Zeichen von Schwäche interpretieren, wenn sie um einen Waffenstillstand baten, um ihre Toten einsammeln zu können. Vielleicht war es aber auch unwichtig für sie, da sie die Leichen ohnehin im Freien aufbahren würden, wo die Vögel und die wilden Tiere sie vertilgen konnten. Ballista registrierte, dass religiöse Skrupel sie jedoch nicht davon hatte abhalten können, die Toten auszuplündern. Niemand konnte Arete verlassen, alle Einheimischen der näheren Umgebung waren geflohen und hielten sich entweder in der Stadt oder anderswo auf, oder aber sie waren – mochten sich die Götter ihrer erbarmen – in die Gefangenschaft der Perser geraten. Trotzdem waren mit jedem Morgen mehr Leichen nackt, waren immer mehr Rüstungen, Kleidung und Stiefel verschwunden. Die Leichenfledderer konnten nur aus dem Lager der Sassaniden stammen.

Es waren Abertausende tote Perser, ihre Zahl war unmöglich auch nur halbwegs genau zu schätzen. Demetrius erzählte, wie der persische König die Gefallenen einer Schlacht berechnete. Laut Herodes mussten sich vor einem Feldzug zehntausend Männer so dicht wie möglich zusammendrängen. Dann wurde eine Linie um sie herum in die Erde gezogen, und die Männer konnten wieder gehen. Danach errichtete man einen etwa hüfthohen Zaun entlang der Linie, und die Armee wurde in Gruppen von zehntausend Mann in den Pferch geführt, bis alle gezählt worden waren. Nach dem Feldzug wurde die Prozedur wiederholt, sodass der König der Könige erfuhr, wie viele Männer er verloren hatte.

Bagoas hatte die Geschichte mit einem bitteren Lachen quittiert. Er behauptete, noch nie von diesem Herodot gehört zu haben, aber der Mann wäre eindeutig ein Lügner und ein Narr. Welchen Sinn hätte es denn, nur in Erfahrung bringen zu wollen, wie nahe die Verluste einem Kontingent von zehntausend Soldaten kämen? In Wirklichkeit wäre es so, dass der von Mazda geliebte Shapur vor einem Feldzug zur Züchtigung der Unrechtschaffenen alle Soldaten an sich vorbeimarschieren und einen Pfeil auf den Boden fallen lassen ließ. Wenn der Mazda verherrlichende König der Könige dann reich an Ruhm und Beute aus den Ländern der Nicht-Arier zurückkehrte, ließ er jeden seiner aus der Schlacht zurückgekehrten Krieger wieder einen Pfeil aufheben. Die Menge der übrig gebliebenen Pfeile zeigte ihm dann die genaue Zahl der Gesegneten an, die in den Himmel aufgefahren waren.

Demetrius hatte den persischen Jungen mit einem bösen Blick bedacht.

Ballista verfolgte die Angelegenheit nicht weiter. Er wusste, dass die tatsächliche Zahl der persischen Verluste für die Verteidiger unerheblich war. Ob es ein paar Hundert oder Tausend mehr oder weniger waren, spielte keine Rolle. Angesichts ihrer gewaltigen zahlenmäßigen Überlegenheit kam es nicht auf die Menge der Gefallenen an, sondern auf ihre Kampfbereitschaft und auf Shapurs Entschlossenheit, seine Männer zur Fortsetzung des Kampfes zu motivieren. Ballista wusste, dass er hier den Hebel ansetzen musste, wenn er Arete retten wollte. Er vermutete, dass sich die Perser bedingungslos dem Willen des Königs der Könige unterwerfen würden.

Verglichen mit denen der Sassaniden, waren die Verluste der Römer vernachlässigbar, wenn auch höher als von Ballista erwartet, höher als vertretbar. Er hatte noch nie einen derartig dichten Pfeilhagel erlebt und eine Zeitlang sogar befürchtet, alle Männer auf den Wehrgängen zu verlieren. Sollten die Perser einen weiteren Angriff dieser Art unternehmen und drei oder vier Tage lang durchhalten, würden ihm schlicht die Soldaten ausgehen. Doch er wusste, dass keine Armee der Welt in der Lage wäre, Tag um Tag vor den Mauern Aretes auszuharren und solche Verluste, wie sie die Sassaniden erlitten hatten, einfach wegzustecken.

Auf römischer Seite waren es die Bogenschützen gewesen, die die größten Opfer gebracht hatten. Die sechs Centurien der Kohorte XX Palmyrenorum hatte über fünfzig Ausfälle zu beklagen. Jede Centurie war auf fünfzig kampffähige Soldaten zusammengeschrumpft. Die Legionäre der Legio IIII Scythica waren glimpflicher davongekommen. Im Schnitt hatte jede der auf dem westlichen Mauerabschnitt stationierten acht Centurien zehn Mann verloren, wodurch ihre Stärke auf jeweils rund sechzig Soldaten gesunken war. Zehn von Mamurras Artilleristen hatten den Tod gefunden. Und von Ballistas Leibwache, den Equites singulares, waren erstaunlicherweise nur zwei Männer gefallen, obwohl sie sich im Auge des Sturmes befunden hatten.

Insgesamt waren auf römischer Seite rund zweihundert Kämpfer gestorben und zweihundert schwer verwundet worden. Sie hatten die Toten auf dem freien Gelände östlich des Artilleriemagazins begraben, das schon vorher als behelfsmäßiger Friedhof ausgesucht worden war. Ballista war sich nur zu gut der Gefahr von Seuchen und Krankheiten bewusst, die Arete drohte, wenn die Gefallenen nicht ordentlich bestattet werden konnten. Gesundheitliche Gründe und religiöse Rücksichtnahme rechtfertigten den zusätzlichen Aufwand einer angemessenen Beerdigung in jeder Beziehung. Die zweihundert Schwerverletzten waren kampfunfähig, die meisten würden vermutlich demnächst sterben, viele von ihnen qualvoll an Blutvergiftung. Doch bis dahin würde die Sanitätsabteilung noch viel zu tun haben. Jeder ausgebildete Soldat, der in den Dienst zurückkehren konnte, war mehr als nur willkommen.

Nach dem Scheitern ihres Angriffs hatten die Sassaniden ihr komplettes Kriegszubehör und die wenigen Glücklichen unter ihren Verwundeten aus der Reichweite der römischen Geschütze zurückgezogen. Der nächste Tag war diversen Trauerzeremonien in ihrem Feldlager vorbehalten gewesen, wilder Musik und lautem Wehklagen, ein barbarischer Lärm für westliche Ohren. Nachdem der größte Kummer ein wenig nachgelassen hatte, hatten sie sich wieder der Belagerung zugewandt.

Der letzte der drei Belagerungstürme, der in die unterirdische Grabanlage eingebrochen war, wurde zurück ins Lager geschafft und dort unverzüglich auseinandergenommen. Aus dem größten Teil des Holzes bauten die Perser einen riesigen Schuppen auf Rädern, den die Legionäre als »Schildkröte« bezeichneten. Bagoas erzählte jedem, der es hören wollte, voller Begeisterung, was der Schuppen beherbergen würde: nichts Geringeres als den *Khosro-Shapur*, den erhabenen »Ruhm Shapurs«, den Mauerbrecher, den mächtigen Rammbock, der die doppelten Mauern Hatras zum Einsturz gebracht hatte. Fünfzehn Jahre lang hatte der *Khosro-Shapur* seit diesem glorreichen Tag als Weihgabe an den Gott geruht. Jetzt hatte Mazda dem König der Könige aufgetragen, den großen Rammbock aus seinem Schlummer zu reißen und ein weiteres Mal den Beweis seiner Macht anzutreten. Die Kriegsmaschine war in Einzelteilen herbeigeschafft worden, um sie hier erneut zusammenzusetzen und an mächtigen Ketten unter dem riesigen fahrbaren Schuppen aufzuhängen. Nichts, so versicherte Bagoas seinen Zuhörern nachdrücklich, weder Tor noch Mauer, würde dem *Khosro-Shapur* standhalten können.

Dreizehn Tage waren seit dem gescheiterten Angriff der Sassaniden verstrichen, und nun würde alles wieder von vorn beginnen. Ballista betrachtete die gedrungene »Schildkröte«, die den *Khosro-Shapur* beherbergte. Er fragte sich, ob er genug unternommen hatte, um den Einsatz des gewaltigen Mauerbrechers zu verhindern. Jedenfalls hatte er alles getan, was er konnte, um die Ausfälle zu ersetzen. Zwei Kavalleristen waren zu den Equites singulares der von Antiochus geführten Turma der Kohorte XX auf der nördlichen Mauer versetzt worden, zehn Legionäre aus Lucius Fabius' Centurie der Legio IIII verstärkten Mamurras Artilleristen auf der Ostmauer bei der Porta Aquaria. Ballista hatte registriert, dass es sich bei einem der auf die Mauerbrüstung des Palmyra-Tors versetzten Männer um Castricius handelte, den Legionär, der Scribonius Mucianus' Leiche gefunden hatte. Vierhundert Männer aus Iarhais Numerus hatten Befehl erhalten, auf der Wüstenmauer Stellung zu beziehen. Darüber hinaus hatte Ballista sichergestellt, dass dreihundert davon ausgebildete Söldner und nur hundert erst kürzlich rekrutierte Zivilisten waren. Der Karawanenführer persönlich sollte sie befehligen, und Bathshiba hatte Anweisung, sich nicht mehr auf der Mauerbrüstung sehen zu lassen. Wobei Ballista versuchte, zumindest vorerst nicht weiter über Iarhais befremdliche Zurückhaltung nachzudenken, was seine Kampfbereitschaft betraf. Mit diesem Problem würde er sich befassen, sobald es die Zeit zuließ.

Die neu getroffenen Maßnahmen führten dazu, dass die Mauer im Westen fast genauso stark bemannt war wie vor dem ersten Angriff. Andererseits würden die anderen Mauerabschnitte dadurch nur noch von jeweils zweihundert Söldnern verteidigt werden, unterstützt von einer kleinen Anzahl regulärer römischer Soldaten sowie einer Gruppe ziviler Hilfskräfte im Osten und Süden. Der Dux Ripae war sich durchaus bewusst, dass er sich bei steigenden Verlusten im Verlauf der Belagerung immer stärker auf die Rekruten würde verlassen müssen, die noch vor wenigen Monaten zivile Bürger Aretes gewesen waren. Eine nicht gerade beruhigende Vorstellung.

Jenseits der Ebene blitzte das Drafsh-i-Kavyan, die Schlachtenstandarte des Hauses Sasan, rot, gelb und violett im Licht der frühen Morgensonne, als es sich dem riesigen Rammbock näherte, gefolgt von der mittlerweile so vertrauen Gestalt auf dem weißen Pferd. Als Shapur dort eintraf, vollführten die *Magi* die rituelle Opferzeremonie. Ballista stellte erleichtert fest, dass das Opfer trotz einer angeblichen Vorliebe für nekromantische Praktiken, die den persischen Priestern nachgesagt wurde, keine Menschen beinhaltete. Von römischen Gefangenen war weit und breit nichts zu sehen.

Zwei Ballistae der Verteidiger waren während des Angriffs getroffen worden. Eine hatte repariert werden können, die andere war aus dem Bestand des Magazins ersetzt worden. Mamurra hatte gute Arbeit geleistet. Von den feindlichen Artilleriegeschützen waren drei zerstört worden, zwei während des Vormarschs, das dritte auf dem Rückzug der Perser. Auch diese drei Ballistae waren ersetzt worden. Wenigstens schienen die Sassaniden keine zusätzlichen gebaut zu haben. In diesem Punkt zahlte sich Ballistas rigorose Politik der verbrannten Erde aus. Im Umkreis von etlichen Meilen gab es keinerlei Bauholz. Sollten die Sassaniden weitere Belagerungsmaschinen bauen wollen, würden sie die dafür benötigten Materialien aus großer Entfernung herbeischaffen müssen. Was die Artillerie betraf, war Ballista einigermaßen entspannt. Er verfügte immer noch über fünfundzwanzig Geschütze auf der Westmauer gegenüber zwanzig auf Seiten der Perser.

Hinter dem im Wind flatternden Drafsh-i-Kavyan ritt Shapur zu einem erhöhten Podest, wo er sich in einen aus kostbaren Metallen bestehenden und mit funkelnden Edelsteinen besetzten Thronsessel sinken ließ. Hinter dem Thron zeichneten sich die Furcht einflößenden Umrisse seiner zehn Elefanten ab. Vor ihm hatten sich die »Unsterblichen« unter dem Kommando von Peroz von dem Langschwert und die Jan-avasper, »die sich selbst opfern«, aufgebaut, angeführt von Mariades.

Es überraschte Ballista keineswegs, dass Shapur bisher nicht versucht hatte, die Loyalität der Verteidiger Aretes zu erschüttern, indem er ihnen seinen kraftlosen Anwärter auf den römischen Thron präsentierte. Wer würde sich schon einem ehemaligen Stadtrat wie Mariades anschließen, der sich zuerst in einen Banditen und dann in einen Verräter verwandelt hatte? Das war ungefähr genauso aussichtslos wie der Versuch, einen barbarischen Krieger wie Ballista zum Kaiser zu proklamieren.

Der Mauerbrecher wurde für seinen Einsatz vorbereitet, Lagerarbeiter, Priester und ihr Zubehör weggeschafft. Ein Sprechgesang ertönte: »*Khos-ro-Sha-pur*! *Khos-ro-Sha-pur*!« Alles fokussierte sich auf den riesigen Mauerbrecher, den »Ruhm Shapurs« und die ihn schützende »Schildkröte«. Ballista ging davon aus, dass der Rammbock nach seinem Zusammenbau auf direktem Weg auf das Palmyra-Tor vorrücken würde. Alle seine Maßnahmen gründeten sich auf diese Annahme. Er konnte nur hoffen, dass er sich nicht irrte. Die von ihm bestellten Rinderhäute und die mit Spreu gefüllten Säcke waren in der Nähe aufgestapelt worden. Ob sich die Stadträte wohl noch an ihr höhnisches Kichern erinnern würden, als er die Häute und das Spreu angefordert hatte? Seine mobilen Kräne waren hinter dem Tor positioniert worden, ausgestattet mit eisernen Greifklauen. Eine große Menge schwerer Felsbrocken lagen in Reichweite. Und dann war da noch seine neue Mauer. Vier Tage lang hatten die Legionäre geschuftet, um die Mauer direkt hinter dem Außentor fertigzustellen. Es war sehr bedauerlich, dass sie das Gemälde der *Tyche* von Arete verbarg. Die Abergläubischen mochten etwas in diesen Umstand hineininterpretieren, doch Ballista war nicht abergläubisch.

Würde der König der Könige den Khosro-Shapur auf direktem Weg die Straße entlang in die Zähne der sorgfältig vorbereiteten Verteidigung schicken? Oder war er möglicherweise von dem unbekannten Verräter gewarnt worden? Seit dem gescheiterten Anschlag auf die Getreidespeicher gab es auf jeden Fall einen Verräter weniger in Arete. Doch Ballista war überzeugt, dass es wenigstens noch einen gab. Es waren mindestens zwei Männer erforderlich gewesen, um das Magazin in Brand zu stecken, mindestens zwei Männer, um Scribonius Mucianus zu ermorden und seine Leiche fortzuschaffen. Zugegeben, kein Verräter hatte die Sassaniden über den mit

Naphtha gefüllten Behälter in der verborgenen Grube unmittelbar vor dem Tor informiert, durch den der mittlere »Stadteroberer« ausgeschaltet worden war. Doch der Nordländer sah den Grund dafür eher in einem Kommunikationsproblem als darin, dass es keinen weiteren Verräter in der Stadt gab.

Purpurfarbene und weiße Bänder flatterten, als Shapur die Arme hob und schwungvoll kreisen ließ. Trompeten schmetterten und Trommeln dröhnten. Die große »Schildkröte« mit dem Khosro-Shapur in ihrem Inneren setzte sich in Bewegung, begleitet von den Schutzblenden, den Ballistae und den unzähligen Bogenschützen.

»Meinst du, dass er das geübt hat?«, fragte Maximus.

»Was?«, fragte Ballista zurück.

»Diese Stoffbänder so herumwirbeln zu lassen. Stell dir nur vor, wie bescheuert er dabei aussehen muss, während er die Nummer ganz allein einübt. Ist aber ohnehin sinnlos. Ohne jeden praktischen Wert.«

»Und warum verbringst du deine spärliche Freizeit, wenn du nicht gerade damit beschäftigt bist, Betten durchzurütteln, mit diesem lustigen Herumgefuchtel mit deinem Gladius?«

Maximus lachte. »Damit schüchtere ich meine Feinde ein. Ich habe schon erwachsene Männer gesehen, die bei dem bloßen Anblick vor Angst geschrien haben.«

Ballista musterte seinen Leibwächter wortlos.

»Ja, gut, ich verstehe, worauf du hinauswillst«, räumte Maximus beleidigt ein. »Aber was ich mache, ist etwas ganz anderes.«

»Ich komme immer wieder zu dem Schluss, wie gut es ist, dass du mein Eigentum bist und nicht andersherum«, sagte Ballista.

Der gewaltige Mauerbrecher folgte zielstrebig der Straße, flankiert von den Schutzblenden, die den Ballistae und dem Heer der Bogenschützen Deckung boten.

Allvater, es geht von Neuem los, dachte Ballista. Fast unbewusst vollführte er wieder das übliche Ritual wie vor jeder Schlacht: den Dolch ein Stück aus der Scheide ziehen und wieder hineinstoßen, das gleiche Manöver mit dem Schwert, die kurze Berührung des Heilsteins.

Als die Sassaniden die weiß gestrichenen Steinhaufen passierten, nickte der Dux Antigonus zu. Der Bataver gab das Signal, und die Artillerie eröffnete das Feuer.

Diesmal hatte der Nordländer seine Ballistarii instruiert, ausschließlich die feindliche Artillerie ins Visier zu nehmen. Die Perser, die den riesigen Rammbock schoben, würden sich über ihr Glück wundern. Shapur und sein Gefolge fragten sich mit Sicherheit, warum die Verteidiger keinerlei Anstalten machten, den Khosro-Shapur aufzuhalten.

Durch die Praxis des ersten Angriffs hatte sich die Treffsicherheit der Artilleristen von Arete erhöht. Als die Streitmacht der Sassaniden den weiß gestrichenen Mauerrest erreicht hatte, waren bereits drei ihrer Ballistae durch Steinkugeln der Römer zerschmettert worden. Während der Mauerbrecher, die Schutzblenden und die Bogenschützen ihren langsamen Vormarsch fortsetzten, ging die sassanidische Artillerie entlang der Zweihundert-Schritte-Linie in Stellung und begann, den Beschuss zu erwidern. Die Bilanz der ersten Schusswechsel war ausgeglichen, auf beiden Seiten wurden jeweils zwei Ballistae ausgeschaltet. Trotzdem war der Dux Ripae zufrieden mit der Entwicklung. Dies war das einzige Gebiet der Schlacht, auf dem er einen Abnutzungskampf zu seinen Gunsten entscheiden konnte. Doch dann durchzuckte ihn ein anderer Gedanke. *Was für eine zynische Kalkulation! Männer sterben – auf unserer Seite wie auf der der Feinde –, und ich zähle nur die Menge der zerstörten und beschädigten Geschütze, berechne lediglich die Auswirkungen der unterschiedlichen Feuerkraft. Wie abstoßend! Den Göttern sei Dank, dass sich der Krieg nicht allein auf solche unpersönlichen Rechenaufgaben reduzieren lässt, darauf, wie viele Maschinen gegeneinander antreten. Wäre es so, zu was für einer unmenschlichen Gleichung würde das eine kriegerische Auseinandersetzung machen?*

Die sassanidischen Offiziere hatten eine beneidenswerte Kontrolle über ihre Truppen. Die Bogenschützen warteten mit dem Beschuss, bis die Schutzblenden ihre Positionen nur fünfzig Schritte von der Stadtmauer entfernt bezogen hatten. Nicht ein Pfeil wurde abgefeuert, bis der Befehl dazu erfolgte. Doch dann verdunkelte sich der Himmel ein weiteres Mal. Als der Pfeilhagel mit einem fürchterlichen Zischen einschlug, war Ballista erneut von dem nahezu unglaublichen Ausmaß überwältigt. Die Verteidiger duckten sich hinter den Zinnen und unter ihren Schilden, um den ersten Ansturm zu überstehen. Vereinzelte Schreie verrieten, dass nicht alle unbeschadet davonkamen. In der kurzen Pause zwischen der ersten und der nächsten Salve sprangen die Bogenschützen der Verteidiger aus ihrer Deckung auf, um den Pfeilhagel durch eine eigene Salve zu erwidern.

Ballista, der hinter der Brüstung kauerte, von allen Seiten geschützt durch die Schilde seiner Männer, wusste, dass ihm keine andere Wahl blieb, als den Pfeilhagel zu ignorieren. Nach Ansicht der philosophischen Schule der Stoiker war alles irrelevant, was die Moral und das Ziel einen Mannes nicht erschüttern konnte. Von dieser Warte aus betrachtet, war selbst der Tod an sich irrelevant und nichts weiter als ein verfluchtes Mittel zum Zweck. Ballistas einzige Aufgabe bestand darin, den großen Mauerbrecher, den Khosro-Shapur zu zerstören. Diesem Ziel hatte sich alles andere unterzuordnen.

Den Ausmaßen der »Schildkröte« nach zu schließen, musste der Rammbock etwa sechzig Fuß lang sein. Seine Spitze, die aus dem transportablen Gerüst herausragte, steckte in einer passgenauen Metallkappe, die mit metallenen Bändern an dem hölzernen Schaft befestigt war. Der Durchmesser des Schafts schien etwa zwei Fuß zu betragen. Wie die Schildkröte war er mit nassen Lederhäuten umwickelt.

Einzelne Krieger stürmten dem Khosro-Shapur mit selbstmörderischem Mut voraus, um die verkohlten Überreste des Belagerungsturms aus dem Weg zu räumen und die Grube, in die er eingebrochen war, mit Schotter aufzufüllen, gerade einmal zwanzig Schritte von dem Tor entfernt. Es war praktisch unmöglich für die römischen Bogenschützen, sie zu verfehlen. Der Fanatismus, mit dem die Sassaniden in die Bresche und in den sicheren Tod sprangen, um die Gefallenen vor ihnen zu ersetzen, hatte etwas zutiefst Verstörendes an sich. Waren sie betrunken? Standen sie unter Drogen?

Die »Schildkröte« rückte Schritt für Schritt weiter vor. Das Geröll in der Grube bewegte sich, doch es trug das Gewicht des Mauerbrechers. Die Ramme näherte sich dem Tor.

»Alle bereit machen! Sie kommen! Jetzt!« Auf Ballistas Befehl hin erhoben sich die Legionäre inmitten eines Orkans von Pfeilen. Zwei Männer ganz in seiner Nähe wurden getroffen und stolperten rückwärts. Ohne einen Moment lang innezuhalten, hievten die Überlebenden die triefend nassen, aus ungegerbten Tierhäuten zusammengenähten und mit Spreu gefüllten Säcke vor Anstrengung keuchend über die Brüstung. Die Säcke stürzten wie nasse Matratzen in die Tiefe. Die Seile, mit denen sie an den Zinnen festgebunden waren, strafften sich ruckartig und hielten die triefenden Säcke direkt vor dem Tor. Ein schneller Blick über die Brüstung bestätigte Ballista, dass er die Länge der Seile richtig berechnet hatte. Das hölzerne Palmyra-Tor würde so vor der vollen Wucht des Rammbocks geschützt sein, und die nassen Säcke konnten nicht in Brand gesetzt werden. Ballistas Schachzug hatte den Verteidigern ein wenig Zeit verschafft. Die Kranausleger schwenkten über ihren Köpfen auswärts.

Fast zur selben Zeit schwärmten Sassaniden am Heck der »Schildkröte« mit an langen Stangen befestigten Sensen aus. Trotz seiner Enttäuschung verspürte Ballista einen Anflug widerwilliger Bewunderung für Shapur und seine Männer in sich aufsteigen. Sie waren auf seinen Trick mit den Säcken vorbereitet gewesen. Kein Wunder, dass ihnen Antiochia, Seleukia und so viele andere Städte in den unruhigen Zeiten in die Hände gefallen waren. Diese Ostländer kannten sich auf dem Gebiet der Belagerung von Städten besser aus als alle anderen Barbaren, mit denen Ballista es bisher zu tun bekommen hatte.

Ohne jegliche Deckung am Fuß des Tores fielen die Perser wie die Fliegen. Sobald einer fiel, sprang ein anderer vor, um die Sense seines toten Kameraden aufzuheben. Verdammte Fanatiker, dachte Ballista. Ein Seil nach dem anderen wurde durchtrennt. Die Strohsäcke pendelten hin und her und sackten immer tiefer. Der Nordländer verfluchte sich dafür, nicht daran gedacht zu haben, Ketten statt der Seile zu benutzen. Aber es war sinnlos, der verpassten Gelegenheit jetzt noch nachzutrauern.

Einer nach dem anderen klatschten die triefend nassen Säcke schwerfällig auf den Boden. Das hölzerne Außentor war jetzt ungeschützt. Die große Ramme schwang vor, ihre Spitze näherte sich dem Tor.

Ballista stand auf. Ein Schwarm Pfeile schoss ihm entgegen. Den rechten Arm mit dem Schild über den Kopf erhoben, dirigierte er den Greifer eines der drei Kräne zu seinem Ziel – ein Stück nach rechts, noch ein bisschen weiter, anhalten, etwas zurück, absenken, die Greifklauen schließen. Pfeile umschwirrten ihn. Einer bohrte sich in seinen Schild. Die Wucht des Einschlags ließ ihn stolpern. Ein zweiter prallte als Querschläger von der Brüstung ab und schoss an seinem Gesicht vorbei. Der Greifer des Krans packte die Ramme unmittelbar hinter ihrer Metallspitze. Ballista gab das Zeichen, ihn einzuholen. Die Kette straffte sich ruckartig. Der Ausleger des Krans ächzte, der Kopf der Ramme begann sich langsam zu heben, bis er nutzlos schräg in den Himmel zeigte.

Einen Moment lang sah es so aus, als würde es funktionieren, doch dann verloren die Klauen plötzlich ihren Griff. Die Spitze der Ramme fiel zurück und zeigte erneut direkt auf das Tor. Wieder rückte die »Schildkröte« vor, bis sie beinahe das Torgebäude berührte. Jetzt war der Spalt zwischen ihr und dem Tor zu schmal für die Greifklaue des Krans. Die Gelegenheit war vorüber, der Abwehrmechanismus hatte versagt. Ballista tauchte wieder hinter der Brüstung in Deckung.

Die Metallspitze des Mauerbrechers zog sich unter die »Schildkröte« zurück und schwang wieder hervor. Das gesamte Torgebäude erzitterte. Der Krach des Aufpralls hallte von den Mauern wider.

Aber noch hielt das Tor stand. Die Ramme schwang zurück und ein weiteres Mal vor. Wieder ertönte ein ohrenbetäubendes Krachen, wieder erbebte das ganze Gebäude. Obwohl das Tor noch hielt, verriet ein seltsam gequält klingendes Knirschen, dass es die Wucht der Schläge nicht mehr lange würde abfangen können.

Mit dem Rücken an die Brüstung gelehnt, sah Ballista zu, wie Antigonus und ein anderer Soldat die Ausleger der beiden anderen Kräne auf ihr Ziel ausrichteten. Die schweren Felsbrocken in den Greifklauen schwangen bedrohlich am Ende ihrer Ketten hin und her, als sie sich einem Punkt direkt über der »Schildkröte« näherten. Die beiden Männer verständigten sich mit einem kurzen Blick und gaben das Zeichen, die Brocken fallen zu lassen. Die Greifklauen gaben gleichzeitig ihre Lasten frei. Einen Herzschlag später klang ein furchtbares Krachen aus der Tiefe empor.

Ein kurzer Blick über die Mauer verriet Ballista, dass die »Schildkröte« noch immer da war. Die Felsbrocken waren von ihr abgeprallt. Schon schwangen die Ausleger der Kräne zurück, um die nächsten Ladungen aufzunehmen. Eine Steinkugel aus einem sassanidischen Artilleriegeschütz riss Antigonus den Kopf weg. Ohne auch nur einen Augenblick zu zögern, sprang ein anderer Soldat auf und nahm den Platz des Batavers ein.

Die riesige Ramme schlug erneut zu. Ballista konnte das Beben im Mauerwerk durch die Sohlen seiner Stiefeln hindurch spüren. Das furchtbare Geräusch von berstendem Holz ertönte. Der Khosro-Shapur hatte ein weiteres Mal triumphiert und von dem äußeren Palmyra-Tor nicht mehr als Brennholz übrig gelassen. Von der sassanidischen Mannschaft, die den »Ruhm Shapurs« bediente, brandeten Jubelschreie auf, die aber gleich wieder verstummten. Die Männer hatten erwartet, vor sich einen Durchgang und dahinter ein weiteres, nicht mehr ganz so massives zweites Holztor zu sehen. Aber sie waren enttäuscht worden. Vor ihnen ragte eine hohe Steinmauer auf.

Die Ausleger aller drei Kräne, an deren Ketten schwere Felsbrocken baumelten, schwangen wieder über das Torgebäude hinaus. Wieder trat Ballista in den Pfeilhagel hinaus, um selbst einen der

Kräne zu dirigieren – nach rechts, weiter nach rechts, noch ein kleines Stückchen weiter –, während Maximus und zwei Equites singulares ihn mit ihren Schilden zu schützen versuchten. Einer der Kavalleristen wurde von einem Pfeil in den Hals getroffen und fiel zu Boden. Sein Blut spritzte über die drei Männer und brannte Ballista in den Augen. Die drei Greifklauen gaben ihre Lasten frei. Unter lautem Bersten und Splittern durchschlugen zwei der schweren Felsen das Dach der »Schildkröte« und legten ihr verletzliches Innere und die Bedienungsmannschaft des Mauerbrechers frei.

Ballista ließ sich zurück in die Deckung fallen. Es gab keinen Grund, den Helden zu spielen. Maximus und der überlebende Soldat landeten halb auf ihm.

Weitere Befehle zu erteilen war überflüssig. Ballista konnte das Pech und den Teer riechen. Alles, was irgendwie entflammbar war, wurde von überall auf den Wehrgängen in das im Dach der »Schildkröte« klaffende Loch geworfen oder geschossen. In der Hoffnung, dass auch noch ein Rest Naphtha dabei war, um auf Nummer sicher zu gehen, schloss Ballista einen Moment lang die Augen und versuchte, seinen heftig keuchenden Atem und das Zittern seiner Hände unter Kontrolle zu bekommen.

»Ja, ja, ja!« Als er die Augen wieder öffnete, sah er Maximus zwischen den Zinnen hindurch in die Tiefe spähen. Der Hibernier fuchtelte wild in der Luft herum. »Es brennt, es brennt wie ein Christ in Neros Garten!«

Ballista warf einen Blick auf seinen über dem Torgebäude flatternden Draco. Der Südwind pfiff durch das geöffnete metallene Maul, und der weiße Windsack, der den Körper des Drachen darstellte, krümmte sich wie eine Schlange. Der Schwarm der sassanidischen Pfeile wurde spärlicher. Mittlerweile hatte sich Mamurra zu Maximus gesellt. Demetrius und Bagoas kauerten auf dem Boden. Der junge Grieche war leichenblass. Ballista tätschelte ihn, als würde er einen ängstlichen Hund beruhigen.

»Sie haben genug! Sie fliehen!« Maximus und Mamurra richteten sich vollends auf. Ballista blieb sitzen, wo er war.

Unbegreiflicherweise tauchten plötzlich einige Mädchen auf dem Dach des Gebäudehauses auf. Sie trugen knappe Tuniken und jede Menge billigen Schmuck. Mittlerweile hatte der Pfeilbeschuss gänzlich aufgehört. Ballista sah, wie sich die Mädchen entlang der Brüstung in einer Reihe aufstellten und kicherten. Dann zogen sie alle gleichzeitig ihre Tuniken hoch. Ballista starrte verblüfft auf fünfzehn nackte Mädchenbrüste. »Was, beim Hades …?«

Mamurras kantiges Gesicht verzog sich zu einem Grinsen. »Heute ist der 3. Mai.« Als er den Ausdruck völliger Verständnislosigkeit auf Ballistas Gesicht bemerkte, fügte er hinzu: »Der letzte Tag der Feier von Ludi Florales, an dem sich die Prostituierten einer Stadt traditionell nackt zeigen.« Er deutete mit dem Daumen in die Richtung, in die die Mädchen blickten. »Diese Mädchen ehren die Götter und zeigen gleichzeitig den Sassaniden, was ihnen entgeht.«

Alle Männer auf dem Dach des Torgebäudes lachten. Bagoas war der Einzige, der nicht in das Gelächter einstimmte.

»Komm schon«, sagte Maximus. »Sei nicht so prüde. Selbst ein Perser wie du muss doch hin und wieder mal Lust auf ein Mädchen haben, und wenn auch nur, weil ihm die Jungs ausgegangen sind.«

Bagoas ignorierte ihn und wandte sich Ballista zu. »Teile des Körpers herzuzeigen, die aus Schicklichkeit verborgen bleiben sollten, ist ein böses Omen. Jeder Mobad könnte dir das sagen. Was sie getan haben, kündigt den Fall dieser Stadt der Unrechtschaffenen an. So wie diese Frauen ihre Geheimnisse und verborgenen Stellen den Sassaniden offenbart haben, so wird es auch Arete tun.«

Einen Tag und eine Nacht lang wehte eine schwarze ölige Rauchfahne nach Norden, während der Khosro-Shapur, der »Ruhm Shapurs« brannte. Die lodernden Flammen des Mauerbrechers und seiner »Schildkröte« erhellten die Dunkelheit.

Sieben Tage lang gaben sich die Sassaniden ihrem Kummer hin. Tag und Nacht aßen und tranken die Männer, sangen Klagelieder und tanzten ihre traurigen Tänze, Reihen von dicht umschlungenen und sich langsam im Kreis drehenden Kriegern. Die Frauen wehklagten, zerrissen ihre Kleider und schlugen sich auf die Brüste. Der Lärm der Trauerzeremonie hallte über die Ebene.

Dann verstrichen zwei Monate, während der die Perser nichts unternahmen, zumindest keine aktiven Maßnahmen, was die unmittelbare Belagerung betraf. Sie hoben einen Graben um ihr Lager herum aus und umgaben ihn mit einem niedrigen Damm, da für eine Palisade kein Holz verfügbar war. Hinter der nördlichen und südlichen Felsschlucht und auf der anderen Seite des Flusses stationierten sie berittene Wachposten. Kavallerietrupps wurden ausgeschickt, vermutlich zur Aufklärung und zum Plündern. In einigen mondlosen Nächten schlichen sich kleinere Gruppen bis dicht an die Mauern heran und schossen Pfeilsalven in der Hoffnung ab, ein oder zwei unvorsichtige Wachen auf der Mauerbrüstung oder Passanten in den Straßen dahinter zu erwischen. Doch abgesehen davon unternahmen sie keine weiteren Angriffe und bauten kein neues Belagerungsgerät. Den Rest des Mais, den gesamten Juni hindurch und bis in die ersten Julitage hinein schienen sie auf irgendetwas zu warten.

Was tue ich hier eigentlich?, fragte sich der Legionär Castricius ratlos. Es ist der 24. Mai, der Geburtstag des schon lange toten kaiserlichen Prinzen Germanicus – ein Gebet zum Gedenken an Germanicus Cäsar. Heute ist mein Geburtstag. Es ist tiefste Nacht, und ich verstecke mich in irgendeinem feuchten Gestrüpp.

Eine kühle Brise wehte von Nordosten her über den Euphrat und ließ das Schilf rascheln. Abgesehen davon war nur das Gurgeln des großen Stroms und ein leises Plätschern an seinem Ufer zu hören. Es roch durchdringend nach feuchter Erde und verrottenden Pflanzen. Die paar Wolkenfetzen, die über den Himmel trieben, verhüllten den Mond nicht besser als der zerrissene Umhang eines Bettlers seinen Träger. Direkt vor Castricius' Gesicht schimmerte ein Spinnennetz silbern im Mondlicht.

Es ist mein Geburtstag, und mir ist kalt, ich bin müde und habe Angst. Und schuld daran bin ich ganz allein. Castricius bewegte sich leicht, hob sein nasses Hinterteil etwas an und wurde prompt von dem Mann hinter ihm ermahnt, leise zu sein. Leck mich, Bruder, dachte er und ließ sich auf den Boden zurücksinken. Warum nur? Warum muss ich immer so ein Idiot sein? Ein ehrgeiziger kleiner Optio wie Prosper erkundigt sich nach Freiwilligen – könnte ein bisschen gefährlich werden, Jungs –, und ich hebe die Hand wie eine Hure ihre Tunika. Warum lerne ich nie dazu? Warum muss ich immer wieder beweisen, was für ein toller Hecht ich doch bin, furchtlos und zu allem bereit? Castricius' Gedanken wanderten in der Zeit zurück zu seinem Lehrer in Nemausus. »Du wirst noch mal am Kreuz enden«, hatte der Paedagogus mehr als nur einmal gesagt. Bisher hatte er sich geirrt. Dafür war Castricius in den Minen gelandet. Er unterdrückte einen Schauder. Wenn ich die Minen überstehen kann, kann ich alles überleben. Mondschein oder nicht, verglichen mit den Minen wird diese Nacht ein Spaziergang durch ein persisches Paradies werden.

Der Soldat vor ihm drehte sich um und bedeutete ihm mit einem wortlosen Zeichen, dass es Zeit war zu gehen. Castricius stand steifbeinig auf. Die Männer schlichen geduckt durch die Schilffelder. Sie versuchten, leise zu sein, aber ihr Trupp bestand aus dreißig Mann. Morast schmatzte unter ihren Stiefeln, metallene Schnallen und Haken an ihren Gürteln klirrten leise, eine aufgeschreckte Ente flatterte mit lautem Flügelschlag panisch davon. Und der Wind kommt von hinten und trägt den Krach zu den Persern hinüber, dachte Castricius. Mondschein, jede Menge Geräusche und ein unerfahrener Offizier, dieser Einsatz beinhaltet alle Voraussetzungen für eine Katastrophe.

Schließlich erreichten sie die felsige Böschung. Der junge Optio Gaius Licinius Prosper gab seinen Männern das Zeichen zu klettern. Sollte ich sterben müssen, nur um deinen Ehrgeiz zu befriedigen, dachte Castricius, während er sich seinen Schild auf den Rücken schnallte, werde ich von den Toten zurückkehren und dich heimsuchen.

Seit es Prosper gelungen war, das Abfackeln der Getreidespeicher zu verhindern, hatte er kein Geheimnis aus seinen Ambitionen gemacht. Direkt am Flussufer war die jenseitige Böschung der Felsschlucht ziemlich steil. Es war dieser Umstand, der Prospers Aufmerksamkeit erregt hatte.

»Die Sassaniden werden nicht mit einem nächtlichen Überfall aus dieser Richtung rechnen.« Gut, wir werden schon bald herausfinden, ob du recht hattest, junger Mann, dachte Castricius.

Er erreichte das Ende der Böschung als einer der Ersten. Höhenangst war kein Thema für ihn, und er konnte gut klettern. Er spähte über den Rand der Schlucht. Rund fünfzig Schritte entfernt flackerte das erste persische Lagerfeuer. Um das Feuer herum konnte er die Umrisse schlafender Männer unter ihren Mänteln sehen. Es gab keinerlei Anzeichen einer Nachtwache. Von weiter entfernt drangen Geräuschfetzen von Unterhaltungen, Gelächter und Gesang herüber. Um das erste Feuer herum schien niemand wach zu sein.

Als der Rest der Gruppe die Kletterpartie hinter sich gebracht hatte, flüsterte Prosper nur ein Wort: »Jetzt!« Nach einigen unbeholfenen Momenten waren alle Männer über den Rand geklettert, hatten sich aufgerichtet, die um ihre Rücken geschnallten Schilde gelöst und ihre Schwerter gezogen. Wie durch ein Wunder schliefen die Perser weiter.

Ohne einen weiteren Befehl überquerten die Freiwilligen den etwa fünfzig Schritte breiten, vom Licht des Mondes erhellten Streifen, der sie von dem Lagerfeuer trennte. Vielleicht klappt es ja tatsächlich, dachte Castricius. Wie seine Kameraden auch begann er zu rennen und suchte sich sein Ziel aus. Die Umrisse eines Mannes unter einem roten Mantel, der sich den Hut tief ins Gesicht gezogen hatte und immer noch schlief. Castricius schwang seine Spatha.

Die Klinge hatte den Mantel kaum berührt, da wusste Castricius bereits, dass der nächtliche Überfall fürchterlich schiefgehen würde. Sie waren in eine Falle getappt, die ihn wahrscheinlich das Leben kosten würde. Statt durch Fleisch und Knochen schnitt die Klinge durch ein wie ein menschlicher Körper geformtes Strohbündel. Castricius ging reflexartig in eine tiefe Hocke, den Schild erhoben. Nicht einen Moment zu spät, denn schon jagte die erste Pfeilsalve durch die Reihen der Römer. Pfeilspitzen bohrten sich in hölzerne Schilde, prallten scheppernd von Kettenhemden und metallenen Helmen ab, drangen in ungeschütztes Fleisch. Männer schrien.

Ein Schlag gegen seine linke Schläfe ließ Castricius zu Boden gehen. Er benötigte einen Moment, um sein Schwert zu finden, das ihm aus der Hand gefallen war, und sich wieder aufzurichten, bevor er begriff, dass ein Pfeil von seinem Schläfenschutz abgeprallt war und sie von zwei Seiten unter Beschuss standen.

»Testudo!«, schrie Prosper. »Testudo-Formation einnehmen!« Tief geduckt eilte Castricius zu seinem Optio. Ein Pfeil pfiff dicht vor seiner Nase vorbei. Ganz in der Nähe schluchzte ein Mann und rief auf Lateinisch nach seiner Mutter.

Eine Trompete schmetterte und übertönte den Kampflärm. Der Pfeilbeschuss hörte auf. Die Römer blickten sich um. Etwa zwanzig standen noch aufrecht, hatten sich zu einem unordentlichen Haufen zusammengedrängt, statt eine geschlossene Testudo-Formation zu bilden.

Wieder ertönte die Trompetenfanfare, gefolgt von einem anschwellenden Sprechgesang: »Per-oz! Per-oz! Sieg! Sieg!« Aus der Dunkelheit stürmte eine Schar sassanidischer Krieger hervor. Der Feuerschein ließ ihre Rüstungen und die Klingen ihrer Langschwerter glitzern, Mordlust funkelte in ihren Augen.

»Ich will verflucht sein!«, stieß ein Legionär hervor. »Das sind ja Hunderte!«

Wie eine Woge, die einen Strand überspült, wurden sie von den Persern überrollt. Castricius parierte den ersten Schlag mit dem Schild und schwang seine Spatha senkrecht, die Handfläche nach oben gedreht, unter der Deckung seines Gegners hindurch. Die Klinge traf das Fußgelenk des Persers. Die Wucht des Aufpralls rüttelte Castricius' Arm durch. Der Sassanide ging zu Boden. Sofort nahm ein anderer seinen Platz ein.

Der nächste Krieger ließ sein Schwert senkrecht auf Castricius herabsausen. Als der die Klinge mit seinem Schild abfing, konnte er es splittern hören und fühlen. Links von ihm wischte eine römische Schwertklinge vorbei, die auf die Achselhöhle des Persers zielte. Funken stieben auf, als die Klingenspitze an der Rüstung des Sassaniden abglitt. Bevor Prosper seinen Arm zurückziehen konnte, fuhr eine andere persische Klinge herab und hackte ihm die rechte Hand ab. Castricius sah entsetzt, wie der junge Optio herumwirbelte, auf die Knie sank und seinen rechten Armstumpf mit der linken Hand umklammerte, den Mund zu einem stummen Schrei aufgerissen. Alles war voller Blut. Zwei Sassaniden rückten auf den römischen Offizier vor, um ihm den Rest zu geben. Castricius machte kehrt und floh.

Mit laut auf dem felsigen Untergrund trommelnden Stiefeln rannte der Legionär auf den Rand der steilen Böschung zu und ließ sein Schild und Schwert fallen. Als er sich der Abbruchkante näherte, warf er sich im vollen Lauf zur Seite, rutschte die letzten Schritte über den Boden. Seine Füße ragten in die Leere hinaus. Er drehte sich auf den Bauch und tastete hektisch um sich herum nach einem Halt. Einen Moment lang befürchtete er, sich verrechnet zu haben und über den Rand der Böschung, die an dieser Stelle fast hundert Fuß weit steil abfiel, einfach hinwegzuschießen. Einen Sturz aus dieser Höhe konnte er unmöglich überleben. Ein scharfer Schmerz schoss durch seine Hände, als seine Fingernägel brachen, doch im letzten Moment fanden seine Finger einen Halt, der seinen Sturz abbremste. So schlitterte er auf dem Bauch liegend rücklings in die Tiefe.

Obwohl er mindestens vierhundert Schritte Luftlinie weit vom Ort des Geschehens entfernt war, konnte Ballista vom Dach des südwestlichsten Turms sehen, wie die Falle zuschnappte, noch bevor die Soldaten des nächtlichen Kommandounternehmens es selbst merkten. Er hörte das Sirren der Bogensehnen, die Schreie der Männer und zwei Trompetenfanfaren.

»Verdammt«, murmelte er leise.

»Wir müssen ihnen helfen!«, sprudelte Demetrius hervor.

Ballista schwieg.

»Wir müssen doch irgendetwas tun!«, drängte der junge Grieche.

»Natürlich wäre das gut«, knurrte Maximus, »aber es gibt nichts, was wir tun könnten. Wir haben nicht die geringste Chance, ihnen zu Hilfe zu kommen, bevor alles vorbei ist. Und davon abgesehen, können wir es uns nicht leisten, noch mehr Männer zu verlieren.«

Ballista blickte eine Weile in die Dunkelheit und schlug dann vor, zu dem südlichen Ausfalltor zu gehen, nur für den Fall, dass irgendjemand überlebt und die Flucht zurück geschafft hatte. Während sie die Stufen der Porta Aquaria hinabstiegen, ließ er sich den Stand der Dinge noch einmal durch den Kopf gehen.

Was ihn antrieb, waren die Worte, die ihm während seiner Ausbildung zum Offizier von seinen Vorgesetzten immer wieder eingetrichtert worden waren: Eine passive Verteidigung ist gar keine Verteidigung. Eine inaktive Verteidigung überlässt nicht nur den Belagerern den Schwung und die Initiative, sie untergräbt auch die Disziplin der Verteidiger, schwächt ihren Widerstandsgeist. Deshalb hatte er seit der Zerstörung des Mauerbrechers immer wieder kleine nächtliche Überfallkommandos ausgesandt. Aber irgendwie war er nicht mit ganzem Herzen bei der Sache gewesen.

Antigonus' Tod hatte die Dinge verändert. Mit ihm hatte er einen wahren Meister auf dem Gebiet verdeckter Operationen verloren. Wie sehr er ihn vermisste! Er erinnerte sich wehmütig an die meisterhafte Art, wie der Bataver die während des ersten Angriffs auf der kleinen Insel im Euphrat gestrandeten Sassaniden ausgeschaltet hatte. Zwanzig tote Perser und nicht ein Gefallener aufseiten der Römer. In dieser Nacht war der Tod mit bestürzender Geschwindigkeit und Effektivität durch das hohe Schilfgras zu den verängstigten Persern gekommen. Alle Trupps, die Ballista seither ausgeschickt hatte, hatten ihr Bestes versucht, doch die Ergebnisse waren durchwachsen gewesen. Manchmal wurden sie entdeckt und brachen das Unternehmen bereits ab, bevor es richtig begonnen hatte. Und häufig erlitten sie ebenso große Verluste, wie sie den Persern zufügten. Und jetzt dieses absolute Desaster. Was auch immer in den Lehrbüchern stehen mochte, was auch immer die Doktrin seiner Mentoren postulierte, Ballista hatte nicht vor, weitere derartige Kommandounternehmen zu befehlen.

Er stand neben dem offenen Nebentor und dachte an Antigonus. Es war schon merkwürdig, wie sehr er sich in einer derart kurzen Zeit auf ihn verlassen hatte. Das gehörte zu den seltsamen Dingen in einem Krieg. Häufig entstanden innerhalb kürzester Zeit enge Bande zwischen völlig unterschiedlichen Männern, die der Tod sogar noch schneller wieder zerstören konnte. Ballista sah die Szene noch einmal vor seinem inneren Auge ablaufen, die Steinkugel, die Antigonus den Kopf wegriss, der enthauptete Leichnam, der noch einen Moment aufrecht stehen blieb, die aus seinem Hals spritzende Blutfontäne.

Mit stechender Lunge, schmerzenden Gliedern und vor Schweiß brennenden Augen pflügte sich Castricius seinen Weg durch das hohe Schilf. Gleich nachdem er am Fuß der Klippen angekommen war, hatte er seinen Helm von sich geschleudert und sich das Kettenhemd vom Leib gerissen. Seine einzige Hoffnung auf Überleben lag in einer schnellen Flucht. So war er durch niedrige Dattelpalmen gerannt, die ihm ins Gesicht peitschten, und über Wurzeln gestolpert, die sich um seine Beine zu winden schienen. Einmal war er in vollem Lauf so schwer vornüber in den Morast gestürzt, dass es ihm die Luft aus den Lungen gepresst hatte. Es kostete ihn einiges an Überwindung, die Erschöpfung und Verzweiflung abzuschütteln, wieder aufzuspringen und weiterzuhetzen.

Unvermittelt endete der Wald aus Schilfrohren vor ihm. Vor ihm erstreckte sich der nackte Boden der Felsschlucht im Mondlicht, und am anderen Ende flackerten einige Fackeln neben dem kleinen Seitentor. Er konnte keine Verfolger hinter sich hören. Trotzdem rannte er weiter. Welch eine Schande, es so weit geschafft zu haben, nur um dann unmittelbar vor der Rettung doch noch niedergestreckt zu werden.

Die Männer um Ballista hörten ihn kommen, noch bevor sie ihn sahen, den keuchenden Atem, die schweren, schleppenden Schritte. Dann stolperte ein unbewaffneter, völlig mit Morast verschmierter Mann, dessen Hände bluteten, in den Lichtkreis der Fackeln.

»Na sieh mal einer an«, sagte Maximus trocken. »Wenn das mal nicht unsere Tunnelratte Castricius ist.«

Während der Frühling in den Sommer überging, krochen Deserteure in beiden Richtungen durch die Felsschluchten oder schlichen sich über die Ebene vor der Westmauer. Dieses Verhalten war ein Phänomen bei Belagerungen, das Ballista immer wieder verblüffte. Ganz egal, wie aussichtslos sich eine Belagerung erwies, einige Verteidiger liefen immer wieder zu den Belagerern über. Umgekehrt riskierten etliche der Angreifer Leib und Leben, um zu den Belagerten zu fliehen, auch wenn die Festung offensichtlich dem Untergang geweiht war. Demetrius erzählte, in dem Werk »Der Jüdische Krieg« von Josephus gelesen zu haben, dass es sogar in der Römischen Armee Deserteure gegeben hatte, die nur Tage vor der Eroberung und anschließenden Zerstörung Jerusalems in die belagerte Stadt geflohen waren. Natürlich gab es auch eine nachvollziehbare Erklärung für ein solches Verhalten. In allen Armeen dienten ziemlich viele äußerst gewalttätige Männer, von denen einige immer wieder Verbrechen verübten, auf denen die Todesstrafe stand. Um dem Tod zu entgehen oder ihn wenigstens um einige Tage hinauszuzögern, waren die Menschen zu den seltsamsten Schritten bereit. Trotzdem fragte sich Ballista immer wieder, warum diese Männer, besonders aufseiten der Belagerer, nicht eher versuchten, an einen weit entfernten Ort zu fliehen, wo sich ihnen zumindest eine Chance bot, ein neues Leben zu beginnen.

Es gab ein kleines Rinnsal sassanidischer Deserteure nach Arete hinein, nie mehr als zwanzig Mann gleichzeitig, obwohl man davon ausgehen durfte, dass etliche gleich von den ersten Wachposten, auf die sie trafen, ohne viel Aufhebens eliminiert worden waren. Und diejenigen, denen es gelungen war, in die Stadt zu gelangen, stellten die Belagerten vor große Probleme. Ballista und Maximus verbrachten viel Zeit damit, sie zu verhören. Bagoas wurde aus nachvollziehbaren Gründen untersagt, mit den Deserteuren zu sprechen. Es erwies sich als unmöglich, mit Sicherheit zwischen echten Flüchtlingen und verdeckten Spionen und Saboteuren zu unterscheiden.

Nachdem Ballista anfangs einige der Deserteure offen sichtbar über die Mauerkronen hatte paradieren lassen, um die Belagerer durch ihren Anblick in Rage zu versetzen, befahl er, sie in den Baracken am Rande des Campus Martius einzusperren, was sich als ein zusätzliches Problem erwies. Zehn Legionäre aus Antoninus Posteriors Centurie, die dort als Reserve stationiert waren, wurden zu ihrer Bewachung abgestellt. Darüber hinaus mussten die Gefangenen mit Wasser und Lebensmitteln versorgt werden.

Zu Beginn der Belagerung waren relativ viele Menschen aus Arete geflohen, doch das ließ schnell nach. Die Sassaniden hatten kurzen Prozess mit ihnen gemacht. Sie trieben überall auf der Ebene angespitzte Pfähle in die Erde, auf denen die Deserteure gepfählt wurden. Diese Maßnahme sollte Angst und Schrecken bei den Belagerten hervorrufen, und das tat sie auch. Einige der Opfer lebten stundenlang, bis sich die Pfähle vollständig durch ihren Anus und ihre Eingeweide gebohrt hatten. Die Sassaniden hatten die Pfähle bewusst in Reichweite der römischen Artillerie aufgestellt, um die Soldaten dazu zu verleiten, ihre ehemaligen Gefährten von ihren Qualen zu erlösen. Ballista hatte angeordnet, keine Munition zu verschwenden. Nachdem die Sassaniden ihre Opfer einige Tage lang auf den Pfählen hatten hängen lassen, nahmen sie sie herunter, enthaupteten sie und schossen die abgetrennten Köpfe mit ihren Katapulten über die Stadtmauer, während sie die Körper den Hunden zum Fraß vorwarfen.

Sollte diese Praxis, abgesehen von der reinen Freude an der Grausamkeit, irgendeinen Zweck verfolgen, dann den, weitere potenzielle Flüchtlinge davon abzuhalten, Arete zu verlassen, um den Nahrungsmittelbedarf in der Stadt auf einem möglichst hohen Niveau zu halten, wie Ballista vermutete. Doch wenn die Perser glaubten, den Belagerten so größere Probleme bereiten zu können, hatten sie sich getäuscht. Ballistas Maßnahmen zum Anlegen von Vorräten machten sich jetzt bezahlt. Solange sie mit Disziplin und Augenmaß vorgingen, würden die Lebensmittel bin in den späten Herbst reichen.

Die reichlichen Vorräte wurden noch durch ein Boot mit Getreide aus Circesium aufgestockt, der nächsten flussaufwärts gelegenen, von den Römern gehaltenen Stadt. Die rund fünfzig Meilen lange Fahrt war nicht ohne Zwischenfälle verlaufen. Auf beiden Seiten des Flusses waren große sassanidische Reiterhorden unterwegs. Zum Glück für die Schiffer war der Euphrat trotz seiner zahlreichen Biegungen in der Regel breit genug, sodass sich der Getreidefrachter in der Mitte des Stroms meistens außer Reichweite der Bogenschützen befand. Er machte am 9. Juni am Kai vor der Porta Aquaria fest, ironischerweise ausgerechnet zum Fest der Vestalia, einem offiziellen Feiertag der Bäcker.

Die Schiffer waren einigermaßen verstimmt. Nachdem sie erhebliche Risiken in Kauf genommen hatten, hatten sie mit einem herzlicheren Empfang gerechnet. Doch die Ankunft des Bootes war in mehrfacher Hinsicht eine Enttäuschung für die eingeschlossene Garnison von Arete. Zusätzliches Getreide war zwar willkommen, aber nicht lebensnotwendig. Bei der ersten Sichtung des Bootes hatten die Belagerten noch darauf gehofft, Verstärkung zu bekommen. Dass die Begleitmannschaft gerade einmal aus zehn Legionären bestand, war kaum von Bedeutung.

Ballista hatte zwar nicht wirklich mit mehr Männern gerechnet, aber auf Briefe gehofft. Es war nur einer von dem Statthalter von Coele Syria dabei, nominell der Vorgesetzte des Dux Ripae. Er hatte ihn vor einem Monat auf dem Weg nach Antiochia geschrieben. »In sicherem Abstand zu irgendwelchen üblen Persern«, wie Demetrius bissig kommentierte.

Der Brief verkündete angeblich gute Nachrichten. Nach seinem vernichtenden Sieg über die Barbaren an der Donau hatte Kaiser Gallenius seinen ältesten Sohn Publius Cornelius Licinius Valerianus zum Cäsar ausgerufen. Der neue Cäsar würde an der Donau bleiben, während der höchst ehrwürdige Augustus Gallenius den Rhein bereiste. In Kleinasien hatten die Götter ihre Liebe zum Imperium offenbart – eine Liebe, die ihren Ursprung in der Frömmigkeit der Kaiser hatte –, indem sie den Rhyndacus hatten anschwellen lassen, wodurch die Stadt Kyzikos von einem Angriff gotischer Piraten verschont geblieben war.

Bis auf einige nichtssagende Ratschläge und allgemeine Ermutigungen – bleib wachsam, leiste weiter so gute Arbeit, Disciplina zahlt sich immer aus – war das alles, was der Brief des Statthalters enthielt. Ballista hatte auf direkte Nachrichten von den Kaisern gewartet, auf irgendetwas mit purpurner Tinte Geschriebenes, das das kaiserliche Siegel trug, auf einen Brief, den er herumschwenken konnte, um die allgemeine Moral zu heben, auf die eindeutige Ankündigung, dass eine imperiale Feldarmee ausgehoben wurde, eine Truppe zur Unterstützung Aretes in Marsch gesetzt worden war, vielleicht sogar auf die Nennung eines angepeilten Datums, zu dem die Belagerung beendet werden würde. Die allgemeine Belehrung, dass sich altmodische römische Virtus immer durchsetzen würde, war nicht unbedingt enorm hilfreich.

Das größere Gesamtbild verdüsterte sich nach einem vertraulichen Gespräch mit den Legionären aus dem Boot, bei dem einige Becher Wein die Runde machten, sobald man die »wunderbaren Nachrichten« auseinanderpflückte und auf ihren wahren Kern reduzierte. Weit davon entfernt, die Barbaren an der Donau vernichtend geschlagen zu haben, war Gallenius gezwungen gewesen, sich den Frieden von den Karpen, dem Stamm, gegen den er gekämpft hatte, teuer zu erkaufen, um weiter zum Rhein ziehen zu können, wo die Franken und Alemannen wüteten und Unheil stifteten. Der neue Cäsar war lediglich ein Kind, das als reines Aushängeschild an der Donau zurückgeblieben war, wo General Ingenuus die eigentliche Macht in den Händen hielt. Die Flut auf dem Rhyndacus mochte zwar Kyzikos gerettet haben, doch nichts hatte die Goten davon abhalten können, Chalcedon, Nicomedia, Nicaea, Prusa und Apamea einzunehmen. Ganz Kleinasien war akut bedroht. General Felix war zusammen mit Celsus, dem bedeutenden Ingenieur für Belagerungstechnik, ausgeschickt worden, um Byzanz zu halten. Valerian persönlich war mit der Hauptstreitmacht der Feldarmee in Kappadokien einmarschiert, um zu versuchen, die Goten wieder aus Kleinasien zu vertreiben.

Wie schlimm die Nachrichten über die allgemeine Lage auch sein mochten, was Ballista noch mehr enttäuschte, war, dass er keinen Brief von Julia bekommen hatte. Er vermisste seine Frau schmerzlich. Es war nicht völlig ausgeschlossen gewesen, dass ein Brief von ihr seinen Weg von Rom oder Sizilien nach Circesium im östlichsten Winkel des Imperiums finden würde, um von dort mit dem Boot bis nach Arete zu gelangen. Alle Briefe, die Julia ihm schrieb, enthielten auch immer ein Bild, das sein Sohn gemalt hatte, ein derart abstraktes Gekritzel, dass nur der Junge selbst erklären konnte, was es darstellen sollte. Es war jetzt zehn Monate her, seit Ballista ihn zuletzt gesehen hatte. Isangrim würde schnell größer werden und sich verändern. Hoffentlich nicht so sehr, dass er ihn nicht wiedererkannte.

Ballista versuchte, seine Enttäuschung abzuschütteln, und wandte sich wieder der Aufgabe zu, die begrenzten Ressourcen, die ihm zur Verteidigung der Stadt zur Verfügung standen, möglichst effektiv einzusetzen. Die zehn neuen Legionäre wurden der Centurie von Lucius Fabius an der Porta Aquaria zugeteilt, da ihre Erfahrungen im Umgang mit Booten dort unter Umständen mehr von Nutzen sein konnten als anderswo. Der Tag, an dem der große Rammbock der Perser verbrannt worden war, hatte überraschend wenig Opfer aufseiten der Verteidiger gefordert, und abgesehen von dem Desaster, bei dem der junge Optio Prosper ums Leben gekommen war, waren durch den gelegentlichen Pfeilbeschuss der Sassaniden und einige unglücklich verlaufene Kommandounternehmen nicht viele Soldaten gefallen. Die Centurien der Legio IIII auf der Wüstenmauer waren immer noch jeweils fast fünfzig Mann stark, die Turmae der Kohorte XX etwa vierzig. Ballista hatte sie durch weitere hundert dienstverpflichtete Bogenschützen aus dem Numerus von Iarhai aufgestockt. Er hoffte, dass die enge Zusammenarbeit mit den regulären Truppen sowohl die Entschlossenheit als auch die militärische Praxis der zwangsrekrutierten Zivilisten fördern würde.

Ihm war nur zu gut bewusst, dass die Maßnahme auch den gegenteiligen Effekt nach sich ziehen und die lasche Disziplin der Zivilisten sich negativ auf die der Soldaten auswirken konnte. Bisher schienen sich die Dinge zwar so wie von ihm erhofft zu entwickeln, aber für seinen Geschmack hätte sich Iarhai häufiger auf den Wehrgängen sehen lassen können. Der ergraute Karawanenbeschützer schien immer weniger Interesse an den militärischen Aspekten der Belagerung zu zeigen.

Je weiter der Sommer voranschritt, desto heißer wurde es. Von den Mauern Aretes aus konnte man immer öfter Luftspiegelungen über der Wüste wabern sehen, die es erschwerten, die Aktivitäten der Perser und Entfernungen richtig einzuschätzen. Für einen Nordländer wie Ballista war die Hitze nahezu unerträglich. Kaum hatte er sich umgezogen, war seine frische Kleidung auch schon wieder nass vor Schweiß. Schwertgürtel und Rüstungsgurte scheuerten den Soldaten die Haut wund. Aber das war nicht einmal das Schlimmste. Noch schlimmer war der allgegenwärtige Staub, der einem in die Augen, die Ohren, den Mund und in die Lungen drang. Alle, die nicht in oder um Arete herum aufgewachsen waren, wurden von einem ständigen trockenen Husten geplagt. Irgendwie schien der Staub sogar durch die Poren unter die Haut selbst zu gelangen. Und dann waren da noch die Fliegen und Mücken, die die Soldaten unablässig umschwirrten und stachen, die über jeden Krümel Nahrung krabbelten und in jedes Glas und jeden Becher krochen.

Es gab nur zwei kurze Zeitabschnitte des Tages, an denen der Aufenthalt im Freien nicht höllisch war. Zum Abend hin, wenn die Temperaturen fielen, vom Euphrat her eine kühlere Brise wehte und der Himmel für kurze Zeit einen lapislazuliblauen Farbton annahm. Und am frühen Morgen, wenn die Wildvögel flogen und der Himmel in einem zarten Rosa schimmerte, bevor die Sonne über den Horizont stieg und sich wieder anschickte, den Männern zuzusetzen.

Um die Mittagszeit des 6. Julis, am ersten Tag der Ludi Apollinares, lag Ballista am Wasserbecken des Frigidariums, um der Hitze des Tages zu entgehen. Da es das private Badehaus im Palast des Dux Ripae war, war der Nordländer allein, als Castricius, sein neuer Standartenträger, eintrat und zackig salutierte.

»Weit im Süden ist auf unserer Seite des Flusses eine große Staubwolke gesichtet worden, die sich Arete nähert.«

Bis Ballista seinen gewohnten Beobachtungsposten über dem Palmyra-Tor bezogen hatte, war die Staubwolke unübersehbar angewachsen. Eine hohe, dichte einzelne graue Säule, die nur von einer riesigen, aus unzähligen Menschen und Tieren bestehenden Kolonne herrühren konnte, die flussaufwärts zog. Vermutlich würde ihre Vorhut das sassanidische Feldlager etwa zum frühen Nachmittag des nächsten Tages erreichen.

Der persische Tross legte ein hohes Tempo vor. Bereits gegen Mittag konnten die Verteidiger sehen, wie sich die ersten Reiter dem Lager näherten. Lange Kamelkarawanen zogen sich über den Horizont, so weit das Auge reichte. Die gemächlich schaukelnden Tiere waren schwer beladen, und einige schleiften irgendwelche Gegenstände hinter sich her. Ballista konnte fast gar keine bewaffneten Begleitmannschaften entdecken. Die Sassaniden schienen äußerst selbstsicher zu sein.

»Was hat das zu bedeuten?«, fragte Demetrius. »Es sind kaum Soldaten zu sehen. Das muss doch ein gutes Zeichen sein.«

Einige Soldaten lächelten nachsichtig über die Naivität des jungen Griechen.

»Unglücklicherweise nicht«, erwiderte Ballista. »Es sind bereits alle Krieger vor Ort, die sie brauchen.«

»Wahrscheinlich sogar mehr, als ihnen lieb ist«, meinte Mamurra. »Sie sind uns zahlenmäßig derart überlegen, dass es günstiger für sie wäre, wenn sie nicht so viele Krieger ernähren müssten. Und die Gefahr, dass eine Seuche ausbricht, erhöht sich bei einer wirklich großen Armee enorm.«

»Dann transportieren die Kamele also Nahrungsmittel?«, fragte Demetrius.

»Ich glaube kaum, dass wir so viel Glück haben.« Ballista wischte sich den Schweiß von der Stirn. »Ich befürchte eher, dass die Kamele Bauholz bringen.«

Die Soldaten in Hörweite nickten gewichtig. Als Ballista bemerkte, dass sein Accensus immer noch nicht begriffen hatte, fuhr er fort: »Einer der Umstände, die uns bisher Sicherheit verschafft und dafür gesorgt haben, dass die Sassaniden monatelang untätig geblieben sind, ist das Fehlen von Bäumen in der näheren Umgebung. Das bisschen, was hier noch übrig war, haben wir vor ihrer Ankunft abgebrannt. Für so ziemlich alle Belagerungsgerätschaften benötigt man Holz, viel Holz – für Artilleriegeschütze, Belagerungstürme, Rammen, Sturmleitern, Schutzschilde, ›Schildkröten‹ und alle Arten von Abdeckungen. Man benötigt Holz für Abstützbalken, wenn man Stollen graben will. Eine Stadt einzunehmen erfordert jede Menge Holz. Es sei denn, natürlich, man bietet den Verteidigern stattdessen säckeweise Gold dafür, sich kampflos zurückzuziehen.«

»Wenn es nur so wäre, Dominus«, seufzte Castricius. »Wenn es doch nur so wäre.«

»Ja, allerdings, Draconarius. Aber leider sind die Sassaniden derart blutrünstige Arschlöcher, dass sie uns lieber pfählen als bestechen.«

Es dauerte zwei volle Tage, bis auch das letzte Kamel der Karawane angekommen war. Das persische Feldlager füllte jetzt die gesamte Ebene bis zu den Hügeln aus. Kamele blökten, Männer brüllten, Trompeten schmetterten. Obwohl alles völlig chaotisch wirkte, musste eine organisierte Planung vorhanden sein, denn innerhalb eines Tages konnte man Zimmerleute bei der Arbeit sehen, die Feuer der mobilen Schmieden wurden angefacht und endlose Reihen entladener Kamele verließen das Lager in nordwestlicher Richtung.

Einen Tag später kehrten sie auch schon wieder zurück. Arbeitskolonnen entluden Unmengen an Ziegelsteinen. Diesmal nahm sich der Praefectus fabrum Zeit, dem jungen Griechen die Details der Arbeiten zu erläutern, die bei einer Belagerung anfielen.

»Die Sassaniden werden eine Belagerungsrampe bauen und versuchen, die Mauerbrüstung damit an irgendeiner Stelle zu überragen. Also, normalerweise wird so eine Rampe, ein Agger, hauptsächlich aus Sand und Geröll aufgeschüttet, aber der Boden hier besteht fast ausschließlich aus Sand, und der breitet sich leicht zu den Seiten hin aus wie die Beine einer der Frauen, die Maximus so schätzt. Deshalb müssen die Perser Mauern errichten, die den Sand festhalten. Dafür haben sie die Ziegelsteine hergeschafft. Die Reptilien waren also nicht so untätig, wie wir gedacht haben. Sie haben irgendwo außerhalb unserer Sichtweite luftgetrocknete Ziegel hergestellt, vermutlich in irgendeinem Dorf in den Hügeln nordwestlich von uns. Und aus dem ganzen Holz werden sie Vinae bauen, mobile Schutzbunker für die armen Schweine, die den Agger aufschütten müssen, und außerdem noch Artilleriegeschütze, die versuchen werden, unsere Ballistae auszuschalten, damit wir die Arbeiter nicht beim Bau der Rampe erledigen können.«

»Thukydides berichtet, dass die Spartaner siebzig Tage gebraucht haben, um ihre Belagerungsrampe bei Plataea zu bauen«, sagte Demetrius mit einem hoffnungsvollen Unterton in der Stimme.

»Wenn wir sie so lange hinhalten könnten, wäre das schon sehr gut«, erwiderte Mamurra.

»Können wir denn gar nichts unternehmen, um sie aufzuhalten?«

Ballista erschlug eine Fliege, die sich auf seinem Arm niedergelassen hatte. »Kein Grund zur Verzweiflung.« Er betrachtete das zerquetschte Insekt einen Moment lang und schnippte es fort. »Ich kann mir etwas vorstellen, das funktionieren könnte.«

Im Schutz der Nacht des 20. Juli schafften die Sassaniden ihre Artillerie, insgesamt dreißig Ballistae, in Schussreichweite an das südliche Ende der Wüstenmauer. Bei Sonnenaufgang erblickten die Verteidiger sie hinter robusten Schutzschilden rund zweihundert Schritte von der Mauer entfernt. Das Artillerieduell begann von Neuem. Um die Zeit des Mittagessens herum waren lange Reihen vom Vinae in Position gebracht worden, die drei lange Gänge bildeten, hinter denen die Perser mit dem Bau der Rampe begannen.

Die lange Periode der Inaktivität war vorüber. Die Belagerung Aretes trat in eine neue, tödliche Phase.

»Du siehst wie ein Mann aus, der vorhat, einem Elefanten einen Leckerbissen zu geben. Komm schon, her damit.« Obwohl Ballista freundlich lächelte, blieben die Angst und Anspannung des Arztes unübersehbar. Er war Zivilist. Seine schäbige Tunika deutete darauf hin, dass er nicht gerade zur Elite seiner Zunft gehörte. Er hielt den Pfeil in beiden Händen. Oder anders gesagt, er hatte beide Arme ausgestreckt und der Pfeil lag auf seinen nach oben gedrehten Handflächen. Seine ganze Körperhaltung sagte: »Das Ding hat nichts mit mir zu tun.«

Da er sah, dass der Arzt sich nicht bewegen würde, ging Ballista langsam auf ihn zu. Ohne eine hektische Bewegung zu machen, so als hätte er es mit einem nervösen Pferd zu tun, nahm er dem Mann den Pfeil aus den Händen. Er betrachtete ihn gründlich. Der Pfeil war im Wesentlichen unauffällig, etwa zweieinhalb Fuß lang, und hatte eine rund zwei Zoll lange dreiflügelige eiserne Pfeilspitze mit Widerhaken, an denen immer noch Überreste von Blut und menschlichem Gewebe erkennbar waren. Wie bei den meisten im Osten gebräuchlichen Pfeilen üblich, bestand der Schaft aus zwei Teilen, einem konisch geformten Endstück aus Holz und darin eingepasst einem längeren Schilfrohr. Zur Verstärkung war die Verbindungsstelle mit einer Tiersehne umwickelt worden. Der Schaft war mit schwarzen und roten Farbstreifen verziert. Die weißen Überreste der drei Federn, aus denen die Befiederung gefertigt worden war, schien nicht gefärbt, sondern naturbelassen worden zu sein. Ballista tippte auf Gänsefedern.

Der Pfeilschaft wies einige Einschnitte und Kerben auf, zweifellos die Spuren der mit Haken versehenen scheußlichen Instrumente, die der Arzt benutzt hatte, um den Pfeil aus dem Fleisch des Getroffenen zu entfernen. Was den sonst eher unauffällig aussehenden Pfeil so außergewöhnlich und möglicherweise wichtig machte, war der Papyrusstreifen, der sich von ihm gelöst hatte. Er war fest um das Ende des Schafts gewickelt und die Federn nachträglich darauf festgeklebt worden. Der Streifen war etwa drei Zoll lang und einen halben Zoll breit. Irgendjemand hatte seine Innenseite kunstvoll mit kleinen griechischen Buchstaben beschriftet. Die Buchstaben wiesen keine Interpunktion auf, was allerdings ganz normal war. Ballista versuchte, den Text zu entziffern, konnte aber keinerlei Wörter entdecken. Alles, was er sah, war eine scheinbar zufällige Aneinanderreihung griechischer Buchstaben. Er löste den Streifen von dem Pfeil und reichte ihn Demetrius.

»Aus wem hast du das Ding rausgeschnitten?«, fragte er den Arzt.

Der Mann schluckte krampfhaft. »Aus einem Soldaten, Kyrios, aus dem Numerus von Ogelos, einem zwangsrekrutierten Bürger von Arete.« Er verstummte. Sein Gesicht war schweißnass.

»Wieso hat er dich aufgesucht?«

»Zwei seiner Kameraden haben ihn zu mir gebracht, Kyrios. Sie waren vorher bei dem Arzt von Ogelos' Numerus, aber der war betrunken.« Der Arzt richtete den Rücken gerader auf. »Ich trinke nie maßlos, Kyrios.« Er blickte Ballista voller Stolz an, schwitzte aber immer noch gewaltig.

»Und hast du herausgefunden, wo es ihn erwischt hat?«

»Oh ja, das haben mir seine Freunde erzählt. Sie haben gesagt, er hätte ständig Pech. Er war nicht auf der Mauer, als es passiert ist, nicht einmal im Dienst. Sie hatten den ganzen Abend gemeinsam im ›Krug‹ verbracht und getrunken. Dann haben sie sich auf den Heimweg gemacht, zurück zu dem Turm direkt neben dem kleinen Ausfalltor. Gerade als sie das kurze Stück offenes Gelände überqueren wollten, ist der Pfeil über die Südmauer geflogen und hat den Burschen in der Schulter erwischt.«

»Hat er überlebt?«

»Oh ja. Ich bin ein sehr guter Arzt.« Sein Tonfall verriet, dass er sich mit seiner Antwort selbst überrascht hatte.

»Ja, das sehe ich.« Ballista ging einen weiteren Schritt auf den Mann zu, baute sich ganz dicht vor ihm auf und setzte bewusst seine Körpergröße ein, um ihn einzuschüchtern. »Du wirst mit niemandem über diese Sache sprechen. Sollte ich erfahren, dass du es getan hast …« Er ließ den Rest des Satzes bedrohlich offen.

»Nein, kein Wort zu niemandem, Kyrios, kein einziges Wort.«

»Gut. Gib meinem Sekretär den Namen des Soldaten und die seiner Freunde, dann kannst du gehen. Du hast deine Pflicht als verantwortungsvoller Bürger dieser Stadt sehr gut erfüllt.«

»Danke, Kyrios, vielen Dank.« Der Arzt stürzte sich geradezu auf Demetrius, der seinen Schreibgriffel bereits gezückt hatte.

Plötzlich ertönte ein lautes, pfeifendes Geräusch von einem großen durch die Luft schießenden Gegenstand, gefolgt von einem gewaltigen Krachen. Der Arzt schrak heftig zusammen. Aus dem Verputz der Decke lösten sich kleine Bröckchen und rieselten herab.

Das Artillerieduell ging bereits in den sechsten Tag. Es war unverkennbar, dass der Arzt nicht das geringste Bedürfnis verspürte, sich länger als unbedingt nötig so nah am Kampfgeschehen wie in diesem von Ballista beschlagnahmten Haus direkt hinter der Westmauer aufzuhalten. Sobald er die Namen der Soldaten auf Demetrius'Tafel gekritzelt hatte, machte er kehrt und lief davon.

Demetrius klappte den Schreibblock zusammen und klemmte ihn sich an den Gürtel. Dann nahm er den Papyrusstreifen und betrachtete die griechischen Buchstaben. Um ihm Zeit zu lassen, füllte Ballista ein paar Becher mit Wein und Wasser für Mamurra, Castricius und Maximus, stellte einen weiteren Becher neben Demetrius ab, setzte sich an einen Tisch und trank langsam.

Wieder ertönte das furchtbare Fauchen eines durch die Luft schießenden Artilleriegeschosses, wieder das laute Krachen, gefolgt von dem von der Decke rieselnden Verputz. Mamurra bemerkte nüchtern, dass ein persischer Ballistarius über sein eigentliches Ziel hinausschoss. Ballista nickte.

Nach einer Weile hob Demetrius den Kopf und lächelte bedauernd. »Tut mir leid, Kyrios. Ich kann die Geheimschrift nicht entziffern. Jedenfalls nicht sofort. Die meisten sind sehr einfach aufgebaut – man benutzt beispielsweise statt des echten immer den nächsten Buchstaben im Alphabet oder etwas Ähnliches. Manchmal ist es sogar noch leichter, man markiert die Buchstaben, aus denen sich die Botschaft zusammensetzt, mit unauffälligen winzigen Zeichen, oder man schreibt sie etwas höher oder tiefer als die anderen. Aber hier, fürchte ich, ist das nicht so einfach. Wenn du erlaubst, werde ich den Streifen behalten und mich weiter damit beschäftigen, wenn ich keine anderen Pflichten mehr habe. Vielleicht gelingt es mir später, die Geheimschrift zu entziffern.«

»Danke«, sagte Ballista. Er blieb an seinem Tisch sitzen und nippte gedankenversunken an seinem Becher. Niemand sprach. Ungefähr jede Minute schlug eine weitere Steinkugel ein, und mit jedem Treffer rieselte mehr Verputz von der Decke und ließ die Staubschicht, die bereits alle Oberflächen im Raum überzog, noch dicker werden.

Wieder einmal wurde Ballista bewusst, wie sehr er Antigonus vermisste. Der Bataver wäre die Idealbesetzung für den Auftrag gewesen, der Ballista vorschwebte. Mamurra war zu sehr mit seinen Pflichten eingespannt, und auf Maximus wollte Ballista nicht verzichten …

»Castricius, ich möchte, dass du mit den drei Soldaten sprichst«, sagte Ballista. »Finde heraus, wo und genau wann der Mann von dem Pfeil erwischt worden ist. Verpflichte die Männer zu absoluter Verschwiegenheit. Du kannst ihnen ruhig ein bisschen Angst machen, um sicherzugehen, dass sie den Mund halten. Und beeil dich, was den Verletzten angeht, damit er nicht vorher an einer Infektion stirbt.«

»Dominus.«

»Dann suchst du dir drei Equites singulares aus und lässt sie die Gegend unauffällig überwachen. Wir können zwar kaum darauf hoffen, dass einer von ihnen von einem weiteren Pfeil mit einer verschlüsselten Nachricht erwischt wird, aber ich möchte wissen, wen sie in diesem Teil der Stadt beobachten.«

»Dominus«, erwiderte der Standartenträger erneut knapp.

»Wer sich auch immer dort herumtreibt, könnte unser Verräter sein, der dort auf das Eintreffen der Nachricht wartet, die ihn nie erreicht hat. Wenigstens haben wir jetzt einen Beweis dafür, dass sich noch immer ein Spion unter uns befindet.«

Die Mondsichel hing tief über dem Horizont. Über ihr zogen die Sternbilder langsam ihre Bahn – Orion, der Große Bär, die Plejaden. Es waren die Iden, der 15. August. Ballista wusste, dass sie in Sicherheit sein würden, sollten sie im November, wenn die Plejaden hinter dem Horizont versanken, immer noch leben.

Auf dem schwer beschädigten Südwestturm herrschte absolute Stille. Alle lauschten angespannt in die Dunkelheit. Normalerweise kehrte am Abend, wenn das Artillerieduell bis zum nächsten Tag pausierte, eine unnatürliche Ruhe ein, doch jetzt, da die Männer auf einen ganz bestimmten Laut lauschten, war die Nacht außerhalb des Turmes von zahllosen Geräuschen erfüllt. Irgendwo in der Stadt bellte ein Hund. In der Nähe weinte ein Kind. Aus dem Feldlager der Sassaniden drang leise das Wiehern eines Pferdes über die Ebene, dazu ein paar Schreie und die Geräuschfetzen einer klagenden Melodie auf einem Saiteninstrument.

»Da! Hörst du es?«, flüsterte Haddudad drängend.

Ballista konnte nichts hören. Er sah im schwachen Licht zu Maximus und Demetrius hinüber. Beide wirkten unschlüssig. Alle spitzten weiter die Ohren. Allmählich ließen die Störgeräusche aus der Stadt nach.

»Da! Da ist es wieder!«, flüsterte der Hauptmann von Iarhais Söldnern noch gedämpfter als zuvor.

Diesmal bildete sich Ballista ein, tatsächlich etwas zu hören. Ja, da war es ganz kurz, das leise helle Klicken, von dem Haddudad gesprochen hatte. Der Nordländer lehnte sich über die Brüstung, eine Hand trichterförmig um sein Ohr gelegt. Das kaum hörbare Klicken war schon wieder verstummt. Sollte es überhaupt da gewesen sein, wurde es jetzt von den Geräuschen einer persischen Patrouille übertönt, die in der südlichen Felsschlucht unterwegs war. Das Knirschen von Kies unter Stiefelsohlen, das Knarren von Leder, das Klirren von Metall auf Metall, alles erschien plötzlich unnatürlich laut. Offenbar hatte die Patrouille einen Posten erreicht. Die Männer auf dem Turm hörten ein leises fragendes »*Peroz-Shapur?*«, gefolgt von der Antwort »*Mazda*«.

Ballista und die anderen tauschten die Positionen und atmeten tief durch, während sie darauf warteten, dass sich die Patrouille wieder außer Hörweite entfernte.

Die normalen nächtlichen Laute kehrten zurück. Eine Eule schrie, ein Artgenosse antwortete. Und in der nachfolgenden Stille klang es erneut auf, irgendwo aus den Tiefen der Felsschlucht, das leise klickende Geräusch einer Spitzhacke, die auf Felsen schlug.

»Du hast recht, Haddudad, sie graben einen Stollen.« Ballista lauschte noch eine Weile in die Dunkelheit hinaus, bis irgendwo in der Stadt hinter ihm eine Tür geöffnet wurde und lautes Gelächter und Stimmengewirr alle anderen Geräusche übertönte.

»Wir sollten einen Aufklärungstrupp ausschicken«, schlug Haddudad noch immer im Flüsterton vor. »In Erfahrung bringen, wo genau der Stollen beginnt. Dann können wir auf seine Route schließen. Ich würde das gern übernehmen. Ich könnte morgen früh die Männer aussuchen und am Abend aufbrechen.«

»Danke für das Angebot, aber nein.« Ballista hatte schon nach Antigonus rufen wollen, bevor er sich wieder erinnerte, dass der Bataver tot war. Er dachte kurz nach. »Wir können nicht bis morgen Abend warten. Wenn wir irgendwelche längeren Vorbereitungen treffen, könnte der Verräter davon erfahren und den Feind warnen, sodass unsere Männer in eine Falle laufen. Nein, es muss noch heute Nacht geschehen, sofort. Ich werde selbst gehen, zusammen mit Maximus.«

Alle atmeten hörbar tief ein, dann meldeten sich mehrere Stimmen gleichzeitig zu Wort. Demetrius wies den Vorschlag leise und bestimmt als zu gefährlich zurück. Haddudad und seine beiden Wachen sagten übereinstimmend – wenn auch jeweils mit anderen Worten –, dass das Wahnsinn sei. Nur Maximus schwieg.

»Ich habe meine Entscheidung getroffen«, erwiderte Ballista. »Niemand verliert ein Wort über diese Angelegenheit. Haddudad, du bleibst mit deinen Leuten hier. Demetrius, du holst mir Asche und angekohlte Korkrinde und triffst Maximus und mich am südlichen Ausfalltor.«

Haddudad und seine Männer salutierten. Demetrius zögerte einen Moment, bevor er die Treppe hinabstieg.

Als der junge Grieche die Asche und den Kork für den nächtlichen Einsatz aus dem beschlagnahmten Haus geholt hatte, das ihnen als militärisches Hauptquartier diente, und an dem kleinen Ausfalltor angekommen war, hatte Ballista seinen Plan bereits dem kommandierenden Decurio der dort stationierten Turma der Kohorte XX erläutert. Er und Maximus würden die Stadt durch das Tor verlassen, das bis zum Morgengrauen geöffnet bleiben sollte. Danach musste es geschlossen werden. Während des Tages durfte es nur dann wieder geöffnet werden, wenn der Dux Ripae und sein Leibwächter davor erschienen und sich die Wache vergewissern konnte, dass sie allein gekommen waren. Für den Fall, dass sie nicht zurückkehrten, sollte Acilius Glabrio die Verteidigung Aretes als Kommandant übernehmen. Ballista hatte ihm vorsorglich ein paar Notizen hinterlassen.

»Bedeutet das nicht, den Bock zum Gärtner zu machen, wenn man bedenkt, dass er deiner Meinung nach selbst unser gesuchter Verräter sein könnte?«, hatte Maximus Ballista auf Keltisch gefragt.

»Sollten wir tatsächlich nicht zurückkehren, dürfte das unsere geringste Sorge sein«, hatte Ballista ebenfalls auf Keltisch erwidert.

Der Nordländer traf seine Vorbereitungen, nahm seinen Helm ab, zog das Kettenhemd aus und entfernte zwei Verzierungen von seinem Schwertgürtel, die »Mauerkrone« und den goldenen Vogel, der ein Abschiedsgeschenk von seiner Mutter war. Dann band er sein langes blondes Haar zusammen und verbarg es unter einem dunklen Tuch. Da er ohnehin stets schwarze Kleidung trug, musste er nur noch sein Gesicht und seine Unterarme mit der verkohlten Korkrinde einreiben.

Maximus benötigte mehr Zeit für seine Vorbereitungen. Er übergab die zahlreichen Dekorationen an seinem Schwertgürtel Demetrius zusammen mit einer sehr anschaulichen Warnung, was er dem jungen Griechen antun würde, sollte der auch nur eine davon verlieren. Da seine Tunika weiß war, zog er sie aus und ließ sich von den Soldaten dabei helfen, seinen muskulösen und von Narben übersäten Oberkörper mit dem Korkruß zu schwärzen. Dann verließen die beiden Männer ohne viel Aufhebens das Tor.

Unmittelbar vor der Mauer blieben sie eine Weile stehen, um ihren Augen Zeit zu geben, sich auf das schwache Licht der Sterne und des Mondes einzustellen. Ballista verpasste Maximus einen spielerischen Fausthieb gegen die Schulter. Der Hibernier erwiderte die Geste, seine Zähne blitzten weiß in der Dunkelheit. Ein schmaler Pfad, dunkler als der felsige Boden, schlängelte sich über die Böschung die Schlucht hinab.

Ohne ein Wort zu verlieren, setzten sie sich in Bewegung. Ballista ging voraus. Sie kannten sich schon so lange, dass es keiner weiteren Worte bedurfte. Maximus wusste, dass Ballistas Vater seinen Sohn bei Erreichen der Pubertät, wie es bei den germanischen Stämmen Sitte war, zu seinem Onkel mütterlicherseits geschickt hatte, um alles zu lernen, was ein Krieger wissen musste. Sein Onkel war ein angesehener führender Krieger aus dem Stamm der Harii gewesen. Seit Tacitus sein Werk *Germania* verfasst hatte, hatte sich der Ruf der Harii als fähige Nachtkämpfer weit über die Wälder des Nordens hinweg verbreitet. Am liebsten kämpften sie in pechschwarzer Nacht. Ihre schattengleiche gespenstische Erscheinung, hervorgerufen durch die geschwärzten Schilde und Körper, erfüllte die Herzen ihrer Feinde mit Angst. Tacitus ging sogar so weit zu behaupten, *»kein Feind erträgt einen derart fremdartigen und höllischen Anblick.«* Maximus wusste, dass es in finsterer Nacht nur sehr wenige Männer gab, die noch gefährlicher waren als sein Dominus und Freund.

Nach einer Weile bog der schräg zur Böschung verlaufende Pfad nach rechts Richtung Ebene ab und folgte, noch immer abschüssig, dem Verlauf der Schlucht. Jetzt befanden sich Ballista und Maximus zwischen den Grabstätten der christlichen Nekropole. Über und unter dem Pfad gähnten die dunklen Eingänge natürlicher und künstlich gegrabener Höhlen, in denen die Anhänger des gekreuzigten Gottes ihre Toten bestatteten.

Ballista blieb stehen und gab Maximus ein Zeichen. Gemeinsam kletterten sie den kurzen Weg zum nächsten Höhleneingang hinauf. Nach etwa drei Fuß stießen sie auf eine Mauer aus Lehmziegeln. Noch immer schweigend, ließen sie sich in die Hocke sinken, die Rücken gegen die Mauer gelehnt, lauschten und spähten in die Dunkelheit. Auf der anderen Seite der Schlucht flackerten Lagerfeuer hinter der Böschungskante. Hin und wieder drangen leise Geräusche gerade an der Hörgrenze zu ihnen herüber. Vom Grund der Schlucht her war nichts zu hören oder zu sehen.

Nach einer für Maximus' Gefühl sehr langen Zeit richtete sich Ballista wieder auf. Maximus folgte ihm. Der Nordländer drehte sich um, fingerte an seiner Hose herum und pinkelte an die Wand.

»Glaubst du nicht, dass es Unglück bringt, auf die Gräber der Christen zu pissen?«, erkundigte sich der Hibernier sehr leise.

Ballista, der sich darauf konzentrierte, nicht auf seine Stiefel zu pinkeln, ließ sich Zeit mit der Antwort. »Vielleicht, wenn ich an ihren Gott glauben würde. Aber es ist mir lieber, hier in der Dunkelheit als draußen im Freien zu pissen.« Er zupfte seine Hose zurecht.

»Wenn ich Angst hätte, würde ich nicht solche Sachen machen«, sagte Maximus. »Dann würde ich lieber den Acker pflügen oder Käse verkaufen.«

»Wer keine Angst kennt, weiß nicht, was Mut ist«, erwiderte Ballista. »Mut bedeutet, trotz seiner Angst das zu tun, was man tun muss. Man könnte es als männliche Tugend unter Druck bezeichnen.«

»Schwachsinn«, knurrte Maximus.

Sie machten sich wieder auf den Weg.

Im schwachen Sternenlicht gerade noch sichtbar, verliefen weitere schmale Pfade in beide Richtungen über die Böschung. Ballista ignorierte die ersten beiden, die abwärtsführten, und blieb vor dem dritten stehen. Nachdem er sich gründlich umgesehen und geschätzt hatte, wie weit sie bereits gegangen waren, entschied er sich für die linke Abzweigung. Der Weg führte sie immer noch tiefer in die Schlucht hinab, aber auch wieder auf den Fluss zu. Je näher sie der Sohle der Schlucht kamen, desto häufiger blieb Ballista stehen. Schließlich gab er seinem Leibwächter ein Zeichen, den Pfad zu verlassen und die Böschung auf geradem Weg hinabzusteigen.

Maximus trat eine kleine Gerölllawine los. Beide Männer erstarrten. Doch nirgendwo wurde Alarm geschlagen. In der Ferne bellte ein Schakal. Andere Tiere stimmten ein. Ballista hatte die Risiken abgewogen und war zu dem Schluss gelangt, dass es weniger gefährlich war, die Böschung auf Händen und Knien mit den auf dem Rücken festgeschnallten Schwertern hinunterzuklettern und dabei hin und wieder ein paar Geräusche zu verursachen, als auf dem Pfad zu bleiben. Wäre er auf sassanidischer Seite für die Wachen verantwortlich gewesen, hätte er überall dort, wo die Pfade den Boden der Schlucht erreichten, einen Posten aufgestellt.

Sie erreichten die Talsohle ohne weitere Zwischenfälle, durchquerten sie sofort und liefen auf die südliche Böschung zu. Es galt, keine Zeit zu verlieren. Sie wussten bereits, dass gelegentlich persische Patrouillen die Schlucht ohne Licht durchstreiften. Mit den Schwertern in der Hand bewegten sie sich in einem langsamen Laufschritt.

Die Böschung auf der anderen Seite der Felsschlucht war steiler. Sie kletterten langsam, suchten immer wieder nach einem festen Halt für ihre Hände und Füße. Als die Böschung wieder flacher wurde, gab Ballista Maximus ein Zeichen, eine Pause einzulegen. Sie drehten sich auf den Rücken, ließen ihre Blicke durch die Finsternis wandern und lauschten angespannt. Und da war es wieder, irgendwo zu ihrer Linken, ein Stück weiter in Richtung der Ebene, das leise helle Hämmern von Spitzhacken auf felsigem Untergrund.

Fuß um Fuß krochen sie, jetzt in einer horizontalen Linie, weiter die Böschung entlang, suchten mit größter Vorsicht sicheren Halt für Hände und Füße. Auch ohne dass Ballista es ihm hatte erklären müssen, konnte Maximus die Überlegungen des Nordländers nachvollziehen. Der Eingang des Stollens würde sich in der nördlichen

Böschung befinden, um den Gang in Richtung der Stadtmauer voranzutreiben. Und die Aufmerksamkeit der Wachen würde in erster Linie dieser Himmelsrichtung gelten. Indem sie die Schlucht durchquert hatten, befanden sie sich jetzt hinter den feindlichen Linien. Mit etwas Glück würde sie niemand bemerken, wenn sie sich aus der unerwarteten Richtung näherten.

Maximus war so sehr darauf konzentriert, keine Geräusche zu verursachen, dass er Ballistas Signal übersah und gegen ihn prallte. Der Nordländer stieß ein leises Grunzen aus, als Maximus' Stiefel ihn an der Wade erwischte, und der Hibernier sog scharf die Luft ein. Danach warteten sie eine Weile reglos.

Mit unendlicher Vorsicht drehte sich Ballista halb herum und deutete schräg abwärts auf die andere Seite der Schlucht. Maximus folgte seinem Beispiel ebenso vorsichtig.

Der Eingang des persischen Stollens befand sich etwa auf halber Höhe der Böschung und wurde von innen durch Fackeln oder Lampen erhellt. In ihrem Schein bewegten sich die dunklen Umrisse der Arbeiter, deren grotesk in die Länge gezogenen Schatten über die Böschung tanzten. Das Geräusch der Spitzhacken war jetzt laut und deutlich zu hören. Am Rand des Stolleneingangs waren die Schemen von Männern zu erkennen, die den Abraum mit Karren und Winden aus dem Gang beförderten.

Ballista fühlte sich sofort an die Geschichten aus seiner alten Heimat erinnert, an Erzählungen über Zwerge, die in den Tiefen der von ihnen erbauten unterirdischen Hallen unheilvolle Pläne schmiedeten. Er fragte sich, was in Maximus' Kopf vorgehen mochte. Vermutlich das, was den ehemaligen Gladiator meistens beschäftigte – Frauen und Alkohol. Die Männer an den Seilwinden unterbrachen plötzlich ihre Arbeit, als irgendeine Art Sichtblende vor den Stolleneingang gezogen wurde.

Ballista richtete den Blick entlang der Schlucht auf den fernen dunklen Fluss, bis sich seine Augen wieder auf die Finsternis eingestellt hatten. Dann versuchte er anhand der schwachen Lichtstrahlen, die durch Lücken in dem Sichtschutz fielen, und der dunklen

Umrisse der Stadtmauern im Hintergrund, die nur von vereinzelten Fackeln erhellt wurden, die genaue Position des Stolleneingangs zu bestimmen. Das erwies sich als ziemlich schwierig, da sich Entfernungen in der Dunkelheit nur sehr schwer abschätzen lassen. Er konnte spüren, dass Maximus an seiner Seite ungeduldig darauf wartete, wieder zu verschwinden, aber er ließ sich Zeit. Sie würden keine zweite Chance bekommen. Schließlich tätschelte er den Arm des Hiberniers und gab das Zeichen zum Rückzug.

Wieder krochen sie Zoll für Zoll wie die Krebse die Böschung auf demselben Weg entlang, den sie gekommen waren. Ballista war noch vorsichtiger als zuvor, da er befürchtete, dass die Erleichterung darüber, sich wieder auf dem Heimweg zu befinden, ihn zu einer falschen Bewegung verleiten konnte. Als er das Gefühl hatte, etwa die Stelle erreicht zu haben, an der sie den Aufstieg beendet hatten, gab er Maximus das Zeichen, wieder hinabzuklettern.

Diesmal legten sie eine kurze Pause ein, als sie am Grund der Schlucht angekommen waren, und versuchten, die Dunkelheit mit ihren Sinnen zu durchdringen. Die große Südmauer Aretes zeichnete sich dunkel vor dem Sternenhimmel ab, nur hier und da von einzelnen Fackeln spärlich beleuchtet. Ihr warmes Licht und die Kompaktheit der Mauern und Türme zogen Ballista wie magisch an, vermittelten ihm ein Gefühl von Schutz und Sicherheit. Er schüttelte es ab. Sobald er sich wieder hinter den Mauern befand, würde sein Krieg erneut aus endloser Bürokratie bestehen, dem Bearbeiten zahlloser Personalakten und Vorratslisten. Hier draußen in der Dunkelheit fand das wirkliche Leben eines Kriegers statt. Hier draußen waren all seine Sinne hellwach und bis zum Zerreißen angespannt.

Am Boden der Schlucht war nichts Verdächtiges zu hören, zu sehen oder zu riechen. Wie zuvor trabten Ballista und Maximus in verhaltenem Tempo los.

Sie hatten etwa die halbe Strecke zurückgelegt, als sie die Geräusche einer sich ihnen nähernden Patrouille vernahmen. Sie erstarrten. Die Böschungen der Schlucht waren auf beiden Seiten zu weit entfernt, um sie rechtzeitig erreichen zu können, und ringsum gab es keinerlei Versteckmöglichkeiten. Die Geräusche wurden lauter, das Knirschen von Geröll unter vielen Stiefelsohlen, das Klatschen von Waffen gegen Schilde und Rüstungen.

Ballista beugte sich zu Maximus vor und flüsterte ihm ins Ohr: »Es sind zu viele, als dass wir uns auf einen Kampf einlassen könnten. Wir müssen uns irgendwie aus der Sache rausreden. Ich hoffe, du hast dein Persisch nicht verlernt.«

Der Hibernier antwortete nicht, aber Ballista glaubte, ihn grinsen gesehen zu haben. Und dann schälte sich die persische Patrouille langsam aus der Dunkelheit, die in der Richtung des Flusses noch kompakter zu sein schien, vorerst nicht viel mehr als ein undeutlicher Schatten.

Maximus trat unvermittelt einen Schritt auf die Sassaniden zu und rief mit leiser, aber durchdringender Stimme: »*Peroz-Shapur!*« Die Geräusche der sich nähernden Patrouille verstummten. Offenbar waren die Männer stehen geblieben, hatten nicht damit gerechnet, an diesem Punkt nach der Parole gefragt zu werden. Nach kurzem Zögern erwiderte eine etwas unsicher klingende Stimme: »*Mazda!*«

»Tretet vor und identifiziert euch!«, rief Maximus ohne zu zögern auf Persisch. Wieder waren die charakteristischen Geräusche zu vernehmen, die ein bewaffneter Trupp beim Gehen unvermeidlich verursacht.

Langsam löste sich der undeutliche Schatten in einzelne Krieger auf. Ballista sah, wie jeweils zwei Perser zu beiden Seiten des Zuges ausscherten. Auch wenn er Maximus' Dreistigkeit bewunderte, hatte er nicht die Absicht, sein Leben den Redekünsten des Hiberniers anzuvertrauen. Als die Patrouille noch etwa fünfzehn Schritte entfernt war, trat er ebenfalls vor und rief: »Halt! Identifiziert euch!«

Die Sassaniden blieben stehen. Die vier, die seitlich ausgeschert waren, hatten Pfeile auf die Sehnen ihrer halb gespannten Bögen gelegt.

»Verdan, Sohn von Nashbad, Führer einer Patrouille von Kriegern der Suren.« Der Tonfall des Mannes verriet, dass er gewohnt war, Autorität auszuüben. »Und wer seid ihr? Ihr habt einen seltsamen Akzent.«

»Titus Petronius Arbiter und Tiberius Claudius Nero.« Das Mondlicht ließ die Klingen glitzern, als die Sassaniden beim Klang der römischen Namen ihre Schwerter aus den Scheiden zogen. Das leise Knarren rechts und links von ihm verriet Ballista, dass die vier Krieger an den Flanken ihre Bögen voll gespannt hatten. »Mariades, der rechtmäßige Kaiser der Römer, ist unser Herr«, fuhr Ballista fort. »Shapur, der König der Könige selbst hat seinem Diener Mariades befohlen, Männer auszuschicken, die heimlich das kleine Ausfalltor im Süden der Stadt der Unrechtschaffenen auskundschaften sollen.«

Eine Weile herrschte Stille. Ballista konnte fühlen, wie sein Herz gegen seine Rippen hämmerte und seine Handflächen feucht wurden. Schließlich brach Vardan das Schweigen. »Und woher soll ich wissen, dass ihr keine Deserteure des Großkaisers Mariades seid?« Die Verachtung, mit der er das Wort »Großkaiser« aussprach, war unüberhörbar. »Römischer Abschaum auf der Flucht zu seinesgleichen.«

»Wären wir dumm genug, in eine dem Untergang geweihte Stadt zu fliehen, würden wir den Tod verdienen.«

»Es gibt jede Menge Idioten auf der Welt, und viele davon sind Römer. Vielleicht sollte ich euch zurück ins Lager bringen, um zu überprüfen, ob eure Geschichte wahr ist.«

»Tu das, dann werde ich kommen und zusehen, wenn du morgen früh gepfählt wirst. Ich bezweifle, dass der Mazda huldigende Shapur, König aller Arier und Nicht-Arier, erfreut sein dürfte, wenn sich ein Offizier der Suren über seine Befehle hinwegsetzt.«

Vardan ging auf Ballista zu. Seine Männer waren unverkennbar überrascht, folgten ihrem Kommandanten aber eilig. Vardan hob sein Langschwert und berührte Ballistas Kehle mit der Klingenspitze. Seine Soldaten bildeten einen Kreis um die beiden. Dann ließ der Perser sein Schwert wieder sinken und musterte Ballistas Gesicht aus nächster Nähe. Der Nordländer erwiderte den Blick ruhig.

»Nimm den Sichtschutz von der Laterne«, befahl Vardan. »Ich möchte mir das Gesicht von diesem Kerl ansehen.«

Einer seiner Männer machte Anstalten, den Befehl auszuführen.

»Nein, tu das nicht«, sagte Ballista in dem befehlsgewohnten Tonfall, der von jahrelanger Praxis als Kommandant zeugte. »Die Mission des großen Königs wird scheitern, wenn ein Licht in der Dunkelheit aufleuchtet. Die Römer auf der Stadtmauer könnten es gar nicht übersehen. Dann wird Shapur nicht die gewünschten Informationen erhalten, und wir werden am Fuß der Mauer sterben.«

Vardan zögerte einen Moment lang, bevor er dem Mann mit der Laterne befahl, zu bleiben, wo er war. Er schob sein Gesicht so dicht an Ballista heran, dass der einen Schwall fremdartiger Gewürze im Atem des Mannes riechen konnte. »Selbst in dieser Dunkelheit, und obwohl du dein Gesicht mit Ruß geschwärzt hast wie ein flüchtiger Sklave, sehe ich dich so deutlich vor mir, dass ich dich jederzeit wiedererkennen werde.« Er nickte langsam, wie um seinen Worten Nachdruck zu verleihen. »Wenn dies ein Trick ist und du in der Stadt bist, wenn sie fällt, dann werde ich dich suchen und finden und mit dir abrechnen. Dann werde *ich* es sein, der zusieht, wie du dich qualvoll auf einem Pfahl windest.«

»So Mazda will, wird es nicht dazu kommen.« Ballista trat einen Schritt zurück, die Hände weit entfernt von seinem Waffengurt. »Die Nacht ist schon weit vorangeschritten. Wenn wir bis zum Morgengrauen zurück sein wollen, müssen wir weitergehen.« Er sah zu Maximus hinüber, deutete mit einem Ruck seines Kopfes auf die Mauer und ging auf den Kreis der Sassaniden zu, die sie immer noch umringten. Die beiden Männer, die ihm den Weg versperrten, regten sich nicht. Er drehte sich noch einmal zu Vardan um. »Sollten wir nicht zurückkehren, berichte unserem Herrn Mariades, dass wir unsere Pflicht erfüllt haben. Merk dir unsere Namen: Petronius und Nero.«

Vardan antwortete nicht, aber auf ein Zeichen von ihm gaben seine Männer den Weg frei. Ballista setzte sich wieder in Bewegung.

Es ist nicht einfach, normal zu gehen, wenn man das Gefühl

hat, beobachtet zu werden, und es ist sogar noch schwerer, wenn man damit rechnen muss, jeden Augenblick getötet zu werden. Ballista kämpfte gegen den Drang an, einfach loszurennen. Maximus, mochte der Allvater ihn segnen, folgte seinem Dominus auf den Fersen. Der erste Pfeil würde ihn treffen. Trotzdem kam es Ballista so vor, als wäre sein Rücken eine ungeschützte Zielscheibe.

Die maximale Entfernung für einen gezielten Schuss mit dem Bogen betrug etwa fünfzig Schritte, weniger bei schwachem Licht. Wie weit hatten sie sich bisher von der persischen Patrouille entfernt? Ballista begann, seine Schritte zu zählen, geriet leicht ins Straucheln und konzentrierte sich wieder darauf, sich so normal wie möglich zu bewegen. Die Zeit schien sich endlos zu dehnen. Die Muskeln in seinen Oberschenkeln kribbelten und zuckten nervös.

Als sie die Böschung auf der anderen Seite der Schlucht unbeschadet erreichten, waren sie regelrecht überrascht. Beide drehten sich um und ließen sich in die Hocke sinken, um ein möglichst kleines Ziel abzugeben.

»Ja, leck mich doch!«, flüsterte Maximus. »*Petronius* und *Nero*?«

»Das ist deine Schuld«, erwiderte Ballista genauso leise. »Hättest du jemals etwas anderes gelesen als das *Satyricon*, wären mir vielleicht irgendwelche andere Namen eingefallen. Aber wie auch immer, sehen wir zu, dass wir von hier verschwinden. Noch sind wir nicht zu Hause. Die Reptilien könnten es sich immer noch anders überlegen und uns folgen.«

Demetrius stand unmittelbar hinter dem Ausfalltor im Freien. Es überraschte ihn selbst, dass er sich dort aufhielt. Zugegeben, der Decurio Cocceius und zwei seiner Männer befanden sich ebenfalls dort, aber er staunte trotzdem über seinen Mut. Eine Stimme in seinem Kopf flüsterte ihm zu, dass er oben von dem Turm aus genauso gut würde hören und sehen können, vielleicht sogar noch besser. Er versuchte, sie zum Schweigen zu bringen. Es war seltsam erregend, sich nach so vielen Monaten wieder außerhalb der Stadtmauern aufzuhalten.

Zusammen mit den drei Soldaten lauschte und spähte er in die Dunkelheit hinein. Die Nacht war erfüllt von zahllosen leisen Geräuschen, dem Umherhuschen kleiner Tiere, dem plötzlichen Flügelschlag eines Nachtvogels. Der sanfte Wind hatte auf Süd gedreht. Vereinzelte Geräuschfetzen, Stimmen, Gelächter, das Schnauben eines Pferdes wehten von dem persischen Wachposten auf der anderen Seite der Felsschlucht herüber. Einmal bellte irgendwo ein Schakal, und andere Tiere antworteten ihm. Das kaum hörbare klickende, klirrende Geräusch von Spitzhacken, die auf Felsen schlugen, ertönte und verstummte wieder. Aber von Ballista und Maximus war kein Laut zu hören, nichts, was darauf hinwies, dass sie von ihrer nächtlichen Mission zurückkehrten.

Die Gedanken des jungen Griechen schweiften ab zu den dunklen Ebenen vor den Mauern Trojas, zu dem Trojaner Dolon, der sich seinen Bogen über den Rücken schnallte, in einen grauen Wolfspelz hüllte und sich heimlich fortstahl, um das Lager der Griechen auszuspähen. Doch die Dinge hatten sich nicht gut für Dolon entwickelt. Dort draußen auf der dunklen Ebene war er wie ein Hase von dem listigen Odysseus und Diomedes gejagt worden. Unter Tränen und um sein Leben bettelnd, hatte Dolon verraten, wo die trojanischen Wachposten standen. Es hatte ihm nicht geholfen. Diomedes hatte ihm mit einem Schwerthieb den Kopf vom Rumpf getrennt. Dolons Kopf war in den Staub gefallen, sein Bogen und der graue Wolfspelz wurden die Beute der Griechen.

Demetrius betete inbrünstig darum, dass Ballista und Maximus nicht Dolons Schicksal teilen würden. Hätte er Homers Werk zur Hand gehabt, hätte er versucht herauszufinden, wie sich die Dinge entwickeln würden. Eine allgemein bekannte Methode der Weissagung bestand darin, wahllos eine Zeile aus der *Ilias* auszusuchen und zu sehen, welches Licht der göttliche Homer auf die Zukunft warf.

Die Geräusche einer sassanidischen Patrouille, die aus der Richtung des Euphrats durch die Felsschlucht marschierte, riss Demetrius ins Hier und Jetzt zurück. Er konnte das fordernde »*Peroz-Shapur*« und die Antwort »*Mazda*« hören, gefolgt von einem leisen persischen Wortwechsel. Wie die anderen stand er vorgebeugt dicht am Rand der Böschung und bemühte sich zu verstehen, was dort unten gesprochen wurde. Es war sinnlos. Er verstand kein einziges Wort Persisch.

Als ein heller Lichtschein durch das kleine Hintertor fiel, zuckte Demetrius heftig zusammen. Er wirbelte herum. Vor dem Tor zeichnete sich Acilius Glabrios Silhouette ab. Das Licht der Fackel fiel auf den vergoldeten Kürass des Adligen, der so geschmiedet war, dass er den muskulösen Oberkörper eines Sportlers oder Heroen imitierte. Der Patrizier trug keinen Helm. Sein in kunstvolle Locken gedrehtes Haar schimmerte, sein Gesicht lag im Schatten.

»Was, im Namen der Götter der Unterwelt, geht hier vor?« Seine Stimme klang zornig. »Decurio, warum steht das Tor offen?«

»Befehle, Dominus. Auf Befehl des Dux.«

»Unsinn, seine Befehle lauteten, dass dieses Tor ständig geschlossen bleiben soll!«

»Nein, Dominus. Er hat mir aufgetragen, das Tor bis zum Morgengrauen offen zu lassen.« Der junge Offizier war sichtlich eingeschüchtert von der offenbar kaum kontrollierten Wut seines Vorgesetzten.

»Und warum sollte er so etwas tun? Um es den Persern zu erleichtern, in die Stadt einzudringen?«

»Nein – nein, Dominus. Er und sein Leibwächter sind dort draußen.«

»Hast du den Verstand verloren? Oder hast du im Dienst getrunken? Wenn ja, werde ich dich auf die altmodische schlimmste Art hinrichten lassen! Du weißt, was das bedeutet.«

Demetrius hatte keine Ahnung, was das bedeutete, Cocceius vermutlich schon. Der Decurio begann, leicht zu zittern. Demetrius fragte sich, ob Acilius Glabrios Wut echt oder nur gespielt war.

»Selbst unser geliebter Dux ist kein solcher Barbar, dass er seinen Posten als Kommandant der Stadt verlassen würde, um mitten in der Nacht außerhalb der Stadtmauern herumzulaufen.« Der junge Adlige drehte sich halb um und deutete auf das kleine Tor. »Du hast nur ein paar Momente Zeit, auf deinen Posten zurückzukehren, bevor ich dieses Tor schließen lasse.«

Einem vorgesetzten Offizier zu widersprechen fiel Cocceius nicht gerade leicht. »Dominus, der Dux ist immer noch da draußen. Wenn du das Tor schließen lässt, sitzt er in der Falle.«

»Noch ein weiteres Wort, und du machst dich der Meuterei schuldig! Rein mit euch!«

Die beiden Soldaten traten eingeschüchtert durch das Tor. Cocceius setzte sich ebenfalls in Bewegung.

»Nein!«, stieß Demetrius hervor. Er schrie fast. »Der Dux Ripae hat Geräusche gehört, die so klingen, als würden die Sassaniden einen Stollen graben. Er ist losgezogen, um herauszufinden, wo sie den Tunnel bauen.«

Acilius Glabrio fuhr herum. »Na, wen haben wir denn da? Den kleinen Lustknaben des Dux.« Er trat dicht an Demetrius heran. Das Licht der Fackel betonte die gekräuselten toupierten Bartsträhnen, die wie die Zacken einer Krone von seinem Kinn und seinen Wangen abstanden. Er verströmte einen intensiven Nelkenduft. »Was hast du hier zu suchen? Verkaufst du deinen Arsch an den Decurio und seine Männer, damit sie das Tor für dich öffnen und dich desertieren lassen?«

»Hör auf den Jungen, Dominus«, bat Cocceius. »Er sagt die Wahrheit.«

Die Einmischung des Decurios lenkte die Aufmerksamkeit des jungen Patriziers wieder von Demetrius ab. Jetzt war seine Wut unverkennbar echt. Er näherte sich drohend dem Offizier. »Habe ich dich nicht gewarnt? Rein mit dir, sofort!«

Cocceius versuchte es mit einem letzten Appell. »Aber Dominus – der Dux – wir können ihn doch nicht einfach draußen seinem Schicksal überlassen.«

Ohne an das Schwert an seiner Hüfte zu denken, bückte sich Demetrius und hob einen großen Stein auf.

»Widersetzt du dich einem direkten Befehl, Decurio?«, herrschte Acilius Glabrio den jungen Offizier an.

Demetrius spürte die scharfen Kanten und die raue Oberfläche des Felsbrockens in seiner Hand. Die von Acilius Glabrios Hinterkopf abstehenden Locken schienen im flackernden Licht der Fackel zu leuchten.

»Ave, Tribunus laticlavius«, erklang plötzlich eine Stimme aus der Dunkelheit.

Acilius Glabrio wirbelte herum. Sein Schwert zuckte mit einem schabenden Geräusch aus der Scheide. Er ließ sich in die Hocke sinken, alle Muskeln angespannt.

Zwei geisterhafte Gestalten, schwarz vor Ruß und mit Staub verschmiert, traten in den tanzenden Lichtkreis. Als der größere der beiden Männer das dunkle Tuch von seinem Kopf zog, fiel ihm sein langes blondes Haar über die Schultern.

»Ich muss dir zu deinem Pflichtbewusstsein gratulieren, Tribunus«, sagte Ballista. »Mitten in der Nacht hier draußen entlang der Festungsmauer zu patrouillieren, das ist höchst lobenswert. Aber ich denke, dass wir jetzt lieber wieder alle zurück durch das Tor gehen sollten. Es gibt jede Menge Dinge zu besprechen. Wie es aussieht, bekommen wir es mit einer neuen Bedrohung zu tun.«

XV

Ballista warf einen letzten Blick auf die persische Belagerungsrampe. Er spähte hinter der behelfsmäßigen Brüstung hervor. Buchstäblich jeden Tag schoss die Artillerie der Sassaniden die Brüstung wieder in Fetzen, nur um von den Verteidigern in der Nacht ein weiteres Mal notdürftig repariert zu werden.

Trotz der dichten Staubwolke waren die Fortschritte deutlich zu erkennen. Die Perser hatten dreizehn Tage vor den Kalenden des Augusts mit dem Bau begonnen. Heute waren es noch neun Tage bis zu den Kalenden des Septembers. Den heutigen Tag eingerechnet, waren das insgesamt sechsunddreißig Tage ununterbrochener Arbeit. Innerhalb dieser Zeit war die Rampe etwa vierzig Schritte lang geworden und fast auf Höhe der Stadtmauer angekommen. Der Graben am Fuß der Mauer, den die Verteidiger mühsam ausgehoben hatten, war mit Geröll aufgefüllt worden. Noch trennte eine schluchtartige Lücke die Stadtmauern von der Rampe, doch sie war nur noch etwa zwanzig Schritte breit, und einen Teil davon füllte bereits das von den Verteidigern angelegte Glacis. Sobald diese Lücke geschlossen war, würden die Sassaniden den finalen Sturm auf die Stadt über eine rund fünfundzwanzig Schritte breite Landbrücke beginnen können.

Die Baufortschritte waren mit der unmenschlichen Schufterei Tausender Arbeiter erkauft worden. Jeden Morgen wurden die persischen Vinae, die mobilen Schutzbunker, im trüben Licht vor Sonnenaufgang vorgeschoben und zu drei langen geschlossenen, überdachten Gängen zusammengefügt. Unter ihnen schafften endlose Arbeiterkolonnen Erde, Geröll und Holz herbei, um es, hinter massiven Schutzwänden verborgen, in die Lücke vor der Rampe zu kippen. Zu beiden Seiten der Rampe zogen andere Arbeiter, auch sie von stabilen Abdeckungen geschützt, mit den getrockneten Lehmziegeln die seitlichen Stützmauern in die Höhe, die das Gemisch aus Sand, Erde und Schotter zusammenhielten.

Die Bauarbeiten hatten unzählige Leben aufseiten der Sassaniden gefordert. Kurz nach Baubeginn hatte Ballista die vier Zwanzig-Pfund-Artilleriegeschütze gegenüber der Rampe hinter der Stadtmauer in Stellung gebracht. Dafür hatten etliche Häuser abgerissen werden müssen. Ihren Eigentümern war eine Entschädigungszahlung versprochen worden – immer vorausgesetzt, die Stadt fiel den Persern nicht in die Hände. Die Vinae mussten jeden Morgen auf denselben Linien vorrücken und den ganzen Tag dort bleiben. Und so konnten die Ballistarii, die die Zwanzig-Pfund-Geschütze bedienten, jeden Morgen wieder blind in hohem Bogen über die Mauer hinwegschießen und einigermaßen sicher davon ausgehen – mithilfe von Beobachtern auf den Mauerkronen –, dass ihre glatt gerundeten Steinkugeln früher oder später mit voller Wucht die eine oder andere Vinae trafen, ihre aus Holz und Leder bestehenden Schutzwände zertrümmerten und die darunter in vermeintlicher Sicherheit schuftenden Arbeiter in einen Übelkeit erregenden Brei aus zerquetschtem Fleisch und zermalmten Knochen verwandelten.

Sobald die Beobachter auf den Mauern »*Treffer! Treffer!*« riefen, kamen die Bogenschützen aus ihren in dem Gegen-Glacis angelegten Schutzbunkern hervor, stürmten die Mauern hinauf und ließen einen verheerenden Pfeilhagel auf die jetzt ungeschützten Sassaniden niedergehen, die hektisch damit beschäftigt waren, die beschädigten Vinae zu reparieren und wieder in Position zu bringen.

Ballista hatte angeordnet, dass sich die auf den Türmen des gefährdeten Mauerabschnitts stationierten Sechspfünder-Geschütze auf die Kolonnen der Maurer konzentrierten. Die Ballistarii, die diese Katapulte bedienten, hatten freies Sichtfeld. Die Schutzwände konnten keine wiederholten Treffer verkraften. Auch hier war der Blutzoll der Sassaniden im Lauf der Zeit gewaltig.

Die sassanidische Artillerie hatte ihr Bestes gegeben, um die gegnerischen Geschütze auszuschalten, aber bisher war es ihr nicht gelungen, die durch den Beschuss der Verteidiger verursachten Verwüstungen nennenswert zu reduzieren. Zweimal hatte Ballista die leichten Artilleriegeschütze und ihre Mannschaften bereits ersetzen müssen, und eines der Zwanzig-Pfund-Katapulte war so stark beschädigt worden, dass sich jeder Versuch, es zu reparieren, erübrigte. Doch obwohl sie über keinen Ersatz an Ballistae dieses Kalibers verfügten, hatte sich das Ausmaß des Beschusses kaum verringert.

Ballista sah, wie ein sechs Pfund schwerer Stein so schnell, dass er kaum noch zu erkennen war, in eine der Schutzwände vor den Maurerkolonnen krachte. Splitter flogen umher, und eine dichte Staubwolke stieg in die Höhe. Die Schutzwand hatte zwar eine tiefe Delle davongetragen, hielt aber stand. Noch ein oder zwei derartige Treffer, und die nächste Barriere war zerstört. Mehr tote Reptilien und eine weitere Verzögerung.

Der Nordländer ging wieder hinter der Brüstung in Deckung, setzte sich auf den Boden, lehnte sich mit dem Rücken an die Wand und dachte nach. Die Sassaniden zogen sich jeden Abend zurück, um den Bau der Belagerungsrampe erst am nächsten Morgen fortzusetzen. Warum? Wieso arbeiteten sie nicht die Nacht durch? Arbeitskräfte hatten sie genug. Wäre er der Kommandant der Angreifer, würde Ballista seine Leute ohne Unterbrechung durchschuften lassen. Irgendwo hatte er gelesen, dass unter dem Vorgängerreich des Ostens, dem der Parther, eine Abneigung dagegen bestanden hatte, nachts zu kämpfen. Vielleicht traf das Gleiche auf ihre Nachfolger zu, die Perser. Andererseits arbeiteten sie auch nachts an dem Stollen in der Felsschlucht. Vielleicht bedurfte es besonderer Maßnahmen, sie dazu zu zwingen. Es war ein Rätsel, aber letztendlich bestand der ganze Krieg aus einer langen Abfolge unerklärlicher Ereignisse.

»Ich habe alles gesehen, was ich fürs Erste sehen musste«, sagte er zu seinen Begleitern. »Lasst uns wieder nach unten gehen.« Er eilte geduckt zur Treppenöffnung im Dach des Turmes und stieg die Stufen hinab. Nur wenige Schritte vom Fuß der Treppe entfernt befand sich der Eingang des nördlichen der beiden Stollen, die er graben ließ. Castricius erwartete ihn dort bereits. Ballista winkte sein

Gefolge hinein, zuerst Maximus, dann Demetrius, den nordafrikanischen Schreiber, zwei Botenläufer und einige Equites singulares.

»Wir können uns hier unterhalten.« Er setzte sich einfach auf den Boden, Castricius hockte sich zusammen mit Demetrius neben ihn. Ballista begutachtete den stabil aussehenden Deckenträger am Eingang und die dicken Stützpfosten. Hier unmittelbar am Eingang war es gar nicht so schlimm. Das überwältigende Gefühl, unter der Erde eingeschlossen zu sein, konnte ihn nicht überwältigen, solange er nur ein paar Schritte benötigte, um ins Freie zurückzukehren.

Auf der anderen Seite des Ganges hatten Arbeiter eine Menschenkette gebildet, die den Schutt des Aushubs in Körben von Hand zu Hand aus dem Stollen schafften.

Castricius zog ein paar Papyrusstreifen hervor, die mit seiner wackligen Handschrift vollgekritzelt waren, und erläuterte mit bewundernswerter Präzision und Knappheit die Anlage des Tunnels. Der Stollen führte unter der Mauer und dem Glacis hindurch wie ein Maulwurfgang in Richtung der persischen Belagerungsrampe. Mithilfe seiner Notizen erklärte Castricius, wie viele Stützbalken und Bohlen zur Stabilisierung der Seitenwände und der Decke er benötigte, wie viele Lampen und Fackeln und welche verschiedenen brennbaren Materialien und deren Behälter für den Endzweck des Stollens erforderlich waren. Demetrius notierte alle Anforderungen, die von Ballista bewilligt wurden.

Nachdem Castricius seinen Bericht beendet hatte, verschwand er wieder in den Tiefen des Tunnels, um den Fortschritt der Arbeiten zu überprüfen. Ballista blieb schweigend sitzen. Über ihnen schlug ein sassanidisches Geschoss in die Mauer ein. Erde rieselte von der Decke herab. Während er sich besorgt fragte, ob der Stützbalken ihm gegenüber auch richtig im Lot stand, grübelte Ballista über Castricius und die unerwartete Wendung nach, die sein Schicksal genommen hatte. Er musste ein furchtbares Verbrechen begangen haben, um zur Strafe in die Minen geschickt worden zu sein. Dass er diese Hölle überlebt hatte, zeugte von einer ungewöhnlichen Zähigkeit. Er war in die Armee eingetreten (gab es da nicht eine Vorschrift, die es verurteilten Schwerverbrechern eigentlich untersagte, in der Armee zu dienen?), hatte die Leiche von Scribonius Mucianus entdeckt, dem Dux sein Wissen auf dem Gebiet des Bergbaus zur Kenntnis gebracht, und war als einer von nur drei Überlebenden des gescheiterten Kommandounternehmens unter der Leitung des jungen Optios Prosper schließlich zu Ballistas Standartenträger aufgestiegen. Jetzt profitierte er ein zweites Mal von seinen Erfahrungen unter Tage, die ihn zum amtierenden Centurio befördert hatten, der den Bau dieses Stollens leitete.

Eine weitere Steinkugel traf die Mauer über ihnen und ließ mehr Erde herabrieseln. Ballistas Gedanken wanderten von der Mine und den Unwägbarkeiten des Schicksals weiter zu der offenen Frage des unentdeckten Verräters in ihren Reihen. Demetrius war es nicht gelungen, die Geheimschrift auf dem Papyrusstreifen zu entziffern, aber die bloße Existenz der verschlüsselten Botschaft, die der Pfeil über die Stadtmauer getragen hatte, bewies, dass sich mindestens noch ein Verräter in Arete herumtrieb – oder dass zumindest die Perser davon ausgingen, noch immer einen Informanten in der Stadt zu haben. Und Ballista war überzeugt, dass sie damit recht hatten.

Was wusste er über den Verräter? Mit ziemlicher Sicherheit, dass er Scribonius Mucianus ermordet hatte. Danach hatte er das Artilleriemagazin in Brand gesetzt und versucht, auch die Getreidespeicher niederbrennen zu lassen. Er kommunizierte mit den Sassaniden, auch wenn die Nachrichtenübermittlung gelegentlich unterbrochen wurde. Es bestand kein Zweifel daran, dass er den Fall der Stadt wollte. Aber wer konnte ein Interesse an etwas derart Ungeheuerlichem haben? Handelte es sich womöglich um einen der Bürger Aretes, die wegen der von Ballista ergriffenen Maßnahmen zur Verteidigung der Stadt ihre Häuser verloren hatten, ihre Familiengräber, Tempel, Sklaven und all die Freiheiten, die ihnen wichtig waren? Und hatte er nicht selbst dazu beigetragen? Wie weit konnte man gehen, bevor man genau die Dinge zerstörte, die man eigentlich beschützen wollte?

Sollte es einer der Bürger Aretes sein, dann kam nur ein reicher

Mann in Frage. Naphtha war sehr teuer, und es stank gewaltig. Nur die Reichen konnten es kaufen und sich dazu einen großen, gut abgedichteten Lagerraum leisten, der den penetranten Geruch verbarg. Und sollte es sich wirklich um einen Einwohner der Stadt handeln, musste er der Elite angehören. Zum Beispiel einer der Karawanenbeschützer – Anamu, Ogelos, sogar Iarhai – oder einer der anderen Stadträte, wie zum Beispiel dieser ständig lächelnde Christ Theodotus.

Aber war es wirklich ein Zivilist? Wie stand es mit den Angehörigen des Militärs? Ballista war sich sehr wohl bewusst, dass Maximus nach wie vor Turpio misstraute. Und das nicht grundlos. Turpio hatte erwiesenermaßen eine zwielichtige Vergangenheit und vom Tod seines Vorgesetzten profitiert. Ballista hatte Maximus' Drängen ignoriert und sich nicht weiter bemüht, herauszufinden, womit Scribonius Turpio zur Mitarbeit erpresst hatte. Vielleicht würde Turpio es eines Tages verraten, aber Ballista bezweifelte stark, dass man ihn dazu zwingen konnte. Andererseits hatte sich Turpio während der Belagerung bewährt. Sein Kommandounternehmen in das Herz des persischen Feldlagers hatte außerordentlichen Mut erfordert. Man konnte durchaus sagen, dass er sich das Recht erkämpft hatte, als vertrauenswürdig betrachtet zu werden. Allerdings, wie Maximus ganz richtig bemerkt hatte, ist Mut eine für einen Verräter nicht unwichtige Eigenschaft – ebenso wie das Vertrauen derjenigen zu genießen, die er zu verraten gedenkt.

Und dann war da natürlich Acilius Glabrio. Ballista war sich bewusst, dass er ihm gegenüber extreme Vorurteile hatte. Das toupierte Haupt- und Barthaar des Tribuns laticlavius, seine herablassende Art und seine Arroganz. Es gab kaum etwas an ihm, das dem Nordländer nicht zuwider war. Er wusste, dass es der junge Patrizier verabscheute, unter dem Kommando eines Barbaren dienen zu müssen. Sollte Turpio der Verräter sein, dann war sein Motiv mit Geldgier zu erklären, oder mit dem Versuch zu verhindern, dass man ihn des Mordes an Scribonius überführte – was letztendlich wieder auf Geld als Motiv hinauslief. Doch sollte sich herausstellen, dass Acilius Glabrio der

Verräter war, dann ging es um Dignitas, diese unübersetzbare Eigenschaft, die es einem römischen Patrizier ermöglichte, an seine natürliche Überlegenheit zu glauben, die ihm eine Begründung für seine Existenz lieferte. Ballista fragte sich, was sich besser mit der Dignitas eines römischen Patriziers vereinbaren ließ – unter einem orientalischen Monarchen zu dienen oder die Erniedrigung, den Befehlen eines Barbaren aus dem hohen Norden gehorchen zu müssen. Aus einer gewissen Perspektive heraus konnte man einen Herrscher aus dem Osten vielleicht als etwas weniger barbarisch betrachten als einen Wilden, der wie Ballista aus den Wäldern des Nordens stammte.

Auch wenn Castricius jetzt für den Bau dieses Stollens verantwortlich war, wurde die Überwachung des Stadtviertels, in der der Pfeil mit der verschlüsselten Nachricht den unglücklichen Soldaten getroffen hatte, weiter aufrechterhalten. Natürlich war der Mann bereits wenige Tage, nachdem ihm der Arzt den Pfeil aus der Schulter operiert hatte, an einer Infektion gestorben. Vier Equites singulares, die Ballista eigentlich nicht erübrigen konnte, behielten die Gegend an Castricius' Stelle mehr oder weniger unauffällig im Auge. Bisher war nichts Verwertbares dabei herausgekommen. Wie zu erwarten gewesen war, hatten sie weder Acilius Glabrio noch Turpio auf ihren Runden gesichtet. Alle drei Karawanenbeschützer besaßen Häuser in diesem Teil der Stadt. Und die christliche Kirche von Theodotus lag dort.

Castricius kehrte von seiner Inspektionstour zurück. Er hockte sich neben Ballista, und sie unterhielten sich wieder über Dinge wie Holz, Olivenöl, Schweinefett, Entfernungen, Erdbeschaffenheit und Aufprallkräfte.

»Danke, Centurio, vielen Dank.« Ballistas Worte ließen Castricius' Brust vor Stolz anschwellen. Er richtete sich zügig auf, war aber erfahren genug, um sich nicht den Kopf an einem der Deckenträger zu stoßen, als er zackig salutierte.

Die Rückkehr ins Freie fühlte sich für Ballista so an, als träte er in einen Ofen. Die Hitze schien ihm regelrecht die Luft aus der Lunge zu saugen. Überall trieben Staubwolken umher. Der Nordländer fühlte die feinen Körner zwischen den Zähnen, in der Kehle und tief in der Luftröhre. Wie alle anderen auch, wurde er von einem ständigen Hustenreiz gequält.

Als sie sich auf den Weg zum südlichen Stollen machten, ertönte von der Mauerbrüstung der Warnruf: »Kindskopf unterwegs!« Alle bis auf Ballista und Maximus warfen sich flach auf den Boden. Die anderen mochten es für Gelassenheit im Angesicht von Gefahr halten, doch der wahre Grund war ein anderer. Beide Männer starrten gebannt in den Himmel, denn sollten sie das Projektil auf sich zuschießen sehen, würde ihnen vielleicht ein winziger Augenblick Zeit bleiben, sich durch einen Hechtsprung in Sicherheit zu bringen.

Der Stein jagte mit einem furchtbaren Zischen über ihren Köpfen hinweg und schlug krachend in ein bereits in Trümmern liegendes Haus ein. Eine weitere Staubwolke stieg in die Luft.

Mamurra wartete im Eingangsbereich des anderen Stollens, der sich unmittelbar vor dem südlichsten Turm der vor der Wüste verlaufenden Mauer befand.

»Dominus.« Sein Gesicht verzog sich zu einem Lächeln.

»Praefectus.« Ballista lächelte zurück. Sie gaben sich die Hand, tauschten Wangenküsse und klopften einander kameradschaftlich auf die Schultern. Mit der Zeit hatte sich eine Freundschaft zwischen ihnen entwickelt. Mamurra hatte ein absolut reines Gewissen, was den Dux Ripae betraf. Nichts, was er in seinen Berichten über Ballista festgehalten hatte, war ungerecht oder feindselig. Der große Barbar war ein guter Mann. Man konnte sich darauf verlassen, dass er jederzeit das Richtige tat.

Ballista betrachtete den Tunneleingang mit Abscheu – die großen, grob bearbeiteten Stützbalken, den unebenen Boden, die scharfkantigen Felswände, die niedrige Decke. Er trat widerwillig hinein. Vor ihm erstreckte sich ein dunkler Gang, nur hier und da von Öllampen in kleinen Nischen dürftig erhellt. Nach dem Lärm, der in dem anderen Stollen geherrscht hatte, war es hier merkwürdig still.

»Wie geht es voran?«

»Bisher gut.« Mamurra lehnte sich an einen Stützpfosten. »Wie versprochen, haben wir den Stollen tief unter der Mauer und dem Glacis hindurch bis etwa fünf Schritte hinter dem Graben vorangetrieben. Dann haben wir rechtwinklig dazu einen kurzen Gang als Lauschposten gegraben. Ich habe in einem der Tempel ein paar alte bronzene Rundschilde entdeckt und an den Wänden befestigen lassen, sodass die Männer sie als Geräuschverstärker benutzen können.«

»Hatten die Priester denn keine Einwände?«

»Sie waren nicht gerade begeistert. Andererseits findet hier gerade ein Krieg statt.«

Obwohl ein Sklave nie ein Gespräch mit einem freien Bürger beginnen sollte, konnte sich Demetrius nicht beherrschen. »Du meinst, es funktioniert wirklich? Ich habe immer gedacht, dass die Sache mit den Schilden nur ein literarischer Kunstgriff der alten Autoren ist.«

Mamurras Grinsen wurde breiter. »Ja, es ist ein alter Trick, aber er funktioniert tatsächlich. Die Schilde verstärken alle Geräusche sehr gut.«

»Und habt ihr irgendetwas hören können?«, fragte Ballista.

»Seltsamerweise nein. Rein gar nichts. Ich bin mir ziemlich sicher, dass wir das Geräusch ihrer Spitzhacken hören müssten, wenn sie ihren Stollen in der Nähe graben würden.«

»Das sind doch bestimmt gute Neuigkeiten«, sagte Demetrius. »Entweder muss es in ihrem Stollen zu einem Einsturz gekommen sein und die Sassaniden haben die Arbeit eingestellt, oder der Tunnel weicht so stark von der geplanten Richtung ab, dass er nicht einmal in der Nähe der Stadtmauern verläuft.«

»Ja, das wären zwei mögliche Erklärungen«, erwiderte Mamurra nachdenklich. »Unglücklicherweise gibt es aber noch eine dritte.« Er wandte sich Ballista zu. »Als du mir erzählt hast, wo sich der Stolleneingang in der Felsschlucht befindet, bin ich davon ausgegangen – so wie wir alle –, dass sein Zweck darin besteht, den südlichsten Turm zu untergraben und zum Einsturz zu bringen, damit der Bau der Belagerungsrampe von dort aus nicht mehr behindert werden kann. Jetzt bin ich mir da längst nicht mehr so sicher. Die Lage könnte durchaus noch gefährlicher sein. Vielleicht wollen die Sassaniden den Stollen weit über die Mauern hinaus vorantreiben, um ihren Truppen einen Zugang in die Stadt selbst zu schaffen. Wenn das stimmt, werden sie damit bis unmittelbar vor der Fertigstellung der Rampe warten und das letzte Stück des Stollens erst dann graben, um uns von zwei Seiten aus gleichzeitig angreifen zu können.«

Ballista und sein Gefolge schwiegen, während sich jeder Einzelne von ihnen ausmalte, wie sich ein unerschöpflicher Strom sassanidischer Krieger über die Rampe und aus dem Stollen in die Stadt ergoss, den die Verteidiger unmöglich aufzuhalten in der Lage sein würden.

»Du wirst es schon hören, wenn sie kommen.« Ballista klopfte Mamurra ermutigend auf die Schulter. »Und dann wirst du sie dir schnappen.«

»Und was dann?«, fragte Demetrius hoffnungsvoll. »Wirst du sie dann ausräuchern, einen Bienenstock oder Skorpione in den Gang werfen oder einen wütenden Bären hineinjagen?«

Mamurra lachte. »Wahrscheinlich nicht. Nein, es wird eher auf ein schmutziges Gemetzel mit Kurzschwertern in der Dunkelheit hinauslaufen.«

Der Pfeil flog direkt auf sein Gesicht zu. Ballista riss den Kopf so ruckartig in die Deckung zurück, dass er mit dem Helm seitlich gegen die Mauerbrüstung prallte und mit dem Wangenschutz über den rauen Stein schabte. Ein Muskel in seinem Rücken verkrampfte sich. Er hatte keine Ahnung, wo der Pfeil gelandet war, aber es war viel zu knapp gewesen. Er stieß vernehmbar die Luft aus und zwang sich, wieder normal zu atmen. Hinter ihm ertönte ein leiser Schmerzlaut.

Tief geduckt kroch er auf Händen und Knien zu dem getroffenen Mann. Es war einer seiner Botenläufer, der Mann aus Subura. Der Pfeil hatte sich ihm tief in das Schlüsselbein gebohrt. Nur das Ende des Schaftes mit der Befiederung ragte noch aus seiner Brust hervor. Der Bote hielt das Pfeilende mit beiden Händen umklammert und starrte es verständnislos an.

»Du kommst wieder in Ordnung«, versicherte ihm Ballista. Er befahl zwei seiner Equites singulares, den Verwundeten zu einem Verbandsplatz zu bringen. Ihrem Gesichtsausdruck nach zu urteilen hielten sie den Befehl für unsinnig, führten ihn aber trotzdem aus.

Hinter die Brüstung zurückgekehrt, riss sich Ballista zusammen. Er zählte bis zwanzig, bevor er wieder über die Mauer lugte. Unmittelbar vor ihm war die Belagerungsrampe. Die Lücke zwischen ihr und der Mauer betrug nur noch knapp fünf Schritte. Unter den Schutzwänden an ihrem Ende, so nahe, dass er das Gefühl hatte, sie beinahe berühren zu können, wenn er einen Arm ausstreckte, fielen Erde, Geröll und hin und wieder ein Baumstamm in die Tiefe und füllten die Lücke immer weiter.

Heute würde es so weit sein. Auch ohne zu sehen, wie sich die sassanidischen Truppen am Fuß der Rampe unter den überdachten Gängen sammelten, hätte er gewusst, dass der Tag gekommen war. Die Perser hatten sich eindeutig entschieden, nicht zu warten, bis die Rampe die Stadtmauer berührte, sondern die Lücke mit einer Art Landungsbrücke zu schließen. Das Rennen ging in seine Endphase. Wie auch immer es ausging, die Entscheidung würde noch heute fallen.

Ballista sah sich um. Das Blut des Botenläufers versickerte bereits im Mauerwerk, eine graue Staubschicht trübte die hellrote Lache. Der Nordländer nickte seinen Begleitern zu und kroch, nach wie vor auf allen vieren, zu der Falltür im Boden des Turms. Maximus, Demetrius und die drei verblieben Equites singulares folgten ihm die Treppe hinab.

Castricius erwartete sie am Eingang des Stollens. Ohne irgendwelche weiteren Formalitäten forderte er sie auf, sich bereitzuhalten.

Ballista hatte voller Unbehagen auf diesen Moment gewartet. Jetzt war er gekommen. Der nächste Schritt war unvermeidbar. Er wollte es nicht tun, aber ihm blieb keine andere Wahl. *Nicht nachdenken, einfach handeln!* »Gehen wir«, sagte er leise.

Schon nach wenigen Schritten durch den nördlichen Stollen erlosch das Tageslicht hinter ihm. Sie bewegten sich schweigend durch den jetzt menschenleeren dunklen Gang. Keine der in den Nischen stehenden Öllampen brannte. Castricius hatte vorher überprüft, dass niemand Stiefel mit Nägeln in den Sohlen trug. Außerdem hatten sie ihre Schwertgürtel, Rüstungen, Helme und alle anderen Gegenstände aus Metall vor dem Stolleneingang zurücklassen müssen. Ein einzelner Funke könnte ausreichen, um ihre größte Angst Wirklichkeit werden zu lassen und das Feuer vorzeitig auszulösen.

In pechschwarzer Finsternis folgten sie dem unterirdischen Gang im Gänsemarsch. Castricius ging voraus, wobei er die Fingerspitzen der rechten Hand zur Orientierung über die Felswand gleiten ließ. Ballista folgte ihm, eine Hand in die Tunika des Centurios gekrallt. Maximus und Demetrius ganz am Ende vervollständigten den kleinen Trupp.

Der Boden war uneben. Ballista trat auf einen losen Stein und verdrehte sich beinahe den Fuß. Er stellte sich vor, hier unten mit einem verstauchten Fußknöchel oder einem gebrochenen Bein gefangen zu sein, und kämpfte die in ihm aufsteigende Panik nieder. *Geh weiter! Nicht denken, einfach handeln!*

Der Weg durch die Finsternis sprach jeglichem Zeitgefühl Hohn, schien die Gesetze der Logik außer Kraft zu setzen. Es kam ihm so vor, als wären sie bereits seit Stunden unterwegs, als hätten sie bereits die gesamte Ebene vor der Stadtmauer unterirdisch durchquert und würden sich direkt unter dem persischen Feldlager befinden.

Dann veränderte sich etwas. Ballista spürte, wie sich der Raum um ihn herum weitete. Vielleicht lag es an den Geräuschen. Das Echo ihrer Schritte verlangsamte sich. Ein seltsamer Geruch erfüllte die Luft und rief unterschiedliche Erinnerungen in Ballista hervor: ein Stall, eine Metzgerei, ein Kriegsschiff. Aber es war nicht mehr so stickig wie zuvor.

Castricius blieb stehen. Die Männer hinter ihm hielten ebenfalls an. Mit äußerster Vorsicht zog Castricius die Abdeckung seiner Laterne ein kleines Stück zurück. Der dünne Lichtschein, der durch den Spalt fiel, erreichte kaum das andere Ende der Höhle. Er hob die Laterne in die Höhe. Die Decke über ihm verschwand in der

Dunkelheit. Dann ließ er die Laterne wieder sinken und drehte sie so, dass ihr Licht auf die Baumstämme fiel, die die Decke stützten. Für Ballistas Gefühl waren es nur sehr wenige und dazu auch noch unfassbar dünn.

»Sie reichen gerade aus, um das Gewicht der Decke tragen zu können«, erklärte Castricius, als könnte er die Gedanken seines Kommandanten lesen. »Das Holz ist gut, lange gelagert und knochentrocken. Ich habe es dick mit Pech einstreichen lassen.«

»Gut«, erwiderte Ballista, der das Gefühl hatte, irgendetwas sagen zu müssen.

Castricius richtete den Lichtschein tiefer auf den Boden. Der größte Teil des Höhlenbodens war knöcheltief mit Stroh bedeckt. Um die Baumstämme herum lagen mit Schweinefett gefüllte Lederbeutel. »Einige Köche könnten Probleme bekommen, aber das Zeug wird gut brennen.«

»Gut«, wiederholte Ballista mit einer Stimme, die sich in seinen eigenen Ohren gepresst anhörte.

»Und das ist das Herz des Ganzen.« Diesmal richtete Castricius den dünnen Lichtstrahl hinter sie. Auf der linken Seite des Ganges, durch den sie die Höhle betreten hatten, standen drei große Bronzekessel auf Holzklötzen, um die herum jede Menge Stroh aufgehäuft worden war. Von dort aus verlief eine Spur aus Streu zurück in den Stollen. »Für den ersten Kessel konnte ich etwas Bitumen auftreiben. Die anderen Kessel enthalten Öl.«

»Ich verstehe«, sagte Ballista.

»Ist alles zu deiner Zufriedenheit?«

»Sehr gut.«

»Die Zündschnur reicht ungefähr bis zum letzten Drittel des Stollens. Wenn ihr im Freien seid, gib mir Bescheid, dann setze ich sie in Brand, wenn du erlaubst.«

»Erlaubnis erteilt.«

»Dann los.«

Nach der Finsternis in dem Stollen schien das Tageslicht so grell, dass es Ballista und seine Begleiter blendete und ihnen die Tränen in die Augen trieb. Nachdem er wieder zu Atem gekommen war, erteilte der Nordländer Castricius den Befehl, die Mine in Brand zu setzen. Sie traten etliche Schritte vom Eingang des Stollens zurück.

Eine Weile tat sich nichts. Dann hörten sie das Klatschen von Castricius Stiefelsohlen und das Poltern von Steinen, die seine Füße zur Seite schleuderten. Kurz darauf rannte er tief geduckt aus dem Tunnel, kam schlitternd zum Stehen, blinzelte heftig und blickte sich suchend um. Als er die anderen entdeckte, ging er zu ihnen.

»Das war es. Alles Weitere liegt nun in der Hand der Götter.«

Die Männer zwängten sich wieder in ihre Rüstungen, schnallten ihre Schwertgürtel um, ergriffen ihre Helme und rannten zu dem Turm. Ballista nahm mit jedem Schritt zwei Stufen auf einmal, gelangte außer Atem auf die Turmplattform, duckte sich hinter die Mauerbrüstung und spähte über ihren Rand hinweg.

Fast alles sah so aus wie zuvor. Und doch wusste Ballista, dass etwas nicht in Ordnung war. Da waren die Lücken. Dahinter die Rampe mit den Schutzwänden. Und hinter ihr, auf gleicher Höhe mit der Basis der Rampe, die Reihe der mobilen Schutzblenden. Und wiederum dahinter die Geschützstellungen der sassanidischen Artillerie. Wie genau Ballista auch hinsah, nirgendwo stieg auch nur der kleinste Rauchfaden aus der Rampe oder um sie herum auf. Kein Anzeichen für das, was eigentlich hätte passieren müssen durch die Feuersbrunst in der künstlichen Höhle, die sich durch die Baumstämme fressen sollte, die die Höhlendecke stützten. Nichts deutete darauf hin, dass die Decke einstürzen und die Rampe über ihr mit sich in die Tiefe reißen würde. Der Boden um die Lehmziegelmauern herum lag unverändert reglos da.

Dann begriff Ballista, was sich verändert hatte. Es war die völlige Ruhe – es flogen keine Artilleriegeschosse und Pfeile mehr durch die Luft, keine Erde und kein Geröll stürzten polternd in die Lücke zwischen der Rampe und der Stadtmauer. Der Augenblick war gekommen, der Sturm würde jede Sekunde losbrechen.

»Haddudad, schaff die Männer auf die Mauern!«, rief Ballista. »Die Reptilien kommen!« Sein Ruf war noch nicht verklungen, als er sah, wie sich die Schutzwand am Ende der Rampe zu heben begann. *Allvater, wir werden dieses Rennen verlieren! Ganz knapp nur, alles, was wir gebraucht hätten, wären ein paar Minuten mehr gewesen!*

Die Abschirmung der Perser war horizontal gekippt worden. Ballista tauchte in die Deckung hinter den Zinnen, als unzählige Pfeile vom Ende der Rampe wie ein wütender Hornissenschwarm hervorschossen und an der Mauerbrüstung abprallten. Ein Wachposten schrie auf. Von einem Pfeil in die Schulter getroffen, wirbelte er herum, trat ins Leere und stürzte auf die Böschung des inneren Glacis hinab, wo er einigen Legionären in den Weg geriet, die aus ihren Schutzbunkern stürmten, um die Mauerbrüstung zu erklimmen.

Der Pfeilhagel brach unvermittelt ab. Ballista spähte kurz über die Brüstung hinweg. Die Sassaniden schoben gerade die Landungsbrücke, aus deren Ende ein langer, tückisch aussehender Dorn hervorragte, über die Lücke direkt auf ihn zu. Ein schneller Blick zurück in die Stadt zeigte Ballista, dass sich die Verteidiger die Böschung des Gegen-Glacis hinaufkämpften, reguläre römische Soldaten, Söldner und zwangsrekrutierte Zivilisten. Sie würden es nicht schaffen, die Mauerkrone rechtzeitig zu erreichen.

Die schräg angewinkelte Landungsbrücke krachte herab, weit genug, um den Dorn hinter der Mauer festzuhaken. Ohne darüber nachzudenken, was er tat, umklammerte Ballista den Rand der Planken. Das Holz fühlte sich glatt und warm an. Er schwang sich über die Brüstung. Seine Stiefel landeten mit einem hohlen Geräusch auf den Holzbohlen. Den Körper zur Seite gedreht und durch den Schild gedeckt, zog er sein Schwert aus der Scheide. Er hörte, wie Maximus' Stiefel dicht zu seiner Linken auf der Brücke landeten, die eines weiteren Verteidigers direkt hinter dem Hibernier. Die Landungsbrücke war nicht breit. Solange sie nicht fielen, konnten drei Männer die Stellung halten – zumindest für kurze Zeit.

Am Ende der Rampe vor Ballista kam eine Reihe wilder, dunkler, bärtiger Gesichter mit weit aufgerissenen Mündern in Sicht, die ihren Hass laut hinausbrüllten. Durch die graue Staubschicht, die sie überzog, leuchteten die strahlenden Farben sassanidischer Umhänge und das schimmernde Metall ihrer Rüstungen. Ihre Stiefel trampelten dröhnend über die Holzplanken.

Der erste Perser stürzte sich auf Ballista, ohne sich die Mühe zu machen, das Langschwert in seiner Hand zu schwingen. Stattdessen versuchte er, seinen Schild gegen den des Nordländers zu rammen und ihn mit bloßer Körperkraft von der Landungsbrücke zu stoßen.

Ballista ließ sich ein Stück zurückdrängen, bevor er nach rechts auswich – die Brücke hatte kein Geländer, und sein rechter Stiefel befand sich gefährlich nahe an ihrem Rand – und seinen linken Fuß direkt hinter den rechten stellte, um sich gegen den Druck des Angreifers zu stemmen. Der Perser wurde von seinem eigenen Schwung mitgerissen. Ballista verdrehte den Körper, schwang das Schwert herum, die Handfläche nach unten gerichtet, und stieß die Spitze in das Schlüsselbein des Persers. Einen kurzen Moment lang setzte das Kettenhemd dem Stoß Widerstand entgegen, dann drang die Klinge zwischen den metallenen Maschen hindurch in weiches Fleisch und schrammte über Knochen.

Der erste Sassanide war kaum gefallen, als auch schon die nächsten hinter und neben Ballista ankamen. Der Dux ließ sich auf ein Knie fallen und schwang sein Schwert horizontal in Knöchelhöhe auf das Bein des ihm nächsten Angreifers zu. Der Mann riss hastig seinen Schild nach unten, um den Schlag zu blockieren. Die Bewegung zwang ihn, sich vorzubeugen, worauf er das Gleichgewicht verlor. Ballista ließ ihm keinen Moment, zu reagieren, sprang vor, stieß ihm seinen Schild gegen die Brust und drückte ihn seitlich zurück. Ein kurzer Ausdruck des Entsetzens huschte über das Gesicht des Persers, als er merkte, dass sein nach Halt tastender Fuß ins Nichts neben der Landungsbrücke trat, bevor er nach hinten wegkippte und mit rudernden Armen in die Tiefe stürzte.

Einen Moment lang schwanke Ballista bedrohlich am Rand des Abgrundes, dann fand er sein Gleichgewicht wieder. Er warf einen schnellen Blick nach links. Zwei Perser lagen zu Maximus' Füßen. Einer der Equites singulares war gefallen, aber ein anderer hatte sofort seinen Platz eingenommen. Ballista rief seinen Männern zu, dicht bei ihm zu bleiben, und stieg vorsichtig über den ersten Sassaniden hinweg, den er getötet hatte.

Die Reihe der Angreifer vor ihm zögerte. Um zu den Verteidigern zu gelangen, mussten sie über die vier Gefallenen oder Sterbenden vor ihnen steigen. Die Sassaniden waren keine Feiglinge, aber nur ein Narr würde sich in einem solchen Kampf freiwillig in eine nachteilige Position begeben.

Ballista spürte, wie ihn eine Woge der Zuversicht durchlief. Er konnte es schaffen, er war gut in solchen Dingen. Zuerst eine perfekte thessalische Finte und gleich darauf ein Ausweichmanöver, das einen Angreifer in die Tiefe hatte stürzen lassen. Doch ein scharfer Schmerz an seinem Oberschenkel beendete die kurze Euphorie sofort wieder. Auf seinem Bein erschien ein weißer Strich, der sich innerhalb eines Sekundenbruchteils zu einem roten Riss verbreiterte. Als das Blut aus der Wunde strömte, zog er das Bein zurück. Es tat weh, es schmerzte sogar heftig, aber es trug sein Gewicht. Die Pfeilspitze hatte nur eine lange Streifwunde in den Muskel gerissen.

Inmitten des von beiden Seiten fliegenden Pfeilhagels hinter seinen Schild geduckt, warf Ballista einen kurzen Blick über den Rand der Landungsbrücke in die Tiefe. Er glaubte, eine dünne Rauchfahne zwischen den Lehmziegeln der Mauer am Fuß der Rampe aufsteigen zu sehen. Schweiß lief ihm den Rücken hinab. Mit einer Penetranz, die ihn beinahe in den Wahnsinn trieb, versuchte eine Fliege immer wieder, in seinen Augen zu landen. Sein Bein pochte schmerzhaft. Die Muskeln würden schon bald steif werden.

Ein sassanidischer Adliger brüllte den Kriegern auf der Rampe irgendetwas zu. Jeden Moment würden sie ihre Unsicherheit abschütteln. Ballista warf erneut einen Blick in die Tiefe.

Da! Diesmal war er sich sicher. Dort unten stieg eindeutig ein Rauchfaden auf. Dann ein zweiter und noch einer.

Die Sassaniden auf der Rampe spürten, dass irgendetwas nicht stimmte. Ihr lautes Gebrüll, das die Verteidiger einschüchtern sollte, verstummte. Sie wechselten verständnislose Blicke. Es war das merkwürdige Geräusch, das sie verunsicherte, völlig anders als der Schlachtenlärm, ein dumpfes, tiefes Dröhnen, beinahe so, als würde eine Woge gegen eine felsige Küste branden.

Plötzlich drang überall um den Fuß der Belagerungsrampe herum Rauch durch die Fugen der Lehmziegelmauer. Das Geräusch einer Meeresbrandung verwandelte sich in das durchdringende Grollen eines Erdbebens. Ein Zittern lief durch die Rampe, die Verbindungsbrücke begann wild zu schaukeln.

Die Verunsicherung in den Gesichtern der Sassaniden wich nackter Panik. Zuerst ganz langsam und dann so abrupt, dass man der Bewegung kaum mit den Augen folgen konnte, stürzte der Mittelteil der Rampe in die Tiefe. Die Seitenwände blieben noch einen Moment lang stehen. Die Landungsbrücke schwankte über dem Abgrund.

»Springen!«

Noch während er das Wort brüllte, wirbelte Ballista auch schon herum und lief los. Die Holzbohlen unter seinen Füßen kippten weg. Auf Händen und Knien kroch er die schräg geneigte Landungsbrücke hinauf, sein Schwert baumelte gefährlich an der um sein Handgelenk befestigten Halteschlaufe und schlug ihm gegen die Beine. Das zur Rampe zeigende Ende der Verbindungsbrücke rutschte in die Tiefe, das andere Ende wurde nur noch von dem aus seiner Unterseite herausragenden Spieß an der Mauerbrüstung gehalten.

Mit einem aus der Kraft der Verzweiflung geborenen Sprung hechtete Ballista wie ein Lachs aufwärts und schaffte es, die Finger der rechten Hand um die Kante am Ende der Verbindungsbrücke zu krallen. Hinter und unter ihm ertönte ein ohrenbetäubendes Dröhnen. Aus der Tiefe schoss eine pilzförmige Staubwolke in die Höhe und raubte ihm die Sicht. Die brüchige Mauerbrüstung gab nach. Die mittlerweile fast senkrecht herabhängende Landungsbrücke rutschte in den Abgrund.

Plötzlich krallten sich schwielige Finger um sein Handgelenk. Einen Moment lang schien sich ihr Griff zu lockern, doch dann wurde er fester. Eine weitere Hand gesellte sich dazu, dann noch eine. Gemeinsam zogen Haddudad und Maximus Ballista auf den Wehrgang.

Eine Weile lag der Nordländer einfach nur auf dem Rücken, beide Hände auf die lange Risswunde in seinem Oberschenkel gepresst. In der Dunkelheit der dichten Staubwolke, die ihn einhüllte, konnte er das Dröhnen und Poltern von Tausenden Tonnen Erde, Holz und Felsen hören, die in die Tiefe stürzten, begleitet von den Schreien aus Hunderten und Tausenden sassanidischen Kehlen.

Dicke Rauchschwaden, die die Insekten vertreiben sollten, stiegen aus den Weihrauchschalen auf. Trotz der lästigen Mückenschwärme war der Abend die einzige Zeit in Arete, die Ballista immer noch genoss. Dann verstummte die Artillerie, und vom Euphrat her wehte eine kühle Brise. Die Terrasse hinter dem Palast des Dux Ripae war der angenehmste Ort für diese kostbaren Stunden. Hinter den von den Equites singulares bewachten Türen in der Gegenwart von Calgacus, der nie um eine bissige Bemerkung verlegen war, fand Ballista ein wenig Privatsphäre.

Der Nordländer nahm seinen Becher, setzte sich auf die Mauerbrüstung und ließ ein Bein über den Rand baumeln. Fledermäuse huschten im Zwielicht über die Klippen. Unter ihm strömte der mächtige Fluss dahin, immer wieder anders und doch immer gleich. Das Grün der Tamarisken war Balsam für die Augen. Vom jenseitigen Flussufer drang leise das Bellen eines Fuchses herüber.

Ballista stellte seinen Becher zur Seite und betrachtete das Amulett, das die beiden Wachen ihm gebracht hatten. Natürlich hatte der Botenläufer aus Subura seine Verwundung nicht überlebt. Sie hatten das Amulett an seinem Körper gefunden. Er hatte es stets unter seiner Kleidung verborgen getragen. Der Lederstrick um seinen Hals, an dem es gehangen hatte, war durch das verkrustete Blut steif geworden.

Das Amulett bestand aus einer Scheibe mit einem Durchmesser von etwa zwei Zoll. Es war eine Erkennungsmarke, die eine Seite unbeschriftet, die andere mit einer Gravur versehen: MILES ARCANUS. Ballista drehte sie in den Fingern herum.

Calgacus näherte sich ihm und riss ihn aus seinen Gedanken. »Dieses heiße syrische Flittchen und ihr elender Vater warten draußen. Er sagt, dass er mit dir sprechen möchte. Wahrscheinlich will er von dir wissen, warum du sie noch nicht gefickt hast.«

»Das dürfte ein interessantes Gespräch werden.«

»Was?«

»Ist schon gut. Würdest du sie bitte reinlassen?«

Calgacus schlurfte davon. »Dein Vater hätte sie schon vor Monaten flachgelegt«, murmelte er vor sich hin. »So wie jeder Mann, der bei klarem Verstand ist.«

Ballista verstaute das Amulett im Beutel an seinem Gürtel, rutschte von der Mauer und strich seine Tunika glatt. Er hatte noch keine Zeit gefunden, zu baden oder zu essen.

»Dominus, der Synodiarch Iarhai und seine Tochter Bathshiba«, kündigte Calgacus die Besucher mit ausgesuchter Höflichkeit an.

Es war lange her, dass Ballista Iarhai mehr als nur flüchtig gesehen hatte. Der Karawanenbeschützer war nur sehr selten auf der Mauer aufgetaucht. Er hatte die Führung seiner Truppen mehr und mehr Haddudad, dem Hauptmann der Söldner, überlassen. Haddudad war zwar ein ausgezeichneter Offizier, doch Iarhais ständige Abwesenheit beunruhigte Ballista.

Als Iarhai aus dem Schatten des Säulenganges trat, erschrak Ballista geradezu über das Ausmaß, in dem sich der Karawanenbeschützer verändert hatte. Iarhai sah dünner aus, geradezu ausgezehrt. Die gebrochene Nase und die Wangenknochen traten deutlicher zutage als zuvor. Die Falten auf seiner Stirn und um seine Mundwinkel herum waren noch tiefer geworden.

»Ave, Iarhai, Synodiarch und Praepositus«, begrüßte Ballista ihn formell durch die Verwendung seiner Titel als Karawanenbeschützer und römischer Offizier.

»Ave, Ballista, Dux Ripae.« Sie schüttelten einander die Hände.

Ballistas Kehle wurde ein bisschen enger, als er sich dem Mädchen zuwandte. »Ave, Bathshiba, Tochter von Iarhai.« Ihre Augen waren schwarz, pechschwarz, und sie lächelten, als Bathshiba den Gruß erwiderte.

»Calgacus, würdest du bitte noch etwas Wein und eine Kleinigkeit zu essen bringen, ein paar Oliven und Nüsse?«

»Dominus.« Der alte Kaledonier verschwand geräuschlos.

»Wenn wir uns auf die Mauer setzen, können wir die kühle Abendbrise genießen.« Ballista sah zu, wie Bathshiba mit geschmeidigen Bewegungen im Schneidersitz auf der Mauer Platz nahm. Gekleidet war sie wie die Söldner ihres Vaters. Das lange schwarze Haar fiel ihr lose über die Schultern, als sie ihre Mütze abnahm und neben sich auf die Mauer legte. Allvater, sie hatte einen Körper, der geradezu nach dem eines Mannes schrie.

Ballista kannte sich gut genug mit den Sitten und Gebräuchen des Orients aus, um nicht zuerst mit der Tochter zu reden. Ebenso wusste er, dass es sich nicht schickte, den Vater ohne Umschweife auf den Grund für seinen Besuch anzusprechen.

»Deine Männer haben gute Arbeit geleistet, Iarhai. Sehr gute Arbeit.«

»Danke. Es hat zum Teil mit ihnen zu tun, weshalb ich zu dir gekommen bin.« Als Ballista ihm aufmunternd zunickte, fuhr er fort: »Sie haben große Verluste erlitten. Von den ursprünglichen dreihundert Söldnern ist nur noch die Hälfte übrig, und von den rekrutierten Zivilisten sind mehr als hundert gefallen. Ich möchte deine Genehmigung einholen, noch einmal hundert einzuberufen. Solange sie sich noch in der Ausbildung befinden, könnten wir sie auf der Südmauer stationieren, wo es meistens verhältnismäßig ruhig ist.«

»Ja, ich habe mir ebenfalls überlegt, dass etwas in der Richtung bald nötig werden dürfte. Ich denke, du solltest versuchen, mehr zu rekrutieren, so um die zweihundert Mann. Sollte es sich als schwierig erweisen, genug geeignete freie Männer zu finden, könnten wir einigen körperlich tauglichen Sklaven die Freiheit versprechen, wenn sie bereit sind, als Kämpfer zu dienen.«

»Das wird den anderen Karawanenbeschützern, Anamu und Ogelos, nicht gefallen.«

»Nein, aber da ihre Männer nicht an der Wüstenmauer stationiert sind, haben sie keine vergleichbaren Verluste erlitten.«

»Ich werde sie behutsam darauf ansprechen. Ich möchte sie nicht verärgern.«

Calgacus kehrte mit einem kleinen Imbiss und Getränken zurück. Ballista trank einen Schluck von seinem Wein und dachte über Iarhais letzte Worte nach. Bei ihm schien sich mehr als nur seine äußere Erscheinung verändert zu haben.

Der Karawanenbesitzer, der sich nicht gesetzt hatte, hob seinen Becher. »Meinen Glückwunsch dazu, wie du gestern die Belagerungsrampe der Perser zerstört hast. Das war ein gelungener Schlag.« Ballista nahm das Lob mit einem Nicken zur Kenntnis. »Die Verteidigung der Stadt verläuft gut«, fügte Iarhai hinzu. »Das Ende der Rampe stellt einen Wendepunkt in der Belagerung dar. Jetzt ist die Gefahr weniger akut.«

Ballista seufzte innerlich. Iarhai konnte nicht wirklich glauben, dass die Gefahr vorüber war, genauso wenig wie er selbst. Der Karawanenbeschützer wusste ganz genau über den Stollen Bescheid, den die Perser von der Felsschlucht aus vorantrieben, über die Möglichkeit, dass es jederzeit zu einem weiteren massiven Angriff kommen konnte und die Gefahr durch Verrat längst nicht gebannt war.

»Ich denke, wir haben noch eine lange Wegstrecke vor uns, bevor wir in Sicherheit sind.« Ballista lächelte, um seinem Widerspruch die Schärfe zu nehmen.

Eine Weile herrschte Stille, während sich alle ihren Getränken widmeten.

»Die Dinge im Osten der Stadt entwickeln sich gut«, brach Iarhai schließlich das Schweigen. »Deine Maßnahmen unten am Fluss zahlen sich aus.«

Da es bei dem einen gescheiterten Angriff der Sassaniden über den Fluss geblieben war, hatte Ballista einigen Fischerbooten erlaubt, unter strenger militärischer Bewachung auf den Euphrat hinauszufahren. In jedem Boot saß mindestens ein Legionär der an der Porta Aquaria stationierten Soldaten. Die zehn Legionäre, die mit dem Getreidefrachter aus Circesium gekommen waren, hatten sich als nützlich erwiesen.

»Ja, es tut gut, Äschen und Aale essen zu können«, stimmte ihm Ballista zu. Er fragte sich, worauf das Gespräch hinauslaufen würde. Iarhai hatte seine Loyalität durch das Gespräch über die Soldaten bekräftigt, dann angedeutet, dass die akute Gefahr vorüber sei, und jetzt die Situation am Fluss angesprochen. Der Nordländer trank einen weiteren Schluck. Bei ihrer ersten Begegnung hatte er den Karawanenbesitzer als erfreulich geradlinig für einen Orientalen empfunden. Doch seither hatte sich eine Menge geändert.

Unter Iarhais gebrochenem Wangenknochen zuckte ein Muskel. »Einige der Boote gehören mir.« Sein Blick wanderte den Fluss entlang, über den die Nacht hereinbrach. »Eins davon trägt den Namen *Isis*.« Er sprach den Namen der Göttin voller Abscheu aus. »Für ein Fischerboot ist es ziemlich groß. Es hat Ruderbänke für zehn Männer. Bevor das alles begonnen hat, habe ich es für Ausflüge flussaufwärts benutzt, zum Fischen und Jagen, manchmal bis nach Circesium.«

»Im Westen hält man es für unmöglich, den Euphrat mit einem Boot hinaufzufahren, weil die Strömung zu stark ist«, erwiderte Ballista. Er sah kurz zu Bathshiba hinüber. Sie saß schweigend da. Ihr Gesichtsausdruck ließ keinen Aufschluss darüber zu, was in ihr vorging.

»Die Strömung ist wirklich stark«, bestätigte Iarhai. »Man rudert in der Regel immer nur in kurzen Etappen und legt dann wieder an, um den Ruderern Zeit zu geben, sich auszuruhen. Ein Boot die Mutter aller Flüsse hinaufzuschaffen ist Schwerstarbeit. Aber es ist möglich. Natürlich wäre es nicht im Interesse der Karawanenhändler, wenn in Rom bekannt würde, dass es möglich ist.« Iarhai lächelte. Für einen kurzen Moment erinnerte er wieder an den Mann, als den Ballista ihn kennengelernt hatte.

»Also, ich werde das Thema dort nicht zur Sprache bringen, solange es sich irgendwie vermeiden lässt.« Ballista lächelte ebenfalls, doch da war die Wärme auch schon wieder aus Iarhais Gesicht gewichen.

»Ich möchte dich um einen Gefallen bitten«, begann der Karawanenbesitzer, um gleich darauf wieder zu verstummen.

»Soweit es in meiner Macht liegt, werde ich ihn dir gewähren«, versprach Ballista.

»Ich möchte, dass du mir die *Isis* zurückgibst. Ich bitte dich, zehn meiner Männer zu erlauben, sie nach Circesium zu rudern. Sie sollen meine Tochter mitnehmen.«

Ballista vermied es, Bathshiba anzusehen. Er konnte ihre Zurückhaltung spüren. »Ich fürchte, dass ich dir diesen Gefallen nicht erweisen kann. Die Sache ließe sich nicht verheimlichen. Sobald bekannt wird, dass du eine Familienangehörige in Sicherheit gebracht hast, werden alle anderen daraus schließen, dass die Stadt kurz vor dem Fall steht. Das würde zu einer Panik führen. Würde ich dir meine Erlaubnis erteilen, wie könnte ich sie dann den anderen verweigern? Anamu, Ogelos, die Stadträte, jeder würde ein Boot von mir anfordern, um seine Liebsten in Sicherheit zu bringen.« Als ihm bewusst wurde, dass er zu viel redete, verstummte er.

»Ich verstehe.« Iarhais Lippen waren so dünn wie ein Strich. »Dann möchte ich dich nicht weiter belästigen. Ich muss meine Männer inspizieren. Komm, Tochter.«

Bathshiba rutschte von der Mauer. Ballista konnte während der formellen Verabschiedung keinerlei Gemütsregungen in ihrem Gesicht entdecken.

Calgacus begleitete die Besucher hinaus.

Ballista stützte sich auf die Mauer und blickte in die Nacht hinaus. Eine Eule segelte lautlos über die große Flussinsel. Wieder ertönte das Bellen des Fuchses, diesmal näher. Als er leise Schritte hinter sich vernahm, wirbelte er herum und griff automatisch nach seinem Schwert.

Bathshiba stand hinter ihm, etwas mehr als eine Armlänge entfernt.

»Das war nicht meine Idee«, sagte sie.

»Das habe ich auch nicht gedacht«, erwiderte Ballista. Sie sahen einander im bleichen Mondlicht an.

»Ich mache mir Sorgen um meinen Vater. Er ist nicht mehr er selbst. Sein Kampfgeist ist erloschen. Er steigt kaum einmal auf die Mauerbrüstung. Alles, was zu tun ist, überlässt er Haddudad und zieht sich in seine Wohnung zurück. Fragt man ihn nach seiner Meinung zu irgendetwas, antwortet er nur, dass alles so kommen wird, wie es Gottes Wille ist. Das ist dir bestimmt auch schon aufgefallen. Er spricht sogar freundlich über Anamu und Ogelos.«

Ballista trat einen Schritt auf Bathshiba zu.

»Nein. Mein Vater wartet am Tor. Ich habe hier etwas vergessen.« Sie griff nach ihrer Mütze, die sie auf der Mauer hatte liegen lassen, setzte sie auf und verstaute ihr langes schwarzes Haar darunter. »Ich muss gehen.« Sie schenkte ihm ein letztes Lächeln und verschwand.

Ballista setzte sich wieder auf die Mauer, zog das Amulett aus seinem Gürtelbeutel hervor und drehte es zwischen seinen Fingern herum. MILES ARCANUS – was entweder schlicht und einfach für Geheimnis oder im übertragenen Sinn für schweigender Soldat stand. Es war die Erkennungsmarke eines Frumentarius.

Ballista schwitzte wie ein Christ in der Arena. Die Luft hier unten war sehr schlecht, drückend und stinkend. Es fiel ihm schwer, richtig zu atmen. Auf ein Zeichen Mamurras hin bewegte er sich tief gebückt auf die andere Seite des Stollens. Sein Oberkörper war glitschig vor Schweiß. Er ließ sich auf die Knie sinken, legte ein Ohr auf den ersten der Bronzeschilde an der Wand und lauschte. Das Metall fühlte sich angenehm kühl an. Er hätte gern die Augen geschlossen, um sich allein auf sein Gehör zu konzentrieren, doch er hatte Angst vor dem, was mit ihm passieren würde, sobald er sie wieder öffnete. Er hatte es einmal getan und verspürte nicht das geringste Bedürfnis, noch einmal diese Panikattacke zu erleben, die ihn erfassen würde, wenn seine Augen ihm verrieten, dass er sich immer noch in einem engen unterirdischen Gang befand.

Nach einer Weile sah er Mamurra an und schüttelte den Kopf. Er hörte rein gar nichts. Mamurra deutete auf den nächsten Schild. Unbeholfen vor Anspannung, rutschte Ballista auf den Knien ein Stück weiter und legte erneut das Ohr auf die Bronze. Er versuchte, sich zu beruhigen, das laute Pochen seines Herzens auszublenden, das unvermeidliche leise Kratzen, als der Schild durch den Druck seines Kopfes leicht über die raue Felswand schabte.

Ja, diesmal glaubte er, etwas zu hören. Er lauschte noch etwas länger, war sich aber nicht völlig sicher und vollführte eine Geste der Unschlüssigkeit, die Handflächen nach oben gedreht.

Mamurra deutete auf den letzten Schild. Und diesmal hatte Ballista keinen Zweifel. Da war es, das gleichmäßige rhythmische Klicken und Klirren von Spitzhacken, die auf Felsen schlugen.

Er nickte. Mamurras Hand beschrieb einen Bogen, der von einer geraden Linie, ausgehend von Ballistas Blickrichtung, bis etwa fünfundvierzig Grad nach links reichte. Dann, noch immer schweigend, hielt er die gespreizten Finger der rechten Hand in die Höhe, einmal, zweimal, dreimal. Der feindliche Stollen näherte sich von links und war noch etwa fünfzehn Schritte von ihrer Position entfernt. Ballista nickte und deutete mit dem Kopf zum Tunnelausgang. Mamurra nickte zurück. Ballista drehte sich um, noch immer tief geduckt, und hoffte, dass man ihm seine Erleichterung auf dem Rückweg nicht allzu deutlich ansah.

Als er wieder im Freien stand, zurückgekehrt aus dem Reich der Toten, atmete er tief durch. In diesem Moment erschien ihm die heiße, staubige Luft, die wie eine Glocke über Arete lag, wie die kühlste und sauberste Luft über dem nördlichen Ozean, die er während seiner Jugend jemals geatmet hatte. Er wischte sich den beißenden Schweiß und Staub mit dem Halstuch aus den Augen. Maximus reichte ihm einen Wasserschlauch. Ballista goss etwas Wasser in eine gewölbte Hand und wusch sich damit das Gesicht. Das Windsegel vor dem Mineneingang hing schlaff herab. Einer von Mamurras Ingenieuren goss einen Kübel Wasser darüber aus, um den Luftstrom, den das Segel in die Mine leiten sollte, zu verstärken und zusätzlich zu kühlen.

»Jetzt kann ich dir das Ganze von oben zeigen«, sagte Mamurra.

Im Vergleich zu dem beengten Stollen war der Ausblick vom Südwestturm der Stadtmauer geradezu olympisch. Auf der rechten Seite ragten die Überreste der persischen Belagerungsrampe wie der zerfallende Kadaver eines gestrandeten Wals auf. Zertrümmerte Geschosse, Kleidungsfetzen und ausgebleichte Knochen sprenkelten die ansonsten monoton graubraune Wüstenebene bis zum Feldlager der Sassaniden mit Farbtupfern.

Die Männer kauerten hinter der schon unzählige Male reparierten Brüstung. Seit dem Einsturz der Rampe erfolgte der Beschuss nur noch in unregelmäßigen Abständen, aber ein aufrecht stehender Mann würde immer noch Geschosse anziehen.

Mamurra borgte sich einen Bogen von einem Wachposten und wählte einen Pfeil mit roter Befiederung aus. Er spähte zwischen den Zinnen hindurch, um sein Ziel zu finden, zog sich in die Deckung zurück, atmete tief durch, erhob sich wieder, spannte den Bogen und ließ die Sehne losschnellen. Ballista registrierte, dass Mamurra die Sehne nicht mit zwei Fingern, sondern, wie bei den Steppennomaden üblich, mit dem Daumen gespannt hatte.

»Hm«, knurrte der Praefectus fabrum, nachdem sich der Pfeil in den Wüstenboden gebohrt hatte, und begutachtete kurz das Ergebnis. »Kannst du den Pfeil sehen? Sieh jetzt etwa fünf Schritte weiter nach rechts. Dann von dort aus noch einmal ungefähr zehn Schritte weiter geradeaus. Siehst du diese kleine Erhebung, die ein bisschen an einen großen Maulwurfhügel erinnert?« Ballista sah die Stelle, die Mamurra ihm beschrieb. »Lass den Blick jetzt noch einmal fünfundzwanzig bis dreißig Schritte weiterwandern. Siehst du den nächsten Hügel? Und dann noch einen in der gleichen Entfernung?«

»Ich sehe sie«, bestätigte Ballista. »Das war kein besonders guter Schuss.«

»Ich habe schon besser geschossen.« Mamurra grinste. »Erfüllt aber seinen Zweck. Was du da siehst, sind die Luftschächte, die die Reptilien für ihren Stollen gebohrt haben. Ihr Stollen ist um einiges länger als unserer, was Luftschächte erforderlich macht. Unser Tunnel ist etwa vierzig Schritte lang. Nach wenigen Schritten mehr wird die Luft an seinem Ende zu schlecht. Das Windsegel am Eingang hilft ein wenig, ihm Frischluft zuzuführen. Wenn Zeit genug gewesen wäre, hätte ich einen Parallelstollen neben dem ersten anlegen lassen. Wenn man vor seinem Eingang ein Feuer brennen lässt, saugt es die verbrauchte Luft aus dem ersten Tunnel.«

Allvater, was für ein guter Fachmann für Belagerungen, was für ein guter Praefectus fabrum. Ich kann mich glücklich schätzen, ihn zu haben.

»Ich schätze, dass ihr Stollen knapp links an unserem Quergang vorbeilaufen wird«, beantwortete Mamurra Ballistas unausgesprochene Frage. »Wir werden ein Stückchen weitergraben müssen, um sie abzufangen. Natürlich besteht die Gefahr, dass sie uns hören und vorbereitet sein werden. Aber wir werden immer wieder kurze Lauschpausen einlegen. Wie auch immer, uns bleibt gar keine andere Wahl.«

Beide schwiegen eine Weile. Ballista fragte sich, ob auch Mamurra die Möglichkeit in Betracht zog, dass der Verräter die Sassaniden bereits vor dem römischen Gegentunnel gewarnt hatte.

»Wenn du sie abfangen kannst, was willst du dann tun?«, wollte er wissen.

Wie es für ihn typisch war, ließ sich Mamurra Zeit mit seiner Antwort. »Wir könnten versuchen, von unten in ihren Stollen einzubrechen, ein Feuer zu entfachen und sie auszuräuchern. Oder wir könnten es von oben versuchen, schwere Gewichte auf sie herabwerfen, vielleicht kochendes Wasser in den Stollen laufen lassen und ihn so unbrauchbar machen. Aber beides dürfte kaum richtig funktionieren. Wie ich deinem griechischen Jungen gesagt habe, als er von Bären, Bienen, Skorpionen und solchen Dingen schwadroniert hat, wird es letztendlich auf einen schmutzigen Kampf mit dem Kurzschwert in der Dunkelheit hinauslaufen.«

»Und dann?«

»Bringen wir ihren Stollen zum Einsturz. Nach Möglichkeit, ohne dass wir dann selbst noch vor Ort sind.«

»Wie viele Männer brauchst du dafür?«

»Nicht viele. Zu viele würden da unten eher hinderlich sein. Schick mir die am Campus Martius stationierte Reservelegion, sobald ich dir Bescheid gebe. Ich werde zwanzig von ihnen zusätzlich zu meinen Bergleuten mitnehmen. Der Rest soll am Stolleneingang Aufstellung nehmen. Sorg dafür, dass Castricius in deiner Nähe ist, sollten sich die Dinge schlecht entwickeln.« Mamurras Mundwinkel zeigten nach unten.

»Ich werde Antoninus Posterior informieren, dass er seine Männer in Bereitschaft halten soll.«

Zwei Tage waren verstrichen, als ein atemloser Bote mit vor Anstrengung gerötetem Gesicht beim Dux Ripae erschien. Ballista mobilisierte Antoninus Posterior und seine Männer. Mamurra erwartete sie bereits am Eingang des Stollens. Es blieb keine Zeit für einen längeren Abschied. Ballista schüttelte seinem Praefectus fabrum die Hand, und Mamurra verschwand mit zwanzig Legionären im Tunnel.

Danach tat der Nordländer das, was alle Soldaten tun, wenn sie zur Untätigkeit verdammt sind: Er setzte sich und wartete. Da es keinen schattigen Punkt gab, von dem aus er den Eingang des Stollens im Auge behalten konnte, hockte er sich mit der prallen Sonne im Rücken auf die Erde, den Blick auf die bedrohliche, dunkel gähnende Öffnung gerichtet. Es war der 20. September, drei Tage vor den Kalenden des Oktobers, Herbst. Im Norden würde es bereits kühl werden. Hier war es immer noch heiß. Trotzdem zog Ballista seinen Umhang eng um die Schultern, um die metallenen Ringe seines Kettenhemdes gegen die Sonnenstrahlen abzuschirmen.

Nach einiger Zeit traf Calgacus in Begleitung von einigen Sklaven aus dem Palast ein, die den Männern Wasserschläuche reichten. Ballista setzte seinen Helm ab und löste das Halstuch. Er goss sich etwas Wasser in den Mund, ließ es darin kreisen, gurgelte damit und spuckte es wieder aus. Dann hielt er sich den Wasserschlauch eine Hand breit vor das Gesicht und spritzte sich einen im Sonnenlicht funkelnden Strahl kühles Wasser in den geöffneten Mund. Nachdem er den Wasserschlauch an Maximus weitergereicht hatte, sah er sich um und entdeckte seinen aktuellen Standartenträger, einen etwas einfältig aussehenden Makedonier namens Pudens.

»Dracontius, bring meine Standarte an das Palmyra-Tor. Die Sassaniden sollen den weißen Drachen wie immer flattern sehen.« Dann wählte er einen der Equites singulares aus seiner Eskorte aus, einen großen Gallier mit blondem Haar. »Vindex, nimm meinen Umhang. Leg ihn um und zeig dich neben meiner Standarte. Spiel eine Weile den Dux Ripae. Lassen wir die Perser glauben, dass heute ein ganz normaler Tag ist.«

Mamurra nahm das Ohr von dem Bronzeschild. Es war Zeit. Den Schild so in den Händen haltend, dass er damit nicht gegen die Felsen stieß, zog er sich zwischen den beiden Minenarbeitern und den beiden Bogenschützen, die sich hinter ihnen aufgebaut hatten, zurück. Dann lehnte er ihn vorsichtig gegen die Wand und ging in die Hocke. Alle Augen waren im flackernden Licht der Öllampen auf ihn gerichtet.

»Jetzt«, sagte er leise.

Die beiden Minenarbeiter hoben ihre Spitzhacken, wechselten einen Blick und holten weit aus. Das Krachen, mit dem sich das spitze Metall der Hacken in den Fels bohrte, klang in dem engen Stollen nach der langen Stille ohrenbetäubend laut. Funken stoben. Die beiden Bogenschützen hielten sich die Hände schützend vor die Augen. Die Arbeiter schlugen im Gleichtakt zu, konzentrierten sich auf eine Stelle der Wand. Ihre bis zu den Hüften nackten Oberkörper glänzten vor Schweiß.

Mamurra nahm seine Waffe, einen altmodischen Gladius, in die rechte Hand, und einen Dolch, einen Pugio, in die linke. Eine Menge hing davon ab, wie schnell es den Männern gelingen würde, eine ausreichend große Öffnung in die dünne Wand zwischen den beiden Stollen zu schlagen. Mamurra hoffte inbrünstig, dass er sich nicht getäuscht hatte. Seinen Berechnungen und seinem Gespür zufolge hatten die Perser ihren Stollen weiter hinter den der Römer vorangetrieben. Der Durchbruch sollte in ihrem Rücken erfolgen.

Die Spitzhacken krachten und dröhnten. *Los, komm schon! Wie dick ist die Wand?* Mamurra war sich sicher, dass sie jeden Moment einstürzen musste. Er ertappte sich dabei, wie er leise vor sich hin summte, ein Marschlied der Legionäre aus der Zeit Julius Cäsars:

Wir bringen unsren kahlen Hurenschänder heim,
Römer, schließt schnell eure Frauen ein!
All eure Säcke voller Gold
gab Gallierdirnen er als Sold.

Plötzlich versank eine der Spitzhacken bis zum Stiel in der Wand. Die Bergmänner verdoppelten ihre Anstrengung.

»Genug!«, rief Mamurra. Die Arbeiter mit den Hacken traten zurück. Die Bogenschützen näherten sich dem Durchbruch. Sie spannten die Sehnen und schickten die Pfeile durch das Loch in der Wand. Man konnte hören, wie sie von der anderen Seite des Ganges als Querschläger abprallten. Die Männer spannten erneut ihre Bögen und jagten die Pfeile diesmal schräg nach links und rechts in den feindlichen Stollen hinein. Die Pfeile glitten klappernd an den Tunnelwänden entlang. Die Bogenschützen traten zurück.

Mamurra und die Männer um ihn herum quetschten sich durch die Öffnung in den persischen Stollen. Nachdem er gegen die gegenüberliegende Wand geprallt war, wandte sich Mamurra nach rechts, der Mann hinter ihm nach links. Der Praefectus fabrum machte ein paar Schritte und wartete, bis sich ein Soldat zu ihm gesellt hatte.

Gemeinsam rückten sie langsam weiter vor. Mamurra blieb tief gebückt. Ohne seinen Helm und ohne Schild fühlte er sich schrecklich verwundbar. In der Ferne fiel ein Lichtstrahl durch eines der Luftlöcher in der Decke. Dahinter konnte er undeutlich die Umrisse mehrerer Sassaniden und flüchtig einen gespannten Bogen erkennen. Er widerstand dem Impuls, sich flach gegen die Wand zu drücken – Pfeile neigten dazu, direkt an den Wänden entlangzuschrammen. Stattdessen duckte er sich noch tiefer, um eine möglichst kleine Zielfläche zu bieten. Er hörte das leise Zischen und Fauchen der Befiederung, als der Pfeil dicht an ihm vorbeiflog, spürte einen schwachen Luftzug.

Mamurra richtete sich wieder auf, aber nicht vollständig, um sich nicht den Kopf an der niedrigen gezackten Felsdecke zu stoßen, und stürmte auf die Perser zu. Die beiden Sassaniden zogen ihre Schwerter und blieben einen Moment lang stehen, bevor sie sich umdrehten und davonrannten. Einer strauchelte und stürzte zu Boden. Der Legionär neben Mamurra stellt ihm einen Fuß auf das Hinterteil und stieß ihm wiederholt die Schwertklinge in Hals und Schultern.

»Halt!«, schrie Mamurra. »Bringt die Schilde!« Schilde aus geflochtenen Weidenruten wanderten von Hand zu Hand vorwärts. Vier Legionäre bildeten damit eine behelfsmäßige Barriere. »Wo sind die Minenarbeiter? Gut. Zertrümmert die Stützpfosten und bringt den Stollen der Reptilien zum Einsturz!«

Während sich die Männer mit den Spitzhacken an die Arbeit machten, spähte Mamurra in die andere Richtung, um herauszufinden, was am Ende des Stollens geschah. Er konnte nicht sehen, was ihn traf, fühlte nur einen heftigen dumpfen Schlag. Einen Moment lang stand er wie gelähmt da, und das Einzige, was er empfand, war ein Gefühl leichter Überraschung. Dann durchlief ihn eine Welle heftiger Übelkeit, die aus seinem Magen aufstieg, als ihn der Schmerz durchzuckte. Er sah, wie ihm der raue Felsboden des Tunnel entgegenstürzte, als er zusammenbrach. Mamurra blieb gerade noch lange genug bei Bewusstsein, um den Lärm des persischen Gegenangriffs zu hören und zu spüren, wie ihm ein Stiefel auf den Fußknöchel trat.

Dass sich ein Desaster unter der Erde abspielte, war Ballista sofort klar, als ein Legionär aus dem Eingang des Stollens stürzte, mit leeren Händen stehen blieb und sich verständnislos umsah. Kurz darauf folgte ein zweiter Legionär, der seinen Kameraden beinahe über den Haufen rannte.

»Scheiße«, sagte Maximus leise. Alle sprangen auf. Die Soldaten direkt am Tunneleingang griffen nach ihren Waffen. Antoninus Posterior ließ sie ein Spalier bilden. Jetzt quoll ein ganzer Schwall Männer aus dem Stollen hervor. Ballista und seine Männer wussten, was das bedeutete. Die Perser hatten den Kampf unter Tage gewonnen. Jeden Moment mussten die ersten Sassaniden dicht auf den Fersen der fliehenden Römer auftauchen. Castricius stand voller Anspannung neben Ballista.

»Stollen zum Einsturz bringen!«, befahl Ballista.

Castricius fuhr herum und brüllte eine Reihe von Befehlen. Eine Gruppe von Männern mit Stemmeisen und Spitzhacken kämpfte sich gegen den Strom der panisch fliehenden Legionäre in den Stollen hinein. Andere packten die Seile, deren andere Enden um die Stützpfosten im Inneren des Tunnels gewickelt waren.

»Nein!« Maximus krallte Ballista eine Hand in die Schulter. »Nein! Das kannst du nicht tun! Unsere Jungs sind immer noch da drin!«

Ballista ignorierte ihn. »So schnell, wie du kannst, Castricius!«

»Du elender Bastard, das kannst du nicht tun!«, schrie Maximus. »Verdammte Scheiße, Mamurra ist immer noch da unten!«

Ballista wirbelte zu seinem Leibwächter herum. »Willst du, dass wir alle sterben?«

Aus der dunklen Tunnelöffnung drang der Lärm der hektisch arbeitenden Bergmänner.

»Du Bastard, er ist dein Freund!«

Ja. Ja, das ist er, aber, Allvater, ich muss es tun! Nicht nachdenken, einfach handeln! Später ist noch Zeit genug für Selbstvorwürfe und Schuldgefühle. Nicht nachdenken, einfach handeln!

Die Männer mit den Brecheisen und Spitzhacken stürmten aus dem Stollen zurück ins Tageslicht. Ein paar Legionäre waren noch unter ihnen. Castricius bellte weitere Befehle. Die Männer an den Seilen lehnten sich zurück und begannen – eins, zwei, drei – zu ziehen.

Ballista verfolgte das Drama gebannt. Maximus musste sich abwenden.

Zuerst rückte eine Zugmannschaft vor, dann die nächste. Einige

Männer stolperten oder stürzten sogar, als die Spannung der Seile schlagartig nachgab. Ein Stützpfosten nach dem anderen wurde aus seiner Verankerung gerissen. Ein dumpfes Grollen klang aus dem Stollen auf, das sich in ein merkwürdiges Brüllen verwandelte, und der Eingangsbereich des Tunnels wurde von einer dichten Staubwolke verschluckt.

Das Licht, das durch den Luftschacht in den persischen Stollen fiel, reichte gerade aus, um ihn notdürftig zu erhellen. Das spürte Mamurra, obwohl er die Augen geschlossen hielt. Er lag auf dem Rücken. Ein gewaltiges Gewicht presste ihn auf den Boden. Um ihn herum roch es intensiv nach Leder. Er hörte persische Stimmen. Einer der Männer brüllte offenbar Befehle. Seltsamerweise waren die Schmerzen in Mamurras Fußknöchel stärker als die in seinem Kopf. Sein Mund war mit dem eisenartigen Geschmack von Blut erfüllt.

Vorsichtig öffnete er die Augen einen winzigen Spalt weit. Auf seinem Gesicht lag ein Stiefel, der sich nicht bewegte. Der Mann, dessen Fuß in dem Stiefel steckte, war eindeutig tot. Irgendwo in der Ferne ertönte ein Ächzen, das sich in ein Brüllen verwandelte. Schreie gellten auf, das Geräusch rennender Männer, und dann füllte sich der Stollen mit Staub.

Mamurra schloss erneut die Augen und versuchte, möglichst flach durch die Nase zu atmen. Er wagte nicht, zu husten. Als sich der Staub legte und das Kratzen in seiner Lunge nachließ, öffnete er die Augen wieder. Er versuchte, sich zu bewegen, doch nur sein rechter Arm reagierte und schrammte mit dem Ellbogen über die raue Felswand. Es gelang ihm, den Stiefel des Toten etwas zur Seite zu drücken und besser Luft zu bekommen.

Über ihm türmte sich ein Leichenberg auf. Das laute Grollen und die dichte Staubwolke verrieten ihm, was passiert war. Die siegreichen Perser hatten ihn und die anderen Gefallenen achtlos aus dem Weg geräumt. Sie waren den fliehenden Legionären dicht auf den Fersen gewesen, als Ballista den römischen Stollen zum Einsturz gebracht hatte. Der Bastard! Dieser dreckige Bastard! Mamurra wusste, dass dem Nordländer nichts anderes übrig geblieben war, aber trotzdem. Was für ein elender Bastard!

Mittlerweile herrschte völlige Stille. Mamurra biss die Zähne zusammen, um den Schmerz zu unterdrücken, und bewegte erneut den rechten Arm. Sein Schwert und sein Dolch waren verschwunden. Er ruhte sich einen Moment lang aus. Um ihn herum herrschte immer noch Stille. Er unterdrückte ein Wimmern, als er die rechte Hand langsam über seinen Oberkörper aufwärts in den Halsausschnitt seines Kettenhemdes wandern ließ und weiter unter seine Tunika schob. Gegen seinen Willen vor Anstrengung ächzend, zog er den dort verborgenen kleinen Dolch hervor. Dann ließ er seinen Arm den Weg zurückwandern, bis sich der Dolch dicht an seiner rechten Hüfte befand. Er schloss die Augen und ruhte sich erneut aus.

Der Tod machte ihm keine Angst. Wenn die epikureischen Philosophen recht hatten, würde das Leben einfach in einen endlosen Schlaf und Ruhe übergehen. Sollten sie sich irren, war er unschlüssig, was dann geschehen würde. Natürlich gab es da die Insel der Seligen und die Elysischen Gefilde. Auch wenn er nie so recht begriffen hatte, ob es sich dabei um einen oder um zwei verschiedene Orte handelte, ganz zu schweigen davon, wie man dort hingelangte. Mamurra hatte immer das Talent besessen, Zugang zu Orten zu finden, an denen er eigentlich nichts zu suchen hatte, aber diesmal, vermutete er, würde ihm das nicht gelingen. Er würde wohl eher im Hades landen. Eine Ewigkeit in Dunkelheit und Kälte, wo er wie eine geistlose Fledermaus umherflattern würde.

Für die Sassaniden musste es leichter sein. Fiel man in der Schlacht, gehörte man zu den Gesegneten und gelangte geradewegs in den Himmel. Mamurra hatte sich nie die Mühe gemacht, nachzufragen, was der orientalische Himmel so zu bieten hatte, vermutlich schattige Gartenlauben, kühlen Wein und einen nie versiegenden Nachschub an fettarschigen Jungfrauen.

Auch für einen Nordländer wie diesen Bastard Ballista – sicher, er hatte gar keine andere Wahl gehabt, als den Tunnel zum Einsturz zu bringen, aber er war trotzdem ein Bastard – musste es leichter sein. Der Bastard und er hatten sich über das Jenseits der Nordmänner unterhalten. Wenn man heldenhaft kämpfte und starb, würde der höchste nordische Gott mit dem ausländischen Namen dem Gefallenen vielleicht – nur vielleicht – seine Schildmaiden schicken, die ihn in eine herrliche nordische Halle der Krieger brachten, wo man die Ewigkeit damit verbrachte – typisch nordisch –, jeden Tag zu kämpfen, um dann, nachdem sämtliche Wunden auf magische Weise wieder verheilt waren, jede Nacht zu saufen. Nein, nicht bis in alle Ewigkeit. Mamurra erinnerte sich undeutlich, dass in Ballistas Welt selbst die Götter am Ende starben.

Nein, es war nicht der Tod, an dem Mamurra etwas auszusetzen hatte, sondern daran, nicht mehr am Leben zu sein. Es erschien ihm wie ein monströser, obszöner Witz, dass die Welt weiterging und er nichts davon erfuhr. *Nichts mehr wissen.* Er, ein Mann, der so viele verborgene Dinge aufgedeckt hatte, sollte nichts mehr wissen.

Er wusste, was es bedeutete, am Leben zu sein. Durch ein Kornfeld zu gehen und die Finger über die Ähren gleiten zu lassen, die sanft im Wind wogten, ein gutes Pferd zwischen den Schenkeln zu haben und in ein Tal zu reiten, zwischen Bäumen hindurch zu sprudelnden klaren Quellen und zu den Hügeln und weiter durch die Wälder auf der anderen Seite – das war es nicht, was er darunter verstand, wirklich am Leben sein. Nein, für ihn bestand das wahre Leben darin, in einer dunklen Hintergasse auf den Diener zu warten, den man bestochen oder erpresst hatte, damit er einem die Hintertür öffnete, durch die man hineinschlüpfen konnte, um die schmutzigen Geheimnisse der Mächtigen aufzudecken, dieser Wichser, die sich für etwas Besseres hielten. Leben hieß, in der Dunkelheit im engen Zwischenraum hinter einer falschen Decke zu liegen, während man Angst davor hatte, auch nur einen Muskel zu bewegen, die Ohren zu spitzen, um zu hören, wie die Gespräche betrunkener Senatoren sich vom Erzählen nostalgischer Geschichten hin zur Planung von echtem Verrat bewegten. Das hieß, wirklich am Leben zu sein, mehr als zu jedem anderen Moment.

Wieder ging ihm die alte Melodie durch den Kopf:

Wir bringen unsren kahlen Hurenschänder heim,
Römer, schließt schnell eure Frauen ein!

Mamurra hörte, wie die Perser zurückkehrten. Er schob seine rechte Hand wieder unter seine Tunika, schloss die Faust um die harte Scheibe. Seine Fingerspitzen tasteten über die darin eingravierten Buchstaben. MILES ARCANA. Sehr bald schon würde er ein sehr stiller Soldat sein. Würde es nicht so wehtun, hätte er vielleicht gelacht.

Die Geräusche kamen näher. Mamurra ließ seine Hand zurück zu dem Dolch an seiner Hüfte wandern. Er hatte sich noch nicht entschieden. Sollte er versuchen, noch einen der Bastarde mit sich zu nehmen, oder die Sache lieber schnell zu Ende bringen? So oder so, der vierte Frumentarius, den die anderen nicht hatten aufspüren können, war bereit zu sterben. Der Knauf des Dolchs fühlte sich glitschig in seiner Hand an.

Die getrockneten Erbsen bewegten sich auf dem straff gespannten Fell des Tamburins. Nur ganz leicht, aber erkennbar.

Der Anblick behagte Maximus überhaupt nicht. Es kam ihm so vor, als würden die unter der Erde Zurückgebliebenen versuchen, auf sich aufmerksam zu machen. Als versuchte Mamurra, dieser Bastard mit dem quadratischen Schädel, sich zurück an die Oberfläche zu graben. Dieser arme Bastard.

Castricius nahm das Tamburin, ging damit von der westlichen zu der nördlichen Wand des Turms und stellte es auf dem Boden ab. Sie warteten, bis die getrockneten Erbsen zur Ruhe kamen. Eine Weile regten sie sich nicht, doch dann zitterten sie erneut.

Die Männer traten auf den Wehrgang hinaus und blickten in die drei großen Wasserkessel, die auf der zur Stadt hin zeigenden Seite der Mauer standen. Die Wasseroberfläche war glatt und still.

Castricius führte seine Begleiter nach Norden, wo in einem Abstand von jeweils ungefähr fünf Schritten drei weitere Wasserkessel standen. Während sich die Wasseroberfläche der beiden Kessel, die dem Turm näher waren, leicht kräuselte, blieb die des weiter entfernten Kessels glatt.

»Es ist klar, was sie tun«, erklärte Castricius. »Wenn der arme alte Mamurra mit seiner Vermutung richtig gelegen hat, dass die Sassaniden ihren Tunnel ursprünglich unter der Mauer hindurchtreiben wollten, um ihre Truppen so in die Stadt zu bringen, haben sie es sich jetzt anders überlegt. Da sie wissen, dass wir damit rechnen, haben sie beschlossen, jetzt den südöstlichen Turm und einen etwa zehn Schritte langen Mauerabschnitt nördlich davon zu untergraben.«

Er ist gut, dachte Ballista. Er ist zwar nicht Mamurra – möge die Erde sanft auf ihm ruhen –, aber er ist gut.

»Können wir sie aufhalten?«, erkundigte er sich und wurde sich bewusst, wie unangemessen seine Frage angesichts der Ereignisse klingen musste.

»Nein, dazu fehlt uns die Zeit«, erwiderte Castricius, ohne einen Moment zu überlegen. »Sie können ihre Mine jeden Augenblick zum Einsturz bringen. Sobald die Erbsen und das Wasser aufhören, sich zu bewegen, ist es so weit. Dann werde ich Bescheid geben.«

Ballista und seine Begleiter waren gerade am Palmyra-Tor eingetroffen, als die Nachricht sie erreichte. Sie machten auf der Stelle kehrt.

Die Wasseroberfläche der drei Kessel lag reglos da. Auch die Erbsen auf dem Tamburin bewegten sich nicht mehr. Die Perser hatten ihre Grabtätigkeiten eingestellt. Jetzt blieb den Verteidigern nichts anderes übrig, als zu warten.

Der Turm und die angrenzenden Mauerabschnitte waren evakuiert worden. Nur zwei Freiwillige waren auf der Turmbrüstung zurückgeblieben. Ballista hatte die gleiche Abmachung mit ihnen getroffen, wie sie bei Soldaten eines Sturmtrupps üblich war. Sollten sie überleben, würden sie eine größere Geldsumme erhalten, überlebten sie nicht, ging das Geld an ihre Erben. Ballista hatte die Reserveeinheiten der Legionäre herbeordert, die an der Karawanserei stationierten Soldaten von Antoninus Prior und Antoninus Posteriors

Männer vom Campus Martius. Sie warteten auf dem freien Platz hinter dem Turm und hielten neben ihren Waffen ihr Schanzzeug in den Händen. Außerdem hatte Ballista jede Menge Holz und Lehmziegel am Fuß des Turmes aufhäufen lassen. Mehr konnten sie nicht tun.

Turpio, neben seiner Funktion als Kommandant der Kohorte XX jetzt auch amtierender Praefectus fabrum, stand auf einer Seite von Ballista, daneben Castricius, als Stellvertreter Turpios in einer weiteren neuen Funktion. Auf der anderen Seite des Nordländers befanden sich wie immer Maximus und Demetrius. Der weiße Draco hing schlaff hinter ihnen an seiner Stange. Sie warteten.

Nach einer Stunde erschien der unermüdliche Calgacus mit einem Tross von Sklaven, die Wasser und Wein brachten. Der Dux Ripae und seine Männer tranken durstig und schweigend. Es gab nicht mehr viel zu bereden. Selbst Maximus, dessen Stimmung sich seit dem zwei Tage zurückliegenden unterirdischen Desaster verdüstert hatte, war ungewöhnlich schweigsam.

Als es geschah, passierte es nahezu ohne Vorwarnung. Ein lautes Krachen ertönte. Die Mauer um den Turm herum erbebte und schien sich wie eine Schlange zu winden. Von den großen Erdböschungen auf beiden Seiten gestützt, die verhinderten, dass sie nach außen auf die Ebene oder nach innen in die Stadt kippte, sackte sie etwa zwei Schritte weit senkrecht ab. Zickzackförmige Risse durchliefen sie, doch sie hielt.

Eine betäubende Stille folgte. Dann ertönte ein weiteres lautes Krachen. Der Südostturm neigte sich wie trunken, doch auch er wurde von dem Glacis aufgefangen und blieb schräg nach außen geneigt stehen. Einmal noch wurde er heftig durchgeschüttelt. Ein Teil der mehrfach reparierten Brüstung stürzte in die Tiefe, Mauersteine regneten herab, doch er fiel nicht um.

Einen Moment lang dachte Ballista, die beiden Freiwilligen auf dem Turm vor Angst schreien zu hören. Aber nein, sie klammerten sich an den Überresten der Zinnen fest und stießen ein lautes Wolfsgeheul aus. Das Heulen hallte von den Mauern wider, als immer mehr Soldaten mit einstimmten. Und dann erscholl ein rhythmischer Sprechgesang: »*Bal-lis-ta*! *Bal-lis-ta*!«

Der große Nordländer brach in Gelächter aus. Seine Männer schlugen ihm begeistert auf den Rücken. Die Verteidigung Aretes stand immer noch.

XVI

Ballista lag im Becken des Frigidariums. Das kühle Wasser war mit Nelken- oder Klee-Essenzen aromatisiert worden. Er war allein. Sowohl Maximus als auch Demetrius hatten ihn gebeten, den Abend freinehmen zu dürfen, was nach einem solchen Tag für jeden, der sie kannte, keine Überraschung war. Sie würden sich auf unterschiedliche Art zu erholen versuchen, Maximus mit einer Frau, Demetrius auf weniger körperliche Art durch einen längst nicht so weltlichen Trost bei einem Traumdeuter, einem Astrologen oder irgendeinem anderen vergleichbaren Scharlatan. Ballista hatte ihnen den Wunsch nur zu gern gewährt. Ein bisschen Zeit allein verbringen zu können war ein seltener Luxus für einen Mann in seiner Position.

Er schob sich die Daumen in die Ohren, drückte seine Nasenflügel mit den Mittelfingern zusammen und tauchte unter. Bewegungslos und mit geschlossenen Augen im Wasser treibend, lauschte er seinem Herzschlag, dem leisen Plätschern eines dünnen Rinnsals, das aus einer Leitung in das Becken tröpfelte. Es war ein guter Tag gewesen. Die Schutzmaßnahmen für die Mauer und den Turm hatten sich bewährt. Doch jede überwundene Gefahr zog gleich eine ganze Reihe neuer Herausforderungen nach sich.

Ballista tauchte wieder auf, schüttelte sich das Wasser aus dem Haar und wischte es sich aus dem Gesicht. Es roch nicht nur nach Nelken oder Klee, es schmeckte auch danach. Müßig fragte er sich, wo Calgacus diese neue ungewohnte Essenz aufgetrieben hatte. Er blieb eine Weile reglos auf dem Rücken im Becken liegen. Die kleinen Wellen auf der Wasseroberfläche versiegten. Sein Blick wanderte über seinen Körper, über die von der Sonne braungebrannten Unterarme und den Rest seines Körpers, der beinahe weiß war, über die beiden sogar noch helleren langen Narben, die sich über seinen linken Brustkorb zogen. Als er seinen linken Fuß anspannte, konnte er ein leises Knacken und Knirschen in dem Gelenk hören. Er gähnte herzhaft. Auch in seinem linken Kieferknochen, den er sich vor langer Zeit gebrochen hatte, knirschte es leise. Er war vierunddreißig Jahre alt, fühlte sich aber manchmal viel älter. Sein Körper hatte während der vierunddreißig Winter, die er auf der Erde zwischen dem Reich der Götter über und der Hölle unter ihm weilte, eine Menge einstecken müssen.

Seine Gedanken kehrten zu der Belagerung zurück. Er versuchte, sie zu verdrängen, um noch eine Weile das Gefühl des Friedens zu genießen, in das das Bad ihn versetzt hatte. Er dachte an seinen Sohn. Mittlerweile war es mehr als ein Jahr her, seit er Isangrim in Rom zurückgelassen hatte. Im März war der Junge vier Jahre alt geworden. Er würde schnell wachsen, sich schnell verändern. *Allvater, lass nicht zu, dass er mich vergisst. Tief Verhüllter, Erfüller des Begehrens, lass mich ihn wiedersehen.* Die Sehnsucht und die Einsamkeit waren niederschmetternd. Um nicht in Tränen auszubrechen, tauchte Ballista erneut unter.

Dann stand er ruckartig auf. Das Wasser strömte an seinem muskulösen, schwer gezeichneten Körper hinab. Er trat aus dem Becken und wrang sein langes Haar aus. Calgacus erschien wie aus dem Nichts und reichte ihm ein Handtuch. Der Nordländer trocknete sich ab. Irgendwie hatte er sich nie an die römische Sitte gewöhnen können, das von jemand anderem erledigen zu lassen.

»Hat dir das Parfüm gefallen?«, erkundigte sich Calgacus. Sein Tonfall verriet, was er selbst davon hielt.

»Es war angenehm.«

»Es ist ein Geschenk. Von deinem affektierten kleinen Tribunus laticlavius. Da ich weiß, wie groß eure gegenseitige Zuneigung ist, habe ich es vorher an einem Haussklaven ausprobiert. Er hat es überlebt. Also musste es ungefährlich sein.«

Beide Männer lächelten.

»Und hier ist der Bademantel, den du verlangt hast. Feinste, reine indische Baumwolle für mein empfindsames kleines Blümchen«, flötete Calgacus.

»Ja, das bin ich. Dafür bin ich allgemein bekannt.«

»Was?«

»Nichts.«

Obwohl er in der gleichen Lautstärke sprach, ging Calgacus wie immer davon aus, dass er durch eine Veränderung des Tonfalls die unterschwelligen Botschaften der Bemerkungen, die er von sich gab, wenn sie allein waren, vor seinem Herrn verbergen konnte. »Ich habe dir etwas zu essen und zu trinken im Schatten des Portikus auf die Terrasse gestellt und zum Schutz gegen die Fliegen abgedeckt.«

»Danke.«

»Brauchst du mich noch heute Abend?«

»Nein. Geh und befriedige die unaussprechlichen Laster, nach denen dich gelüstet, worin auch immer die bestehen mögen.«

Calgacus drehte sich ohne ein Wort des Dankes um und verschwand, wie immer unablässig vor sich hin nörgelnd. »… Laster – Gelüste – und wann sollte ich wohl die Zeit für so was finden, wenn ich mir ständig rund um die Uhr die Finger für dich blutig schuften muss?«

Ballista schlüpfte in den weichen Bademantel und trat auf die Terrasse hinaus. Im Zwielicht unter dem Portikus fand er den von seinem Diener zubereiteten Imbiss auf einem Tablett vor der Rückwand. Er nahm die schwere silberne Abdeckhaube von dem Tablett, goss sich etwas zu trinken ein, nahm sich eine Hand voll Mandeln und begab sich an seinen gewohnten Platz auf der Mauer.

Es war die beste Zeit des Tages. Über dem Land der Bauern im Westen breitete sich eine purpurrote Dunstschicht aus, während sich der Abend herabsenkte. Vom Euphrat her wehte eine kühle Brise. Am Himmel funkelten bereits die ersten Sterne. Fledermäuse gingen über den Klippen auf die Jagd. Und doch konnte nichts davon Ballista das flüchtige Gefühl des Friedens zurückbringen, das er im Badehaus verspürt hatte.

Heute hatten sich die Dinge gut entwickelt. Aber das war reines Glück gewesen. Ballista hatte das Glacis und das Gegen-Glacis um die Mauern herum aufschütten lassen, um sie und die Türme vor Artilleriebeschuss und dem Einsatz von Rammböcken zu schützen. Dass die Erdböschungen sie auch vor dem Einsturz nach dem Einbruch des Stollens unter ihnen bewahrt hatten, war reiner Zufall gewesen. Trotzdem, wenn die anderen glaubten, dass seine weitsichtige Planung auch diese Möglichkeit einkalkuliert hatte, konnte das der allgemeinen Moral nur förderlich sein. Er hatte Befehl gegeben, den schief geneigten Turm in der Nacht durch das Anhäufen von noch mehr Erde abzustützen. Bis zum Morgen sollten die Brüstungen der Mauer und des Turms wieder repariert oder zumindest provisorisch geflickt sein.

Die Perser hatten alle Instrumente einer Belagerung gegen Arete ins Feld geführt: Belagerungstürme, den großen Mauerbrecher – den Ruhm Shapurs –, die Belagerungsrampe und eine Mine. Mit allem waren sie gescheitert. Die Verteidigungsanlagen hatten standgehalten. Mittlerweile war der Oktober angebrochen. Die Regenzeit sollte Mitte November einsetzen. Die Zeit bis dahin reichte nicht mehr aus für die Perser, um die benötigten Materialien für den Bau neuer Belagerungsgerätschaften heranzuschaffen. Aber nur diejenigen unter den Verteidigern, die kaum Erfahrung auf dem Gebiet dieser Form der Kriegsführung besaßen, konnten glauben, dass die Gefahr tatsächlich gebannt war. Der König der Könige würde kaum die Absicht haben, geschlagen das Feld zu räumen. Die wiederholten Enttäuschungen, seine Verluste und der auf seinem Ruf lastende Makel, das alles würde seine Entschlossenheit nur noch anstacheln. Shapur würde nicht daran denken, die Belagerung abzubrechen. Wenn seine Belagerungsingenieure ihm nicht den Sieg bringen konnten, würde er sie bestrafen – vermutlich äußerst grausam – und dann zu schlichteren Methoden zurückkehren. Er würde einen weiteren konventionellen Versuch unternehmen, die Stadt stürmen zu lassen.

Fünfeinhalb Monate Belagerung hatten ihren Zoll von den Verteidigern gefordert. Die Todesfälle waren gestiegen. Ballista fragte sich, ob ihm überhaupt noch genügend Kämpfer zur Verfügung standen, um einen weiteren Angriff zurückschlagen zu können. Der Sturm würde noch nicht morgen losbrechen, Shapur und seine Elite benötigten mehr Zeit, um ihre Männer zu wilder Kampfeslust aufzupeitschen. Wahrscheinlich geschah es übermorgen. Also blieb ihm noch ein Tag Zeit. Er musste mehr Männer auf der Wüstenmauer stationieren, sich unter sie mischen und ihnen Mut zusprechen. Morgen würde er ein letztes Abendessen für seine Offiziere und die führenden Männer der Stadt veranstalten und versuchen, sie moralisch aufzurichten. Dabei musste er an das letzte Essen von Marcus Antonius und Kleopatra in Alexandria denken. Wie hatten sie sich bei ihrem Essen genannt? »Die im Tode Untrennbaren« oder so ähnlich.

Als er sah, dass sein Becher leer war, überlegte er einen Moment lang, ob es ihm wohl gelingen würde, das schwere tönerne Trinkgefäß über den Fischmarkt hinweg bis ins dunkle Wasser des Euphrats zu werfen. Doch er verzichtete darauf, es auf einen Versuch ankommen zu lassen, und kehrte stattdessen in den Portikus zurück. Hinter den Säulen herrschte bereits tiefe Dunkelheit. Er konnte das Tablett mit dem Essen nur deshalb finden, weil er sich die Position gemerkt hatte.

Irgendetwas kratzte über die Mauer. Ballista erstarrte. Das Geräusch wiederholte sich. Es kam vom südlichen Ende der Terrasse. Über der Mauer tauchte ein Schemen auf. Verglichen mit der Dunkelheit unter dem Säulengang war es auf der Terrasse noch einigermaßen hell, sodass Ballista die schwarz gekleidete Gestalt sehen konnte, die über die Mauer sprang. Erneut ertönten kratzende Geräusche, und der ersten dunklen Gestalt folgten zwei weitere. Ballista vernahm ein leises Schaben, als die drei ihre Waffen aus den Scheiden zogen. Die Klingen der Kurzschwerter schimmerten im Sternenlicht.

Ballista tastete nach seinem eigenen Schwert. Es hing nicht an seiner Hüfte. *Du Idiot, du dämlicher, beschissener Idiot!* Er hatte es im Badehaus gelassen. So würde er also enden, gescheitert an der eigenen Dummheit. Er war unvorsichtig geworden und würde jetzt die Quittung dafür bekommen. *Du dämlicher beschissener Idiot! Sogar dieser arme Bastard Mamurra war klug genug gewesen, dich vor so einer Nachlässigkeit zu warnen!*

Die drei schwarz gekleideten Attentäter schlichen leise weiter. Ballista zog sich den Umhang halb über den Kopf, um sein helles Gesicht und sein langes blondes Haar zu verhüllen. Sollte er auf wundersame Weise überleben, würde er Calgacus dafür danken müssen, dass er ihm nicht nur irgendeinen Bademantel aus feinster indischer Baumwolle gebracht hatte, sondern dass es schwarze Baumwolle war, die Farbe, die sein Dominus bevorzugte und gewöhnlich trug.

Die dunklen Gestalten rückten weiter über die Terrasse vor. Mit äußerster Behutsamkeit tastete Ballista mit der linken Hand nach der schweren silbernen Abdeckhaube über dem Tablett mit dem Imbiss. Seine Finger schlossen sich um den Griff. Seine rechte Hand fand den schweren Tonbecher, aus dem er getrunken hatte. Alles andere als gute Waffen, aber besser als nichts. Er zwang sich, ruhig und lautlos zu atmen und zu warten.

Auf der anderen Flussseite bellte ein Fuchs. Die drei Attentäter verharrten. Sie befanden sich nur wenige Schritte von ihm entfernt. Einer von ihnen winkte dem Mann zu, der Ballista am nächsten war, und deutete auf den Säulengang. Ballista bereitete sich darauf vor, sich auf ihn zu stürzten.

In diesem Moment wurde die Palasttür geöffnet. Eine Lichtbahn fiel über die Terrasse und zeichnete ein gelbliches Rechteck auf die gegenüberliegende Mauer. Der Kontrast ließ den Rest der Terrasse noch dunkler erscheinen. Die Attentäter erstarrten.

»Kyrios?«, rief Demetrius. »Kyrios, bist du hier draußen?« Als er keine Antwort erhielt, zog sich der junge Grieche wieder in den Palast zurück. Mit ihm verschwand auch sein Schatten in dem Lichtrechteck auf der Mauer.

Einer der Attentäter flüsterte irgendetwas auf Aramäisch. Alle drei schlichen lautlos auf die immer noch geöffnete Tür zu. Der Mann unter dem Säulengang, halb geblendet von dem aus dem Palast fallenden Licht, nachdem sich seine Augen auf die Dunkelheit eingestellt hatten, schob sich keine vier Schritte entfernt an Ballista vorbei. Am Rand der gelblichen Lichtbahn drängten sich die drei dunklen Gestalten eng zusammen. Wieder flüsterte einer von ihnen irgendetwas auf Aramäisch, zu leise, als dass Ballista es hätte verstehen können, selbst wenn er Aramäisch beherrscht hätte.

Der erste Attentäter huschte durch die Tür.

Gut, dachte Ballista. *Warte, bis sie den Palast betreten haben, lauf über die Terrasse, klettere über die Nordmauer und spring in die Gasse auf der anderen Seite. Dann nur ein paar Schritte zu den Wachen an der Nordtür. Renn mit ihnen weiter zum Hauptplatz, nimm fünf Equites singulares aus dem Wachraum mit, schnapp dir ein Schwert und dann durch den Haupteingang des Palasts in den Wohnbereich. Lass einen der Bastarde am Leben, und dann wirst du wissen, wer sie geschickt hat.*

Der zweite Attentäter schlüpfte durch die offene Tür.

Aber – Demetrius. Wahrscheinlich würden sie den jungen Griechen töten. Und vielleicht auch Calgacus.

Ballista löste sich aus seiner Deckung. Als der dritte Attentäter durch die Tür schlich, stürzte er sich von hinten auf ihn und schmetterte ihm den schweren Trinkbecher auf den Hinterkopf. Er vernahm ein Übelkeit erregendes dumpfes Klatschen und das Geräusch zerbrechenden Tons. Der Mann stieß ein schmerzerfülltes Keuchen aus und fuhr herum. Ballista stieß ihm die gezackten Ränder des zerbrochenen Tonbechers ins Gesicht und verdrehte das Handgelenk mit einem Ruck. Der Mann fiel rückwärts um, das Gesicht eine einzige blutende Wunde.

Unmittelbar vor dem Türeingang ließ sich Ballista kampfbereit in die Hocke sinken, den Körper seitlich gedreht, die silberne Abdeckhaube wie einen behelfsmäßigen Schild in der linken Hand in Schulterhöhe, die Scherben des Bechers in der rechten Hand, die er bereit zum Schlag erhoben hatte.

Einer der Attentäter zerrte seinen verwundeten Kameraden aus dem Weg, der dritte Mann sprang durch die Türöffnung und ließ seine Klinge vorschnellen. Ballista fing den Stoß mit der Abdeckhaube ab. Er spürte, wie die Klinge des Attentäters das weiche Metall verformte. Die Wucht des Aufpralls ließ einen Schmerzstrahl bis in seine Schulter schießen. Er schlug mit den Überresten des Trinkbechers zu. Der Schlag war zu kurz, der Attentäter wich ihm aus und stieß sofort erneut zu. Auch diesen Stoß konnte Ballista mit der Abdeckhaube seitlich ablenken, aber wieder ging sein Schlag mit den Scherben des Tonbechers ins Leere.

Der dritte Attentäter versuchte verzweifelt, sich dicht hinter seinem Kameraden in eine Position zu bringen, um in den Kampf eingreifen zu können. Ballista wusste, dass die Männer ihn nur einzeln angreifen konnten, solange es ihm gelang, die Stellung direkt vor der Tür zu halten. Ein weiterer Stoß der Schwertklinge riss einen Metallfetzen aus der silbernen Abdeckhaube. Ballista ertappte sich selbst dabei, wie er einen kehligen Wutschrei ausstieß. Wieder und wieder traf die Schwertklinge des Attentäters seinen behelfsmäßigen Schild, der mit jedem Schlag unbrauchbarer wurde und gleichzeitig immer schwerer zu werden schien.

Der Mann hinter dem Angreifer, dem durch seinen Kameraden der Weg versperrt wurde, hörte abrupt auf, unruhig von einem Fuß auf den anderen zu springen, und starrte verständnislos auf die drei Zoll lange Stahlklinge, die urplötzlich aus seiner Bauchhöhle hervorragte. Er öffnete den Mund. Ein Blutschwall schoss daraus hervor. Sein Körper wurde zur Seite geschleudert. Der erste Attentäter spürte, dass irgendetwas hinter ihm nicht stimmte, duckte sich, fuhr herum und schwang sein Schwert in Richtung von Maximus' Kopf. Der Hibernier parierte den Schlag, verdrehte sein Handgelenk, um die Klinge des Angreifers zur Seite zu lenken, trat einen Schritt vor und stieß sein eigenes Schwert in die Kehle des Attentäters.

»Töte den anderen nicht!«, rief Ballista. »Wir brauchen ihn lebend!«

Der Mann, dessen Gesicht er mit den Resten des zerschmetterten Bechers zerschnitten hatte, war zur Seite gekrochen und hatte eine verschmierte Blutspur auf den Fliesen hinterlassen. Bevor Ballista oder Maximus es verhindern konnten, richtete er sich auf die Knie auf, drückte sich die Spitze seines Schwertes in seine Magengrube, ließ den Griff auf den Boden sinken und warf sich in die Klinge. Das scharfe Metall bohrte sich mit einem furchtbaren Schmatzen durch seine Eingeweide. Der Mann kippte seitlich um, krümmte sich zusammen und zuckte im qualvollen Todeskampf.

Ballistas Abendgesellschaft nahm von Anfang an einen schlechten Verlauf.

Es lag nicht an der Ausstattung. Der große Speisesaal des Palastes war aufwendig hergerichtet worden. Die Fenster zur Terrasse hin waren geöffnet, damit die kühle Abendluft hereinwehen konnte. Kostbare Stoffe vor den Fenstern hielten lästige Insekten fern. Die Tische aus poliertem Zedernholz waren zu einem umgedrehten U zusammengestellt worden. Ungeachtet der Sitte, dass die Zahl der Gäste nicht größer als die neun Musen sein sollten, waren dreizehn Plätze gedeckt worden. Da das Essen nicht nur eine gesellschaftliche Zusammenkunft war, sondern auch als Kriegsrat fungieren sollte, standen ausschließlich Männer auf der Einladungsliste. Dazu gehörten neben Ballista selbst seine Führungsoffiziere Acilius Glabrio, Turpio und die drei zu römischen Offizieren ernannten Karawanenbeschützer Iarhai, Ogelos und Anamu. Eine Stufe darunter in der Rangordnung folgten die obersten Centurios der Legio IIII, Antoninus Prior und Seleucus, der Centurio Felix von der Kohorte XX und Castricius in seiner Funktion als stellvertretender Praefectus fabrum. Dazu kamen noch drei der einflussreichsten Stadträte, der bärtige Christ Theodotus, ein unscheinbarer kleiner Mann namens Alexander und, der ungewöhnlichste Gast von allen, ein Eunuch namens Otes. Wie es der bedauernswerte Mamurra so oft ausgedrückt hatte: Im Orient funktioniert einiges ganz anders.

Es lag nicht am Essen, an den Getränken oder an der Bedienung. Trotz der monatelangen Belagerung gab es in Arete immer noch genug Fleisch, Fisch und Brot. Begrenzter war das Angebot an Obst – nur ein paar frische Äpfel und einige Trockenpflaumen – sowie das verfügbare Gemüse (»Wie viel soll ein einziger beschissener

Kohlkopf kosten?«, hatte Ballista Calgacus mit gewohnter Eloquenz empört rufen hören), aber es bestand nicht die Gefahr, dass ihnen der Wein ausging und sie auf Wasser zurückgreifen mussten, und die Diener erfüllten ihre Pflichten gewissenhaft und unauffällig.

Während des gesamten Essens, von den hart gekochten Eiern bis zu den Äpfeln, schien ein unsichtbares Gespenst zugegen zu sein. Auch wenn es niemand erwähnte, waren sich alle Anwesenden ständig der drei nackten Toten bewusst, die an die auf der Agora aufgestellten Kreuze genagelt worden waren, sowie des Verrats, den sie repräsentierten. Ballista hatte die drei Attentäter im Morgengrauen entkleiden und ihre Leichen öffentlich zur Schau stellen lassen. An einem unter ihren Füßen am Kreuz angebrachten Aushang wurde jedem, der die Toten identifizieren konnte, eine großzügige Belohnung versprochen. Das Gesicht des Attentäters, den Ballista mit dem zersplitterten Becher angegriffen hatte, war zwar stark verstümmelt, doch die Gesichter der beiden anderen waren unversehrt geblieben. Obwohl man sie problemlos hätte erkennen müssen, hatten sich nur ein Verrückter und zwei Wichtigtuer gemeldet. Zum Lohn für die ihnen gestohlene Zeit hatten sich die Soldaten bei ihnen mit einer schmerzhaften Abreibung revanchiert.

Gegen Ende des Essens, als Ballista ein Laib ungesäuertes Brot gebrochen und Turpio die Hälfte gereicht hatte, war ihm klar geworden, dass er unmöglich der Einzige sein konnte, der den Verräter in diesem Raum vermutete. Unter den Männern, die auf die Gesundheit der hier Anwesenden anstießen, die ihr Brot in die gemeinsam benutzten Schüsseln tunkten, musste sich der Mann befinden, der den Anschlag auf Ballistas Leben organisiert hatte und auch weiter versuchen würde, die Stadt dem Feind preiszugeben.

Ballista musterte seine Gäste. Acilius Glabrio zu seiner Rechten erweckte den Eindruck eines Mannes, der seine Zeit lieber irgendwo anders verbracht hätte, zumindest danach zu urteilen, wie eifrig er dem Wein seines Gastgebers zusprach. Turpio zu seiner Linken schien sich heimlich über die Torheiten der Menschen im Allgemeinen und der hier Anwesenden im Besonderen zu amüsieren.

Die drei Karawanenbeschützer, die einander schon seit Ewigkeiten hassten, machten kein Hehl aus ihren Gefühlen. Das Benehmen der Stadträte ließ kaum irgendwelche Schlussfolgerungen darauf zu, was in ihnen vorging: Theodotus, der Christ, wirkte absolut friedfertig, der Eunuch war einfach nur fett, und der Mann namens Alexander schien bar jeglicher Eigenschaften zu sein. Die vier Centurios trugen dem Anlass angemessen respektvolle Mienen zur Schau. Die gesamte Gesellschaft schien von den »Im Tod Unzertrennlichen« so weit entfernt zu sein, wie man es sich nur vorstellen konnte – eine Gruppe grundverschiedener Männer, die Tyche wahllos zusammengewürfelt hatte und von denen einer ein Verräter war.

Wie kaum anders zu erwarten, war die Zeit langsam vergangen, die Unterhaltung immer wieder ins Stocken geraten. Es gebührte sich nicht für die weniger bedeutenden Gäste wie die Centurios und die Stadträte, von sich aus ein Gespräch anzustoßen. Um der Kreuzigung und allem, was damit zusammenhing, auszuweichen, hatten sich die anderen Anwesenden unaufhörlich nur mit dem beschäftigt, was ihnen am nächsten Tag vermutlich bevorstand.

Niemand zweifelte daran, dass die Perser am Morgen einen weiteren Angriff unternehmen würden. Man hatte über den ganzen Tag hinweg beobachten können, wie sassanidische Adlige kreuz und quer durch das Feldlager geritten waren und ihre Männer aufgepeitscht hatten. Sie hatten nicht den Versuch unternommen, die Ausgabe von Sturmleitern und die hastigen Reparaturen an den Schutzblenden zu kaschieren. Alle der Anwesenden stimmten mit mehr oder weniger Überzeugung darin überein, dass die Perser nach all den furchtbaren Verlusten nicht mehr ganz so begeistert und furchtlos bis zum bitteren Ende kämpfen würden. Nur noch einen weiteren Tag standhaft bleiben, so lautete das Motto, dann wären Arete und alle, die bis dahin überlebt hatten, endgültig in Sicherheit.

Darüber hinaus waren alle der Meinung, dass die letzten Anordnungen, was die überschaubare Zahl der verfügbaren Kämpfer betraf, nach bestem Wissen und Gewissen getroffen worden waren. Da die neun Centurien der Legio IIII auf der Westmauer im Schnitt nur noch jeweils fünfunddreißig Mann stark waren und die sechs der Kohorte XX sogar nur noch aus dreißig Soldaten bestanden, hatte Ballista befohlen, alle noch lebenden Söldner der drei Karawanenbeschützer ebenfalls dort zu stationieren. Zu ihnen sollten die neu aus der Zivilbevölkerung rekrutierten Bogenschützen stoßen, die nominell Iarhais Befehl unterstanden – berücksichtigte man allerdings den mangelnden Enthusiasmus des Karawanenbesitzers während der letzten Monate, hatte eigentlich Haddudad längst das Kommando übernommen. Zusätzlich hatte Ballista die Artillerie auf der Westmauer auf Kosten anderer Abschnitte der Stadtmauer wieder auf die ursprünglichen fünfundzwanzig Geschütze aufstocken lassen. All das schien die Verteidigung der Wüstenfront auf eine solide Grundlage zu stellen. Ungefähr tausenddreihundert Kämpfer, die sich aus fünfhundert regulären römischen Soldaten, fünfhundert Söldnern und dreihundert zwangsrekrutierten Zivilisten zusammensetzten, würden sich mit Artillerieunterstützung dem persischen Ansturm entgegenstellen. Diese Maßnahmen hatten natürlich einen hohen Preis gefordert. Für die Verteidigung des Rests der Stadtmauer standen jetzt nur noch ehemalige Zivilisten zur Verfügung, lediglich unterstützt von wenigen regulären römischen Soldaten und einer völlig unzureichenden Anzahl von Artilleriegeschützen.

Während des aus Käse bestehenden Nachtischs wurde das allgemeine Schweigen ausgerechnet von dem Eunuchen und Stadtrat Otes gebrochen, der es tatsächlich wagte – wahrscheinlich zu seiner eigenen Überraschung –, Ballista direkt anzusprechen. »Du sagst also, dass wir in Sicherheit sein werden, wenn wir nur noch diesen einen Tag standhaft bleiben und durchhalten?«

Nicht allen Armeeoffizieren gelang es, angesichts der Formulierung des Eunuchen – »wenn *wir* standhaft bleiben« – ein Lächeln zu unterdrücken. Sie hatten den Mann bisher nicht einmal auf irgendeiner Mauerbrüstung gesehen. Ballista ignorierte ihre Mienen und versuchte, seine Vorurteile gegenüber Eunuchen zu unterdrücken, die sowohl von seiner nordischen Herkunft als auch von seiner römischen Erziehung herrührten. Es fiel ihm nicht gerade leicht. Otes war extrem übergewichtig und schwitzte enorm. In seiner hohen Stimme, die beinahe so klang, als würde er singen, schwang unüberhörbare Feigheit mit.

»Ganz allgemein gesprochen, ja«, erwiderte Ballista. Er wusste nur zu gut, dass das nur unter den denkbar günstigsten Umständen der Wahrheit entsprach, doch dieses Treffen diente in erster Linie dem Zweck, die wichtigsten Männer der Stadt moralisch aufzubauen.

»Es sei denn, selbstverständlich, unser mysteriöser Verräter schlägt zu, es sei denn, unser persönlicher Ephialtes zeigt unserem Xerxes den Weg über den Bergrücken und umgeht so unsere Thermopylen, sodass wir alle tapfer kämpfend untergehen, genau wie die dreihundert Spartaner im Kampf gegen die überwältigende Übermacht der östlichen Horde gefallen sind.« Acilius Glabrios Erwähnung des hinterhältigsten Verräters der griechischen Geschichte – Herodot hatte Ephialtes' Verruchtheit unsterblich gemacht – rief ein schockiertes kollektives Schweigen hervor, das der junge Patrizier eine Weile angeblich gar nicht zur Kenntnis nahm. Er trank gemächlich einen Schluck Wein, bevor er den Blick hob, einen Ausdruck unschuldiger Überraschung im Gesicht. »Oh, tut mir leid. Ich scheine gerade darauf hingewiesen zu haben, dass Hannibal vor den Toren steht, dass sich ein Elefant hier im Raum befindet. Offenbar habe ich gerade die Katze aus dem Sack gelassen.«

Ballista bemerkte, dass die Tränensäcke unter Acilius Glabrios Augen trotz seiner wie immer eleganten Frisur und seines sorgfältig gepflegten Bartes gerötet und angeschwollen waren und auch seine Kleidung etwas ungepflegt wirkte. Wahrscheinlich war er einfach nur betrunken. Doch bevor Ballista etwas entgegnen konnte, fuhr der adlige Römer fort.

»Wenn es uns bestimmt ist, morgen das Schicksal der Spartaner zu teilen, sollten wir unsere letzte Nacht vielleicht genau wie sie verbringen, indem wir uns gegenseitig das Haar kämmen, einander einölen und jede Art von Trost suchen, die wir finden können.« Dabei wanderte sein Blick zu Demetrius hinüber. Die Augen des jungen

Griechen, der hinter der Couch seines Kyrios stand, blieben demütig auf den Boden gerichtet.

»Ich hätte es für besser befunden, Tribunus laticlavius, wenn ein Mann wie Acilius Glabrio, ein Mitglied einer Familie, die ihre Ursprünge angeblich bis zur Gründung der Republik zurückverfolgen kann, sich an den guten alten *römischen* Tugenden orientieren würde – wie beispielsweise an Horatius, Cincinnatus oder Africanus –, wenn er also nachts wach bliebe, seine Runden drehen, die Wachposten kontrollieren und nüchtern bleiben würde.« Ballista hatte nicht die geringste Ahnung, ob die römischen Helden, die er zitiert hatte, bekannt dafür gewesen waren, zugunsten ihrer Pflicht auf Schlaf zu verzichten und ihren Wein mit jeder Menge Wasser zu strecken, aber das war ihm in diesem Moment egal. Er konnte spüren, wie die Wut in ihm hochkochte.

»*Angeblich* bis zur Gründung der Republik! *Angeblich!* Wie kannst du es wagen? Du Emporkömmling von einem …« Acilius Glabrios Gesicht lief rot an, seine Stimme zitterte.

»Dominus!« Der Primus Pilus Antoninus Prior war es gewohnt, mit seiner Stimme auch den letzten Winkel des Campus Martius zu erreichen, und so gelang es ihm tatsächlich, dem Kommandanten seiner Einheit das Wort mitten im Satz abzuschneiden. »Dominus, es wird allmählich spät. Wir sollten den Vorschlag des Dux Ripae aufgreifen. Es wird Zeit, dass wir die Wachposten inspizieren.« Bevor sein Vorgesetzter etwas darauf erwidern konnte, wandte sich Antoninus Ballista zu und fuhr fort: »Dux Ripae, die Offiziere der Legio IIII Scythica danken dir für deine Gastfreundschaft. Aber wir müssen jetzt gehen.« Bereits während er sprach, war er aufgestanden und an Acilius Glabrios Couch herangetreten. Seleucus, der zweite Centurio der Legion, baute sich auf der anderen Seite des jungen Patriziers auf. Gemeinsam packten sie ihren Vorgesetzten an den Oberarmen, zogen ihn sanft, aber unerbittlich auf die Füße und bugsierten ihn in Richtung des Ausgangs.

Acilius Glabrio schüttelte ihre Hände ab, drehte sich um und zielte mit dem ausgestreckten Zeigefinger wie mit einem Dolch auf

Ballista. Der junge Adlige zitterte am ganzen Körper, aus seinem Gesicht war alle Farbe gewichen. Er schien vor Wut keinen Laut über die Lippen bringen zu können.

Die beiden Centurios ergriffen ihn an den Ellbogen und beförderten ihn aus dem Raum, ohne dass ein weiteres Wort fiel.

Das gemeinsame Essen endete schon bald darauf. Zunächst zog sich Turpio zusammen mit Felix und Castricius, den Centurios unter seinem Kommando, zurück, dicht gefolgt von den Karawanenbeschützern und den Stadträten.

Gleich nachdem er seinen letzten Gast, den Eunuchen Otes, verabschiedet hatte – »Ein äußerst angenehmes Essen, Kyrios, ein wirklich sehr gelungener Abend« –, begab sich Ballista mit Demetrius auf den Fersen in seine Privatgemächer. Maximus und Calgacus erwarteten ihn bereits.

»Hast du besorgen können, worum ich dich gebeten habe?«

»Ja, Dominus«, erwiderte Maximus.

»Und verdammt teuer war der Kram auch noch«, fügte Calgacus hinzu.

Auf dem Bett lagen verschiedene Kleidungsstücke für zwei Personen ausgebreitet. Tuniken in leuchtendem Rot, Blau, Gelb und Purpur, Hosen und Mützen, nach hiesiger Art mit Streifen in kontrastierenden Farben versehen und mit bunten Säumen und Stickereien verziert.

»Lass es uns durchziehen.« Ballista und Maximus zogen sich aus und schlüpften stattdessen in die im Orient üblichen Kleidungsstücke.

»Kyrios, das ist Wahnsinn!«, protestierte Demetrius. »Was soll das bringen?«

Nachdem er die beiden Verzierungen von seinem Gürtel entfernt hatte, die Mauerkrone und den vergoldeten Greifvogel, konzentrierte sich Ballista darauf, ein neues Schmuckstück daran zu befestigen, das aus den Lettern FELIX bestand – viel Glück. »Es besteht die Gefahr, dass untergeordnete Offiziere ihren Vorgesetzten immer genau das sagen, von dem sie denken, dass sie es hören wollen«, erklärte er. »Wie zum Beispiel: ›Die Männer sind zuversichtlich und voller Kampfeslust.‹ Stell dir vor, was die Perser wohl dem König der Könige erzählen. Ich bin zwar nicht Shapur, aber es ist immer angenehmer für den Boten, gute statt schlechte Nachrichten zu überbringen.«

»Bitte, Kyrios, denk an die Gefahren – wenn schon nicht für dich selbst, dann für den Rest von uns, falls dir etwas zustößt.«

Ballista überlegte, ob er den Heilstein von seiner Schwertscheide entfernen sollte, und entschied sich dagegen. »Hör auf, dir Sorgen zu machen, Junge. Es gibt keinen besseren Weg, um sich einen verlässlichen Eindruck von der Moral der Männer zu verschaffen. Wenn sie sich auf ihren Posten unbeobachtet fühlen, werden sie offen über ihre Hoffnungen und Ängste sprechen.« Er tätschelte Demetrius tröstend die Schulter. »Es wird alles gut gehen. Ich habe so etwas schon früher gemacht.«

»Über mich scheint sich niemand Sorgen zu machen«, beschwerte sich Maximus.

»Du bist ja auch verzichtbar«, gab Calgacus trocken zurück.

Ballista hängte sich die Tasche mit dem Bogen und Köcher über die Schulter, streifte einen Wolfspelz über und begutachtete sich in dem Spiegel, den ihm Calgacus hinhielt. Dann betrachtete er seinen Leibwächter. »Maximus, schmiere dir ein bisschen Ruß auf die Nase. Abgesehen von deiner auffälligen Narbe, die wie ein Katzenarschloch aussieht, wird uns kein Mensch in dieser Aufmachung wiedererkennen. Wir sehen wie zwei der übelsten Söldner in den Diensten der Karawanenbeschützer aus.«

Ein leises Wort zu den Wachen, und die beiden Männer schlüpften durch die Tür auf der Nordseite des Palastes. Sie wandten sich nach links und gingen durch das Militärviertel in Richtung der Wüstenmauer. Am Campus Martius wurden sie von einem aus Legionären der Centurie von Antoninus Posterior bestehenden Wachposten mit der Parole *Libertas* angesprochen, worauf sie mit dem Passwort *Principatus* antworteten und weitergehen durften.

Am Bel-Tempel stiegen sie die Stufen zur nordwestlichen Ecke der Stadtmauer hinauf. Nach einer erneuten Abfrage und Beantwortung der Losung – *Libertas-Principatus* – standen sie hinter der Brüstung und blickten über die Felsschlucht im Norden und auf die große Ebene im Westen hinaus. In der Ferne überzogen unzählige Lagerfeuer im Feldlager der Sassaniden den nächtlichen Himmel mit einem rötlichen Schein. Ein leises Summen und Raunen erfüllte die Luft. Ein persisches Pferd wieherte, worauf ein römisches Pferd ganz in der Nähe auf die gleiche Weise antwortete.

Entlang der Mauerbrüstung flackerten Fackeln. Irgendwo in der Stadt arbeitete noch ein Schmied zu später Stunde, der mit seinem Hammer die Nieten an einem Schwert plättete oder die aufgeplatzten Maschen eines Kettenhemdes verschloss. Oben auf dem Turm erzählte ein Wächter namens Antiochus wortreich und monoton von seiner erst kurz zurückliegenden Scheidung, was für ein zänkisches Weib seine Frau doch gewesen sei, und dann, bei den Göttern der Unterwelt, ständig dieses endlose Gekeife, schlimmer, als wäre man mit seiner eigenen Schwiegermutter verheiratet!

Ballista beugte sich dicht zu seinem Leibwächter vor. »Ich denke, du hast gestern Abend genug getan, um deine Schuld zurückzuzahlen und dir deine Freiheit zu verdienen.«

»Nein. Es müsste eine Situation genau wie damals sein. Sicher, gut möglich, dass die drei Kerle dich gestern Abend getötet hätten, aber das kann ich nicht mit Sicherheit wissen. Als du mich gerettet hast, hat es nicht den geringsten Zweifel gegeben. Ich habe hilflos auf dem Rücken gelegen, mir war das Schwert aus der Hand geschlagen worden, und ohne dich wäre ich eine Sekunde später tot gewesen. Ich brauche Gewissheit, es muss genauso eindeutig sein.«

»Einige Religionen halten Stolz für eine furchtbare Sünde, glaube ich.«

»Das sind Idioten.«

Sie schlenderten in südlicher Richtung über den Wehrgang. Hin und wieder wurden sie von Wachposten, hohlwangigen Männern in zerrissenen Tuniken, nach der Losung gefragt, wenn sie den Lichtkreis einer Fackel passierten: *Libertas-Principatus, Libertas-Principatus.*

Am vierten Turm auf ihrem Weg vertrieben sich die Wachen die Zeit mit einem Würfelspiel. Es waren Legionäre der IIII Scythica. Ihre ovalen Schilde, roter Untergrund mit blauen Siegeszeichen und einem goldenen Löwen darauf, lagen auf einem Haufen in der Nähe. Ballista und Maximus blieben im Schatten stehen, sahen das flackernde Licht der Fackeln über ihre Gesichter tanzen und lauschten ihren Gesprächen.

»Canis«, stöhnte einer der Männer, als seine vier Würfel einen Hund bildeten, der schlimmste Wurf, den es überhaupt gab.

»Du warst schon immer ein Pechvogel.«

»Blödsinn. Ich spare mir nur mein ganzes Glück für morgen auf. Verdammte Scheiße, wir werden es bitter nötig haben.«

»Jetzt quatschst du Blödsinn. Das wird morgen der reinste Sonntagsspaziergang. Wir haben die Kerle schon einmal verprügelt und werden das wieder tun.«

»Sagst du. Es sind nicht mehr allzu viele von uns übrig. Die meisten Männer auf dieser Mauer sind beschissene Zivilisten, die Soldaten spielen. Ich sag dir, wenn die Reptilien morgen wirklich ernst machen, sind wir im Arsch.«

»Quatsch! Der große barbarische Bastard hat uns bisher gut durch die Scheiße gelotst. Er wird uns auch morgen wieder durchbringen. Wenn er sagt, dass wir diese Mauer halten können, willst du dich dann mit ihm anlegen?«

Ballista grinste Maximus in der Dunkelheit an.

»Lieber mit ihm als mit seinem beschissenen hibernischen Leibwächter.«

Maximus' Zähne blitzten weiß in der Dunkelheit auf.

»Da hast du einen Punkt. Man möchte ihm wirklich nicht in einer dunklen Gasse über den Weg laufen. Ist schon ein verdammt hässlicher Bastard, nicht wahr?«

Ballista legte Maximus eine Hand auf den Arm und führte ihn die Stufen hinab.

Als sie das Palmyra-Tor erreichten, war die Nacht schon weit fortgeschritten. Sie hatten genug gehört. Die Moral der regulären Soldaten schien intakt zu sein. Sie stöhnten ausgiebig und verteilten ihren Unmut gleichmäßig auf die Feinde und die erst kürzlich einberufenen Rekruten. Die viel verspotteten ehemaligen Zivilisten, besonders die auf der Wüstenmauer, waren entweder sehr still oder gaben sich besonders großspurig, ganz so, wie es von Männern zu erwarten war, die dem Kampf noch nicht direkt in das ungeschminkte Gesicht geblickt hatten.

Ballista beschloss, zum Palast zurückzukehren. Sie brauchten ihren Schlaf. Morgen war ein anderer Tag.

Nachdem sich Demetrius vollständig angekleidet hatte, befestigte er umständlich den Schreibblock und Schreibgriffel an seinem Gürtel. Dann betrachtete er sich im Spiegel. Obwohl die polierte Metalloberfläche sein Bild verzerrte, konnte er erkennen, dass er furchtbar aussah. Unter seinen Augen hatte sich ein Gespinst dünner blauer Äderchen ausgebreitet. Und er fühlte sich auch furchtbar. Die erste Hälfte der Nacht war er vollständig bekleidet geblieben und unruhig auf und ab gegangen. Er hatte sich eingeredet, dass er sowieso nicht würde schlafen können, bevor Ballista und Maximus von ihrem albernen theatralischen Streifzug zurückgekehrt waren. Als sie dann kurz nach Mitternacht tatsächlich zurückgekehrt waren, gut gelaunt, lachend und ausgelassen frotzelnd, war er ins Bett gegangen. Doch er hatte immer noch nicht einschlafen können. Nachdem er keinen Grund mehr hatte, sich um andere Sorgen zu machen, war er gezwungen gewesen, sich seiner eigenen Angst zu stellen.

Es gab keine Flucht vor dem Gedanken, dass die Perser morgen wieder kommen würden. Die Vorstellung, die Ballista während des Essens geboten hatte, hatte Demetrius nicht beruhigen können. Er kannte seinen Kyrios sehr gut. Der große, geradlinige Nordländer war kein guter Lügner. Seine Beteuerungen, dass die Perser nicht mit Herz und Seele in den Kampf ziehen würden, hatten in Demetrius' Ohren hohl geklungen. Und was hatte Ballista auf die Frage des fetten Eunuchen geantwortet, ob sie wirklich in Sicherheit sein würden, wenn sie den morgigen Tag überstanden? Irgendetwas wie, dass es *im Wesentlichen* so wäre. Das Heucheln zählte nicht zu den Stärken seines Kyrios. Er gehörte zu der Art von Männern, die nichts auf die leichte Schulter nahmen. Das war einer der Gründe, die ihn zu einem so guten Soldaten machten. Seine obsessive Detailversessenheit hatte ihn zu einem so exzellenten Fachmann für Belagerungskriegführung werden lassen. Und dieses Mal hatte er mit Sicherheit Grund genug, sich Sorgen zu machen. Dies würde der letzte Anlauf der Perser sein. Shapur und seine Adligen würden ihre Krieger zu wildem Fanatismus und Hass aufgepeitscht haben, bis die Sassaniden den brennenden Wunsch verspürten, die Herzen der Verteidiger roh zu fressen.

Obwohl er es nicht wollte, musste Demetrius immer wieder an den ersten Angriff der Perser denken. Daran, wie die wilden, dunkelbärtigen Männer die Treppen hochgestürmt waren, die Langschwerter in den Händen und Mordlust in den Augen. Und morgen würde es wieder geschehen, dass Abertausende Sassaniden mit diesen furchtbaren Schwertern wie eine endlose Flut über die Brüstungen quollen und alles niedermähten, was sich ihnen in den Weg stellte. Eine Orgie aus Blut und Leid würde über sie hereinbrechen.

Natürlich war es schließlich so gekommen, dass Calgacus zum Gallinicium, wenn die Hähne zu krähen beginnen, die Menschen in Friedenszeiten aber noch tief schlafen, die Zeit, zu der das Gefolge des Dux Ripae sich versammeln sollte, Demetrius doch noch aus einem unruhigen Schlaf hatte reißen müssen. Aus einem Traum, in dem der junge Grieche einen alten Traumdeuter endlos durch die engen, schmutzigen Gassen der Stadt gejagt hatte. Die ganze Zeit über war der Mann kurz außerhalb seiner Reichweite geblieben, während er in seinem Rücken den Lärm der ihn verfolgenden Sassaniden hatte hören können, die verzweifelten Schreie von Männern und Frauen und das Prasseln brennender Gebäude.

»Es gibt keine Zeit zu verlieren«, hatte der alte Kaledonier nicht unfreundlich gesagt. »Sie haben sich alle zum Frühstück im großen

Speisesaal versammelt. Alles wird gut werden. Die Männer fühlen sich gut.«

Calgacus hatte recht. Als Demetrius den Speisesaal betrat, in dem zu dieser frühen Zeit noch immer die Öllampen brannten, brandete ihm eine Woge des Gelächters entgegen. Ballista, Maximus, der Centurio Castricius, der Standartenträger Pudens, die beiden verbliebenen Botenläufer, der einzige noch lebende Schreiber und zehn der Equites singulares seiner persönlichen Garde saßen dicht gedrängt zusammen und aßen Spiegeleier mit Speck.

Ballista rief Demetrius zu sich, schüttelte ihm die Hand und forderte Maximus auf, ein Stückchen weiterzurücken, um ihm Platz zu machen. Wenn das überhaupt möglich war, waren Ballista und Maximus sogar noch besserer Laune als nach ihrer gestrigen Rückkehr von ihrer heimlichen Inspektionsrunde, lachten und frotzelten ausgelassen mit den anderen Männern. Und doch glaubte Demetrius, eingekeilt zwischen den beiden Männern aus dem hohen Norden, einen Teller mit Essen vor seiner Nase, auf das er nicht den geringsten Appetit hatte, eine untergründige Anspannung zu verspüren, eine Brüchigkeit der guten Laune. Maximus zog den Dux dafür auf, dass er lediglich Wasser trank. Ballista erwiderte, dass er einen klaren Kopf bewahren wollte – ein Zustand, der seinem Leibwächter völlig unbekannt war, wie er allen anderen erklärte. Heute Abend würde er saufen, sagte er, bis er rührselige Lieder sang, allen versicherte, dass er sie wie Brüder liebte und schließlich das Bewusstsein verlor.

Nach dem Frühstück begaben sie sich gemeinsam auf den Hauptplatz des Palastes, um ihre Waffen anzulegen. Sie wurden jetzt leiser, unterhielten sich in gedämpftem Tonfall, lachten nur noch gelegentlich kurz. Ein Mann nach dem anderen verschwand für eine Weile in der Latrine. Calgacus und Bagoas kamen mit der Paraderüstung des Dux Ripae, die er bisher nicht einmal getragen hatte, aus seinen Wohngemächern.

»Wenn du den sassanidischen König der Könige besiegst«, sagte Calgacus, »solltest du wie ein richtiger römischer General aussehen.«

Ballista hätte sein altes, abgenutztes Kettenhemd bevorzugt, widersprach aber nicht. Calgacus hatte immer das Bedürfnis, ihn möglichst gut gekleidet loszuschicken, was Ballista allzu oft auf die Nerven ging. Er stand mit ausgestreckten Armen da, während sein alter Diener und Maximus ihm die Brust- und Rückenschalen festzurrten, die verzierten Schulterprotektoren und die verstärkten Lederbänder anlegten, die seine Genitalien und Oberschenkel schützten. Zum Schluss schnallte Ballista sich den Schwertgürtel um die Hüfte und ließ sich von Calgacus einen neuen schwarzen Umhang an den Schultern befestigen. Zum Schutz gegen die morgendliche Kälte legte ihm der alte Diener zum Abschluss den Wolfspelz um, den Ballista bereits während seiner heimlichen Inspektionsrunde getragen hatte, und reichte ihm seinen Helm. Ballista registrierte, dass der Wolfspelz gründlich gereinigt und der Helm auf Hochglanz poliert worden war.

»Solltest du Shapur nicht besiegen, wirst du doch bestimmt gut angezogen in Walhalla erscheinen wollen«, sagte Maximus zu ihm in seiner Muttersprache.

»Ich hoffe, dass das noch nicht das Ende unseres langen gemeinsamen Weges ist, Bruder«, erwiderte Ballista in derselben Sprache.

Sie verließen den Palast schweigend durch das Haupttor. Im Schein der Fackeln, die in der kühlen aus dem Süden wehenden Brise flackerten, durchquerten sie das militärische Viertel und den Campus Martius und erreichten das Nordende der Wüstenmauer. Als sie die Treppe am Bel-Tempel hinaufstiegen, rief ihnen ein Wächter die Parole zu: »*Isangrim!*« Er sprach das für ihn fremde Wort sogar richtig aus. Ballista antwortete mit dem lateinischen Passwort *Patria*, das sowohl Vaterland wie auch Heimat heißen konnte.

Er begrüßte die Männer auf der Brüstung, eine Mischung aus Soldaten der Kohorte XX und einheimische Rekruten, gab jedem einzeln die Hand. Dann stieg er die letzten Stufen zur Turmplattform mit dem Artilleriegeschütz hinauf. Er nahm den Helm ab, und sein langes Haar fiel ihm über die Schultern. Sein geschmiedeter Kürass schimmerte im Licht der Fackeln, als er sich den Männern zuwandte.

»Kameraden, Soldaten, der alles entscheidende Augenblick ist gekommen. Heute findet der letzte Kampf in diesem Ringen statt.« Ballista legte eine kurze Pause ein. Er hatte die volle Aufmerksamkeit seiner Männer. »Die Perser sind viele, und wir sind wenige. Doch ihre Menge wird nicht mehr als nur lästig sein. Unsere Schwertarme werden sich den Platz verschaffen, den sie brauchen.« Er entdeckte hier und da ein zaghaftes Lächeln im Schein der Fackeln. »Ihre Zahl ist bedeutungslos. Sie sind die verweichlichten Sklaven eines orientalischen Despoten. Wir sind Soldaten, wir sind freie Männer. Sie kämpfen für ihren Gebieter. Wir kämpfen für unsere Freiheit, für unsere Libertas. Wir haben sie schon einmal hinweggefegt, und wir werden es wieder tun.« Einige Soldaten zogen ihre Schwerter und begannen, rhythmisch damit gegen ihre Schilde zu schlagen.

»Wenn wir heute siegen, werden die edlen Kaiser Valerian und Gallienus diesen Tag zu einem Tag der Danksagung erklären, zu einem heiligen Tag, der so lange gefeiert werden wird, wie die ewige Stadt Rom besteht. Die edlen Kaiser werden die geheimen kaiserlichen Schatzkammern öffnen. Sie werden uns mit Gold überhäufen.«

Die Soldaten stimmten in Ballistas Gelächter ein. Der ältere der beiden Kaiser war nicht gerade für seine Freigiebigkeit bekannt.

Ballista wartete eine Weile, bevor er in verändertem Tonfall fortfuhr: »Heute ist der letzte Tag unseres Leidens angebrochen. Wenn wir heute siegen, werden wir unsere Sicherheit mit den eigenen Schwertern errungen haben. Wenn wir heute siegen, werden wir uns unseren Ruhm verdient haben, an den man sich noch in Jahrhunderten erinnern wird. Man wird unser zusammen mit den Männern gedenken, die Hannibal bei Zama geschlagen haben, mit den Männern, die die barbarischen Horden der Kimbern und Teutonen in den Ebenen Norditaliens geschlagen haben, mit den Männern, die das asiatische Völkergemisch von Mithridates dem Großen geschlagen, seinen orientalischen Stolz gebrochen und ihn in einen jämmerlichen Selbstmord getrieben haben. Wenn wir heute siegen, wird man sich von diesem Tag an bis zum Ende der Welt an uns erinnern.«

Alle Männer jubelten. Das Klopfen ihrer Schwerter auf den Schilden schwoll zu einem ohrenbetäubenden Lärm an. Sie stimmten den schon vertrauten Sprechgesang an: »*Bal-lis-ta! Bal-lis-ta!*« Andere griffen den Ruf auf, der wie eine gewaltige Welle die Mauern und Türme hinab durch die belagerte Stadt flutete.

Als sie den Turm hinabstiegen, war bereits die Tageszeit angebrochen, zu der die Flammen der Fackeln zuerst zu einem matten Gelb verblassten und dann gänzlich unsichtbar wurden. Sie marschierten die gesamte Länge des Wehrgangs nach Süden ab. An jedem Turm wiederholte Ballista seine Ansprache, die immer mit Jubel quittiert wurde, gelegentlich auch mit dem »*Bal-lis-ta! Bal-lis-ta!*«. Einige seiner Zuhörer legten die Köpfe in den Nacken und heulten wie die Wölfe.

Nachdem sie ihre Runde beendet und wieder ihre übliche Position auf dem Turm des Palmyra-Tors eingenommen hatten, brannte ihnen die Sonne bereits heiß im Rücken.

»Dominus.« Zwei Soldaten der Kohorte XX nahmen Haltung an. Zwischen ihnen stand ein Mann in persischer Kleidung. »Marcus Antoninus Danymus und Marcus Antoninus Themarsas aus der Turma von Antiochus, *Dominus*«, meldete einer der Soldaten. »Dieser Mann ist ein Deserteur. Er ist gestern Abend an der Nordmauer erschienen. Er sagt, dass er Khur heißt und dir alles über die persischen Angriffspläne verraten kann, was du wissen willst.«

Als er seinen Namen hörte, bleckte der Perser wie ein ängstlicher Hund in Erwartung von Schlägen die Zähne. Seine bunte Kleidung war mit Staub verschmiert, seine lange weite Tunika wurde von keinem Gürtel zusammengehalten. Vermutlich hatten die Soldaten ihm den Gürtel im Zuge seiner Entwaffnung und Durchsuchung weggenommen. Das Gesicht unter der grauen Staubschicht war blass.

Ballista forderte ihn mit einer Handbewegung auf, vorzutreten. Der Perser warf sich ihm vor die Füße und legte die Stirn auf den Boden. Dann richtete er sich auf die Knie auf, die Arme in einer flehenden Geste weit ausgebreitet.

Demetrius betrachtete ihn mit Widerwillen, als Ballista ihn auf Persisch ansprach. Bevor der Perser antwortete, warf er sich erneut zu Boden und bedeckte seine Hände mit seinen langen Ärmeln. Es war abstoßend, wie sich diese Orientalen selbst erniedrigten.

Plötzlich richtete sich der Mann blitzschnell auf und hechtete auf Ballista zu. In seiner Hand blitzte ein Messer, als er die Klinge in Richtung von Ballistas Bauch unterhalb des Kürasses stieß. Mit einer Bewegung, die zu schnell war, als dass Demetrius ihr folgen konnte, trat Ballista einen Schritt auf den Perser zu, packte seinen Messerarm mit beiden Händen und riss gleichzeitig das Knie hoch. Ein lautes Knacken ertönte, als der Armknochen des Attentäters brach. Der Mann schrie auf. Der Soldat namens Danymus sprang vor und stieß ihm sein Schwert zwischen die Schulterblätter. Der Perser kippte vornüber, gab ein ersticktes Röcheln von sich und starb innerhalb weniger Sekunden.

»Das war unnötig, Soldat«, sagte Ballista.

»Tut mir leid, Dominus, ich dachte …« Danymus verstummte mitten im Satz.

»Ich nehme an, dass er durchsucht worden ist.«

»Ja, Dominus.«

»Von wem?«

»Ich weiß es nicht, Dominus.«

»Nicht von dir?«

»Nein, Dominus.« Danymus hielt den Blick auf die Stelle gerichtet, auf die das Blut von seiner Schwertklinge tropfte. Er schwitzte heftig. Seine Niedergeschlagenheit bildete einen seltsamen Kontrast zu seinem geradezu fröhlich anmutend, reichhaltig verzierten Militärgürtel: eine strahlende Sonne, eine Blume, ein Fisch, ein Mann, der ein Lamm und eine Swastika trug. Demetrius wurde plötzlich bewusst, dass niemand sonst sein Schwert gezogen hatte.

»Gut. Schafft die Leiche weg.«

Danymus schob sein Schwert in die Scheide zurück. Er und sein Kamerad packten jeweils ein Bein des Persers und schleiften ihn zur Treppe. Sein Gesicht hinterließ eine Blutspur auf dem Boden.

»Hebt die verdammte Leiche hoch und tragt sie!«, bellte Castricius. »Irgendjemand könnte noch auf dem Blut ausrutschen und sich verletzen!«

Ballista und Maximus wechselten einen stummen Blick. Wenn der Deserteur nach seiner Festnahme tatsächlich gründlich durchsucht worden war, musste ihm irgendwer nachträglich ein Messer zugesteckt haben. Sie hatten jetzt keine Zeit, der Angelegenheit weiter nachzugehen. Sollten sie morgen noch am Leben sein, konnten sie immer noch versuchen, den Schuldigen ausfindig zu machen. Ballista zuckte kaum wahrnehmbar mit den Schultern und ließ seinen Blick über die Mauern wandern.

Demetrius, der nicht in der Lage war, den abrupten Ausbruch extremer Gewalt und die ebenso schnelle Rückkehr zu einer Art von Normalität einfach wegzustecken, sah, wie sein Kyrios den Helm absetzte. Seine eigenen Hände zitterten, als der große Nordländer ihm den Helm übergab und mit einem schmalen Lächeln bemerkte, er sollte den Jungs wohl besser zeigen, dass er noch am Leben war. Demetrius wurde sich der drückenden Stille bewusst, die auf den Wehrgängen lastete. Es war die Art der Stille, die einem Gewitter unmittelbar vorausgeht. Er sah zu, wie Ballista auf das nächste Artilleriegeschütz kletterte und sich mit hoch über den Kopf erhobenen Armen einmal langsam um die eigene Achse drehte, sodass ihn jeder sehen konnte. Der Südwind ließ sein schweißnasses Haar flattern. Der polierte Kürass glänzte in der Sonne. Ein merkwürdiges Geräusch, als würden tausend Männer gleichzeitig ausatmen, erfüllte die Luft. »*Flavius, Flavius!*«, rief eine Stimme ganz in der Nähe. Überall auf den Wehrgängen lachten Soldaten und griffen den Ruf auf: »*Flavius, Flavius!*« – Blondschopf, Blondschopf.

»So nennen sie mich also wirklich«, sagte Ballista, während er wieder von dem Katapult herabstieg.

»Unter anderem«, erwiderte Maximus trocken.

Als Demetrius ihm seinen Helm zurückgeben wollte, wies Ballista ihn an, ihn zu seinen anderen Sachen zu bringen, bis er sie brauchen würde. Der junge Grieche legte ihn zu seinem Schild auf ein sorgfältig gefaltetes Wolfsfell, das er bereits früher in einer Ecke des Turms ausgebreitet hatte, wo niemand darüber stolpern konnte.

Von der Mauerbrüstung vor der Front aus inspizierte Ballista seine Truppen. Die Männer warteten schweigend. Über ihren Köpfen flatterten die Banner im Wind. Auf zwei Türmen wehte das grüne Vexillium der Kohorte XX mit dem in goldenen Lettern geschriebenen Namen ihrer Schutzgottheit, eines stolzen Kriegsgotts aus Palmyra. Auf dem südlichsten Turm, wo Haddudad und seine Männer stationiert waren, prangte Iarhais Kampfstandarte, der rote Skorpion auf weißem Untergrund. Ballista fragte sich, ob auch Iarhai persönlich da sein würde. Zwei Türme weiter im Norden entdeckte er das rote Vexillium der hiesigen Abteilung der Legio IIII, darauf die Verkörperungen des Sieges in Blau, der Adler, der Löwe und alle Buchstaben in Gold. Dort hatte der junge Patrizier Acilius Glabrio seinen Kommandostand. Dahinter flatterte die blaue Fahne mit der vierblättrigen gelben Blume von Anamu, und wiederum dahinter, nahe der Nordwestecke der Stadtmauer, Ogelos' Banner, ein goldenes Abbild der Göttin Artemis auf purpurfarbenem Untergrund. Und im Zentrum über dem Haupttor schließlich fauchte und zischte der weiße Draco des Dux Ripae im Wind.

Die Stadt Arete hatte alle Vorbereitungen getroffen, sich ihrer finalen Prüfung zu stellen. Diese Wehrmauer war zur letzten Grenze des Imperiums geworden, wo Orient und Okzident aufeinandertrafen, wo die Romanitas, ja, wo die Humanitas selbst mit dem Barbaricum konfrontiert wurde. Die Ironie, dass vier der sechs über Aretes Mauern wehenden Standarten nicht wirklich als römisch bezeichnet werden konnten, entging Ballista nicht.

Er blickte über die verwüstete Ebene hinaus zu der sassanidischen Horde. Es war die vierte Stunde des Tages. Die Perser hatten sich viel Zeit für die Aufstellung ihrer Truppen gelassen. Lag das möglicherweise an mangelnder Kampfbegeisterung? Hatten Shapur, seine Vasallenkönige und Adligen Mühe gehabt, ihre Männer noch einmal in die blutige Schlacht zu schicken? Oder war dafür kühle Berechnung verantwortlich, der Wunsch, alles richtig zu machen?

Warteten sie nur darauf, dass die Sonne hoch genug über den Horizont gestiegen war, um ihnen nicht mehr direkt in die Augen zu scheinen und sie zu blenden, wenn sie auf die Mauern Aretes zustürmten?

Sie waren jetzt bereit, eine dunkle Linie, die sich über die gesamte Ebene erstreckte. Die Trompeten und Trommeln verstummten. Abertausende Krieger warteten schweigend. Die Brise frischte auf und ließ Windhosen in den Himmel steigen.

Plötzlich begannen die Trommeln wieder zu dröhnen und die Trompeten zu schmettern. Die goldene Kugel über der großen Kampfstandarte des Hauses Sasan, die jetzt in die Mitte vor den feindlichen Linien getragen wurde, strahlte hell in der Sonne. Das Drafsh-i-Kavyan funkelte gelb, rot und violett. Zuerst leise, aber immer lauter anschwellend, hallte der vertraute Sprechgesang über die Ebene: »*Mazda! Mazda!*« und brach schon kurz darauf wieder ab, nur um noch lauter durch einen anderen Schlachtruf ersetzt zu werden: »*Shapur! Shapur!*«

Auf seinem weißen Pferd, unter dessen Hufen Staub aufwirbelte, ritt der König der Könige mit hinter ihm flatternden purpurfarbenen und weißen Bändern vor seine Armee. Er stieg aus dem Sattel, nahm auf seinem auf einem hohen Podium aufgebauten goldenen Thron Platz und gab das Zeichen für den Beginn der Schlacht.

Der Klang der Trompeten veränderte sich, die Trommeln dröhnten in einem anderen Rhythmus. Mit einer kurzen Verzögerung setzte sich die riesige sassanidische Armee in Bewegung. Die Schutzschilde vor den zehn verbliebenen Artilleriegeschützen wurden zur Seite gezogen, und die Katapulte eröffneten den Beschuss.

Ballista nickte Pudens zu, der darauf die rote Flagge hob. Die fünfundzwanzig Ballistae der Verteidiger erwiderten das Feuer. Diese Phase der Schlacht bereitete Ballista keine Sorgen. Die Kräfteverhältnisse des Artillerieduells sprachen eindeutig zu seinen Gunsten.

Während die sassanidischen Reihen ihren langen, langen Vormarsch begannen, rief Ballista nach seinem Helm und Schild. Demetrius fingerte nervös an dem Kinnriemen herum. Ballista beugte sich zu ihm vor, küsste ihn auf die Wange, umarmte ihn und flüsterte ihm ins Ohr: »Wir alle haben Angst.«

Vollständig bewaffnet und flankiert von Maximus und Castricius, befahl der Dux Ripae, den persischen Jungen zu ihm bringen zu lassen. Bagoas sollte ihm bei der Identifizierung der Feinde helfen.

Als die sassanidischen Reihen die unsichtbare Linie überschritten, die die äußerste Reichweite der römischen Artillerie markierte, nickte Ballista erneut Pudens zu, der die rote Flagge zweimal hob und senkte. Die Ballistarii richteten ihre Geschütze von der feindlichen Artillerie auf die ihnen folgende Infanterie aus. Bolzen mit tückischen Eisenspitzen und sorgfältig gerundete Steinkugeln flogen durch die Luft, um die persischen Schutzschilde zu durchbohren und zu zerschmettern und die in ihrem Schutz zusammengedrängten Soldaten zu töten. Als die ersten Projektile ihre Ziele fanden, schien eine Woge durch die sassanidischen Reihen zu laufen, wie durch die Halme eines Weizenfelds, durch den ein Windstoß fährt.

Die Perser hatten kaum die weiß gestrichenen Mauerreste in zweihundert Schritten Entfernung passiert, ab denen die Treffsicherheit der Artillerie deutlich zunahm, als sich bereits die ersten Lücken in den bis dahin geschlossenen Reihen auftaten. Die farbenfrohen Banner, unter denen die Saken, Inder und Araber marschierten, die Männer von König Hamazasp von Georgien und die Krieger, die Fürst Karen folgten, fielen zurück. Sie rückten zwar immer noch vor, aber spürbar langsamer als die Männer unter den Bannern der Oberhäupter aus den zahlreichen Familienlinien Shapurs: Prinz Sasan der Jäger, Prinz Valash, die Freude Shapurs, Königin Dinak von Mesene, Ardashir, König von Adiabene. Die Standarte von Fürst Suren befand sich immer noch ziemlich weit vorn. An der äußersten Spitze auf der Straße zum Palmyra-Tor marschierten die von Peroz vom Langschwert angeführten »Unsterblichen« und die Jan-avasper unter dem Kommando des römischen Deserteurs Mariades.

»Schande, Schande über die, welche wanken und zagen«, flüsterte Bagoas heiser. »Sie sind wahrhaft *margazan*. Sie werden bis in alle Ewigkeiten die Höllenqualen der Verdammnis erleiden!«

»Sei still, Junge!«, zischte Maximus.

Ballista war in seine eigenen Gedanken versunken. Die bloße Präsenz der beiden Einheiten der ersten Angriffswellen war ein zweischneidiges Schwert. Sie bewies einerseits, mit welch wilder Entschlossenheit Shapur den Angriff durchführen wollte. Doch andererseits zeigte sie auch, dass er über keine weiteren Reserven verfügte. Sollte die erste Welle scheitern, würde es keine zweite geben. »So sei es denn«, murmelte Ballista fatalistisch.

Als die ersten persischen Einheiten nur noch hundertfünfzig Schritte von der Stadtmauer entfernt waren, wurde die rote Flagge dreimal gehoben und gesenkt. Die Bogenschützen der Verteidiger spannten die Sehnen ihrer Waffen und schickten die erste Pfeilsalve auf die Reise. Diesmal warteten die Sassaniden nicht, bis sie nur noch fünfzig Schritte von der Mauer entfernt waren. Sobald die ersten römischen Pfeile auf sie herabregneten, erwiderten sie den Beschuss. Ihre Pfeile verdunkelten den Himmel. Doch Ballista registrierte voller Befriedigung, dass sie ohne Anweisung nach Gutdünken schossen. Es gab keine disziplinierten Salven, und die meisten Schüsse waren ziemlich ungezielt.

Die Reihen der Angreifer zerfaserten immer mehr, die Lücken zwischen den Einheiten wurden größer. Jetzt blieben auch die Männer von Fürst Suren und Königin Dinak allmählich zurück, genau wie die von Mariades. »Jene, die sich selbst opfern« straften ihren Namen Lügen. Die Einheiten weiter im Hintergrund, die schon vorher zurückgefallen waren, rückten kaum noch vor. Ballista sah, wie ein leuchtend bunt gekleideter Reiter die Georgier offensichtlich beschimpfte und bedrohte. Bagoas bestätigte, dass es sich um ihren König Hamazasp handelte, der seinen Sohn bereits zu Beginn der Belagerung verloren und mehr Grund als die meisten anderen hatte, Rache zu üben.

Und dann entdeckte Ballista etwas, das er noch auf keinem anderen Schlachtfeld zuvor gesehen hatte. Hinter den georgischen

Kriegern tauchte eine Reihe von Männern mit Peitschen auf. Einer der Georgier drehte sich um und machte Anstalten, davonzulaufen, wurde aber buchstäblich sofort wieder zurück ins Glied gepeitscht. Als Ballista seinen Blick aufmerksam über die anderen Einheiten wandern ließ, entdeckte er hinter allen, selbst hinter denen, die sich bisher nicht hatten zurückfallen lassen, Reihen von mit Peitschen bewaffneten Männern, sogar hinter den »Unsterblichen«. Zum ersten Mal an diesem Tag verspürte Ballista eine steigende Zuversicht, die mehr als nur Zweckoptimismus entsprang. Er lächelte.

Ohne jede Vorwarnung schleuderten die Krieger König Ardashirs von Adiabene plötzlich ihre Schutzblenden von sich und stürmten auf die Stadtmauer zu. Ballista stieß ein erfreutes Lachen aus. Dies war kein aus Tapferkeit oder gar Todesverachtung gespeister Angriff, hier war Angst die Triebfeder. Über die Grenzen des Erträglichen hinweg unter Druck gesetzt und unbarmherzig angetrieben, wollten Ardashirs Krieger die Sache einfach nur hinter sich bringen – so oder so. Ungeachtet irgendwelcher Befehle und ohne Rücksicht auf ihre eigene Sicherheit, rannten sie los. Ein klassischer Fall von Flucht nach vorn.

Sofort richtete sich der geballte Beschuss der Verteidiger auf sie. Mit den Sturmleitern in den Händen stolperten die Sassaniden gebückt in einen Hagelsturm aus Eisen und Bronze hinein. Sie fielen in Scharen, Leiter um Leiter landete im Staub.

Dann erreichten die ersten drei Sturmleitern die Stadtmauer, wurden von den Männern in Stellung gebracht und schlugen gegen die Brüstung. Eine einfache Mistgabel stieß die erste zur Seite. Während sie wegrutschte, sprangen die Männer auf ihr in die Tiefe. Über der zweiten erschien ein Bronzekessel und kippte seinen Inhalt aus glühend heißem Sand über sie aus. Der Sand ergoss sich wie flüssiges Feuer über die Krieger, die nicht schnell genug ausweichen konnten. Die Sassaniden am Fuß der dritten Leiter wechselten einen kurzen Blick, machten abrupt kehrt und flohen.

Panik breitete sich unter den Angreifern aus wie ein Waldbrand, der im Sommer an einer ausgedörrten Bergflanke am Mittelmeer emporlodert. Wo kurz zuvor noch eine Armee mit deutlich erkennbaren verschiedenen Einheiten gewesen war, hatte sich jegliche Ordnung in ein unentwirrbares Chaos von Männern verwandelt, die in wilder Flucht begriffen waren, nur noch von dem Wunsch beseelt, den von der Stadtmauer auf sie herabprasselnden Geschossen zu entgehen und ihre Haut zu retten. Die Verteidiger kannten kein Mitleid. Ohne auf entsprechende Befehle zu warten, feuerten sie unablässig auf die ungedeckten Rücken ihrer fliehenden Feinde.

Überall auf den Mauerbrüstungen lachten und brüllten die Männer vor Begeisterung. Verschiedene Sprechgesänge erschollen, die sich gegenseitig zu übertrumpfen versuchten. »*Bal-lis-ta! Bal-lis-ta!*« »*Ro-ma! Ro-ma!*« »*Ni-ke! Ni-ke!*« Einige Soldaten heulten wie die Wölfe, und das Gemetzel ging ohne Gnade weiter.

Ballista blickte auf die weite Ebene hinaus. Shapur saß reglos auf seinem erhöhten goldenen Thron. Hinter dem König der Könige ragten die massigen grauen Umrisse seiner Kriegselefanten wie kompakte Felsbrocken auf.

Die überlebenden Sassaniden waren kaum außer Reichweite, da brach die Disziplin der Verteidiger übergangslos in sich zusammen. Lederschläuche und Krüge voller alkoholischer Getränke tauchten wie aus dem Nichts auf und machten die Runde. Die Männer legten die Köpfe in den Nacken und gossen den Wein und das lokale Bier wie Verdurstende in sich hinein.

Maximus reichte Ballista einen Bierkrug. Der Nordländer bemerkte erst jetzt, dass seine Kehle staubtrocken war. Er spülte sich den Mund mit einem Schluck des dünnen, sauer schmeckenden Bieres aus, gurgelte damit und spuckte es über die Brüstung, wo es auf der Leiche eines Sassaniden landete. Angewidert wandte er den Blick ab und trank einige Schlucke.

»Ich frage mich, wie viele von den Wichsern wir getötet haben«, sagte Castricius. »Es müssen mittlerweile Tausende, wenn nicht gar Zehntausende sein.« Er hielt seinen eigenen Krug in der Hand. Wein rann ihm über das Kinn.

Ballista hatte keine Ahnung, wie hoch die Zahl der getöteten

Feinde war, und es interessierte ihn auch nicht. Er fühlte sich plötzlich hundemüde. »Castricius, ich möchte, dass die Wachen heute Nacht doppelt besetzt werden.«

Der Centurio wirkte völlig überrascht, gewann aber sofort die Fassung zurück. »Wir werden tun, was befohlen wird, und sind bereit, jeden Befehl auszuführen.« Er salutierte und verschwand, noch immer den Weinkrug in der Hand, um die entsprechenden Anweisungen weiterzugeben.

Ballista kam nur langsam auf seinem Weg über die Mauer voran. Jeder einzelne Soldat oder rekrutierte Zivilist wollte ihm die Hand schütteln, ihm auf die Schulter klopfen und ihn hochleben lassen. Zuerst ging er nach Süden. Zwei Türme vom Stadttor entfernt dankte und lobte er Turpio unter dem grünen Banner der Kohorte XX. Der ehemalige Centurio strahlte vor Freude und Glück. Das Haar klebte ihm schweißnass am Schädel, als er den Helm abnahm. Die beiden Männer umarmten einander. Haddudad stand unter Iarhais Banner mit dem roten Skorpion auf dem südlichsten Turm. Der Söldnerhauptmann erklärte dem Nordländer, dass der Strategos Iarhai verhindert wäre. Ballista erwiderte, dass das keine Rolle spielte, solange sich der ehrenwerte Iarhai auf einen solch fähigen Hauptmann wie Haddudad stützen konnte. Er sah sich um, konnte aber nirgendwo eine Spur von Bathshiba entdecken. Zu seiner gelinden Überraschung schien sie seine Anweisung zu befolgen und sich von der Stadtmauer und dem Kampfgeschehen fernzuhalten. Auf einer Seite des Turms hatten sich mehrere Söldner zu einem dichten Knäuel zusammengedrängt. Ballista fragte sich kurz, ob sich Iarhais Tochter womöglich zwischen den Männern verbarg, verdrängte den Gedanken aber sofort wieder.

Auf dem Weg zurück nach Norden kam er sogar noch langsamer als zuvor voran. Die beachtliche Menge an Alkohol, die die Männer tranken, hatte die Szenerie auf den Wehrgängen in ein geradezu bacchantisches Gelage verwandelt, wie man es normalerweise im Schutz der Dunkelheit verborgen veranstaltet. Soldaten lehnten betrunken an den Zinnen und lagen in Gruppen auf der Böschung des inneren Glacis, ließen Lederschläuche und Krüge mit Wein und Bier von Hand zu Hand wandern, lachten, rissen Witze und schrien alle möglichen Obszönitäten.

Die Prostituierten schoben Sonderschichten. Eines der Mädchen hatte sich schamlos auf Hände und Knie niedergelassen, die kurze Tunika über die Hüften hochgeschoben und ließ es sich von einem Soldaten von hinten besorgen, während sie einen zweiten mit dem Mund befriedigte. Ein anderes Mädchen lag völlig nackt auf dem Rücken. Der Soldat, der sie wild zwischen die Schenkel stieß, hatte den Oberkörper aufgestützt und zurückgebogen, um für zwei seiner Kameraden den Weg zu ihrem Kopf freizumachen. Die beiden Männer knieten rechts und links neben ihr, und das Mädchen drehte den Kopf von einer Seite auf die andere, um es ihnen abwechselnd mit dem Mund zu besorgen. Drei oder vier Soldaten standen um sie herum und tranken, während sie drauf warteten, dass sie an die Reihe kamen. Ballista sah, dass die Prostituierte blond war, große Brüste und sehr große dunkelbraune Brustwarzen hatte. Er spürte ein heftiges Begehren in sich aufsteigen. Allvater, auch er würde eine Frau wirklich gut gebrauchen können.

Zwei Türme nördlich des Palmyra-Tors wehte das rote Vexillium der Legio IIII. Als Ballista auf die Kampfplattform stieg, entdeckte er Acilius Glabrio, der auf einem Hocker saß und Wein trank. Ein attraktiver Sklavenjunge spendete ihm mit einem Sonnenschirm Schatten, während ihm ein zweiter Sklave frische Luft zufächelte. Der Patrizier hielt Hof bei seinen Soldaten, unterhielt sich mit ihnen und lobte sie auf eine etwas herablassende Art, um sie trotz aller Liebenswürdigkeit nie vergessen zu lassen, dass eine gewisse Distanz zwischen ihnen gewahrt werden musste. Der junge Adlige hatte es nicht eilig, aufzustehen und seinen Vorgesetzten zu begrüßen.

»Dux Ripae, ich gratuliere dir zu deinem Sieg«, sagte er, nachdem er sich endlich erhoben hatte. »Ein wunderbares Ergebnis, besonders angesichts all der Umstände, die gegen dich gesprochen haben.«

»Danke, Tribunus laticlavius.« Ballista ignorierte die Mehrdeutigkeit in den Worten des Patriziers. »Ein Löwenanteil des Verdienstes gebührt zweifellos dir und deinen Männern von der Legio IIII Scythica.« Seine Worte ließen die anwesenden Legionäre in Jubel ausbrechen. Acilius Glabrio wirkte nicht erfreut. Er trank ein paar große Schlucke Wein.

»Irgend so ein idiotischer Bote war vorher hier«, sagte er. »Der Trottel hat behauptet, du hättest ihn geschickt. Ich wusste gleich, dass das Quatsch war. Er sagte, du hättest angeordnet, die Wachen heute Nacht zu verdoppeln. Ich habe ihm unmissverständlich klargemacht, dass unser Dux keinen so lächerlichen Befehl erteilen würde, und ihn wieder weggeschickt.« Acilius Glabrio trank erneut in großen Zügen. Sein Gesicht war gerötet.

»Ich fürchte, es gibt da ein Missverständnis.« Ballista bemühte sich um einen neutralen Tonfall. »Der Bote ist tatsächlich von mir gekommen. Ich habe wirklich angeordnet, die Wachen heute Nacht verdoppeln zu lassen.«

»Aber wozu das?« Acilius Glabrio lachte. »Die Schlacht ist geschlagen. Wir haben gesiegt. Die Perser haben verloren. Es ist vorbei.« Er sah sich bei seinen Legionären nach moralischem Beistand um. Einige nickten, die meisten aber wichen seinem Blick aus und starrten zu Boden, offenbar nicht bereit, sich in die wachsende Spannung zwischen ihren Vorgesetzten hineinziehen zu lassen.

»Ja, heute haben wir gesiegt«, bestätigte Ballista. »Aber dort draußen befinden sich immer noch gewaltige Mengen sassanidischer Krieger. Shapur dürfte jetzt verzweifelt sein. Er wird wissen, dass wir ausgiebig feiern werden. Es wäre der ideale Zeitpunkt für ihn, um zuzuschlagen, wenn wir unsere Deckung vernachlässigen, weil wir uns leichtsinnig in Sicherheit wiegen.« Er konnte hören, wie sich der Ärger in seine Stimme schlich. Du magst zwar ein guter Offizier sein, dachte er wütend, aber treib es nicht zu weit mit mir, du parfümierter, aufgeblasener kleiner Wichser.

»Pah!«, erwiderte Acilius Glabrio abfällig und schwenkte seinen Becher sorglos. Wein schwappte über den Rand. »Wir haben überhaupt nichts zu befürchten. Shapur könnte seine Leute niemals dazu zwingen, uns heute Nacht noch einmal anzugreifen.« Er schwankte leicht. »Ich sehe keinen Grund, meine Jungs davon abzuhalten, sich zu amüsieren.« Er lächelte den Männern zu. Nur einige lächelten zurück. Als er merkte, dass die einmütige Zustimmung ausblieb, die er erwartet hatte, verfinsterte sich sein Gesicht.

»Tribunus laticlavius, du wirst deinen Männern befehlen, die Wachen heute Nacht zu verdoppeln!«, knurrte Ballista. Die Wut in seiner Stimme war jetzt selbst bei bestem Willen für niemanden mehr überhörbar.

»Das werde ich nicht tun!« Acilius Glabrio starrte Ballista störrisch an.

»Du verweigerst den direkten Befehl eines vorgesetzten Offiziers?«, fragte Ballista gefährlich leise.

»Nein.« Der junge Patrizier spuckte aus. »Was ich ignoriere, ist die lächerliche Laune eines behaarten barbarischen Emporkömmlings, der besser in der dreckigen Hütte irgendwo in den Wäldern des Nordens geblieben wäre, in der er aufgewachsen ist.«

Es wurde mucksmäuschenstill auf der Kampfplattform. Überall von jenseits des Turms trieben ausgelassene Rufe und Gelächter herüber.

»Acilius Glabrio, ich enthebe dich hiermit deines Kommandos! Du wirst unverzüglich all deine Waffen ablegen. Begib dich in deine Unterkünfte, und stell dich selbst unter Hausarrest. Du wirst morgen zur vierten Stunde des Tages im Palast des Dux Ripae erscheinen und dich vor dem Kriegsgericht verantworten!«

Ballista wählte einen Centurio unter den anwesenden Soldaten aus. »Seleucus, du informierst Centurio Antoninus Prior, dass er ab sofort das Kommando über die Abteilung der Legio IIII hier in Arete übernimmt. Er soll sicherstellen, dass genügend seiner Männer nüchtern bleiben, um die Wachposten heute Nacht zu verdoppeln. Und sag ihm, dass ich auf jedem Turm blaue Laternen stationiert haben möchte, die beim ersten Anzeichen von feindlicher Aktivität entzündet werden sollen.«

»Wir werden tun, was befohlen wird, und sind bereit, jeden Befehl auszuführen.« Die Stimme des Centurios war völlig ausdruckslos.

Acilius Glabrio sah sich hilfesuchend um. Niemand erwiderte seinen Blick. Als ihm bewusst wurde, dass er etwas gesagt hatte, das er nicht mehr zurücknehmen konnte, hob er trotzig das Kinn und nahm die Pose eines untadligen Offiziers ein, der zu Unrecht eines Vergehens bezichtigt worden war. Er stellte den Weinbecher ab, öffnete die Schnalle seines Schwertgürtels, zog den Kreuzgurt über seinen Kopf und ließ ihn achtlos zu Boden fallen. Ohne einen Blick nach rechts oder links zu werfen, stieg er die Stufen hinab. Nach einem kurzen Moment der Unschlüssigkeit eilten ihm seine beiden jugendlichen Sklaven hinterher.

XVII

»Man weiß nie, mit welchen Überraschungen der späte Abend noch aufwartet«, sagte Bathshiba. Sie lachte. Ihre Augen waren sehr schwarz.

Wie, bei Hades, ist sie hier reingekommen?, fragte sich Ballista. Demetrius war offensichtlich nicht in der Nähe. Der junge Grieche mochte Bathshiba nicht. Er hätte alles getan, was in seiner Macht stand, um sie von seinem Kyrios fernzuhalten. Maximus und Calgacus dagegen waren garantiert in ihren Unterkünften, und die musste Bathshiba durchqueren, um auf die Terrasse zu gelangen. Ballista wusste nur zu gut, was in ihren Köpfen vorgegangen war, als sie sie hatten passieren lassen.

Die Tochter des Karawanenbeschützers ging über die Terrasse auf ihn zu. Wieder einmal war sie wie einer der Söldner ihres Vaters gekleidet, doch die Tunika, die Hose, die Stiefel und das Schwert an ihrer Hüfte konnten nicht verbergen, dass sie eine Frau war. Ballista ertappte sich dabei, wie seine Augen jeder Bewegung ihrer Brüste und dem Schwung ihrer Hüften folgten. Sie blieb dicht vor ihm stehen, nur etwas mehr als eine Armlänge entfernt. Der Nordländer verspürte eine seltsame Enge in der Brust.

»Weiß dein Vater, dass du hier bist?« Kaum dass er die Worte ausgesprochen hatte, erschien ihm die Frage albern.

Bathshiba lachte. »Er ist einer der Gründe, weshalb ich gekommen bin. Aber, nein, er weiß nicht, dass ich hier bin.«

»Hast du die Stadt allein durchquert?« Ballista musste daran denken, was er auf dem Rückweg zum Palast gesehen hatte. Mittlerweile, zu später Stunde, würde es in ganz Arete wie auf einer dionysischen Orgie zugehen. Die feiernden Soldaten dürften Bathshibas Verkleidung genauso schnell durchschaut haben wie er. Und viele von ihnen würden weniger Skrupel als er haben, ihr diese Verkleidung vom Leib zu reißen. Ballista zweifelte nicht daran, dass Bathshiba das Schwert an ihrer Hüfte zu gebrauchen verstand, doch gegen mehrere betrunkene Soldaten hätte sie keine Chance. Ihr Widerstand und die Gefahr, die von ihr ausging, würden den Reiz für die Männer, sie sich gefügig zu machen, nur noch erhöhen.

»Nein, ich bin keine Idiotin. Zwei gut bewaffnete Männer warten auf dem Hof auf mich. Sie werden jetzt wahrscheinlich im Wachraum trinken.«

»Und handelt es sich bei einem der beiden wieder um Haddudad, den pflichtbewussten Hauptmann deines Vaters, den Mann mit dem scharfen Schwert?«

»Nein.« Bathshiba lächelte. »Ich fand es besser, diesmal andere Männer als Begleitung auszusuchen. Männer, auf deren Diskretion ich mich sicher verlassen kann.«

Ballista starrte sie nur an. Ihm wollte keine Antwort einfallen.

Bathshiba nahm ihre Mütze ab. Als sie den Kopf schüttelte, fiel ihr das lange schwarze Haar über die Schultern. Ihre großen Brüste wippten verführerisch. »Willst du einer jungen Frau, die bereit ist, ihren guten Ruf aufs Spiel zu setzen, nicht wenigstens etwas zu trinken anbieten?«

»Tut mir leid, natürlich. Ich werde Calgacus auftragen, uns Wein zu bringen.«

»Ist das nötig?« Bathshiba ging um Ballista herum, wieder knapp außerhalb seiner Reichweite, und nahm seinen Becher von der Mauer. »Darf ich?« Sie hob den Becher an die Lippen und trank.

»Wieso bist du hier?« Ballista wusste, dass er sich ungeschickt verhielt, geradezu abweisend. Er war unschlüssig, was er wirklich wollte, was er tun sollte.

»Wie schon gesagt, zum Teil wegen meines Vaters. Er ist heute nicht auf die Mauern gestiegen. Er war zu Hause, hat sich in seinem Quartier eingeschlossen. Ich denke, dass er gebetet hat. Er ist schon seit einiger Zeit nicht mehr er selbst. Ich bin unter anderem zu dir gekommen, um mich für ihn zu entschuldigen.« Sie trank einen weiteren Schluck.

»Das ist nicht nötig. Ein Mann mehr oder weniger hätte überhaupt keinen Unterschied gemacht. Er hat seine Männer in Haddudads Obhut gegeben. Und der ist ein fähiger Mann.«

Bathshiba goss den Rest Wein aus dem Krug in den Becher und reichte ihn Ballista. Er nahm ihn entgegen und trank. Sie stand jetzt näher vor ihm. Er konnte ihr Parfüm riechen, den Duft ihrer Haut. Ihr schwarzes Haar fiel in langen Locken um ihren olivenfarbenen Hals, über ihre Tunika und die Wölbung ihrer Brüste. »Deine Soldaten verstehen es, einen Sieg zu feiern. Du auch?« Sie blickte zu ihm empor. Ihre Augen waren sehr schwarz, wissend und verheißungsvoll.

Ballista schwieg, machte keine Bewegung.

»Sag mir, glaubst du, dass sich Shapur und seine Adligen zurückgehalten hätten, wenn es ihnen gelungen wäre, Arete einzunehmen?«

»Das bezweifle ich«, erwiderte Ballista mit belegter Stimme.

»Sollte der Retter einer Stadt nicht die gleichen Rechte genießen wie ein Eroberer?«

Allvater, dachte Ballista, *wenn sich mir jemals eine Frau angeboten hat, dann hier und jetzt.* Sein Atem ging schwer. Ihr Duft stieg ihm betörend in die Nase. Er spürte, wie er eine Erektion bekam. Er wollte sie. Er wollte den Kragen ihrer Tunika aufreißen und ihre Brüste freilegen. Er wollte ihr diese Hose herunterzerren, sie auf die niedrige Mauer setzen, ihre Beine spreizen und in sie eindringen. Er wollte sie dort nehmen, mit ihrem Hintern auf dieser Mauer, vor ihr stehen und tief zwischen ihren Schenkeln in sie hineinstoßen.

Doch er bewegte sich nicht. Irgendetwas hielt ihn zurück. Die tief in seinem Inneren schwelende Moral seiner nordischen Erziehung, der Gedanke an seine Frau, der stetig gewachsene Aberglaube, dass es einen Zusammenhang von Untreue und Kampf gab – er hätte nicht sagen können, was es letztendlich war, das ihn aufhielt, aber er bewegte sich nicht.

Bathshiba trat gekränkt zurück. Ihre Augen funkelten hart und zornig. »Du Idiot! Du magst ja wissen, wie man eine Stadt verteidigt, aber ich bezweifle, dass du auch eine erobern könntest.« Sie stülpte sich die Mütze über den Kopf, drehte sich auf dem Absatz um und ging wütend davon.

Nachdem sie verschwunden war, blieb Ballista noch eine Weile an der Mauer stehen. Sein Verlangen erlosch, und was zurückblieb, waren Enttäuschung und eine undefinierbare dunkle Vorahnung. Als ihm bewusst wurde, dass er noch immer den Becher in der Hand hielt, leerte er ihn.

Schließlich kehrte er in den Palast zurück und rief nach Maximus. Der Hibernier polterte geräuschvoll die Treppe vom Flachdach herunter.

»Was hast du da oben gemacht?«

»Das weiß ich selbst nicht so genau. Mit Sicherheit dich nicht heimlich beobachtet. Wie jetzt üblich, wird überall gefickt, wohin man auch immer sieht. Ich habe mich einfach nur umgeblickt. Zugegeben, ich kann es nicht direkt begründen, aber irgendetwas scheint mir nicht in Ordnung zu sein.«

»Zur Abwechslung verstehe ich einmal, was du meinst. Komm, schnapp dir einen Mantel. Sag Calgacus, dass wir rausgehen. Wir werden die Mauerbrüstung ablaufen.«

Die Befehle des Dux Ripae waren buchstabengetreu umgesetzt worden. Überall auf den Wehrgängen und auf allen Türmen standen Wachposten in doppelter Stärke. Blaue Laternen waren griffbereit aufgehängt worden. Störrisch dreinblickende Wächter mit deutlich erkennbarem Missmut wegen ihrer erzwungenen Nüchternheit und ebenso offensichtlichem Neid auf ihre feiernden Kameraden patrouillierten langsam über die Mauern oder lehnten an den Zinnen. Aus der Stadt drang der Lärm der Feier empor: lautes Gelächter, unverständliches Geschrei, schrill quietschende Frauenstimmen, das Trampeln rennender Füße, das Klirren zerschmetterter Becher – die unverkennbare Kakophonie römischer Soldaten, denen der Sinn nach Alkohol und Frauen stand.

Die Wachen salutierten, als Ballista und Maximus über die Wüstenmauer Richtung Süden gingen. »Wir werden tun, was befohlen wird, und sind bereit, jeden Befehl auszuführen.« Die Männer strahlten Frustration und Missmut aus, manchmal schwang fast schon Insubordination in ihrem Tonfall mit. Ballista schüttelte ihnen die Hände, lobte ihre Disziplin, versprach ihnen drei Tage Sonderurlaub und eine Sonderzahlung in bewusst vage gehaltener Höhe als Entschädigung. Es schien die Stimmung der Männer um kein Jota zu verbessern.

Im Westen erstreckte sich die große dunkle Ebene, dahinter glommen die Lichter des persischen Feldlagers. Viele Männer dort waren noch wach. Die Lichter flackerten, wenn sie vor den Feuerstellen oder Fackeln entlangliefen. Trotzdem herrschte eine merkwürdige Stille vor. Es war nichts von der getragenen Musik, dem schrillen Wehgeschrei, den Trauergesängen und Totenklagen zu hören, mit denen Ballista gerechnet hatte. Die Stille der Sassaniden war beunruhigend. Es verstärkte seine bösen Vorahnungen.

In tiefster Nacht kehrten er und Maximus in den Palast zurück. Nachdem sie gemeinsam noch einen Becher gewärmten Wein getrunken hatten, zog sich Ballista in sein Schlafzimmer zurück. Er entkleidete sich und legte sich in das große, sehr leere Bett. Nach einigen Momenten des Bedauerns über eine entgangene Gelegenheit schlief er ein.

Es war spät nach Mitternacht, vielleicht gegen Ende der dritten Wache, als ihn ein Geräusch weckte. Instinktiv schloss sich seine Hand um den Griff seines Schwertes. Doch er ahnte bereits, dass es sinnlos war. Aus irgendeinem Grund wusste er, was er sehen würde, wenn er die Augen öffnete. Er zwang sich, hinzusehen.

Neben dem Türrahmen stand der große Mann, das breite bleiche Gesicht unter der tiefen Kapuze des schäbigen dunkelroten Caracallus verborgen. Der große Mann kam näher und blieb am Fuß des Bettes stehen. Der Schein der Öllampe ließ den breiten goldenen Halsreif des dunklen Mannes schimmern und den Edelstein in Form eines Adlers, der den schweren goldenen Ring an seinem Finger zierte, funkeln.

»Sprich«, forderte Ballista ihn auf.

»Ich werde dich in Aquileia wiedersehen.« Die großen grauen Augen leuchteten voller Bosheit und Verachtung. »Und ich werde dort auf dich warten.«

Der große Mann lachte, ein furchtbarer, grollender Laut. Er drehte sich um und verschwand.

Der Geruch nach Wachs, der den Kapuzenmantel wasserdicht machte, hing noch eine Weile in der Luft.

Ballista schwitzte heftig. Er warf die Decke zurück, stieg aus dem Bett und öffnete ein Fenster, um frische Luft hereinzulassen, blieb nackt vor dem geöffneten Fenster stehen und ließ den Schweiß auf seiner Haut von der kühlen Brise trocknen. Draußen am Nachthimmel konnte er die Plejaden dicht über dem Horizont stehen sehen.

Es würde alles so kommen, wie es der Wille des Allvaters war.

Ballista ging zu der Waschschüssel, spritzte sich kaltes Wasser ins Gesicht, trocknete sich ab und kehrte ins Bett zurück. Es dauerte eine scheinbare Ewigkeit, bis er wieder einschlief.

»Wach auf! Wach auf!«

Ballista kämpfte sich mühsam aus den Tiefen des Schlafs an die Oberfläche.

»Wach auf, du fauler kleiner Scheißer!«

Er öffnete die Augen. Calgacus hatte sich über das Bett gebeugt und rüttelte ihn an den Schultern.

»Was?« Ballista fühlte sich trunken, vom Schlaf benommen. Calgacus dünnlippiger, verkniffener Mund war sogar noch schmaler als gewöhnlich.

»Die Sassaniden sind in der Stadt!«

Der Nordländer schwang sich aus dem Bett. Während er sich anzog, erstattete ihm Calgacus Bericht.

»Ich habe Maximus auf dem Dach abgelöst. Dann habe ich eine blaue Warnlaterne auf einem der Türme der Südmauer gesehen. Sie hat nur kurz geleuchtet und ist gleich wieder erloschen. Pudens gibt gerade Alarm. Castricius zieht die Wachen zurück. Maximus sattelt die Pferde. Demetrius und Bagoas schaffen deine Rüstung zum Stall runter.«

»Welcher Turm?«

»Der Südturm, der am nächsten an der Wüstenmauer liegt.«

Nachdem er sich fertig angekleidet hatte, ergriff Ballista seinen Schwertgürtel. »Dann sollten wir gehen.«

Als sie die Ställe erreichten, herrschte dort ein gerade noch kontrolliertes Chaos. Stallburschen rannten mit Sätteln, Zaumzeug und anderem Zubehör durcheinander. Die Pferde stampften mit den Hufen, schüttelten unwillig die Köpfe und gaben lautstark ihrer Nervosität oder Verärgerung darüber Ausdruck, zu so einer ungewöhnlichen Zeit aus dem Schlaf gerissen worden zu sein. Ein Pferd in einer Box verlor die Beherrschung, bäumte sich auf und zerrte wild an seinem Halfter. Calgacus verschwand kurz, um nachzusehen, was aus Demetrius und Bagoas geworden war.

Ballista stand reglos da, ein Zentrum der Ruhe im Auge des Sturms. Er sog den vertrauten Stallgeruch in sich ein, das Gemisch aus den Ausdünstungen der Pferde, die Gerüche von Leder, Sattelseife, Liniment und Heu, verblüfft über die Zeitlosigkeit der Szenerie. Ställe würden sich im Wesentlichen kaum ändern, Pferde würde man immer brauchen. Abgesehen von solchen Albernheiten wie Futtertrögen aus Marmor oder aufwendigen Holzvertäflungen unterschiedenen sich die Ställe im Imperium kaum von denen in anderen Teilen der Welt. Sie sahen in seinem Heimatland genauso aus wie im sassanidischen Persien. Die Kulturen der Menschen, die Pferde ritten, hatten nur wenig Einfluss auf die Tiere selbst.

Im goldenen Lichtschein der Lampen sah Ballista, wie Maximus durch die Reihen der Pferde ging. Die Luft war von dem zu feinem Staub zertretenen Heu erfüllt, den die Stiefel der Männer und die Hufe der Pferde aufwirbelten.

»Ich habe dein fahles Pferd gesattelt«, sagte Maximus.

»Danke.« Ballista überlegte kurz. »Danke, aber lass es vorerst noch in seiner Box – gesattelt und aufgezäumt. Ich werde den großen haselnussfarbenen Wallach reiten.«

Maximus verschwand, um den Befehl auszuführen, ohne sich nach dem Grund dafür zu erkundigen.

Calgacus tauchte mit Demetrius und Bagoas auf, die Ballistas Kriegsausrüstung trugen. Der Nordländer war froh, dass sie nicht die schicke römische Paraderüstung vom Morgen dieses Tages mitgebracht hatten, sondern sein altes verschlissenes Kettenhemd. Er schickte sie weg, bat nur Calgacus, ihm behilflich zu sein, und ging mit ihm in eine freie Pferdebox. Während der alte Kaledonier ihm in die Rüstung half, erteilte ihm Ballista so leise, dass niemand sonst etwas verstehen konnte, eine Reihe von Anweisungen.

»Calgacus, alter Freund, ich habe ein äußerst ungutes Gefühl, was unsere Lage betrifft. Sobald wir verschwunden sind, möchte ich, dass du unsere wichtigsten Sachen einsammelst. Dann sattelst du die restlichen Pferde und belädst drei davon mit Vorräten: Wasserschläuche, Armeezwieback und Trockenfleisch. Warte mit Demetrius und dem persischen Jungen hier im Stall. Halt dein Schwert bereit. Lass niemanden sonst an die Pferde. Ich werde fünf Equites singulares im Palast zurücklassen und ihnen sagen, dass sie deinen Anordnungen Folge zu leisten haben. Lass einen an jedem der drei Eingänge Posten beziehen, einen auf der Terrasse und einen auf dem Dach.«

In der schmalen Gasse zwischen dem Palast und den Getreidespeichern erteilte Ballista eine weitere Reihe von Befehlen, während er seinen kleinen berittenen Zug zusammenstellte. Er wies die Haussklaven und die fünf zurückbleibenden Wachposten an, Calgacus' Anweisungen auszuführen. Der Hibernier übernahm die Rolle des Befehlshabers mit wenig Begeisterung.

Ballista drückte dem großen Wallach die Schenkel in die Seiten, und die kleine Kolonne setzte sich im leichten Galopp in Bewegung. Sie umrundeten den kleinen Tempel von Jupiter Dolichenus und ritten dicht hintereinander die breite Straße entlang, die zum Campus Martius führte, an der Spitze Ballista, gefolgt von Maximus, Castricius, Pudens und den fünf restlichen Equites singulares.

Trompetensignale hallten durch die Stadt. Irgendwo in der Ferne schrien Männer, ertönte lautes Scheppern und Krachen. Trotzdem wirkte das Militärgelände merkwürdig verwaist. Einige wenige Soldaten rannten umher, manche taumelten und torkelten, aber es waren nicht annähernd so viele, wie es hätten sein sollen. In einigen offenen Türen lagen bis zur Bewusstlosigkeit betrunkene Legionäre. Als Ballista an den Bädern des Militärs vorbeiritt, sah er einen Soldaten wie tot auf den Treppenstufen neben einem halb nackten Mädchen liegen, ihre blass-weißen Beine über seinem Oberkörper. Ein Weinkrug stand neben ihnen.

Auf dem Campus Martius stand Antoninus Posterior in der Mitte des großen Platzes. Der Centurio hielt seinen Helm in der Hand und stauchte seine Männer zusammen, insgesamt nicht mehr als zehn Soldaten. Zwei davon schienen nicht besonders sicher auf den Beinen zu sein. Ballista ritt zu ihnen.

»Wir werden tun, was befohlen wird, und sind bereit, jeden Befehl auszuführen.« Die Ironie, die angesichts seiner stark geschrumpften Mannschaft in der rituellen Meldung mitschwang, schien dem Centurio nicht bewusst zu werden.

»Ist das alles, Antoninus?«

»Ich fürchte, ja, Dominus. Ich habe fünf Männer losgeschickt, um noch einige Jungs mehr zu wecken.«

»Es ist der Wille der Götter. Sobald du noch ein paar Männer mehr hast, möchte ich, dass du mit ihnen zum Turm der Südmauer gehst, der der Wüstenmauer am nächsten ist.«

»Wir werden tun, was befohlen wird, und sind bereit, jeden Befehl auszuführen.«

Ballista wollte gerade sein Pferd wenden, als ein lauter Ruf ertönte.

»Dux, warte!« Acilius Glabrio tauchte aus der Dunkelheit im Norden auf. Der junge Patrizier saß auf einem schönen Pferd und trug seine Rüstung. An seiner Hüfte hing ein Schwert. Ballista spürte, wie heiße Wut in ihm hochkochte, doch bevor er etwas sagen und den jungen Bastard fragen konnte, woher er das Recht nahm, den Hausarrest zu verlassen und sich zu bewaffnen, glitt Acilius Glabrio aus dem Sattel. Sein gut ausgebildetes Pferd blieb gehorsam neben ihm stehen. Der junge Römer ging auf Ballista zu, kniete sich in den Staub und breitete die Arme in einer unterwürfigen Geste aus.

»Dux Ripae, ich habe deine Befehle missachtet. Aber ich möchte nicht, dass du mich für einen Feigling hältst. Wenn die Sassaniden in die Stadt eingedrungen sind, wirst du jeden Mann brauchen, den du kriegen kannst. Ich bitte um deine Erlaubnis, dich als Soldat begleiten zu dürfen.«

Auch wenn Ballista den parfümierten Aristokraten zu seinen Füßen weder mochte noch ihm traute, hatte er nie daran gezweifelt, dass der junge Mann ein guter Soldat war. »Steig auf dein Pferd und komm mit«, gab er knapp zurück.

Er riss sein Pferd herum und ritt nach Süden. Da es kein Tor in der Mauer gab, die den Campus Martius von dem zivilen Teil der Stadt trennte, mussten sie einen großen Bogen schlagen. Nach drei Häuserblocks gelangten sie auf die Hauptstraße, die vom Palmyra-Tor zur Porta Aquaria führte. Hier waren deutlich mehr Menschen unterwegs, Soldaten und Zivilisten, allerdings zu viele Zivilisten und zu wenige Soldaten. Ballista bog nach rechts ab, zügelte sein Pferd vor der großen Karawanserei, sprang aus dem Sattel und eilte hinein. Die Szenerie im unsteten Licht der flackernden Fackeln ähnelte sehr der auf dem Campus Martius. Antoninus Prior stand barhäuptig und wutentbrannt in der Mitte des Hofes. Der Centurio, der seit Acilius Glabrios Degradierung vorläufig das Kommando über alle Legionäre in Arete innehatte, schrie auf seine Männer ein. Auch hier waren es gerade einmal um die zehn Soldaten, von denen sich einige in einem furchtbaren Zustand befanden. Ballista bellte die gleichen Befehle wie zuvor auf dem Campus Martius und lief zu seinem Pferd zurück, ohne eine Antwort abzuwarten.

Dies war nicht die Zeit für Diskussionen. Niemand wusste, was genau los war. Bisher waren zwar keine Kampfgeräusche zu hören, aber die Zeit lief ihnen davon.

Sie ritten einen Häuserblock weit in Richtung des Palmyra-Tors und bogen dann links in die Straße ein, die sie in die Nähe des Turms führen würde, auf dem Calgacus die Laterne mit dem blauen Warnlicht entdeckt hatte. Überall herrschte großer Lärm, aber noch immer keine eindeutigen Kampfgeräusche. Es konnte auch ein falscher Alarm gewesen sein. Doch Calgacus neigte nicht zu Hirngespinsten. Während all der Jahre, die Ballista ihn kannte, hatte er nie erlebt, dass der alte Kaledonier in Panik geraten war. Die Laterne konnte natürlich auch versehentlich entzündet worden sein. *Allvater, wenn es nur so wäre*! Doch sollte das der Fall sein, warum war dann kein Bote erschienen, um das Missverständnis aufzuklären? Ballista stieß seinem Pferd die Fersen in die Weichen und trieb es noch schneller an.

Abgesehen von einem betrunkenen Soldaten, der ihnen über den Weg torkelte und gerade noch ausweichen konnte, erreichten sie das Ende der Straße ohne weitere Zwischenfälle. Ballista hob die rechte Hand und hielt an. Der Turm erhob sich fünfzig Schritte rechts von ihnen entfernt hinter einer freien Fläche. Er lag im Dunkeln. Ballista glaubte, mehrere Männer auf der Plattform sehen zu können. Er blieb im Sattel sitzen, spielte mechanisch mit den Ohren seines Pferdes und überlegte. Eine Wölbung in der Mauer versperrte ihm die Sicht auf den nächsten Turm links. Auf dem rechten Turm im Süden, der der Wüstenmauer am nächsten war, schien alles in Ordnung zu sein. Dort brannten im Gegensatz zu diesem hier Fackeln.

Ballista gab seinen Begleitern ein Zeichen, weiterzureiten. Sie fächerten sich auf und lenkten ihre Pferde im Schritttempo auf die freie Fläche, Maximus rechts, Pudens links von ihm. Alles, was Ballista hören konnte, war das Klappern der Pferdehufe auf dem festgestampften Erdboden, das Zischen des Windes im geöffneten Maul des Dracos über seinem Kopf und seine eigenen schweren Atemzüge.

Etwa auf halber Strecke befahl er anzuhalten. Die Pferde standen in einer Reihe und scharrten mit den Hufen. Es war sehr still. Die Entfernung zum Fuß des Turmes betrug etwa zwanzig Schritte. Die Tür war geschlossen. Ballista holte tief Luft, um die Wachen auf dem Turm zu rufen.

Plötzlich vernahm er das Sirren einer Bogensehne und das Zischen eines Pfeils. Er sah einen Schemen durch die Luft schießen, riss den Kopf nach links und verspürte einen heftigen Schlag, als der Pfeil als Querschläger funkensprühend von der linken Schulter seines Kettenhemdes abprallte. Der Wallach stieg auf die Hinterhand. Ballista, den der Schuss bereits aus dem Gleichgewicht gebracht hatte, wurde aus dem Sattel geschleudert. Er verlor seinen Schild, als er hart auf dem Boden landete und sich unter den Tritten des Wallachs wegrollte. Die Hufe des nächsten Pferdes schlugen nur wenige Zoll von seinem Kopf entfernt auf die harte Erde. Ballista rollte sich zu einer Kugel zusammen, die Arme schützend um den Kopf gelegt.

Starke Hände schoben sich unter seine Achselhöhlen und rissen ihn hoch. »Lauf!«, rief ihm Maximus zu. Ballista sprintete los.

Sie rannten auf die Wüstenmauer zu. Pfeile schlugen um sie herum ein und schlitterten über den Boden. Sie wichen nach rechts aus und hetzten an einem gestürzten Pferd vorbei, das zwischen ihnen und den Bogenschützen auf dem Turm hilflos um sich trat.

Tief geduckt erreichten sie die Böschung des inneren Glacis an der Wüstenmauer und krochen sie auf Händen und Knien zur Mauerbrüstung hinauf. Ballista duckte sich in dem Winkel, wo sich die Süd- und die Wüstenmauer trafen, die Mauer im Rücken, das Gesicht der Stadt zugewandt. Maximus hielt seinen Schild schützend über sie, auch wenn momentan niemand mehr auf sie schoss.

Ballista sah sich um. Acilius Glabrio und zwei Equites singulares waren noch bei ihm. Von Castricius, Pudens oder den anderen Wächtern konnte er keine Spur entdecken. Er ließ den Blick weiter in die Richtung wandern, aus der sie gekommen waren. Eine Schar sassanidischer Krieger ergoss sich über das offene Gelände. Sie schienen direkt aus dem Boden am Fuß der Mauer neben dem Turm hervorzuquellen.

»Scheiße!«, stieß Maximus hervor. »Es gab noch einen zweiten Stollen!«

Ballista richtete sich auf und spähte über die Brüstung. Im Licht der Sterne schlängelte sich eine lange Reihe persischer Krieger die Böschung der südlichen Felsschlucht hinauf. Auf dem von den Sassaniden gehaltenen Turm flammten Lichter auf. Fackeln wurden geschwenkt und gaben Signale. In der plötzlichen Helligkeit entdeckte Ballista eine vertraute Gestalt auf der Turmplattform. »Nein«, sagte er. »Sie kommen nicht aus einem weiteren Stollen, sondern durch die christlichen Grabhöhlen in der Böschung der Felsschlucht!«

Theodotus, der kahlköpfige, bärtige Stadtrat und christliche Priester stand reglos wie eine Statue auf der Turmplattform und inmitten des Chaos.

»Ich habe diesen Wichsern nie getraut«, knurrte einer der Wächter.

Die persische Kolonne strömte nordwärts in die Stadt hinein und folgte dabei der Straße, die Ballista gerade erst mit seinen Begleitern entlanggeritten war.

Auf dem Wehrgang im Norden entstand ein Tumult. Ballista zog sein Schwert und wandte sich mit seinen Männern nach links, um sich der neuen Bedrohung entgegenzustellen. »*Roma! Roma!*«, riefen die Neuankömmlinge das für diese Nacht ausgegebene Passwort. Turpio und ein halbes Dutzend Soldaten der Kohorte XX kamen in Sicht. »*Salus! Salus!*«, riefen Ballista und seine Begleiter zurück.

»Noch mehr schlechte Nachrichten«, meldete Turpio. »Eine andere Gruppe von Christen hat die Wachposten am Palmyra-Tor überwältigt und lässt Taue für die Sassaniden über die Mauer hinab. Wir haben nicht genügend nüchterne Männer auf den Wehrgängen, um sie alle zu kappen.« Er lächelte ratlos. »Wer hätte gedacht, dass sie zu so etwas fähig sind?« Es klang beinahe so, als gäbe er lediglich eine launige Bemerkung über eine harmlose Marotte einer kleinen Randgruppe der Bevölkerung zum Besten, so wie: Wer hätte sich träumen lassen, dass ausgerechnet diese Leute eine so ausgeprägte Vorliebe für die Bäder und den Zirkus entwickeln würden? Nichts in seinem Tonfall wies darauf hin, dass er gerade das Todesurteil über Arete und damit höchstwahrscheinlich auch über die meisten seiner Zuhörer gesprochen hatte.

Die Augen aller Männer richteten sich auf Ballista. Der Nordländer ignorierte sie, hatte sich in sich selbst zurückgezogen, den

Blick nachdenklich auf die dunkle Schlucht gerichtet, ohne wirklich etwas wahrzunehmen. Sie waren in der südwestlichen Ecke der Stadt gefangen. Calgacus wartete mit den Pferden im Palaststall am entgegengesetzten Ende Aretes. Der direkte Weg dorthin, die Straßen unter ihnen, füllten sich mit sassanidischen Kriegern. Wenn sie den Nordweg über die Mauer entlang der Wüste einschlugen, würden sie den Persern in die Arme laufen, die über das Palmyra-Tor hereinkamen. Die Route über den Südwehrgang wurde ihnen durch die Feinde auf dem Turm versperrt, auf dem Theodotus stand. Für welche Route sich Ballista auch immer entschied, sie würden sich den Weg mit den Schwertern freikämpfen müssen. Er dachte an Bathshiba. Sie müsste sich im Haus ihres Vaters aufhalten. Iarhais Anwesen lag nahe der Porta Aquaria im südwestlichen Winkel der Stadt. Ballista traf seine Entscheidung.

»Da drüben.« Er deutete auf den im Schein der Fackeln glänzenden kahlen Schädel von Theodotus auf dem Turm im Osten. »Das ist der Verräter! Wir werden uns rächen!« Aus dem Halbdunkel antwortete ihm ein zustimmendes Knurren seiner Männer. »Formiert euch leise, Jungs!«

Der Wehrgang war breit genug, um vier Männern nebeneinander Platz zu bieten. Ballista hielt sich rechts, direkt neben der Brüstung, Maximus bezog die Position neben ihm, dann folgten Acilius Glabrio und Turpio. Ballista beorderte Turpio ans Ende der Gruppe. Es wäre sinnlos, alle Führungsoffiziere in die erste Reihe zu stellen. Ein Soldat der Kohorte XX, den Ballista nicht kannte, nahm Turpios Platz ein. Ballista ließ den Blick kurz über seine winzige Streitmacht wandern. Sie bestand aus gerade einmal zwölf Mann in drei Viererreihen. Maximus befahl einem der Männer aus der letzten Reihe, seinen Schild dem Dux zu übergeben. Der Soldat gehorchte widerstrebend.

»Alle bereit?«, fragte Ballista. »Dann lasst uns gehen. Leise, vielleicht gelingt es uns noch, sie zu überraschen.«

Sie setzten sich im Laufschritt in Bewegung. Der Turm war keine fünfzig Schritte entfernt. Vor der offenen Tür, die vom Wehrgang in den Turm führte, standen etwa ein Dutzend Perser herum. Sie alle hatten sich zur Stadt umgedreht, zeigten hierhin und dorthin und lachten. Die Römer hatten sie fast schon erreicht, bevor die Männer merkten, wie ihnen geschah. Auch wenn die Perser mit keinem Gegenangriff gerechnet hatten, stellten sie sich ihm sofort.

Die letzten Schritte stürzte Ballista so schnell vor, wie ihn seine Füße trugen. Der Sassanide vor ihm holte weit mit seinem Langschwert zu einem vertikalen Hieb aus. Ballista duckte sich unter dem Schlag weg und rammte den Mann aus vollem Lauf mit dem Schild. Der Sassanide wurde gegen den hinter ihm stehenden Mann geschleudert. Beide stürzten rücklings auf den Wehrgang. Als sich der erste Sassanide wieder aufzurichten versuchte, deckte er einen Moment lang sein linkes Bein nicht mit seinem Schild ab. Ballista grub dem Mann seine Klinge wuchtig ins Knie. Der Sassanide heulte auf und umklammerte, von den Schmerzen überwältigt, seine zertrümmerte Kniescheibe mit beiden Händen. Ballista stieß ihm das Schwert in den Schritt. Ein Gegner war ausgeschaltet.

Dem zweiten Sassaniden war es in der Zwischenzeit gelungen, sich wieder aufzurappeln. Ballista sprang ihn über den ersten wimmernden Mann hinweg an. Der Perser ließ sein Schwert mit aller Kraft herabsausen. Ballista fing die Klinge mit dem Schild ab. Splitter stoben. Links von ihm stach Maximus blitzschnell sein Kurzschwert in die Achselhöhle des Persers. Der Mann brach zusammen und sackte gegen die Mauerbrüstung.

Als sie die Hälfte ihrer Männer verloren hatten, wirbelten die restlichen Perser herum und flohen.

»Ihnen nach!«, bellte Ballista. »Lasst nicht zu, dass sie die Tür schließen!«

Die Römer folgten den Sassaniden, die Hals über Kopf die Stufen hinabrannten, um sich in der Menge ihrer Kameraden, die weiter durch die Grabhöhlen der Christen in die Stadt strömten, in Sicherheit zu bringen. Ballista nahm die entgegengesetzte Richtung und hetzte die Treppe zur Plattform des Turms hinauf.

Als er oben herauskam, entdeckte er zwei Perser mit Fackeln in den Händen, die ihm den Rücken zuwandten und ihren Kameraden draußen in der Felsschlucht Signale gaben. Den Mann zu seiner Rechten erledigte Ballista mit einem Rückhandschlag auf seinen Kopf. Mit einem Vorhandhieb erwischte er den Ellbogen des zweiten Mannes, als der sich umdrehte. Der Sassanide starrte verständnislos auf die aus seinem Armstumpf spritzenden Blutfontänen, bis Ballista ihm die Schwertklinge in den geöffneten Mund stieß. Die Klinge steckte einen Moment lang im Schädelkochen des Persers fest. Ein paar Zähne und ein Blutschwall folgten ihr, als es Ballista gelang, sie wieder herauszureißen.

»Kommt!« Eine laute Stimme hallte wie ein Donnerschlag über den Turm. »Und ich sah, und siehe, ein fahles Pferd, und der darauf saß, des Name hieß Tod, und die Hölle folgte ihm nach!«

Theodotus zeigte mit dem ausgestreckten Finger auf Ballista. Beide Männer wurden von einer Reihe wild kämpfender Soldaten getrennt. Der große christliche Priester überragte die geduckt kämpfenden Männer deutlich. Theodotus' Gesicht leuchtete regelrecht. Seine Stimme übertönte den Kampflärm.

»Und der sechste Engel goss seine Schale aus über den großen Strom Euphrat, und es vertrocknete sein Wasser, damit bereitet würde der Weg der Könige vom Sonnenaufgang.«

Die Worte ergaben keinen Sinn für Ballista.

»Warum, Theodotus? Warum verrätst du deine Mitbürger?«

Theodotus lachte, sein dichter struppiger Bart hüpfte. »Und die Zahl der Kriegsheere zu Ross war zweimal zehntausend mal zehntausend. Ich hörte ihre Zahl – und die auf ihnen saßen trugen Brustpanzer in den Farben von Feuer und Saphiren und Schwefel.«

»Du Idiot!«, schrie Ballista. »Sie werden uns alle töten! Sie werden auch die Christen nicht verschonen! Niemand wird von ihnen verschont werden!«

»Und ich sah ein Tier«, fuhr Theodotus unbeirrt fort, »das hatte sieben Häupter und zehn Hörner, und auf seinen Hörnern trug es zehn Diademe und auf seinen Häuptern lästerliche Namen – wer Verstand hat, der überlege die Zahl des Tiers, denn es ist eines Menschen Zahl, und seine Zahl ist 666!«

»Warum?«, brüllte Ballista. »Warum die Sassaniden die Bewohner der Stadt massakrieren lassen? Um des Mitleids willen, Mann, *warum*?«

Theodotus' Sprechgesang verstummte. Er blickte Ballista furchtlos an. »Diese Sassaniden sind Reptilien. Ich tue dies nicht für sie. Sie sind nicht besser als ihr. Sie sind lediglich ein Werkzeug Gottes. Ich tue es aus Mitleid, aus Erbarmen mit den Sünden der Menschen. Die Sassaniden sind die Bestrafung, die Gott in seiner unendlichen Gnade für die Sünden der Bürger Aretes bestimmt hat. Ob Christen oder Heiden, wir alle sind Sünder.«

Die Sassaniden auf der Kampfplattform des Turms, die sich in der Unterzahl befanden, fielen einer nach dem anderen. Ein römischer Soldat durchbrach ihre Reihe und näherte sich Theodotus.

»Wenn irgendjemand das Tier anbetet – soll er im Angesicht der heiligen Engel und des Lamms mit Feuer und Schwefel gepeinigt werden!«

Der Soldat hieb Theodotus sein Schwert in ein Bein. Der Christ taumelte.

»Selig sind die Toten, die im Namen des Herrn sterben!«

Der Soldat schlug erneut zu. Theodotus fiel auf Hände und Knie.

»Erlösung …«

Der Soldat erledigte den christlichen Priester schulbuchmäßig mit drei gezielten wuchtigen Schlägen auf den Hinterkopf.

Die Perser auf der Turmplattform waren ausgeschaltet. Ballista zählte die Kämpfer, die ihm geblieben waren: Maximus, Turpio, Acilius Glabrio, zwei Equites singulares, drei Soldaten der Kohorte XX – neun Männer, ihn eingerechnet.

»Irgendjemand da, der nicht mehr laufen kann?«, erkundigte er sich.

Eine Weile herrschte Stille, dann meldete sich Turpio zu Wort: »Wir haben uns – um sie gekümmert.«

Ballista nickte. »Folgendes werden wir tun: Die Perser dringen unter der Mauer hindurch in die Stadt ein. Es befinden sich jetzt keine mehr auf der Mauer.« Er hatte keine Ahnung, ob das stimmte, aber er stellte fest, dass er geradezu barst vor fiebriger Energie. »Wir werden auf der Mauer entlang nach Osten Richtung Fluss gehen. Wenn es sicher ist, steigen wir dort nach unten und schlagen uns zu Iarhais Haus durch. Dort sollten wir ein paar Männer mehr finden können. Mit ihnen zusammen werden wir durch den Osten der Stadt zum Palast zurückkehren.«

Er bemerkte die verständnislosen Gesichter der Männer. »Dort warten Pferde auf uns«, erklärte er. Die Männer nickten. Ihm war klar, dass sie nicht die geringste Ahnung hatten, wie seine weiteren Pläne aussahen, sollten sie es tatsächlich zurück zum Palast und zu den Pferden schaffen, aber im Moment war jeder Plan besser als gar keiner, und so hatten sie wenigstens ein Ziel vor Augen und einen kleinen Hoffnungsschimmer.

Mit Ballista an der Spitze liefen sie die Stufen hinunter und kehrten durch die Osttür auf den Wehrgang zurück. Sie wurden von einem lauten Schrei und einer Salve Pfeilen empfangen. Direkt hinter Ballista brüllten Männer auf. Er senkte den Kopf, sodass sein Helm eine Linie mit der Oberkante des Schildes bildete, und lief los. Sollte hier ein verirrter Pfeil sein Bein erwischen, wäre es für ihn vorbei.

Schon nach kurzer Zeit versiegte der Pfeilbeschuss, und die Schreie der Sassaniden blieben hinter ihm zurück. Es war eine weite Strecke bis zum nächsten Turm. Ballistas Lunge brannte. Überall um ihn herum hörte er keuchende Atemzüge.

Die Tür des nächsten Turms stand offen. Ballista sprang hindurch, das Schwert zum Schlag erhoben, doch der Turm war leer. Er lief durch den runden Raum hindurch und zur anderen Seite wieder hinaus.

Die Entfernung zum nächsten Turm war deutlich kürzer. Auch hier war kein einziger Verteidiger mehr zu sehen. Diesmal führte Ballista seine Männer die Treppe bis zur Stadtebene hinab. Kurz vor der Tür blieb er einen Moment lang stehen, damit alle Luft schnappen konnten. Er sah sich schnell um. Es fehlten zwei weitere Männer.

Ein vorsichtiger Blick durch die Tür zeigte ihm, dass die Gasse neben der Mauer menschenleer war. Sie huschten hinaus, wandten sich nach rechts und liefen in Richtung des Flusses.

Als sie den offenen Platz überquerten, wo der unglückselige Soldat von dem für den Verräter gedachten Pfeil mit der verschlüsselten Botschaft getroffen worden war – *Theodotus, du Bastard!* –, begegneten sie wieder Menschen, Soldaten und Zivilisten, die alle in dieselbe Richtung rannten, zur Porta Aquaria und dem Euphrat.

Kurz darauf bog Ballista nach Norden in die Straße ein, die zu Iarhais Anwesen führte.

Das Haupttor stand offen. Vor ihm hatten sich sechs Söldner mit gezogenen Schwertern aufgebaut. Sie wirkten angespannt. Ballista rannte zu ihnen, blieb gebückt vor ihnen stehen, die Hände auf die Knie gestützt, und rang keuchend nach Atem, bis er wieder in der Lage war zu sprechen.

»Iarhai – wo ist er?«

Ein Söldner deutete mit einer ruckartigen Kopfbewegung hinter sich. »Drinnen.« Er spuckte aus. »Er betet.«

Als Ballista das Haus betrat, kam ihm Bathshiba entgegen und warf sich in seine Arme. Er hielt sie fest, spürte den Druck ihrer Brüste. Wir alle haben den Tod unmittelbar vor den Augen, dachte er wie betäubt, und trotzdem denke ich immer noch daran, sie zu ficken. Ein Mann bleibt ein Mann.

»Wo steckt dein Vater?«

Sie ergriff seine Hand und zog ihn in den privaten Wohnbereich des Karawanenbeschützers.

In einem nur karg möblierten, weiß gestrichenen Zimmer kniete Iarhai auf einem kleinen Teppich und betete.

»Du Bastard!«, knurrte Ballista wütend. »Du hat es gewusst, nicht wahr? Antworte!«

Iarhai sah ihn an.

»Antworte mir!«

»Nein.« Ein Muskel unter Iarhais gebrochenem Wangenknochen zuckte. »Ja, ich bin zum Christentum übergetreten. Das Leben hat mich krank gemacht, ich bin des Tötens überdrüssig. Theodotus hat mir Erlösung versprochen. Aber, nein, ich hatte keine Ahnung, dass er so etwas tun würde.«

Ballista versuchte, seinen Zorn zu zügeln. Er glaubte dem Karawanenbeschützer. »Ich werde dir eine Chance geben, Erlösung zu finden. Wenn auch nicht im nächsten, dann zumindest in diesem Leben.« Iarhai starrte ihn gleichgültig an. »Ich habe nicht vor, in diesem fliegenverseuchten Loch von einer Stadt zu sterben, wenn ich es verhindern kann«, fuhr Ballista fort. »Im Palast stehen mehrere gesattelte Pferde für uns bereit. Ich habe einen Plan, der funktionieren könnte, wenn wir es zurück zum Palast schaffen. Ich werde deine Tochter mitnehmen. Aber wir werden den Palast nie erreichen, wenn nicht jemand die Sassaniden aufhält.«

»Gottes Wille wird geschehen«, erwiderte Iarhai mit ausdrucksloser Stimme.

»Steh auf und bewaffne dich, du rückgratloser Bastard!«, fauchte Ballista.

»Du sollst nicht töten«, zitierte Iarhai. »Ich werde niemals wieder einem anderen Mann das Leben nehmen.«

»Wenn es eines gibt, was du auf dieser Welt liebst, dann deine Tochter. Willst du nicht wenigstens versuchen, sie zu retten?«

»Gottes Wille wird geschehen«, wiederholte Iarhai.

Ballista sah sich kochend vor Wut um. Bathshiba stand neben ihm. Ohne Vorwarnung krallte er eine Hand in ihr Haar und zerrte sie zu ihrem Vater. Sie schrie vor Überraschung und Schmerzen. Ballista hielt sie fest, die linke Hand um ihre Kehle gelegt.

Iarhai erhob sich halb. Seine Hand tastete automatisch nach seiner linken Hüfte auf der Suche nach seinem Schwert.

»Wirst du zulassen, dass sie den Sassaniden in die Hände fällt?«, fragte Ballista leise. »Du weißt, was sie ihr antun werden.« Iarhai schwieg. »Sie werden sie vergewaltigen. Einer nach dem anderen. Zehn, zwanzig, dreißig Männer, hundert. Und dann werden sie sie verstümmeln. Sie wird sie anflehen, sie zu töten, lange bevor sie dazu bereit sind.«

Ein Ausdruck quälender Unentschlossenheit zeichnete sich auf Iarhais Gesicht ab.

»Ist es das, was du willst?« Ballista packte den Kragen von Bathshibas Tunika mit der rechten Hand und riss sie mit einem kräftigen Ruck auf. Bathshibas Brüste quollen hervor. Sie schrie auf und versuchte, ihre dunkelbraunen Brustwarzen mit den Händen zu bedecken.

»Du Bastard!« Iarhai war aufgesprungen, das Gesicht zu einer Grimasse unsäglichen Schmerzes verzerrt.

»Bewaffne dich! Du kommst mit uns!« Ballista ließ Bathshiba los. Sie stürzte aus dem Zimmer. Iarhai ging zu einer Truhe, holte seinen Schwertgürtel hervor und schnallte ihn um. Ballista verließ den Raum.

Am Tor fand er nur noch die sechs Männer vor, mit denen er hier eingetroffen war.

»Die Söldner sind geflohen«, sagte Maximus.

Einige Minuten später tauchte Iarhai mit seiner Tochter aus den Tiefen seines Hauses auf. Bathshiba trug eine neue Tunika. Sie sah Ballista nicht an.

»Zeit zu gehen.«

Sie machten sich im Laufschritt auf den Weg zum Palast. Die Szenerie hatte etwas Albtraumhaftes an sich. Nicht weit entfernt konnten sie Schreie hören. In der Luft bereitete sich ein Brandgeruch aus. An jeder Straßenkreuzung mussten sie sich durch Scharen von Menschen kämpfen, die nach Osten in Richtung der Porta Aquaria und des Euphrat rannten. Ballista wusste, dass es an der Mole unten am Flussufer zu unvorstellbar furchtbaren Szenen kommen würde, wenn Tausende vor Angst halb verrückte Menschen um einen Platz in einem der wenigen verfügbaren Boote kämpften. Von ihren Eltern getrennte Kinder, zu Tode getrampelt von panisch fliehenden Menschen – er durfte gar nicht darüber nachdenken. Er rannte mit gesenktem Kopf weiter nach Norden.

Sie hatten gerade den Tempel des Zeus Theos passiert und waren keinen Häuserblock mehr von dem offenen Gelände entfernt, auf dessen anderer Seite der Palast lag, als sie die Verfolger hörten.

»Da ist er! Zehn Pfund Gold für den Mann, der dem König der Könige den Kopf des großen Barbaren bringt!«

Einen Moment lang glaubte Ballista, die Stimme des Offiziers erkannt zu haben, den er auf seinem nächtlichen Erkundungsgang mit Maximus in der dunklen Felsschlucht überlistet hatte, aber vermutlich spielten ihm nur seine überreizten Sinne einen Streich.

Noch trennten sie hundert Schritte von den Sassaniden, doch es waren viele Krieger, und sie wirkten im Gegensatz zu Ballista und seinen Gefährten noch frisch und ausgeruht.

»Lauft weiter«, sagte Iarhai. »Die Straße ist schmal. Ich kann sie aufhalten.«

Ballista warf Bathshiba einen Blick zu. Er rechnete damit, dass sie schreien, sich an ihrem Vater festklammern und ihn anflehen würde, mit ihr zu kommen, doch sie tat nichts dergleichen. Sie sah ihn nur einen Moment lang stumm an, wirbelte dann herum und rannte davon.

»Allein wirst du sie nicht lange aufhalten«, sagte Acilius Glabrio. »Ich bleibe bei dir.« Er wandte sich Ballista zu. »Ich weiß, du hältst nicht viel von den Patriziern. Aber ich werde dir zeigen, wie ein Acilius Glabrio zu sterben versteht. Wie Horatius werde ich die Brücke halten.«

Ballista nickte ihm zu und folgte gemeinsam mit Maximus den anderen.

Kurz darauf ertönte hinter ihm Kampflärm. Als er das Artillerie-Magazin erreicht hatte, blieb er kurz stehen, um Atem zu schöpfen. Bis zum Palast waren es nur noch etwa fünfzig Schritte. Er warf einen Blick zurück.

Das andere Ende der Straße wimmelte von Persern. Er konnte Iarhai nirgendwo sehen. Der Karawanenbeschützer hatte keine Zeit gehabt, seine Rüstung anzulegen. Er konnte nicht lange gegen die Sassaniden standgehalten haben. Doch da war Acilius Glabrio, eine kleine, von Feinden umzingelte Gestalt in der Ferne. Ballista drehte sich um und rannte weiter.

»Du hast dir Zeit gelassen.« Calgacus strahlte erleichtert.

Ballista lächelte flüchtig. Zu erschöpft, um zu antworten, lehnte er sich an eine Pferdebox. Mittlerweile hatte sich der Stall geleert. Schließlich hatte sich Ballista so weit erholt, dass er den Wachposten nach dem Verbleib der restlichen Equites singulares fragen konnte.

Der Mann wirkte verlegen. »Wir – sie – äh, sie dachten, ihr würdet nicht zurückkommen. Außer Titus da draußen bin nur noch ich hier.«

»Es gab den einen oder anderen Moment, da hätten sie fast recht behalten.« Ballista fuhr sich mit beiden Händen durch das Gesicht. »Wie heißt du?«

»Felix, Dominus.«

»Dann lass uns hoffen, dass dein Name ein gutes Omen ist.« Ballista erkundigte sich bei Calgacus nach den im Palast beschäftigten Sklaven und erfuhr, dass alle verschwunden waren. Er schloss die Augen und sog die vertrauten Gerüche des Stalles tief in sich ein. Seine Brust schmerzte. Sämtliche Beinmuskeln waren überstrapaziert. Seine rechte Schulter war dort, wo sein Schwertgürtel über das Kettenhemd gespannt war, wund gescheuert. Die Versuchung, sich einfach ins Stroh zu legen, war fast übermächtig. Hier war er doch bestimmt sicher, inmitten der heimeligen Gerüche, hier würden ihn die Sassaniden bestimmt nicht finden. Er musste einfach nur schlafen.

Maximus' Eintreffen ließ seine kindischen Traumbilder wie Seifenblasen platzen.

»Wir sind bereit zu gehen«, meldete sein Leibwächter. »Außer uns sitzen alle anderen bereits draußen im Sattel.« Der Hibernier warf ihm einen Wasserschlauch zu. Ballista versuchte, ihn mit einer Hand aufzufangen, und scheiterte. Er benötigte auch die zweite Hand, entfernte den Verschlussstopfen, schüttete sich etwas Wasser in die hohle Hand und wusch sich das Gesicht und die vor Müdigkeit brennenden Augen. Dann trank er ein paar Schlucke.

»Dann lass uns gehen.«

Der Mond stand bereits am Himmel. Er war fast voll und ergoss sein bleiches Licht in die schmale Gasse zwischen dem Palast und den Getreidespeichern. Ballista versuchte, sich zu erinnern, ob dies in seiner Heimat der Ernte- oder der Jägermond war, aber er war einfach zu erschöpft, um klar denken zu können. Er humpelte zu dem kleinen Podest, das das Aufsteigen erleichterte. Demetrius brachte ihm sein fahles Pferd. Ballista stieg unter Schmerzen in den Sattel.

Als er saß, fühlte er sich etwas besser. Er ließ den Blick über die kleine Schar von Pferden und Reitern streichen. Mit ihm waren es fünfzehn Reiter. Maximus, Calgacus, Demetrius, Bagoas, Turpio, die beiden verbliebenen Angehörigen seines persönlichen Stabes – ein Schreiber und ein Bote –, die beiden Equites singulares Titus und Felix und vier weitere Soldaten, die die Stadt mit ihm durchquert hatten – drei Soldaten der Kohorte XX und noch ein Wächter. Und dann war da noch Bathshiba. Dazu kamen drei Packpferde mit Proviant.

»Was sollen wir mit den sechs anderen gesattelten Pferden im Stall machen?«, wollte Calgacus wissen.

Ballista wusste, dass er eigentlich befehlen sollte, sie töten zu lassen oder ihnen die Sehnen zu durchtrennen, damit sie nicht zur ihrer Verfolgung eingesetzt werden konnten.

»Zerschneide die Sattelgurte und die Zügel«, sagte er stattdessen. Calgacus sprang von seinem Pferd, verschwand im Stall und kehrte kurz darauf zurück. Nachdem er wieder aufgestiegen war, gab Ballista das Signal zum Aufbruch.

Zum zweiten Mal in dieser Nacht führte er einen Zug von Reitern um den Tempel von Jupiter Dolichenus herum. Sie kamen auf der breiten Straße zum Campus Martius heraus. Ballista trieb sein Pferd zum Galopp an. Für den Fall, dass er es nicht schaffen sollte, hatte er Maximus, Calgacus und Turpio knapp seinen bisherigen Plan erklärt. Sie hatten alles andere als begeistert gewirkt. Die anderen hatte er vorsorglich nicht informiert. Es hatte keinen Sinn, ihnen Angst zu machen.

Das Militärviertel, durch das sie preschten, war verwaist. Die

Römer waren geflohen, die Perser noch nicht eingetroffen. Rauch wehte über die Straße aus dem Süden. Als er an den Bädern des Militärs vorbeikam, stellte Ballista fest, dass der bewusstlose Soldat, der dort auf den Stufen gelegen hatte, verschwunden war. Das Mädchen ebenfalls. Viel Glück, Bruder, dachte er. Und dir auch, Mädchen.

Der Trupp folgte weiter der Straße, das Klappern der Hufe hallte von den Häuserwänden wider.

Aus einer Straße zu ihrer Linken ertönten Kampfgeräusche. Ballista erhaschte einen flüchtigen Blick auf einen Söldner, der mit dem Rücken an der Mauer des Amphitheaters stand. Das Schwert in seiner Hand blitzte im Fackelschein, während er versuchte, eine heulende Schar von Sassaniden in Schach zu halten. Schon einen Moment später versperrte ihm das nächste Gebäude die Sicht auf die Kämpfenden und verschluckte die Schreie und das Klirren der Schwerter.

»Haddudad!«, rief Bathshiba und riss heftig an den Zügeln. Die Nachfolgenden mussten scharf seitlich ausweichen oder schnell anhalten, um sie nicht über den Haufen zu reiten.

»Lass ihn!«, rief Ballista. »Dafür haben wir jetzt keine Zeit!«

»Nein! Wir müssen ihn retten!« Bathshiba riss ihr Pferd herum, grub ihm die Fersen in die Weichen und jagte zurück zur letzten Straßenkreuzung.

»Mist«, knurrte Ballista. Während er sein Pferd wendete, rief er Turpio zu, mit den anderen weiterzureiten, und Maximus, ihm zu folgen. Dann preschte er Bathshiba hinterher. Was war nur mit ihr los? Ihrem Vater, der dem sicheren Tod geweiht gewesen war, hatte sie kaum mehr als einen kurzen letzten Blick gewidmet, aber jetzt riskierte sie ihr Leben für einen seiner Söldner. Trieben sie Schuldgefühle dazu, weil sie ihren Vater im Stich gelassen hatte? Oder hatte es irgendetwas mit Haddudad selbst zu tun? Ballista verspürte einen absurden Stich der Eifersucht.

Sein Pferd schlitterte um die Straßenecke herum, Maximus direkt im Nacken. Haddudad stand noch aufrecht. Ein paar Perser lagen vor seinen Füßen. Der Druck auf ihn hatte durch Bathshibas

Erscheinen etwas nachgelassen. Ballista sah, wie sie vom Sattel aus einen Perser zu Boden schickte. Doch dann schloss sich die Meute um sie herum. Zwei Männer griffen nach den Zügeln ihres Pferdes, ein dritter packte ihren rechten Stiefel und zerrte sie aus dem Sattel. Lauter Jubel brandete auf.

Da sich alle Perser nur auf das Mädchen und den Söldner konzentrierten, bemerkten sie die anderen beiden Reiter nicht. Ballista hielt sein Schwert über den Kopf seines Pferdes hinweg gerade ausgestreckt. Der Kopf des Persers direkt vor ihm ruckte herum, kurz bevor er ihn erreichte, doch da war es bereits zu spät. Ballistas Schwertklinge bohrte sich durch sein Kettenhemd und trat zwischen seinen Schulterblättern wieder hervor. Der Aufprall warf Ballista beinahe rücklings aus dem Sattel. Er ließ seinen Arm zurückschwingen, während sein Pferd an dem Sassaniden vorbeijagte. Durch das Gewicht des zu Boden stürzenden Mannes löste sich die Klinge aus seinem Brustkorb.

Jetzt befand sich Ballista auf der anderen Seite des dicht gedrängten Knäuels der persischen Krieger. Maximus war direkt neben ihm. Sie rissen ihre Pferde herum, rammten ihnen die Fersen in die Weichen und preschten wieder los. Aus den Augenwinkeln sah Ballista, wie Haddudad einen wilden Angriff auf die beiden Sassaniden vor ihm startete.

Ein Perser führte einen auf den Kopf von Ballistas Pferd gezielten Hieb aus. Ballista fing die Klinge mit seinem Schild ab und ließ sein Schwert gleichzeitig in einem mit aller Kraft geführten Schlag auf den eisernen Helm des Mannes hinabsausen. Funken stoben, ein lautes Krachen ertönte, und seine Klinge grub sich in den Schädel seines Gegners.

Wieder hatte er die Sassaniden an Maximus' Seite innerhalb eines Augenblicks passiert. Die verbliebenen Perser machten kehrt und flohen. Etliche von ihnen lagen auf dem Boden, Bathshiba reglos zwischen ihnen.

Haddudad stürzte zu ihr, schloss den Kopf des Mädchens in seine Arme.

»Alles in Ordnung!«, rief er. »Sie kommt schon wieder zu sich!« Er zog sie hoch. Ihre Beine wirkten unsicher. Maximus trabte herbei, Bathshibas Pferd am Zügel. Haddudad half ihr in den Sattel und schwang sich geschmeidig mit einer Selbstverständlichkeit hinter ihr auf den Rücken des Pferdes, als würde er das nicht zum ersten Mal tun.

»Zeit, zu verschwinden!«, stieß Ballista hervor und unterdrückte die in ihm aufsteigende Irritation.

Die Pferde galoppierten wieder los.

Ballista galoppierte durch die pechschwarze Finsternis zwischen der Principia und den Baracken und kam auf dem im Mondlicht liegenden menschenleeren Campus Martius heraus. Diesmal war nicht mehr mit dem Erscheinen von Acilius Glabrio zu rechnen. Ballista lenkte sein Pferd zum Bel-Tempel in Richtung der nördlichen Mauer.

Am nördlichen Ausfalltor brachte er das Tier zum Stehen. Das kleine Tor stand offen. Turpio und einer der Wächter, die bereits da waren, stiegen gerade wieder in die Sättel. Offenbar waren sie abgestiegen, um das Tor zu öffnen. Wahrscheinlich hatten die Torwächter es versperrt gelassen, als sie geflohen waren. Ballista fragte sich, wohin sie sich gewandt hatten. Vielleicht waren sie zu Fuß über den schmalen Sims an der Außenseite der Stadtmauer nach Osten gelaufen, um in der Hoffnung, ein Boot zu finden, über die Felsklippen zum Euphrat hinabzuklettern. Vielleicht aber waren sie auch auf die gleiche Idee wie er gekommen. Allerdings benötigten sie dafür Pferde. Ohne Pferde hatten sie nicht die geringste Chance zu entkommen.

Ballista befahl knapp, den Proviant von einem der Packpferde wegzuwerfen. Haddudad glitt von Bathshibas Pferd auf den Boden und bestieg das Packpferd. Ballista ergriff einen kleineren der zurückgelassenen Proviantsäcke und fragte Bathshiba, ob mit ihr alles in Ordnung wäre, was sie einsilbig bestätigte.

»Dann wird es Zeit, dass wir weiterreiten.«

Der Nordländer lenkte sein fahles Pferd durch das Tor nach

rechts. Die anderen folgten ihm. Der am Fuß der Mauer entlanglaufende Sims war breit genug, um zwei Pferden nebeneinander Platz zu bieten, doch wegen des steilen Abhangs auf der linken Seite folgten sie ihm im Gänsemarsch. Ballista ritt langsam am Fuß der Stadtmauer entlang, bis er den großen Erdrutsch erreichte, den er zum ersten Mal vor so vielen Monaten entdeckt hatte. An dem Tag, als er den Onager gejagt und stattdessen einen Löwen erlegt hatte. Er gab das Zeichen, anzuhalten, drehte sich zu seinen Begleitern um und zeigte nach unten.

Das kollektive Keuchen und die Proteste, die er erwartet hatte, blieben aus. Er ließ den Blick über die in die Felsschlucht führende große Rampe wandern, die der Erdrutsch gebildet hatte. Sie begann etwa drei Fuß unterhalb des schmalen Simses und führte in einem furchtbar steilen Winkel von mindestens fünfundvierzig Grad in die Tiefe. Das Geröll wirkte im hellen Mondlicht locker und tückisch. Hier und da ragten gefährlich aussehende Felsspitzen aus dem Erdrutsch hervor, der sich bis in die Unendlichkeit zu erstrecken schien.

Ballista musterte seine Begleiter. Niemand sprach, niemand bewegte sich. Die Augen unter den Helmen der Soldaten waren bodenlose schwarze Höhlen. Er konnte das Zögern seiner Gefährten gut nachempfinden.

Plötzlich setzte sich ein Reiter in Bewegung. Es war Bathshiba. Ihr Pferd blieb unmittelbar an der Abbruchkante stehen. Ohne ein Wort zu sagen, rammte sie dem Tier die Fersen in die Seiten, und nach kurzem Zögern sprang es mit einem Satz auf die Böschung. Ballista sah, wie es auf dem Erdrutsch landete und um sein Gleichgewicht kämpfte, so tief in der Hinterhand eingeknickt, dass diese beinahe den Boden berührte. Halb rutschend begann es den steilen Abstieg.

Ballista zwang sich, den Blick abzuwenden, und lenkte sein Pferd neben das von Demetrius. Er nahm dem Jungen die Zügel aus der Hand und führte das Pferd bis an die Kante des Simses. Dann schlang er die Zügel um eines der Sattelhörner, beugte sich zu Demetrius vor und erklärte ihm mit ruhiger Stimme, dass er sich nicht weiter um die Zügel kümmern, sondern sich einfach zurücklehnen und an den Sattelhörnern festhalten sollte. Der Junge trug keine Kopfbedeckung. Er wirkte völlig verängstigt.

»Festhalten!« Ballista zog sein Schwert. Der junge Grieche zuckte zusammen. Das Schwert glitzerte im Mondschein, als es einen Bogen durch die Luft beschrieb. Ballista ließ es mit der flachen Seite auf die Hüfte von Demetrius' Pferd klatschen, worauf das Tier über die Kante auf die Erdrampe sprang.

»Fürchtet ihr euch davor, denselben Weg zu nehmen, den ein Mädchen und ein griechischer Sekretär gerade beschritten haben?«, fragte Ballista. Er ließ sich die Zügel des ersten der beiden Packpferde reichen, führte es an die Böschung und blickte in die Tiefe. *Allvater, sich vorzustellen, dass ich mir an diesem Nachmittag auf der Jagd auf den Onager tatsächlich überlegt habe, das hier nur so aus Spaß auszuprobieren!* Er grub seinem Pferd die Fersen fest in die Weichen.

Als das Pferd einen Satz in die Tiefe machte, schwebte Ballista einen Moment lang über dem Sattel und verlor beinahe den Halt. Dann landete der Wallach auf der Böschung, und Ballista knallte so hart mit dem Hinterteil in den Sattel, dass ihm ein schmerzhafter Stich durchs Rückgrat schoss. Der Führungszügel straffte sich, riss ihm den Arm nach hinten und kugelte ihm beinahe die Schulter aus. Der Lederriemen rutschte ihm durch die Finger und riss ihm die Haut auf. Dann folgte das Packpferd notgedrungen dem Zug, und der Führungszügel erschlaffte wieder.

Ballista lehnte sich so weit wie möglich zurück, stützte sich mit dem Rücken gegen die hinteren Sattelhörner, die Oberschenkel unter den vorderen verkeilt. Die Böschung erstreckte sich vor ihm unmöglich steil in die Tiefe. Spitze, gezackte Felsgrate ragten aus dem lockeren Untergrund hervor. Der Boden der Schlucht schien sich in endloser Ferne zu verlieren. Er fragte sich einen Moment lang, ob er besser die Augen schließen sollte, bevor ihm wieder einfiel, wie fürchterlich es sich damals in dem Belagerungsstollen angefühlt hatte, sie wieder öffnen zu müssen und sich unvermittelt mit der schrecklichen Realität konfrontiert zu sehen. Also hielt er den Blick fest auf die Mähne seines Pferdes gerichtet.

Es ging immer weiter in die Tiefe. Weiter und immer weiter. Und dann war es plötzlich vorüber. Das Pferd sortierte seine Beine unter ihm. Sie hatten das ebene Bett der Felsschlucht erreicht.

Er lenkte die beiden Pferde zu Demetrius und Bathshiba, die bereits auf ihn warteten. Kurz darauf preschte Maximus mit einem ausgelassenen Schrei an ihm vorbei, als hätte er den Verstand verloren. Einer nach dem anderen erreichten Calgacus, Bagoas, der Botenläufer und der Schreiber den Grund der Schlucht.

Dann schlug das Verhängnis zu.

Auf halbem Weg geriet das Pferd eines Soldaten – es war nicht zu erkennen, um wen es sich handelte – ins Straucheln. Es kippte vornüber, schleuderte seinen Reiter beinahe aus dem Sattel und begrub ihn unter sich. Mensch und Tier rollten inmitten einer Gerölllawine zu Tal, erreichten beinahe den Reiter vor ihnen, bevor sie im letzten Moment über die steile Seitenböschung der Rampe in den Tod stürzten. Danach war der Weg für den Rest der geschrumpften Truppe wieder frei.

Alle anderen kam sicher unten an. Turpio erreichte den Boden der Schlucht als Letzter, das zweite Packpferd am Zügel führend. Guter Mann, dachte Ballista. Je mehr Pferde die steile Rampe mehr hinabgerutscht als gelaufen waren, desto lockerer und instabiler war das Geröll geworden.

Der Nordländer formierte seinen kleinen Zug wieder. Felix war nicht mehr dabei. Sein Name hatte sich nicht als gutes Omen erwiesen. Ein anderes Pferd lahmte. Ballista sprang von seinem Wallach, um es zu untersuchen. Es war einer der Vorderhufe. Die Verletzung war zu schwer, als dass es noch hätte laufen können. Ballista lud den Proviant von einem der beiden verbliebenen Packpferde und forderte den Soldaten mit dem lahmenden Tier auf, es zu besteigen. Der Mann ließ sein Pferd frei. Es blieb reglos mit hängendem Kopf stehen.

Ballista winkte den anderen zu, ihm zu folgen, lenkte das fahle

Pferd vom Euphrat fort durch die Felsschlucht und ließ es in einen langsamen Galopp fallen.

Sie waren noch nicht sehr weit gekommen, als sie die Schreie hörten. Auf der linken Seite hoch über ihnen flackerten Fackeln. Eine Trompete schrillte. Sassanidische Reiter folgten dem Verlauf der Schlucht entlang des schmalen Simses am Fuß der Stadtmauer. Ballista fühlte sich merkwürdig niedergeschlagen. Irgendwie hatte er gehofft, dass sie sich unbemerkt wie Diebe in der Nacht würden fortstehlen können. *Allvater*, betete er, *tief Verhüllter, Höchster, Erfüller der Begierden, lass ihre Pferde den furchtbaren Abstieg verweigern, raub ihren Reitern den Mut.* Aber er hatte nicht viel Hoffnung, dass seine Gebete erhört werden würden. Stattdessen hoffte er, dass ihre Pferde das Geröll des Erdrutschs so sehr gelockert hatten, dass die Rampe unter den Persern vollständig ins Rutschen geriet und sie das blutige Schicksal des Soldaten mit dem so unpassenden Namen Felix teilen würden.

Obwohl die Geräusche ihrer Verfolger lauter wurden, widerstand Ballista dem Drang, sein Pferd zu einem schnelleren Galopp anzutreiben. Er konnte den Wunsch seiner Gefährten, das Tempo zu erhören, geradezu körperlich spüren, gab ihm jedoch nicht nach. Das würde nicht funktionieren. Er erinnerte sich noch gut an das schwierige Gelände von seiner Jagd auf den Wildesel. Deshalb zwang er sich, das verhaltene Tempo beizubehalten und alles andere seinem Pferd zu überlassen.

Schon bald versperrte eine Biegung der Schlucht ihnen die Sicht auf ihre Verfolger. Die Hitze der letzten Tage lastete immer noch schwer über der Talsohle. Sie ritten durch dichte Wolken von Stechmücken, die ihnen in Mund, Nase und Augen drangen.

Schließlich näherten sie sich der Schluchtgabelung. Bevor Ballista sein Pferd in die schmale rechte Abzweigung lenkte, warf er einen Blick zurück über die Schulter. Bathshiba und Calgacus waren dicht hinter ihm. Maximus konnte er nirgendwo sehen, hatte aber nicht gehört, dass ein Pferd gestürzt wäre. Es hatte keinen Tumult oder Lärm hinter ihm gegeben. Er war zwar überrascht, aber nicht übermäßig beunruhigt, und ritt weiter, ohne das Tempo zu drosseln. Allmählich stieg die Schlucht steiler an.

Maximus hatte den halsbrecherischen Abstieg über die Geröllrampe genossen. Er lobte sich selbst dafür, sofort begriffen zu haben, was Ballista geplant hatte. Schon an dem Tag, als Ballista den Löwen getötet hatte, war Maximus überzeugt gewesen, dass sie eines Tages versuchen würden, den Erdrutsch hinabzureiten. Zugegeben, er hatte nicht damit gerechnet, dass es mitten in der Nacht auf der Flucht aus der gefallenen Stadt geschehen würde. Doch das verlieh der Sache noch einen zusätzlichen Reiz.

Als er das Geräusch der Verfolger gehört hatte, hatte er sich im Sattel umgedreht und den Blick über die kleine Kolonne wandern lassen. Alles schien in Ordnung zu sein. Doch dann bemerkte er, dass Bagoas sein Pferd zur Seite lenkte und die anderen einen nach dem anderen passieren ließ. Maximus folgte dem Beispiel des jungen Persers und ließ sich immer weiter zurückfallen. Als Ballista in die rechte Abzweigung der Gabelung einbog, befanden sich nur noch drei Reiter hinter Maximus. Kurz nachdem sich die Schlucht wieder verbreiterte, lenkte er sein Pferd an die Felswand und winkte Titus und Turpio vorbei. Danach wartete er bewegungslos.

Von dem persischen Jungen war nichts zu sehen. Maximus wendete sein Pferd, zog das Schwert aus der Scheide und ritt den Weg zurück, den sie gekommen waren. *Das ist also dein Plan, du verräterischer kleiner Bastard! Du wartest an der Weggablung auf deine Leute und schickst sie uns hinterher. Tja, bevor das geschieht, bist du bereits im Hades, du kleiner Wichser.* Er stieß seinem Pferd die Fersen in die Weichen und preschte los.

Wie er es nicht anders erwartet hatte, entdeckte er Bagoas, der bewegungslos an der Weggabelung im Sattel saß. Maximus trieb sein Pferd noch schneller an. Der persische Junge sah Maximus kommen und sah das Schwert in der Hand des Hiberniers. Er streckte abwehrend die Arme aus, die Handflächen nach vorn gedreht.

»Nein, bitte, nicht! Bitte, töte mich nicht!«

Ohne ein Wort zu sagen, kam Maximus näher.

»Nein, bitte, du verstehst nicht! Ich werde euch nicht verraten. Ganz im Gegenteil, ich versuche, euch zu retten. Ich werde eure Verfolger in die falsche Abzweigung schicken.«

Maximus riss so brutal an den Zügeln, dass sein Pferd beinahe auf die Hinterhand stieg. Er beugte sich vor, krallte seine Finger in das lange Haar des Jungen und zog ihn halb aus dem Sattel. Sein Schwert blitzte auf, die Klingenspitze berührte die Kehle des jungen Persers. Aus einem winzigen Schnitt in Bagoas' Hals quollen ein paar Tropfen Blut hervor und rannen im Mondlicht scheinbar schwarz über die Schwertklinge.

»Und warum sollte ich dir glauben?«, fragte Maximus.

Bagoas starrte in Maximus' hellblaue, schrecklich ausdruckslose Augen. Er brachte kein Wort hervor. Die Geräusche der Verfolger hallten durch die Schlucht. Da das Echo immer wieder von den Felswänden zurückgeworfen wurde, konnte man unmöglich sagen, wie weit die Sassaniden noch entfernt waren.

»Mach schon«, knurrte Maximus. »Wir haben nicht die ganze Nacht Zeit.«

Bagoas schluckte mühsam. »Ballista und du, ihr seid nicht die einzigen Männer mit Ehre«, krächzte er. »Ihr habt mir das Leben gerettet, als mich die Legionäre angegriffen haben. Jetzt werde ich meine Schulden zurückzahlen.«

Lange Zeit sprach keiner von beiden ein Wort. Die Schwertspitze drückte weiter gegen Bagoas Kehle. Maximus' starre blaue Augen verrieten keine Gemütsregung. Das Geräusch der Verfolger wurde lauter.

Plötzlich war das Schwert verschwunden. Maximus wischte die Klinge sorgfältig mit einem Lappen ab und schob sie zurück in die Scheide. Er lächelte. »Bis zum nächsten Mal, Junge!« Er wendete sein Pferd, stieß ihm die Fersen in die Seiten und preschte die rechte Abzweigung entlang seinen Kameraden hinterher.

Ballista saß auf der Hügelkette auf seinem fahlen Pferd und blickte auf die brennende Stadt hinab. Der Südwind frischte auf und ließ lange Feuersäulen in den Nachthimmel steigen. Hier und da stob ein Funkenregen in die Luft, als würde ein Vulkan Feuer spucken, wenn ein brennendes Gebäude zusammenbrach. Die sterbende Stadt befand sich mindestens anderthalb Meilen von Ballistas Position entfernt, sodass ihn kein Laut erreichte. Er war dankbar dafür.

Nach all unseren Anstrengungen musste es so enden, dachte er. *Ist es meine Schuld? Habe ich mich zu sehr auf die Belagerung durch die Sassaniden konzentriert und zu wenig auf einen möglichen Verrat aus den eigenen Reihen geachtet? Wenn ich gründlich genug über die Christen nachgedacht hätte, hätte ich dann vielleicht die Hinweise auf den Verräter entdecken können?*

Ein weiteres großes Gebäude stürzte in sich zusammen, und wieder stieg ein Funkenwirbel auf. Die Unterseite der über den Himmel jagenden Wolken glühte pinkfarben. Ein abstoßender unwillkommener Gedanke stieg wie ein riesiger Hecht mit einem Maul voller scharfer Zähne aus den Tiefen von Ballistas Unterbewusstsein auf: *Alles geschieht genauso, wie es geschehen sollte. Aus diesem Grund hat man mich geschickt, und nicht etwa Bonitus oder Celsus. Das ist der Grund, weshalb man mir keine zusätzlichen Truppen bewilligt hat. Es hat nie irgendeine Hoffnung auf Entsatz bestanden. Die Kaiser wussten schon vorher, dass die beiden Feldarmeen an anderer Stelle benötigt werden würden. Eine war dafür eingeplant, unter Gallienus an die Donau zu ziehen, um sich den Karpen zu stellen, während sich die andere unter dem Kommando von Valerian mit den Goten in Kleinasien beschäftigen würde. Arete war die ganze Zeit über bereits abgeschrieben gewesen. Die Stadt, ihre Garnison und ihr Kommandant waren verzichtbar. Wir sollten geopfert werden, um den Kaisern Zeit zu erkaufen.*

Ballista ertappte sich selbst dabei, wie er lachte. Auf gewisse Weise hatte er Erfolg gehabt. Die Stadt war zwar gefallen, aber er hatte dem Römischen Imperium mehr Zeit verschafft. Auf Kosten von so viel Leid, von so viel Leben, Tausenden von Leben, hatte sich das Imperium Zeit erkauft. Die Kaiser müssten ihn bei seiner

Rückkehr eigentlich als Helden empfangen. Aber natürlich würde das nicht geschehen. Sie hatten sich einen toten Helden gewünscht, nicht einen lebenden Zeugen für ihren herzlosen Verrat an der Stadt Arete. Sie hatten ihren verzichtbaren barbarischen Dux Ripae tot mit dem Schwert in der Hand in den rußgeschwärzten Ruinen der Stadt sehen wollen, und nicht, dass er – nach Verrat und Betrug stinkend – zurück an den kaiserlichen Hof stolperte. Ein lebender Ballista würde sie in Verlegenheit stürzen. Man würde ihm die Schuld an dem Versagen zuschieben, ihn zum Sündenbock machen. Sein Ruf wäre ruiniert.

Eines Tages, schwor er sich, *wird dieses Imperium all die Dinge bereuen, für die es verantwortlich ist.*

Die Stadt brannte immer noch. Ballista hatte alles gesehen, was er sehen wollte.

Er drehte sich im Sattel um und ließ seinen Blick über den kleinen Zug wandern. Alle, die ihm etwas bedeuteten, waren da: Calgacus, Maximus, Demetrius. Und dann war da noch Bathshiba. Andere Dinge gingen ihm plötzlich durch den Kopf – der große Mann mit der Kapuze, Mamurra, begraben in der Dunkelheit unter den Stadtmauern. Er verdrängte die Gedanken und blickte über seinen kleinen Trupp zurück auf die Ebene.

Nichts deutete darauf hin, dass sie verfolgt wurden. Er gab das Zeichen zum Aufbruch.

Am Ende des Zuges betrachtete der letzte verbliebene Frumentarius noch einen Moment lang das brennende Arete. Er fragte sich, was er in seinem Bericht an die Kaiser über all das hier schreiben sollte. Nach einem letzten Blick auf das Feuer im Osten stieß er seinem Pferd die Fersen in die Weichen und folgte den anderen. Plötzlich musste er niesen. Wie schon einmal ganz zum Beginn seiner Reise. Und er fragte sich, wie diese neue Reise wohl enden würde.

Anhang

Historisches Nachwort

Auch wenn es sich bei *Krieger Roms – Feuer im Osten* um einen Roman handelt, habe ich den historischen Hintergrund mit Sorgfalt berücksichtigt. Die folgenden Anmerkungen dienen sowohl dazu, dem geneigten Leser zu zeigen, wo mit der Geschichte »gespielt« wurde, als auch dazu, all denjenigen, die den Versuch unternehmen wollen, ihre eigene Interpretation der Realität zu erschaffen, eine Liste weitergehender Literatur an die Hand zu geben.

Als ich meinem Kollegen Bert Smith, Professor für Klassische Archäologie und Kunst an der University of Oxford, erzählte, dass ich an einer Romanreihe schrieb, die in der zweiten Hälfte des dritten Jahrhunderts nach Christi angesiedelt ist, gratulierte er mir, dafür eine Zeitepoche gewählt zu haben, über die so wenig verlässliche Fakten existieren, dass mir kaum jemand wird nachweisen können, wo ich Fehler begangen habe.

»Die Krise des Dritten Jahrhunderts«

Die Periode zwischen der Ermordung des Kaisers Alexander Severus (245 A.D.) und dem Aufstieg Diokletians (282 A.D.) wird traditionell als »*Die Krise des Dritten Jahrhunderts*« des Römischen Imperiums bezeichnet. Es ist eine Zeit, über die uns nur sehr wenige und dürftige literarische Quellen vorliegen. Zweifellos handelt es sich dabei um eine Periode relativer Instabilität, sowohl was Belange auf gehobener politischer Ebene (zu viele Kaiser in zu wenigen Jahren) als auch militärische Operationen betrifft (immer mehr Bürgerkriege und Siege von Barbaren über Rom – zum ersten Mal wurden römische Kaiser von barbarischen Armeen in der Schlacht getötet oder gefangen genommen). Trotz der dürftigen Quellenlage gibt es in wissenschaftlichen Kreisen höchst unterschiedliche Einschätzungen darüber, welche weitergehenden Auswirkungen die Krise hatte. Auf einer Seite der Extreme behauptet G. Alföldy in *The Crisis of the Third Century as Seen by Contemporaries* (*Greek, Roman and Byzantine Studies 15 (1974)*, S. 89 – III), dass das Imperium eine »totale Krise« in allen Aspekten des Lebens durchmachte, sowohl in sozialer, ökonomischer und ideologischer als auch in politischer und militärischer Hinsicht. Am anderen Ende der Skala argumentiert H. Sidebottom in *Herodians's Historical Methods and Understanding of History* (*Aufstieg und Niedergang der Römischen Welt* II.34.4 (1998), S. 2775–2836), dass die Existenz einer »Krise« abseits militärischer und politischer Belange größtenteils eine von diversen modernen Vorurteilen genährte Illusion ist, die sich vor allen Dingen auf den schon erwähnten Mangel an antiken Quellen als Beleg für ihre Behauptung stützt.

Der gängige moderne Versuch einer Deutung der Jahre 235 A.D. – 284 A.D. ist der von J. Drinkwater in *The Cambridge Ancient History* (Hrsg. P. Garnsey and A. Cameron, Band XII, 2. Ausgabe, Cambridge, 2005, S. 28–66). Leichter zugänglich (d. h. als Paperback erhältlich) ist D. S. Potter, *The Roman Empire at Bay AD 180–305* (London und New York, 2004, S. 167–172; S. 217–289).

Für die diesem Roman zugrundeliegende Geschichte ist *The Roman Eastern Frontier and the Persian Wars AD 226–363: A Documentary History* von M. H. Dodgeon und N. C. Lieu (London, 1991) eine äußerst nützliche Sammlung von ins Englische übersetzte und kommentierte Quellen.

Ein unentbehrliches Werkzeug für alle Nachforschungen zur Welt des klassischen Altertums ist *The Oxford Classical Dictionary* (3. Ausgabe, Oxford, 1996, Hrsg. S. Hornblower und A. Spawforth).

Die Hauptfigur

Ballista

Es gab einen römischen Offizier namens Ballista (oder Callistus), der in dieser Zeitspanne im Osten aktiv war. Ironischerweise ist seine sehr kurze antike Biografie, die die Zeit überdauert hat, größtenteils ein fiktives Werk (*Scriptores Historiae Augustae* [heute hauptsächlich *Historia Augusta* oder *Augustan History* genannt], *Tyranni Triginta 18*). Das Wenige, was wir von ihm zu wissen glauben, spielt eine größere Rolle in *Lion of the Sun*, dem dritten Roman dieser Serie. Aus Gründen, die später offensichtlich werden, habe ich ihm die *Praenomen* und *Nomen* Marcus Clodius gegeben. Es ist äußerst unwahrscheinlich, dass der historische Ballista ein angelsächsischer Adliger war. Allerdings stiegen im vierten Jahrhundert A.D. etliche germanische Krieger in hohe Positionen innerhalb der römischen Armee auf. Der Ballista dieser Romane sollte als ein Vorläufer dieses historisch belegten Phänomens betrachtet werden.

Schauplätze

Delos

Eine vergnügliche Art und Weise, etwas über Delos und vieles andere zur Kultur des klassischen Altertums zu erfahren, bietet das herrlich illustrierte, aber sehr schwer aufzutreibende Werk *Delos* (Athen, 2003) von P. J. Hadjidakis. Eine sehr kurze Einführung in die Insel findet sich in *One Mykonos* von J. Davidson, (London, 1999). In diesem Roman habe ich die Insel nach ihrer Eroberung im Jahre 69 B.C. als wohlhabender geschildert, als sie es archäologischen Erkenntnissen nach zu urteilen vermutlich war.

Paphos

F. G. Maier und V. Karageorghis, *Paphos: History and Archaeology* (Nikosia, 1984) mit einer Vielzahl von Bildern, Plänen und leicht zugänglichen Texten ist das Standardwerk schlechthin. Das »Haus des Theseus« wird in W. A. Daszewski und D. Michaelides *Guide to the Paphos Mosaics* (Nikosia 1988, S. 52–63) illustriert und besprochen.

Antiochia

Besprechungen und Lesetipps zu dieser Stadt werden im Roman *Krieger Roms – König der Könige* nachgereicht.

Emesa

Das moderne Homs hat buchstäblich alle archäologischen Spuren der historischen Stadt Emesa des klassischen Altertums ausgelöscht. Das aus dem ersten Jahrhundert A.D. stammende Begräbnismonument von Caius Julius Sampsigeramus, mit an Sicherheit grenzender Wahrscheinlichkeit ein Mitglied der damals herrschenden Dynastie, wurde abgerissen, um Platz für den Bahnhof zu schaffen. Moderne Gewissheiten über den Standort des großen Tempels erscheinen unangebracht. Wie so häufig bietet die mittlerweile etwas veraltete *Princeton Encyclopedia of Classical Sites* (Hrsg. R. Stillwell et al., Princeton, 1976) siehe unter »Emesa/Homs«) die besten Einsichten in die Archäologie der Stadt und die dazu gehörende Literatur.

Die Beschreibung des Tempels von Elagabalus beruht auf Abbildungen auf Münzen. Einige davon wurden in R. Turcan, *Héliogabale et le Sacre du Soleil* (Paris, 1885, siehe bes. Abbildungen 1–7) sehr schön reproduziert, auch wenn meine Interpretationen leicht davon abweichen.

Die hauptsächliche Inspiration für die geschilderten Rituale (wenn auch leicht verändert) lieferte der fünfte Band von Herodian (in der Übersetzung von C. R. Whittaker in zwei Bänden in der *Loeb Classical Library* (Harvard, 1969/1970).

Fergus Millar bezweifelt in *The Roman Near East 31 BC-AD 337*

(Cambridge, Mass. und London, 1993, S. 302–304), dass die elitäre emesaische Familie, aus der die römischen Kaiser Caracalla, Geta, Elagabalus und Alexander Severus im dritten Jahrhundert A.D. hervorgegangen sind, dem emesaischen Königshaus des ersten Jahrhunderts A.D. entstammte. Man sollte jedoch zur Kenntnis nehmen, dass einige Personen der erstgenannten Familie Namen trugen, die große Ähnlichkeit mit denen der später genannten aufweisen (Sohaemias/Sohaemus; Alexianos/Alexio) und vor allen Dingen, dass bei beiden Familien der *Nomen* Iulius auftaucht. Dies deutete darauf hin, dass die Familien des dritten Jahrhunderts zumindest sehr großen Wert darauf legten, als Nachfahren des alten Königshauses betrachtet zu werden. Damit vergleichbar hat auch Uranius Antoninus, der Anspruch auf den Thron erhob, den Namen Iulius getragen und war wie Elagabalus ein Priester der Gottheit von Emesa. So besteht auch hier, wenn wir Millar (S. 308–309) folgen, eine große Wahrscheinlichkeit, dass er entweder ein Mitglied derselben Familie war oder aber für ein solches gehalten werden wollte. Der Priesterkönig Sampsigeramus aus diesem Roman ist ein frei erfundenes Mitglied dieser Familie.

Palmyra

Eine populäre (wenn auch nicht immer ganz akkurate) Einführung in diese bedeutende Karawanenstadt bietet R. Stoneman, *Palmyra and its Empire: Zenobia's Revolt against Rome* (Ann Arbor, 1994). Die beste Möglichkeit, etwas über die ungewöhnliche Welt der führenden Karawanenbeschützer der Stadt zu erfahren, bietet J. F. Matthews, *The Tax Law of Palmyra: Evidence for Economic History in a City of the Roman East* (*Journal of Roman Studies* 74 [1094], S. 157–180). Weitere Informationen dazu in *Lion of the Sun*.

Arete (Dura-Europos)

Die Stadt Arete ist natürlich der Stadt Dura-Europos am Euphrat nachempfunden, die vermutlich im Jahr 256 A.D. von den sassanidischen Persern belagert wurde. (Tatsächlich war Dura einer der alten, von den Einheimischen benutzter Name für die Stadt, und Europos ein anderer, den die ursprünglichen Siedler verwandt hatten. Die Kombination beider Namen entstand deutlich später.) Der Handlung zuliebe habe ich mit der Topografie Dura und den Belagerungswerken herumgespielt, sie in erster Linie vereinfacht und die politischen und sozialen Strukturen des benachbarten Palmyras auf Arete übertragen. Eine gute Einführung in den Ort bietet ein Bericht über ihre Ausgrabung von einem der maßgeblichen Grabungsleiter, C. Hopkins, *The Discovery of Dura-Europos* (New Haven und London, 1979). Die wesentliche Untersuchung aller militärischer Aspekte der Stadt liefert S. James, *Excavations at Dura-Europos 1929–1937. Final Report VII: The Arms and Armour and Other Military Equipment* (London, 2004), eine Lektüre, die sowohl thematisch vielfältiger als auch interessanter ist, als es der sperrige Titel vermuten lässt. Für die Atmosphäre des Ortes lohnt immer noch ein Blick in die von F. Cumont publizierte Bildersammlung *Fouilles de Dura-Europos (1922–1923) Atlas* (Paris, 1926). Die wahrscheinlich am besten zugängliche, derzeit auf Englisch erhältliche Einführung in Dura-Europos während der römischen Periode findet man in N. Pollard, *Soldiers, Cities and Civilians in Roman Syria* (Ann Arbor, 2000).

Die Ansprachen von Ballista und Callinicus beim Eintreffen des neuen Dux in Arete wurden der halbwegs zeitgenössischen, Menander Rhetor zugeschriebenen Abhandlung über Rhetorik entnommen, besonders über den Abschnitt zu dem Thema, wie man eine Antrittsrede hält (in der Übersetzung von D. A. Russell und N. G. Wilson, Oxford, 1981, S. 95–115).

Kriegsführung

Marine

H. Sidebottom, *Ancient Warfare: A Very Short Introduction* (Oxford, 2004, S. 96–99; 147) bietet eine Einführung in die antike mediterrane Kriegsführung zur See. R. Gardiner und J. Morrison (Hrsg.), *The Age of the Galley: Mediterranean Oared Vessels since Pre-Classical Times* (London, 1995) ist ein hervorragend illustrierter Ratgeber. Jede Vorstellung davon, wie es gewesen sein muss, auf einer Trireme zu segeln, muss auf den Seefahrten der rekonstruierten athenischen Trireme *Olympias* basieren: J. S. Morrison, J. S. Coates und N. B. Rankov, *The Athenian Trireme: The History and Reconstruction of an Ancient Greek Warship* (Cambridge, 2000, bes. S. 231–275). Allerdings sticht die *Olympias* aus nur zu gut verständlichen Gründen nie bei Sturm in See (Es ist nicht Teil des Projekts herauszufinden, wie schnell und böse eine rund zweihundert Mann starke Besatzung ertrinken kann!). Dagegen wurde Tim Severins wissenschaftlich längst nicht so akkurat rekonstruierte Galeere von einem Sturm erfasst: T. Severin, *The Jason Voyage: The Quest for the Golden Fleece* (London, 1985, S. 175–182).

Belagerung

Eine kurze Übersicht über Belagerungstechniken im klassischen Altertum bietet H. Sidebottom, *Ancient Warfare: A Very Short Introduction* (Oxford, 2004, S. 92–94; 146). Andere wissenschaftliche Einführungen sind P. B. Kern, *Ancient Siege Warfare* (Bloomington, Indiana und London, 1999), welche die Periode von den Anfängen dieser Form der Kriegsführung bis ins Jahr 70 A.D. umfasst; C. G. Gilliver, *The Roman Art of War* (Stroud, 1999, S. 63–88; 127–160), welche römische Belagerungstechniken bis ins vierte Jahrhundert A.D. behandelt, sowie P. Southern und K. R. Dixon, *The Late Roman Army* (London, 1996, S. 127–167), welche das späte Imperium bis ins sechste Jahrhundert A.D. betrachtet. Eine hübsch illustrierte populäre Einführung bietet D. B. Campbell, *Besieged: Siege Warfare in the Ancient World* (Oxford, 2006).

Sassanidische Perser

Einführungen in die Geschichte der sassanidischen (oder sasanidischen) Dynastie finden sich in E. Yarshater (Hrsg.), *The Cambridge History of Iran, volume 3 (1): The Seleucid, Parthian and Sasanian Periods* (Cambridge, 1983, S. 116–177); R.N. Frye, *The History of Ancient Iran* (München, 1984, S. 287–339); sowie P. Garnsey und A. Cameron (Hrsg.), *The Cambridge Ancient History*, Band XII (2. Ausgabe 2005, S. 461–480 von R.N. Frye).

Für eine Übersicht zu den militärischen Praktiken der Sassaniden, siehe Michael Whitby, *The Persian King at War* in E. Dabrowa (Hrsg.), *The Roman and Byzantine Army in the East* (Krakau, 1994; S. 227–263). D. Nicolle, *Sassanian Armies: The Iranian Empire: Early 3rd to Mid-7th Centuries AD* (Stockport, 1996) ist ein reichhaltig illustriertes Handbuch für die allgemein interessierte Leserschaft. Einige von Nicolle hinzugefügte Bilder wurden von St. J. Simpson in einer Rezension in *Antiquity 71* (1997, S. 242–245) korrigiert.

Religionen

Klassischer Paganismus, klassisches Heidentum

Zwei gut geschriebene und sehr unterhaltsame Zugänge zum römischen Paganismus sind R. MacMullen, *Paganism in the Roman Empire* (New Haven und London, 1981) und R. Lane Fox, *Pagans and Christians* (Harmondsworth, 1986, S. 7–251).

Altnordischer Glauben

Wir verfügen über keine schriftlichen Quellen, die uns Aufschlüsse über die religiöse Vorstellungswelt eines angelsächsischen Adligen in der Mitte des dritten Jahrhunderts A.D. geben. Ich habe deshalb auf frühere Quellen – *Germania* von Tacitus aus dem Jahr 98 A.D. – sowie spätere Quellen – den irgendwann zwischen den Jahren 680–800 A.D. entstandenen *Beowulf* und die noch später niedergeschriebenen altnordischen Sagen zurückgegriffen. Für Letztere habe ich mich bei den wunderbaren Büchern *The Anglo-Saxon World* (Woodbridge, 1982) und *The Penguin Book of Norse Myths: Gods of the Vikings* (London, 1993) von Kevin Crossley-Holland bedient. M. P. Speidels provokantes Werk *Ancient Germanic Warriors: Warrior Styles from Trajan's Column to Icelandic Sagas* (London und New York, 2004) legt nahe, dass eine derart »langfristige« Sichtweise eine gewisse wissenschaftliche Glaubwürdigkeit besitzt.

Christentum

Wie im Fall des Heidentums/Paganismus sind die unterhaltsamsten mir bekannten Werke für eine Einführung in die Beschäftigung mit dem frühen Christentum *Christianizing the Roman Empire (AD 100–400)*, (New Haven, 1984) von Ramsay MacMullan und *Pagans and Christians*, (Harmondsworth, 1986, S. 7–231; 263–681) von Robin Lane Fox.

Zoroastrismus

Eine sehr kurze Einführung in den Zoroastrismus unter den Sassaniden bietet R. N. Frye in *The Cambridge Ancient History* (Hrsg. P. Garnsey und A. Cameron, Band XII, 2. Ausgabe, Cambridge, 2005, S. 474–479). Eine ausführlichere Einführung ist J. Duchesne-Guillemin, *Zoroastrian Religion* in E. Yarshater (Hrsg.), *The Cambridge History of Iran: volume 3(2): The Seleucid, Parthian and Sasanian Periods* (Cambridge, 1983, S. 866–908).

Während der Zoroastrismus unter Shapur I. eher toleranter als in diesem Roman von mir geschildert gewesen zu sein scheint, wird der aufmerksame Leser bemerkt haben, dass die Eindrücke der Hauptpersonen bezüglich der Religion ausschließlich der Sichtweise eines einzigen Persers entlehnt wurden, nämlich der von Bagoas, den Ballista für ein wenig fanatisch hält

Der Römische Tag

J. P. V. D. Balsdon, *Life and Leisure in Ancient Rome* (London, 1969, S. 17–81), basierend auf profunden Kenntnissen von Quellen des klassischen Altertums, ist ein hervorragendes Handbuch, das beschreibt, wie die Römer über die Zeit dachten und wie sie sich selbige vertrieben. Es gibt keine bessere Einführung über das römische gesellschaftliche Leben im Allgemeinen.

Vorangegangene historische Romane

Jeder Autor historischer Romane, der behauptet, sich ausschließlich zeitgenössischer Quellen und wissenschaftlicher Literatur bedient zu haben, sagt nicht die Wahrheit. Alle Autoren historischer Romane lesen andere historische Romane. In jedem Roman dieser Serie war es mir ein Vergnügen, die eine oder andere Hommage an die Autoren einfließen zu lassen, deren Arbeit mich maßgeblich beeinflusst und mir viel Freude bereitet hat.

Die verstorbene Mary Renault bedarf wohl keiner Vorstellung. Bagoas wurde nach dem Helden ihres Romans *The Persian Boy* (London, 1972) benannt.

Wundersamerweise scheint Cecelia Holland auf dieser Seite des Atlantiks nur wenig gelesen zu werden. Maximus' ursprünglicher

Name »Muirtagh von der langen Straße« ist eine Kombination aus zwei ihrer Helden, nämlich Muirtagh aus *The Kings in Winter* (London, 1967) und »*Laeghaire of the Long Road*« aus *The Firedrake* (London, 1965).

Danksagung

Wie bei allen Erstlingsromanen ist auch hier die Liste der Menschen, denen ich Dank schulde, lang. Zuerst kommt meine Familie. Meiner Frau Lisa schulde ich Dank dafür, dass sie sich um unsere Söhne Tom und Jack gekümmert, für eine gewisse Normalität und dafür gesorgt hat, dass der zeitgemäße Spaß in unserem Leben nicht zu kurz kam, während ich so tief in meiner imaginären Version des dritten Jahrhunderts A.D. untergetaucht war. Dank an meine Mutter Frances und meine Tante Terry für ihr wunderbares Vertrauen in das Projekt und dafür, die Aufgaben der unermüdlichen und unbezahlten Publicity-Manager übernommen zu haben. Nun zu den Kollegen und Freunden. Dank an Maria Stamatopoulou vom Lincoln College, Oxford, und John Eidinow von der Greyfriars Hall and St Benets Hall, Oxford, die mir geholfen haben, genug Zeit abseits meiner Lehrtätigkeit zu finden, um an dem Roman arbeiten zu können. Dank an alle meine Studenten in Oxford – besonders an Vicky Buckley, Ed Maclennan und Mohan Rao, denen es gelungen ist, hervorragende Abschlüsse hinzulegen, obwohl sich ihre Seminare so häufig in ausgedehnte Diskussionen über historische Fiktion verwandelten. Dank an Simon Swain von der University of Warwick für die Überprüfung des historischen Nachworts und des Glossars auf irgendwelche wirklich schlimmen Fehler. Dank an Anne Marie Drummond, Senior Tutor am Lincoln College, Oxford, und Michael Farley von Woodstock Marketing dafür, dass sie mir zwei ideale Zufluchtsorte besorgt haben, in denen ich ungestört den Roman schreiben konnte. Dank an alle Freunde in Woodstock für ihre Ermutigung – besonders an Jeremy Tinton. Und zum Schluss, aber unverzichtbar, Dank an Jim Gill, meinen Agenten bei United Agents, und an Alex Clarke, meinen

Redakteur bei Penguin – ich hätte mir kein besseres Team als Unterstützung wünschen können.

Harry Sidebottom
Woodstock

Glossar

Die hier aufgeführten Definitionen sind auf den Roman *Krieger Roms – Feuer im Osten* abgestimmt. Dort, wo für einen Begriff mehrere Bedeutungen möglich sind, wurde nur die für das Verständnis des Romans relevante Übersetzung aufgeführt.

Accensus	Sekretär eines römischen Statthalters oder Beamten
Adventus	Ankunft; zeremonielle Feier zur Begrüßung eines römischen Kaisers oder hohen Regierungsvertreters
Agger	lateinischer Begriff für eine Belagerungsrampe
Agora	griechischer Begriff für einen Marktplatz und bürgerliches Stadtzentrum
Agrimensores	römische Landvermesser
Ahriman	ein Sammelbegriff im Zoroastrismus für das Böse, einen Dämon, die Lüge, den Teufel
Alamanni	ein Bündnis germanischer Stämme
Angeln	ein nordgermanischer Stamm aus dem Gebiet des heutigen Dänemark
Antoninianus, Plural *Antoniniani*	eine römische Silbermünze
Apodyterium	Umkleideraum in einem römischen Badehaus
Archon	Magistrat in einer griechischen Stadt; in der fiktiven Stadt Arete der jährlich wechselnde oberste Magistrat

Auxiliar	ein regulärer römischer Soldat, der in einer anderen Einheit als einer Legion dient
Bahram-Feuer	die heiligen Feuer des Zoroastrismus
Ballista	Plural *Ballistae*, ein durch Torsionskraft betriebenes Artilleriegeschütz, das je nach Konstruktion sowohl Bolzen als auch Steine verschießen kann
Ballistarius	Plural *Ballistarii*, ein römischer Artillerist
Barbalissos	eine Stadt am Euphrat, Schauplatz einer Niederlage der römischen Armee in Syrien durch Shapur I., vermutlich im Jahr 252 A.D.
Barbaricum	lateinischer Begriff für die Gebiete, in denen Barbaren leben, d.h. alle Gebiete außerhalb des Römischen Imperiums; in gewisser Weise als das Gegenteil der Welt der *Humanitas* betrachtet, der Zivilisation
Barritus	germanisches Kriegsgeschrei, von der römischen Armee übernommen
Boraner	ein germanischer Stamm, einer der Stämme, aus denen sich die Konföderation der Goten zusammensetzt, berüchtigt für ihre Piratenraubzüge in der Ägäis
Boukolos	ein griechischer Beamter, der Tierherden beim Betreten und Verlassen einer Stadt überwacht
Bouleuterion	das Haus, in dem die Ratsversammlung einer griechischen Stadt tagt
Bucinator	ein römischer Militärmusiker
Bule	die Ratsversammlung einer griechischen Stadt, die sich während der römischen Herrschaft aus wohlhabenden und einflussreichen Bürgern zusammensetzt

Caestus — ein römischer Faustkampf-Handschuh, manchmal mit Metallstacheln gespickt

Caldarium — der Hitzeraum in einem römischen Bad

Campus Martius — wörtlich: »Marsfeld«, ein römischer Paradeplatz

Caracallus — ein nordischer Umhang mit Kapuze

Centuriation — römisches System, Grundstücke in quadratischer oder rechteckiger Form einzuteilen

Clibanarius — Plural *Clibanarii*, ein schwer bewaffneter Kavallerist, möglicherweise vom griechischen *Klibanos* bzw. lateinischen *Clibanus* (Backofen) abgeleitet

Cingulum — ein römischer Militärgürtel, eines der Symbole, die einen Soldaten auszeichneten

Coele Syria — wörtlich: »Hohles Syrien«, eine römische Provinz

Concordia — lateinisch für Harmonie, Eintracht, in diesem Roman der Name eines römischen Kriegsschiffs

Conditum — gewürzter Wein, manchmal gewärmt vor dem Essen serviert

Consilium — ein(e) Rat(sversammlung) oder eine Gruppe von Ratgebern eines römischen Kaisers, einer offiziellen Persönlichkeit oder elitären Privatperson

Conticinium — die stille Zeit des frühen Morgens, wenn die Hähne aufgehört haben zu krähen, die Menschen gewöhnlich aber noch schlafen

Contubernium — eine Gruppe von zehn Soldaten, die sich ein Zelt teilen, davon abgeleitet der Begriff »Kameradschaft«

Curule — ein mit Elfenbein verzierter Sessel bzw. Stuhl, der »Thron« als eines der Symbole

	hoher römischer Beamter oder Würdenträger
Cursus publicus	der imperiale römische Transportdienst oder Beförderungsdienst, der Inhabern offizieller Pässe, der *Diplomata*, bei der Reise behilflich ist
Denarius	eine römische Silbermünze
Dignitas	ein wichtiger römischer Oberbegriff, der im Wesentlichen unserer Definition von Würde entspricht, aber sehr viel weitergehender ist. In diesem Zusammenhang berühmt geworden ist Julius Cäsars Ausspruch, ihm sei seine *Dignitas* wichtiger als das Leben selbst.
Diplomata	amtliche Pässe, die ihren Besitzern den Zugang zum *Cursus publicus* ermöglichen
Dominus	Herr, Gebieter, Meister, respektvolle Anrede
Draco	wörtlich eine Schlange oder ein Drache, Bezeichnung für eine militärische Standarte in Form eines Windsacks, der in seiner Gestaltung einem Drachen nachempfunden ist
Dracontarius	ein römischer Standartenträger, der einen *Draco* trägt
Drafsh-i-Kavyan	die Kriegsstandarte des sassanidischen Königshauses
Dromedarii	römische Kamelreiter-Soldaten
Dux Ripae	der Kommandant oder *Dux* der Flussufer; ein römischer Offizier, verantwortlich für die Verteidigungseinrichtungen entlang des Euphrats im dritten Jahrhundert A.D.; historisch in Dura-Europos stationiert, in diesem Roman in Arete

Elagabalus	Schutzgottheit der Stadt Emesa in Syrien, ein Sonnengott, ebenfalls häufig der Name seiner Priester, von denen einer römischer Kaiser wurde, formell unter dem Namen Marcus Aurelius Antoninus (218–222 A.D.)
Epotis	das »Holzohr« einer *Trireme*, das direkt hinter dem Rammsporn aus dem Rumpf herausragt
Equestrian	der zweite Rang von oben in der römischen sozialen Pyramide, die Elite direkt unterhalb der Senatoren-Ebene
Equites singulares	berittene Leibwächter; in Rom eine zum ständigen Schutz des Kaisers abgestellte Einheit; in der Provinz Ad-hoc-Einheiten, die von militärischen Befehlshabern aufgestellt werden
Exactor	der Buchhalter einer römischen militärischen Einheit
Familia	lateinisch für Familie, findet darüber hinaus für einen gesamten Haushalt einschließlich der Sklaven Verwendung
Franken	ein Bündnis germanischer Stämme
Frigidarium	ein kalter Raum in einem römischen Badehaus
Frumentarius	Plural *Frumentarii*, eine auf dem Caelischen Hügel in Rom stationierte militärische Einheit; die Geheimpolizei der römischen Kaiser; Boten, Spione und Attentäter
Germania	die Heimat der germanischen Stämme
Gladius	ein vom römischen Militär verwendetes Kurzschwert; im dritten Jahrhundert A.D. allgemein ersetzt durch die *Spatha*; auch obszön für Penis

Goten	ein Bündnis germanischer Stämme
Harier	ein germanischer Stamm; berühmt als Nachtkämpfer
Haruspex	Plural *Haruspices*, ein Priester, der den Willen der Götter offenbart; einer gehörte zum festen Mitarbeiterstab eines römischen Statthalters
Hibernien	das heutige Irland
Hyperboreer	Angehörige(r) eines legendären Volks aus dem hohen Norden, von jenseits des Nordwinds
Hypozomata	ein Tau, das den Rumpf einer *Trireme* verstärkt; normalerweise gab es jeweils zwei davon
Iden	der 13. Tag eines Monats bei kurzen bzw. der 15. Tag bei langen Monaten
Imperium	die Macht, Befehle zu erteilen und Gehorsam einzufordern; ein offizielles militärisches Kommando
Imperium Romanum	die Macht der Römer; andere Bezeichnung für das Römische Reich
Jan-avasper	»Die-die-sich-selbst-opfern«, eine sassanidische Spezialeinheit
Kalenden	der erste Tag eines Monats
Kantabrischer Kreis	ein römisches Kavalleriemanöver
Kaledonien	das Gebiet des heutigen Schottlands
Karpen	ein barbarischer Stamm im Gebiet der Donau
Kohorte	eine Truppeneinheit des römischen Militärs, in der Regel 500 Soldaten
Kohorte XX Palmyrenorum Milliaria Equitata	eine römische Auxiliar-Einheit in doppelter Mannschaftsstärke, bestehend aus etwa 1.000 Mann, teils beritten, teils Infanteristen; historisch Teil der Garnison von

	Dura-Europos; in diesem Roman Teil der Garnison von Arete
Kyrios	Herr, Gebieter, Meister; respektvolle Anrede, Titel (Griechisch)
Lanista	ein Ausbilder von Gladiatoren
Legio IIII Scythica	eine römische Legion aus der zweiten Hälfte des ersten Jahrhunderts A.D., stationiert in Zeugma in Syrien; in *Feuer im Osten* bildet eine Abteilung der *Legio IIII*, eine *Vexillatio*, einen Teil der Garnison von Arete
Legion	eine Einheit schwerer Infanterie, gewöhnlich etwa 5.000 Mann stark, seit mythischen Zeiten das Rückgrat der römischen Armee. Die Truppenstärke einer Legion und ihre Dominanz in der Armee verringerte sich im Lauf des dritten Jahrhunderts A.D., als immer mehr Abteilungen, Vexillationes, außerhalb der Muttereinheit dienten und zu mehr oder weniger eigenständigen Einheiten wurden.
Libertas	lateinisch für »Freiheit, Eigenständigkeit«; die Bedeutung des Begriffs hing davon ab, wer ihn wann benutzte
Librarius	der Buchhalter oder Schreiber einer römischen militärischen Einheit
Liburne	Name, mit dem kleine Kriegsschiffe im römischen Reich bezeichnet wurden, wahrscheinlich von rund 50 Mann auf zwei Ebenen gerudert
Limes imperii	lateinisch für Reichsgrenze, die Grenzen des Römischen Imperiums
Magi	Bezeichnung der Römer und Griechen für

	persische Priester, die häufig für Zauberer gehalten wurden
Mandata	Anweisungen des Kaisers an seine Statthalter und Beamte
Margazan	persischer Begriff für jemanden, der eine Sünde begeht, wie Feigheit in der Schlacht, worauf die Todesstrafe steht
Mazda (Auch *Ahuramazda*)	»Der Weise Herr« ist die höchste Gottheit des Zoroastrismus.
Mentula	Lateinisch, obszöner Ausdruck für Penis (Schwanz)
Meridiato	Zeit der Siesta
Meshike	der Schauplatz einer Schlacht in der Zeit zwischen dem 13. Januar und dem 14. März im Jahr 244 A.D., in der Shapur I. nach eigenem Bekunden Kaiser Gordian III. schlug. In griechischen und römischen Quellen wird die Schlacht nicht erwähnt. Umbenannt in *Peroz-Shapur*, der »Sieg Shapurs« durch den sassanidischen König, wurde die Gegend bei den Römern als Pirisabora bekannt.
Miles	Plural *Milites,* Soldat
Mobads	persischer Name für eine Klasse von Priestern
Murmillo	eine Art schwer gepanzerter Gladiator mit einem Helmkamm in Form eines Fisches
Nones	der neunte Tag eines Monats vor den Iden, d.h. der fünfte Tag eines kurzen und der siebte Tag eines langen Monats
Numerus	Plural *Numeri*, lateinische Bezeichnung für eine römische Armeeeinheit, besonders für Ad-hoc-Einheiten außerhalb regulärer Armeestrukturen. Häufig Einheiten, die

	aus teilromanisierten oder nichtrömischen Völkern rekrutiert wurden, die ihre ursprünglichen Kampftechniken weiter beibehielten. Aus diesem Grund in diesem Roman die Bezeichnung der Einheiten, die aus Söldnern und einheimischen Rekruten zusammengestellt und von den Karawanenbeschützern befehligt wurden
Oneiromanteia	griechischer Begriff für Prophezeiungen durch Traumdeutung
Oneiroskopos	ein Traum-Späher, eine von mehreren griechischen Bezeichnungen für einen Traumdeuter
Optio	ein niederer Offizier, unter dem Rang eines Centurios
Paidea	Kultur; die Griechen gingen davon aus, dass es das war, was sie vom Rest der Welt unterschied, während die griechische Elite davon ausging, dass es das war, wodurch sie sich vom Rest der Griechen unterschied
Parexeiresia	der Ausleger einer Trireme, der es den Ruderern auf der oberen Ebene überhaupt erst ermöglichte zu rudern
Parther	die Herrscher des östlichen Imperiums auf dem Gebiet des heutigen Irans und Iraks, von den persischen Sassaniden in den 220er Jahren A.D. gestürzt
Paedagogus	Lehrer
Pepaideumonos	Plural *Pepaideumenoi*, griechische Bezeichnung für einen Menschen von hoher Bildung oder Kultur
Peroz	persisch für Sieg
Pilus Prior	der oberste Centurio in einer römischen Armeeeinheit

Porta Aquaria:	das Wassertor; in diesem Roman das Osttor von Arete
Praefectus	Vorgesetzter; ein vielseitig verwendbarer lateinischer Titel für viele Beamte und Würdenträger, typisch für den Kommandanten einer Auxiliareinheit
Praefectus fabrum	ein römischer Armeeoffizier, Chefingenieur bzw. Cheftechniker
Praepositus	lateinische Bezeichnung für einen Kommandanten; in diesem Roman der Titel, der den Karawanenbeschützern für ihre Funktion als Kommandanten der *Numeri* verliehen wird
Princeps peregrinorum	der Kommandant der Frumentarii, ein hochrangiger Centurio
Principatus	Herrschaft des *Princeps*, Herrschaft des Römischen Imperiums durch die Kaiser
Principia	die Gebäude des Hauptquartiers eines römischen Armeelagers
Procurator	lateinischer Titel für eine Bandbreite von Beamten, häufig ein Finanzbeamter des Kaisers, der in den Provinzen tätig ist
Provocator	eine spezielle Sorte von Gladiatoren
Pugio	ein römischer Militärdolch, einer der typischen symbolischen Gegenstände, an denen man einen Soldaten erkennt
Retiarius	ein leicht bewaffneter Gladiator, der mit einem Dreizack und einem Netz kämpft
Sassaniden	die persische Dynastie, die die Parther in den 220er-Jahren A.D. stürzte, die größten Rivalen Roms im Osten bis ins siebte Jahrhundert A.D.
Senat	die Ratsversammlung Roms, unter den Kaisern aus rund 600 Männern beste-

	hend, in der Mehrheit Ex-Magistrate und einige imperiale Günstlinge. Die Klasse der Senatoren war die wohlhabendste und einflussreichste Gruppe im Reich, doch misstrauische Kaiser begannen um die Mitte des dritten Jahrhunderts A.D. herum, sie von militärischen Kommandoposten auszuschließen.
Spatha	ein römisches Langschwert, das Standardmodell, das alle Truppen ab Mitte des dritten Jahrhunderts A.D. mit sich führten
Speculator	ein Kundschafter der römischen Armee
Strategos	griechisch für General
Strigil	ein Schaber, der von Badegästen benutzt wird, um sich Öl und Schmutz von der Haut zu kratzen
Subura	der zwischen den beiden Hügeln Esquilin und Viminal gelegene römische Distrikt, ein berüchtigter Slum
Synodiarch	griechische Bezeichnung für »Karawanenbeschützer«, eine ungewöhnliche Gruppe reicher und mächtiger Männer in Palmyra, die es in diesem Roman auch in Arete gibt
Tadmor	von den Einheimischen verwendeter Name für Palmyra
Telones	Zollbeamter (Griechisch)
Tepidarium	Wärmeraum in einem römischen Bad
Testudo	Schildkröte, wegen der Ähnlichkeit die Bezeichnung einer römischen Infanterieformation, bei der sich die Schilde der Soldaten überlappen, vergleichbar mit einer nordischen »Schildburg«; außerdem eine mobiler Schuppen zum Schutz einer Belagerungsanlage

Touloutegon	ein römisches Kavalleriemanöver
Tribunus laticlavius	ein junger Römer aus einer Senatorenfamilie, der als Offizier in einer Legion dient; jede Legion hatte einen solchen Offizier
Trierarch	der Kommandant einer Trireme, in den römischen Streitkräften vom Rang her einem Centurio vergleichbar
Trireme	ein antikes Kriegsschiff, eine von rund 200 Mann auf drei Ebenen geruderte Galeere
Turma	Plural *Turmae,* eine kleine Untereinheit der römischen Kavallerie, in der Regel etwa 30 Reiter stark
Unsterblichen, die	eine sassanidische Wacheinheit von (möglicherweise) 1.000 Mann
Venationes	Tierhatzen in römischen Arenen
Vexillatio	eine Untereinheit größerer römischer Truppen, die aus ihrer Muttereinheit gelöst wurde
Vinae	wörtlich: »Weinrankengitter« (Latein), wegen der äußerlichen Ähnlichkeit Bezeichnung für eine mobile Schutzabdeckung bei Belagerungen
Vir egregius	Ritter Roms, ein Angehöriger des Ritterstands
Xynema	ein römisches Kavalleriemanöver

Liste der Kaiser in der ersten Hälfte des dritten Jahrhunderts A.D.

193–211 A.D.	Septimius Severus
198–217 A.D.	Caracalla
210–211 A.D.	Geta
217–218 A.D.	Macrinus
218–222 A.D.	Elagabalus
222–235 A.D.	Alexander Severus
235–238 A.D.	Maximinus Thrax
238 A.D.	Gordian I.
238 A.D.	Gordian II.
238 A.D.	Pupienus
238 A.D.	Balbinus
238–244 A.D.	Gordian III.
244–249 A.D.	Philipp der Araber
249–251 A.D.	Decius
251–253 A.D.	Trebonianus Gallus
253 A.D.	Aemilianus
253– A.D.	Valerian
253– A.D.	Gallienus

Liste der handelnden Personen

Um zu vermeiden, dass einzelne Informationen die Romanhandlung vorwegnehmen, werden die Charaktere in der Regel nur so wie bei ihrem ersten Auftreten beschrieben.

Acilius Glabrio: Marcus Acilius Glabrio, Tribunus laticlavius der Legio IIII, Kommandant des Teils der in Arete stationierten Legionen, ein junger Patrizier

Alexander: unscheinbarer Stadtrat von Arete

Anamu: Synodiarch (Karawanenbeschützer) und Stadtrat von Arete

Antigonus: Soldat der Kohorte XX, zu den Equites singulares von Ballista versetzt

Antoninus Prior: Pilus Prior, Erster Centurio der Kohorte I in der Legio IIII

Antoninus Posterior: Centurio der Kohorte II in der Legio IIII

Ardashir: König von Audiabene, Sohn und Vasall Shapurs

Bagoas: der »persische Junge«, ein von Ballista auf der Insel Delos gekaufter Sklave, der laut eigener Aussage vor seiner Versklavung Hormizd hieß

Ballista: Marcus Clodius Ballista, ursprünglicher Name Dernhelm, Sohn von Isangrim, des Kriegsherrn der Angeln. Ursprünglich eine diplomatische Geisel des Römischen Imperiums; ihm wurde das römische Bürgerrecht verliehen. Ballista wurde in den Ritterstand erhoben, hat in der römischen Armee in Afrika, im fernen Westen und an der Donau gedient. Wurde zu Beginn des Romans gerade erst zum *Dux Ripae* ernannt.

Bathshiba: Tochter von Iarhai

Bonitus: berühmter römischer Ingenieur für Belagerungstechnik

Calgacus: kaledonischer Sklave, ursprünglich Eigentum von Isangrim, wurde von seinem ehemaligen Herrn zusammen mit dessen Sohn Ballista ins Römische Imperium geschickt, um ihm dort zu dienen

Callinicus von Petra: griechischer Sophist

Castricius: Legionär der Legio IIII

Celsus: berühmter römischer Ingenieur für Belagerungstechnik

Cocceius: Titus Cocceius Malchiana, Decurio der ersten Turma der Kavallerieeinheit innerhalb der Kohorte XX

Demetrius: gebildeter Sklave; der »griechische Junge« wurde von Julia gekauft, um ihrem Ehemann als Sekretär zu dienen

Dinak: Königin von Mesene, eine Tochter Shapurs

Felix (1): Centurio der Kohorte XX

Felix (2): unglückseliger Soldat der Equites singulares von Ballista

Gallenius: Publius Licinius Egantius Gallienus, von seinem Vater, Kaiser Valerian, im Jahr 253 A.D. zum römischen Mit-Kaiser ernannt

Haddudad: Söldner-Hauptmann, der unter Iarhai dient

Hamaszasp: König von Georgien, ein Vasall Shapurs

Hannibal: Spitzname eines Frumentarius aus Nordafrika, der als Schreiber in Ballistas Mitarbeiterstab dient

Iarhai: Synodiarch (Karawanenbeschützer) und Stadtrat von Arete

Ingenuus: römischer General an der Donau

Iotapianus: Mann aus Emesa, der in den Jahren 248–249 A.D. Anspruch auf den römischen Thron erhebt

Isangrim: Kriegsherr der Angeln, Vater von Dernhelm/Ballista

Josephus: Christ, der fälschlich für einen Philosophen gehalten wird

Julia: Ballistas Ehefrau

Karen: parthischer Adliger, Oberhaupt des Hauses der Karen, ein Vasall Shapurs

Lucius Fabius: Centurio der Kohorte I in der Legio IIII, stationiert an der Porta Aquaria

Mamurra: Praefectus fabrum (Oberster Ingenieur) Ballistas

Mariades: Angehöriger der Elite Antiochias, der zum Banditen wurde, bevor er zu den Sassaniden überlief

Maximinus Thrax: Gaius Iulius Verus Maximinus, römischer Kaiser 235–238 A.D., aufgrund seiner niederen Herkunft bekannt geworden als Thrax (»Der Thraker«)

Maximus: Ballistas Leibwächter, ein Hibernier, ursprünglicher Name Muirtagh von der langen Straße, wurde an Sklavenhändler verkauft, zum Faustkämpfer und schließlich zum Gladiator ausgebildet, bevor Ballista ihn kaufte

Odenaethus: Septimius Odenaethus, Fürst von Palmyra/Tadmor, ein Vasallenherrscher des Römischen Imperiums

Ogelos: Synodiarch (Karawanenbeschützer) und Ratsherr von Arete

Otes: Eunuch und Ratsherr von Arete

Philipp der Araber: Marcus Iulius Philippus, prätorianischer Präfekt unter Gordian III., aufgestiegen zum römischen Kaiser 244–249 A.D.

Priscus (1): Optio, Stellvertretender Kommandant der Trireme *Concordia*

Priscus (2): Gaius Iulius Priscus, Bruder von Philipp der Araber

Pudens (1): Centurio der Kohorte II in der Legio IIII

Pudens (2): ungeschlachter makedonischer Soldat, der zum Standartenträger von Ballista aufsteigt

Romulus: Soldat der Kohorte XX, der zum Standartenträger von Ballista ernannt wird

Sampsigeramus: König des römischen Vasallenkönigreichs Emesa und Hohepriester von Elagabalus

Sasan: Prinz, »Der Jäger«, ein Sohn Shapurs

Scribonius Mucianus: Gaius Scribonius Mucianus, befehlshabender Tribun der Kohorte XX

Seleucus: Pilus Prior, Erster Centurio der Kohorte II in der Legio IIII

Sertorius: Spitzname eines Frumentarius von der iberischen Halbinsel, der als Schreiber in Ballistas persönlichem Mitarbeiterstab dient

Shapur I. (auch *Sapor*): Zweiter sassanidischer König der Könige, Sohn von Ardashir I.

Suren: parthischer Adliger, Oberhaupt des Hauses Suren, ein Vasall Shapurs

Theodotus: Ratsherr von Arete, christlicher Priester

Turpio: Titus Flavius Turpio: Pilus Prior, Erster Centurio der Kohorte XX

Uranius Antoninus: Lucius Iulius Aurelius Uranius Antoninus aus Emesa, beanspruchte den römischen Thron 253–254 A.D.

Valash: Prinz, »Die Freude Shapurs«, ein Sohn Shapurs

Valerian (1): Publius Licinius Valerianus, ein älterer römischer Senator, 253 A.D. zum römischen Kaiser ernannt

Valerian (2): Publius Cornelius Licinius Valerianus, ältester Sohn von Gallienus, Enkel von Valerian, 256 A.D. zum Kaiser erhoben

Vardan: Hauptmann in Diensten von Fürst Suren

Verodes: oberster Minister unter Odenaethus

Vindex: Soldat der Equites singulares von Ballista, Gallier

Zenobia: Frau von Odenaethus von Palmyra